国家出版基金项目
NATIONAL PUBLICATION FOUNDATION

少数民族口承文献丛书

瑶族婚俗古歌都才都寅译注

YAOZU HUNSU GUGE DUCAIDUYIN YIZHU

An Ancient Song of the Yao's Wedding Customs Featuring Ducaiduyin: Translation and Annotations

广西壮族自治区少数民族古籍保护研究中心 主编

项目主编 韦生发 蓝永红
项目副主编 覃琮 韦日景 王晓惠

GEP 广西教育出版社
Guangxi Education Publishing House
南宁

图书在版编目（CIP）数据

瑶族婚俗古歌都才都寅译注 / 广西壮族自治区少数民族古籍保护研究中心主编 . — 南宁 : 广西教育出版社，2020.12

（少数民族口承文献丛书）

ISBN 978-7-5435-8785-4

Ⅰ. ①瑶… Ⅱ. ①广… Ⅲ. ①瑶族—民歌—作品集—广西②瑶族—婚姻—少数民族风俗习惯—广西 Ⅳ. ① I277.295.1 ② K892.22

中国版本图书馆 CIP 数据核字 (2020) 第 229098 号

总 策 划：石立民
策划编辑：吴春霞　韦胜辉
责任编辑：韦胜辉
特约编辑：陈逸飞　熊奥奔
装帧设计：鲍　翰
责任校对：谢桂清
责任技编：蒋　媛

瑶族婚俗古歌都才都寅译注
YAOZU HUNSU GUGE DUCAIDUYIN YIZHU

出 版 人：石立民
出版发行：广西教育出版社
地　　址：广西南宁市鲤湾路 8 号　　邮政编码：530022
电　　话：0771-5865797
本社网址：http://www.gxeph.com
电子信箱：gxeph @ vip.163.com
印　　刷：广西民族印刷包装集团有限公司
开　　本：889mm × 1194mm　1/16
印　　张：29.5
字　　数：419 千字
版　　次：2020 年 12 月第 1 版
印　　次：2020 年 12 月第 1 次印刷
书　　号：ISBN 978-7-5435-8785-4
定　　价：220.00 元

扫码看视频

编者语

在中国广西百色田东县作登瑶族乡及周边地区，流传着一首瑶族婚俗古歌，民间称之为“都才都寅歌”。这首古歌唱述了一个名叫都才都寅的瑶族男青年从人海求缘到与意中人终成眷属的爱情故事。在历经了媒妁之言、下聘说亲、问卜合婚、筹备聘礼、择日迎亲等一系列完备而庄重的仪式后，都才都寅最终迎娶佳人，情定终身。“都才都寅歌”将瑶族古老而丰富的婚俗文化娓娓道来，唱出了瑶族人民对美好生活的向往。古歌也反映了瑶族古代社会的生产生活概貌，折射出瑶族传统的恋爱观、婚姻观、家庭观，是瑶族口承文献中的一颗璀璨明珠。

《瑶族婚俗古歌都才都寅译注》采用“四对照”整理方法对“都才都寅歌”进行译注出版，按土俗字、国际音标、汉文直译、汉文意译的顺序编排，正文后附有“都才都寅歌”汉译、英译，满足不同读者的个性化阅读需求。书中加载了原汁原味的“都才都寅歌”演唱视频，立体直观地呈现了古歌内容。视频中配有土俗字、汉文意译双字幕，便于山歌爱好者通过视频自学古歌内容，拓宽了古歌的保护传承渠道。本书是一部学术性与实用性并重的中英双语富媒体出版物。

Editor's Note

The Song of Ducaiduyin, an ancient folk song focusing on the wedding customs of the Yao people, is spread from generation to generation around Zuodeng Yao Township and its surrounding areas in Tiandong County, Baise City, Guangxi Zhuang Autonomous Region. It is a love story about a young Yao man, named Ducaiduyin, from looking for the ideal girl to marrying her. After a series of complete and solemn ceremonies in terms of the wedding customs of the Yao, specifically matchmaking, sending betrothal gifts and money for engagement, matching the date of birth and the eight characters, preparing betrothal presents for wedding, selecting the date to go to the bride's home to escort her to the wedding, he finally got married to her. The song, narrating the ancient and rich wedding culture of the Yao in a smooth-spoken manner, is the reflection of their yearning for a better life, and the way of their production and life in ancient times. It has also recorded the Yao's traditional views on love, marriage and family. It can be said that this song is a masterpiece among all oral literatures of the Yao.

An Ancient Song of the Yao's Wedding Customs Featuring Ducaiduyin:Translation and Annotions is the annotation and translation of *The Song of Ducaiduyin* in 4 versions, covering local characters, international phonetic alphabet, Chinese literal translation version, Chinese free translation version. In addition, Chinese paraphrase and English version are also added, all of which are to fulfill different readers' needs. Besides, the original singing video is appended to present its contents with subtitles in local characters and Chinese free translation, which is easy for folk song lovers to perform self-study and broaden channels for protection and inheritance of folk songs. This book is a Chinese and English bilingual rich media publication, being remarkable both academically and practically.

《瑶族婚俗古歌都才都寅译注》编委会名单

编委会主任：韦如柱　王　伟

编委会副主任：李燕玲　韦桂标

编委会成员：（按姓氏笔画顺序排列）

韦如柱　方维荣　卢子斌　李珊珊

李燕玲　陈　战　钟　奕

项目主编：韦生发　蓝永红

项目副主编：覃　琮　韦日景　王晓惠

编辑成员：（按姓氏笔画顺序排列）

王晓惠　韦安谋　韦如柱　方维荣

卢子斌　李珊珊　李燕玲　陈　战

钟　奕　覃　琮　蓝绿江　黎学锐

《瑶族婚俗古歌都才都寅译注》翻译整理人员名单

抄本搜集：韦日景　韦生发

汉文直译：韦日景　韦生发　蓝永红

汉文意译：韦日景　韦生发　蓝永红　黎学锐

国际音标：蓝永红

英　　译：王晓惠　甘　霖　张　喆　王佳铭　周雯玥

注　　释：韦生发　韦日景　蓝永红

统　　纂：韦如柱

资料整理：蓝绿江　韦安谋

图片拍摄：韦生发　覃　琮

图 1　瑶族婚俗古歌流传地之一：广西百色市田东县作登瑶族乡梅林村三角屯

图 2　瑶族传统民居（2013 年摄于广西百色市田东县作登瑶族乡梅林村布旧屯）

图 3　瑶族传统民居（2013 年摄于广西百色市田东县作登瑶族乡梅林村谷楼屯）

图 4　男方舅舅为新郎编制下聘礼担

图 5　迎亲队伍挑着礼担去接亲

图 6　去往新娘家路上的接亲队伍

图 7　女方舅舅在屋前举行受礼仪式欢迎接亲队伍到来

图 8　女方舅舅接受新娘敬酒并送上祝福

图 9　出嫁前女方舅娘为新娘整理着装

图 10　新娘跟随伴娘带着嫁妆去新郎家

图 11　在唢呐声的引领下返回新郎家的接亲队伍

图 12　新娘到达新郎家时男方舅舅举行迎亲仪式

图 13　在婚礼上演唱婚俗古歌的歌手

图 14　韦日景和歌手一起演唱婚俗古歌

图 15　2014 年本书主编韦生发在广西百色市田东县作登瑶族乡陇祥村举办婚俗古歌培训班

图 16　2014 年古歌队在广西百色市田东县作登瑶族乡成立 30 周年庆典上表演瑶族婚俗古歌

奋勇争先
热烈庆祝
30周年庆祝大会

图 17　本书主编韦生发在广西百色市田东县作登瑶族乡梅林小学传授瑶族婚俗古歌

图 18　广西百色市田东县作登瑶族乡梅林小学教师阮赛教学生唱瑶族婚俗古歌

图 19　广西百色市田东县作登瑶族乡流传的瑶族婚俗古歌抄本

图 20　广西百色市田东县作登瑶族乡瑶族婚俗古歌歌师韦日景

图 21　本书主编韦生发在识读瑶族婚俗古歌内容

图 22　本书主编蓝永红在翻译瑶族婚俗古歌内容

图 23　本书翻译整理成员在韦日景家对瑶族婚俗古歌进行国际音标记音

图 24　本书翻译整理成员在班玉校家辨认瑶族婚俗古歌新抄本

目录 Contents

瑶族古老婚俗意象的再现与重建（代序）

瑶族婚俗古歌（以下简称“古歌”），瑶族民间称之为“都才都寅歌”，主要流传于广西壮族自治区百色市田东县作登瑶族乡和周边的祥周镇、印茶镇、林逢镇，以及德保县的隆桑镇、东凌镇等瑶族聚居区。《瑶族婚俗古歌都才都寅译注》搜集整理的歌谣，基础资料主要来自田东县作登瑶族乡的陇祥村。这首古歌主要唱述了瑶族男青年都才都寅大胆地追求自己的爱情和婚姻的曲折故事，全景式地记录了田东瑶族的传统婚俗，比较全面地反映了田东瑶族的择偶观、婚恋观和家庭观等传统观念，表达了瑶族人民对美好生活的向往。同时，古歌还涉及田东瑶族的历史、习俗、信仰、艺术等诸多内容，堪称田东瑶族的“小百科全书”“标志性文化”，也是瑶族传统口承文献中的一颗璀璨明珠。

一、田东瑶族及其族源

瑶族是中华民族大家庭中的重要成员，有着悠久的历史和灿烂的文化。据2010年第六次全国人口普查数据显示，我国瑶族总人口为279.6万人，主要分布在广西、湖南、广东、云南、贵州、江西等六省区的130多个县市，形成大分散小聚居、大杂居小集中的特点。其中，广西的瑶族人口最多，达149万，自古便有“南岭无山不有瑶”之说。

历史上，由于受历代封建统治政策的影响，瑶族“入山唯恐不深，入林唯恐不密”，迁徙频繁，居住分散，因而支系繁多，有100多种自称和他称。

瑶族的众多支系从语言谱系角度分，主要分为瑶语支（以勉语为代表）、苗语支（以布努语为代表）、侗水语支（以拉珈语为代表）和汉语支四大支系。其中，苗语支是瑶族的第二大支系，主要包括布努瑶、白裤瑶、花篮瑶、花瑶、长袍瑶、青瑶及部分红瑶等分支或小支，人口有60多万，主要聚居在广西河池市都安、大化和巴马三个瑶族自治县及周边地区，为苗语支的主体，所以苗语支的瑶族也统称为“布努瑶”。但是，除布努瑶外，其他分支或小支并不习惯称自己为布努瑶，仍然保留传统的称谓。

根据瑶族史诗《密洛陀》以及都安等地的布努瑶“四姓瑶”蓝、蒙、罗、韦的口传族谱资料，布努瑶先祖大约在唐初就从贵州中部、湖南等地迁徙到贵州省黔南布依族苗族自治州的独山县、三都水族自治县、荔波县以及广西壮族自治区河池市的南丹县、环江毛南族自治县、金城江区、宜州区、罗城仫佬族自治县等地的山区居住。大约在唐末或宋初，布努瑶主体跨过红水河，从河池市东兰县集体迁徙到都安瑶族自治县下坳镇，在一块叫“欵鼎·欵达”的巨大岩石旁立盟后，结束集体迁徙，由“四姓瑶”的祖先带领各自的族人分迁到都安的深山老林，逐渐稳定下来。由于所居住的地方大多为石山地区，自然条件恶劣，布努瑶长期过着游耕生活，“住山吃山，生山死山”，吃尽一山又一山。后来布努瑶的子孙后代又不断迁往大化瑶族自治县、巴马瑶族自治县、东兰县、宜州区、上林县、马山县、平果市、田东县等地，甚至走出国门。

根据《田东文史资料》（1988年第2辑）和《田东县地名志》（广西民族出版社2005年版）的资料推算，大约1000年前，有一支布努瑶从今天的都安瑶族自治县迁到今天的平果市的黎明乡、榜圩镇、旧城镇、海城乡及今天的河池市大化瑶族自治县江南乡等地居住，然后有一部分迁到今天的百色市田东县作登瑶族乡居住，随后又有少量布努瑶从其他地方迁来田东县。除一部分布努瑶继续迁往广西百色市德保县、云南省文山壮族苗族自治州富宁县等地外，大部分就在田东县作登瑶族乡繁衍生息，形成了如今田东县及周边地区两万多人口的瑶族主体。也就是说，如今田东的瑶族，与都安、大化、巴马的布努瑶是同根同源的关系，但又融合了由其他地方迁来的瑶族支系。

二、瑶族婚俗古歌的历史及特色

田东的瑶族文化丰富多彩，比较有代表性的是瑶族民间俗称的“三金”，一个是“金瑶歌”，也就是“都才都寅歌”，另外两个是“金锣舞”和“金唢呐”。金锣舞，瑶语称“左周［tsj^{h}ɔ^{3} ȵtɕəu^{4}］”，“左［tsj^{h}ɔ^{3}］”指“敲打”，“周［ȵtɕəu^{4}］”指“金锣”。据说一方面是因为古时使用的铜锣中掺有黄金铸成，另一方面是因为金锣既是舞蹈的伴奏乐器，又是舞者的必备道具，故此得名。吹唢呐习俗在田东瑶族地区源远流长，目前全县共有106人会吹唢呐，12个人会制作唢呐，田东瑶族乐手能用唢呐吹出几十个曲调。吹唢呐是田东瑶族地区各种红白喜事的必备节目，非常盛行，所以民间将唢呐叫作“金唢呐”。

田东瑶族歌谣文化发达，因产生的时间和唱调不同，主要分为两种。第一种是古歌，包括“都才都寅歌”“春游歌”“恋歌”等，出现时间比较久远，无法确定具体创作年代。古歌曲调优美，委婉细腻，拖音悠长，经过长期的演变，更显得凄楚忧伤、缠绵悱恻，富有诗意，是人们了解田东瑶族历史、习俗、信仰、艺术等方面的珍贵资料。第二种叫“哈唸歌”，出现在二十世纪三四十年代，主要有“耕地歌”“种植歌”“喜庆歌”“送行歌”“爱情歌”“祝寿歌”“七月丰收歌”“春乐歌”“婚事歌”等。每支民歌都有专门的使用场合，曲调相对固定，歌手除了演唱沿袭下来的手抄本或师傅传授的歌词外，也可以当场即兴编唱，看见什么就唱什么，想到什么就唱什么，自由发挥的空间很大。歌词分为五言两句、三句、七句不等。

“都才都寅歌”是田东瑶族歌谣的代表，也是田东瑶族民间文学的集大成者。它既有田东瑶族歌谣的共同特点，也有如下独具的特色：

第一，嫁女的专门场合演唱。“都才都寅歌”是在嫁女时由男方家请专业歌手到女方家去唱的，女方家相应请一位女歌手来唱和。

歌堂一般设在女方家的中堂，两三张合拢的桌子上摆满鲜花、水果、茶、酒、烟等待客用品，男、女歌手各分成一组，围坐在桌子旁唱歌，观众则围在屋里屋外边听边看，烘托气氛。“都才都寅歌”从《序歌》开始唱到最后的《写家书》，如果不间断地唱，要四个多小时才唱完。在过去的嫁女场合中，吃完晚宴后，由两位男女歌手领着全场歌手和亲友们一起唱，通宵达旦，直到唱完后，新娘才可以向双亲和其他亲朋好友告别，出门到新郎家去。

第二，固定的句式唱法。“都才都寅歌”在句式上，采用“一意两句”的方式进行演唱。所谓“一意两句”，就是一个意思或一个内容故意拆分成两个句子演唱，为的是讲究对仗，同时也方便学习和记忆。在唱法上，先由一位唱功好的男歌手领唱，他唱上句，其他歌手合唱下句进行回应。（有时男歌手刚唱到上句的前半部分，众人便合唱后半部分及下句。）正因如此，唱“都才都寅歌”必须要有一个男领唱，而合唱的人数不限，少的可以是两三个人，多的也可以是五六个人，甚至更多。通常情况下，合唱的队伍由男女搭配组合。

第三，独特的歌唱语言。从语言角度而言，“都才都寅歌”是用田东瑶族的发音方法来发音，但这种古歌演唱语言不是田东瑶族的现代交际语言，而是以古瑶语为主，杂糅着许多壮语成分。比如“陇相[loŋ^{8}θ^{h}iaŋ^{3}]”和“乜发[mɛ^{6}fa^{5}]”这两个词，“陇相”指父亲，“乜发”指母亲，类似的古词语，在“都才都寅歌”中比比皆是。之所以如此，是因为布努瑶来到田东后，其婚俗发生很大变化，其中最大的变化是由过去通行族内婚转变为允许其他民族做上门女婿。他们生下的儿女，姓氏可以跟随父亲，但民族成分却是瑶族，学习瑶族文化。所以，田东瑶族的姓氏较多（田东瑶族共23个姓氏），一些姓氏是其他地方的布努瑶所没有的，如阮、甘、王、班、谭等姓氏。与其他民族通婚，必然带来语言和文化上的交融，所以“都才都寅歌”掺杂部分壮语或汉语，也就不足为怪了。

第四，倒叙的叙事方式。作为一部瑶族婚俗古歌，“都才都寅歌”是以瑶族男青年都才都寅作为主角对瑶族婚俗进行全景式记录和描述的，但是，当人们读到最后一节《写家书》时，不免充满疑惑，这封信通篇讲的是女子出嫁前哭嫁的一些内容，包括自己的童年经历、分担父母重任、关照患病父母、请求父母为即将嫁人的自己煮送行饭等。按一般程序，哭嫁歌唱完后，才正式进行结婚的仪式程序，但“都才都寅歌”到这里就结束了。之所以如此，是因为它采用倒叙的方式，把婚礼的很多内容和仪式都放在前面的14节来讲了，不需要再用一节专门讲述婚礼过程。其他的各个章节，也使用了类似的倒叙方式。比如，第四节《请媒人》讲到都才都寅长成小青年，要出去寻找意中人，请舅舅来做说亲娶亲媒人，舅舅很是乐意，满口答应。“办婚事要备公鸡，行婚礼要筹母鸡。办婚事要备肥猪，行婚礼要筹肉鸡。当时都寅自思量，当下都才自盘算。自己思量取小米，自己盘算拿大米。取出大米和陈酒，拿出小米和老酒。装担去报亲家恩，挑礼去还亲人情。都才要去娶娘子，都寅要去接妻子。”很明显，按瑶族婚俗的正常程序，这些内容都是第五节《通姻路》，甚至第六节《送聘礼》以后才发生的，但古歌都放到前面来交代。

第五，巧妙运用指代手法。古歌大部分内容是用指代手法来展示田东瑶族对生活的形象描述。比如，用“花”指代姑娘，年轻貌美的姑娘就好比那晨曦中盛开的鲜花一样鲜艳芬芳；用“天空”“大地”来指代舅舅，因为布努瑶认为舅舅的地位比天高、比地大；用“路”和“桥”指代布努瑶先人创立的规矩；等等。此外，古歌还大量运用拟人、夸张、比喻、排比等修辞手法来叙述瑶族青年男女从相识到相恋，直至喜结连理的过程，曲调委婉平和，优美动听，民族特色浓郁，艺术构思和表现方法独特。

三、瑶族婚俗古歌蕴含的文化图景

在田东瑶族的歌谣中，“都才都寅歌”不仅篇幅最长，而且内容也最丰富，其价值也最高。“都才都寅歌”主要反映瑶族的婚俗，还涉及瑶族的传统生计、地方知识、择偶标准、交往习俗、婚姻家庭制度、社会组织、社会关系、伦理道德、民间信仰等，信息极其丰富，可谓以瑶族制度文化和精神文化为主干的文化全息图景，借此可以真切而全面地了解田东瑶族的社会文化概貌，因而是瑶族研究不可多得的珍贵的第一手资料。这里仅对择偶观、婚恋观和婚俗特征进行撮要性释读和解析。

（一）田东瑶族的择偶观

古歌虽然没有直接言明田东瑶族男女青年的择偶条件和要求，但却以含蓄的方式说了出来。都才都寅作为古歌的主角，自然也是田东瑶族青年的榜样。古歌说他在家乡附近的河边村寨认识一位称心如意的姑娘，并与之深深相爱，在经过请媒、说亲和送礼后，就进入筹婚金的阶段，即男方要送彩礼。彩礼从哪里来？第八节《筹婚金》唱到，婚金是靠都才都寅自己一个人历经两年辛勤劳动才积攒够的，这就是田东瑶族女青年对求偶男青年的基本要求：劳动能手、勤劳俭朴、积极向上、不怕挫折，自己的幸福自己创造。反过来，男青年对女青年的品行有哪些要求？第三节《传婚规》唱到，都才都寅看上的这位邻村姑娘，不仅"魅力青春常留驻，婀娜丰姿永留存。就像旭日初升起，又似满月洒流波"，而且待人接物得体，很有礼貌，非常乖巧，"远客到来会招呼，贵宾上门能接待。舅父到来会招呼，叔伯进门能请茶。会给客人点烟丝，会请贵宾抽烟筒。待人接物好中意，操持家务很合心。姑娘正好合我心，姑娘正好如我意"。在最后一节《写家书》中，这位新娘因为要"同行都才姻缘路，共走都寅婚姻桥"，于是"跟家父诉说衷情，与家母倾诉衷肠"。自述童年起如何主动帮助父母下地劳动、上山打柴、赶圩购物等，让父母高兴；又如何在父母患病时悉心照料等。最后请求家贫的父母为即将嫁人的自己煮送行饭，承诺要"跟都才建房造屋，和都寅成家立业"等，这也隐含着田东瑶族对新娘甚至所有瑶族女孩子的品行要求：热爱劳动、手脚勤快、心灵手巧、孝顺父母，出嫁后要与丈夫同心同德、勤俭持家，把家庭经营好，把日子过好。

（二）田东瑶族的婚恋观

古歌中较真切地反映了田东瑶族命中注定、不必舍近求远的婚恋观。古歌的第一节《寻情友》，叙述少年时的都才都寅第一次走出家门，到周边村寨去结识情友，接着又到很远的部落首领所在地"京城"及"万府"去寻访意中人，但都无功而返，向父母倾诉心事:“万个女友都寻遍，千位姑娘都找完。万个女友不中意，千位姑娘不合心。女友不合我的心，姑娘不中我的意。”第二节《去捕鸟》叙述都才都寅到远离村寨的山坡上捕鸟没有成功，却在村寨附近的山坡上捕到鹧鸪和画眉，其用意就是借捕鸟之事来对都才都寅的远方寻偶和后来的近地求偶做鲜明比照，为第四节做铺垫。第三节《传婚规》叙述都才都寅不经意间在家乡附近找到一位称心如意的姑娘，爱慕不已，并决定追求她，“不许别人划此船，不让他人撑此舟。不许别人走此路，不让他人行此桥”，两人很快坠入爱河，相亲相爱。都才都寅费尽周折，苦苦寻觅，没想到“众里寻他千百度，那人却在灯火阑珊处”。何以如此？这是因为布努瑶长期居住在偏远闭塞的山区，过去与其他民族来往较少，一般不与外族通婚，古歌这样编唱，实际上是在告诫瑶族青年男女，找意中人不要舍近求远，更不要好高骛远，要实际点，附近就有意中人。

（三）田东瑶族的婚俗特征

“都才都寅歌”很完整地展现布努瑶的古老婚俗。它除了被人们所津津乐道的仪式感十足的各道复杂程序，还具有以下鲜明的特征:

1. 自由恋爱

在“都才都寅”生活的时代，瑶族男青年很小就可以自由地“识姑娘”“结情友”了。第一节《寻情友》中说到，当时都才都寅还很小，“站立只到大人颏，坐下方齐大人膝”，可是一旦“学会穿鞋串村寨，学会穿袜逛村屯”，就“逛到村屯识姑娘，走到村寨交情友”。当男孩长成小青年模样时，父母支持男孩子大胆地走出村寨到远方去结交姑娘，“母亲送给古书籍，父亲教给古书信”，于是都才都寅离家到很远的“京城”“万府”去寻访意中人，但是没有找到，只好返身回家，最后在邻近的村寨找到称心如意的姑娘。整个寻访姑娘的过程是自由的，父母等长辈并没有干涉。此外，女方也有一定的自主权。第四节《请媒人》中，父母给都才都寅讲传统婚俗教育，说如果“撑伞跨进对方门，打伞步入人家堂”（送聘礼），就要征求女方意愿，“要问对方是否愿，要问人家是否嫁。人家同意嫁女否？对方愿意嫁人不”。只有等到“人家同意嫁之时，对方愿意嫁之际。是时我们才有名，那时别人才赞誉”。第七节《说亲事》里，都才都寅的舅舅到女方家做媒，女方父母拿不定主意，建议媒人回去等待消息，“我们若见女开口，我们若闻女回应。听到闺女的回答，得到女儿的回应。消息送达你们家，消息传到你们屋”，“到时你俩再过来，届时你们再提亲”。这说明，尽管舅舅有决定权，但父母还是要问问女儿，遵从女儿的心愿。

2. 舅舅做媒

布努瑶长期盛行父权制和舅权制，民间流传“天上雷公，地上舅公”“天大地大，舅爷最大”等这样的俗语，民间世世代代把舅舅比作或称作“天”“地”。小孩从出生、长大、交友、结婚，直至成家立业，舅舅都要进行管教。在儿女缔结婚姻的过程中，舅舅不仅充当媒人，而且自始至终在许多重大环节上做主定夺。第四节《请媒人》中，在父母对都才都寅进行传统婚姻规矩教育后，都才都寅诚心诚意地去拜谒舅舅，郑重邀请他做自己的说亲娶亲媒人。当都才都寅恋上邻近村寨的姑娘后，他立马邀请舅舅来自己家里，好酒好肉招待，要舅舅为他牵线搭桥，“去筑我的婚姻路，来架我的爱恋桥”（第五节《通姻路》）。都才都寅的舅舅巧妙地扮成过客，天黑投宿在都才都寅情友的家中，顺利地把聘礼送到都才都寅情友父母的手中。在住了几天，双方比较熟悉之后，都才都寅的舅舅才说明来意。女方的父母问遍叔婶、舅娘、叔父、伯父等亲戚，但是所有的人都说“这话我不能开口，那事我不能决定……我看不透这事情，我弄不懂这情况”（第七节《说亲事》），不敢定夺是否接受男方的订婚请求。但是，众人都认为“我们山村这么穷，我们村庄这样贫。难道要嫁给官爷？岂非要嫁到官家？”，隐含要“门当户对”之意。女方父母明白兹事体大，用男方家下的聘礼到街上买好酒肉，置办一桌酒席，请所有亲朋好友来商议，最后是舅舅“动了嘴”“开了口”，提出一些条件，叫媒人转达给都才都寅。这说明，女方家也只有舅舅有权答应或拒绝男方代表（即媒人）提出的建立婚姻关系的请求，同时，女方需要男方置办彩礼的轻重厚薄，也是由舅舅说了算。在第十三节《备礼担》中，到了去接亲的日子，舅舅又和其他亲戚一道自发前来，他们砍竹、破篾，把担子绑牢扎紧，非常细致认真地帮助都才都寅把彩礼组装成能抬能挑的漂亮礼担，祝福都才都寅接亲顺利。

3. 祖先崇拜

布努瑶民间信仰主要是以自然崇拜和祖先崇拜为主。布努瑶把自己的祖先列为地位最高的“家神”，反映在“都才都寅歌”中，就是缔结婚姻关系的每一个程序操办之前，都要郑重其事地备供品祭报“家神”（祖宗）。第五节《通姻路》唱到，都才都寅请来舅舅，先杀鸡供奉祖先“家神”，向神禀报，然后才央求舅舅为自己做媒。这一套程序，其要义在于：一是希望婚姻关系得到“家神”的护佑；二是表明婚姻关系得到神灵护佑，显示其合法性，使婚姻关系得以稳固；三是在报神后，婚姻关系才符合当地婚俗礼仪，这桩婚姻才能够得到亲朋好友以及社会的认可。第十二节《梳新妆》唱到，如果两位伴娘把新娘接回都才都寅家里，新娘要“做大柱”“做户主”，她“还要保管祭祖蜡，还要掌管拜神香”，必须“常拜家中老祖宗，常供家中诸神仙”，才能保证“万代当家不动摇，千年做主不变心”。在第十四节《祭祖宗》中，都才都寅郑重其事地请巫师到家操办法事，祭请各路神灵护佑前往女方家接亲的队伍去无灾、回无难，护佑送往女家的彩礼不受损失。而且这一节篇幅最长，共有446行，详细而生动地描述道公打卦请“祖宗家神”来到法事现场，嘱咐“祖宗家神”护佑彩礼送达女方家，并护佑新娘来到新郎家，一路上协调和阻止各种“客神野鬼”降灾作乱，确保嫁娶过程来去平安。“用好餐后护礼队，享好福后保礼队。护礼队安全上路，保礼队平安返程。”“保佑礼队顺畅回，护佑接亲顺利归。”这些情节体现了田东瑶族深厚的祖先崇拜。

4. 伴娘抢眼

婚嫁庆典少不了伴娘。“都才都寅歌”用两节的篇幅叙述伴娘缝制新衣、梳妆打扮的过程。第十一节《缝礼服》讲到，都才都寅置办好了丰厚礼品，却发现因没有伴娘，“不像迎亲的队伍，不似接嫁的行列”。于是请来同村两个穷人家的小女孩做伴娘，自己三番五次到街上购买绸布、彩丝、彩带、花布等，请来心灵手巧的瑶族妇女为伴娘缝制特有的衣裳——挑花侧襟女衣。新衣不仅色彩斑斓，而且五彩缤纷的图案寓意丰富：新衣的衣领、衣袂等处挑有红蚁和黄蚁列队爬行的图案，寓意新娘出嫁，众人送行；直襟和斜襟上挑有龙图和虎斑图案，寓意龙神虎王始终护佑着新娘；衣袖袖口缀有两个孩童的图案，寓意新娘婚后多子多福；新衣各处挑有和缀有的各种彩色花边，则是古代布努瑶妇女审美观的集中体现。第十二节《梳新妆》叙述都才都寅请四位表姐堂妹帮助两名伴娘梳妆打扮的事。先从漱口洗脸开始，接着是梳头、结辫子、理刘海，最后是戴银质饰品——贴头、手镯、项圈等，两位伴娘变得无比美丽："耳环挂在耳垂上，银牌插在发顶上。手镯套在手腕上，项圈套在脖颈上。手镯十二套手上，项圈十三套颈上。四件饰品装头上，三色彩绣镶脚边。嘴唇朱红似花瓣，牙齿洁白如豆腐。袜子绣有龙腾图，鞋子绣上双飞蝶。脚趾美似嫩蜂蛹，手指白如马蜂蛹。洁白如河里美玉，净白似炉中银水。围裙飘荡如风筒，襟裾圆滚似展伞。圆滚像伞自旋转，飘荡似风自转动。出门如下凡仙女，外出像窈窕淑女。"两名伴娘最后成功完成任务，助都才都寅把新娘迎回家里。古歌如此浓墨重彩地叙述都才都寅请人为伴娘制衣打扮，传达了以下重要信息：一是伴娘作为男方家迎亲队伍的"面子工程"，必须要美，而且要美到惊艳，鲜艳夺目，与新娘掩映生姿；二是田东瑶族妇女是个特别爱美和善于梳妆打扮的群体；三是伴娘的新衣必须手工制作，光鲜亮丽，是田东瑶族服饰的精品，实际上这种女衣现在也是田东瑶族妇女居家待客和出行做客常穿的服装。

四、《瑶族婚俗古歌都才都寅译注》的出版价值

《瑶族婚俗古歌都才都寅译注》是在整理过去歌手所用的"土俗字"手抄本的基础上，结合歌手的现场演唱，经过不断的比对、斟酌、打磨，最后翻译整理的。这是对瑶族歌谣文化的一次抢救性发掘、系统性整理及初步研究，具有重要的学术价值和出版价值。

（一）培育和增强瑶族的文化自信和文化自觉

历史上，瑶族没有和本民族语言相一致的文字。受封建统治阶级思想的影响，古代文献对瑶族历史文化的记载极为简单，甚至有

不少谬误、污蔑。部分瑶族师公为抄写经书曾创造过一种土俗字，但只在少数人中流行。因此，瑶族民间遗留下来的古歌、传说、故事等就极为珍贵，是研究瑶族历史文化的宝贵资料。具体到布努瑶研究，过去学术界和其他社会各界比较关注的是密洛陀史诗、祝著节、铜鼓等文化事象，主要聚焦在都安、大化和巴马这三个布努瑶聚居地，而对其他地方的布努瑶关注不多。田东的瑶族及其文化多年来“养在深闺人未识”，等待着人们去挖掘和研究。

瑶族婚俗古歌对唱活动在过去非常隆重热烈，深受瑶族人民的喜爱。但是，随着时代的变迁，婚俗古歌逐渐失去了它赖以生存和发展的传承平台，民俗场景难觅踪迹，民间手抄本丢失殆尽，民间歌手越来越少，传承模式难以维系，处于极度濒危的境地，因而对它的抢救性发掘、系统性整理、专业化研究显得极其迫切。由于瑶族能够从事高深层次人文社会科学调查研究的人才成长比较缓慢、为数尚少，而国内外通晓瑶族语言的非本民族专家学者更少，有关田东瑶族的资料搜集、文献整理、基线调查、专深研究尚显薄弱。为了传承田东瑶族文化，《瑶族婚俗古歌都才都寅译注》作为田东首部瑶族歌谣的整理出版，有着较强的示范性作用，它填补了田东瑶族人写瑶族文化书籍的历史空白，极大地提振田东瑶族的文化自信和文化自觉，勇敢地向世人宣告这是“自己的”文化，并通过这个代表性文化获得受尊重的机会，进而有望使古歌成为全国乃至国际社会共享的文化遗产。它能促使田东瑶族重新审视和认识这部古歌，培养更多的歌手传承古歌，促进人们去探索瑶族传统文化的保护和创造性转化、创新性发展等问题。当然，它也是田东非遗扶贫、旅游扶贫的重要文化资源，有助于国家实施精准扶贫的战略工程，帮助田东瑶族脱贫致富，实现乡村振兴。

另外，《瑶族婚俗古歌都才都寅译注》的基础材料，是田东瑶族歌手用土俗字书写的手抄本。土俗字是南方少数民族记录本民族历史文化和其他信息的重要文字，过去人们对布努瑶的土俗字搜集很少，甚至知之甚少。由土生土长的布努瑶学者译注的田东瑶族婚俗古歌手抄本，能忠实地再现古歌的音义实况，体现出可信度非常高的文字材料，很好地弥补布努瑶土俗字搜集整理方面的缺陷和空白。

（二）推进少数民族古籍系统性、规范性搜集整理和出版

少数民族古籍的整理出版有文学版本和科学版本两种。文学版本的正文中只有汉文意译行。科学版本的正文须有民族文字（土俗字）、国际音标、汉文直译、汉文意译四行对照，或至少有三行，即国际音标、汉文直译和汉文意译。《瑶族婚俗古歌都才都寅译注》有四行（土俗字、国际音标、汉文直译和汉文意译），严格遵循科学版本体例，尽可能保持瑶族古歌字形、字音、字义的原貌。

《瑶族婚俗古歌都才都寅译注》的整理，采用“题解”+“正文”+“注释”的基本框架，分16个部分对长达2917行的整首古歌进行了译注。“题解”主要提供理解本节的线索，对一些重要民俗背景或情节进行简明扼要的介绍。“正文”为歌谣主体，采用四行对照体例，保留了古歌的原音、原义、原貌，便于读者阅读理解。“注释”是对古歌中提到的人名、方言土语及特有民俗事象等进行解释说明，方便读者更好地理解古歌内容。同时，《瑶族婚俗古歌都才都寅译注》还附有单独的汉译、英译，便于读者快速浏览瑶族婚俗古歌内容，有利于瑶族婚俗古歌对外传播。《瑶族婚俗古歌都才都寅译注》既是了解田东瑶族历史文化和社会风俗的重要工具书，也是学习田东布努瑶语的理想手册和探索布努瑶文学创作特点的典范文本，更是进行各民族民间文学发掘整理值得借鉴的示范作品。另外，《瑶族婚俗古歌都才都寅译注》还是一部少数民族古籍富媒体出版物，是积极探索瑶族传统文化在多媒体、自媒体时代实现创造性转化和创新性发展的一次重要尝试。

（三）铸牢中华民族共同体意识的重要文化资源

瑶族是一个历史悠久、迁徙频繁的民族，频繁迁徙使瑶族历经了复杂的民族接触交流、内部分化流变和社会文化变迁。从《瑶族婚俗古歌都才都寅译注》中，读者不仅能够体会到一个饱经沧桑的民族自强不息的精神状态、对美好生活的执着追求，还能够体察到他们对待族际通婚、民族交流互鉴以及不断从周边民族中汲取先进经验的智慧和自觉。如古歌的歌唱语言杂糅大量的古瑶语、壮语及少量汉语等多种词汇，这是瑶族与壮族、汉族等民族交往交流交融的历史证明，是中华民族文化多元一体在田东的地方化实践形态和现实表现。

借助历史文献和田野调查手段，通过对《瑶族婚俗古歌都才都寅译注》相关内容的搜集整理和进一步研究，以瑶族为立足点，进而对纵横结合的"中华民族多元一体"格局形成和与时俱进展开研究，可以找到田东瑶族历史和文化的底色，探寻田东瑶族与西南其他民族文化交融的渠道，构建中华民族文化认同和国家认同的基础，进一步铸牢中华民族共同体意识，促进民族团结进步事业繁荣发展，同时丰富民族史、民族关系史和民族理论的研究成果，为建立立足中国大地、有中国特色的哲学社会科学体系助力。

（四）构筑中国瑶族和世界瑶族的联系纽带，助推国际学术交流和瑶学发展

包括布努支系在内的瑶族，自明代中后期以后逐渐迁徙、分布到中南半岛。20世纪以来，瑶族进一步从东南亚扩散到世界各地，形成国际性的跨国民族。据统计，目前在国外的瑶族同胞有60多万人，不少人不仅会说瑶语，还会说汉语，不少家庭甚至还保留有瑶族代表性文书或典籍。这些散布在海外的瑶族，与国内瑶族血脉相连，根在中国，心系故土，每逢重大节日或重要活动，不少人还漂洋过海，历尽千辛万苦，回到祖居地寻亲，维系民族情感。

《瑶族婚俗古歌都才都寅译注》以及其他瑶族传统文化的发掘整理与出版，必将极大地增强海外瑶族同胞的故国家园情怀，吸引海外瑶胞探寻祖迹故地，增进民间国际交流，促进"一带一路"的民心民意沟通。因此，《瑶族婚俗古歌都才都寅译注》有助于构筑中国瑶族和世界瑶族的联系纽带，促进国际学术交流，推动国际瑶学的研究和发展。从更为深远的意义来说，对包括瑶族在内的各民族文献进行发掘整理和出版传播，既是新时代增强全球华人凝聚力的重要基础工程，也是推动中华文化走向世界，为实施"一带一路"倡议提供学术支持的具体行动。

五、瑶族婚俗古歌的传承及面临的困境

瑶族婚俗古歌在流传过程中，形成了自己独特的传承方式和传

承谱系。

歌手，或者更准确地讲是男歌手，是婚俗古歌的传承主体。从形式上看，婚俗古歌需要男女搭配，由男歌手领唱，男女多人或全部由女歌手合唱回应，所以男领唱歌手是主角，他必须熟悉掌握全部古歌的内容和唱法。从使用场合来看，一场成功的婚俗古歌的演绎，主要依靠这位男领唱歌手的引导、协调和掌控，甚至可以说，演绎水平的高低、演绎成功与否，也是由他的领唱水平决定。因此，这些男歌手过去在瑶族地区地位很高，也有不错的经济收入。

演唱、讲唱、口授、记录，这是婚俗古歌传统的基本传承方式，近年来则增加了录音、视频和文字的传承方式。在二十世纪八九十年代以前，几乎每个男领唱歌手都有自己手抄的歌本，这些手抄歌本用土俗字抄写。土俗字，主要取同音、近音汉字记录歌手所唱的内容，也有的按表意来记录。土俗字手抄本，外人只知其音，抄写者才能看懂其中的意思，而且时间一久，连抄写者自己也容易忘记原来的音和意。所以，这种记录方式，一是需要歌手不断地复习、查阅手抄本内容，保持原音和原意；二是同一个古歌内容，因为由不同的人手抄记录，文字有出入，故容易产生异义、歧义。因此，要完整准确地理解、翻译手抄本是一件工作量很大的事情。

出版《瑶族婚俗古歌都才都寅译注》，工作量巨大，从搜集、整理到出版，历时12年多，中间历经周折，来之不易。收录于《瑶族婚俗古歌都才都寅译注》的手抄本，由田东县委统战部原副部长韦日景和田东县民族宗教事务局韦生发搜集。两位搜集者都是土生土长的田东布努瑶人，生在瑶寨，长在瑶乡，从小就跟着长辈学唱山歌，能唱多首古歌，对本民族文化有着深厚的感情。其中，韦日景年过九旬，参加过1000多场“都才都寅歌”演唱，本书就是以他1956年的手抄本为整理蓝本。韦生发出生于1966年，是百色市瑶族山歌的传承人，也是田东瑶族文化的重要守护者，他自2008年起就深入作登瑶族乡搜集“都才都寅歌”，先后拜访了韦日景、谢妙刀、谭志昌、黄妙达、谭美高、谢妙目、阮国生、谭妙福、韦妈先、韦美月、阮妙思、韦美高、班妈章等10多位当地著名歌师、歌手，掌握了大量的第一手资料，并在搜集整理的过程中逐渐分辨古歌手抄本的内容和读音。2012年，广西壮族自治区少数民族古籍工作办公室（今广西壮族自治区少数民族古籍保护研究中心的前身）决定整理出版《瑶族婚俗古歌都才都寅译注》时，共有两个古歌手抄版本呈送上来，经过韦生发的认真辨别，认为韦日景1956年的手抄本内容比较全面，于是决定以此为蓝本进行整理译注。

古歌的传承渠道有师传、家传、社会传授三种。过去流行前两种，现在因为传承人越来越难以找到，也不易培养，老歌手向社会广泛招徒、授徒成为新的潮流。不过即便如此，古歌在当代传承也面临严峻的挑战，处于极度濒危的境况。《瑶族婚俗古歌都才都寅译注》项目在2012年正式启动时，田东县尚有14位古歌歌师、歌手，但到2020年已有8位歌手先后离世，其他6人（包括韦日景）也都年事已高，古歌的抢救工作迫在眉睫。更为严重的是，由于过去不重视对这部古歌的搜集整理与保存，大量遗留在民间的手抄本现在已丢失殆尽，完整的民间手抄本已难觅踪迹。民间歌手已经没有人能像老一辈那样不看歌本就可以熟练地演唱古歌了，大多数人只能跟着老一辈歌手或依靠手抄本学唱或哼唱几句而已，一时难以担当传承古歌的大任。

为了抢救这份民族文化遗产，韦生发对韦日景的演唱版本进行了完整的录音和录像，为后人保留了珍贵的原始材料。自2014年以来，韦生发一边继续自学古歌，一边四处联络其他保护瑶族文化的爱好者，先后在田东县作登瑶族乡陇祥村、梅林村、陇接村以及平马镇新乐村等瑶族村寨举办了10多场古歌培训班，参加古歌培训的学员达600多人次。他在此基础上组织成立了作登瑶族乡陇祥村布衣屯、陇祥屯及平马镇新乐村3个古歌队，队员160多人全部是当地村民。韦生发与古歌队队员制作了培训班课件，并搜集和整理了许多录像、录音、相片、文字材料等重要资料，组织、带领部分骨干学员和古歌队到田东县城、百色市区等地做了多场瑶族婚俗古歌的演出活动，深受观众的赞誉，让这份民族文化遗产重现活力。

经过韦生发等人的不懈努力，民族文化进校园获得重大突破。2015年开始，梅林小学开设瑶族“三金”文化课，每周星期一到星期五下午的最后一节请民间艺人到学校授课，传承瑶族“三金”文化。目前，梅林小学已有300多名学生会唱古歌（最小的是梅林村三角屯7岁的女孩班慧煊）、能跳金锣舞，80多名会奏唢呐曲（梅林村谷立屯六年级谭朝峰同学能奏10首唢呐曲），梅林小学也因此被列为田东县民族文化进校园示范学校。如今，韦生发等人正以陇祥村、梅林村作为基地，致力于围绕“三金”打造田东布努瑶文化。

《瑶族婚俗古歌都才都寅译注》（富媒体出版物）是纸质出版与数字出版相互依托、融合呈现的民族文化产品，拓宽了古歌的传播方式，读者用微信扫描书中版权页、每节辑封等处的二维码，便可播放书中“都才都寅歌”的演唱视频，借助视频自学古歌。此外，本书还增加了英文书名、英文目录、英文编者语、英译古歌全文等内容，增强了古歌的国际传播力。希望能借助新时代力量和广阔平台，将“都才都寅歌”及其他瑶族文化传承下去，并发扬光大。

覃 琮

（广西师范大学政治与公共管理学院副教授、博士）

2020年3月25日

凡例

一、本书根据流传于广西壮族自治区百色市田东县的瑶族布努支系（以下简称布努瑶）民间口承文献及部分手抄本进行翻译整理。

二、瑶族只有民族语言，没有民族文字，婚俗古歌主要靠口耳相传。出于传承传播的需要，新中国成立前后，田东县有些知识分子用汉字记瑶音的方式抄录婚俗古歌，整理者先后搜集到两个版本手抄本，作为本书翻译整理基础资料的补充。

三、本书共十六节（含序歌），为方便读者阅读和理解，整理者在每节正文前做了题解，并在正文中对特殊术语进行了注释。

四、本书正文体例为四行对照：第一行以土俗方块字作为记音符号；第二行为国际音标，是古歌的原始读音；第三行为汉文直译，为古歌每个字词的原义；第四行为汉文意译，把五言古歌句译成七言现代文，不讲求韵律，只求尽可能表达意义。

五、本书古歌标音以田东县委统战部原副部长、老歌师韦日景发音为基础语音。

六、田东县布努瑶古歌语音有不送气辅音和送气辅音。为书写方便，本书一律在辅音字母后加字母 h(上标)，表示送气，如：dʑ—dʑ^h、kj—kj^h。

七、田东县布努瑶古歌语音的辅音中，鼻音包括清化鼻音和单纯鼻音。清化鼻音在辅音下加清化符号“̥”表示，如 n̥、m̥。

八、田东县布努瑶古歌语音有 10 个声调，为了标调方便，凡国际音标一行仅标调号。10 个调号对应的调值如下：

调号	1	2	3	4	5	6	7	8	9	10
调值	33	12	53	232	41	221	32	21	35	23

九、田东县布努瑶语音有变调现象，整理者用国际音标记音时，遇上变调情况，不记原调，而记变调，以供学者研究。

十、一个词有单音节和双音节，是田东县布努瑶古歌的一个特征，对于这类词语，整理者汉译时统一译为一个词义。如：[dʑɛn^{8}moi^{1}] / [moi^{1}]（媒人）、[dʑɛn^{8}θ^{h}ei^{3}] / [θ^{h}ei^{3}]（媒师）等。

序歌

Preface Song

［题解］序歌为古歌开篇，通过自问自答来展开情节，奠定全歌基调，引出后续内容。主要叙述一群因追求爱情而聚集在一起的男女青年，回忆都才都寅从恋爱到结婚的历程。歌手采用自问自答的歌唱方式，自述来历，说明来意。序歌含忆往事、论相识、叙良机、邀对歌、表情意几个部分，畅谈对自由恋爱的追求和期盼。

扫码看视频

扫　端　嘀　背　闹

dʑau^{6}　ton^{1}　dit^{10}　bei^{8}　nou^{1}

时　想　想　我　讲

此时我讲恋爱史，

祥　端　端　桐　当

dʑun^{8}　ton^{1}　ton^{1}　doŋ^{1}　taŋ^{5}

时　想　想　我　说

此刻我说旧情事。

嘀　背　当　抄　花①

dit^{10}　bei^{8}　taŋ^{5}　θau^{1}　kw^{h}a^{9}

想　我　说　个　花

我想说那好姑娘，

端　桐　闹　对　友②

ton^{1}　doŋ^{1}　nou^{1}　toi^{5}　ʐou^{6}

想　我　讲　对　友

我想讲那旧情友。

双花③　哎④　对友

θoŋ^{1}kw^{h}a^{9}　ei^{1}　toi^{5}ʐou^{6}

姑娘　哎　朋友

好姑娘哎好情友！

小羊　扫　你平

θ^{h}iou^{3}ʐoŋ^{6}　dʑau^{6}　ni^{8}bun^{1}

比如　时　这样

正是这般好时节，

来荣　祥　你代

ʐai^{8}ʐoŋ^{1}　dʑun^{1}　ni^{1}dai^{10}

比如　地　这样

正像这样好时光。

① 花［kw^{h}a^{9}］：原义是“花”，此处是用“花”来指代姑娘。

② 友［ʐou^{6}］：瑶族民歌对唱中歌手的互称。该称谓常用于三种情形：一是用于建立恋爱关系的真实男女情人；二是用于非情人关系的男女歌手，用此称谓以拉近距离，烘托对歌氛围；三是用于朋友之间，既可称异性朋友，也可称同性朋友，表达两人之间的深厚友谊。

③ 双花［θoŋ^{1}kw^{h}a^{9}］：原义是“姑娘”。同一句的“对友［toi^{5}ʐou^{6}］”原义是“朋友”。“双”“对”两词均指“在座的年轻人”“我们这一群人”。下文的“三花［θan^{1}kw^{h}a^{9}］”“四友［θei^{5}ʐou^{6}］”同。

④ 哎［ei^{1}］：叹词，无实际意义。

论 四 对① 卜 桐

lun^{6} θei^{5} toi^{5} bu^{8} doŋ^{1}

说 四 对 个 我

我来讲我这朋友，

来 三 双 卜 背

z̧ai^{8} θan^{3} θoŋ^{3} bu^{6} bei^{6}

说 三 双 个 我

我要说我这同伴。

血 背 乃② 床虽③

hat^{9} bei^{6} n̥ai^{5} dʑoŋ^{8}θ^{h}ei^{3}

早 我 坐 书桌

今早我坐书桌旁，

恩 桐 英 当墨

ŋwon^{8} doŋ^{1} ɛŋ^{3} taŋ^{5}mak^{6}

日 我 靠 墨椅

今天我坐墨椅上。

乃 当墨 滴④ 天

n̥ai^{5} taŋ^{5}mak^{6} dit^{10} tɛn^{1}

坐 墨椅 接 天

坐在墨椅观天象，

英 床虽 滴 地

ɛŋ^{1} dʑoŋ^{8}θ^{h}ei^{3} dit^{10} dei^{6}

靠 书桌 接 地

靠着书桌看地理。

① 四对［θei^{5} toi^{5}］：概数，指歌堂桌边的众人。下句“三双［θan^{3} θoŋ^{3}］”同。
② 乃［n̥ai^{5}］：原义为“坐”“休息”，此处指“坐下”“背靠”。下句“英［ɛŋ^{3}］”同。
③ 床虽［dʑoŋ^{8}θ^{h}ei^{3}］：书桌。下句“当墨［taŋ^{5}mak^{6}］”，即墨椅。布努瑶自古习惯把未婚青年说成“书男”“墨女”，即这些青年正值“请人看书测八字结婚”和“请人看书择吉日结婚”的年龄。此处的“书”指测八字和择吉日的书，“墨”指测算后把良辰吉日写在纸上的墨。因此，与婚龄青年有关的物品，有的也被加上“书”“墨”二字，“书桌”“墨椅”是指未婚青年往来常坐的椅、凳或者其他物体。
④ 滴［dit^{10}］：原义为“接”，此处指面朝着、眼望着。

乃　的　仪　荣才①

n̥ai^{5}　di^{1}　ȵit^{6}　z̥oŋ^{8}dʑai^{1}

坐　跟　太阳　相等

坐靠太阳同光辉，

英　亮　刀　荣辰

ɛŋ^{1}　z̥oŋ^{1}　dau^{1}　z̥oŋ^{1}dʑun^{6}

靠　跟　月亮　相同

坐依月亮共光影。

乃　的　线②　刀亮

n̥ai^{5}　di^{1}　θʰɛn^{5}　dau^{1}z̥oŋ^{6}

坐　跟　线　月光

跟着月亮光影来，

英　亮　虽　仪让

ɛŋ^{1}　z̥oŋ^{1}　θʰei^{3}　ȵit^{6}jeŋ^{6}

靠　跟　丝　阳光

随着太阳光辉到。

让　略③　咘　高算

jeŋ^{6}　lɔ^{6}　bou^{1}　kau^{1}θʰun^{9}

懂　路　不　告诉

即使行路无人识，

亮　桥　咘　高志

z̥oŋ^{8}　ŋkiu^{1}　bou^{1}　kau^{1}tɕi^{10}

知　桥　不　告知

就算过桥无人知。

咘　高志　背　平

bou^{1}　kau^{1}tɕi^{10}　bei^{6}　biŋ^{8}

不　告知　我　去

即使没有书信请，

咘　高算　桐　狼

bou^{1}　kau^{1}θʰun^{9}　doŋ^{1}　laŋ^{6}

不　告诉　我　来

就算没有信函邀。

① 荣才［z̥oŋ^{8}dʑai^{1}］：原义是“相同”“相等”，此处指“同生存”“共居住”。下句“荣辰［z̥oŋ^{1}dʑun^{6}］”同。

② 线［θʰɛn^{5}］：原义是“缝衣服用的丝线”，此处指日月照射的光线。下句“虽［θʰei^{3}］”同。

③ 略［lɔ^{6}］：原义是“路”。下句“桥［ŋkiu^{1}］”原义是“桥”。“路”“桥”此处指深藏在未婚青年心里的“路”和“桥”，即恋爱和婚姻的对象。

狼　节　电①　陇相
laŋ^{6}　θit^{9}　tɛn^{5}　loŋ^{8}θ^{h}iaŋ^{3}
来　到　家　父亲
来到姑娘父家里，

平　才　街　乜发
biŋ^{8}　dʑai^{1}　kai^{9}　mɛ^{6}fa^{5}
去　到　家　母亲
去到情友娘家中。

电　乜发　你平
tɛn^{1}　mɛ^{6}fa^{5}　ni^{8}bun^{1}
家　母亲　这样
来到娘家共相逢，

街　陇相　你代
kai^{1}　loŋ^{1}θ^{h}iaŋ^{3}　ni^{1}dai^{10}
家　父亲　这样
去到父家同相聚。

双花　哎　对友
θoŋ^{1}kw^{h}a^{9}　ei^{1}　toi^{5}ʐou^{6}
姑娘　哎　朋友
好姑娘哎好情友！

小羊　扫　你平
θ^{h}iou^{3}ʐoŋ^{6}　dʑau^{6}　ni^{8}bun^{1}
比如　时　这样
正如这般好时节，

来荣　祥　你代
ʐai^{8}ʐoŋ^{1}　dʑun^{1}　ni^{1}dai^{10}
比如　地　这样
正像这样好时光。

让　咘　扫　祥　亮②
jeŋ^{6}　bou^{1}　dʑau^{6}　dʑun^{1}　ʐoŋ^{1}
懂　不　时　地　亮
即使不是好场合，

① 电［tɛn^{5}］：原义是"家"，指长辈建造的房子，即祖屋。"都才都寅歌"一般在嫁女举办婚礼时演唱，此处的"电""街"指新娘的娘家。农闲时节男女青年有时也集中在某间房屋或某个场所练唱或传唱"都才都寅歌"，故"电""街"也指不特定的场所。下句"街［kai^{9}］"同。

② 亮［ʐoŋ^{1}］：原义是"亮"。下句"让［jeŋ^{6}］"原义是"光"。此处"亮""让"均引申为"好""佳"等意思。

亮 咘 祥 扫 让

z̩oŋ^{8} bou^{1} dʑun^{1} dʑau^{6} jeŋ^{6}

知 不 地 时 光

就算不是好时机。

多 扫 让 六类

tɔ^{5} dʑau^{6} jeŋ^{6} z̩u^{8}z̩ei^{1}

到 时 光 怎样

正值良辰又怎样?

丁 祥 亮 六羊

tɛn^{1} dʑun^{1} z̩oŋ^{1} z̩u^{1}z̩uŋ^{6}

是 地 亮 怎样

正是吉日又如何?

仪 丰狼① 六类

ȵit^{6} fuŋ^{1}laŋ^{6} z̩u^{8}z̩ei^{1}

日 丰盛 怎样

正遇丰年又怎样?

团 丰荣 六羊

doŋ^{8} fuŋ^{3}z̩oŋ^{1} z̩u^{1}z̩uŋ^{6}

月 丰盛 怎样

正是旺月又如何?

唱 四 对 小疑

θoŋ^{5} θei^{5} toi^{5} θ^{h}iou^{1}ŋei^{1}

谁 四 对 想念

谁不企望念旧情?

唱 三 双 小望

θoŋ^{5} θan^{1} θoŋ^{3} θ^{h}iou^{1}moŋ^{10}

谁 三 双 想念

谁不缱绻忆往事?

望 略 见 略 花

moŋ^{6} lɔ^{6} kɛn^{5} lɔ^{6} kw^{h}a^{1}

想 路 小伙 路 花

谁不愿走恋人路?

疑 桥 花 桥 友

ŋei^{8} ŋkiu^{1} kw^{h}a^{9} ŋkiu^{1} z̩ou^{2}

想 桥 花 桥 友

谁不盼行情人桥?

① 丰狼[fuŋ^{1}laŋ^{6}]:原义是“丰盛”,此处泛指“荣华富贵、应有尽有”。下句“丰荣[fuŋ^{3}z̩oŋ^{1}]”同。

望 略 友 多 埔①
moŋ^{6} lɔ^{6} z̧ou^{6} tɔ^{5} pou^{1}
望 路 友 到 山坡
盼走邻村恋人路，

疑 桥 花 多 八
ŋei^{8} ŋkiu^{1} kw^{h}a^{9} tɔ^{5} pa^{5}
想 桥 花 到 山坡
盼行邻寨情人桥。

狼 多 八 斋② 花
laŋ^{6} tɔ^{5} pa^{5} θai^{1} kw^{h}a^{9}
来 到 山坡 要 花
去到邻村识姑娘，

平 多 埔 埋 友
biŋ^{8} tɔ^{5} pou^{1} mai^{6} z̧ou^{6}
去 到 山坡 交 友
行至邻寨交情友。

狼 埋 友 星乖③
laŋ^{6} mai^{6} z̧ou^{6} θ^{h}iŋ^{1}kwai^{9}
来 交 友 乖巧
来交情友多俊美，

平 多 埔 星类
biŋ^{8} tɔ^{5} pou^{1} θ^{h}iŋ^{9}lei^{2}
去 到 山坡 乖巧
去识姑娘多乖巧。

三花 哎 四友
θan^{1}kw^{h}a^{9} ei^{1} θei^{5}z̧ou^{6}
姑娘 哎 朋友
好姑娘哎好情友！

小羊 扫 你平
θ^{h}iou^{3}z̧oŋ^{6} dʑau^{6} ni^{8}bun^{1}
比如 时 这样
正是这般好时节，

① 埔［pou^{1}］：原义为“山坡”，此处指“坡上的村寨”“山中的村屯”。下句“八［pa^{5}］”同。
② 斋［θai^{1}］：原义为“要”，此处指男女青年谈情说爱过程中的言行。
③ 星乖［θ^{h}iŋ^{1}kwai^{9}］：原义指“乖巧”，此处引申为“英俊的小伙”“美丽的姑娘”。下句“星类［θ^{h}iŋ^{9}lei^{2}］”同。

来荣 祥 你代

ʑai^{8}ʑoŋ^{1} dʑun^{1} ni^{1}dai^{10}

比如 地 这样

正像这样好时光。

扫 你 多 祥 挥

dʑau^{6} ni^{3} tɔ^{5} dʑun^{8} vei^{1}

时 这 到 地 空

此时正是闲暇期，

祥 你 丁 扫 漏

dʑun^{8} ni^{3} tɛn^{1} dʑau^{6} tɬou^{5}

地 这 是 时 空

此刻正是赋闲时。

多 扫 漏 千 飞①

tɔ^{5} dʑau^{6} tɬou^{5} θɛn^{1} fai^{3}

到 时 空 千 家

正是千家闲暇期，

丁 祥 挥 万 姓

tɛn^{1} dʑun^{1} vei^{1} van^{6} θ^{h}iŋ^{5}

是 地 空 万 姓

正是万姓赋闲时。

友 万 姓 伦 桥

ʑou^{6} van^{6} θ^{h}iŋ^{5} lun^{8} ŋkiu^{1}

友 万 姓 忘 桥

万姓情友忘了桥，

花 千 飞 断 略

kw^{h}a^{1} θɛn^{1} fai^{3} dun^{6} lɔ^{6}

花 千 家 断 路

千家姑娘断了路。

断 略 见 略 花

dun^{6} lɔ^{6} kɛn^{5} lɔ^{6} kw^{h}a^{1}

断 路 小伙 路 花

断了情友相恋路，

伦 桥 花 桥 友

lun^{8} ŋkiu^{1} kw^{h}a^{9} ŋkiu^{1} ʑou^{2}

忘 桥 花 桥 友

忘了姑娘连心桥。

① 千飞［θɛn^{1} fai^{3}］：原义是“千个家庭”。下句“万姓［van^{6} θ^{h}iŋ^{5}］”原义是“万个姓氏”。这两个词均为概数，指散居在同一地区的多个姓氏的布努瑶民众。

断	**略**	**友**	**咘**	**平**
dun^6	lɔ^6	ʐou^6	bou^1	biŋ^1
断	**路**	**友**	**不**	**去**

好久不走恋人路，

伦	**桥**	**花**	**咘**	**狼**
lun^8	ŋkiu^1	kw^{h}a^9	bou^1	laŋ^6
忘	**桥**	**花**	**不**	**来**

许久不去连心桥。

略	**咘**	**狼**	**洒**	**番**
lɔ^6	bou^1	laŋ^6	θ^{h}a^3	fan^1
路	**不**	**来**	**一**	**次**

许久不走一次路，

桥	**咘**	**平**	**洒**	**扫**
ŋkiu^8	bou^1	biŋ^1	θ^{h}a^3	dʑau^6
桥	**不**	**去**	**一**	**回**

好久未行一回桥。

狼	**洒**	**扫**	**羊忙**
laŋ^6	θ^{h}a^3	dʑau^6	ʐuŋ^{2}maŋ^1
来	**一**	**回**	**怎样**

走一次路会怎样？

平	**洒**	**番**	**类羊**
biŋ^8	θ^{h}a^3	fan^1	ʐei^{5}ʐuŋ^6
去	**一**	**次**	**怎样**

行一回桥又如何？

狼	**恋**	**百**①	**羊忙**
laŋ^6	jɛn^6	pak^9	ʐuŋ^{2}maŋ^1
来	**练**	**嘴**	**怎样**

去谈恋爱会怎样？

平	**洒**	**星**	**类羊**
biŋ^2	θ^{h}a^3	θ^{h}iŋ^3	ʐei^{5}ʐuŋ^6
去	**要**	**声**	**怎样**

来对情歌又如何？

① 恋百［jɛn^6 pak^9］：原义是“练嘴”，即练一练嘴皮。下句“洒星［θ^{h}a^3 θ^{h}iŋ^3］”原义是“要声”，即要一要声音。这两个词均引申为“对歌、谈情说爱”。

狼 才 田[①] **羊忙**
laŋ^{6} dʑai^{6} dɛn^{6} ʑuŋ^{8}maŋ^{1}
来 同 说 怎样
再来闲谈会怎样？

平 才 台 类羊
biŋ^{8} dʑai^{6} dai^{2} ʑei^{1}ʑuŋ^{6}
去 同 讲 怎样
又去闲聊又如何？

三花 哎 四友
θan^{1}kw^{h}a^{9} ei^{1} θei^{5}ʑou^{6}
姑娘 哎 朋友
好姑娘哎好情友！

小羊 扫 你平
θ^{h}iou^{3}ʑoŋ^{6} dʑau^{6} ni^{8}bun^{1}
比如 时 这样
正是这般好时节，

来荣 祥 你代
ʑai^{8}ʑoŋ^{1} dʑun^{1} ni^{1}dai^{10}
比如 地 这样
正像这样好时光。

扫 漏 比 你平
dʑau^{6} tɬou^{5} pi^{3} ni^{8}bun^{1}
时 空 像 这样
正是这样闲暇期，

祥 挥 用 你代
dʑun^{8} vei^{1} ʑoŋ^{1} ni^{1}dai^{2}
地 空 像 这样
恰好这般赋闲时。

达屡 节 三 双
da^{6}ʑei^{3} θit^{9} θan^{1} θoŋ^{3}
哪个 像 三 双
哪个像我这朋友？

达望 达 四 对
da^{6}moŋ^{6} da^{6} θei^{5} toi^{5}
哪位 像 四 对
哪位似我这同伴？

① 才田［dʑai^{6} dɛn^{6}］：原义指你一言我一语的对话方式。此处指用闲谈的方式度过漫长的时间。下句“才台［dʑai^{6} dai^{2}］”同。

背①　七比　刀亮

bei^{6}　ði^{10}pi^{10}　dau^{1}ẓoŋ^{1}

我　好像　月光

我们好比那月亮，

桐　如用　仪让

doŋ^{8}　ẓi^{1}ẓoŋ^{6}　ȵit^{6}jeŋ^{6}

我　好像　阳光

我们就像那太阳。

比　仪让　谷难②

pi^{3}　ȵit^{10}jeŋ^{6}　kuk^{9}nan^{2}

像　阳光　翻滚

就像太阳初升起，

用　刀亮　谷内

ẓoŋ^{8}　dau^{3}ẓoŋ^{1}　kuk^{10}nei^{8}

像　月光　翻滚

好比月亮方露面。

咘　架　扫　羊　类

bou^{1}　ŋkja^{6}　dẓau^{6}　dẓun^{8}　ẓei^{1}

不　定　时　地　哪

不管何日与何时，

咘　现　祥　扫　样

bou^{1}　hɛn^{3}　dẓun^{1}　dẓau^{6}　ẓuŋ^{6}

不　定　地　时　何

不论何年与何月。

万　代　仪　唱③　虽

van^{6}　dai^{6}　ȵit^{6}　θoŋ^{5}　θ^{h}ei^{3}

万　代　太阳　照射　丝

太阳万代放光辉，

千　年　刀　节　线

θɛn^{1}　nɛn^{1}　dau^{3}　θit^{10}　θ^{h}ɛn^{5}

千　年　月亮　照射　线

月亮千年洒银光。

① 背［bei^{6}］：原义是“我”，此处指“我们”“我们这一群人”。下句的“桐［doŋ^{8}］”同。

② 谷难［kuk^{9}nan^{2}］：原义指“翻滚”，此处引申为太阳刚刚升起或月亮刚刚露面。下句“谷内［kuk^{10}nei^{8}］”同。

③ 唱［θoŋ^{5}］：表示动作的词，可以翻译为照射、拿、送、选、穿、擦等。下句“节［θit^{10}］”同。

节 线 让 过 天

θit^9 θ^{h}ɛn^5 jeŋ^6 kɔ^5 tɛn^1

照射 线 光 过 天

月光铺洒满天空，

唱 虽 亮 过 地

θoŋ^1 θ^{h}ei^3 z̩oŋ^1 kɔ^5 dei^6

照射 丝 亮 过 地

阳光照射遍大地。

让 过 地 咘 伦①

jeŋ^6 kɔ^5 dei^6 bou^1 lun^1

光 过 地 不 忘

阳光遍地无穷尽，

亮 过 天 咘 断

z̩oŋ^8 kɔ^5 tɛn^1 bou^1 dun^6

亮 过 天 不 断

月光盈天无限期。

让 城 周 达类

jeŋ^6 dz̩un^8 θou^3 da^{8}z̩ei^1

光 莫 补 哪里

阳光照射遍地亮，

亮 城 田 达羊

z̩oŋ^8 dz̩un^1 dɛn^1 da^{1}z̩uŋ^6

亮 未 填 何处

月光闪耀角落明。

让 多 周 千 桥②

jeŋ^6 tou^3 θou^3 θɛn^1 ŋkiu^1

光 来 补 千 桥

阳光照亮千座桥，

亮 多 田 万 略

z̩oŋ^8 tou^3 dɛn^1 van^6 lɔ^6

亮 来 填 万 路

月光洒满万条路。

① 伦［lun^1］：原义是“忘”，此处引申为“停”的意思。

② 千桥［θɛn^1 ŋkiu^1］：原义是“千座桥”。下句“万略［van^6 lɔ^6］”原义是“万条路”。两词均为概数，意指连接在男女青年之间无形的“路”和“桥”。

多　万　略　拉　天

θou^{3}　van^{6}　lɔ^{6}　ɬa^{3}　tɛn^{1}

补　万　路　下　天

照耀天下万条路，

田　千　桥　拉　地

dɛn^{8}　θɛn^{3}　ŋkiu^{1}　ɬa^{3}　dei^{6}

填　千　桥　下　地

照亮大地千座桥。

周　略　见　略　花

θou^{3}　lɔ^{6}　kɛn^{5}　lɔ^{6}　kw^{h}a^{1}

补　路　小伙　路　花

照耀人间结情路，

田　桥　花　桥　友

dɛn^{2}　ŋkiu^{1}　kw^{h}a^{3}　ŋkiu^{6}　z̥ou^{2}

填　桥　花　桥　友

照亮天下连心桥。

周　略　友　星乖

θou^{3}　lɔ^{6}　z̥ou^{2}　θ^{h}iŋ^{1}kwai^{3}

补　路　友　乖巧

照耀小伙结情路，

田　桥　花　星类

dɛn^{2}　ŋkiu^{1}　kw^{h}a^{9}　θ^{h}iŋ^{9}lei^{6}

填　桥　花　乖巧

照亮姑娘连心桥。

三花　哎　四友

θan^{1}kw^{h}a^{9}　ei^{1}　θei^{5}z̥ou^{6}

姑娘　哎　朋友

好姑娘哎好情友！

小羊　岑　你平

θ^{h}iou^{3}z̥oŋ^{6}　ŋkjun^{1}　ni^{8}bun^{1}

比如　晚　这样

正如今晚好时光，

来平　今　你代

z̥ai^{8}bun^{1}　ŋkin^{1}　ni^{1}dai^{10}

比如　夜　这样

正像今夜好时辰。

达类　节　三　双

da^{6}z̥ei^{3}　θit^{9}　θan^{1}　θoŋ^{3}

哪个　像　三　双

哪个像我这朋友？

达望 达 四 对
da^{6}moŋ^{6} da^{6} θei^{5} toi^{5}
哪位 像 四 对
哪位似我这同伴？

背 七比 如 爹①
bei^{6} ði^{10}pi^{10} zi̥^{8} tε^{3}
我 像 等于 那
我们好比那太阳，

桐 如用 如 年
doŋ^{8} zi̥^{1}zoŋ^{1} zi̥^{1} nεn^{6}
我 好像 等于 这
我们就像那月亮。

略 四 对 姓 平
lɔ^{6} θei^{5} toi^{5} θ^{h}iŋ^{5} biŋ^{2}
路 四 对 才 去
成对才走这条路，

桥 三 双 姓 狼
ŋkiu^{2} θan^{3} θoŋ^{5} θ^{h}iŋ^{5} laŋ^{6}
桥 三 双 才 来
成双才过这座桥。

略 姓 狼 才 街
lɔ^{6} θ^{h}iŋ^{5} laŋ^{6} dʑai^{2} kai^{3}
路 才 来 到 家
铺路来到这座房，

桥 姓 平 节 电
ŋkiu^{2} θ^{h}iŋ^{5} biŋ^{8} θit^{10} tεn^{5}
桥 才 去 到 家
架桥行到这间屋。

狼 节 电 陇相
laŋ^{6} θit^{9} tεn^{5} loŋ^{6}θ^{h}iaŋ^{3}
来 像 家 父亲
铺路来到妹父家，

平 才 街 乜发
biŋ^{8} dʑai^{1} kai^{3} mε^{6}fa^{5}
去 似 家 母亲
架桥行到妹娘家。

① 爹［tε^{3}］：原义是“那”，此处指太阳。下句“年［nεn^{6}］”原义是“这”，此处指月亮。古代布努瑶习惯把年轻人比作太阳和月亮。

电	乜发	你平
tɛn^{3}	mɛ^{6}fa^{5}	ni^{8}bun^{1}
家	母亲	这样

这样行到妹娘家，

街	陇相	你代
kai^{1}	loŋ^{6}θ^{h}iaŋ^{3}	ni^{1}dai^{10}
家	父亲	这样

这样来到妹父家。

两拜①	性	见	相
jeŋ^{8}pai^{6}	θ^{h}iŋ^{5}	kjɛn^{5}	θ^{h}iaŋ^{1}
双方	才	见	脸

你我两边才相逢，

双拉	性	见	那
θoŋ^{1}ʐa^{1}	θ^{h}iŋ^{5}	kjɛn^{5}	n̥a^{3}
我俩	才	见	脸

你我双方才相识。

见	那	比	你平
kjɛn^{5}	n̥a^{3}	pi^{3}	ni^{8}bun^{1}
见	脸	像	这样

相逢见面这样好，

见	相	荣	你代
kjɛn^{5}	θ^{h}iaŋ^{1}	ʐoŋ^{1}	ni^{1}dai^{10}
见	脸	像	这样

相聚认识如此美。

达类	节	三	双
da^{6}ʐei^{3}	θit^{9}	θan^{1}	θoŋ^{3}
哪个	像	三	双

哪个能像我同伴？

达望	达	四	对
da^{6}moŋ^{6}	da^{6}	θei^{5}	toi^{5}
哪位	似	四	对

哪位能比我朋友？

如	咘	望	姿	花
ʐi^{4}	bou^{1}	moŋ^{6}	θ^{h}ɯ^{1}	kw^{h}a^{9}
心	不	望	这	花

情哥心中恋情妹，

① 两拜［jeŋ^{8}pai^{6}］：原义指“男女双方两个人”。此处为概数，指唱歌的男女和听歌的听众，引申为恋人、情人。下句“双拉［θoŋ^{1}ʐa^{1}］”同。

追 咘 疑 姿 友

θei[1] bou[1] ŋei[1] $θ^hɯ$[1] z̥ou[2]

意 不 想 这 友

情妹心里爱情哥。

肃 背 当 糯 花

ðu[6] bei[8] taŋ[5] nə[1] kw^ha[9]

老实 我 说 呐 花

姑娘我是说实话，

顺① 桐 闹 糯 友

z̥un[8] doŋ[1] nou[1] nə[1] z̥ou[2]

老实 我 讲 呐 友

情友我是讲真话。

① 顺［z̥un[8]］：原义指“老实”，此处指“心里话”“实在话”。

第一节 寻情友

Section One　Looking for the Ideal

［题解］本节唱述少年都才都寅第一次走出家门遍寻意中人的经历。他先到周边村寨去结识男女朋友，接着又到部落首领所在地“京城”和“万府”寻访意中人，但没有一个女子令他满意，最后他只好返回家中，向父母倾诉心事。本节需要说明四点：一是都才都寅既已能够走出家门，四处寻访，说明他并非如古歌里所述的那般年幼，而是已经进入少年时期了。二是布努瑶自古以来只有自己的民族语言，没有自己的民族文字，更不用说有自己民族的书信和书籍，古歌中提到父母送给都才都寅“书信”“书籍”，是以指代的手法，用“书信”“书籍”指代一个民族的聪明才智，用“给书信和书籍”指代传授祖先的优秀历史文化。三是古歌反映的时代有氏族部落的痕迹，又有阶级社会的特征，如部落首领所在地称为这个部落的“京”，部落首领的住所称为“府”。四是从都才都寅结交男女情友的范围都在自己民族的大部落地域内来看，古代布努瑶通行族内婚。

扫 码 看 视 频

才	早	仪①	祥	爹②
dʑai^{6}	tɕau^{1}	ȵit^{6}	dʑun^{8}	tɛ^{1}
时	早	日	地	那

相传在那古时候，

祥	早	比	扫	年
dʑun^{8}	tɕau^{3}	pi^{10}	dʑau^{6}	nɛn^{6}
地	早	年	时	这

传说在那远古时。

才	古	琴	都才③
dʑai^{6}	ku^{3}	k^{h}in^{3}	tu^{1}dʑai^{1}
时	也	有	都才

古时有个叫都才，

祥	古	才	都寅
dʑun^{8}	ku^{3}	dʑai^{8}	tu^{1}ʑin^{8}
地	也	有	都寅

远古有个叫都寅。

斗	都寅	李	嫩
dou^{3}	tu^{1}ʑin^{8}	li^{3}	nun^{8}
从前	都寅	还	幼

当初都寅尚年幼，

年	都才	李	劣④
nɛn^{8}	tu^{1}dʑai^{1}	li^{3}	ʑɛŋ^{6}
从前	都才	还	小

当时都才还年少。

李	劣	蹬	两	强
li^{3}	ʑɛŋ^{6}	tun^{3}	ʑiaŋ^{8}	ŋkjeŋ^{1}
还	小	高	齐	下巴

站立只到大人颏，

① 早仪［tɕau^{1} ȵit^{6}］：原义为“早日”。下句“早比［tɕau^{3} pi^{10}］”原义为“早年”。两词均指很早的年月，即古代。

② 祥爹［dʑun^{8} tɛ^{1}］：那时候。下句“扫年［dʑau^{6} nɛn^{6}］”即“这时候”。“那”和“这”在句子中起到对仗的作用。此处“那地方”“这时候”都是指“早年、昔日那个时候”。

③ 都才［tu^{1}dʑai^{1}］：人名，与下句“都寅［tu^{1}ʑin^{8}］”为同一个人，即本书所要叙述的主人公都才都寅，布努瑶古歌讲究每两句对仗，把一个人的名字分成两个部分分别放在两个句子里，起到对仗效果。

④ 劣［ʑɛŋ^{6}］：原义是“幼小”，此处指都才都寅的少年时期，即未成年时期。

李 嫩 桑 架 火

li^{3} nun^{8} θ^{h}aŋ^{3} ŋkja^{1} hɔ^{2}

还 幼 高 齐 膝盖

坐下方齐大人膝。

蹬 架 火 陇相

tun^{3} ŋkja^{8} hɔ^{2} loŋ^{8}θ^{h}iaŋ^{3}

高 齐 膝盖 父亲

坐下刚齐父膝盖，

桑 架 强 乜发

θ^{h}aŋ^{1} ŋkja^{8} ŋkjeŋ^{6} mɛ^{6}fa^{5}

高 齐 下巴 母亲

站立只到母下巴。

蹬 脚 架 背 亚

tun^{3} ŋkik^{6} ŋkja^{8} pei^{3} ŋkja^{1}

穿 鞋 如 茅草 叶

穿鞋小如茅草叶，

蹬 崖① 架 背 旬

tun^{3} ŋkjai^{8} ŋkja^{8} pei^{3} ŋkjun^{6}

穿 鞋 如 茅草 根

穿袜细如茅草根。

好 哑 吐 双 吞

heu^{3} ȵa^{1} tu^{2} θoŋ^{3} dʑun^{3}

牙 刚 长 两 颗

两颗牙齿刚长出，

冯 哑 才 双 七

veŋ^{8} ȵa^{1} dʑai^{1} θoŋ^{3} dʑi^{6}

手 刚 有 两 只

两只手臂刚长大。

普 哑 让 双 亮

bu^{6} ȵa^{1} jeŋ^{6} θoŋ^{3} ʑoŋ^{6}

手 刚 动 两 边

两只手臂刚会动，

冯 哑 崖 双 夺

veŋ^{8} ȵa^{1} ŋkjai^{1} θoŋ^{3} dɔ^{6}

手 刚 伸 两 下

一双手掌刚会张。

① 崖［ŋkjai^{8}］：原义是“鞋”，此处根据歌句意思，把“崖”译为“袜”。下同。

教 蹬 脚 平 埔
kjau^{5} tun^{1} ŋkik^{6} biŋ^{8} pou^{1}
教 穿 鞋 去 山坡
学会穿鞋走村寨，

算 蹬 崖 狼 八
θʰun^{1} tun^{3} ŋkjai^{1} laŋ^{6} pa^{5}
教 穿 鞋 来 山坡
学会穿袜逛村屯。

狼 多 八 通 花
laŋ^{6} tɔ^{5} pa^{5} toŋ^{1} kwʰa^{9}
来 到 山坡 交 花
逛到村屯识姑娘，

平 多 埔 虽 友
biŋ^{8} tɔ^{5} pou^{1} θʰei^{3} z̧ou^{6}
去 到 山坡 找 友
走到村寨交情友。

乜发 古 奔 虽①
mɛ^{6}fa^{5} ku^{3} pun^{1} θʰei^{3}
母亲 古代 送 书
母亲送给古书籍，

陇相 古 烈 信
loŋ^{8}θʰiaŋ^{3} ku^{3} tɬɛ^{3} θʰin^{5}
父亲 古代 给 信
父亲教给古书信。

烈 信 让 平 勤
tɬɛ^{3} θʰin^{5} jeŋ^{6} pan^{5} ŋkjun^{1}
给 信 光 成 捆
教给成捆古书信，

奔 虽 亮 边 贯
pun^{1} θʰei^{3} z̧oŋ^{6} pɛn^{5} kwan^{5}
送 书 亮 成 沓
送给成沓古书籍。

① 古奔虽［ku^{3} pun^{1} θʰei^{3}］：原义是“给古书籍”。下句“古烈信［ku^{3} tɬɛ^{3} θʰin^{5}］”原义是“给古书信”。此处所说的“古书籍、古书信”，并不是真正意义上的古书、古信，而是用指代的手法，用“书信”“书籍”来指代都才都寅的父母从祖辈传承下来的知识，用“给古书籍”“给古书信”来指代父母把知识传授给自己的后代，进行如何做人、如何结交情友、如何谈情说爱、如何攀亲婚配等方面的教育。

烈 边 贯 多 冯
tɬɛ^{3} pɛn^{5} kwan^{5} tɔ^{5} veŋ^{6}
给 成 沓 到 手
成沓书籍送到手，

奔 平 勤 多 普
pun^{1} pan^{1} ŋkjun^{1} tɔ^{5} bu^{3}
送 成 捆 到 手
成捆书信学入心。

烈 多 普 都才
tɬɛ^{3} tɔ^{5} bu^{3} tu^{1}dʑai^{1}
给 到 手 都才
教会都才记心中，

奔 多 冯 都寅
pun^{1} tɔ^{5} veŋ^{6} tu^{1}ʑin^{8}
送 到 手 都寅
教懂都寅刻脑里。

色 都寅 通 花
θ^{h}at^{9} tu^{1}ʑin^{8} toŋ^{1} kw^{h}a^{9}
放 都寅 交 花
好让都寅寻姑娘，

只 都才 虽 友
θi^{1} tu^{1}dʑai^{1} θ^{h}ei^{3} ʑou^{6}
放 都才 找 友
好让都才结女友。

虽 万 见 万 花
θ^{h}ei^{3} van^{6} kɛn^{5} van^{6} kw^{h}a^{1}
找 万 小伙 万 花
寻访姑娘快过万，

通 千 花 千 友
toŋ^{1} θɛn^{5} kw^{h}a^{9} θɛn^{5} ʑou^{2}
交 千 花 千 友
探问女友要成千。

虽 万 友 背 埔
θ^{h}ei^{3} van^{6} ʑou^{2} pei^{3} pou^{3}
找 万 友 去 山坡
万村情友皆寻访，

通 千 花 背 八
toŋ^{1} θɛn^{3} kw^{h}a^{9} pei^{3} pa^{5}
交 千 花 去 山坡
千寨姑娘都探问。

恋 背 八 花 莉

jɛn^{6} pei^{3} pa^{5} kwʰa^{1} lei^{1}

恋 去 山坡 花 李

恋过他村李果女，

虽 背 埔 花 赛

θʰei^{1} pei^{3} pou^{3} kwʰa^{9} θʰai^{5}

找 去 山坡 花 桃

迷过别寨桃花妹。

烈 背 国① 万 三②

lɛ^{6} pei^{3} kuk^{10} van^{6} θan^{1}

选 去 国 万 家

选遍全国万家女，

真 背 京③ 万 府④

θin^{1} pei^{3} kiŋ^{3} van^{6} fou^{3}

选 去 京 万 府

筛尽京城万府妹。

烈 背 广 都才

lɛ^{6} pei^{3} kuaŋ^{5} tu^{1}dʑai^{1}

择 去 广 都才

都才远行择女友，

真 背 京 都寅

θin^{1} pei^{3} kiŋ^{3} tu^{3}ʑin^{8}

选 去 京 都寅

都寅上京选姑娘。

万 友 万 洒 才⑤

van^{6} ʑou^{6} van^{6} θʰa^{1} dʑai^{1}

万 友 万 耍 完

上万女友都看过，

① 国［kuk^{10}］：原义是“国家”，此指古代布努瑶氏族部落，古人称之为“国”。

② 万三［van^{6} θan^{1}］：原义是“万家”，此为概数，指登门认识的人家较多。下句“万府［van^{6} fou^{3}］”同。

③ 京［kiŋ^{3}］：原义为“京城”，此处指古代布努瑶部落首领所在地。

④ 府［fou^{3}］：原义为“官家贵族住宅”，此处指古代布努瑶部落大小首领的住所。

⑤ 洒才［θʰa^{1} dʑai^{1}］：原义为“耍完”。下句“恋琴［jɛn^{6} kʰin^{3}］”原义为“玩完”。这两个词在此处均为交友之意。

千　花　千　恋　琴
θɛn^{1} kw^{h}a^{9} θɛn^{1} jɛn^{6} k^{h}in^{3}
千　花　千　玩　完
论千姑娘都选完。

万　友　咘　丁追
van^{6} z̨ou^{6} bou^{2} tɛn^{1}θei^{9}
万　友　不　合意
万个女友不中意，

千　花　咘　七如
θɛn^{1} kw^{h}a^{9} bou^{1} ði^{6}z̨i^{5}
千　花　不　合心
千位姑娘不合心。

咘　七如　都才
bou^{1} ði^{6}z̨i^{5} tu^{1}dʑai^{1}
不　合心　都才
不合都才心中情，

咘　丁追　都寅
bou^{1} tɛn^{3}θei^{3} tu^{1}z̨in^{8}
不　合意　都寅
不合都寅心中意。

都寅　散　倒　朗①
tu^{1}z̨in^{8} θ^{h}an^{5} tau^{3} ɬaŋ^{1}
都寅　便　回　后
都寅收脚往回走，

都才　青　倒　那
tu^{1}dʑai^{1} θ^{h}iŋ^{3} tau^{3} n̥a^{3}
都才　就　回　前
都才收心把家回。

倒　那　乃　丁　岁
tau^{5} n̥a^{3} n̥ai^{5} tɛn^{1} dʑei^{1}
回　前　坐　适当　时
回到家乡歇歇气，

倒　朗　英　七　扫
tau^{5} ɬaŋ^{1} ɛŋ^{3} ði^{6} dʑau^{6}
回　后　靠　适当　时
进到家门静静心。

① 倒朗［tau^{3} ɬaŋ^{1}］：原义为“回后”。下句“倒那［tau^{3} n̥a^{3}］”原义为“回前”。此处两词均指“退后”，即停止前进。“前”与“后”用作对仗而已，非意义相反。

都寅	**散**	**高算**
tu^{1}ẓin^{8}	θ^{h}an^{5}	kau^{1}θ^{h}un^{9}
都寅	**便**	**告诉**

都寅说出苦心话，

都才	**青**	**高志**
tu^{1}dʑai^{1}	θ^{h}iŋ^{3}	kau^{1}tɕi^{10}
都才	**就**	**告知**

都才道出烦心事。

高志	**当**	**陇相**
kau^{1}tɕi^{10}	taŋ^{5}	loŋ^{8}θ^{h}iaŋ^{3}
告知	**说**	**父亲**

便把心事告父亲，

高算	**闹**	**乜发**
kau^{1}θ^{h}un^{3}	nou^{1}	mɛ^{6}fa^{5}
告诉	**讲**	**母亲**

又把苦话告母亲。

当	**乜发**	**你平**
taŋ^{5}	mɛ^{6}fa^{5}	ni^{8}bun^{1}
说	**母亲**	**这样**

对着母亲这样说，

闹	**陇相**	**你代**
nou^{6}	loŋ^{8}θ^{h}iaŋ^{3}	ni^{1}dai^{10}
讲	**父亲**	**这样**

向着父亲这般讲。

陇相	**哎**	**乜发**
loŋ^{8}θ^{h}iaŋ^{3}	ei^{1}	mɛ^{6}fa^{5}
父亲	**哎**	**母亲**

好父亲哎好母亲！

早	**仪**	**扫**	**祥**	**爹**
tɕau^{3}	ɲit^{10}	dʑau^{6}	dʑun^{8}	tɛ^{1}
早	**日**	**时**	**地**	**那**

当年还小那时候，

早	**比**	**祥**	**扫**	**年**
tɕau^{3}	pi^{1}	dʑun^{1}	dʑau^{10}	nɛn^{6}
早	**年**	**地**	**时**	**这**

当初年少那时期。

斗	**背**	**蹬**	**两**	**强**
dou^{3}	bei^{8}	tun^{3}	ẓiaŋ^{8}	ŋkjeŋ^{1}
从前	**我**	**高**	**齐**	**下巴**

那时身高只到颏，

年　桐　桑　架　火

nɛn^{6} doŋ^{1} θ^{h}aŋ^{3} ŋkja^{1} hɔ^{10}

从前　我　高　齐　膝盖

那时坐下刚齐膝。

蹬　架　火　陇相

tun^{3} ŋkja^{1} hɔ^{10} loŋ^{8}θ^{h}iaŋ^{3}

高　齐　膝盖　父亲

坐下刚齐父膝盖，

桑　架　强　乜发

θ^{h}aŋ^{1} ŋkja^{1} ŋkjeŋ^{6} mɛ^{6}fa^{5}

高　齐　下巴　母亲

站立只到母下巴。

蹬　脚　架　背　亚

tun^{3} ŋkik^{6} ŋkja^{2} pei^{3} ŋkja^{1}

穿　鞋　如　茅草　叶

穿鞋小如茅草叶，

蹬　崖　架　背　旬

tun^{3} ŋkjai^{2} ŋkja^{1} pei^{3} ŋkjun^{6}

穿　鞋　如　茅草　根

穿袜细似茅草根。

好　哑　吐　双　吞

heu^{3} ȵa^{1} tu^{2} θoŋ^{1} dʑun^{1}

牙　刚　长　两　颗

两颗牙齿刚长出，

冯　哑　才　双　七

veŋ^{8} ȵa^{1} dʑai^{1} θoŋ^{1} dʑi^{6}

手　刚　长　两　只

两只手臂刚长大。

菩　哑　让　双　亮

bu^{4} ȵa^{1} jeŋ^{6} θoŋ^{1} ʑoŋ^{1}

手　刚　动　两　边

两只手臂刚会动，

冯　哑　崖　双　夺

veŋ^{8} ȵa^{1} ŋkjai^{1} θoŋ^{1} dɔ^{6}

手　刚　伸　两　下

一双手掌刚会张。

教　蹬　脚　平　埔

kjau^{5} tun^{1} ŋkik^{6} biŋ^{8} pou^{3}

教　穿　鞋　去　山坡

教我穿鞋走村寨，

算	**蹬**	**崖**	**狼**	**八**
θʰun^{5}	tun^{3}	ŋkjai^{2}	laŋ^{6}	pa^{5}
教	**穿**	**鞋**	**来**	**山坡**

教我穿袜逛村屯。

乜发	**古**	**奔**	**虽**
mɛ^{6}fa^{5}	ku^{3}	pun^{1}	θʰei^{3}
母亲	**古代**	**送**	**书**

母亲还教古书籍，

陇相	**古**	**烈**	**信**
loŋ^{8}θʰiaŋ^{3}	ku^{3}	tɬɛ^{3}	θʰin^{5}
父亲	**古代**	**给**	**信**

父亲还教古书信。

烈	**信**	**狼**	**平**	**勤**
tɬɛ^{3}	θʰin^{5}	laŋ^{6}	pan^{8}	ŋkjun^{1}
给	**信**	**给**	**成**	**捆**

教全成捆古书信，

奔	**虽**	**亮**	**边**	**贯**
pun^{1}	θʰei^{3}	z̥oŋ^{6}	pɛn^{5}	kwan^{5}
送	**书**	**亮**	**成**	**沓**

教会成沓古书籍。

烈	**边**	**贯**	**多**	**冯**
tɬɛ^{3}	pɛn^{5}	kwan^{5}	tɔ^{5}	veŋ^{2}
给	**成**	**沓**	**到**	**手**

成沓书籍学到手，

奔	**平**	**勤**	**多**	**普**
pun^{1}	pan^{1}	ŋkjun^{1}	tɔ^{2}	bu^{3}
送	**成**	**捆**	**到**	**手**

成捆书信学入心。

烈	**多**	**普**	**卜**	**桐**
tɬɛ^{3}	tɔ^{3}	bu^{4}	bu^{6}	doŋ^{1}
给	**到**	**手**	**个**	**我**

学入都才我心中，

奔	**多**	**冯**	**卜**	**背**
pun^{1}	tɔ^{3}	veŋ^{6}	bu^{6}	bei^{6}
送	**到**	**手**	**个**	**我**

学进都寅我脑里。

色	**背**	**狼**	**多**	**埔**
θʰat^{9}	bei^{6}	laŋ^{6}	tɔ^{5}	pou^{1}
放	**我**	**来**	**到**	**山坡**

你们让我走山村，

只 桐 平 多 八
θi^{1} doŋ^{1} biŋ^{1} tɔ^{5} pa^{5}
放 我 去 到 山坡
你们让我逛村屯。

狼 多 八 通 花
laŋ^{6} tɔ^{5} pa^{5} toŋ^{1} kw^{h}a^{9}
来 到 山坡 交 花
逛到村屯识姑娘，

平 多 埔 随 友
biŋ^{2} tɔ^{5} pou^{1} θ^{h}ei^{10} ʐou^{6}
去 到 山坡 找 友
走到村寨交情友。

背 平 烈 背 广
bei^{6} biŋ^{8} lɛ^{6} pei^{1} kuaŋ^{5}
我 去 给 去 广
我到远方择女友，

桐 狼 真 背 京
doŋ^{1} laŋ^{6} θin^{1} pei^{3} kiŋ^{1}
我 来 选 去 京
我上京城选姑娘。

真 背 京 万 府
θin^{1} pei^{1} kiŋ^{3} van^{6} fou^{3}
选 去 京 万 府
筛尽京城万府妹，

烈 背 国 万 三
lɛ^{6} pei^{1} kuk^{10} van^{6} θan^{1}
择 去 国 万 家
选遍全国万家女。

随 万 见 万 花
θ^{h}ei^{3} van^{6} kɛn^{5} van^{6} kw^{h}a^{1}
找 万 小伙 万 花
万个女友都寻遍，

通 千 花 千 友
toŋ^{1} θɛn^{9} kw^{h}a^{9} θɛn^{9} ʐou^{2}
交 千 花 千 友
千位姑娘都找完。

万 友 咘 丁追
van^{6} ʐou^{6} bou^{1} tɛn^{1}θei^{9}
万 友 不 合意
万个女友不中意，

千　花　吥　七如

θɛn^{1}　kw^{h}a^{9}　bou^{1}　ði^{6}zi̯^{4}

千　花　不　合心

千位姑娘不合心。

吥　七如　卜　桐

bou^{1}　ði^{6}zi̯^{4}　bu^{6}　doŋ^{1}

不　合心　个　我

女友不合我的心，

吥　丁追　卜　背

bou^{1}　tɛn^{1}θei^{3}　bu^{6}　bei^{6}

不　合意　个　我

姑娘不中我的意。

第二节 去捕鸟

Section Two Going to Hunt Birds

［题解］本节叙述少年都才都寅及其伙伴先后两次到远山和近山捕鸟的经过。布努瑶自古就有笼养野鸟以供斗鸟娱乐的民俗，尤其是个性刚烈、喜欢决斗的画眉、鹧鸪等野鸟，更受他们喜爱，因而被捕来笼养。布努瑶人就是利用画眉、鹧鸪等个性刚烈的特性，到这些鸟生活领地去搭桥布套，然后以鸟哨引诱媒鸟鸣叫，用媒鸟叫声来吸引野生鸟。野生鸟听到媒鸟的叫声，误以为其他同类闯入它的领地，便立即飞来站在容易观察四周的高枝上，伺机驱逐入侵者，而这些“高枝”却是捕鸟人绑扎的带套鸟桥。在这一节中，少年们先到远离村寨的山坡上去布套捕鸟，但因媒鸟唤不来野鸟，捕鸟并未成功。后来，他们在鸟料中拌入鸡蛋让媒鸟吃饱，选择在村寨附近的山坡上布套捕鸟，终于捕到他们喜爱的野生画眉和鹧鸪。本节采用借喻的写法，借捕鸟过程喻寻觅对象的经过，其主要用意是将都才都寅的远方寻爱和近地求偶做对照。

扫 码 看 视 频

都寅　如　亚　亮

tu^{1}ʐin^{8}　ʐi^{8}　ŋkja^{3}　ʐoŋ^{6}

都寅　心　自　知

都寅心里自清楚，

都才　追　亚　让

tu^{1}dʑai^{1}　θei^{1}　ŋkja^{3}　jeŋ^{6}

都才　意　自　懂

都才心中自明白。

早　仪　扫　祥　爹

tɕau^{10}　ȵit^{6}　dʑau^{6}　dʑun^{8}　tɛ^{1}

早　日　时　地　那

想起幼年那时候，

早　比　祥　扫　年

tɕau^{10}　pi^{1}　dʑun^{8}　dʑau^{6}　nɛn^{6}

早　年　地　时　这

忆起童年那时期。

都才　的　壮平

tu^{1}dʑai^{1}　di^{1}　dʑaŋ^{6}biŋ^{2}

都才　跟　男孩

都才带着众男孩，

都寅　亮　壮狼

tu^{1}ʐin^{1}　ʐoŋ^{1}　dʑaŋ^{6}laŋ^{6}

都寅　跟　男孩

都寅领着众男孩。

任　壮狼　青　桥①

ȵan^{6}　dʑaŋ^{6}laŋ^{6}　θ^{h}iŋ^{1}　ŋkiu^{1}

小孩　男孩　制　桥

带着男孩扎鸟桥，

蕊　壮平　散　荒

ȵei^{2}　dʑaŋ^{6}biŋ^{2}　θ^{h}an^{5}　vaŋ^{6}

小孩　男孩　结　套

领着男孩结鸟套。

① 桥［ŋkiu^{1}］：鸟桥。下句“荒［vaŋ^{6}］”指“鸟套”。“鸟桥”“鸟套”均为套鸟的装置。捕鸟时，将鸟桥固定在野鸟必经的地方，将鸟套悬挂在鸟桥上，只要野鸟飞落在鸟桥上，就会被鸟套套住。

川① 的 荒 恶 堂

ts^{h}ɛn^{5} di^{1} vaŋ^{6} ɔk^{10} daŋ^{2}

师鸟 跟 套 出 中堂

提着鸟套出厅堂，

梅 亮 桥 恶 当

moi^{8} ʑoŋ^{1} ŋkiu^{1} ɔk^{10} taŋ^{5}

媒鸟 跟 桥 出 中堂

拎着鸟桥出大门。

站 狼 八 滴 天②

ʑan^{4} laŋ^{6} pa^{5} dit^{10} tɛn^{1}

走 来 山坡 接 天

走到远方的山岭，

强 平 埔 滴 地

ŋkjaŋ^{8} biŋ^{1} pou^{3} dit^{10} dei^{6}

行 去 山坡 接 地

行到远处的山坡。

八 滴 地 音 桥

pa^{5} dit^{10} dei^{6} dʑun^{1} ŋkiu^{1}

山坡 接 地 安 桥

鸟桥安在山林里，

埔 滴 天 度 荒

pou^{3} dit^{10} tɛn^{1} tu^{3} vaŋ^{6}

山坡 接 天 张 套

鸟套挂到草丛中。

散 度 荒 琴才

θ^{h}an^{5} tu^{3} vaŋ^{6} k^{h}in^{3}dʑai^{2}

便 张 套 结束

把鸟套悬挂停当，

① 川［ts^{h}ɛn^{5}］：师鸟。下句“梅［moi^{8}］”指“媒鸟”。师鸟、媒鸟均为被人们驯养许久的笼养鸟，当笼养鸟被人们驯化成能够利用其叫声来诱惑同类野鸟的时候，被称为“师鸟”“媒鸟”。

② 八滴天［pa^{5} dit^{10} tɛn^{1}］：指“山连天”。下句“埔滴地［pou^{3} dit^{10} dei^{6}］”指“坡连地”。“山连天”“坡连地”用来形容山势很高，高山把天空和大地连接起来。根据瑶族捕鸟习惯，捕鸟一般选在坡地和丛林处。

青　音　桥　琴夺

θʰiŋ^{1}　dʑun^{3}　ŋkiu^{1}　kʰin^{10}dɔ^{6}

就　安　桥　结束

将鸟桥安扎就绪。

甲追　非　知算

kat^{9}θei^{3}　vei^{6}　tɕi^{1}θʰun^{3}

他们　人　商量

众男孩一起商量，

相临　文　知照

θʰiaŋ^{1}ʑin^{1}　ŋkun^{1}　tɕi^{3}tɕau^{5}

他们　人　商量

众男孩一同商议。

非　知照　音　相

vei^{8}　tɕi^{3}tɕau^{5}　dʑun^{1}　θʰiaŋ^{3}

人　商量　躲　脸

商议如何把身藏，

文　知算　记　面

ŋkun^{8}　tɕi^{3}θʰun^{3}　ki^{5}　mjɛn^{6}

人　商量　藏　面

商量怎样把身躲。

散　记　面　琴才

θʰan^{5}　ki^{5}　mjɛn^{6}　kʰin^{3}dʑai^{2}

便　藏　面　结束

众人藏好鸟不出，

青　音　相　琴夺

θʰiŋ^{1}　dʑun^{3}　θʰiaŋ^{3}　kʰin^{10}dɔ^{6}

就　躲　脸　结束

众人躲罢鸟未来。

甲追　非　知算

kat^{3}θei^{3}　vei^{6}　tɕi^{1}θʰun^{3}

他们　人　商量

众男孩又来商量，

相临　文　知照

θʰiaŋ^{1}ʑin^{1}　ŋkun^{1}　tɕi^{3}tɕau^{5}

他们　人　商量

众男孩又再商议。

非　知照　叫　论①

vei^{8}　tɕi^{5}tɕau^{5}　kjou^{3}　z̥un^{1}

人　商量　吹　哨

商量如何学鸟叫，

文　知算　叫　飞

ŋkun^{8}　tɕi^{3}θ^{h}un^{3}　kjou^{3}　fei^{2}

人　商量　吹　哨

商议怎样吹鸟哨。

叫　飞　瑶　陆梅

kjou^{3}　fei^{2}　z̥au^{6}　z̥ok^{6}moi^{8}

吹　哨　骗　媒鸟

学成鸟音迷媒鸟，

叫　论　朗　陆川

kjou^{3}　z̥un^{1}　ɬaŋ^{1}　z̥ok^{6}ts^{h}ɛn^{3}

吹　哨　引　师鸟

吹响哨声引师鸟。

瑶　陆川　唱　星

z̥au^{6}　z̥ok^{6}ts^{h}ɛn^{3}　θoŋ^{3}　θ^{h}iŋ^{1}

骗　师鸟　叫　声

迷惑媒鸟叫出声，

朗　陆梅　唱　喜

ɬaŋ^{8}　z̥ok^{6}moi^{8}　θoŋ^{3}　hi^{5}

引　媒鸟　叫　气

引诱师鸟鸣出音。

唱　喜　良　咘　灾

θoŋ^{3}　hi^{5}　jeŋ^{6}　bou^{1}　tɕai^{3}

叫　气　好　不　远

鸟鸣声响传不远，

唱　星　亮　咘　广

θoŋ^{1}　θ^{h}iŋ^{1}　z̥oŋ^{1}　bou^{1}　kuaŋ^{5}

叫　声　好　不　广

鸟叫声音传不广。

① 叫论［kjou^{3} z̥un^{1}］：原义为“吹口哨”，指用嘴巴吹出鸟叫声。下句“叫飞［kjou^{3} fei^{2}］”同。鸟哨为小竹筒制成，能吹出鸟叫声。瑶族在套鸟时，套鸟人用吹口哨或吹鸟哨的方式引诱媒鸟叫，媒鸟连续鸣叫，才引诱野鸟飞来上套。

咘	**琴**	**对**	**三曲**[①]
bou[1]	kʰin[10]	toi[5]	θʰan[1]ŋkju[1]
不	有	个	画眉

未引一只画眉来，

咘	**才**	**扫**	**五凤**[②]
bou[1]	dʑai[1]	θau[3]	u[2]voŋ[6]
不	有	个	鹧鸪

未诱一只鹧鸪到。

五凤	**咘**	**多**	**蹬**
u[10]voŋ[6]	bou[1]	tɔ[5]	tin[1]
鹧鸪	不	动	脚

没有鹧鸪走过来，

三曲	**咘**	**多**	**坤**
θʰan[1]ŋkju[1]	bou[1]	tɔ[5]	kʰun[9]
画眉	不	动	翅

没有画眉飞过去。

咘	**多**	**坤**	**平**	**临**
bou[1]	tɔ[5]	kʰun[9]	biŋ[1]	ʑin[1]
不	动	翅	去	近

画眉不展翅靠近，

咘	**多**	**蹬**	**朗**	**纹**
bou[1]	tɔ[5]	tin[1]	laŋ[6]	ʑi[9]
不	动	脚	来	近

鹧鸪不动脚前来。

过	**朗**	**劣**	**分**	**桥**
kɔ[5]	laŋ[6]	ʑi[9]	fen[1]	ŋkiu[1]
过	来	近	条	桥

不来靠近那鸟桥，

来	**平**	**临**	**分**	**荒**
ʑai[8]	biŋ[1]	ʑin[3]	fen[1]	vaŋ[6]
爬	去	近	条	套

不去接近那鸟套。

① 三曲［θʰan[1]ŋkju[1]］：画眉鸟。雄性画眉鸟好斗，叫声婉转，被布努瑶人捕来笼养以供娱乐。画眉鸟身体背部为绿褐色，腹部中央为灰色，因有白色的眉毛而得名。

② 五凤［u[2]voŋ[6]］：鹧鸪鸟。鹧鸪鸟背部及腹部黑白两色相间，头为棕色，叫声激昂，是布努瑶喜欢笼养的鸟类之一。

甲追　非　知算
kat^{9}θei^{3}　vei^{6}　tɕi^{1}θ^{h}un^{3}
他们　人　商量
众男孩一同商量，

相临　文　知照
θ^{h}iaŋ^{1}zi̯n^{1}　ŋkun^{1}　tɕi^{3}tɕau^{5}
他们　人　商量
众男孩一起商议。

知照　燕　分　桥
tɕi^{3}tɕau^{5}　ɛn^{5}　fen^{1}　ŋkiu^{1}
商量　要　条　桥
商议拆掉原鸟桥，

知算　高　分　荒
tɕi^{1}θ^{h}un^{3}　kau^{3}　fen^{3}　vaŋ^{6}
商量　取　条　套
商量解除原鸟套。

燕　分　荒　倒　朗
ɛn^{5}　fen^{1}　vaŋ^{6}　tau^{3}　ɬaŋ^{1}
要　条　套　回　后
提着鸟套回家去，

高　分　桥　倒　那
kau^{1}　fen^{3}　ŋkiu^{1}　tau^{3}　n̥a^{3}
取　条　桥　回　前
带着鸟桥往家走。

倒　那　乃　丁　岁
tau^{3}　n̥a^{3}　n̥ai^{5}　tɛn^{1}　dʑei^{1}
回　前　坐　适当　时
回到家里歇歇气，

倒　朗　英　七　扫
tau^{3}　ɬaŋ^{1}　ɛŋ^{3}　ði^{6}　dʑau^{6}
回　后　靠　适当　时
进到屋里养养神。

甲追　非　知算
kat^{9}θei^{3}　vei^{6}　tɕi^{1}θ^{h}un^{3}
他们　人　商量
大家一起再商量，

相临　文　知照
θ^{h}iaŋ^{1}zi̯n^{1}　ŋkun^{1}　tɕi^{3}tɕau^{5}
他们　人　商量
大伙一起再商议。

知照 千 务难

tɕi^{3}tɕau^{5} θɛn^{5} mu^{1}nan^{1}

商量 打 鸡蛋

共同商议敲鸡蛋，

知算 务 母内

tɕi^{1}θ^{h}un^{3} mu^{1} mu^{1}nei^{2}

商量 敲 鸡蛋

一起商量破鸡蛋。

千 母内 该虽

θɛn^{5} mu^{1}nei^{2} kai^{1}θ^{h}ei^{3}

打 鸡蛋 公鸡

众男孩敲开鸡蛋，

务 母难 该线

mu^{8} mu^{1}nan^{6} kai^{3}θ^{h}ɛn^{5}

敲 鸡蛋 母鸡

众男孩取出蛋液。

燕 朗 谭 叫虽

ɛn^{5} laŋ^{6} dan^{6} ŋkjau^{6}θ^{h}ei^{1}

要 来 拌 小米

取来蛋黄拌小米，

高 平 吊 叫净

kau^{1} biŋ^{1} diou^{1} ŋkjau^{2}ðiŋ^{6}

取 去 配 稻谷

取来蛋液搅稻谷。

色 陆梅 修 才

θ^{h}at^{3} ʐok^{6}moi^{8} θ^{h}iou^{3} dʑai^{1}

让 媒鸟 喝 完

让媒鸟吃个干净，

之 陆川 拌 琴

θi^{1} ʐok^{6}ts^{h}ɛn^{5} bun^{6} k^{h}in^{3}

让 师鸟 吃 完

让师鸟吃个精光。

甲追 非 知算

kat^{9}θei^{3} vei^{6} tɕi^{1}θ^{h}un^{3}

他们 人 商量

众男孩又来商议，

相临 文 知照

θ^{h}iaŋ^{1}ʐin^{1} ŋkun^{1} tɕi^{3}tɕau^{5}

他们 人 商量

众男孩又来商量。

知照　燕　分　桥

tɕi^{1}tɕau^{5}　ɛn^{5}　fen^{1}　ŋkiu^{1}

商量　要　条　桥

决定再次安鸟桥，

知算　高　分　荒

tɕi^{1}θ^{h}un^{3}　kau^{3}　fen^{1}　vaŋ^{6}

商量　取　条　套

决议重新装鸟套。

燕　分　荒　多　坡

ɛn^{5}　fen^{1}　vaŋ^{6}　tɔ^{5}　pou^{1}

要　条　套　到　山坡

拿着鸟桥重上坡，

高　分　桥　多　八

kau^{1}　fen^{1}　ŋkiu^{1}　tɔ^{5}　pa^{5}

取　条　桥　到　山坡

带着鸟套重上岭。

朗　多　八　而堆

laŋ^{6}　tɔ^{5}　pa^{5}　z̥at^{6}doi^{1}

来　到　山坡　村寨

来到村旁那山坡，

平　多　坡　而陇

biŋ^{2}　tɔ^{5}　pou^{1}　z̥at^{6}z̥oŋ^{6}

去　到　山坡　村子

去到村边那山岭。

八　而陇　音　桥

pa^{1}　z̥at^{6}z̥oŋ^{6}　dʑun^{1}　ŋkiu^{1}

山坡　村子　安　桥

村边山坡安鸟桥，

坡　而堆　度　荒

pou^{1}　z̥at^{6}doi^{1}　tu^{3}　vaŋ^{6}

山坡　村寨　张　套

村旁山岭装鸟套。

散　度　荒　琴才

θ^{h}an^{5}　tu^{3}　vaŋ^{6}　k^{h}in^{3}dʑai^{2}

便　张　套　结束

把鸟套安装稳妥，

青　音　桥　琴夺

θ^{h}iŋ^{1}　dʑun^{3}　ŋkiu^{1}　k^{h}in^{10}dɔ^{6}

就　安　桥　结束

将鸟桥搭设停当。

甲追　非　知算

kat^{9}θei^{3}　vei^{6}　tɕi^{1}θ^{h}un^{3}

他们　人　商量

众男孩再次商量，

相临　文　知照

θ^{h}iaŋ^{1}ʐin^{1}　ŋkun^{1}　tɕi^{3}tɕau^{5}

他们　人　商量

众男孩再次商议。

非　知照　音　相

vei^{6}　tɕi^{3}tɕau^{5}　dʑun^{1}　θ^{h}iaŋ^{3}

人　商量　躲　脸

商量怎么躲藏好，

文　知算　记　面

ŋkun^{1}　tɕi^{1}θ^{h}un^{3}　ki^{5}　mjɛn^{6}

人　商量　藏　面

商议如何隐蔽好。

散　记　面　琴才

θ^{h}an^{5}　ki^{5}　mjɛn^{6}　k^{h}in^{3}dʑai^{2}

便　藏　面　结束

他们立即隐藏好，

青　音　相　琴夺

θ^{h}iŋ^{1}　dʑun^{3}　θ^{h}iaŋ^{1}　k^{h}in^{10}dɔ^{6}

就　躲　脸　结束

他们马上躲藏毕。

甲追　非　叫　论

kat^{9}θei^{3}　vei^{6}　kjou^{1}　ʐun^{1}

他们　人　吹　哨

他们学起了鸟叫，

相临　文　叫　飞

θ^{h}iaŋ^{1}ʐin^{6}　ŋkun^{1}　kjou^{1}　fei^{10}

他们　人　吹　哨

他们吹响了鸟哨。

叫　飞　瑶　陆梅

kjou^{1}　fei^{10}　ʐau^{6}　ʐok^{6}moi^{8}

吹　哨　骗　媒鸟

哨声吸引了媒鸟，

叫　论　朗　陆川

kjou^{1}　ʐun^{1}　ɬaŋ^{1}　ʐok^{6}ts^{h}ɛn^{5}

吹　哨　引　师鸟

叫声引诱着师鸟。

瑶　　陆川　　唱　　星

z̩au^{6}　z̩ok^{6}ts^{h}ɛn^{5}　θoŋ^{3}　θ^{h}iŋ^{1}

骗　　师鸟　　叫　　声

引诱师鸟亮开嗓，

朗　　陆梅　　唱　　喜

ɬaŋ^{6}　z̩ok^{6}moi^{8}　θoŋ^{3}　hi^{5}

引　　媒鸟　　叫　　气

吸引媒鸟发出声。

唱　　喜　　朗　　背　　灾

θoŋ^{3}　hi^{5}　laŋ^{6}　pei^{1}　tɕai^{3}

叫　　气　　响　　去　　远

鸟声清脆传得远，

唱　　星　　朗　　背　　广

θoŋ^{3}　θ^{h}iŋ^{1}　laŋ^{6}　pei^{1}　kuaŋ^{5}

叫　　声　　响　　去　　广

鸟音婉转传得广。

小比①　　对　　陆梅

θ^{h}iou^{3}pi^{2}　toi^{5}　z̩ok^{6}moi^{8}

比如　　个　　媒鸟

当时坡上那媒鸟，

来平　　扫　　陆川

z̩ai^{8}bun^{1}　θau^{3}　z̩ok^{6}ts^{h}ɛn^{5}

比如　　个　　师鸟

当天岭上那师鸟。

陆川　　散　　唱　　星

z̩ok^{6}ts^{h}ɛn^{5}　θ^{h}an^{5}　θoŋ^{3}　θ^{h}iŋ^{1}

师鸟　　便　　叫　　声

师鸟被骗开了嗓，

陆梅　　青　　唱　　喜

z̩ok^{6}moi^{8}　θ^{h}iŋ^{3}　θoŋ^{3}　hi^{5}

媒鸟　　就　　叫　　气

媒鸟受惑开了喉。

唱　　喜　　让　　背　　灾

θoŋ^{3}　hi^{5}　jeŋ^{6}　pei^{1}　tɕai^{3}

叫　　气　　好　　去　　远

鸟声清脆传得远，

① 小比 [θ^{h}iou^{3}pi^{2}]：原义为“比如”，文中均指“当时、当天、当下”。下句“来平 [z̩ai^{8}bun^{1}]”同。

唱 星 亮 朗 广
θoŋ^{3} θ^{h}iŋ^{1} z̥oŋ^{1} laŋ^{6} kuaŋ^{5}
叫 声 好 来 广
鸟声婉转传得广。

小比 对 三曲
θ^{h}iou^{3}pi^{2} toi^{5} θ^{h}an^{1}ŋkju^{1}
比如 个 画眉
当时有只野画眉，

来平 扫 五凤
z̥ai^{8}bun^{1} θau^{3} u^{10}voŋ^{6}
好像 个 鹧鸪
当天有只野鹧鸪。

五凤 堆仪 星
u^{10}voŋ^{6} dei^{3}ȵit^{8} θ^{h}iŋ^{3}
鹧鸪 听见 声
鹧鸪听到媒鸟声，

三曲 堆仪 喜
θ^{h}an^{1}ŋkju^{1} dei^{3}ȵit^{6} hi^{5}
画眉 听见 气
画眉听见师鸟音。

堆仪 喜 陆梅
dei^{3}ȵit^{6} hi^{5} z̥ok^{6}moi^{8}
听见 气 媒鸟
听到媒鸟响亮音，

堆仪 星 陆川
dei^{3}ȵit^{10} θ^{h}iŋ^{3} z̥ok^{6}ts^{h}ɛn^{5}
听见 声 师鸟
听见师鸟婉转声。

喜 陆川 匙 嗯
hi^{5} z̥ok^{6}ts^{h}ɛn^{5} ði^{6} on^{1}
气 师鸟 很 甜
师鸟叫声清又脆，

星 陆梅 匙 文
θ^{h}iŋ^{5} z̥ok^{6}moi^{8} ði^{6} k^{h}un^{6}
声 媒鸟 很 柔
媒鸟叫声婉且转。

小比 对 三曲
θ^{h}iou^{3}pi^{10} toi^{5} θ^{h}an^{1}ŋkju^{1}
比如 个 画眉
当时那只野画眉，

来平 扫 五风

ẓai^{8}bun^{1} θau^{3} u^{10}voŋ^{6}

比如 个 鹧鸪

当天那只野鹧鸪。

五风 散 多 蹬

u^{10}voŋ^{6} θ^{h}an^{5} tɔ^{5} tin^{1}

鹧鸪 便 动 脚

那只鹧鸪动了脚，

三曲 青 多 谷

θ^{h}an^{1}ŋkju^{1} θ^{h}iŋ^{3} tɔ^{5} k^{h}un^{9}

画眉 就 动 翅

那只画眉展了翅。

多 谷 过 平 临

tɔ^{5} k^{h}un^{9} kɔ^{5} biŋ^{1} ẓin^{1}

动 翅 来 去 近

展翅翩翩来靠近，

多 蹬 过 朗 劣

tɔ^{5} tin^{1} kɔ^{5} laŋ^{6} ẓi^{1}

动 脚 过 来 近

动脚怯怯到跟前。

过 朗 劣 分 桥

kɔ^{5} laŋ^{6} ẓi^{10} fen^{1} ŋkiu^{1}

过 来 近 条 桥

越飞越近那鸟桥，

来 平 临 分 荒

ẓai^{8} biŋ^{1} ẓi^{10} fen^{1} vaŋ^{6}

爬 去 近 条 套

越走越近那鸟套。

五风 如 咘 亮

u^{2}voŋ^{6} ẓi^{4} bou^{1} ẓoŋ^{6}

鹧鸪 心 不 知

那只鹧鸪想不到，

三曲 追 咘 让

θ^{h}an^{1}ŋkju^{1} θei^{3} bou^{1} jeŋ^{6}

画眉 意 不 懂

那只画眉料不及。

五风 散 荣 蹬

u^{2}voŋ^{6} θ^{h}an^{5} ẓoŋ^{8} tin^{1}

鹧鸪 便 成 脚

鹧鸪被绊便闪脚，

三曲 青 边 节

θ^{h}an^{1}ŋkju^{1} θ^{h}iŋ^{3} pɛn^{5} θi^{9}

画眉 就 成 倒

画眉被套就跌倒。

节 周 荒 壮平

θit^{9} θou^{5} vaŋ^{6} dʑaŋ^{6}biŋ^{2}

身 补 套 男孩

身子被鸟套套上，

蹬 填 桥 壮朗

tin^{8} dɛn^{1} ŋkiu^{1} dʑaŋ^{6}laŋ^{6}

脚 填 桥 男孩

两脚被鸟桥绊住。

任 壮朗 知算

ȵan^{6} dʑaŋ^{6}laŋ^{6} tɕi^{1}θ^{h}un^{3}

小孩 男孩 商量

男孩们相互招呼，

蕊 壮平 知照

ȵei^{2} dʑaŋ^{6}biŋ^{6} tɕi^{3}tɕau^{5}

小孩 男孩 商量

男孩们互相催促。

知照 燕 三曲

tɕi^{3}tɕau^{5} ɛn^{5} θ^{h}an^{1}ŋkju^{1}

商量 要 画眉

相互招呼抓画眉，

知算 高 五凤

tɕi^{1}θ^{h}un^{3} kau^{3} u^{10}voŋ^{6}

商量 取 鹧鸪

互相催促取鹧鸪。

燕 五凤 倒 朗

ɛn^{5} u^{10}voŋ^{6} tau^{3} ɬaŋ^{1}

要 鹧鸪 回 后

取到鹧鸪便返程，

高 三曲 倒 那

kau^{1} θ^{h}an^{3}ŋkju^{1} tau^{3} n̥a^{3}

取 画眉 回 前

抓到画眉就下山。

第三节　传婚规

Section Three　Teaching Wedding Customs

［题解］本节唱述都才都寅迷恋上家乡附近的一位姑娘，父母趁机再次对他进行民族传统婚恋观教育。在第一节《寻情友》中说到都才都寅到很远的地方，甚至到“京城”“万府”去结识年轻姑娘，但没有一个令他满意。在第二节《去捕鸟》中叙述都才都寅到远离村寨的山坡上捕鸟没有成功，却在村寨附近的山坡上捕到了鹧鸪和画眉。这些叙述意在说明都才都寅“命中注定”在家乡附近才能找到陪伴终生的意中人。此外，本节还提到父母亲要求都才都寅边送礼边谈情说爱，认为这才是让双方都体面的行为，才能得到社会的认可，否则同姓的宗族众亲就要剥夺他的姓氏，将其赶出宗族，说明布努瑶传统婚恋规矩的严肃性和权威性。当有情人发展到缔结婚姻关系的阶段，须请舅舅做媒，如果没有血亲舅舅，也要请远房舅舅做媒，缔结的婚姻关系才能获得亲友的认同，这也是古代布努瑶舅权制社会的一种反映。

扫 码 看 视 频

小羊①	**扫**	**你平**
θ^{h}iou^{3}z̥oŋ^{6}	dz̥au^{6}	ni^{8}bun^{1}
比如	**时**	**这样**

从前这样好时光，

来荣	**祥**	**你代**
z̥ai^{8}z̥oŋ^{1}	dz̥un^{1}	ni^{1}dai^{10}
比如	**地**	**这样**

过去这般好时节。

小比	**普②**	**而堆**
θ^{h}iou^{1}pi^{10}	bu^{3}	z̥at^{6}doi^{1}
比如	**集**	**村寨**

当年古寨土坡上，

来平	**圩**	**而陇**
z̥ai^{8}bun^{1}	hei^{3}	z̥at^{6}z̥oŋ^{6}
比如	**圩**	**村子**

旧时古村石山旁。

普	**而陇**	**两边**
bu^{3}	z̥at^{6}z̥oŋ^{6}	jen^{8}pɛn^{3}
集	**村子**	**两边**

在古村石山两边，

圩	**而堆**	**双拜**
hei^{3}	z̥at^{6}doi^{1}	θoŋ^{3}pai^{6}
圩	**村寨**	**两边**

在古寨土坡两旁。

地	**李**	**琴**	**花**	**莉**
dei^{6}	li^{3}	k^{h}in^{3}	kw^{h}a^{1}	lei^{1}
地	**还**	**有**	**花**	**李**

地上长满李树苗，

旁	**李**	**才**	**花**	**赛**
boŋ^{8}	li^{3}	dz̥ai^{8}	kw^{h}a^{3}	θ^{h}ai^{5}
地	**还**	**有**	**花**	**桃**

路边长满桃树秧。

① 小羊［θ^{h}iou^{3}z̥oŋ^{6}］：原义为“比如”。下句“来荣［z̥ai^{8}z̥oŋ^{1}］”原义亦为“比如”。两词在此处皆指“古代、旧时”，即都才都寅生活的年代。

② 普［bu^{3}］：瑶语原义为“圩、集”，此处指“村寨”。下句“圩［hei^{3}］”同。

花　赛　李　唱　高

kw^{h}a^{3}　θ^{h}ai^{5}　li^{3}　θoŋ^{6}　kau^{1}

花　桃　还　开　花蕊

正值桃花盛开时，

花　莉　李　节　记

kw^{h}a^{1}　lei^{1}　li^{10}　θit^{3}　ki^{5}

花　李　还　发　芽

恰是李花吐蕾时。

节　记　让①　早　六

θit^{3}　ki^{5}　jeŋ^{6}　tɕau^{10}　z̥u^{2}

发　芽　光　头　船

岸上桃花映船头，

唱　高　亮　早　七

θoŋ^{6}　kau^{3}　z̥oŋ^{1}　tɕau^{10}　dʑat^{6}

开　花蕊　亮　头　舟

堤边李花衬木舟。

让　早　七　吞　丰

jeŋ^{6}　tɕau^{3}　dʑat^{6}　dun^{6}　fuŋ^{1}

光　头　舟　江　大

轻舟映衬江岸花，

亮　早　六　达　内

z̥oŋ^{8}　tɕau^{10}　z̥u^{8}　da^{6}　noi^{6}

亮　头　船　河　小

木船点缀河边桃。

秀　边　秀　高　床②

ðiou^{6}　pɛn^{3}　ðiou^{6}　kau^{1}　dʑoŋ^{1}

代　成　代　坐　桌

魅力青春常留驻，

岁　用　岁　燕　当

dʑei^{8}　z̥oŋ^{1}　dʑei^{1}　ɛn^{5}　taŋ^{5}

时　成　时　靠　凳

婀娜丰姿永留存。

① 让［jeŋ^{6}］：原义为“光”，下句“亮［z̥oŋ^{1}］”原义为“亮”，此处皆指“美丽”。

② 高床［kau^{1} dʑoŋ^{1}］：原义为“坐在书桌墨椅上的人”，此处指“这人贞洁忠诚”。下句“燕当［ɛn^{5} taŋ^{5}］”同。

仪①	**边**	**仪**	**唱**	**虽**
ȵit^{6}	pɛn^{3}	ȵit^{6}	θoŋ^{5}	θ^{h}ei^{1}
太阳	像	太阳	照射	丝

就像旭日初升起，

刀	**荣**	**刀**	**节**	**线**
dau^{1}	zoŋ^{6}	dau^{1}	θit^{10}	θ^{h}ɛn^{5}
月亮	像	月亮	照射	线

又似满月洒流波。

客	**狼**	**古**	**六**	**乃**
hɛ^{9}	laŋ^{6}	ku^{3}	z̥u^{8}	n̥ai^{1}
客	来	也	会	招呼

远客到来会招呼，

坤	**平**	**古**	**六**	**糖**
kun^{1}	biŋ^{1}	ku^{3}	z̥u^{8}	doŋ^{10}
宾	去	也	会	问候

贵宾上门能接待。

那	**狼**	**古**	**六**	**秀**
na^{6}	laŋ^{6}	ku^{3}	z̥u^{8}	ðiou^{1}
舅	来	也	会	叫唤

舅父到来会招呼，

凹②	**平**	**古**	**六**	**仪**
au^{1}	biŋ^{1}	ku^{3}	z̥u^{8}	ȵit^{10}
叔	去	也	会	叫唤

叔伯进门能请茶。

六	**仪**	**拌**	**烟虽**
z̥u^{8}	ȵit^{10}	bun^{1}	jɛn^{1}θ^{h}ei^{3}
会	叫唤	吃	烟丝

会给客人点烟丝，

六	**秀**	**消**	**烟线**
z̥u^{8}	ðiou^{1}	θ^{h}iou^{3}	jɛn^{3}θ^{h}ɛn^{5}
会	叫唤	喝	烟线

会请贵宾抽烟筒。

① 仪［ȵit^{6}］：原义为“太阳”。下句“刀［dau^{1}］”原义为“月亮”。“太阳”“月亮”喻指“心中爱恋的姑娘”，文中指都才都寅的新娘。古代布努瑶男子把自己的未婚妻比作太阳和月亮。
② 凹［au^{1}］：原义为“叔”，文中指伯父、叔父等长辈。

岁	**地**	**让**	**丁追**
θ^{h}ei^{3}	dei^{6}	jeŋ^{6}	tɛn^{1}θei^{3}
招待	**态度**	**好**	**合意**

待人接物好中意，

岁	**瓜**	**亮**	**七如**
θ^{h}ei^{3}	kwa^{1}	z̥ɔŋ^{6}	ði^{6}z̥i^{4}
招待	**行动**	**好**	**合心**

操持家务很合心。

让	**七如**	**卜**	**桐**
jeŋ^{6}	ði^{6}z̥i^{4}	bu^{6}	doŋ^{1}
好	**合心**	**个**	**我**

姑娘正好合我心，

亮	**丁追**	**卜**	**背**
z̥ɔŋ^{8}	tɛn^{3}θei^{3}	bu^{6}	bei^{4}
好	**合意**	**个**	**我**

姑娘正好如我意。

背	**烈**	**咘**	**只**	**挥**
bei^{8}	lɛ^{6}	bou^{1}	θi^{3}	vei^{1}
我	**择**	**不**	**放**	**空**

我看中意不放手，

桐	**真**	**咘**	**色**	**漏**
doŋ^{1}	θ^{h}in^{3}	bou^{1}	θ^{h}at^{10}	tɬou^{5}
我	**选**	**不**	**放**	**空**

我知合心不放弃。

咘	**色**	**脚**	**非**	**田**
bou^{1}	θ^{h}at^{10}	ŋkik^{9}	vei^{6}	dɛn^{2}
不	**让**	**脚**	**人**	**填**

不许别人踏此门，

咘	**只**	**蹬**	**文**	**走**
bou^{1}	θi^{1}	tin^{3}	ŋkun^{8}	θou^{3}
不	**让**	**脚**	**人**	**补**

不让他人踩此堂。

咘	**色**	**七**	**非**	**高**
bou^{1}	θ^{h}at^{10}	dʑat^{6}	vei^{8}	kau^{1}
不	**让**	**船**	**人**	**取**

不许别人划此船，

咘	**只**	**六**	**文**	**燕**
bou^{1}	θi^{9}	z̥u^{1}	ŋkun^{1}	ɛn^{5}
不	**让**	**舟**	**人**	**要**

不让他人撑此舟。

咘 色 略 非 强

bou^{1} θ^{h}at^{10} lɔ^{6} vei^{6} ŋkjaŋ^{8}

不 让 路 人 行

不许别人走此路，

咘 只 桥 文 站

bou^{1} θi^{9} ŋkiu^{1} ŋkun^{6} ʑan^{4}

不 让 桥 人 走

不让他人行此桥。

十 二① 背 哑 平

ði^{6} ŋei^{6} bei^{6} ja^{3} biŋ^{2}

十 二 我 要 去

今生我绝对要去，

十 三 桐 哑 狼

ði^{6} θan^{3} doŋ^{1} ja^{3} laŋ^{6}

十 三 我 要 来

今世我必然要来。

哑 狼 漏 随② 平

ja^{3} laŋ^{6} tɬou^{5} θ^{h}a^{1} biŋ^{1}

要 来 空 寻 去

即使赤手也要恋，

哑 平 挥 恋 狼

ja^{3} biŋ^{2} vei^{1} jɛn^{6} laŋ^{6}

要 去 空 恋 来

哪怕空手也要谈。

恋 推 狼 才 文

jɛn^{6} dei^{3} laŋ^{6} dʑai^{10} ŋkun^{1}

恋 得 来 像 人

恋到并蒂连理枝，

随 蹬 平 节 为

θ^{h}a^{1} tun^{2} biŋ^{2} θit^{10} vei^{8}

寻 得 去 像 人

谈成比翼双飞鸟。

都寅 散 高算

tu^{1}ʑin^{8} θ^{h}an^{5} kau^{1}θ^{h}un^{3}

都寅 便 告诉

都寅把事说出口，

① 十二［ði^{6} ŋei^{6}］：概数，此处指“达到了极端的程度”。下句“十三［ði^{6} θan^{3}］”同。
② 随［θ^{h}a^{1}］：原义为“寻访”，此处引申为“谈”。

都才 青 高志

tu^{1}dʑai^{1} θ^{h}iŋ^{3} kau^{1}tɕi^{10}

都才 就 告知

都才把话讲出来。

高志 当 陇相

kau^{1}tɕi^{10} taŋ^{5} loŋ^{8}θ^{h}iaŋ^{3}

告知 说 父亲

把事讲给父亲听，

高算 闹 乜发

kau^{1}θ^{h}un^{3} nou^{1} mɛ^{6}fa^{5}

告诉 讲 母亲

把话讲给母亲懂。

当 乜发 你平

taŋ^{5} mɛ^{6}fa^{5} ni^{8}bun^{1}

说 母亲 这样

他这般讲给母亲，

闹 陇相 你代

nou^{1} loŋ^{8}θ^{h}iaŋ^{3} ni^{1}dai^{10}

讲 父亲 这样

他这样告知父亲。

乜发 如 姓 亮

mɛ^{6}fa^{5} ʐi^{4} θ^{h}iŋ^{5} ʐoŋ^{2}

母亲 心 才 知

母亲心里才知道，

陇相 追 姓 让

loŋ^{8}θ^{h}iaŋ^{3} θei^{3} θ^{h}iŋ^{5} jeŋ^{6}

父亲 意 才 懂

父亲心中方明白。

如 姓 让 都才

ʐi^{4} θ^{h}iŋ^{5} jeŋ^{6} tu^{1}dʑai^{1}

心 才 懂 都才

知道都才有恋人，

追 姓 亮 都寅

θei^{1} θ^{h}iŋ^{5} ʐoŋ^{6} tu^{1}ʐin^{8}

意 才 知 都寅

明白都寅有情人。

如 让 见 让 花

ʐi^{4} jeŋ^{6} kɛn^{5} jeŋ^{6} kw^{h}a^{1}

心 懂 小伙 懂 花

知道儿子有恋人，

追	亮	花	亮	友
θei^{1}	ʐoŋ^{1}	kw^{h}a^{9}	ʐoŋ^{6}	ʐou^{2}
意	知	花	知	友

明白儿子爱姑娘。

如	让	友	背	埔
ʐi^{4}	jeŋ^{6}	ʐou^{6}	pei^{1}	pou^{3}
心	懂	友	面	山坡

知道姑娘在哪村，

追	亮	花	背	八
θei^{1}	ʐoŋ^{1}	kw^{h}a^{9}	pei^{3}	pa^{5}
意	知	花	面	山坡

明白姑娘住哪屯。

让	琴	友	而推
jeŋ^{6}	k^{h}in^{3}	ʐou^{6}	ʐat^{6}doi^{1}
懂	有	友	村寨

知道那村有姑娘，

亮	才	花	而陇
ʐoŋ^{8}	dʑai^{1}	kw^{h}a^{9}	ʐat^{6}ʐoŋ^{6}
知	有	花	村子

明白那寨有姑娘。

乜发	散	还	算
mɛ^{6}fa^{5}	θ^{h}an^{5}	kwan^{8}	dʑon^{1}
母亲	便	回	口

母亲回答儿子话，

陇相	青	朴	百
loŋ^{8}θ^{h}iaŋ^{3}	θ^{h}iŋ^{3}	pu^{10}	pak^{9}
父亲	就	答	嘴

父亲回复儿子说。

高志	当	都才
kau^{1}tɕi^{10}	taŋ^{5}	tu^{1}dʑai^{1}
告知	说	都才

告知都才些常理，

高算	闹	都寅
kau^{1}θ^{h}un^{3}	nou^{1}	tu^{1}ʐin^{8}
告诉	讲	都寅

告诉都寅些世俗。

当	都寅	你平
taŋ^{5}	tu^{1}ʐin^{8}	ni^{8}bun^{1}
讲	都寅	这样

这样说出给都寅，

闹	**都才**	**你代**
nou^{1}	tu^{1}dʑai^{1}	ni^{1}dai^{10}
说	**都才**	**这样**

如此道出给都才。

蹬虽①	**哎**	**蹬线**
tin^{1}θ^{h}ei^{3}	ei^{1}	tin^{1}θ^{h}ɛn^{5}
脚趾	**哎**	**脚趾**

好儿子呀亲宝贝！

蕊	**桐**	**哎**	**任**	**背**
ȵei^{8}	doŋ^{1}	ei^{3}	ȵan^{6}	bei^{1}
小孩	**我**	**哎**	**小孩**	**我**

亲儿子哟好宝贝！

比	**任**	**背**	**才**	**花**
pi^{3}	ȵan^{6}	bei^{1}	dʑai^{2}	kw^{h}a^{9}
如果	**小孩**	**我**	**有**	**花**

如果儿有了恋人，

荣	**蕊**	**桐**	**琴**	**友**
ʐoŋ^{8}	ȵei^{1}	doŋ^{1}	k^{h}in^{10}	ʐou^{6}
如果	**小孩**	**我**	**有**	**友**

若是儿有了情人。

比	**琴**	**友**	**而堆**
pi^{3}	k^{h}in^{3}	ʐou^{6}	ʐat^{6}doi^{1}
如果	**有**	**友**	**村寨**

如有情人在那村，

荣	**才**	**花**	**而陇**
ʐoŋ^{8}	dʑai^{1}	kw^{h}a^{9}	ʐat^{6}ʐoŋ^{6}
如果	**有**	**花**	**村子**

若有恋人在那屯。

如	**滴**	**该**	**平**	**挥**
ʐi^{4}	dit^{3}	kai^{1}	biŋ^{1}	vei^{1}
心	**想**	**别**	**去**	**空**

结情不要空手去，

追	**端**	**该**	**狼**	**漏**
θei^{1}	ton^{3}	kai^{1}	laŋ^{6}	tɬou^{5}
意	**想**	**别**	**来**	**空**

恋爱不能空手来。

① 蹬虽［tin^{1}θ^{h}ei^{3}］：原义为“脚趾”，此处用来指代自己的儿子。布努瑶习惯把儿子称为自己的手指和脚趾。本句“蹬线［tin^{1}θ^{h}ɛn^{5}］”同。

该 狼 漏 随 平

kai^{1} laŋ^{6} tɬou^{5} θ^{h}a^{1} biŋ^{1}

别 来 空 寻 去

空谈不能成鸾凤，

该 平 挥 恋 狼

kai^{1} biŋ^{1} vei^{1} jɛn^{6} laŋ^{6}

别 去 空 恋 来

空恋不会做鸳鸯。

恋 推 狼 才 文

jɛn^{6} dei^{3} laŋ^{6} dʑai^{8} ŋkun^{1}

恋 得 来 像 人

谈情要像众人样，

随 蹬 平 节 为

θ^{h}a^{1} tun^{3} biŋ^{1} θit^{10} vei^{6}

寻 得 去 像 人

恋爱要似他人状。

相虽 当 你平

θ^{h}iaŋ^{1}θ^{h}ei^{10} taŋ^{5} ni^{8}bun^{1}

他们 说 这样

俗话就是这样说，

相临 闹 你代

θ^{h}iaŋ^{1}z̯in^{1} nou^{1} ni^{1}dai^{10}

他们 讲 这样

俗语便是这般讲。

六 几麻 最 挥

z̯ok^{6} ki^{1}ma^{2} tɕoi^{1} vei^{1}

鸟 什么 死 空

鸟空腹死变什么？

闹 几麻 过 漏

nou^{6} ki^{1}ma^{2} kɔ^{5} tɬou^{5}

鼠 什么 过 空

鼠空肚亡成什么？

六 过 漏 平 申

z̯ok^{6} kɔ^{5} tɬou^{5} pan^{5} θ^{h}in^{3}

鸟 过 空 成 鬼

鸟空腹死易变鬼，

闹 最 挥 边 怪

nou^{6} tɕoi^{1} vei^{6} pɛn^{5} kwai^{5}

鼠 死 空 成 妖

鼠空肚亡常成妖。

友①　狼　漏　吥　名

ʐou^{4}　laŋ^{6}　tɬou^{5}　bou^{1}　miŋ^{1}

友　来　空　不　名

出嫁无彩礼无名，

花　平　挥　吥　肃

kw^{h}a^{1}　biŋ^{1}　vei^{1}　bou^{1}　ðu^{6}

花　去　空　不　誉

迎亲没婚礼无誉。

边比②　对　陇相

pɛn^{5}pi^{10}　toi^{5}　loŋ^{8}θ^{h}iaŋ^{3}

比如　个　父亲

当时父亲这样讲，

来平　扫　乜发

ʐai^{8}bun^{1}　θau^{3}　mɛ^{6}fa^{5}

比如　个　母亲

那时母亲这样说。

高志　当　都才

kau^{1}tɕi^{10}　taŋ^{5}　tu^{1}dʑai^{1}

告知　说　都才

告诉都才这常理，

高算　闹　都寅

kau^{1}θ^{h}un^{3}　nou^{1}　tu^{1}ʐin^{8}

告诉　讲　都寅

告知都寅这礼俗。

当　都寅　你平

taŋ^{5}　tu^{1}ʐin^{8}　ni^{8}bun^{1}

说　都寅　这样

这样说给都寅听，

闹　都才　你代

nou^{1}　tu^{1}dʑai^{1}　ni^{1}dai^{10}

讲　都才　这样

这般讲给都才懂。

小比　姓　送拉

θ^{h}iou^{1}pi^{2}　θ^{h}iŋ^{5}　θoŋ^{1}ʐa^{1}

比如　姓　我俩

现在我们家姓氏，

① 友［ʐou^{4}］：此处指“女子”。
② 边比［pɛn^{5}pi^{10}］：原义为“比如”，文中均指“当时、当下”。下句“来平［ʐai^{8}bun^{1}］”同。

来平　飞　来友

ʐai^{8}bun^{1}　fai^{3}　ʐai^{1}ʐou^{2}

比如　姓　我俩

如今我们家宗族。

城　边　任　末　飞①

dʑun^{8}　pɛn^{3}　ȵan^{6}　mot^{6}　fai^{3}

哪　成　小孩　没　姓

儿子不是没宗姓，

城　荣　蕊　末　姓

dʑun^{8}　ʐoŋ^{1}　ȵei^{1}　mot^{6}　θ^{h}iŋ^{3}

哪　成　小孩　没　姓

孩子不是无姓氏。

任　末　姓　六类

ȵan^{6}　mot^{6}　θ^{h}iŋ^{3}　ʐu^{8}ʐei^{1}

小孩　灭　姓　怎样

不是没姓氏之子，

蕊　末　飞　六羊

ȵei^{8}　mot^{6}　fai^{1}　ʐu^{3}ʐuŋ^{6}

小孩　灭　姓　怎样

不属无宗姓之儿。

那　多罚　咘　才

na^{6}　tɔ^{10}vat^{6}　bou^{1}　dʑai^{1}

舅　同胎　不　有

哪怕无血缘舅父，

凹　多躺　咘　琴

au^{1}　tɔ^{10}daŋ^{6}　bou^{1}　k^{h}in^{2}

叔　同胞　不　有

就算没同胞叔伯。

那　章何②　李　才

na^{6}　tɕaŋ^{1}ŋkjɔ^{6}　li^{3}　dʑai^{2}

舅　内喉　还　有

同堂舅父还健在，

① 末飞［mot^{6} fai^{3}］：原义为“姓氏消亡、姓氏消失”，此处指都才都寅若不按古规古例处理自己的婚姻大事，就有失去自己原本姓氏的可能。下句“末姓［mot^{6} θ^{h}iŋ^{3}］”同。

② 章何［tɕaŋ^{1}ŋkjɔ^{6}］：原义为“内喉”，布努瑶古语，即同祖同宗的远房弟兄。下句“章冲［tɕaŋ^{1}θoŋ^{1}］”同。

凹　章冲　李　琴

au^{1}　tɕaŋ^{1}θoŋ^{1}　li^{6}　k^{h}in^{3}

叔　内喉　还　有

同宗叔伯尚安好。

相虽　当　你平

θ^{h}iaŋ^{1}θ^{h}ei^{10}　taŋ^{5}　ni^{8}bun^{1}

他们　说　这样

俗话就是这样说，

相临　闹　你代

θ^{h}iaŋ^{1}ʐin^{1}　nou^{1}　ni^{1}dai^{10}

他们　讲　这样

俗语便是这般讲。

外　歹　勾　咘　疗

ŋ̥kwai^{8}　tai^{3}　kou^{1}　bou^{1}　ʂeu^{1}

水牛　死　角　不　折

水牛身死角不断，

窑　来　勾　咘　略①

ɳou^{8}　tɬai^{3}　kou^{1}　bou^{1}　ʐɔ^{6}

黄牛　毙　角　不　烂

黄牛尸腐角不烂。

两拜　散　唱　律

jeŋ^{8}pai^{6}　θ^{h}an^{3}　θ^{h}oŋ^{1}　li^{1}

双方　要　建　律

我们家族有规矩，

两边　青　节　写

jeŋ^{8}pɛn^{3}　θ^{h}iŋ^{3}　θit^{10}　θ^{h}ɛ^{3}

两边　就　建　线

我们祖宗有古例。

节　的　墨②　院刚③

θit^{9}　di^{5}　mak^{6}　ʐɛn^{8}koŋ^{3}

做　跟　墨　祖公

锯木不能离墨线，

① 窑来勾咘略［ɳou^{8} tɬai^{3} kou^{3} bou^{1} ʐɔ^{6}］：原义为“黄牛尸腐角不烂”，此处指古人虽然不存在了，但他们所创立的古规先例还传于后世。

② 墨［mak^{6}］：原义是“墨线”。下句“虽［θ^{h}ei^{3}］”原义是“墨丝”。此处二者均指祖先制定的规矩。

③ 院刚［ʐɛn^{8}koŋ^{3}］：原义是“祖公”。下句“院吓［ʐɛn^{1}ʐa^{6}］”原义是“祖婆”。此处均指世代先祖。

唱　亮　虽　院吓
θoŋ^{1} ʐoŋ^{1} θʰei^{3} ʐɛn^{1}ʐa^{6}
做　跟　线　祖婆
刨板不能离墨迹。

节　的　略　陇灵
θit^{9} di^{5} lɔ^{6} loŋ^{8}liŋ^{1}
做　跟　路　始祖
走亲戚要沿祖路，

唱　亮　桥　乜坏
θoŋ^{1} ʐoŋ^{1} ŋkiu^{1} mɛ^{6}vai^{6}
做　跟　桥　始母
办婚事要顺祖桥。

节　的　线　坤虽
θit^{9} di^{5} θʰɛ^{3} kun^{1}θʰei^{3}
做　跟　线　前辈
为人做事遵前辈，

唱　亮　律　老代
θoŋ^{1} ʐoŋ^{1} li^{1} lau^{6}dai^{6}
做　跟　例　老辈
做事为人听老话。

捆　用　站　串　崖①
ŋkun^{6} ɕoŋ^{3} ʐan^{4} θon^{10} ŋkjai^{2}
撑　伞　走　装　鞋
穿鞋撑伞办婚事，

根　旗　强　串　脚
ken^{1} ŋki^{1} ŋkjaŋ^{1} θon^{10} ŋkik^{6}
扛　旗　行　装　脚
穿袜打伞行婚礼。

站　串　脚　该虽
ʐan^{4} θon^{10} ŋkik^{6} kai^{1}θʰei^{3}
走　装　脚　公鸡
办婚事要备公鸡，

强　串　崖　该线
ŋkjaŋ^{1} θon^{10} ŋkjai^{8} kai^{3}θʰɛn^{5}
行　装　鞋　母鸡
行婚礼要筹母鸡。

① 串崖［θon^{10}ŋkjai^{2}］：原义是“装鞋”。下句“串脚［θon^{10}ŋkik^{6}］”原义是“装脚”。“装鞋”“装脚”是用指代的手法，表示把办婚事用的肉鸡、肥猪备好。

站	**串**	**脚①**	**星茂**
ʐan^{4}	θon^{3}	ŋkik^{6}	θ^{h}iŋ^{1}m̥ou^{3}
走	**装**	**脚**	**肥猪**

办婚事要备肥猪，

强	**串**	**崖②**	**星界**
ŋkjaŋ^{1}	θon^{10}	ŋkjai^{8}	θ^{h}iŋ^{10}kai^{5}
行	**装**	**鞋**	**肉鸡**

行婚礼要筹肉鸡。

捆	**用**	**站**	**后**	**斗**
ŋkun^{6}	ɕoŋ^{3}	ʐan^{4}	hou^{3}	tou^{1}
撑	**伞**	**走**	**进**	**门**

撑伞跨进人家门，

根	**旗**	**强**	**后**	**当**
ken^{1}	ŋki^{1}	ŋkjaŋ^{1}	hou^{3}	taŋ^{5}
扛	**旗**	**行**	**进**	**中堂**

打伞步入对方堂。

狼	**后**	**当**	**相临**
laŋ^{6}	hou^{3}	taŋ^{5}	θ^{h}iaŋ^{1}ʐin^{1}
来	**进**	**中堂**	**他们**

步入对方家中堂，

平	**后**	**斗**	**甲追**
biŋ^{2}	hou^{3}	tou^{1}	kat^{10}θei^{3}
去	**进**	**门**	**他们**

跨进他人家门槛。

六	**甲追**	**非**	**该③**
ʐu^{8}	kat^{10}θei^{3}	vei^{6}	kai^{1}
不	**他们**	**人**	**卖**

要问人家是否愿，

六	**相临**	**文**	**哈**
ʐu^{8}	θ^{h}iaŋ^{3}ʐin^{1}	ŋkun^{1}	ha^{3}
不	**他们**	**人**	**嫁**

要问人家是否嫁。

① 脚［ŋkik^{6}］：原义是“脚”，此处指代“肥猪”。
② 崖［ŋkjai^{8}］：原义是“鞋”，此处指代“肉鸡”。
③ 该［kai^{1}］：原义是“卖”，此处指女方对于男方求婚的表态，即“同意”或“愿意”。下句“哈［ha^{3}］”同。

六　　为　　哈　　六推

zu̡^{8}　vei^{10}　ha^{5}　zu̡^{8}doi^{1}

不　　人　　嫁　　不知

人家同意嫁女否?

六　　文　　该　　六豹

zu̡^{8}　ŋkun^{1}　kai^{3}　zu̡^{2}bau^{5}

不　　人　　卖　　不知

对方愿意嫁人不?

非　　哈　　扫　　祥　　朗

vei^{4}　ha^{3}　dȥau^{1}　dȥun^{8}　ɬaŋ^{1}

人　　嫁　　时　　地　　后

人家同意嫁之时,

文　　该　　祥　　扫　　那

ŋkun^{8}　kai^{3}　dȥun^{3}　dȥau^{6}　n̥a^{3}

人　　卖　　地　　时　　前

对方愿意嫁之际。

扫　　那　　性　　才　　名

dȥau^{6}　n̥a^{3}　θ^{h}iŋ^{5}　dȥai^{2}　miŋ^{1}

时　　前　　才　　有　　名

是时我们才有名,

祥　　朗　　性　　琴　　肃

dȥun^{8}　ɬaŋ^{1}　θ^{h}iŋ^{5}　k^{h}in^{3}　ðu^{6}

地　　后　　才　　有　　誉

那时别人才赞誉。

第四节　请媒人

Section Four　Inviting Matchmakers

［题解］本节通过两个部分来唱述布努瑶传统婚姻观念与婚姻习俗等方面的内容。前半部分是父母对都才都寅进行传统婚俗规矩教育。古代布努瑶视男女私奔形式的婚姻为不合规矩的婚姻，把经过父母之命、媒妁之言，按传统习俗程序操办的婚姻称作体面的婚姻，只有这样的婚姻才能得到布努瑶群体的认同，男女双方才觉得有脸面。后半部分是都才都寅约请舅舅做自己媒人的经过。布努瑶自古有“天大地大，舅爷最大”的家训，民间世代把舅舅称为“天”“地”，儿女婚姻从始至终都由舅舅主导，因此，舅舅通常担任外甥的媒人，并主持婚礼大事。

扫 码 看 视 频

早 仪 扫 祥 爹

tɕau^{3} ȵit^{6} dʑau^{6} dʑun^{8} tɛ^{1}

早 日 时 地 那

在那久远的时代，

早 比 祥 扫 年

tɕau^{3} pi^{1} dʑun^{1} dʑau^{6} nɛn^{6}

早 年 地 时 这

在那古老的时候。

斗 老代① 育 例②

dou^{3} lau^{6}dai^{6} zu̥^{1} li^{1}

从前 老辈 建 例

祖先已创下规例，

年 坤虽 扫 类

nɛn^{8} kun^{1}θ^{h}ei^{9} dʑau^{6} lei^{6}

从前 前辈 建 规

前辈已定立规矩。

扫 类 色 早 比

dʑau^{6} lei^{6} θ^{h}at^{9} tɕau^{3} pi^{1}

建 规 放 早 年

规矩很早已创立，

育 例 只 早 仪

zu̥^{1} li^{1} θi^{1} tɕau^{3} ȵit^{6}

建 例 放 早 日

规例很久就设定。

把 秀 色 蹬 发

pa^{3} θ^{h}iou^{5} θ^{h}at^{9} tin^{1} fa^{3}

根 线 放 脚 床头

绣线放在床头边，

把 针 只 蹬 华③

pa^{3} tɕin^{1} θi^{3} tin^{3} va^{6}

根 针 放 脚 竹墙

绣针扎在房墙上。

① 老代［lau^{6}dai^{6}］：原义指“老辈”。下句“坤虽［kun^{1}θ^{h}ei^{9}］”原义指“前辈”。二者均指布努瑶的古代祖先。
② 育例［zu̥^{1} li^{1}］：原义指“创造规例”，此处指布努瑶祖先已经建立有婚姻的规例。下句“扫类［dʑau^{6} lei^{6}］”同。
③ 华［va^{6}］：原义为“竹墙”。指用竹子排制起来绑扎成墙或用竹片编成的篱笆墙。布努瑶世代居住于山区，因地制宜用竹木来围房子，起到遮风挡雨和防盗的作用。

抹秀　色　拉　床

mat^{6}θ^{h}iou^{5}　θ^{h}at^{9}　ɬa^{10}　dʑoŋ^{2}

袜线　放　下　桌

布袜放在桌子上，

崖虽　只　拉　当

ŋkjai^{6}θ^{h}ei^{1}　θi^{9}　ɬa^{10}　taŋ^{5}

鞋线　放　下　凳

布鞋放在凳子下。

脚　斗　色　把　斗

ŋkik^{6}　dou^{3}　θ^{h}at^{9}　pak^{10}　tou^{1}

脚　从前　放　口　门

木屐放在门口边，

崖　年　只　把　当

ŋkjai^{6}　nɛn^{1}　θi^{9}　pak^{10}　taŋ^{5}

鞋　从前　放　口　中堂

旧鞋放在中堂里。

脚楼　外　虫七①

ŋkik^{6}lou^{6}　ŋkwai^{6}　dʑoŋ^{8}zi̜^{1}

鞋子　坏　一样

木屐仍然好如故，

崖翁　两　虫旬

ŋkjai^{8}oŋ^{3}　zi̜ŋ^{1}　dʑoŋ^{1}dʑun^{6}

鞋子　破　一样

旧鞋依旧新如初。

袋　脚　乃　才　年

tai^{3}　ŋkik^{6}　n̥ai^{5}　dʑai^{8}　nɛn^{1}

底　脚　坐　像　从前

木屐老底好如初，

袋　崖　英　节　斗

tai^{3}　ŋkjai^{8}　ɛŋ^{1}　θit^{10}　dou^{3}

底　鞋　靠　像　从前

旧鞋老底美如故。

---

① 脚楼外虫七[ŋkik^{6}lou^{6} ŋkwai^{6} dʑoŋ^{8}zi̜^{1}]：原义指“鞋子与原先一样”。下句“崖翁两虫旬[ŋkjai^{8}oŋ^{3} zi̜ŋ^{1} dʑoŋ^{1}dʑun^{6}]”同。此二句通过对“木屐”“旧鞋”的叙述，暗指布努瑶祖先创立的规矩被完好地传承下来。

多	**劳**	**色**	**再算①**	
tɔ^{5}	ʂau^{5}	θ^{h}at^{9}	kjai^{3}θ^{h}un^{3}	
制	**耙**	**放**	**梢园**	

旧耙挂在篱笆上，

多	**灾**	**只**	**再而**	
tɔ^{5}	ŋkjai^{1}	θi^{9}	kjai^{3}ʐa^{6}	
制	**犁**	**放**	**梢园**	

旧犁摆在园子边。

岁	**难**	**三**	**秀**	**内**
ðei^{8}	nan^{1}	θan^{3}	ðiou^{6}	nei^{6}
岁	**久**	**三**	**代**	**远**

列祖列宗相传承，

秀	**的**	**秀**	**爹②**	**强**
ðiou^{6}	di^{5}	ðiou^{6}	tɛ^{1}	ŋkjaŋ^{1}
代	**跟**	**代**	**他**	**行**

列祖列宗互继承。

秀	**图**	**四**	**秀**	**浪③**
ðiou^{6}	dok^{10}	θei^{5}	ðiou^{6}	ʐaŋ^{2}
代	**竹**	**四**	**代**	**笋**

一代竹子四代笋，

秀	**高④**	**四**	**秀**	**埋⑤**
ðiou^{6}	kau^{5}	θei^{5}	ðiou^{6}	mai^{6}
代	**树**	**四**	**代**	**根**

一代树木四代根。

① 多劳色再算［tɔ^{5} ʂau^{5} θ^{h}at^{9} kjai^{3}θ^{h}un^{3}］：原义是“旧耙挂在篱笆上”。下句“多灾只再而［tɔ^{5} ŋkjai^{1} θi^{3} kjai^{3}ʐa^{6}］”原义是“旧犁摆在园子边”。此二句通过对“耙”和“犁”的叙述，暗指布努瑶祖先创立的规矩并未消失。

② 爹［tɛ^{1}］：原义指“他”。此处指布努瑶自古以来的祖先。

③ 秀图四秀浪［ðiou^{6} dok^{10} θei^{5} ðiou^{6} ʐaŋ^{2}］：原义是“一代竹子四代笋”。下句“秀高四秀埋［ðiou^{6} kau^{5} θei^{5} ðiou^{6} mai^{6}］”原义是“一代树木四代根”。竹子的根会持续不断地长出一代又一代竹笋，树木是在一代又一代相互连接的树根上长出来的。此二句暗指现在的布努瑶人是布努瑶先人一代又一代繁衍下来的，必将一代又一代发展壮大下去。

④ 高［kau^{5}］：指树、竹丛、芦苇之类的植物。

⑤ 埋［mai^{6}］：指树根、竹根。

略	**的**	**略①**	**爹**	**强**
lɔ^{6}	di^{5}	lɔ^{6}	tɛ^{3}	ŋkjaŋ^{1}
路	跟	路	他	行

规矩之路代代传，

桥	**亮**	**桥**	**爹**	**站**
ŋkiu^{8}	ʐ̥oŋ^{6}	ŋkiu^{8}	tɛ^{3}	ʐ̥an^{4}
桥	跟	桥	他	走

规例之桥世世承。

节	**的**	**墨②**	**院刚**
θit^{9}	di^{5}	mak^{6}	ʐ̥ɛn^{8}koŋ^{1}
做	跟	墨	祖公

刨板不能离墨迹，

唱	**亮**	**虽**	**院下**
θoŋ^{1}	ʐ̥oŋ^{1}	θ^{h}ei^{3}	ʐ̥ɛn^{1}ʐ̥a^{6}
做	跟	丝	祖婆

办事要遵老祖路。

节	**的**	**路**	**陇灵**
θit^{9}	di^{5}	lɔ^{6}	loŋ^{8}liŋ^{1}
做	跟	路	始祖

设礼要遵老祖规，

唱	**亮**	**桥**	**乜外**
θoŋ^{1}	ʐ̥oŋ^{1}	ŋkiu^{1}	mɛ^{6}vai^{6}
做	跟	桥	始母

办事要循老祖例。

节	**的**	**线**	**坤虽**
θit^{9}	di^{5}	θ^{h}ɛn^{3}	kun^{1}θ^{h}ei^{3}
做	跟	线	前辈

喜宴要遵前辈路，

唱	**亮**	**律**	**老代**
θoŋ^{1}	ʐ̥oŋ^{1}	li^{1}	lau^{6}dai^{6}
做	跟	律	老辈

婚事要循老人路。

① 略［lɔ^{6}］：原义是“路”。下句“桥［ŋkiu^{8}］”原义是“桥”。此处“路”和“桥”指代“规例、规矩”，不是真正的路、桥。
② 墨［mak^{6}］：原义是“刨板时用来标记的墨线”，此处用“墨线”指代“祖先留下的规矩”。下句“虽［θ^{h}ei^{3}］”同。

两拜①　**散**　**唱**　**律**

jeŋ^{8}pai^{6}　θ^{h}an^{5}　θoŋ^{3}　li^{1}

双方　**便**　**做**　**律**

我们办事按规例，

双拉　**青**　**节**　**线**

θoŋ^{5}z̡a^{1}　θ^{h}iŋ^{3}　θit^{10}　θ^{h}ɛn^{3}

我俩　**就**　**做**　**线**

我们婚事照规矩。

捆　**用**　**站**　**串**　**崖**

ŋkun^{6}　çoŋ^{3}　ȥan^{4}　θon^{3}　ŋkjai^{2}

撑　**伞**　**走**　**装**　**鞋**

婚事穿鞋也撑伞，

根　**旗**　**强**　**串**　**脚**

ken^{1}　ŋki^{1}　ŋkjaŋ^{1}　θon^{3}　ŋkik^{6}

扛　**旗**　**行**　**装**　**脚**

婚礼打伞又穿袜。

站　**串**　**脚**　**该虽**

ȥan^{4}　θon^{3}　ŋkik^{6}　kai^{1}θ^{h}ei^{3}

走　**装**　**脚**　**公鸡**

办婚事要备公鸡，

强　**串**　**崖**　**该线**

ŋkjaŋ^{8}　θon^{3}　ŋkjai^{8}　kai^{10}θ^{h}ɛn^{5}

行　**装**　**鞋**　**母鸡**

行婚礼要筹母鸡。

站　**串**　**脚**　**星茂**

ȥan^{4}　θon^{3}　ŋkik^{6}　θ^{h}iŋ^{1}m̥ou^{1}

走　**装**　**脚**　**肥猪**

办婚事要备肥猪，

强　**串**　**崖**　**星界**

ŋkjaŋ^{8}　θon^{3}　ŋkjai^{8}　θ^{h}iŋ^{3}kai^{5}

行　**装**　**鞋**　**肉鸡**

行婚礼要筹肉鸡。

① 两拜［jeŋ^{8}pai^{6}］：原义是“双方”。下句“双拉［θoŋ^{5}z̡a^{1}］”原义是“我俩”。“双方”“我俩”此处指都才都寅的父母这代和都才都寅这代，共两代人，译为“我们”。

捆　用①　站　后　斗

ŋkun^{6} çoŋ^{3} ʑan^{1} hou^{3} tou^{1}

撑　伞　走　进　门

撑伞跨进对方门，

根　旗　强　后　当

ken^{1} ŋki^{1} ŋkjaŋ^{1} hou^{3} taŋ^{5}

扛　旗　行　进　中堂

打伞步入人家堂。

六　甲追　非　该

ʐu^{6} kat^{10}θei^{3} vei^{6} kai^{1}

不　他们　人　卖

要问对方是否愿，

六　相临　文　哈

ʐu^{8} θ^{h}iaŋ^{3}ʐin^{1} ŋkun^{10} ha^{5}

不　他们　人　嫁

要问人家是否嫁。

六　非　哈　六推

ʐu^{8} vei^{2} ha^{5} ʐu^{8}doi^{1}

不　人　嫁　不知

人家同意嫁女否？

六　文　该　六豹

ʐu^{8} ŋkun^{10} kai^{3} ʐu^{1}bau^{5}

不　人　卖　不知

对方愿意嫁人不？

非　哈　扫　祥　朗

vei^{8} ha^{5} dʑau^{6} dʑun^{8} ɬaŋ^{1}

人　嫁　时　地　后

人家同意嫁之时，

文　该　祥　扫　那

ŋkun^{10} kai^{3} dʑun^{1} dʑau^{6} n̥a^{3}

人　卖　地　时　后

对方愿意嫁之际。

① 捆用［ŋkun^{6} çoŋ^{3}］：原义是“撑伞”。下句“根旗［ken^{1} ŋki^{1}］”原义是“扛旗”。“撑伞”“扛旗”在此处指代“抬礼物”。

扫　那　姓　才　名①

dʑau^{6}　n̥a^{3}　θ^{h}iŋ^{5}　dʑai^{2}　miŋ^{1}

时　前　才　有　名

是时我们才有名，

祥　朗　姓　琴　肃

dʑun^{8}　ɬaŋ^{3}　θ^{h}iŋ^{5}　k^{h}in^{3}　ðu^{6}

地　后　才　有　誉

那时别人才赞誉。

乜发　当　你平

mɛ^{6}fa^{5}　taŋ^{5}　ni^{8}bun^{1}

母亲　说　这样

母亲道出这规矩，

陇相　闹　你代

loŋ^{2}θ^{h}iaŋ^{3}　nou^{1}　ni^{1}dai^{10}

父亲　讲　这样

父亲说出这规例。

边比　对　都才

pɛn^{1}pi^{10}　toi^{5}　tu^{1}dʑai^{1}

比如　个　都才

当时的这个都才，

来平　扫　都寅

ʑai^{8}bun^{1}　θau^{3}　tu^{1}ʑin^{8}

比如　个　都寅

当年的这个都寅。

都寅　如　亚　亮

tu^{1}ʑin^{8}　ʑi^{4}　ŋkja^{3}　ʑoŋ^{2}

都寅　心　自　知

听完心里才明白，

都才　追　亚　让

tu^{1}dʑai^{1}　θei^{3}　ŋkja^{3}　jeŋ^{6}

都才　意　自　懂

听完心中方清楚。

① 名［miŋ^{1}］：原义是“名誉”。下句“肃［ðu^{6}］”原义是“赞誉”。此处二者均指男女双方订婚程序得到社会认可。布努瑶传统婚姻观念认为，婚龄男女私自婚配是不体面的，会遭受舆论的谴责，族人甚至会责令私订终身的男女改姓，不允许他们与族人同姓。男女双方只有按照古俗，男方请媒送礼求婚，对方迎媒答礼表示同意订婚，双方在长辈面前确定两人的婚姻关系，继而举行婚礼结为夫妻，男女双方才认为有脸面，才得到社会的认可和祝福。

如　架　让　你平

ʐi^{4}　ŋkja^{3}　jeŋ^{6}　ni^{8}bun^{1}

心　自　懂　这样

心中清楚这道理，

追　架　亮　你代

θei^{1}　ŋkja^{3}　ʐoŋ^{8}　ni^{6}dai^{10}

意　自　知　这样

心里明白这句话。

早　仪　琴　蹬闷①

tɕau^{3}　ȵit^{6}　k^{h}in^{3}　tin^{1}m̥un^{3}

早　日　有　天空

起初先有那天空，

早　比　才　蹬地

tɕau^{3}　pi^{1}　dʑai^{1}　tin^{3}dei^{6}

早　年　有　大地

开始先有这大地。

的那　琴　南三

di^{5}n̥a^{3}　k^{h}in^{3}　nan^{6}θan^{1}

跟前　有　泥土

接着才有那泥土，

亮朗　才　南刀

ʐoŋ^{8}ɬaŋ^{3}　dʑai^{1}　nan^{6}dau^{6}

跟后　有　泥巴

随后才有这泥巴。

高志　当　蹬闷

kau^{1}tɕi^{2}　taŋ^{5}　tin^{1}m̥un^{3}

告知　说　天空

舅父如天先转告，

高算　闹　蹬地

kau^{1}θ^{h}un^{3}　nou^{1}　tin^{3}dei^{6}

告诉　讲　大地

舅舅如地先转达。

浪　周　当　都才

laŋ^{6}　θou^{5}　taŋ^{5}　tu^{1}dʑai^{1}

来　到　中堂　都才

让他来到都才家，

① 蹬闷［tin^{1}m̥un^{3}］：原义是“天空”。下句“蹬地［tin^{3}dei^{6}］”原义是“大地”。布努瑶先民认为，舅舅的地位比天高、比地大，此处把舅舅比作天空和大地。

平 **才** **街** **都寅**
biŋ^{2} dʑai^{1} kai^{3} tu^{3}ʑin^{8}
去 **到** **家** **都寅**
请他来到都寅屋。

对 **都寅** **知算**
toi^{5} tu^{1}ʑin^{8} tɕi^{1}θ^{h}un^{3}
个 **都寅** **商量**
来和都寅共商量，

抄 **都才** **知照**
θau^{1} tu^{1}dʑai^{1} tɕi^{3}tɕau^{5}
个 **都才** **商量**
来和都才同商议。

知照 **扫** **早** **床**①
tɕi^{3}tɕau^{5} dʑau^{6} tɕau^{10} dzoŋ^{6}
商量 **做** **早** **桌**
都才同议煮早饭，

知算 **育** **早** **当**
tɕi^{1}θ^{h}un^{3} ʑu^{1} tɕau^{10} taŋ^{10}
商量 **做** **早** **凳**
都寅共商煮早餐。

色 **蹬地** **修** **才**
θ^{h}at^{9} tin^{1}dei^{6} θ^{h}iou^{1} dʑai^{1}
让 **大地** **喝** **完**
先给舅父吃饱饭，

只 **蹬闷** **拌** **琴**
θi^{1} tin^{3}m̥un^{3} bun^{6} k^{h}in^{4}
让 **天空** **吃** **完**
先让舅舅喝饱粥。

边比 **对** **都才**
pɛn^{1}pi^{2} toi^{5} tu^{1}dʑai^{1}
比如 **个** **都才**
当时的这个都才，

来平 **扫** **都寅**
ʑai^{8}bun^{1} θau^{3} tu^{1}ʑin^{8}
比如 **个** **都寅**
当天的这个都寅。

① 床［dzoŋ^{6}］：原义是“桌”。下句“当［taŋ^{10}］”原义是“凳”。此处是“早饭”“早餐”的意思。

高志	**当**	**蹬闷**
kau^{1}tɕi^{10}	taŋ^{5}	tin^{1}m̥un^{3}
告知	**说**	**天空**

有话要告知舅父，

高算	**闹**	**蹬地**
kau^{1}θ^{h}un^{3}	nou^{1}	tin^{3}dei^{6}
告诉	**讲**	**大地**

有事要告诉舅舅。

当	**蹬地**	**你平**
taŋ^{5}	tin^{1}dei^{6}	ni^{8}bun^{1}
说	**大地**	**这样**

他对舅父这样说，

闹	**蹬闷**	**你代**
nou^{8}	tin^{1}m̥un^{3}	ni^{1}dai^{10}
讲	**天空**	**这样**

他对舅舅如此讲。

凹①	**桐**	**哎**	**那**	**背**
au^{1}	doŋ^{1}	ei^{3}	na^{6}	bei^{6}
叔	**我**	**哎**	**舅**	**我**

好舅父哎好舅舅！

那	**狼**	**比**	**你平**
na^{1}	laŋ^{6}	pi^{3}	ni^{8}bun^{1}
舅	**来**	**像**	**这样**

请舅这番来我家，

凹	**平**	**荣**	**你代**
au^{1}	biŋ^{1}	z̥oŋ^{1}	ni^{1}dai^{10}
叔	**去**	**像**	**这样**

请舅如此到我屋。

勤秀	**哑**	**只**	**凹**
ŋkjun^{8}θ^{h}iou^{5}	ja^{3}	θi^{1}	au^{3}
自己	**要**	**让**	**叔**

诚心拜告舅父知，

封篓	**哑**	**色**	**那**
fuŋ^{1}ɬou^{10}	ja^{3}	θ^{h}at^{9}	na^{6}
本人	**要**	**让**	**舅**

诚意拜求舅舅帮。

① 凹［au^{1}］：原义是“叔”。下句“那［na^{1}］”原义是“舅”。此处的“叔”“舅”其实是舅父之弟，即小舅父。

哑　色　那　强　桥

ja^{3}　θ^{h}at^{9}　na^{6}　ŋkjaŋ^{8}　ŋkiu^{1}

要　让　舅　行　桥

邀请舅父当媒人，

哑　只　凹　站　略

ja^{3}　θi^{1}　au^{3}　ȥan^{4}　lɔ^{6}

要　让　舅　走　路

恳求舅舅做媒师。

狼　燕宜　嫩奶①

laŋ^{6}　ɛn^{5}n̥i^{6}　nun^{8}nai^{6}

来　报答　奶水

报答舅父养育恩，

平　还三　奶嫩

biŋ^{8}　ŋkwan^{1}θan^{3}　nai^{3}nun^{6}

去　答谢　奶水

答谢舅舅抚育情。

边比　对　蹬闷

pɛn^{1}pi^{2}　toi^{5}　tin^{1}m̥un^{3}

比如　个　天空

当年的这个舅父，

来平　扫　蹬地

ȥai^{8}bun^{1}　θau^{3}　tin^{3}dei^{6}

比如　个　大地

当时的这个舅舅。

蹬地　古　合豹

tin^{3}dei^{6}　ku^{3}　ŋkjɔ^{8}bau^{1}

大地　也　合意

舅父心中也乐意，

蹬闷　古　合狼

tin^{1}m̥un^{3}　ku^{3}　ŋkjɔ^{8}laŋ^{6}

天空　也　合心

舅舅心里也愿意。

① 嫩奶［nun^{8}nai^{6}］：原义为“奶水之恩”。下句“奶嫩［nai^{3}nun^{6}］”指“奶水之源”。此处指“舅舅的养育之恩”。布努瑶先人敬畏舅舅，认为舅舅赐予吉利话，母亲才有奶水喂孩子，也就是说，母亲身上奶水的源头是在舅舅那里。

捆 用 站 串 崖

ŋkun^{6} ɕoŋ^{3} ʑan^{4} θon^{3} ŋkjai^{8}

撑 伞 走 装 鞋

穿鞋撑伞办婚事，

根 旗 强 串 脚

ken^{1} ŋki^{1} ŋkjaŋ^{1} θon^{10} ŋkik^{6}

扛 旗 行 装 脚

穿袜撑伞行婚礼。

合狼 散 育 算

ŋkjɔ^{8}laŋ^{6} θ^{h}an^{5} ʑu^{6} ŋkjon^{1}

合心 操 做 挑

乐意做主操彩礼，

合豹 青 达 担

ŋkjɔ^{8}bau^{1} θ^{h}iŋ^{3} da^{6} ʑat^{10}

合意 办 装 担

情愿做主办礼担。

站 串 脚 该虽

ʑan^{4} θon^{10} ŋkik^{6} kai^{1}θ^{h}ei^{3}

走 装 脚 公鸡

办婚事要备公鸡，

强 串 崖 该线

ŋkjaŋ^{1} θon^{3} ŋkjai^{1} kai^{3}θ^{h}ɛn^{5}

行 装 鞋 母鸡

行婚礼要筹母鸡。

站 串 脚 星茂

ʑan^{4} θon^{10} ŋkik^{6} θ^{h}iŋ^{1}m̥ou^{3}

走 装 脚 肥猪

办婚事要备肥猪，

强 串 崖 星界

ŋkjaŋ^{1} θon^{10} ŋkjai^{8} θ^{h}iŋ^{10}kai^{5}

行 装 鞋 肉鸡

行婚礼要筹肉鸡。

对 都寅 知算

toi^{5} tu^{1}ʑin^{8} tɕi^{1}θ^{h}un^{3}

个 都寅 商量

当时都寅自思量，

扫 都才 知照

θau^{1} tu^{1}dʑai^{5} tɕi^{3}tɕau^{5}

个 都才 商量

当下都才自盘算。

知照	**节**	**叫虽**
tɕi^{1}tɕau^{5}	θit^{9}	ŋkjau^{6}θ^{h}ei^{1}
商量	**拿**	**小米**

自己思量取小米，

知算	**唱**	**叫净**
tɕi^{1}θ^{h}un^{3}	θoŋ^{3}	ŋkjau^{6}ðiŋ^{6}
商量	**拿**	**稻谷**

自己盘算拿大米。

叫净	**的**	**娄京**①
ŋkjau^{6}ðiŋ^{6}	di^{5}	ɬau^{3}kiŋ^{1}
稻谷	**跟**	**酒坛**

取出大米和陈酒，

叫虽	**亮**	**娄卡**
ŋkjau^{6}θ^{h}ei^{1}	ʐoŋ^{1}	ɬau^{3}ka^{5}
小米	**跟**	**酒罐**

拿出小米和老酒。

节	**曲**	**拉**	**过**	**坡**
θit^{9}	ŋkju^{6}	ʂat^{10}	kɔ^{5}	pou^{1}
装	**作**	**担**	**过**	**山坡**

装担去报亲家恩，

唱	**曲**	**算**	**过**	**八**
θoŋ^{3}	ŋkju^{6}	ŋkjon^{2}	kɔ^{5}	pa^{5}
装	**作**	**担**	**过**	**山坡**

挑礼去还亲人情。

狼	**燕**	**仪**	**都才**
laŋ^{6}	ɛn^{3}	ɲit^{6}	tu^{1}dʑai^{1}
来	**要**	**太阳**	**都才**

都才要去娶娘子，

平	**高**	**刀**	**都寅**
biŋ^{8}	kau^{1}	dau^{1}	tu^{1}ʐin^{8}
去	**取**	**月光**	**都寅**

都寅要去接妻子。

肃	**背**	**当**	**糯**	**花**
ðu^{6}	bei^{8}	taŋ^{5}	nə^{2}	kw^{h}a^{5}
老实	**我**	**说**	**呐**	**花**

姑娘我是说实话，

① 娄京［ɬau^{3}kiŋ^{1}］：原义为"酒坛"，此处指"陈酒"。下句"娄卡［ɬau^{3}ka^{5}］"同。

顺	**桐**	**闹**	**糯**	**友**
ʐun^{8}	doŋ^{1}	nou^{1}	nə^{2}	ʐou^{6}
老实	**我**	**讲**	**呐**	**友**

朋友我是讲真话。

第五节　通姻路

Section Five　Going to Make a Proposal

［题解］本节唱述两位舅舅受都才都寅所托，赶往都才都寅女友家做媒。古代的布努瑶在缔结婚姻关系过程中，每一个程序的操办都很隆重，主要表现在每一个程序操办之前，都要备供品祭报祖宗家神。请舅舅出门做媒，是正式缔结青年男女婚姻关系的首道程序，必须举行仪式报知家神，它的目的主要有三点：一是祈求祖神护佑，确保这一程序的顺利进行；二是举行仪式报神才符合先祖约定俗成的族规家法，这样婚姻关系一旦确定下来，才能得到本宗家族、亲朋好友以及社会的认可；三是表明婚姻关系已得到神灵的护佑，显示其合法性，使婚姻关系得以稳固。

扫 码 看 视 频

对 都寅 知算

toi^{5} tu^{1}ʐin^{8} tɕi^{1}θ^{h}un^{3}

个 都寅 商量

这个都寅在考虑，

抄 都才 知照

θau^{1} tu^{1}dʑai^{1} tɕi^{3}tɕau^{5}

个 都才 商量

这个都才在思索。

吓 扫 略 过 埔

ja^{3} dʑau^{6} lɔ^{6} kɔ^{5} pou^{1}

要 做 路 过 山坡

如何开通过坡路，

吓 育 桥 过 八

ja^{3} ʐu^{1} ŋkiu^{1} kɔ^{3} pa^{5}

要 做 桥 过 山坡

如何架通过山桥。

对 咘 对 强 桥

toi^{5} bou^{1} toi^{5} ŋkjaŋ^{8} ŋkiu^{1}

个 不 个 行 桥

此桥要有人来架，

抄 咘 抄 站 略

θau^{1} bou^{1} θau^{1} ʐan^{4} lɔ^{6}

个 不 个 走 路

此路要有人去修。

都寅 如 架 亮

tu^{1}ʐin^{8} ʐi^{4} ŋkja^{3} ʐoŋ^{6}

都寅 心 自 知

都寅脑中沉思着，

都才 追 架 让

tu^{1}dʑai^{1} θei^{1} ŋkja^{3} jeŋ^{6}

都才 意 自 懂

都才心里思索着。

早 仪 琴 蹬闷

tɕau^{3} ȵit^{6} k^{h}in^{3} tin^{1}m̥un^{3}

早 日 有 天空

自古以来先有天，

早 比 才 蹬地

tɕau^{3} pi^{3} dʑai^{8} tin^{3}dei^{1}

早 年 有 大地

很久以前就有地。

的那　琴　南三
di^{1}n̥a^{3}　k^{h}in^{3}　nan^{6}θan^{1}
跟前　有　泥巴
之后才会有泥巴，

亮朗　才　南刀
z̯oŋ^{8}ɬaŋ^{1}　dʑai^{1}　nan^{6}dau^{6}
跟后　有　泥土
然后才会有泥土。

高志　当　蹬闷
kau^{1}tɕi^{2}　taŋ^{5}　tin^{1}m̥un^{3}
告知　说　天空
都才邀请舅父来，

高算　闹　蹬地
kau^{1}θ^{h}un^{3}　nou^{1}　tin^{1}dei^{6}
告诉　讲　大地
都寅邀约舅舅到。

高志　当　花凹
kau^{1}tɕi^{10}　taŋ^{5}　kw^{h}a^{1}au^{3}
告知　说　叔叔
都才邀请叔伯来，

高算　闹　友那
kau^{1}θ^{h}un^{3}　nou^{1}　z̯ou^{1}na^{10}
告诉　讲　舅舅
都寅邀约舅舅到。

狼　节　电　都才
laŋ^{6}　θ^{h}it^{3}　tɛn^{5}　tu^{1}dʑai^{1}
来　到　家　都才
来到都才家这里，

平　才　街　都寅
biŋ^{8}　dʑai^{1}　kai^{3}　tu^{1}z̯in^{8}
去　到　家　都寅
去到都寅屋那边。

对　都寅　知算
toi^{5}　tu^{1}z̯in^{8}　tɕi^{1}θ^{h}un^{3}
个　都寅　商量
这个都寅再商议，

抄　都才　知照
θau^{1}　tu^{3}dʑai^{1}　tɕi^{3}tɕau^{5}
个　都才　商量
这位都才又商量。

知照	**千**	**该虽**
tɕi^{3}tɕau^{5}	θɛn^{5}	kai^{1}θ^{h}ei^{3}
商量	**杀**	**公鸡**

商讨宰只老公鸡，

知算	**务**	**该线**
tɕi^{1}θ^{h}un^{3}	mu^{1}	kai^{3}θ^{h}ɛn^{5}
商量	**杀**	**母鸡**

商议杀只大母鸡。

千	**该线**	**来**	**房**
θɛn^{5}	kai^{1}θ^{h}ɛn^{5}	ʑai^{8}	vaŋ^{1}
杀	**母鸡**	**拜**	**鬼**

杀母鸡以祭祖宗，

务	**该虽**	**配**	**培**
mu^{8}	kai^{3}θ^{h}ei^{3}	poi^{5}	bun^{6}
杀	**公鸡**	**拜**	**神**

宰公鸡以供家仙。

配	**培画**[①]	**琴才**
poi^{5}	bun^{6}ŋkwɛ^{6}	k^{h}in^{3}dʑai^{2}
拜	**神祇**	**结束**

都才祭祀完祖宗，

来	**防仙**	**琴夺**
ʑai^{8}	vaŋ^{1}θ^{h}ɛn^{3}	k^{h}in^{10}dɔ^{6}
拜	**鬼仙**	**结束**

都寅供奉完家仙。

知照	**拌**	**把玉**
tɕi^{1}tɕau^{5}	bun^{6}	pa^{3}ʑi^{1}
商量	**拿**	**菜刀**

商量去拿来菜刀，

知算	**高**	**把养**
tɕi^{3}θ^{h}un^{3}	kau^{3}	pa^{10}ʑaŋ^{3}
商量	**取**	**砍刀**

商议去取来砍刀。

① 培画［bun^{6}ŋkwɛ^{6}］：原义为“神祇”，下句“防仙［vaŋ^{1}θ^{h}ɛn^{3}］”原义为“鬼仙”，此处均指“祖宗家神”。古代布努瑶在婚姻关系缔结过程中，每一程序都要报知祖宗家神。请人出门做媒的程序，也要杀鸡祭供祖宗家神，祈求祖宗家神护佑媒人出行平安，牵线搭桥顺利。

拌	**把养**	**平**	**奔**
bun^{1}	pa^{3}ʐaŋ^{3}	biŋ^{8}	pun^{1}
拿	**砍刀**	**去**	**分**

拿来砍刀把鸡分，

高	**把玉**	**狼**	**烈**
kau^{1}	pa^{10}ʐi^{1}	laŋ^{6}	tɬɛ^{3}
取	**菜刀**	**来**	**切**

取来菜刀把鸡切。

烈	**该线**	**曲**	**三**①
tɬɛ^{3}	kai^{1}θ^{h}ɛn^{5}	ŋkju^{6}	θan^{1}
切	**母鸡**	**做**	**三**

把鸡切成三四块，

奔	**该虽**	**曲**	**二**
pun^{1}	kai^{3}θ^{h}ei^{3}	ŋkju^{6}	ŋei^{6}
分	**公鸡**	**做**	**二**

将鸡分成两三片。

烈	**曲**	**糯**	**陇**	**瓜**
tɬɛ^{3}	ŋkju^{6}	nɔ^{6}	ʐoŋ^{1}	kwa^{1}
切	**做**	**肉**	**下**	**碗**

切好鸡肉盛入碗，

奔	**曲**	**油**	**陇**	**地**
pun^{1}	ŋkju^{6}	ʐou^{8}	ʐoŋ^{1}	dei^{6}
分	**做**	**油**	**下**	**盘**

分好鸡肉装进盘。

节	**陇**	**地**	**琴才**
θit^{9}	ʐoŋ^{1}	dei^{6}	k^{h}in^{3}dʑai^{2}
装	**下**	**盘**	**结束**

鸡肉装进盘结束，

双	**陇**	**瓜**	**琴夺**
θuŋ^{1}	ʐoŋ^{1}	kwa^{3}	k^{h}in^{10}dɔ^{6}
装	**下**	**碗**	**结束**

鸡肉盛入碗完毕。

燕	**狼**	**色**	**朋章**
ɛn^{5}	laŋ^{6}	θ^{h}at^{9}	buŋ^{6}dʑaŋ^{1}
拿	**来**	**放**	**中间**

捧碗鸡肉摆中堂，

① 三［θan^{1}］：概数，此处指把鸡肉切成片状小块。下句“二［ŋei^{6}］”同。

高	**平**	**只**	**朋筐**
kau^{1}	biŋ^{1}	θi^{3}	buŋ^{6}ŋkoŋ^{6}
取	**去**	**放**	**中间**

端盘鸡肉搁神台。

色	**朋筐**	**床来**①
θʰat^{9}	buŋ^{6}ŋkoŋ^{6}	dʑoŋ^{8}z̥ai^{1}
放	**中间**	**花桌**

放在神台正前方，

只	**朋章**	**当画**
θi^{1}	buŋ^{6}dʑaŋ^{1}	taŋ^{5}ŋkwɛ^{6}
放	**中间**	**花凳**

摆在神桌正中央。

高志	**当**	**蹬闷**
kau^{1}tɕi^{10}	taŋ^{5}	tin^{1}m̥un^{3}
告知	**说**	**天空**

都才央请舅父来，

高算	**闹**	**蹬地**
kau^{1}θʰun^{3}	nou^{1}	tin^{3}dei^{6}
告诉	**讲**	**大地**

都寅邀请舅舅到。

蹬地	**的**	**花凹**
tin^{3}dei^{6}	di^{5}	kwʰa^{1}au^{3}
大地	**跟**	**叔叔**

央请娘家叔伯来，

蹬闷	**亮**	**友那**
tin^{1}m̥un^{3}	z̥oŋ^{1}	z̥ou^{10}na^{8}
天空	**跟**	**舅舅**

央求娘家舅舅到。

过	**狼**	**扔**	**床来**
kɔ^{3}	laŋ^{6}	z̥aŋ^{6}	dʑoŋ^{8}z̥ai^{1}
过	**来**	**坐**	**花桌**

舅父坐到神台边，

来	**平**	**英**	**当画**
ɬai^{8}	biŋ^{1}	ɛŋ^{3}	taŋ^{5}ŋkwɛ^{6}
走	**去**	**靠**	**花凳**

舅舅坐到神台旁。

① 床来［dʑoŋ^{8}z̥ai^{1}］：原义为“花桌”，下句“当画［taŋ^{5}ŋkwɛ^{6}］”同。古代布努瑶每家每户都安有神台，台下摆放刻有画的高桌被称为“花桌”。

对　都寅　知算
toi^{5} tu^{1}ʐin^{8} tɕi^{1}θ^{h}un^{3}
个　都寅　商量
这个都寅又商量，

抄　都才　知照
θau^{1} tu^{3}dʑai^{1} tɕi^{3}tɕau^{5}
个　都才　商量
这位都才又商议。

知照　拌　娄京
tɕi^{3}tɕau^{5} bun^{6} ɬau^{3}kiŋ^{1}
商量　拿　酒坛
商议拿出陈酒坛，

知算　高　娄卡
tɕi^{1}θ^{h}un^{3} kau^{3} ɬau^{3}ka^{5}
商量　取　酒罐
商量取出老酒罐。

拌　娄卡　平　田
bun^{6} ɬau^{3}ka^{5} biŋ^{8} dɛn^{1}
拿　酒罐　去　填
都才拿出酒来筛，

高　娄京　狼　周
kau^{1} ɬau^{3}kiŋ^{1} laŋ^{1} θou^{3}
取　酒坛　来　补
都寅取出酒来斟。

栋　漏　拌　栋　田
toŋ^{5} bɔk^{3} bun^{6} toŋ^{5} dɛn^{2}
筒　空　拿　筒　填
喝了一筒舀一筒，

瓶　干　高　瓶　周
bɛn^{2} kan^{3} kau^{3} bɛn^{2} θou^{3}
罐　干　取　罐　补
干了一罐舀一罐。

燕　狼　周　才　修
ɛn^{5} laŋ^{6} θou^{1} dʑai^{6} θ^{h}iou^{1}
要　来　补　同　喝
拿酒来添共畅饮，

高　平　田　才　拌
kau^{1} biŋ^{1} dɛn^{1} dʑai^{6} bun^{6}
取　去　填　同　吃
取酒来加同酣歌。

早　当　拌　丁　岁

tɕau^{3}　taŋ^{5}　bun^{6}　tɛn^{1}　dʑei^{1}

早　凳　吃　适当　时

早饭同食刚合适，

早　床　修　七　扫

tɕau^{3}　dʑoŋ^{10}　θ^{h}iou^{3}　ði^{6}　dʑau^{6}

早　桌　喝　适当　时

早酒共饮正当时。

娄卡　拌　琴　相

ɬau^{3}ka^{5}　bun^{6}　k^{h}in^{3}　θ^{h}iaŋ^{1}

酒罐　吃　上　脸

众人畅饮刚红脸，

娄京　修　琴　面

ɬau^{3}kiŋ^{1}　θ^{h}iou^{1}　k^{h}in^{3}　mjɛn^{6}

酒坛　喝　上　面

大伙酣歌方尽兴。

边比　对　都才

pɛn^{5}pi^{2}　toi^{5}　tu^{1}dʑai^{1}

比如　个　都才

当天的这个都才，

来平　扫　都寅

ʐai^{8}bun^{1}　θau^{3}　tu^{1}ʐin^{8}

比如　个　都寅

当时的这个都寅。

都寅　散　高算

tu^{1}ʐin^{8}　θ^{h}an^{5}　kau^{1}θ^{h}un^{3}

都寅　便　告诉

都寅便开始叙说，

都才　青　高志

tu^{1}dʑai^{1}　θ^{h}iŋ^{3}　kau^{1}tɕi^{10}

都才　就　告知

都才便开始讲话。

高志　当　花凹

kau^{1}tɕi^{10}　taŋ^{5}　kw^{h}a^{1}au^{3}

告知　说　叔叔

要将话说给叔伯，

高算　闹　友那

kau^{1}θ^{h}un^{3}　nou^{1}　ʐou^{2}na^{6}

告诉　讲　舅舅

要把话讲给舅舅。

当　友那　你平

taŋ^{5}　z̩ou^{2}na^{6}　ni^{8}bun^{1}

说　舅舅　这样

他对舅舅这样说，

闹　花凹　你代

nou^{8}　kw^{h}a^{1}au^{3}　ni^{1}dai^{1}

讲　叔叔　这样

他对叔伯这么讲。

凹　桐　哎　那　背

au^{1}　doŋ^{1}　ei^{3}　na^{6}　bei^{8}

叔　我　哎　舅　我

我的叔伯呀舅舅！

那　狼　比　你平

na^{6}　laŋ^{6}　pi^{3}　ni^{8}bun^{1}

舅　来　像　这样

今邀舅舅来这里，

凹　平　荣　你代

au^{1}　biŋ^{1}　z̩oŋ^{1}　ni^{1}dai^{10}

舅　去　像　这样

今约叔伯到这儿。

勤秀　哑　只　凹

ŋkjun^{8}θ^{h}iou^{1}　ja^{3}　θi^{1}　au^{1}

自己　要　让　叔

侄儿有事请叔伯，

封篓　哑　色　那

fuŋ^{1}ɬou^{10}　ja^{3}　θ^{h}at^{9}　na^{6}

本人　要　让　舅

外甥有事求舅舅。

哑　色　那　强　桥

ja^{3}　θ^{h}at^{9}　na^{6}　ŋkjaŋ^{8}　ŋkiu^{1}

要　让　舅　行　桥

请舅舅牵线搭桥，

哑　只　凹　站　略

ja^{3}　θi^{1}　au^{3}　ʑan^{4}　lɔ^{6}

要　让　舅　走　路

邀叔伯穿针引线。

狼　扫　略　卜　桐

laŋ^{6}　dʑau^{6}　lɔ^{6}　bu^{6}　doŋ^{1}

来　做　路　个　我

去筑我的婚姻路，

平	**育**	**桥**	**卜**	**背**
biŋ^{8}	ʐu^{3}	ŋkiu^{1}	bu^{6}	bei^{6}
去	**做**	**桥**	**个**	**我**

来架我的爱恋桥。

小比	**略**	**你平**
θ^{h}iou^{1}pi^{2}	lɔ^{6}	ni^{8}bun^{1}
比如	**路**	**这样**

就说这条婚姻路，

来平	**桥**	**你代**
ʐai^{8}bun^{1}	ŋkiu^{1}	ni^{1}dai^{10}
比如	**桥**	**这样**

就讲这座连心桥。

让	**咘**	**略**	**墨甘**①
jeŋ^{1}	bou^{1}	lɔ^{6}	mak^{10}kan^{1}
懂	**不**	**路**	**柑橘**

不是一般兄弟路，

亮	**咘**	**桥**	**墨懂**
ʐoŋ^{8}	bou^{1}	ŋkiu^{1}	mak^{10}toŋ^{3}
知	**不**	**桥**	**橙子**

并非普通姐妹桥。

略	**边**	**略**	**相虽**
lɔ^{6}	pɛn^{3}	lɔ^{6}	θ^{h}iaŋ^{1}θ^{h}ei^{3}
路	**成**	**路**	**姑娘**

这路是新郎之路，

桥	**荣**	**桥**	**相面**
ŋkiu^{8}	ʐoŋ^{1}	ŋkiu^{1}	θ^{h}iaŋ^{3}mjɛn^{6}
桥	**成**	**桥**	**姑娘**

此桥是新娘之桥。

略	**相面**	**恶**	**朗**
lɔ^{6}	θ^{h}iaŋ^{1}mjɛn^{6}	ɔk^{9}	ɬaŋ^{1}
路	**姑娘**	**出**	**后**

是新娘出嫁之路，

桥	**相虽**	**恶**	**那**
ŋkiu^{8}	θ^{h}iaŋ^{3}θ^{h}ei^{3}	ɔk^{9}	n̥a^{3}
桥	**姑娘**	**出**	**前**

是新郎迎亲之桥。

① 墨甘[mak^{10}kan^{1}]：原义为“柑橘”，下句“墨懂[mak^{10}toŋ^{3}]”原义为“橙子”。古代布努瑶用“柑橘”“橙子”来指代“兄弟姐妹”。

让　咘　略　背　灾
jeŋ^{6}　bou^{1}　lɔ^{6}　pei^{1}　tɕai^{3}
懂　不　路　去　远
心知此路不很远，

亮　咘　桥　背　广
z̥oŋ^{8}　bou^{1}　ŋkiu^{1}　pei^{1}　kuaŋ^{3}
知　不　桥　去　广
心知此桥不很长。

乃　而陇　两边
n̥ai^{3}　z̥at^{6}z̥oŋ^{6}　jeŋ^{8}pɛn^{3}
坐　村子　两边
此路尽头在村里，

英　而堆　双拜
ɛŋ^{1}　z̥at^{6}doi^{1}　θoŋ^{3}pai^{6}
靠　村寨　两边
此桥彼端在寨中。

边比　对　都才
pɛn^{1}pi^{10}　toi^{5}　tu^{1}dʑai^{1}
比如　个　都才
那年的这个都才，

来平　扫　都寅
z̥ai^{8}bun^{1}　θau^{3}　tu^{1}z̥in^{8}
比如　个　都寅
那时的这个都寅。

高志　当　花凹
kau^{1}tɕi^{2}　taŋ^{5}　kw^{h}a^{1}au^{3}
告知　说　叔叔
都才说给叔伯听，

高算　闹　友那
kau^{1}θ^{h}un^{3}　nou^{1}　z̥ou^{2}na^{6}
告诉　讲　舅舅
都寅讲与舅舅知。

当　友那　琴才
taŋ^{5}　z̥ou^{6}na^{6}　k^{h}in^{3}dʑai^{2}
说　舅舅　结束
刚和舅舅说完话，

闹　花凹　琴夺
nou^{8}　kw^{h}a^{3}au^{3}　k^{h}in^{10}dɔ^{6}
讲　叔叔　结束
方与叔伯讲完事。

仪让 让 盖 刚

ȵit^{6}jeŋ^{6} jeŋ^{6} kai^{5} koŋ^{1}

阳光 光 罩 峰

太阳正好照峰顶，

刀亮 亮 盖 下

dau^{1}z̧oŋ^{6} z̧oŋ^{6} kai^{5} z̧a^{6}

月光 亮 罩 峰

月亮正好露山头。

仪 盖 下 如友

ȵit^{6} kai^{5} z̧a^{6} z̧i^{8}z̧ou^{1}

太阳 罩 峰 急急地

太阳就要落西山，

刀 盖 刚 如乙

dau^{1} kai^{3} koŋ^{3} z̧i^{1}z̧i^{6}

月亮 罩 峰 匆匆地

月亮已经挂半空。

番 血 让 斗 临

fan^{1} hat^{10} jeŋ^{6} tau^{1} z̧in^{1}

到 早 光 来 临

黎明晨曦将来临，

番 恩 亮 斗 劣

fan^{1} ŋwon^{1} z̧oŋ^{1} tau^{1} z̧i^{10}

到 日 亮 来 到

白天光明就来到。

多 扫 哑 强 桥

tɔ^{3} dʑau^{6} ja^{3} ŋkjaŋ^{8} ŋkiu^{1}

到 时 要 行 桥

出门行桥吉时到，

丁 岁 哑 站 略

tɛn^{1} dʑei^{1} ja^{3} ʑan^{4} lɔ^{6}

是 时 要 走 路

出行走路良辰达。

对 都寅 知算

toi^{5} tu^{1}z̧in^{8} tɕi^{1}θ^{h}un^{3}

个 都寅 商量

这个都寅又思量，

扫 都才 知照

θau^{1} tu^{1}dʑai^{1} tɕi^{3}tɕau^{5}

个 都才 商量

这个都才再盘算。

知照　拌　旋丈
tɕi^{3}tɕau^5　bun^6　dʑɛn^{8}dʑaŋ^1
商量　拿　钱串
思量要拿出钱串，

知算　高　旋贯
tɕi^{1}θ^{h}un^3　kau^3　dʑɛn^{8}kwan^5
商量　取　钱贯
打算要取出钱贯。

拌　旋贯　海　合
bun^6　dʑɛn^{8}kwan^5　hoi^3　ŋkjɔ^6
拿　钱贯　绕　颈
钱贯吊在舅父脖，

高　旋丈　海　爸
kau^1　dʑɛn^{8}dʑaŋ^5　hoi^3　ba^5
取　钱串　绕　肩
钱串挂在舅舅肩。

拌　娄卡　海　合
bun^1　ɬau^{3}ka^5　hoi^3　ŋkjɔ^8
拿　酒罐　绕　颈
拿来酒壶挎上脖，

高　娄京　海　爸
kau^1　ɬau^{2}kiŋ^1　hoi^3　ba^5
取　酒坛　绕　肩
取来酒筒挂在肩。

拌　用线　多　冯
bun^6　ɕoŋ^{3}θ^{h}ɛn^5　tɔ^3　veŋ^8
拿　线伞　到　手
布伞递到舅父手，

高　用虽　多　普
kau^1　ɕoŋ^{3}θ^{h}ei^5　tɔ^3　bu^3
取　丝伞　到　手
油伞交到舅舅掌。

拌　京风　多　冯
bun^6　kiŋ^{1}vuŋ^6　tɔ^3　veŋ^8
拿　烟斗　到　手
烟斗递到舅父手，

高　京烟　多　普
kau^1　kiŋ^{1}ʑɛn^1　tɔ^3　bu^3
取　烟丝　到　手
烟丝递到舅舅掌。

轭	串	爸	媒	外
ek^{10}	θon^{1}	ba^{5}	mɛ^{1}	ŋkwai^{8}
轭	装	肩	母	水牛

牛轭已架牛脖上，

旋	串	间	卜	劳
dʑɛn^{2}	θon^{3}	kɛn^{3}	bu^{6}	lau^{6}
钱	装	袖	位	大人

钱串已塞衣袖里。

咘	狼	咘	来	姑
bou^{1}	laŋ^{1}	bou^{1}	tɬai^{1}	ku^{3}
不	来	不	过	身

不走此身无法脱，

咘	平	咘	过	志
bou^{1}	biŋ^{1}	bou^{1}	kɔ^{1}	tɕi^{5}
不	去	不	过	肢

不行此事无法过。

多	扫	对	旋梅
tɔ^{3}	dʑau^{6}	toi^{5}	dʑɛn^{8}moi^{1}
到	时	个	媒人

已到媒人动身时，

丁	岁	抄	旋岁
tɛn^{1}	dʑei^{1}	θau^{3}	dʑɛn^{8}θ^{h}ei^{5}
是	时	个	媒师

已是媒师出门时。

旋岁	古	合豹
dʑɛn^{8}θ^{h}ei^{3}	ku^{10}	ŋkjɔ^{8}bau^{1}
媒师	也	合意

媒师受托自高兴，

旋梅	古	合狼
dʑɛn^{8}moi^{1}	ku^{10}	ŋkjɔ^{8}laŋ^{1}
媒人	也	合心

媒人受嘱也热情。

合狼	站	恶	堂
ŋkjɔ^{8}laŋ^{6}	ʑan^{4}	ɔk^{9}	daŋ^{2}
合心	走	出	中堂

媒人热情出中堂，

合豹	强	恶	当
ŋkjɔ^{8}bau^{1}	ŋkjaŋ^{1}	ɔk^{9}	taŋ^{5}
合意	行	出	中堂

媒师高兴出房屋。

站	**恶**	**当**	**都才**
ʑan^{4}	ɔk^{9}	taŋ^{5}	tu^{1}dʑai^{1}
走	**出**	**中堂**	**都才**

媒人走出都才房，

强	**恶**	**堂**	**都寅**
ŋkjaŋ^{8}	ɔk^{9}	daŋ^{2}	tu^{1}ʑin^{8}
行	**出**	**中堂**	**都寅**

媒师走出都寅堂。

脚	**些乙**	**恶**	**堂**
ŋkik^{10}	θ^{h}ɛ^{5}ʑi^{10}	ɔk^{9}	daŋ^{2}
脚	**迅速**	**出**	**中堂**

媒人迈步出中堂，

蹬	**些友**	**恶**	**当**
tin^{1}	θ^{h}ɛ^{3}ʑou^{6}	ɔk^{9}	taŋ^{5}
脚	**迅速**	**出**	**中堂**

媒师跨步出家门。

脚	**些乙**	**陇**	**雷**
ŋkik^{10}	θ^{h}ɛ^{5}ʑi^{10}	ʑoŋ^{1}	ɬoi^{1}
脚	**迅速**	**下**	**门梯**

抬脚稳步下楼梯，

蹬	**些友**	**陇**	**赚**
tin^{1}	θ^{h}ɛ^{3}ʑou^{6}	ʑoŋ^{1}	dʑan^{6}
脚	**迅速**	**下**	**晒台**

踏步稳当下晒台。

站	**狼**	**八**	**早**	**桥**
ʑan^{4}	laŋ^{6}	pa^{5}	tɕau^{3}	ŋkiu^{2}
走	**来**	**山坡**	**头**	**桥**

走到山丘旁桥头，

强	**平**	**埔**	**早**	**略**
ŋkjaŋ^{8}	biŋ^{1}	pou^{3}	tɕau^{3}	lɔ^{6}
行	**去**	**山坡**	**头**	**路**

行至土坡边路口。

八	**早**	**略**	**桥**	**强**
pa^{5}	tɕau^{3}	lɔ^{6}	ŋkiu^{8}	ŋkjaŋ^{1}
山坡	**头**	**路**	**桥**	**行**

走完山路便上桥，

埔	**早**	**桥**	**略**	**站**
pou^{3}	tɕau^{3}	ŋkiu^{8}	lɔ^{6}	ʑan^{4}
山坡	**头**	**桥**	**路**	**走**

行尽小桥即走道。

间先 批 间虽

kɛn^{1}θ^{h}ɛn^{3} pat^{9} kɛn^{1}θ^{h}ei^{3}

衣袖 扫 衣袖

两人衣袖打衣袖，

间虽 包 间先

kɛn^{1}θ^{h}ei^{3} pau^{1} kɛn^{1}θ^{h}ɛn^{5}

衣袖 扫 衣袖

两人衣摆拍衣摆。

卜 踏 脚 卜 平

bu^{6} da^{6} ŋkik^{10} bu^{6} biŋ^{2}

个 踏 脚 个 去

他们边走边踏脚，

卜 踏 蹬 卜 狼

bu^{6} da^{6} tin^{1} bu^{6} laŋ^{6}

个 踏 脚 个 来

他们边行边踏足。

过 八 央 七肃

kɔ^{5} pa^{5} aŋ^{5} ði^{6}ðu^{2}

过 山坡 高兴 热闹

走过山路闹哄哄，

来 埔 叫 七才

tɬai^{8} pou^{3} kjou^{1} ði^{6}dʑai^{6}

爬 山坡 欢喜 热闹

行过坡道喜洋洋。

站 狼 八 而堆

z̥an^{4} laŋ^{6} pa^{5} z̥at^{8}doi^{1}

走 来 山坡 村寨

走过山中那座寨，

强 平 埔 而陇

ŋkjaŋ^{1} biŋ^{1} pou^{3} z̥at^{6}z̥oŋ^{6}

行 去 山坡 村子

行过坡间这个村。

八 而陇 桥 强

pa^{5} z̥at^{6}z̥oŋ^{6} ŋkiu^{8} ŋkjaŋ^{1}

山坡 村子 桥 行

走过山村的桥头，

埔 而堆 略 站

pou^{3} z̥at^{6}doi^{1} lɔ^{6} z̥an^{4}

山坡 村寨 路 走

行过坡寨的路口。

四	**卡**	**八**	**桥**	**强**
θei^{5}	kat^{9}	pa^{5}	ŋkiu^{8}	ŋkjaŋ^{1}
四	接	山坡	桥	行

走过村落四座桥，

三	**卡**	**埔**	**略**	**站**
θan^{1}	kat^{9}	pou^{3}	lɔ^{8}	ʐan^{4}
三	连	山坡	路	走

行过坡寨三条道。

咘	**锡**	**八**	**而堆**
bou^{1}	θit^{10}	pa^{5}	z̥at^{6}doi^{1}
不	单	山坡	村寨

不光走村又串寨，

咘	**谁**	**埔**	**而陇**
bou^{1}	z̥ei^{3}	pou^{3}	z̥at^{6}z̥oŋ^{1}
不	独	山坡	村子

不单爬坡又过坎。

站	**狼**	**八**	**滴**	**天**
ʐan^{4}	laŋ^{6}	pa^{5}	dit^{10}	tɛn^{1}
走	去	山坡	接	天

还要走过连天山，

强	**平**	**埔**	**滴**	**地**
ŋkjaŋ^{8}	biŋ^{1}	pou^{3}	dit^{10}	dei^{6}
行	去	山坡	接	地

还要行过接地谷。

八	**滴**	**地**	**桥**	**强**
pa^{5}	dit^{10}	dei^{6}	ŋkiu^{8}	ŋkjaŋ^{1}
山坡	接	地	桥	行

行过高山下之桥，

埔	**滴**	**天**	**略**	**站**
pou^{1}	dit^{10}	tɛn^{1}	lɔ^{6}	ʐan^{4}
山坡	接	天	路	走

走过峡谷边之路。

四	**卡**	**八**	**桥**	**强**
θei^{5}	kat^{9}	pa^{5}	ŋkiu^{8}	ŋkjaŋ^{1}
四	连	山坡	桥	行

行过四座石壁桥，

三	**卡**	**埔**	**略**	**站**
θan^{1}	kat^{9}	pou^{3}	lɔ^{6}	ʐan^{4}
三	连	山坡	路	走

走完三段陡坡路。

八 卡 八 桥 强
pa^{5} kat^{9} pa^{5} ŋkiu^{8} ŋkjaŋ^{1}
山坡 连 山坡 桥 行
行过山连山桥头，

埔 卡 埔 略 站
pou^{3} kat^{9} pou^{3} lɔ^{6} ʑan^{4}
山坡 连 山坡 路 走
走过坡连坡路口。

哺 锡 八 滴 天
bou^{1} θit^{10} pa^{5} dit^{10} tɛn^{1}
不 单 山坡 接 天
不光要走云端山，

哺 谁 埔 滴 地
bou^{1} ʑei^{3} pou^{3} dit^{10} dei^{1}
不 独 山坡 接 地
不单要走坡底谷。

站 狼 八 朔 桑
ʑan^{4} laŋ^{6} pa^{5} θ^{h}ok^{3} θ^{h}aŋ^{1}
走 来 山坡 阶梯 高
还要走过悬崖道，

强 平 埔 朔 强
ŋkjaŋ^{8} biŋ^{1} pou^{3} θ^{h}ok^{3} ŋkjeŋ^{6}
行 去 山坡 阶梯 崎岖
还要行过崎岖路。

八 朔 强 桥 强
pa^{5} θ^{h}ok^{3} ŋkjeŋ^{6} ŋkiu^{8} ŋkjaŋ^{1}
山坡 阶梯 崎岖 桥 行
还要行过山间桥，

埔 朔 桑 略 站
pou^{3} θ^{h}ok^{3} θ^{h}aŋ^{1} lɔ^{6} ʑan^{4}
山坡 阶梯 高 路 走
还要走过险崖路。

朔 强 燕 临 田
θ^{h}ok^{3} ŋkjeŋ^{6} ɛn^{5} ʑin^{1} dɛn^{1}
阶梯 崎岖 要 石 填
悬崖险道用石垫，

朔 桑 高 南 周
θ^{h}ok^{3} θ^{h}aŋ^{1} kau^{3} nan^{6} θou^{5}
阶梯 高峻 取 土 补
高低路面挖土铺。

南	**皇代**	**平**	**田**	
nan^{6}	ŋkwoŋ^{8}tai^{1}	biŋ^{8}	dɛn^{1}	
土	皇帝	去	填	

挖来皇土铺平路，

临	**吊厅**	**狼**	**周**	
zi̯n^{1}	diou^{1}diŋ^{1}	laŋ^{6}	θou^{5}	
石	王族	来	补	

搬来皇石垫稳道。

周	**曲**	**略**	**挽**	**糖**
θou^{3}	ŋkju^{6}	lɔ^{6}	kwan^{1}	doŋ^{1}
补	做	路	甜	糖

路平心中甜如糖，

田	**曲**	**桥**	**疑**	**哎**
dɛn^{2}	ŋkju^{6}	ŋkiu^{8}	ŋei^{6}	oi^{3}
填	做	桥	甜	甘蔗

桥稳心里甘似蔗。

略	**疑**	**哎**	**千**	**祥**
lɔ^{6}	ŋei^{6}	oi^{3}	θɛn^{1}	ðin^{1}
路	甜	甘蔗	千	趟

路走千趟心甜蜜，

桥	**挽**	**糖**	**万**	**扫**
ŋkiu^{8}	kwan^{1}	doŋ^{1}	van^{6}	dzau^{6}
桥	甜	糖	万	回

桥行万遍意陶然。

第六节 送聘礼

Section Six Giving Gifts

［题解］本节唱述媒人假装成天黑投宿的过客，把都才都寅的聘礼顺利送到都才都寅女友父母手中。当媒人到女方家时，以天黑走不到远方目的地为由，向女方父母请求留宿过夜，并以防盗为由请女方父母代为保管钱财，以这种含蓄的方式将聘礼顺利送到女方父母手中。只要女方父母接受聘礼，就表示同意都才都寅与女孩的婚事。

扫码看视频

旋岁 过 平 英

dȥɛn^{8}θ^{h}ei^{3} kɔ^{3} biŋ^{8} ɛŋ^{1}

媒师 过 去 靠

媒师走上去歇息，

旋梅 过 狼 乃

dȥɛn^{8}moi^{1} kɔ^{3} laŋ^{6} n̥ai^{5}

媒人 过 来 坐

媒人走过来休息。

过 狼 乃 赚 朗

kɔ^{5} laŋ^{6} n̥ai^{5} dȥan^{6} ɬaŋ^{1}

过 来 坐 晒台 外

坐在廊檐下休息，

来 平 英 赚 内

tɬai^{8} biŋ^{1} ɛŋ^{3} dȥan^{6} noi^{6}

过 去 靠 晒台 内

坐在晒台上歇息。

乃 赚 内 花院

n̥ai^{5} dȥan^{6} noi^{6} kw^{h}a^{1}z̥ɛn^{1}

坐 晒台 内 姑娘

坐在情妹晒台歇，

英 赚 朗 友能

ɛŋ^{1} dȥan^{6} ɬaŋ^{1} z̥ou^{6}nun^{6}

靠 晒台 外 姑娘

靠在女友廊檐憩。

达 羊 城 恶 堂①

da^{6} z̥uŋ^{6} ðen^{8} ɔk^{9} daŋ^{2}

个 哪 不 出 中堂

没见有人走出堂，

达 谁 城 恶 当

da^{6} s̥ai^{3} ðen^{8} ɔk^{9} taŋ^{5}

个 哪 不 出 中堂

不见有人走出门。

① 堂［daŋ^{2}］：原义为“中堂”。下句“当［taŋ^{5}］”原义为“门口”。此处均指都才都寅女朋友家的门。

边比	**对**	**辛朗**①
pɛn^{1}pi^{2}	toi^{5}	θ^{h}un^{3}ɬaŋ^{3}
比如	**个**	**阿妹**

当时的那个阿妹，

来平	**抄**	**辛内**
z̧ai^{8}bun^{1}	θau^{1}	θ^{h}un^{3}noi^{1}
比如	**个**	**阿妹**

那天的那位阿妹。

对	**辛内**	**花院**
toi^{5}	θ^{h}un^{3}noi^{1}	kw^{h}a^{3}z̧ɛn^{1}
个	**阿妹**	**姑娘**

阿妹真是好姑娘，

抄	**辛朗**	**友能**
θau^{1}	θ^{h}un^{3}ɬaŋ^{3}	z̧ou^{2}nun^{1}
个	**阿妹**	**姑娘**

阿妹真是好女子。

脚	**些乙**	**恶**	**堂**
ŋkik^{10}	θ^{h}ɛ^{1}z̧i^{4}	ɔk^{9}	daŋ^{2}
脚	**迅速**	**出**	**中堂**

两脚相争走出堂，

蹬	**些友**	**恶**	**当**
tin^{1}	θ^{h}ɛ^{3}z̧ou^{6}	ɔk^{9}	taŋ^{5}
脚	**迅速**	**出**	**中堂**

两腿互抢步出门。

狼	**见**	**那**	**旋梅**
laŋ^{6}	kjɛn^{5}	n̥a^{3}	dʑɛn^{8}moi^{3}
来	**见**	**脸**	**媒人**

出门见到两媒人，

平	**见**	**相**	**旋岁**
biŋ^{8}	kjɛn^{3}	θ^{h}iaŋ^{1}	dʑɛn^{1}θ^{h}ei^{3}
去	**见**	**脸**	**媒师**

出堂看到两媒师。

① 辛朗［θ^{h}un^{3}ɬaŋ^{3}］：原义为“阿妹”，此处指的是都才都寅的女朋友。“阿妹”为两位媒人作为长辈对都才都寅女朋友的称呼。下句“辛内［θ^{h}un^{3}noi^{1}］”同。

辛内　如　咘　亮

θ^{h}un^{3}noi^{1}　zi̯^{4}　bou^{8}　zo̯ŋ^{1}

阿妹　心　不　知

阿妹心里不知道，

辛朗　追　咘　让

θ^{h}un^{1}ɬaŋ^{3}　θei^{1}　bou^{1}　jeŋ^{1}

阿妹　意　不　懂

阿妹心中不知晓。

辛内　配　卜敏①

θ^{h}un^{3}noi^{1}　poi^{5}　bu^{6}min^{1}

阿妹　认为　汉客

阿妹误认为宾客，

辛朗　来　卜丈

θ^{h}un^{1}ɬaŋ^{3}　zai̯^{1}　bu^{6}dzo̯ŋ^{6}

阿妹　以为　壮人

阿妹错认为来宾。

脚　些乙②　倒　朗

ŋkik^{10}　θ^{h}ɛ^{1}zi̯^{10}　tau^{5}　ɬaŋ^{1}

脚　迅速　回　后

两脚互抢往后退，

蹬　些友　倒　那

tin^{1}　θ^{h}ɛ^{3}zo̯u^{1}　tau^{5}　n̥a^{3}

脚　迅速　回　前

两腿相争向后走。

高志　当　陇相

kau^{1}tɕi^{10}　taŋ^{5}　loŋ^{8}θ^{h}iaŋ^{3}

告知　说　父亲

急急回屋告父亲，

高算　闹　乜发

kau^{1}θ^{h}un^{3}　nou^{1}　mɛ^{6}fa^{5}

告知　讲　母亲

快快回房告母亲。

① 卜敏［bu^{6}min^{1}］：原义为“汉族人”，下句“卜丈［bu^{6}dzo̯ŋ^{6}］”原义为“壮族人”。此处两词皆引申为“宾客、来宾”。
② 脚些乙［ŋkik^{10}　θ^{h}ɛ^{1}zi̯^{10}］：原义为“脚迅速交换”，此处指“走路迈步的样子”。下句“蹬些友［tin^{1}　θ^{h}ɛ^{3}zo̯u^{1}］”同。

当　　　乜发　　　你平

taŋ^{5}　　mɛ^{6}fa^{5}　　ni^{8}bun^{1}

说　　　母亲　　　这样

她对母亲这样说，

闹　　　陇相　　　你代

nou^{1}　　loŋ^{1}θ^{h}iaŋ^{3}　　ni^{1}dai^{10}

讲　　　父亲　　　这样

她对父亲这般讲。

陇相　　　哎　　　乜发

loŋ^{1}θ^{h}iaŋ^{3}　　ei^{1}　　mɛ^{6}fa^{5}

父亲　　　哎　　　母亲

好阿爸哎好阿妈！

小羊　　　岑　　　你平

θ^{h}iou^{3}ʐoŋ^{6}　　ŋkjun^{6}　　ni^{8}bun^{1}

比如　　　晚　　　这样

此时天色这样晚，

来平　　　今　　　你代

ʐai^{8}bun^{1}　　ŋkin^{6}　　ni^{1}dai^{10}

比如　　　夜　　　这样

此刻夜色如此黑。

拉　　　周　　　岑　　　如友

ɬat^{3}　　θou^{1}　　ŋkjun^{6}　　ʐi^{8}ʐou^{1}

黑　　　到　　　晚　　　匆匆地

暮色匆匆将来到，

填　　　周　　　今　　　如乙

dɛn^{8}　　θou^{1}　　ŋkin^{1}　　ʐi^{8}ʐi^{6}

暗　　　到　　　夜　　　急急地

夜色急急便降临。

六七　　　对　　　卜敏

ʐu^{8}dʑi^{1}　　toi^{5}　　bu^{8}min^{1}

不知　　　个　　　汉客

怎么还有两来宾？

六都　　　抄　　　卜丈

ʐu^{8}du^{3}　　θau^{3}　　bu^{6}dʑoŋ^{1}

不知　　　个　　　壮人

为何还有对客人？

对　　　卜丈　　　达类

toi^{5}　　bu^{6}dʑoŋ^{1}　　da^{8}ʐei^{1}

个　　　壮人　　　哪里

这对客人去哪里？

抄	**卜敏**	**达羊**
θau^{1}	bu^{6}min^{1}	da^{4}z̥uŋ^{6}
个	**汉客**	**哪里**

这两来宾往哪去？

过	**狼**	**乃**	**赚**	**朗**
kɔ^{5}	laŋ^{6}	n̥ai^{5}	dʑan^{6}	ɬaŋ^{6}
过	**来**	**坐**	**晒台**	**外**

当下正坐廊下憩，

来	**平**	**英**	**赚**	**内**
tɬai^{8}	biŋ^{1}	ɛŋ^{1}	dʑan^{6}	noi^{1}
过	**去**	**靠**	**晒台**	**内**

此刻正靠台上歇。

乃	**赚**	**内**	**双拉**①
n̥ai^{5}	dʑan^{6}	noi^{1}	θoŋ^{1}z̥a^{1}
坐	**晒台**	**内**	**我俩**

正靠晒台拉家常，

英	**赚**	**朗**	**来友**
ɛŋ^{5}	dʑan^{6}	ɬaŋ^{1}	z̥ai^{8}z̥ou^{2}
靠	**晒台**	**外**	**我俩**

正坐廊檐在闲谈。

高志	**当**	**陇相**
kau^{1}tɕi^{10}	taŋ^{5}	loŋ^{8}θ^{h}iaŋ^{3}
告知	**说**	**父亲**

阿妹说给父亲听，

高算	**闹**	**乜发**
kau^{1}θ^{h}un^{3}	nou^{1}	mɛ^{6}fa^{5}
告诉	**讲**	**母亲**

阿妹讲给母亲知。

当	**乜发**	**你平**
taŋ^{1}	mɛ^{6}fa^{5}	ni^{8}bun^{1}
说	**母亲**	**这样**

这般说给母亲知，

闹	**陇相**	**你代**
nou^{1}	loŋ^{1}θ^{h}iaŋ^{3}	ni^{1}dai^{10}
讲	**父亲**	**这样**

如此讲给父亲听。

① 双拉［θoŋ^{1}z̥a^{1}］：原义为“我俩”，此处指“闲谈”。下句“来友［z̥ai^{8}z̥ou^{2}］”同。

乜发 咘 亮 算
mɛ^{6}fa^{5} bou^{1} zoŋ^{1} dzon^{1}
母亲 不 跟 话
母亲没有回孩子，

陇相 咘 的 百①
loŋ^{8}θ^{h}iaŋ^{3} bou^{1} di^{1} pak^{9}
父亲 不 跟 嘴
父亲没有答女儿。

咘 的 百 辛朗
bou^{1} di^{1} pak^{9} θ^{h}un^{3}ɬaŋ^{3}
不 跟 嘴 阿妹
母亲没有回问题，

咘 亮 星 辛内
bou^{1} zoŋ^{1} θ^{h}iŋ^{3} θ^{h}un^{3}noi^{6}
不 跟 声 阿妹
父亲没有答问话。

乜发 散 合豹
mɛ^{6}fa^{5} θ^{h}an^{5} ŋkjɔ^{8}bau^{1}
母亲 便 合意
母亲当时很和蔼，

陇相 青 合狼
loŋ^{8}θ^{h}iaŋ^{3} θ^{h}iŋ^{3} ŋkjɔ^{8}laŋ^{6}
父亲 就 合心
父亲那时很和气。

合狼 站 恶 堂
ŋkjɔ^{8}laŋ^{6} zan^{3} ɔk^{9} daŋ^{2}
合心 走 出 中堂
父亲高兴走出堂，

合豹 强 恶 当
ŋkjɔ^{8}bau^{1} ŋkjaŋ^{1} ɔk^{9} taŋ^{5}
合意 行 出 中堂
母亲热情迈出门。

脚 些乙 赚 朗
ŋkik^{10} θ^{h}ɛ^{1}zi^{10} dzan^{6} ɬaŋ^{1}
脚 迅速 晒台 外
两脚相争往晒台，

① 的百［di^{1} pak^{9}］：原义为“接嘴”，下文“亮星［zoŋ^{1} θ^{h}iŋ^{3}］”原义为“接声”，两词均指立即就着别人的问话回答问题。

蹬 些友 赚 内

tin^{1} θ^{h}ɛ^{3}ʐou^{1} dʑan^{6} noi^{6}

脚 迅速 晒台 内

两腿互抢出廊檐。

狼 见 那 旋梅

laŋ^{6} kjɛn^{5} n̥a^{3} dʑɛn^{8}moi^{1}

来 见 脸 媒人

父亲看到两媒人，

平 见 相 旋岁

biŋ^{8} kjɛn^{5} θ^{h}iaŋ^{1} dʑɛn^{8}θ^{h}ei^{3}

去 见 脸 媒师

母亲见到两媒师。

百 分 对 旋梅

pak^{9} ven^{6} toi^{5} dʑɛn^{8}moi^{1}

口 问 个 媒人

父亲问候两媒人，

星 三 抄 旋岁

θ^{h}iŋ^{1} θ^{h}an^{3} θau^{3} dʑɛn^{8}θ^{h}ei^{3}

声 问 个 媒师

母亲招呼两媒师。

分 旋岁 你平

ven^{6} dʑɛn^{8}θ^{h}ei^{3} ni^{8}bun^{1}

问 媒师 这样

父亲这样问媒师，

三 旋梅 你代

θ^{h}an^{3} dʑɛn^{8}moi^{1} ni^{1}dai^{10}

问 媒人 这样

母亲如此问媒人。

双平① 哎 对狼

θoŋ^{1}biŋ^{1} ei^{3} toi^{5}laŋ^{6}

平辈 哎 同伴

好兄弟哎好朋友！

小羊 扫 你平

θ^{h}iou^{3}ʐoŋ^{6} dʑau^{6} ni^{8}bun^{1}

比如 时 这样

今天已是这时间，

① 双平［θoŋ^{1}biŋ^{1}］：原义为“平辈”，同句“对狼［toi^{5}laŋ^{6}］”原义为“同伴”。此处均指“兄弟”“朋友”，是布努瑶招呼宾客用语。

来荣	祥	你代
z̥ai^{8}z̥oŋ^{1}	dʑun^{1}	ni^{1}dai^{10}
比如	地	这样

今日已到这时刻。

拉	周	岑	如友
ɬat^{3}	θou^{1}	ŋkjun^{6}	z̥i^{8}z̥ou^{1}
黑	到	晚	匆匆地

此时傍晚匆匆近，

填	周	今	如乙
dɛn^{8}	θou^{1}	ŋkin^{8}	z̥i^{8}z̥i^{10}
暗	到	夜	急急地

此刻暮色急急来。

高对	过	类	平
kau^{1}toi^{5}	kɔ^{5}	z̥ei^{6}	biŋ^{2}
你们	过	哪	去

兄弟你们到哪去？

高双	过	类	狼
kau^{1}θoŋ^{3}	kɔ^{5}	z̥ei^{6}	laŋ^{6}
你们	过	哪	来

朋友你们从哪来？

过	类	乃	赚	朗
kɔ^{5}	z̥ei^{6}	n̥ai^{5}	dʑan^{6}	ɬaŋ^{1}
过	哪	坐	晒台	外

为何坐我家廊檐？

来	类	英	赚	内
tɬai^{8}	z̥ei^{6}	ɛŋ^{3}	dʑan^{6}	noi^{6}
从	哪	靠	晒台	内

怎么靠我家晒台？

乃	赚	内	你平
n̥ai^{5}	dʑan^{6}	noi^{6}	ni^{8}bun^{1}
坐	晒台	内	这样

坐在晒台干什么？

英	赚	朗	你代
ɛŋ^{1}	dʑan^{6}	ɬaŋ^{1}	ni^{1}dai^{10}
靠	晒台	外	这样

靠在廊檐做什么？

边比	对	旋梅
pɛn^{1}pi^{2}	toi^{5}	dʑɛn^{8}moi^{1}
比如	个	媒人

当时那两个媒人，

来平	**抄**	**旋岁**
z̧ai^{8}bun^{1}	θau^{3}	dz̧ɛn^{1}θ^{h}ei^{3}
比如	**个**	**媒师**

那时这两位媒师。

相虽	**当**	**你平**
θ^{h}iaŋ^{1}θ^{h}ei^{10}	taŋ^{5}	ni^{8}bun^{1}
他们	**说**	**这样**

他们当时这样说，

相临	**闹**	**你代**
θ^{h}iaŋ^{1}z̧in^{1}	nou^{1}	ni^{1}dai^{10}
他们	**讲**	**这样**

他们那时如此讲。

咘	**类**	**咘**	**曲**	**梅**
bou^{1}	z̧ei^{8}	bou^{1}	ŋkju^{6}	moi^{8}
不	**灵**	**不**	**做**	**媒**

人不伶俐不做媒，

咘	**乖**	**咘**	**曲**	**岁**
bou^{1}	kwai^{3}	bou^{1}	ŋkju^{6}	θ^{h}ei^{3}
不	**乖**	**不**	**做**	**师**

人不聪明不当师。

咘	**曲**	**岁**	**强**	**桥**
bou^{1}	ŋkju^{6}	θ^{h}ei^{3}	ŋkjaŋ^{8}	ŋkiu^{1}
不	**做**	**师**	**行**	**桥**

不做媒师不行桥，

咘	**曲**	**梅**	**站**	**略**
bou^{1}	ŋkju^{6}	moi^{8}	z̧an^{4}	lɔ^{6}
不	**做**	**媒**	**走**	**路**

不当媒人不走路。

让类	**姓**	**曲**	**梅**
jeŋ^{6}z̧ei^{6}	θ^{h}iŋ^{3}	ŋkju^{6}	moi^{8}
机灵	**才**	**做**	**媒**

人要机灵才做媒，

当乖	**姓**	**曲**	**岁**
taŋ^{1}kwai^{3}	θ^{h}iŋ^{5}	ŋkju^{6}	θ^{h}ei^{3}
乖巧	**才**	**做**	**师**

人要乖巧方为师。

姓	**曲**	**岁**	**强**	**桥**
θ^{h}iŋ^{5}	ŋkju^{6}	θ^{h}ei^{5}	ŋkjaŋ^{8}	ŋkiu^{1}
才	**做**	**师**	**行**	**桥**

做得媒师把桥行，

姓　曲　梅　站　略

θ^{h}iŋ^{5}　ŋkju^{6}　moi^{8}　ʑan^{4}　lɔ^{6}

才　做　媒　走　路

当得媒人把路走。

边比　对　旋梅

pɛn^{1}pi^{2}　toi^{5}　dʑɛn^{8}moi^{1}

比如　个　媒人

当时那两个媒人，

来平　抄　旋岁

ʑai^{8}bun^{1}　θau^{3}　dʑɛn^{1}θ^{h}ei^{3}

比如　个　媒师

当下这两位媒师。

高志　当　陇相

kau^{1}tɕi^{2}　taŋ^{5}　loŋ^{8}θ^{h}iaŋ^{3}

告知　说　父亲

把事情说给父亲，

高算　闹　乜发

kau^{1}θ^{h}un^{3}　nou^{1}　mɛ^{6}fa^{5}

告诉　讲　母亲

把实情讲给母亲。

当　乜发　你平

taŋ^{5}　mɛ^{6}fa^{5}　ni^{8}bun^{1}

说　母亲　这样

这样说给母亲知，

闹　陇相　你代

nou^{1}　loŋ^{1}θ^{h}iaŋ^{3}　ni^{1}dai^{10}

讲　父亲　这样

如此讲给父亲听。

凹　桐①　哎　那　背

au^{1}　doŋ^{1}　ei^{1}　na^{6}　bei^{6}

叔　我　哎　舅　我

我的表叔啊表舅！

① 凹桐[au^{1} doŋ^{1}]：原义为“表叔、表舅”，此处指女孩的父亲。同句“那背[na^{6} bei^{6}]”同。按照布努瑶的称呼习惯，不同宗族的平辈男性之间互相称呼为“表舅”，若双方都生了孩子，则以孩子的辈分改称对方为“表叔”。这里的两位媒人与女孩的父母亲是平辈人，且他们都有了孩子，故媒人把女孩的父亲称为“表舅”。

背 哑 狼 番 圩
bei^{6} ja^{3} laŋ^{6} fan^{1} hei^{3}
我 要 来 赶 圩
今早我们要赶圩，

桐 哑 平 番 普
doŋ^{8} ja^{3} biŋ^{8} fan^{3} bu^{5}
我 要 去 赶 集
今天我们要赶集。

狼 番 普 滴 天
laŋ^{6} fan^{1} bu^{5} dit^{10} tɛn^{1}
来 赶 集 接 天
去赶远方的圩场，

平 番 圩 滴 地
biŋ^{8} fan^{3} hei^{3} dit^{10} dei^{6}
去 赶 圩 接 地
去赶远地的集市。

小羊 扫 你平
θ^{h}iou^{3}ʐoŋ^{6} dʑau^{6} ni^{8}bun^{1}
比如 时 这样
已是现在这时辰，

来荣 祥 你代
ʐai^{8}ʐuŋ^{1} dʑun^{1} ni^{6}dai^{10}
比如 地 这样
已到此刻这时候。

拉 周 岑 你平
ɬat^{9} θou^{3} ŋkjun^{1} ni^{8}bun^{1}
黑 到 晚 这样
天色已经这么黑，

田 周 今 你代
dɛn^{6} θou^{3} ŋkin^{8} ni^{1}dai^{10}
暗 到 夜 这样
夜色早就这样暗。

让 站 咘 卡 方
jeŋ^{6} ʑan^{4} bou^{1} kat^{10} k^{h}oŋ^{1}
懂 走 不 到 目的地
看来走不到圩场，

亮 平 咘 卡 向
ʐoŋ^{8} biŋ^{1} bou^{1} kat^{10} ts^{h}iŋ^{3}
知 去 不 到 目的地
估计到不了集市。

电 那 乃 早 桥

tɛn^{5} na^{6} n̥ai^{5} tɕau^{3} ŋkiu^{2}

家 舅 坐 头 桥

表舅你家在桥头，

街 凹 英 早 略

kai^{1} au^{3} ɛŋ^{3} tɕau^{3} lɔ^{6}

家 叔 靠 头 路

表叔你屋居路口。

六像 丑 叮 吐

z̥u^{8}θ^{h}ɛn^{5} θu^{3} dɛn^{8} du^{1}

不知 总 是 借

很想借你家寄宿，

六都 丑 叮 扔

z̥u^{8}du^{1} θu^{3} dɛn^{8} z̥oŋ^{5}

不知 总 是 歇

好想借你屋投宿。

叮 扔 拌 番 岑

dɛn^{8} z̥oŋ^{5} bun^{6} fan^{1} ŋkjun^{1}

是 歇 拿 一 晚

只想投宿过一晚，

叮 吐 高 番 今

dɛn^{8} du^{1} kau^{3} fan^{3} ŋkin^{6}

是 借 拿 一 夜

只求寄宿过一夜。

拌 番 岑 早 比①

bun^{6} fan^{1} ŋkjun^{6} tɕau^{3} pi^{1}

拿 一 晚 早 年

投宿一晚至明日，

高 番 今 早 仪

kau^{1} fan^{3} ŋkin^{1} tɕau^{3} n̥it^{6}

取 一 夜 早 日

寄宿一夜到天明。

多 血 鸾 恩 朗

tɔ^{5} hat^{9} z̥on^{6} ŋwon^{8} ɬaŋ^{1}

到 早 早 日 后

待到明早天一亮，

① 早比［tɕau^{3} pi^{1}］：原义为“往年”，此处指“明天”。下句“早仪［tɕau^{3} n̥it^{6}］”原义为“往日”，此处指“明日”。

丁	**恩**	**外**	**血**	**那**
tɛn^{1}	ŋwon^{1}	ŋkwai^{1}	hat^{10}	n̥a^{3}
是	**日**	**晚**	**早**	**前**

等到明日日一出。

扫	**陇**	**让**	**才**	**年**①
dʑau^{6}	ʐoŋ^{6}	jeŋ^{6}	dʑai^{8}	nɛn^{1}
时	**早**	**光**	**像**	**从前**

到时天亮像今早，

祥	**外**	**亮**	**节**	**斗**
dʑun^{8}	ŋkwai^{1}	ʐoŋ^{1}	θit^{10}	dou^{3}
地	**晚**	**亮**	**像**	**从前**

是时天晴似今晨。

略	**高对**②	**再**	**平**
lɔ^{6}	kau^{1}toi^{5}	θ^{h}ai^{5}	biŋ^{2}
路	**你们**	**再**	**去**

我们将接着赶路，

桥	**高双**	**再**	**狼**
ŋkiu^{8}	kau^{3}θoŋ^{3}	θ^{h}ai^{5}	laŋ^{6}
桥	**你们**	**再**	**来**

我们会继续行桥。

凹	**桐**	**哎**	**那**	**背**
au^{1}	doŋ^{1}	ei^{3}	na^{6}	bei^{8}
叔	**我**	**哎**	**舅**	**我**

我的表叔呀表舅！

背	**哑**	**狼**	**番**	**圩**
bei^{8}	ja^{3}	laŋ^{6}	fan^{1}	hei^{3}
我	**要**	**来**	**赶**	**圩**

我们要去赶圩场，

桐	**哑**	**平**	**番**	**普**
doŋ^{8}	ja^{3}	biŋ^{8}	fan^{1}	bu^{4}
我	**要**	**去**	**赶**	**集**

我们要去赶集市。

① 才年[dʑai^{8} nɛn^{1}]：原义为“如原来，像开始”，此处指“今天早晨”。下句“节斗[θit^{10} dou^{3}]”同。

② 高对[kau^{1}toi^{5}]：原义为“你们”，此处指“两位媒人”。下句“高双[kau^{3}θoŋ^{3}]”同。

背	狼	咘	平	挥
bei^{6}	laŋ^{6}	bou^{1}	biŋ^{1}	vei^{1}
我	来	不	去	空

我们不是空手来，

桐	平	咘	狼	漏
doŋ^{8}	biŋ^{1}	bou^{1}	laŋ^{6}	tɬou^{3}
我	去	不	来	空

我们不是赤手往。

背	狼	燕	旋丈
bei^{8}	laŋ^{6}	ɛn^{3}	dʑɛn^{8}dʑaŋ^{1}
我	来	要	钱串

我们身上带钱串，

桐	平	高	旋贯
doŋ^{8}	biŋ^{1}	kau^{3}	dʑɛn^{1}kwan^{5}
我	去	取	钱贯

我们衣兜装钱贯。

燕	旋贯	亮	六
ɛn^{5}	dʑɛn^{8}kwan^{5}	ẓoŋ^{8}	ẓu^{1}
拿	钱贯	跟	船

我们付银钱乘船，

高	旋丈	的	七
kau^{1}	dʑɛn^{1}dʑaŋ^{1}	di^{5}	dʑat^{6}
取	钱串	跟	舟

我们付佣金行舟。

小羊	扫	你平
θʰiou^{3}ẓoŋ^{6}	dʑau^{1}	ni^{8}bun^{1}
比如	时	这样

此时情势是这样，

来荣	祥	你代
ẓai^{8}ẓoŋ^{1}	dʑun^{1}	ni^{1}dai^{10}
比如	地	这样

现在事情是这般。

六七	对	旁刚①
ẓu^{8}ði^{1}	toi^{5}	buŋ^{8}kaŋ^{3}
不知	个	地方公

我们不熟悉此地，

① 旁刚［buŋ^{8}kaŋ^{3}］：原义为“祖公之地”，下句“地吓［dei^{6}ẓa^{6}］”原义为“祖婆之地”，此处皆引申为“历代祖宗居住之地”。

六都	**抄**	**地吓**	
ʐu^{8}du^{1}	θau^{3}	dei^{6}ʐa^{6}	
不知	个	地方婆	

我们不了解这里。

六	**地吓**	**英**	**平**
ʐu^{8}	dei^{6}ʐa^{6}	ɛŋ^{1}	biŋ^{1}
不	地方婆	靠	平

不知此地平安否，

六	**旁刚**	**乃**	**狼**
ʐu^{8}	buŋ^{1}kaŋ^{3}	n̥ai^{5}	laŋ^{6}
不	地方公	坐	安

不懂这里安全否。

六	**乃**	**狼**	**六都**
ʐu^{8}	n̥ai^{5}	laŋ^{6}	ʐu^{8}du^{1}
不	坐	平	不知

没住不知安全否，

六	**英**	**平**	**六豹**
ʐu^{8}	ɛŋ^{3}	biŋ^{1}	ʐu^{1}bau^{5}
不	靠	平	不知

没宿不懂平安否。

眉	**陇**	**岑**	**晡七**
mi^{8}	lɔŋ^{1}	k^{h}in^{3}	bu^{1}ði^{6}
有	时	有	劫匪

或许今晚有劫匪，

眉	**岁**	**才**	**晡贼**
mi^{8}	dʑei^{1}	dʑai^{1}	bu^{6}dʑak^{6}
有	时	有	盗贼

也许夜间有盗贼。

当	**电**	**如**	**当**	**亮**
taŋ^{5}	tɛn^{5}	ʐi^{4}	taŋ^{5}	ʐoŋ^{2}
各	家	心	各	知

各家心里各清楚，

当	**街**	**追**	**当**	**让**
taŋ^{5}	kai^{1}	θei^{1}	taŋ^{5}	jeŋ^{6}
各	家	意	各	懂

各户心底各明白。

比	**那**	**背**	**追**	**端**
pi^{3}	na^{8}	bei^{8}	θei^{1}	ton^{3}
如果	舅	我	意	想

表舅若心中理解，

荣	**凹**	**桐**	**如**	**滴**
ʐoŋ^{8}	au^{3}	doŋ^{6}	ʐi^{4}	dit^{10}
如果	**叔**	**我**	**心**	**想**

表叔若心里有意。

合狼	**拌**	**旋丈**
ŋkjɔ^{8}laŋ^{6}	bun^{6}	dʑɛn^{8}dʑaŋ^{1}
合心	**拿**	**钱串**

诚心帮我保钱串，

合豹	**高**	**旋贯**
ŋkjɔ^{8}bau^{1}	kau^{3}	dʑɛn^{1}kwan^{5}
合意	**取**	**钱贯**

诚意替我藏钱贯。

燕	**旋贯**	**双**	**桐**
ɛŋ^{3}	dʑɛn^{8}kwan^{3}	θoŋ^{1}	doŋ^{1}
要	**钱贯**	**两**	**我**

拿走我俩这钱贯，

高	**旋丈**	**对**	**背**
kau^{1}	dʑɛn^{1}dʑaŋ^{1}	toi^{5}	bei^{1}
取	**钱串**	**对**	**我**

取走我俩这钱串。

燕	**狼**	**色**	**录**	**朗**①
ɛŋ^{5}	laŋ^{6}	θ^{h}at^{9}	ʐu^{8}	ɬaŋ^{1}
要	**来**	**放**	**室**	**外**

带去放进你寝室，

高	**平**	**只**	**录**	**内**
kau^{1}	biŋ^{1}	θi^{3}	ʐu^{8}	noi^{6}
取	**去**	**放**	**室**	**内**

拿去放入你卧室。

色	**歹**	**陇**	**丰**	**岁**
θ^{h}at^{9}	tai^{3}	loŋ^{6}	fuŋ^{1}	dʑei^{1}
放	**底**	**柜**	**封**	**扣**

放进柜底封好扣，

只	**歹**	**箱**	**丰**	**洒**
θi^{1}	tai^{3}	θ^{h}oŋ^{1}	fuŋ^{3}	θ^{h}a^{10}
放	**底**	**箱**	**封**	**锁**

放入箱底关紧锁。

① 录朗［ʐu^{8} ɬaŋ^{1}］：原义为“室外”，下句“录内［ʐu^{6} noi^{6}］”原义为“室内”，此处皆指“室内、内房”。

散	**丰**	**酒**	**早**	**比**
θ^{h}an^{5}	fuŋ^{1}	θ^{h}a^{10}	tɕau^{3}	pi^{1}
便	封	锁	早	年

用把老锁锁好柜，

青	**丰**	**岁**	**早**	**仪**
θ^{h}iŋ^{1}	fuŋ^{1}	dʑei^{1}	tɕau^{3}	n̥it^{6}
就	封	扣	早	日

用根老钉钉住箱。

多	**血**	**鸾**	**恩**	**朗**
tɔ^{5}	hat^{9}	z̥on^{6}	ŋwon^{8}	ɬaŋ^{1}
到	早	早	日	后

等到凌晨天一亮，

丁	**恩**	**外**	**血**	**那**
ten^{1}	ŋwon^{1}	ŋkwai^{1}	hat^{9}	n̥a^{3}
是	日	晚	早	前

待到明早晚一些。

略	**高对**	**哑**	**平**
lɔ^{6}	kau^{5}toi^{5}	ja^{3}	biŋ^{8}
路	你们	要	去

我俩上路自来拿，

桥	**高双**	**哑**	**狼**
ŋkiu^{8}	kau^{1}θoŋ^{1}	ja^{3}	laŋ^{6}
桥	你们	要	来

我俩过桥自来取。

略	**哑**	**狼**	**祥**	**类**
lɔ^{8}	ja^{3}	laŋ^{6}	dʑun^{8}	z̥ei^{1}
路	要	来	地	什么

我俩几时要上路，

桥	**哑**	**平**	**扫**	**羊**
ŋkiu^{8}	ja^{3}	biŋ^{8}	dʑau^{6}	z̥uŋ^{6}
桥	要	去	时	什么

我俩何时要行桥。

高对	**背**	**知算**
kau^{1}toi^{5}	bei^{8}	tɕi^{1}θ^{h}un^{3}
你们	我	商量

明日再向你提示，

高双	**桐**	**知照**
kau^{5}θoŋ^{3}	doŋ^{1}	tɕi^{3}tɕau^{5}
你们	我	商量

明朝再向你提醒。

旋贯 赛 多 冯
dʑɛn^{8}kwan^{5} θ^{h}ai^{5} tɔ^{3} veŋ^{8}
钱贯 再 到 手
再把钱贯拿到手，

旋丈 赛 多 普
dʑɛn^{8}dʑaŋ^{1} θ^{h}ai^{5} tɔ^{3} bu^{4}
钱串 再 到 手
再把钱串取到掌。

赛 多 普 背 平
θ^{h}ai^{5} tɔ^{3} bu^{4} bei^{6} biŋ^{8}
再 到 手 我 去
钱贯到手我才去，

赛 多 冯 桐 狼
θ^{h}ai^{5} tɔ^{3} veŋ^{8} doŋ^{1} laŋ^{6}
再 到 手 我 来
钱串到掌我才走。

旋岁 散 高算
dʑɛn^{8}θ^{h}ei^{5} θ^{h}an^{3} kau^{1}θ^{h}un^{3}
媒师 便 告诉
媒师便是这么说，

旋梅 青 高志
dʑɛn^{8}moi^{1} θ^{h}iŋ^{3} kau^{1}tɕi^{10}
媒人 就 告知
媒人就是这样讲。

高志 当 陇相①
kau^{1}tɕi^{10} taŋ^{5} loŋ^{8}θ^{h}iaŋ^{3}
告知 说 父亲
这样讲给姨父听，

高算 闹 乜发
kau^{1}θ^{h}un^{3} nou^{1} mɛ^{6}fa^{5}
告诉 讲 母亲
如此说给姨母知。

当 乜发 花院
taŋ^{5} mɛ^{6}fa^{5} kw^{h}a^{1}ʑɛn^{1}
说 母亲 姑娘
说给情妹母亲知，

---

① 陇相［loŋ^{8}θ^{h}iaŋ^{3}］：原义为“父亲”，下句“乜发［mɛ^{6}fa^{5}］”原义为“母亲”，此处均指都才都寅女友的父母。布努瑶把女友的父母称为“姨父”“姨母”，下同。

闹　陇相　友能

nou^{1}　loŋ^{8}θ^{h}iaŋ^{3}　ʐou^{10}nun^{1}

讲　父亲　姑娘

讲给女友父亲听。

高志　当　你平

kau^{1}tɕi^{2}　taŋ^{5}　ni^{8}bun^{1}

告诉　说　这样

说给他们这些话，

高算　闹　你代

kau^{1}θ^{h}un^{3}　nou^{1}　ni^{1}dai^{10}

告诉　讲　这样

讲给他们这些事。

也发　古　合豹

mɛ^{6}fa^{5}　ku^{3}　ŋkjɔ^{8}bau^{1}

母亲　也　合意

姨母听了更热心，

陇相　古　合狼

loŋ^{8}θ^{h}iaŋ^{3}　ku^{3}　ŋkjɔ^{8}laŋ^{6}

父亲　也　合心

姨父听了也热情。

合狼　拌　旋丈

ŋkjɔ^{8}laŋ^{6}　bun^{1}　dʑɛn^{8}dʑaŋ^{1}

合心　拿　钱串

热心拿钱串去藏，

合豹　高　旋贯

ŋkjɔ^{8}bau^{3}　kau^{3}　dʑɛn^{1}kwan^{3}

合意　取　钱贯

热情取钱贯去锁。

燕　旋贯　旋梅

ɛn^{3}　dʑɛn^{8}kwan^{5}　dʑɛn^{8}moi^{1}

要　钱贯　媒人

接了媒人的钱贯，

高　旋丈　旋岁

kau^{1}　dʑɛn^{1}dʑaŋ^{6}　dʑɛn^{1}θ^{h}ei^{3}

取　钱串　媒师

收了媒师的钱串。

燕　狼　色　录　朗

ɛn^{3}　laŋ^{6}　θ^{h}at^{9}　ʐu^{8}　ɬaŋ^{1}

要　来　放　室　外

拿进屋里的寝室，

高　平　只　录　内

kau^{1}　biŋ^{1}　θi^{9}　zu̥^{8}　noi^{6}

取　去　放　室　内

带到房中的卧房。

色　歹　陇　丰　岁

θ^{h}at^{9}　tai^{3}　loŋ^{8}　fuŋ^{1}　dʑei^{1}

放　底　柜　封　扣

放进柜底再扣好，

只　歹　箱　丰　洒

θi^{1}　tai^{3}　θ^{h}oŋ^{1}　fuŋ^{1}　θ^{h}a^{10}

放　底　箱　封　锁

存入箱底再锁好。

散　丰　洒　琴才

θan^{5}　fuŋ^{1}　θ^{h}a^{10}　k^{h}in^{3}dʑai^{2}

便　封　锁　结束

再用铁锁锁牢柜，

青　丰　岁　琴夺

θ^{h}iŋ^{1}　fuŋ^{3}　dʑei^{1}　k^{h}in^{10}dɔ^{6}

就　封　扣　结束

又拿铜钉钉固箱。

第七节 说亲事

Section Seven Matchmaking

［题解］本节唱述媒人在女方家说亲的经过。鸡叫头一声，媒人把受都才都寅之托来说亲的事说明，女孩的叔伯推说女孩的婚姻大事他们无意做主。女孩的父母用媒人留下的礼金，筹办丰盛的饭菜，约请女孩的亲戚以及媒人来家里用餐。席间，女孩的舅舅开口答应了这门亲事。从中我们了解到都才都寅生活的时代布努瑶关于说亲的一些情况：一、媒人来到女方家打探清楚女方家的相关情况后，才开始进行说亲谈话。同时，说亲这一环节要经过几天乃至更长时间的周旋才有结果。二、女方父母可以动用男方送来的礼金，置办定夺女儿终身大事的酒席，宴请亲戚询问意见，但女方的本家族人都无权决定女儿是否接受男方的订婚请求。三、舅舅是外甥女无须授权的特殊代表，有权答应或拒绝男方代表（即媒人）提出的建立婚姻关系的请求。四、舅舅代表女方答应建立婚姻关系后，女方需要男方备办彩礼的轻重厚薄，也是由舅舅说了算。

扫 码 看 视 频

旋岁	**浪**	**三**	**岑**①
dʑɛn^{8}θ^{h}ei^{5}	laŋ^{6}	θan^{1}	ŋkjun^{6}
媒师	**来**	**三**	**晚**

媒师已借住三晚，

旋梅	**平**	**四**	**今**
dʑɛn^{8}moi^{1}	biŋ^{1}	θei^{3}	ŋkin^{6}
媒人	**去**	**四**	**夜**

媒人已借宿四夜。

狼	**四**	**岑**	**当祥**
laŋ^{6}	θei^{3}	ŋkjun^{6}	taŋ^{3}dʑun^{8}
来	**四**	**晚**	**借宿**

两人借宿了四夜，

平	**三**	**今**	**当卡**
biŋ^{1}	θan^{3}	ŋkin^{1}	taŋ^{10}kat^{9}
去	**三**	**夜**	**留宿**

两人留宿了三天。

百	**才**	**号**	**才**	**台**
pak^{9}	dʑai^{6}	hau^{5}	dʑai^{6}	dai^{8}
嘴	**同**	**讲**	**同**	**谈**

大家聊天话投机，

星	**才**	**江**	**才**	**田**
θ^{h}iŋ^{1}	dʑai^{6}	kjou^{1}	dʑai^{6}	dɛn^{6}
声	**同**	**说**	**同**	**说**

大伙交流话投缘。

百	**田**	**四**	**百**	**端**
pak^{9}	dɛn^{6}	θei^{5}	pak^{9}	ton^{1}
嘴	**说**	**四**	**嘴**	**想**

一语实有四言甘，

算	**台**	**三**	**算**	**滴**
dʑon^{8}	dai^{6}	θan^{3}	dʑon^{1}	dit^{10}
口	**谈**	**三**	**口**	**想**

一言确含三句甜。

四	**百**	**节**	**曲**	**平**
θei^{5}	pak^{9}	θit^{9}	ŋkju^{6}	biŋ^{8}
四	**嘴**	**当**	**做**	**平**

四句不离平安愿，

① 三岑［θan^{1} ŋkjun^{6}］：概数。古代布努瑶做媒说亲，一般要在女方家住几天，摸清女方的基本情况后，才提出求亲的要求。下句“四今［θei^{3} ŋkin^{6}］”同。

三	算	唱	曲	狼
θan^{1}	dʑon^{1}	θ^{h}oŋ^{3}	ŋkju^{6}	laŋ^{6}
三	话	当	做	安

三句不脱和睦心。

节	曲	狼	才	台
θit^{9}	ŋkju^{6}	laŋ^{6}	dʑai^{6}	dai^{8}
当	做	来	同	谈

双方共同话和睦，

唱	曲	平	才	田
θoŋ^{3}	ŋkju^{6}	biŋ^{8}	dʑai^{1}	dɛn^{6}
当	做	去	同	说

两边一起谈平安。

拌	狼	田	荣才
bun^{6}	laŋ^{6}	dɛn^{6}	dʑoŋ^{8}dʑai^{1}
拿	来	说	相等

双方话题很投机，

高	平	台	荣辰
kau^{1}	biŋ^{6}	dai^{1}	dʑoŋ^{1}dʑun^{6}
取	去	谈	相同

两边聊天很投缘。

燕	番	岑①	丁	岁
ɛn^{3}	fan^{1}	ŋkjun^{6}	tɛn^{1}	dʑei^{1}
要	一	晚	适当	时

畅谈一宿兴正高，

高	番	今	七	扫
kau^{1}	fan^{3}	ŋkin^{1}	ði^{6}	dʑau^{6}
取	一	夜	适当	时

阔论一夜意正浓。

番	岑	让	正	天
fan^{1}	ŋkjun^{1}	jeŋ^{1}	θ^{h}iŋ^{3}	tɛn^{1}
一	晚	光	正	天

夜半月亮挂中天，

番	今	亮	正	地
fan^{3}	ŋkin^{1}	ʑoŋ^{1}	θ^{h}iŋ^{3}	dei^{6}
一	夜	亮	正	地

夜深月光照大地。

① 番岑［fan^{1} ŋkjun^{6}］：原义为“一晚、一夜”，此处指媒人来到女方家以后的某个夜晚。下句“番今［fan^{3} ŋkin^{1}］”同。

该	**蹬地**	**陇**	**秀**
kai^{1}	tin^{3}dei^{6}	ʐoŋ^{6}	ðiou^{1}
鸡	**大地**	**下**	**叫唤**

凡间公鸡开始啼，

该	**蹬闷**	**陇**	**仪**
kai^{1}	tin^{3}m̥un^{3}	ʐoŋ^{6}	ȵit^{6}
鸡	**天空**	**下**	**叫唤**

天上公鸡开始叫。

该	**配**	**仪**	**该**	**栏**
kai^{1}	bat^{6}	ȵit^{6}	kai^{1}	ʐan^{1}
鸡	**神**	**叫唤**	**鸡**	**家**

神鸡呼唤凡间鸡，

该	**周**	**秀**	**该**	**否**
kai^{1}	θou^{3}	ðiou^{6}	kai^{1}	fou^{10}
鸡	**官**	**叫唤**	**鸡**	**府**

京鸡呼唤官府鸡。

仪	**该线**	**丁**	**岁**
ȵit^{6}	kai^{1}θ^{h}ɛn^{3}	tɛn^{1}	dʑei^{6}
叫唤	**母鸡**	**适当**	**时**

呼叫家鸡正合时，

秀	**该虽**	**七**	**扫**
ðiou^{8}	kai^{3}θ^{h}ei^{3}	ði^{6}	dʑau^{6}
叫唤	**公鸡**	**适当**	**时**

呼唤凡鸡正当时。

仪	**多**	**扫**	**刀亮**
ȵit^{6}	tɔ^{3}	dʑau^{6}	dau^{1}ʐoŋ^{1}
叫唤	**到**	**时**	**月光**

呼到天光蒙蒙亮，

秀	**丁**	**岁**	**仪让**
ðiou^{8}	tɛn^{1}	dʑei^{1}	ȵit^{6}jeŋ^{1}
叫唤	**适当**	**时**	**阳光**

唤至月色渐渐暗。

该	**配**	**扫**	**算**	**年**
kai^{1}	poi^{5}	dʑau^{6}	dʑon^{2}	nɛn^{1}
鸡	**报**	**时**	**口**	**从前**

家鸡报时第一声，

该	**京**	**岁**	**百**	**斗**
kai^{1}	kiŋ^{3}	dʑei^{1}	pak^{10}	dou^{3}
鸡	**报**	**时**	**嘴**	**从前**

凡鸡报晓头一遍。

配 百 斗 咘 论

poi^{5} pak^{3} dou^{3} bou^{1} lun^{1}

报 嘴 从前 不 停

头遍鸡鸣声未停，

京 算 年 咘 断

kiŋ^{1} dʑon^{1} nɛn^{1} bou^{3} dun^{6}

报 口 从前 不 断

远近相呼声不断。

百 旋岁 高算

pak^{9} dʑɛn^{8}θ^{h}ei^{3} kau^{1}θ^{h}un^{3}

嘴 媒师 告诉

媒师说出心里话，

星 旋梅 高志

θ^{h}iŋ^{1} dʑɛn^{1}moi^{1} kau^{1}tɕi^{10}

声 媒人 告知

媒人道出心中事。

高志 当 陇相

kau^{1}tɕi^{10} taŋ^{5} loŋ^{8}θ^{h}iaŋ^{3}

告知 说 父亲

他们说给姨父听，

高算 闹 乜发

kau^{1}θ^{h}un^{3} nou^{1} mɛ^{6}fa^{5}

告诉 讲 母亲

他们讲给姨母知。

当 乜发 你平

taŋ^{5} mɛ^{6}fa^{5} ni^{8}bun^{1}

说 母亲 这样

说给姨母这样知，

闹 陇相 你代

nou^{1} loŋ^{8}θ^{h}iaŋ^{3} ni^{1}dai^{10}

讲 父亲 这样

讲给姨父这般听。

凹 桐 哎 那 背

au^{1} doŋ^{1} ei^{3} na^{6} bei^{6}

叔 我 哎 舅 我

我的表叔哎表舅！

论 高对 卜 桐①

lun^{1} kau^{1}toi^{5} bu^{8} doŋ^{1}

说 你们 个 我

说到我们这两个，

来 高双 卜 背

ʐai^{8} kau^{1}θoŋ^{3} bu^{1} bei^{10}

说 你们 个 我

讲到我们这两人。

背 琴 电 背 千

bei^{8} k^{h}in^{3} tɛn^{5} bei^{8} θɛn^{1}

我 有 家 我 居

我俩都有房子居，

桐 才 街 桐 尼

doŋ^{8} dʑai^{1} kai^{1} doŋ^{8} nit^{10}

我 有 家 我 住

我俩都有屋子住。

发脚 四 十 斤②

fa^{3}ŋkik^{10} θei^{5} ði^{6} ken^{1}

脚板 四 十 斤

我这双腿四十斤，

发蹬 三 十 半

fa^{3}tin^{1} θan^{3} ði^{6} pun^{3}

脚板 三 十 半

我这双脚三十斤。

四 十 半 对 千

θei^{3} ði^{6} pun^{3} toi^{1} θɛn^{1}

四 十 半 对 居

四十斤腿不出户，

① 高对卜桐［kau^{1}toi^{5} bu^{8} doŋ^{1}］：原义为“坐在你们夫妻俩面前的我这个人”，此处指“两位媒人”。下句“高双卜背［kau^{1}θoŋ^{3} bu^{1} bei^{10}］”同。

② 发脚四十斤［fa^{3}ŋkik^{10} θei^{5} ði^{6} ken^{1}］：原义为“我这双腿四十斤”。下句“发蹬三十半［fa^{3}tin^{1} θan^{3} ði^{6} pun^{3}］”原义为“我这双脚三十斤”。此二句用夸张的手法描述脚趾、脚板特别粗大，喻指长年日出而作、日落而归的农夫。两位媒人自嘲自己只是手脚笨重的农夫，不会做媒人。

三	十	斤	对	尼
θan^{3}	ði^{6}	ken^{1}	toi^{5}	nit^{9}
三	十	斤	对	住

三十斤脚不离门。

架	乃	吥	通	躺
ŋkja^{3}	n̥ai^{5}	bou^{1}	toŋ^{1}	daŋ^{1}
自	坐	不	夸	身

在家歇腿不自夸，

架	英	吥	岁	谷①
ŋkja^{3}	ɛŋ^{1}	bou^{1}	θei^{2}	k^{h}un^{9}
自	靠	不	用	翅

居屋翘脚不展翅。

吥	岁	谷	曲	宏②
bou^{1}	θei^{2}	k^{h}un^{9}	ŋkju^{6}	hoŋ^{1}
不	用	翅	做	大

不展翅膀装大鹏，

吥	通	躺	曲	劳
bou^{1}	toŋ^{1}	daŋ^{9}	ŋkju^{6}	lau^{8}
不	夸	身	做	大

不夸自己有地位。

烈	星告	曲	么
tɬɛ^{3}	θ^{h}iŋ^{1}kau^{5}	ŋkju^{6}	mɔ^{1}
给	卦板	做	巫

劈木做筶当道师，

奔	星么	曲	道
pun^{1}	θ^{h}iŋ^{3}m̥ɔ^{3}	ŋkju^{6}	dau^{6}
送	卦板	做	道

破竹为卦当道公。

曲	道	道	吥	挑
ŋkju^{6}	dau^{6}	dau^{6}	bou^{1}	diou^{1}
做	道	道	不	灵

做道请神神不灵，

① 吥岁谷［bou^{1} θei^{2} k^{h}un^{9}］：原义为“不动用翅膀”，此处指不出远门。
② 宏［hoŋ^{1}］：原义指“有地位、有威望的人”，此处指在做媒牵线搭桥方面能说会道的人。下句“劳［lau^{8}］”同。

曲 么 么 咘 正

ŋkju^{6} m̥ɔ^{1} m̥ɔ^{1} bou^{3} θiŋ^{5}

做 巫 巫 不 正

做法求事事不成。

小比 对 相临

θ^{h}iou^{3}pi^{2} toi^{5} θ^{h}iaŋ^{1}ʐin^{1}

比如 个 他们

当年家乡有人家，

来平 扫 甲追

ʐai^{8}bun^{1} θau^{3} kat^{9}θei^{3}

比如 个 他们

那时故乡有亲戚。

甲追 非 多 埔

kat^{9}θei^{3} vei^{8} tɔ^{5} pou^{1}

他们 人 到 山坡

他们远道来相求，

相临 文 多 八

θ^{h}iaŋ^{1}ʐin^{1} ŋkun^{1} tɔ^{5} pa^{5}

他们 人 到 山坡

人家远路来相请。

非 请 背 如友

vei^{8} θun^{3} bei^{8} ʐi^{8}ʐou^{1}

人 请 我 匆匆地

他们来请心迫切，

文 请 桐 如乙

ŋkun^{8} θun^{3} doŋ^{8} ʐi^{8}ʐi^{10}

人 请 我 急急地

他们来求心着急。

略 四 对 姓 平

lɔ^{6} θei^{1} toi^{5} θ^{h}iŋ^{3} biŋ^{2}

路 四 对 才 去

此路我们俩才行，

桥 三 双 姓 狼

ŋkiu^{6} θan^{3} θoŋ^{3} θ^{h}iŋ^{3} laŋ^{6}

桥 三 双 才 来

此桥我们俩才走。

背 狼 咘 育 院

bei^{8} laŋ^{6} bou^{1} ʐu^{3} ʐɛn^{1}

我 来 不 做 债

我俩不是来讨债，

桐	平	咘	扫	寨①
doŋ^{8}	biŋ^{1}	bou^{3}	dʑau^{6}	dʑai^{6}
我	去	不	做	凶

我俩不是来逞凶。

咘	扫	寨	只	凹
bou^{3}	dʑau^{6}	dʑai^{6}	θi^{1}	au^{3}
不	做	凶	放	叔

不对表叔你逞凶，

咘	育	院	色	那
bou^{1}	z̩u^{3}	z̩ɛn^{1}	θʰat^{10}	na^{8}
不	做	债	放	舅

不向表舅你讨债。

背	狼	扫	桥	平
bei^{8}	laŋ^{6}	θau^{1}	ŋkiu^{8}	biŋ^{1}
我	来	做	桥	去

我俩专门来架桥，

桐	平	育	略	狼
doŋ^{8}	biŋ^{1}	z̩u^{3}	lɔ^{6}	laŋ^{6}
我	去	做	路	来

我俩专程来铺路。

扫	略	狼	挽	糖
dʑau^{6}	lɔ^{6}	laŋ^{6}	kwan^{1}	doŋ^{1}
做	路	安	甜	糖

路铺宽畅心欢喜，

育	桥	平	疑	哎
z̩u^{6}	ŋkiu^{1}	biŋ^{1}	ŋei^{10}	oi^{1}
做	桥	平	甜	甘蔗

桥架平坦心惬意。

略	疑	哎	千	祥
lɔ^{6}	ŋei^{6}	oi^{3}	θɛn^{1}	ðin^{1}
路	甜	甘蔗	千	趟

路走千趟心甘甜，

桥	挽	糖	万	扫
ŋkiu^{8}	kwan^{3}	doŋ^{1}	van^{6}	dʑau^{6}
桥	甜	糖	万	回

桥行万遍心甜蜜。

① 扫寨［dʑau^{6} dʑai^{6}］：原义为"做凶"，此处泛指"干坏事"。

扫 娄 糯 录 朗

dʑau^{6} ɬou^{3} nɔ^{6} ʐu^{10} ɬaŋ^{1}

做 酒 肉 室 外

堂前摆酒又设宴，

育 娄 油 录 内

ʐu^{6} ɬou^{3} ʐou^{2} ʐu^{10} noi^{1}

做 酒 油 室 内

屋内设宴又摆酒。

当 乜发 你平

taŋ^{5} mi^{6}fa^{5} ni^{8}bun^{1}

说 母亲 这样

说给姨母这般知，

闹 陇相 你代

nou^{1} loŋ^{1}θ^{h}iaŋ^{3} ni^{1}dai^{10}

讲 父亲 这样

讲给姨父如此听。

对 乜发 花院

toi^{5} mɛ^{6}fa^{5} kw^{h}a^{1}ʐɛn^{1}

个 母亲 姑娘

这个姑娘的母亲，

抄 陇相 友能

θau^{1} loŋ^{1}θ^{h}iaŋ^{3} ʐou^{2}nun^{6}

个 父亲 姑娘

那位女友的父亲。

如 姓 让 六都

ʐi^{4} θ^{h}iŋ^{5} jeŋ^{6} ʐu^{8}du^{1}

心 才 懂 不知

心中琢磨才想起，

追 姓 亮 六象

θ^{h}ei^{1} θ^{h}iŋ^{5} ʐoŋ^{2} ʐu^{10}θ^{h}ɛn^{5}

意 才 知 不知

脑中思忖才想到。

对 乜发 知算

toi^{5} mɛ^{6}fa^{5} tɕi^{1}θ^{h}un^{3}

个 母亲 商量

女孩父母共商量，

抄 陇相 知照

θau^{1} loŋ^{1}θ^{h}iaŋ^{3} tɕi^{3}tɕau^{5}

个 父亲 商量

姑娘父母同商议。

脚　　些乙　　恶　　堂

ŋkik^{10}　θ^{h}ɛ^{1}z̥i^{10}　ɔk^{9}　daŋ^{2}

脚　　迅速　　出　　中堂

两脚急急走出堂，

蹬　　些友　　恶　　当

tin^{1}　θ^{h}ɛ^{3}z̥ou^{1}　ɔk^{9}　taŋ^{5}

脚　　迅速　　出　　中堂

两腿匆匆跨出门。

脚　　些乙　　陇　　雷

ŋkik^{10}　θ^{h}ɛ^{1}z̥i^{10}　z̥oŋ^{8}　ɬoi^{1}

脚　　迅速　　下　　门梯

两脚急急走下梯，

蹬　　些友　　陇　　赚

tin^{1}　θ^{h}ɛ^{3}z̥ou^{1}　z̥oŋ^{8}　dʑan^{6}

脚　　迅速　　下　　晒台

两腿匆匆走下台。

过　　狼　　分　　花凹

kɔ^{5}　laŋ^{6}　ven^{6}　kw^{h}a^{1}au^{3}

过　　来　　问　　叔叔

跑去问女儿叔婶，

来　　平　　三　　友那

tɬai^{8}　biŋ^{1}　θ^{h}an^{3}　z̥ou^{10}na^{6}

爬　　去　　问　　舅舅

登门问女孩舅娘。

分　　友那　　都　　圩

ven^{8}　z̥ou^{6}na^{6}　tu^{3}　hei^{1}

问　　舅舅　　共　　圩

拜访屯里的舅父，

三　　花凹　　都　　普

θ^{h}an^{1}　kw^{h}a^{3}au^{3}　tu^{3}　bu^{5}

问　　叔叔　　同　　集

询问村里的叔父。

花凹　　哎　　友那

kw^{h}a^{1}au^{3}　ei^{1}　z̥ou^{10}na^{6}

叔叔　　哎　　舅舅

诸位叔父呀舅舅！

小羊　　扫　　你平

θ^{h}iou^{3}z̥oŋ^{6}　dʑau^{6}　ni^{8}bun^{1}

好像　　时　　这样

此时事情是这样，

来荣　祥　你代
ʐai^{8}ʐoŋ^{1}　dʑun^{1}　ni^{1}dai^{10}
好像　地　这样
今天情况是这般。

小比　对　相临
θ^{h}iou^{1}pi^{2}　toi^{5}　θ^{h}iaŋ^{1}ʐin^{1}
比如　个　他们
当下有位老人家，

来平　抄　甲追
ʐai^{8}bun^{1}　θau^{3}　kat^{10}θei^{3}
比如　个　他们
时下有个老伯伯。

如　结　些　如　平
ʐi^{6}　kɛ^{1}　θ^{h}ɛ^{3}　ʐi^{6}　biŋ^{8}
越　解　话　越　平
我们越聊越投机，

如　㑊　利　如　朗
ʐi^{6}　ŋkjoi^{8}　li^{1}　ʐi^{6}　laŋ^{6}
越　解　话　越　安
我们越讲越合拍。

甲追　狼　你平
kat^{9}θei^{3}　laŋ^{6}　ni^{8}bun^{1}
他们　来　这样
人家请人来提亲，

相临　平　你代
θ^{h}iaŋ^{1}ʐin^{1}　biŋ^{1}　ni^{1}dai^{10}
他们　去　这样
他们派人来订婚。

小比　略　你平
θ^{h}iou^{3}pi^{10}　lɔ^{6}　ni^{8}bun^{1}
比如　路　这样
当下姻缘路这样，

来平　桥　你代
ʐai^{8}bun^{1}　ŋkiu^{1}　ni^{1}dai^{10}
比如　桥　这样
眼前婚姻桥如此。

哑　边　哈　六都
ja^{3}　pɛn^{5}　ha^{5}　ʐu^{8}du^{1}
要　成　嫁　不知
女儿许他成不成？

哑　平　街　六豹

ja^{3}　bun^{8}　kai^{3}　ʐu^{1}bau^{5}

要　成　卖　不知

姑娘配他行不行？

对　乜发　花院

toi^{5}　mɛ^{6}fa^{5}　kw^{h}a^{1}ʐɛn^{1}

个　母亲　姑娘

那个姑娘的母亲，

抄　陇相　友能

θau^{1}　loŋ^{1}θ^{h}iaŋ^{3}　ʐou^{2}nun^{1}

个　父亲　姑娘

那位女友的父亲。

分　友那　你平

ven^{6}　ʐou^{6}na^{6}　ni^{1}bun^{10}

问　舅舅　这样

如此问女友舅父，

三　**花叫　你代**

θ^{h}an^{1}　kw^{h}a^{3}au^{3}　ni^{1}dai^{10}

问　叔叔　这样

这般询姑娘叔伯。

友那　散　还　算

ʐou^{6}na^{6}　θ^{h}an^{5}　kw^{h}an^{8}　dʑon^{1}

舅舅　便　还　口

女友舅父即回答，

花叫　青　对　百

kw^{h}a^{1}au^{3}　θ^{h}iŋ^{3}　toi^{5}　pak^{9}

叔叔　就　还　嘴

姑娘叔伯便回话。

对　百　当　你平

toi^{5}　pak^{9}　taŋ^{5}　ni^{8}bun^{1}

还　嘴　说　这样

叔伯回话这样说，

还　算　闹　你代

kw^{h}an^{8}　dʑon^{1}　nou^{1}　ni^{1}dai^{10}

还　口　讲　这样

舅父回复这般讲。

百　尼　晡　六都

pak^{9}　ni^{6}　bou^{1}　ʐu^{1}du^{1}

嘴　这　不　不知

这话我不能开口，

算	**爹**	**咘**	**六象**
dʑon^{8}	tɛ^{1}	bou^{1}	ʐu^{6}θʰɛn^{3}
口	那	不	不知

那事我不能决定。

相岁	**当**	**你平**
θʰiaŋ^{1}θʰei^{10}	taŋ^{5}	ni^{8}bun^{1}
他们	说	这样

常听别人这样说，

相临	**闹**	**你代**
θʰiaŋ^{1}ʐin^{1}	nou^{1}	ni^{1}dai^{10}
他们	讲	这样

常见人家如此讲。

当	**嘛鞍**	**当**	**该**
taŋ^{5}	ma^{1}an^{5}	taŋ^{5}	kai^{1}
各	家狗	各	卖

各家的狗各家管，

当	**嘛熬**	**当**	**埋**
taŋ^{5}	ma^{1}ŋau^{1}	taŋ^{5}	mai^{6}
各	家犬	各	买

各人的犬各人卖。

边	**娄**	**背**	**古**	**修**
pɛn^{3}	ɬou^{3}	bei^{8}	ku^{3}	θʰiou^{1}
成	酒	我	也	喝

你家有酒我可喝，

荣	**油**	**桐**	**古**	**拌**
ʐoŋ^{8}	ʐou^{1}	doŋ^{8}	ku^{3}	bun^{6}
成	油	我	也	吃

你家有肉我可吃。

背	**咘**	**让**	**妨芒**
bei^{1}	bou^{1}	jeŋ^{6}	vaŋ^{8}maŋ^{1}
我	不	懂	模糊

我看不透这事情，

桐	**咘**	**亮**	**妨羊**
doŋ^{8}	bou^{3}	ʐoŋ^{1}	vaŋ^{1}ʐoŋ^{6}
我	不	知	模糊

我弄不懂这情况。

小比	**对**	**吊厅**
θʰiou^{1}pi^{10}	toi^{5}	diou^{8}diŋ^{1}
比如	个	王族

当今的那个王族，

来平　抄　皇代
ẓai^{8}bun^{1}　θau^{3}　ŋkwoŋ^{1}tai^{5}
比如　个　皇帝
当代的那个皇帝。

皇代　李　该　蕊
ŋkwoŋ^{8}tai^{5}　li^{3}　kai^{1}　ṇei^{1}
皇帝　还　卖　小孩
皇帝也把女儿配，

吊厅　李　哈　任
diou^{1}diŋ^{1}　li^{3}　ha^{5}　ṇan^{6}
王族　还　嫁　小孩
王族也把女儿嫁。

哈　任　色　嘛熬①
ha^{5}　ṇan^{6}　θ^{h}at^{9}　ma^{1}ŋau^{1}
嫁　小孩　放　家狗
他把女儿嫁给狗，

该　蕊　只　嘛案
kai^{1}　ṇei^{1}　θi^{9}　ma^{1}an^{5}
卖　小孩　放　家犬
他将女儿配给犬。

碎陇　虎　两边
θ^{h}ei^{5}ẓoŋ^{6}　hu^{3}　jeŋ^{8}pɛn^{1}
村子　穷　两边
我们山村这么穷，

山桥　亚　双拜
θ^{h}an^{1}ŋkiu^{1}　ẓa^{3}　θoŋ^{3}pai^{6}
村寨　穷　两边
我们村庄这样贫。

哈　多　晒　六类
ha^{5}　tɔ^{5}　θ^{h}ai^{5}　ẓu^{8}ẓei^{1}
嫁　到　官　怎样
难道要嫁给官爷？

① 哈任色嘛熬［ha^{5} ṇan^{6} θ^{h}at^{9} ma^{1}ŋau^{1}］：意为“他把女儿嫁给狗”。此句指瑶族的盘瓠传说。传说古时高王来侵，平王出榜招贤，谁能斩下高王首级，就把公主嫁给他。龙犬盘瓠揭榜领命，渡海潜到高王身边，咬下高王首级献给平王。平王兑现诺言，把三公主嫁给龙犬。后龙犬化为人，被派到会稽山为王，称为盘王。瑶族勉支系祭盘王、忌食狗肉习俗，均源于此。瑶族布努支系无祭盘王习俗，从中可见民间文化、观念及交流交融甚浓。

该 多 章 六羊

kai^{1} tɔ^{10} tɕaŋ^{1} ʑu^{1}ʑuŋ^{6}

卖 到 臣 怎样

岂非要嫁到官家？

迷 扫 古 平 该

mi^{8} dʑau^{1} ku^{3} pan^{8} kai^{3}

有 时 也 成 卖

有时也可这么成，

迷 岁 古 边 哈

mi^{8} dʑei^{1} ku^{3} pɛn^{5} ha^{3}

有 时 也 成 嫁

有时也可如此嫁。

小比 对 花凹

θ^{h}iou^{1}pi^{2} toi^{5} kw^{h}a^{1}au^{3}

比如 个 叔叔

当年姑娘的叔父，

来平 抄 友那

ʑai^{8}bun^{1} θau^{3} ʑou^{10}na^{6}

比如 个 舅舅

当时女友的舅娘。

当 乜发 你平

taŋ^{5} mɛ^{6}fa^{5} ni^{8}bun^{1}

说 母亲 这样

这样回答给母亲，

闹 陇相 你代

nou^{1} loŋ^{1}θ^{h}iaŋ^{3} ni^{1}dai^{10}

讲 父亲 这样

这般回复给父亲。

乜发 如 姓 亮

mɛ^{6}fa^{5} ʑi^{4} θ^{h}iŋ^{5} ʑoŋ^{2}

母亲 心 才 知

母亲心里才知道，

陇相 追 姓 让

loŋ^{8}θ^{h}iaŋ^{3} θei^{3} θ^{h}iŋ^{5} jeŋ^{6}

父亲 意 才 懂

父亲心中才明白。

乜发 散 倒 朗

mɛ^{6}fa^{5} θ^{h}an^{5} tau^{3} ɬaŋ^{6}

母亲 便 回 后

母亲立即往回走，

陇相　青　倒　那

loŋ^{8}θ^{h}iaŋ^{3}　θ^{h}iŋ^{3}　tau^{10}　n̥a^{3}

父亲　就　回　前

父亲立马返回家。

倒　那　扫　早　床

tau^{5}　n̥a^{3}　dʑau^{6}　tɕau^{3}　dʑoŋ^{2}

回　前　做　早　桌

返回家里做早饭，

倒　朗　育　早　当

tau^{5}　ɬaŋ^{1}　z̩u^{1}　tɕau^{3}　taŋ^{5}

回　后　做　早　凳

走回家里煮早餐。

扫　早　当　琴才

dʑau^{6}　tɕau^{3}　taŋ^{5}　k^{h}in^{3}dʑai^{2}

做　早　凳　结束

将早餐煮熟之后，

育　早　床　琴夺

z̩u^{6}　tɕau^{3}　dʑoŋ^{2}　k^{h}in^{10}dɔ^{6}

做　早　桌　结束

把早饭做好以后。

色　旋岁　修　才

θ^{h}at^{9}　dʑɛn^{8}θ^{h}ei^{3}　θ^{h}iou^{1}　dʑai^{1}

放　媒师　喝　完

盛给媒师慢慢吃，

只　旋梅　拌　岑

θi^{1}　dʑɛn^{1}moi^{1}　bun^{6}　k^{h}in^{3}

放　媒人　吃　完

端给媒人慢慢喝。

对　乜发　知算

toi^{5}　mɛ^{6}fa^{5}　tɕi^{1}θ^{h}un^{3}

个　母亲　商量

夫妻两人同商量，

抄　陇相　知照

θau^{1}　loŋ^{1}θ^{h}iaŋ^{3}　tɕi^{3}tɕau^{5}

个　父亲　商议

夫妇两个共商议。

高志　当　旋梅

kau^{1}tɕi^{10}　taŋ^{5}　dʑɛn^{1}moi^{1}

告知　说　媒人

如何对媒人答话，

高算	**闹**	**旋岁**
kau^{1}θ^{h}un^{3}	nou^{1}	dʑɛn^{1}θ^{h}ei^{5}
告诉	讲	媒师

怎么向媒师回复。

当	**旋岁**	**你平**
taŋ^{5}	dʑɛn^{2}θ^{h}ei^{5}	ni^{8}bun^{1}
说	媒师	这样

这样给媒师答话，

闹	**旋梅**	**你代**
nou^{1}	dʑɛn^{1}moi^{1}	ni^{1}dai^{10}
讲	媒人	这样

这般向媒人回复。

双平	**哎**	**对狼**
θoŋ^{1}biŋ^{1}	ei^{3}	toi^{5}laŋ^{6}
平辈	哎	同伴

两位朋友呀同伴！

对狼	**比**	**你平**
toi^{5}laŋ^{6}	pi^{3}	ni^{8}bun^{1}
同伴	像	这样

你俩这样住下去，

双平	**荣**	**你代**
θoŋ^{1}biŋ^{1}	ʐoŋ^{1}	ni^{1}dai^{10}
平辈	像	这样

你们如此住下来。

背	**咘**	**让**	**妨芒**
bei^{8}	bou^{1}	jeŋ^{6}	vaŋ^{8}maŋ^{1}
我	不	知	模糊

我们不知怎么做，

桐	**咘**	**亮**	**妨羊**
doŋ^{8}	bou^{3}	ʐoŋ^{1}	vaŋ^{1}ʐuŋ^{6}
我	不	懂	模糊

我们不懂如何办。

高对	**古**	**倒**	**朗**
kau^{1}toi^{5}	ku^{3}	tau^{3}	ɬaŋ^{1}
你们	也	回	后

建议你俩先回家，

高双	**古**	**倒**	**那**
kau^{1}θoŋ^{3}	ku^{3}	tau^{3}	n̥a^{3}
你们	也	回	前

提议你们先回去。

倒　那　乃　早　比

tau^{3}　n̥a^{3}　n̥ai^{5}　tɕau^{3}　pi^{1}

回　前　坐　早　年

回去先等段时间，

倒　朗　英　早　仪

tau^{3}　ɬaŋ^{1}　ɛŋ^{3}　tɕau^{3}　ȵit^{6}

回　后　靠　早　日

回家先待些日子。

背　乃　那　定吊

bei^{8}　n̥ai^{5}　n̥a^{3}　diŋ^{6}diou^{8}

我　坐　前　协调

我们在家听回答，

桐　英　朗　定正

doŋ^{8}　ɛŋ^{1}　ɬaŋ^{1}　diŋ^{6}θiŋ^{5}

我　靠　后　调解

我们在家等回应。

背　定正　早　比

bei^{6}　diŋ^{6}θiŋ^{5}　tɕau^{3}　pi^{1}

我　调解　早　年

我等回应一阵子，

桐　定吊　早　仪

doŋ^{8}　diŋ^{6}diou^{8}　tɕau^{3}　ȵit^{6}

我　协调　早　日

我听回答一会儿。

四　血　多　番　圩

θei^{5}　hat^{9}　tɔ^{5}　fan^{1}　hei^{1}

四　早　到　一　圩

此去四天是圩日，

三　恩　丁　番　普

θan^{1}　ŋwon^{1}　tɛn^{3}　fan^{3}　bu^{6}

三　日　是　一　集

此后三天是集日。

背　琴　百　辛朗

bei^{8}　k^{h}in^{3}　pak^{9}　θ^{h}un^{1}ɬaŋ^{3}

我　有　嘴　阿妹

我们若见女开口，

桐　才　星　辛内

doŋ^{8}　dʑai^{1}　θ^{h}iŋ^{3}　θ^{h}un^{3}noi^{6}

我　有　声　阿妹

我们若闻女回应。

百	**辛内**	**亮**	**轮**
pak^{9}	θ^{h}un^{1}noi^{6}	z̡oŋ^{6}	z̡un^{1}
嘴	阿妹	跟	风

听到闺女的回答，

星	**辛朗**	**的**	**飞**
θ^{h}iŋ^{1}	θ^{h}un^{3}ɬaŋ^{3}	di^{5}	fei^{3}
声	阿妹	跟	云

得到女儿的回应。

高志	**狼**	**城**	**床**
kau^{1}tɕi^{10}	laŋ^{6}	dʑun^{8}	dʑoŋ^{1}
告知	来	围	桌

消息送达你们家，

高算	**平**	**周**	**当**
kau^{1}θ^{h}un^{3}	biŋ^{1}	θou^{5}	taŋ^{5}
告诉	去	围	凳

消息传到你们屋。

狼	**周**	**当**	**祥**	**类**
laŋ^{6}	θou^{5}	taŋ^{5}	dʑun^{8}	z̡ei^{1}
来	围	凳	地	什么

等到何时得佳音，

平	**城**	**床**	**扫**	**羊**
biŋ^{8}	dʑun^{1}	dʑoŋ^{1}	dʑau^{6}	z̡uŋ^{6}
去	围	桌	时	什么

待到何日得佳讯。

略	**高对**	**赛**	**平**
lɔ^{6}	kau^{1}toi^{5}	θ^{h}ai^{5}	biŋ^{2}
路	你们	再	去

到时你俩再过来，

桥	**高双**	**赛**	**狼**
ŋkiu^{2}	kau^{1}θoŋ^{3}	θ^{h}ai^{5}	laŋ^{6}
桥	你们	再	来

届时你们再提亲。

乜发	**当**	**你平**
mɛ^{6}fa^{5}	taŋ^{5}	ni^{8}bun^{1}
母亲	说	这样

母亲是如此叮嘱，

陇相	**闹**	**你代**
loŋ^{8}θ^{h}iaŋ^{3}	nou^{1}	ni^{1}dai^{10}
父亲	讲	这样

父亲是这样交代。

旋岁 拌 早 床

dʑɛn^{8}θ^{h}ei^{5} bun^{6} tɕau^{3} dʑoŋ^{2}

媒师 吃 早 桌

两媒师吃过早饭，

旋梅 修 早 当

dʑɛn^{8}moi^{1} θ^{h}iou^{3} tɕau^{10} taŋ^{5}

媒人 喝 早 凳

二媒人喝完早酒。

拌 早 当 琴才

bun^{6} tɕau^{3} taŋ^{5} k^{h}in^{3}dʑai^{2}

吃 早 凳 结束

早饭吃饱好回程，

修 早 床 琴夺

θ^{h}iou^{1} tɕau^{3} dʑoŋ^{2} k^{h}in^{10}dɔ^{6}

喝 早 桌 结束

早酒喝足好动身。

旋岁 古 倒 朗

dʑɛn^{2}θ^{h}ei^{5} ku^{3} tau^{3} ɬaŋ^{1}

媒师 也 回 后

两位媒师便告辞，

旋梅 古 倒 那

dʑɛn^{8}moi^{1} ku^{3} tau^{3} n̥a^{3}

媒人 也 回 前

二位媒人就返程。

也发 乃 亮朗

mɛ^{6}fa^{5} n̥ai^{5} z̥oŋ^{2}ɬaŋ^{1}

母亲 坐 跟后

女儿母亲留在家，

陇相 英 的那

loŋ^{2}θ^{h}iaŋ^{3} ɛŋ^{3} di^{5}n̥a^{3}

父亲 靠 跟前

姑娘父亲回到屋。

乃 的那 定吊

n̥ai^{5} dit^{5}n̥a^{3} diŋ^{1}diou^{6}

坐 跟前 协调

留在家中再考虑，

英 亮朗 定正

ɛŋ^{1} z̥oŋ^{1}ɬaŋ^{3} diŋ^{1}θiŋ^{5}

靠 跟后 调解

回到屋中又权衡。

咘 琴 路 㑎芒

bou^{1} k^{h}in^{10} lɔ^{6} vaŋ^{8}maŋ^{1}

不 有 路 模糊

此路是否没障碍，

咘 才 桥 㑎羊

bou^{1} dʑai^{1} ŋkiu^{1} vaŋ^{1}ʐoŋ^{6}

不 有 桥 模糊

这桥是否没阻碍。

乜发 散 知算

mɛ^{6}fa^{5} θ^{h}an^{5} tɕi^{1}θ^{h}un^{3}

母亲 便 商量

闺女母亲便商量，

陇相 青 知照

loŋ^{8}θ^{h}iaŋ^{3} θ^{h}iŋ^{3} tɕi^{3}tɕau^{5}

父亲 就 商量

女儿父亲就商议。

燕 旋贯 旋梅

ɛn^{3} dʑɛn^{2}kwan^{5} dʑɛn^{8}moi^{1}

拿 钱贯 媒人

拿出媒人的钱贯，

高 旋丈 旋岁

kau^{1} dʑɛn^{1}dʑaŋ^{1} dʑɛn^{1}θ^{h}ei^{3}

取 钱串 媒师

取出媒师的钱串。

狼 番 普 卜昆

laŋ^{6} fan^{1} bu^{5} bu^{6}kun^{1}

来 次 集 客人

随着客人赶圩场，

平 番 圩 卜客

biŋ^{8} fan^{3} hei^{3} bu^{6}hɛŋ^{9}

去 次 圩 客人

跟着宾客走集市。

狼 燕 对 叫虽

laŋ^{6} ɛn^{5} toi^{5} ŋkjau^{6}θ^{h}ei^{1}

来 要 个 小米

上集市买包小米，

平 高 抄 叫净

biŋ^{8} kau^{3} θau^{3} ŋkjau^{10}ðiŋ^{6}

去 取 个 稻谷

去圩场买包大米。

狼　燕　对　娄京

laŋ^{6}　ɛn^{5}　toi^{5}　ɬou^{3}kiŋ^{1}

来　要　个　酒坛

上集市买瓶好酒，

平　高　抄　娄卡

biŋ^{8}　kau^{3}　θau^{3}　ɬou^{10}ka^{5}

去　取　个　酒罐

去圩场买坛佳酿。

狼　燕　对　娄　油

laŋ^{6}　ɛn^{5}　toi^{5}　ɬou^{3}　z̥ou^{2}

来　要　个　酒　油

上集市买斤菜油，

平　高　抄　娄　糯

biŋ^{8}　kau^{3}　θau^{3}　ɬou^{10}　nɔ^{6}

去　取　个　酒　肉

去圩场买斤猪肉。

倒　那　电　陇相

tau^{3}　n̥a^{3}　tɛn^{5}　loŋ^{8}θ^{h}iaŋ^{3}

回　前　家　父亲

买酒肉回父亲家，

倒　朗　街　乜发

tau^{3}　ɬaŋ^{1}　kai^{3}　mɛ^{6}fa^{5}

回　后　家　母亲

购米菜送母亲屋。

乜发　如　架　亮

mɛ^{6}fa^{5}　z̥i^{4}　ŋkja^{3}　z̥oŋ^{2}

母亲　心　自　知

母亲心里即清楚，

陇相　追　架　让

loŋ^{8}θ^{h}iaŋ^{3}　θei^{1}　ŋkja^{10}　jeŋ^{6}

父亲　意　自　懂

父亲心中就明白。

如　架　让　你平

z̥i^{4}　ŋkja^{3}　jeŋ^{6}　ni^{8}bun^{1}

心　自　懂　这样

明白这样的古规，

追　架　亮　你代

θei^{1}　ŋkja^{3}　z̥oŋ^{8}　ni^{1}dai^{10}

意　自　知　这样

清楚如此的古训。

早 仪 岑 蹬闷

tɕau^{3} n̥it^{6} k^{h}in^{3} tin^{1}m̥un^{3}

早 日 有 天空

古代首先有天空，

早 比 才 蹬地

tɕau^{3} pi^{3} dʑai^{8} tin^{3}dei^{6}

早 年 有 大地

古时首先有大地。

的那 岑 南三

di^{1}n̥a^{3} k^{h}in^{3} nan^{6}θan^{1}

跟前 有 泥土

然后才会有泥土，

六朗 才 南刀

z̥oŋ^{8}ɬaŋ^{3} dʑai^{1} nan^{6}dau^{6}

跟后 有 泥巴

随后才会有泥巴。

友能 七 再 装

z̥ou^{6}nun^{6} ði^{2} pjai^{1} θoŋ^{1}

姑娘 如 菜 韭

我女儿犹如韭菜，

花院 七 再 卡

kw^{h}a^{1}z̥ɛn^{1} ði^{6} pjai^{1} kat^{10}

姑娘 如 菜 芥

我姑娘好比芥菜。

七 再 卡 算 朗

ði^{8} pjai^{1} kat^{10} θ^{h}un^{1} ɬaŋ^{1}

如 菜 芥 园 外

犹如园中的芥菜，

七 再 装 而 内

ði^{8} pjai^{3} θoŋ^{3} z̥at^{6} noi^{6}

如 菜 韭 园 内

好比圃里的韭菜。

再 卡 岑 赖 悲

pjai^{1} kat^{10} k^{h}in^{3} ɬai^{6} bei^{1}

菜 芥 有 多 枝

芥菜分出多枝丫，

再 装 才 赖 外

pjai^{1} θoŋ^{3} dʑai^{1} ɬai^{3} ŋkwei^{6}

菜 韭 有 多 叶

韭菜长有多枝叶。

岑	**赖**	**把**	**赖**	**瑶**
k^{h}in^{3}	ɬai^{1}	pa^{10}	ɬai^{1}	jou^{1}
有	**多**	**伯娘**	**多**	**婶娘**

女儿有伯娘婶娘，

才	**赖**	**凹**	**赖**	**那**
dʑai^{8}	ɬai^{1}	au^{1}	ɬai^{1}	na^{10}
有	**多**	**叔**	**多**	**舅**

姑娘有叔父伯父。

高志	**狼**	**才**	**街**
kau^{1}tɕi^{10}	laŋ^{6}	dʑai^{8}	kai^{3}
告知	**来**	**到**	**家**

得请他们来屋里，

高算	**平**	**周**	**电**
kau^{1}θ^{h}un^{3}	biŋ^{8}	θou^{5}	tɛn^{5}
告诉	**去**	**到**	**家**

要邀他们到家中。

高志	**当**	**蹬闷**
kau^{1}tɕi^{10}	taŋ^{5}	tin^{1}m̥un^{3}
告知	**说**	**天空**

告诉我们家舅父，

高算	**闹**	**蹬地**
kau^{1}θ^{h}un^{3}	nou^{1}	tin^{3}dei^{10}
告诉	**讲**	**大地**

告知我们家舅舅。

狼	**节**	**电**	**陇相**①
laŋ^{6}	θit^{9}	tɛn^{5}	loŋ^{8}θ^{h}iaŋ^{3}
来	**到**	**家**	**父亲**

来到父亲家这里，

平	**才**	**街**	**乜发**
biŋ^{8}	dʑai^{1}	kai^{3}	mɛ^{6}fa^{5}
去	**到**	**家**	**母亲**

去到母亲屋这边。

乜发	**扫**	**爱**	**顶**
mɛ^{6}fa^{5}	dʑau^{6}	ŋai^{8}	tin^{1}
母亲	**做**	**饭**	**蜜蜂**

母亲煮好蜂蜜饭，

① 电陇相［tɛn^{5} loŋ^{8}θ^{h}iaŋ^{3}］：原义为“父亲的屋子”。下句“街乜发［kai^{3} mɛ^{6}fa^{5}］”原义为“母亲的屋子”。此处均指“女方家的房屋”。

陇相 育 爱 多①

loŋ^{8}θʰiaŋ^{3} ʐu^{1} ŋai^{6} tɔ^{5}

父亲 做 饭 马蜂

父亲熬好蜂蛹汤。

扫 边 让 琴才

dʑau^{1} pɛn^{5} jeŋ^{6} kʰin^{3}dʑai^{2}

做 成 好 结束

把蜂蜜饭烹煮好，

育 荣 亮 琴夺

ʐu^{1} ʐoŋ^{6} ʐoŋ^{1} kʰin^{10}dɔ^{6}

做 成 好 结束

把蜂蛹汤操办齐。

节 岁 七 修 才

θit^{9} θei^{5} dʑat^{6} θʰiou^{1} dʑai^{2}

拿 四 舟 喝 完

端给各位亲戚吃，

双 三 六 拌 岑

θʰaŋ^{1} θan^{3} ʐu^{1} bun^{6} kʰin^{3}

端 三 船 吃 完

摆给诸位宾客喝。

仪 盖 下 如友

ȵit^{6} kai^{5} ʐa^{6} ʐi^{8}ʐou^{1}

太阳 罩 峰 匆匆地

太阳就要落西山，

刀 盖 刚 如乙

dau^{1} kai^{3} koŋ^{3} ʐi^{1}ʐi^{10}

月亮 罩 峰 急急地

月亮已经挂天空。

当 对 哑 拌 床

taŋ^{5} toi^{5} ja^{5} bun^{1} dʑoŋ^{1}

各 个 要 离 桌

亲戚个个要离桌，

① 爱多[ŋai^{6} tɔ^{5}]：原义为用马蜂蛹来做的汤。上句“爱顶[ŋai^{8} tin^{1}]”原义为用蜂蜜拌米做的饭。古代布努瑶的说亲仪式是：如果女方亲戚对亲事表示同意，女方家就煮蜂蜜饭和蜂蛹汤让亲戚们一起食用，寓意一对新人未来婚姻像蜂蜜一样甜蜜，像蜜蜂一样多儿多女，家庭幸福。

当　　抄　　哑　　离　　当

taŋ^{5}　θau^{1}　ja^{3}　ntɬak^{6}　taŋ^{5}

各　　个　　要　　离　　凳

亲友人人要离凳。

哑　　离　　当　　陇相

ja^{3}　ntɬak^{6}　taŋ^{5}　loŋ^{8}θ^{h}iaŋ^{3}

要　　离　　凳　　父亲

要离开父亲酒凳，

哑　　拌　　床　　乜发

ja^{3}　bun^{6}　dʑoŋ^{1}　mɛ^{6}fa^{5}

要　　离　　桌　　母亲

要离开母亲酒桌。

边比　　对　　蹬闷

pɛn^{1}pi^{2}　toi^{5}　tin^{1}m̥un^{3}

比如　　个　　天空

当下的那个舅父，

来平　　抄　　蹬地

ʐai^{8}bun^{1}　θau^{3}　tin^{3}dei^{6}

比如　　个　　大地

当时的那个舅舅。

蹬地　　狼　　海　　算

tin^{3}dei^{6}　laŋ^{6}　hai^{1}　dʑon^{1}

大地　　来　　开　　口

舅父此时动了嘴，

蹬闷　　平　　补　　百

tin^{3}m̥un^{3}　biŋ^{1}　pu^{10}　pak^{9}

天空　　去　　开　　口

舅舅此刻开了口。

补　　百　　当　　旋梅

pu^{3}　pak^{9}　taŋ^{5}　dʑɛn^{8}moi^{1}

开　　口　　说　　媒人

请把此话传媒人，

海　　算　　闹　　旋岁

hai^{1}　dʑon^{1}　nou^{1}　dʑɛn^{8}θ^{h}ei^{3}

开　　口　　讲　　媒师

请把此语告媒师。

当　　旋岁　　你平

taŋ^{5}　dʑɛn^{8}θ^{h}ei^{3}　ni^{8}bun^{1}

说　　媒师　　这样

这样传话给媒师，

闹 旋梅 你代

nou^{1} dʑɛn^{1}moi^{1} ni^{1}dai^{10}

讲 媒人 这样

如此转达给媒人。

双平 哎 对狼

θoŋ^{1}biŋ^{1} ei^{3} toi^{5}laŋ^{6}

平辈 哎 同伴

两位朋友呀同伴！

咘 当 丑 双 名①

bou^{1} taŋ^{5} θu^{3} θoŋ^{1} miŋ^{1}

不 说 总 给 名

此话不说已有名，

咘 闹 丑 节 肃

bou^{1} nou^{1} θu^{3} θit^{9} ðu^{6}

不 讲 总 给 誉

这事不讲已有誉。

节 肃 咘 节 为

θit^{9} ðu^{6} bou^{1} θit^{9} vei^{8}

给 誉 不 给 空

这名誉不是空谈，

双 名 咘 双 漏

θoŋ^{1} miŋ^{1} bou^{1} θoŋ^{1} tɬou^{5}

给 名 不 给 空

这声誉不是泛论。

节 肃 呐 银 窑②

θit^{9} ðu^{6} n̥ak^{9} ŋan^{8} ȵou^{1}

给 誉 重 银 牛

这声誉比牛贵重，

双 名 千 银 马③

θoŋ^{1} miŋ^{1} θɛn^{1} ŋan^{8} ma^{10}

给 名 重 银 马

这名誉比马价高。

① 名［miŋ^{1}］：原义为“名声、名誉”，此处指男方给的聘礼足够多，包括一定数量的钱币、酒、肉、米等，即给足女方面子，让女方在宴请宾客的婚宴上有个好名声。下句“肃［ðu^{6}］”同。

② 银窑［ŋan^{8} ȵou^{1}］：原义为“银牛”，此处指卖牛得到的银两。

③ 银马［ŋan^{8} ma^{10}］：原义为“银马”，此处指卖马得到的银两。

呐　银　马　千　丈
n̥ak^{9}　ŋan^{8}　ma^{10}　θɛn^{1}　dʑaŋ^{1}
重　银　马　千　串
比马价还多千串，

千　银　窑　万　贯
θɛn^{1}　ŋan^{1}　ȵou^{1}　van^{6}　kwan^{5}
重　银　牛　万　贯
比牛价还多万贯。

边比　对　相临①
pɛn^{1}pi^{2}　toi^{5}　θ^{h}iaŋ^{1}ʐin^{1}
比如　个　他们
就说我们那亲家，

来平　抄　甲追
ʐai^{8}bun^{1}　θau^{3}　kat^{10}θei^{3}
比如　个　他们
就讲我们那亲戚。

甲追　为　多　埔
kat^{10}θei^{3}　vei^{1}　tɔ^{5}　pou^{1}
他们　人　到　山坡
他们同是一村寨，

相临　文　多　八
θ^{h}iaŋ^{1}ʐin^{1}　ŋkun^{1}　tɔ^{5}　pa^{5}
他们　人　到　山坡
他们共属一村庄。

哑　的　背　你平
ja^{3}　di^{5}　bei^{6}　ni^{8}bun^{1}
要　跟　我　这样
要跟我结为亲家，

哑　亮　桐　你代
ja^{3}　ʐoŋ^{8}　doŋ^{1}　ni^{1}dai^{10}
要　跟　我　这样
欲与我成为亲戚。

哑　扫　任　扫　陇
ja^{3}　dʑau^{6}　ȵan^{6}　dʑau^{6}　loŋ^{2}
要　做　小孩　做　父
要成父亲育子女，

① 相临［θ^{h}iaŋ^{1}ʐin^{1}］：原义为“他们”，此处指有姻缘关系的人家，即亲家。下句“甲追［kat^{10}θei^{3}］”同。

哑　育　蕊　扫　乜

ja^{3}　ʐu^{1}　ȵei^{1}　dʑau^{6}　mɛ^{6}

要　做　小孩　做　母

要成母亲育小孩。

边　平　扫　祥　朗

pɛn^{3}　bun^{8}　dʑau^{6}　dʑun^{8}　ɬaŋ^{1}

成　去　时　地　后

成为我们下一代，

荣　平　祥　扫　那

ʐoŋ^{8}　biŋ^{1}　dʑun^{1}　dʑau^{6}　n̥a^{3}

成　去　地　时　前

变成我们下一辈。

扫　让　扫　祥　类

dʑau^{6}　jeŋ^{6}　dʑau^{6}　dʑun^{8}　ʐei^{1}

时　光　时　地　什么

到好日子那时候，

祥　亮　祥　扫　羊

dʑun^{8}　ʐoŋ^{1}　dʑun^{1}　dʑau^{6}　ʐuŋ^{6}

地　亮　地　时　什么

逢吉祥日那一天。

知照　燕　扔排①

tɕi^{5}tɕau^{5}　ɛn^{5}　ʐaŋ^{8}bai^{1}

商量　要　楠竹

双方商量砍楠竹，

知算　高　扔独

tɕi^{1}θ^{h}un^{3}　kau^{3}　ʐaŋ^{1}dok^{10}

商量　取　刺竹

两边商议伐刺竹。

燕　扔独　多　雷

ɛn^{3}　ʐaŋ^{8}dok^{10}　tɔ^{3}　ɬoi^{1}

要　刺竹　到　门梯

砍来刺竹扎成梯，

高　扔排　多　赚

kau^{1}　ʐaŋ^{1}bai^{1}　tɔ^{3}　dʑan^{6}

取　楠竹　到　晒台

伐来楠竹搭晒台。

① 扔排［ʐaŋ^{8}bai^{1}］：原义为“楠竹”，下句“扔独［ʐaŋ^{1}dok^{10}］”原义为“刺竹”，此处均指备足彩礼。

多	赚	八	城	床
tɔ^{5}	dʑan^{6}	bɛn^{6}	dʑun^{8}	dʑoŋ^{1}
到	晒台	摆	到	桌

晒台搭到餐桌旁，

多	雷	排	周	当
tɔ^{5}	ɬoi^{1}	bai^{5}	θou^{5}	taŋ^{5}
到	门梯	摆	到	凳

梯子架到餐凳边。

八	周	当	你平
bɛn^{6}	θou^{5}	taŋ^{5}	ni^{8}bun^{1}
摆	到	凳	这样

一直摆到凳这儿，

排	城	床	你代
bai^{5}	dʑun^{6}	dʑoŋ^{1}	ni^{1}dai^{10}
摆	到	桌	这样

一路摆到桌这里。

勤秀	背	姓	亮
ŋkjun^{8}θ^{h}iou^{5}	bei^{6}	θ^{h}iŋ^{5}	ʑoŋ^{2}
自己	我	才	知

那时我才知心诚，

封篓	桐	姓	让
fuŋ^{1}ɬou^{3}	doŋ^{2}	θ^{h}iŋ^{5}	jeŋ^{6}
本人	我	才	懂

届时我才懂情真。

审	娘广	的	再
θ^{h}un^{3}	niaŋ^{8}kuaŋ^{5}	dit^{10}	pjai^{1}
根	竹象	咬	尾

哪根竹被笋虫咬，

条	娘虽	的	累
diou^{1}	niaŋ^{1}θ^{h}ei^{3}	dit^{10}	lei^{1}
棵	笋虫	咬	稍

哪根竹被笋虫吃。

色	审	尼	咘	高
θ^{h}at^{9}	θ^{h}un^{3}	ni^{6}	bou^{1}	kau^{3}
放	根	这	不	取

丢到一边不能要，

只	条	爹	咘	燕
θi^{1}	diou^{1}	tɛ^{3}	bou^{1}	ɛn^{5}
放	棵	那	不	要

扔到一旁不可取。

蹬地	**当**	**你平**
tin^{1}dei^{6}	taŋ^{5}	ni^{8}bun^{1}
大地	**说**	**这样**

舅父他是这样说，

蹬闷	**闹**	**你代**
tin^{1}m̥un^{3}	nou^{1}	ni^{1}dai^{10}
天空	**讲**	**这样**

舅舅他是如此讲。

旋岁	**古**	**倒**	**朗**
dʑɛn^{8}θ^{h}ei^{3}	ku^{3}	tau^{3}	ɬaŋ^{1}
媒师	**也**	**回**	**后**

两位媒师便辞别，

旋梅	**古**	**倒**	**那**
dʑɛn^{8}moi^{1}	ku^{3}	tau^{3}	n̥a^{3}
媒人	**也**	**回**	**前**

二位媒人就返程。

倒	**那**	**倒**	**多**	**姑**
tau^{3}	n̥a^{3}	tau^{3}	tɔ^{6}	ku^{1}
回	**前**	**回**	**到**	**根**

起程走向都才家，

倒	**朗**	**倒**	**多**	**志**
tau^{3}	ɬaŋ^{1}	tau^{3}	tɔ^{6}	tɕi^{5}
回	**后**	**回**	**到**	**须**

动身前往都寅屋。

倒	**多**	**志**	**都才**
tau^{3}	tɔ^{6}	tɕi^{5}	tu^{1}dʑai^{1}
回	**到**	**须**	**都才**

回到都才的家乡，

倒	**多**	**姑**	**都寅**
tau^{3}	tɔ^{6}	ku^{1}	tu^{1}ʑin^{8}
回	**到**	**根**	**都寅**

回到都寅的家园。

狼	**节**	**电**	**都才**
laŋ^{6}	θit^{9}	tɛn^{5}	tu^{1}dʑai^{1}
来	**到**	**家**	**都才**

走进都才的家中，

平	**才**	**街**	**都寅**
biŋ^{8}	dʑai^{1}	kai^{3}	tu^{1}ʑin^{8}
去	**到**	**家**	**都寅**

走进都寅的屋子。

当　　都寅　　你平

taŋ^{5}　tu^{1}z̥in^{8}　ni^{8}bun^{1}

说　　都寅　　这样

传达音信给都寅，

闹　　都才　　你代

nou^{8}　tu^{1}dz̥ai^{1}　ni^{1}dai^{10}

讲　　都才　　这样

转述情况给都才。

小羊　　扫　　你平

θ^{h}iou^{3}z̥oŋ^{6}　dz̥au^{6}　ni^{8}bun^{1}

比如　　时　　这样

就说现时这情况，

来荣　　祥　　你代

z̥ai^{8}z̥oŋ^{1}　dz̥un^{1}　ni^{1}dai^{10}

比如　　地　　这样

就讲现时这情景。

略　　边　　略　　都才

lɔ^{6}　pɛn^{5}　lɔ^{6}　tu^{1}dz̥ai^{1}

路　　成　　路　　都才

路已成为你的路，

桥　　荣　　桥　　都寅

ŋkiu^{8}　z̥oŋ^{1}　ŋkiu^{1}　tu^{1}z̥in^{8}

桥　　成　　桥　　都寅

桥已成为你的桥。

七　　边　　七　　都才

dz̥at^{6}　pɛn^{3}　dz̥at^{6}　tu^{1}dz̥ai^{1}

舟　　成　　舟　　都才

舟已成为你的舟，

船　　荣　　船　　都寅

z̥u^{1}　z̥oŋ^{1}　z̥u^{1}　tu^{1}z̥in^{8}

船　　成　　船　　都寅

船已成为你的船。

咘　　当　　丑　　双　　名

bou^{1}　taŋ^{5}　θu^{3}　θoŋ^{1}　miŋ^{1}

不　　说　　总　　给　　名

此话不说已有名，

咘　　闹　　丑　　节　　肃

bou^{1}　nou^{1}　θu^{3}　θit^{9}　ðu^{6}

不　　讲　　总　　给　　誉

这事不讲已有誉。

节	肃	咘	节	为
θit^{9}	ðu^{6}	bou^{1}	θit^{9}	vei^{8}
给	誉	不	给	空

这名誉不是空谈，

双	名	咘	双	漏
θoŋ^{1}	miŋ^{1}	bou^{1}	θoŋ^{1}	tɬou^{5}
给	名	不	给	空

这声誉不是泛论。

节	肃	呐	银	窑
θit^{9}	ðu^{6}	n̥ak^{9}	ŋan^{8}	ȵou^{1}
给	誉	重	银	牛

这声誉比牛贵重，

双	名	千	银	马
θoŋ^{1}	miŋ^{1}	θɛn^{1}	ŋan^{8}	ma^{2}
给	名	重	银	马

这名誉比马价高。

呐	银	马	千	丈
n̥ak^{9}	ŋan^{8}	ma^{2}	θɛn^{1}	dʑaŋ^{1}
重	银	马	千	串

高过马价上千串，

千	银	窑	万	贯
θɛn^{1}	ŋan^{8}	ȵou^{1}	van^{6}	kwan^{5}
重	银	牛	万	贯

重过牛价上万贯。

六	高对	堆	高
z̥u^{8}	kau^{3}toi^{5}	dei^{3}	kau^{1}
不	你们	得	取

不知能否结成对，

六	高双	堆	拌
z̥u^{8}	kau^{1}θoŋ^{3}	dei^{10}	bun^{1}
不	你们	得	拿

不懂能否配成双。

六	堆	拌	六都
z̥u^{8}	dei^{10}	bun^{6}	z̥u^{8}du^{1}
不	得	拿	不知

不知有无能力娶，

六	堆	高	六豹
z̥u^{8}	dei^{10}	kau^{1}	z̥u^{1}bau^{5}
不	得	取	不知

不晓有无本事接。

对	琴	七	古	高
toi^{5}	k^{h}in^{3}	ði^{6}	ku^{3}	kau^{5}
对	有	钱	也	取

有钱才可配成对，

双	才	文	古	燕
θoŋ^{1}	dʑai^{1}	mat^{6}	ku^{3}	ɛn^{5}
双	有	文	也	要

有财方能结成双。

古	燕	任	相临
ku^{3}	ɛn^{3}	ȵan^{6}	θ^{h}iaŋ^{1}ʑin^{1}
也	要	小孩	他们

才可娶人家女儿，

古	高	蕊	甲追
ku^{3}	kau^{1}	ȵei^{1}	kat^{10}θei^{3}
也	取	小孩	他们

才能迎他人姑娘。

吥	琴	七	古	只
bou^{1}	k^{h}in^{10}	ði^{6}	ku^{3}	θi^{1}
不	有	钱	也	放

没钱就只能放弃，

吥	才	文	古	色
bou^{1}	dʑai^{1}	mat^{6}	ku^{10}	θ^{h}at^{9}
不	有	文	也	放

无财就只好分开。

旋岁	当	你平
dʑɛn^{8}θ^{h}ei^{3}	taŋ^{5}	ni^{8}bun^{1}
媒师	说	这样

媒师就是这样说，

旋梅	闹	你代
dʑɛn^{8}moi^{1}	nou^{1}	ni^{1}dai^{10}
媒人	讲	这样

媒人便是如此讲。

当	都寅	琴才
taŋ^{5}	tu^{1}ʑin^{8}	k^{h}in^{3}dʑai^{2}
说	都寅	结束

媒人对都寅说完，

闹	都才	琴夺
nou^{1}	tu^{1}dʑai^{1}	k^{h}in^{10}dɔ^{6}
讲	都才	结束

媒师跟都才讲毕。

旋岁	**古**	**倒**	**朗**
dʑɛn^{8}θ^{h}ei^5	ku^3	tau^3	ɬaŋ^1
媒师	**可**	**回**	**后**

两位媒师即回家，

旋梅	**古**	**倒**	**那**
dʑɛn^{8}moi^1	ku^3	tau^3	n̥a^3
媒人	**可**	**回**	**前**

二位媒人便回屋。

第八节 筹婚金

Section Eight　Preparing Funds for Wedding

［题解］本节唱述都才都寅筹备礼金等内容。古代布努瑶青年男子娶妻成家，所需彩礼全靠男子自己辛勤劳动积攒而得。头一年遇上干旱，都才都寅虽辛勤劳动，但无所收获，只好推迟婚期。第二年是好年景，都才都寅通过他的辛勤劳作，粮丰猪肥，攒够了买彩礼所需的礼金。布努瑶民间习俗，男孩到了能够自食其力且开始谈情说爱的年龄，父母便从家庭土地中暂时划拨出一定面积的土地给男孩耕种，称为“童男地”，产出的粮食由男孩支配，为男孩的婚姻积攒彩礼。直到男孩成婚后，“童男地”方被父母收回，归家庭集体所有。

扫 码 看 视 频

都寅　乃　亮朗

tu^{1}z̢in^{8}　n̥ai^{5}　z̢oŋ^{8}ɬaŋ^{1}

都寅　坐　跟后

都寅跟在媒人后，

都才　英　的那

tu^{1}dz̢ai^{1}　ɛŋ^{1}　di^{5}n̥a^{3}

都才　靠　跟前

都才靠在媒师旁。

都寅　散　青乖

tu^{1}z̢in^{8}　θ^{h}an^{1}　θ^{h}iŋ^{1}kwai^{1}

都寅　便　做工

都寅劳作很勤快，

都才　青　散类

tu^{1}dz̢ai^{1}　θ^{h}iŋ^{3}　θ^{h}an^{5}z̢ei^{6}

都才　就　做工

都才干活较勤勉。

散类　狼　多　埔

θ^{h}an^{5}z̢ei^{6}　laŋ^{6}　tɔ^{5}　pou^{1}

做工　来　到　山坡

每天耕种于山坡，

青乖　平　多　八

θ^{h}iŋ^{1}kwai^{3}　biŋ^{1}　tɔ^{5}　pa^{5}

做工　去　到　山坡

每日劳作于山野。

散类　多　比　间

θ^{h}an^{5}z̢ei^{6}　tɔ^{5}　pi^{1}　kjan^{3}

做工　到　年　旱

辛勤劳作逢旱年，

青乖　丁　比　梁

θ^{h}iŋ^{1}kwai^{3}　tɛn^{3}　pi^{3}　z̢iaŋ^{2}

做工　到　年　旱

拼命干活遇灾季。

谢　多　岗　咘　拌

ðɛ^{6}　tɔ^{3}　doŋ^{6}　bou^{1}　pun^{3}

种子　到　地　不　回

粮种下地无收成，

分　多　那　咘　倒

fen^{1}　tɔ^{3}　na^{8}　bou^{1}　tau^{5}

种子　到　田　不　回

秧插遍野没收获。

谢	**咘**	**倒**	**丰**	**庄**
ðɛ^{6}	bou^{1}	tau^{5}	fuŋ^{1}	θaŋ^{1}
种子	不	回	满	桶

粮食收回不盈仓，

分	**咘**	**倒**	**丰**	**瑶**
fen^{1}	bou^{1}	tau^{5}	fuŋ^{1}	z̥iou^{10}
种子	不	回	满	囤

稻谷收回不满库。

叫	**光**	**该**	**咘**	**宏**
ŋkjau^{6}	kuŋ^{1}	kai^{5}	bou^{1}	hoŋ^{3}
米	喂	鸡	不	大

米少喂鸡鸡不长，

皇	**光**	**茂**	**咘**	**劳**
ŋkuŋ^{8}	kuŋ^{3}	m̥ou^{3}	bou^{1}	lau^{10}
粮	喂	猪	不	大

粮缺养猪猪不肥。

咘	**边**	**桃**	**荣**	**油**
bou^{1}	pɛn^{3}	dau^{6}	z̥oŋ^{8}	z̥ou^{1}
不	成	肥	成	油

养鸡难养成肉鸡，

咘	**荣**	**桑**	**边**	**糯**
bou^{1}	z̥oŋ^{1}	θ^{h}aŋ^{3}	pɛn^{5}	nɔ^{6}
不	成	高	成	肉

养猪难养成肥猪。

几	**七**	**乃**	**机**	**庚**
ki^{3}	ði^{6}	n̥ai^{5}	ki^{3}	kɛŋ^{1}
几	毫	坐	几	陇

分分角角在山坡，

机	**文**	**千**	**机**	**交**
ki^{1}	mat^{6}	θɛn^{3}	ki^{3}	kjou^{5}
几	文	躺	几	坳

角角分分在山地。

四	**七**	**泥**	**四**	**圩**
θei^{5}	ði^{6}	ni^{9}	θei^{1}	hei^{1}
四	毫	粘	四	圩

四分四角在圩场，

三	**文**	**千**	三	**普**
θan^{3}	mat^{6}	θɛn^{3}	θan^{3}	bu^{4}
三	文	沉	三	集

三元三角在集市。

乃	**四**	**普**	**圩**	**岑**
n̥ai^{5}	θei^{5}	bu^{4}	hei^{1}	ŋkjun^{1}
坐	**四**	**集**	**圩**	**上**

婚钱还在圩场上，

英	**三**	**圩**	**普**	**拉**
ɛŋ^{1}	θan^{3}	hei^{3}	bu^{4}	ɬa^{3}
靠	**三**	**圩**	**集**	**下**

礼金还在集市中。

转	**七**	**咘**	**平**	**文**
kjon^{3}	ði^{6}	bou^{1}	pan^{5}	mat^{6}
拢	**钱**	**不**	**成**	**文**

收集分角不足块，

乱	**文**	**咘**	**边**	**贯**
z̥on^{1}	mat^{6}	bou^{1}	pɛn^{5}	kwan^{5}
积	**文**	**不**	**成**	**贯**

积累银钱不够贯。

咘	**边**	**七**	**千**	**床**
bou^{1}	pɛn^{5}	ði^{6}	θɛn^{1}	dʑoŋ^{1}
不	**成**	**钱**	**存**	**桌**

不足一分存箱柜，

咘	**平**	**文**	**乃**	**电**
bou^{1}	pan^{5}	mat^{6}	n̥ai^{5}	tɛn^{5}
不	**成**	**文**	**坐**	**家**

不够一元储家中。

都寅	**姓**	**平**	**只**①
tu^{1}z̥in^{8}	θ^{h}iŋ^{5}	pan^{5}	θi^{3}
都寅	**才**	**成**	**放**

都寅只好延婚事，

都才	**姓**	**边**	**色**
tu^{1}dʑai^{1}	θ^{h}iŋ^{5}	pɛn^{5}	θ^{h}at^{9}
都才	**才**	**成**	**放**

都才只能推婚期。

色	**多**	**仪**	**你平**
θ^{h}at^{9}	tɔ^{5}	n̥it^{6}	ni^{8}bun^{1}
放	**到**	**日**	**这样**

延长婚事到现在，

① 只［θi^{3}］：原义为“放弃”，此处指“暂停、推迟”。下句“色［θ^{h}at^{9}］”同。

只 城 比 你代
θi^{1} dẓun^{1} pi^{3} ni^{1}dai^{10}
放 到 年 这样
推迟婚期至今年。

小比 仪 你平
θ^{h}iou^{3}pi^{3} ȵit^{6} ni^{8}bun^{1}
比如 日 这样
如同今年这岁月，

来平 比 你代
ẓai^{8}bun^{1} pi^{3} ni^{1}dai^{10}
比如 年 这样
正是现在这年景。

六七 命 都才
ẓu^{8}ði^{1} miŋ^{1} tu^{1}dẓai^{1}
不知 命 都才
也许都才命运好，

六都 很 都寅
ẓu^{8}du^{1} hɯn^{1} tu^{1}ẓin^{8}
不知 魂 都寅
或许都寅八字合。

命 都寅 哑 高
miŋ^{6} tu^{1}ẓin^{8} ja^{3} kau^{1}
命 都寅 要 取
命运注定他婚事，

很 都才 哑 燕
hɯn^{1} tu^{1}dẓai^{1} ja^{3} ɛn^{5}
魂 都才 要 要
八字安排他婚期。

命 哑 燕 六类
miŋ^{6} ja^{3} ɛn^{5} ẓu^{8}ẓei^{1}
命 要 要 怎样
命运注定能怎样？

很 哑 高 六羊
hɯn^{1} ja^{3} kau^{1} ẓu^{1}ẓuŋ^{6}
魂 要 取 如何
八字安排又如何？

散类 狼 多 埔
θ^{h}an^{5}ẓei^{6} laŋ^{6} tɔ^{5} pou^{1}
做工 来 到 山坡
每天耕种在坡上，

青乖　平　多　八

θ^{h}iŋ^{1}kwai^{3}　biŋ^{1}　tɔ^{5}　pa^{5}

做工　去　到　山坡

整天劳累在山野。

散类　多　比　很

θ^{h}an^{3}z̥ei^{6}　tɔ^{5}　pi^{1}　hun^{3}

做工　到　年　雨

勤勉劳作遇好雨，

青乖　丁　比　临

θ^{h}iŋ^{1}kwai^{3}　tɛn^{3}　pi^{3}　z̥en^{6}

做工　碰　年　阴

勤劳苦干逢好年。

谢　多　桐　古　拌

ðɛ^{6}　tɔ^{3}　doŋ^{6}　ku^{3}　pun^{1}

种子　道　地　也　回

粮种落地有收获，

分　多　那　古　倒

fen^{1}　tɔ^{3}　na^{8}　ku^{3}　tau^{5}

种子　到　田　也　回

谷种下田有收成。

谢　古　倒　丰　庄

ðɛ^{6}　ku^{3}　tau^{5}　fuŋ^{1}　θaŋ^{1}

种子　也　回　满　桶

粮食收回铺满仓，

分　古　平　丰　瑶

fen^{1}　ku^{3}　bun^{8}　fuŋ^{1}　z̥iou^{10}

种子　也　去　满　囤

稻谷收获囤满库。

叫　光　该　古　宏

ŋkjau^{4}　kuŋ^{1}　kai^{5}　ku^{3}　hoŋ^{1}

米　喂　鸡　也　大

粮米养鸡鸡也长，

皇　光　茂　古　劳

ŋkuŋ^{8}　kuŋ^{3}　m̥ou^{3}　ku^{3}　lau^{8}

粮　喂　猪　也　大

稻谷喂猪猪也大。

古　边　桃　荣　油

ku^{1}　pɛn^{5}　dau^{6}　z̥oŋ^{8}　z̥ou^{1}

也　成　肥　成　油

粮食喂鸡肥又大，

古	**荣**	**桑**	**边**	**糯**
ku^{3}	ʐoŋ^{8}	θʰaŋ^{5}	pɛn^{5}	nɔ^{6}
也	**成**	**高**	**成**	**肉**

稻谷喂猪出肥膘。

几	**七**	**乃**	**机**	**庚**
ki^{3}	ði^{6}	n̥ai^{5}	ki^{3}	kɛŋ^{1}
几	**钱**	**坐**	**几**	**坡**

分分角角在山坡，

机	**文**	**千**	**机**	**交**
ki^{1}	mat^{6}	θɛn^{3}	ki^{3}	kjou^{5}
几	**文**	**躺**	**几**	**坳**

角角分分在山地。

四	**七**	**泥**	**四**	**圩**
θei^{5}	ði^{6}	ni^{3}	θei^{5}	hei^{1}
四	**钱**	**粘**	**四**	**圩**

四分四角来自圩，

三	**文**	**千**	**三**	**普**
θan^{1}	mat^{6}	θɛn^{3}	θan^{1}	bu^{4}
三	**文**	**沉**	**三**	**集**

三元三角出于集。

乃	**四**	**普**	**圩**	**岑**
n̥ai^{5}	θei^{5}	bu^{4}	hei^{1}	ŋkjun^{1}
坐	**四**	**集**	**圩**	**上**

婚钱出在圩集上，

英	**三**	**圩**	**普**	**拉**
ɛŋ^{1}	θan^{3}	hei^{3}	bu^{4}	ɬa^{3}
靠	**三**	**圩**	**集**	**下**

礼金来自圩集中。

转	**七**	**古**	**平**	**丈**
kjon^{3}	ði^{6}	ku^{3}	pan^{5}	dʑaŋ^{1}
拢	**钱**	**也**	**成**	**串**

分毫收集能成元，

乱	**文**	**古**	**边**	**贯**
ʐon^{1}	mat^{6}	ku^{10}	pɛn^{5}	kwan^{5}
积	**文**	**也**	**成**	**贯**

银钱积累可成贯。

古	**边**	**贯**	**千**	**床**
ku^{3}	pɛn^{5}	kwan^{5}	θɛn^{1}	dʑoŋ^{1}
也	**成**	**贯**	**存**	**桌**

聚成钱贯存于箱，

古	**平**	**丈**	**乃**	**电**
ku^{3}	pan^{5}	dʑaŋ^{1}	n̥ai^{5}	tɛn^{5}
也	**成**	**串**	**坐**	**家**

拴成钱串储于家。

对	**对**	**扫**	**古**	**才**
toi^{5}	toi^{5}	dʑau^{6}	ku^{3}	dʑai^{2}
个	**个**	**做**	**也**	**有**

婚礼样样都筹齐，

抄	**抄**	**育**	**古**	**琴**
θau^{1}	θau^{1}	z̥u^{1}	ku^{3}	k^{h}in^{3}
件	**件**	**做**	**也**	**有**

礼金件件均备全。

第九节 择吉日

Section Nine Choosing an Auspicious Day

［题解］本节唱述都才都寅请人测算迎娶新娘的良辰吉日。都才都寅欲择吉日迎娶新娘，可还未取得女方的生辰八字，只好备礼请媒人前往女方家去询问。随后，都才都寅亲自带着双方的生辰八字，找到专职择吉化凶的道公，测算出都才都寅迎娶新娘的吉日良辰。

八字命理和择吉相术均来源于汉文化，从本节可知布努瑶婚俗古歌是一个不断创作发展的过程，也是瑶汉文化相互学习、吸收及融合的过程。

扫 码 看 视 频

边比　对　都才

pɛn^{1}pi^{2}　toi^{5}　tu^{1}dʑai^{1}

比如　个　都才

当年的那个都才，

来平　抄　都寅

ʑai^{8}bun^{1}　θau^{3}　tu^{1}ʑin^{8}

比如　个　都寅

当时的那个都寅。

高志　当　陇相

kau^{1}tɕi^{10}　taŋ^{5}　loŋ^{8}θ^{h}iaŋ^{3}

告知　说　父亲

把思路说给父亲，

高算　闹　乜发

kau^{1}θ^{h}un^{3}　nou^{1}　mɛ^{6}fa^{5}

告诉　讲　母亲

将想法讲给母亲。

当　乜发　你平

taŋ^{5}　mɛ^{6}fa^{5}　ni^{8}bun^{1}

说　母亲　这样

他对母亲这样说，

闹　陇相　你代

nou^{1}　loŋ^{1}θ^{h}iaŋ^{3}　ni^{1}dai^{10}

讲　父亲　这样

他对父亲这般讲。

陇相　哎　乜发

loŋ^{8}θ^{h}iaŋ^{3}　ei^{1}　mɛ^{6}fa^{5}

父亲　哎　母亲

好父亲哎好母亲！

早　仪　扫　祥　爹

tɕau^{3}　ɲit^{6}　dʑau^{6}　dʑun^{1}　tɛ^{3}

早　日　时　地　那

往年的这个时候，

早　比　祥　扫　年

tɕau^{3}　pi^{1}　dʑun^{1}　dʑau^{6}　nɛn^{6}

早　年　地　时　这

去年的这个时间。

来友 散 双 虽①
z̥ai^{8}z̥ou^{10} θ^{h}an^{5} θoŋ^{1} θ^{h}ei^{3}
我俩 已 选 书
我们已去选吉书，

双拉 青 节 墨
θoŋ^{1}z̥a^{1} θ^{h}iŋ^{3} θit^{9} mak^{6}
我俩 已 选 墨
我们已去择吉文。

节 墨 狼 过 埔②
θit^{9} mak^{6} laŋ^{6} kɔ^{5} pou^{1}
选 墨 来 过 山坡
带着吉文走进村，

双 虽 平 过 八
θoŋ^{1} θ^{h}ei^{3} biŋ^{8} kɔ^{5} pa^{5}
选 书 去 过 山坡
拿着吉书踏入屯。

狼 过 八 现 刀
laŋ^{6} kɔ^{5} pa^{5} hɛn^{1} dau^{1}
来 过 山坡 定 月亮
恋人似月心牵挂，

平 多 埔 架 仪
biŋ^{8} tɔ^{3} pou^{1} ŋkja^{6} ȵit^{6}
去 过 山坡 定 太阳
情人似火心牵绊。

狼 架 任 相临
laŋ^{6} ŋkja^{6} ȵan^{6} θ^{h}iaŋ^{1}z̥in^{1}
来 定 小孩 他们
牵绊人家的女儿，

平 现 蕊 甲追
biŋ^{8} hɛn^{3} ȵei^{1} kat^{9}θei^{3}
去 定 小孩 他们
牵挂别人的闺女。

哑 架 色 六 高
ja^{3} ŋkja^{6} θ^{h}at^{9} z̥u^{8} kau^{1}
要 定 放 或 取
牵绊之后弃或娶，

① 虽［θ^{h}ei^{3}］：原义为“书册”，此处指生辰八字。下句“墨［mak^{6}］”同。
② 过埔［kɔ^{5} pou^{1}］：原义为“走过坡”，下句“过八［kɔ^{5} pa^{5}］”原义为“爬过山”，此处两者均指沿路走到都才都寅女友住的村屯。

哑　现　只　六　燕

ja^{3}　hɛn^{1}　θi^{3}　ʑu^{8}　ɛn^{5}

要　定　放　或　要

牵挂之后离或婚。

比　架　燕　祥　爹

pi^{3}　ŋkja^{6}　ɛn^{5}　dʑun^{1}　tɛ^{3}

如果　定　要　地　那

牵绊之后真当娶，

荣　现　高　扫　年

ʑoŋ^{8}　hɛn^{3}　kau^{3}　dʑau^{6}　nɛn^{6}

如果　定　取　时　这

牵挂之后确成婚。

小比　仪　你平

θʰiou^{1}pi^{2}　ȵit^{6}　ni^{8}bun^{1}

比如　日　这样

正值今年好年份，

来平　比　你代

ʑai^{8}bun^{1}　pi^{3}　ni^{1}dai^{10}

比如　年　这样

正是这般好年景。

对　对　扫　古　才

toi^{5}　toi^{5}　dʑau^{6}　ku^{3}　dʑai^{2}

件　件　做　也　完

事事称心又如意，

抄　抄　育　古　琴

θau^{1}　θau^{1}　ʑu^{1}　ku^{10}　kʰin^{3}

样　样　做　也　完

样样筹备俱齐全。

咘　边　古　高　刀

bou^{1}　pɛn^{5}　ku^{3}　kau^{1}　dau^{3}

不　成　也　取　月亮

要不我们娶媳妇，

咘　平　古　燕　仪

bou^{1}　pan^{1}　ku^{3}　ɛn^{5}　ȵit^{6}

不　成　可　要　太阳

要么我们迎新娘。

燕　仪　能　田　街

ɛn^{5}　ȵit^{6}　nun^{6}　dɛn^{8}　kai^{3}

要　太阳　少女　填　家

迎回新娘到我家，

高 刀 院 周 电

kau^{1} dau^{1} z̥ɛn^{6} θou^{5} tɛn^{5}

取 月亮 少女 补 家

娶来媳妇进我门。

小比 对 都才

θ^{h}iou^{1}pi^{2} toi^{5} tu^{1}dʑai^{1}

比如 个 都才

当时的那个都才，

来平 抄 都寅

z̥ai^{8}bun^{1} θau^{3} tu^{1}z̥in^{8}

比如 个 都寅

当下的那个都寅。

高志 当 陇相

kau^{1}tɕi^{2} taŋ^{1} loŋ^{8}θ^{h}iaŋ^{3}

告知 说 父亲

说主张给父亲听，

高算 闹 乜发

kau^{1}θ^{h}un^{3} nou^{1} mɛ^{6}fa^{5}

告诉 讲 母亲

讲想法给母亲听。

当 乜发 你平

taŋ^{1} mɛ^{6}fa^{5} ni^{8}bun^{1}

说 母亲 这样

他对母亲这样说，

闹 陇相 你代

nou^{1} loŋ^{1}θ^{h}iaŋ^{3} ni^{1}dai^{10}

讲 父亲 这样

他对父亲这样讲。

乜发 散 还 算

mɛ^{6}fa^{5} θ^{h}an^{5} ŋkwan^{8} dʑon^{1}

母亲 便 还 口

母亲立即回答道，

陇相 青 对 百

loŋ^{8}θ^{h}iaŋ^{3} θ^{h}iŋ^{3} toi^{5} pak^{9}

父亲 就 对 嘴

父亲立刻回复说。

对 百 当 你平

toi^{5} pak^{9} taŋ^{1} ni^{8}bun^{1}

回 嘴 说 这样

他俩是这样回话，

还 算 闹 你代

ŋkwan^{8} dʑon^{1} nou^{1} ni^{1}dai^{10}

还 口 讲 这样

他俩是如此回答。

蕊 桐 哎 任 背

ȵei^{8} doŋ^{1} ei^{1} ȵan^{8} bei^{8}

小孩 我 哎 小孩 我

我的儿呀我的孩！

任 背 当 你平

ȵan^{8} bei^{8} taŋ^{5} ni^{8}bun^{1}

小孩 我 说 这样

我儿说的这主张，

蕊 桐 闹 你代

ȵei^{8} doŋ^{1} nou^{1} ni^{1}dai^{10}

小孩 我 讲 这样

我儿讲的这想法。

哑 燕 仪 田 街

ja^{3} ɛn^{5} ȵit^{6} dɛn^{8} kai^{3}

要 要 太阳 填 家

你想娶媳妇进家，

哑 高 刀 周 电

ja^{3} kau^{1} dau^{3} θou^{1} tɛn^{5}

要 取 月亮 补 家

你要迎新娘到屋。

小羊 扫 你平

θ^{h}iou^{3}ʐuŋ^{6} dʑau^{6} ni^{8}bun^{1}

比如 时 这样

当下情况是这样，

来平 祥 你代

ʐai^{8}bun^{1} dʑun^{1} ni^{1}dai^{10}

比如 地 这样

时下状况是如此。

墨 命 城 多 冯

mak^{9} miŋ^{6} ðun^{8} tɔ^{5} veŋ^{8}

墨 命 未 到 手

姑娘八字没到手，

虽 很 城 多 普

θ^{h}ei^{1} huɯn^{3} ðun^{8} tɔ^{5} bu^{4}

书 魂 未 到 手

女方八字未拿到。

城　多　菩　六类

ðun^{8}　tɔ^{5}　bu^{4}　ʐu^{8}ʐei^{1}

未　到　手　怎样

我们又能做什么？

城　多　冯　六羊

ðun^{8}　tɔ^{5}　veŋ^{8}　ʐu^{1}ʐuŋ^{6}

未　到　手　怎样

我们还能做哪样？

墨　命　乃　多　边①

mak^{9}　miŋ^{6}　n̥ai^{5}　tɔ^{5}　pɛn^{1}

墨　命　在　那　边

姑娘八字在她家，

虽　很　英　多　拜

θ^{h}ei^{1}　hɯn^{3}　ɛŋ^{3}　tɔ^{5}　pai^{6}

书　魂　靠　那　边

女方八字存她屋。

乃　多　拜　乜语②

n̥ai^{5}　tɔ^{5}　pai^{6}　mɛ^{6}ʐei^{1}

坐　那　边　干妈

八字在她干妈那，

英　多　边　乜记

ɛŋ^{5}　tɔ^{5}　pɛn^{1}　mɛ^{6}ki^{5}

靠　那　边　寄娘

八字在她寄娘那。

拜　乜记　如　爹

pai^{6}　mɛ^{6}ki^{5}　ʐi^{8}　tɛ^{1}

边　寄娘　地方　那

寄娘已收藏多年，

边　乜语　如　年

pɛn^{1}　mɛ^{6}ʐei^{1}　ʐi^{1}　nɛn^{6}

边　干妈　地方　这

干妈已保管许久。

① 多边［tɔ^{5} pɛn^{1}］：原义为“那边”，此处指都才都寅女友的那一边。下句“多拜［tɔ^{5} pai^{6}］”同。

② 乜语［mɛ^{6}ʐei^{1}］：原义为“干妈、寄娘”，此处特指都才都寅女友儿时的干妈、寄娘。下句“乜记［mɛ^{6}ki^{5}］”同。布努瑶民间习俗，把小孩的“魂命”托付给别的妇女，给予该妇女名义上的“抚养”，以祈求孩子无灾无病，该妇女被称为小孩的干妈、寄娘。

命 让 咘 六都
miŋ^{6} jeŋ^{6} bou^{1} ẓu^{1}du^{1}
命 好 不 不知
八字好坏还不懂，

很 亮 咘 六象
hɯn^{3} ẓoŋ^{1} bou^{1} ẓu^{1}θ^{h}ɛn^{5}
魂 好 不 不知
命运好坏还不知。

血 让① 咘 六都
hat^{9} jeŋ^{6} bou^{1} ẓu^{1}du^{1}
早 好 不 不知
不知哪天是吉日，

恩 亮 咘 六象
ŋwon^{8} ẓoŋ^{1} bou^{1} ẓu^{1}θ^{h}ɛn^{5}
日 好 不 不知
不懂哪日是良辰。

对 都寅 知算
toi^{5} tu^{1}ẓin^{8} tɕi^{3}θ^{h}un^{5}
个 都寅 商量
父亲和都寅商量，

抄 都才 知照
θau^{1} tu^{1}dʑai^{1} tɕi^{3}tɕau^{5}
个 都才 商量
母亲与都才商议。

高志 当 旋梅
kau^{1}tɕi^{2} taŋ^{5} dʑɛn^{8}moi^{1}
告知 说 媒人
商量邀请媒人来，

高算 闹 旋岁
kau^{1}θ^{h}un^{3} nou^{1} dʑɛn^{1}θ^{h}ei^{3}
告诉 讲 媒师
商议约请媒师到。

狼 节 电 都才
laŋ^{6} θit^{9} tɛn^{5} tu^{1}dʑai^{1}
来 到 家 都才
邀媒人到都才家，

① 血让［hat^{9} jeŋ^{6}］：原义为“好日子”，此处指都才都寅娶新娘办婚宴的日子。下句“恩亮［ŋwon^{8} ẓoŋ^{1}］”同。

平	**才**	**街**	**都寅**
biŋ^{8}	dʑai^{1}	kai^{3}	tu^{1}ʑ̢in^{8}
去	**到**	**家**	**都寅**

请媒师到都寅屋。

对	**都寅**	**知算**
toi^{5}	tu^{1}ʑ̢in^{8}	tɕi^{1}θ^{h}un^{3}
个	**都寅**	**商量**

到都寅屋来商议，

抄	**都才**	**知照**
θau^{1}	tu^{1}dʑai^{1}	tɕi^{3}tɕau^{5}
个	**都才**	**商量**

到都才家来商量。

知照	**节**	**叫虽**
tɕi^{3}tɕau^{5}	θit^{9}	ŋkjau^{6}θ^{h}ei^{1}
商量	**拿**	**小米**

商量用袋装小米，

知算	**双**	**叫净**
tɕi^{1}θ^{h}un^{3}	θ^{h}oŋ^{3}	ŋkjau^{6}ðiŋ^{6}
商量	**拿**	**稻谷**

商议拿兜装大米。

叫净	**的**	**娄**	**油**
ŋkjau^{6}ðiŋ^{6}	di^{5}	ɬou^{3}	ʑ̢ou^{2}
稻谷	**跟**	**酒**	**油**

装好大米和肥肉，

叫虽	**亮**	**娄**	**糯**
ŋkjau^{4}θ^{h}ei^{1}	ʑ̢oŋ^{1}	ɬou^{3}	nɔ^{6}
小米	**同**	**酒**	**肉**

备好小米和瘦肉。

娄	**糯**	**的**	**娄京**
ɬou^{3}	nɔ^{6}	di^{5}	ɬou^{3}kiŋ^{1}
酒	**肉**	**跟**	**酒坛**

装好瘦肉和陈酒，

娄	**油**	**亮**	**娄卡**
ɬou^{3}	ʑ̢ou^{2}	ʑ̢oŋ^{1}	ɬou^{3}ka^{5}
酒	**油**	**跟**	**酒罐**

备好肥肉和佳酿。

节	**多**	**普**	**旋梅**
θit^{3}	tɔ^{5}	bu^{4}	dʑɛn^{8}moi^{1}
送	**到**	**手**	**媒人**

递到媒人的手里，

双　多　冯　旋岁
θ^{h}oŋ^{1}　tɔ^{5}　veŋ^{8}　dʑɛn^{1}θ^{h}ei^{3}
送　到　手　媒师
送到媒师的手中。

色　旋岁　强　桥
θ^{h}at^{9}　dʑɛn^{8}θ^{h}ei^{3}　ŋkjaŋ^{8}　ŋkiu^{1}
放　媒师　行　桥
拜托媒师去行桥，

只　旋梅　站　略
θi^{1}　dʑɛn^{1}moi^{1}　ʑan^{4}　lɔ^{6}
放　媒人　走　路
拜托媒人去走路。

狼　节　电　答语①
laŋ^{6}　θit^{9}　tɛn^{5}　ta^{1}ʑei^{3}
来　到　家　干岳父
媒人来到亲家门，

平　才　街　答记
biŋ^{8}　dʑai^{1}　kai^{5}　ta^{1}ki^{5}
去　到　家　寄岳父
媒师走进亲家屋。

百　分　对　答语
pak^{9}　ven^{6}　toi^{5}　ta^{1}ʑei^{3}
嘴　问　个　干岳父
媒人说明白来意，

星　三　抄　答记
θ^{h}iŋ^{1}　θ^{h}an^{3}　θau^{3}　ta^{3}ki^{5}
声　问　个　寄岳父
媒师讲清楚来由。

燕　墨　命　花院
ɛn^{5}　mak^{9}　miŋ^{6}　kw^{h}a^{1}ʑɛn^{1}
要　墨　命　姑娘
取得姑娘生辰书，

高　虽　很　友能
kau^{1}　θ^{h}ei^{3}　hɯn^{3}　ʑou^{2}nun^{6}
取　书　魂　姑娘
拿到女方八字文。

① 答语［ta^{1}ʑei^{3}］：原义为“干岳父、寄岳父”，此处指都才都寅女友的父亲。下句“答记［ta^{1}ki^{5}］”同。都才都寅与女友完婚之前，都才都寅称女友的父亲为干岳父、寄岳父。

倒 那 电 都才

tau^{5} n̥a^{3} tɛn^{5} tu^{1}dʑai^{1}

回 前 家 都才

起程返回都才家，

倒 朗 街 都寅

tau^{3} ɬaŋ^{1} kai^{3} tu^{1}ʑin^{8}

回 后 家 都寅

迈步前往都寅屋。

墨 命 让 多 冯

mak^{9} miŋ^{6} jeŋ^{6} tɔ^{3} veŋ^{8}

墨 命 好 到 手

生辰书籍拿到手，

虽 很 亮 多 普

θ^{h}ei^{1} hɯn^{3} ʑoŋ^{1} tɔ^{3} bu^{4}

书 魂 好 到 手

八字文书握在手。

让 多 普 都才

jeŋ^{6} tɔ^{3} bu^{4} tu^{1}dʑai^{1}

好 到 手 都才

递到都才的手上，

亮 多 冯 都寅

ʑoŋ^{8} tɔ^{3} veŋ^{8} tu^{1}ʑin^{8}

好 到 手 都寅

送到都寅的手中。

对 都寅 知算

toi^{5} tu^{1}ʑin^{8} tɕi^{1}θ^{h}un^{3}

个 都寅 商量

都寅与父亲商量，

抄 都才 知照

θau^{1} tu^{1}dʑai^{1} tɕi^{3}tɕau^{5}

个 都才 商量

都才和母亲商议。

燕 墨 命 多 埔

ɛn^{5} mak^{9} miŋ^{6} tɔ^{3} pou^{1}

要 墨 命 到 山坡

拿生辰书越山坡，

高 虽 很 多 八

kau^{1} θ^{h}ei^{3} hɯn^{3} tɔ^{3} pa^{5}

取 书 魂 到 山坡

带八字文翻山坳。

狼 多 八 夺 桑

laŋ^{6} tɔ^{5} pa^{5} dɔ^{6} θ^{h}aŋ^{1}

来 到 山坡 找 高师

翻山越岭找高师，

平 多 埔 夺 桃

biŋ^{2} tɔ^{5} pou^{1} dɔ^{6} dau^{6}

去 到 山坡 找 道公

跋山涉水寻道公。

狼 节 电 卜桑

laŋ^{6} θit^{9} tɛn^{5} bu^{6}θ^{h}aŋ^{1}

来 到 家 高师

来到高师家门口，

平 才 街 卜桃

biŋ^{2} dʑai^{1} kai^{3} bu^{6}dau^{6}

去 到 家 道公

走进道公厅堂里。

高志 当 卜桑

kau^{1}tɕi^{10} taŋ^{5} bu^{6}θ^{h}aŋ^{1}

告知 说 高师

把来由说给高师，

高算 闹 卜桃

kau^{1}θ^{h}un^{3} nou^{1} bu^{6}dau^{6}

告诉 讲 道公

将来意讲给道公。

当 卜桃 你平

taŋ^{5} bu^{6}dau^{6} ni^{8}bun^{1}

说 道公 这样

他对道公这样说，

闹 卜桑 你代

nou^{1} bu^{6}θ^{h}aŋ^{1} ni^{1}dai^{10}

讲 高师 这样

他对高师这般讲。

凹 桐 哎 那 背

au^{1} doŋ^{1} ei^{3} na^{6} bei^{6}

叔 我 哎 舅 我

我的叔哎我的舅！

背 狼 比 你平

bei^{6} laŋ^{6} pi^{3} ni^{8}bun^{1}

我 来 像 这样

我是为家事而来，

桐	**平**	**荣**	**你代**	
doŋ^{1}	biŋ^{1}	ʐoŋ^{1}	ni^{1}dai^{10}	
我	**去**	**像**	**这样**	

我是为私事而到。

哑	**色**	**那**	**真**	**虽**
ja^{3}	θ^{h}at^{3}	na^{8}	θin^{1}	θ^{h}ei^{3}
要	**给**	**舅**	**择**	**书**

是来请你择日子，

哑	**只**	**凹**	**烈**	**墨**
ja^{3}	θi^{1}	au^{3}	lɛ^{1}	mak^{6}
要	**让**	**叔**	**选**	**墨**

是来求你选吉日。

烈	**墨**	**拌**	**恩**	**亮**
lɛ^{6}	mak^{6}	bun^{6}	ŋwon^{8}	ʐoŋ^{1}
选	**墨**	**拿**	**日**	**好**

请据八字选好日，

真	**虽**	**高**	**血**	**让**
θin^{1}	θ^{h}ei^{3}	kau^{3}	hat^{9}	jeŋ^{6}
择	**书**	**取**	**早**	**好**

请凭生辰择吉日。

拌	**血**	**让**	**高**	**刀**
bun^{6}	hat^{9}	jeŋ^{6}	kau^{1}	dau^{3}
拿	**早**	**好**	**取**	**月亮**

择吉日给我婚娶，

高	**恩**	**亮**	**燕**	**仪**
kau^{1}	ŋwon^{1}	ʐoŋ^{1}	ɛn^{5}	ȵit^{6}
取	**日**	**好**	**要**	**太阳**

选好日给我婚配。

燕	**仪**	**能**	**田**	**街**
ɛn^{5}	ȵit^{6}	nun^{1}	dɛn^{8}	kai^{3}
要	**太阳**	**少女**	**填**	**家**

我要娶媳回屋里，

高	**刀**	**院**	**周**	**电**
kau^{1}	dau^{3}	ʐɛn^{1}	θou^{5}	tɛn^{5}
取	**月亮**	**少女**	**补**	**家**

我要接妻到家中。

当	**卜桃**	**你平**
taŋ^{5}	bu^{6}dau^{6}	ni^{8}bun^{1}
说	**道公**	**这样**

他这样说给道公，

闹　卜桑　你代

nou^{8} bu^{6}θ^{h}aŋ^{3} ni^{1}dai^{10}

讲　高师　这样

他这般讲给高师。

卜桃　古　合豹

bu^{6}dau^{6} ku^{3} ŋkjɔ^{8}bau^{1}

道公　也　合心

道公真诚接待他，

卜桑　古　合狼

bu^{6}θ^{h}aŋ^{1} ku^{3} ŋkjɔ^{8}laŋ^{6}

高师　也　合意

高师热心迎接他。

合狼　拌　贯　虽

ŋkjɔ^{8}laŋ^{6} bun^{6} kon^{3} θ^{h}ei^{1}

合意　拿　本　书

道公认真查古籍，

合豹　高　贯　墨

ŋkjɔ^{8}bau^{1} kau^{1} kon^{3} mak^{6}

合心　取　本　墨

高师仔细翻书卷。

拌　贯　墨　吊厅

bun^{1} kon^{3} mak^{6} diou^{8}diŋ^{1}

拿　本　墨　王族

翻开王族古书籍，

高　贯　虽　皇代

kau^{1} kon^{3} θ^{h}ei^{5} ŋkwoŋ^{8}tai^{5}

取　本　书　皇帝

细查皇帝古书卷。

墨　皇代　才　六

mak^{6} ŋkwoŋ^{8}tai^{5} dʑai^{8} ʐu^{1}

墨　皇帝　有　船

查皇帝成船书卷，

虽　吊厅　琴　七

θ^{h}ei^{1} diou^{1}diŋ^{1} k^{h}in^{10} dʑat^{6}

书　王族　有　舟

阅王族满舟书籍。

燕　狼　八　朋章

ɛn^{3} laŋ^{6} bɛn^{6} buŋ^{8}dʑaŋ^{1}

要　来　摆　中间

书籍摆在凳中央，

高　平　排　朋筐
kau^{1}　biŋ^{1}　bai^{1}　buŋ^{6}ŋkoŋ^{6}
取　去　摆　中间
书本放在桌中间。

八　朋筐　床　来
bɛn^{10}　buŋ^{6}ŋkoŋ^{6}　dʑoŋ^{8}　ʐai^{1}
摆　中间　桌　花
摆在雕花桌中间，

排　朋章　当　画
bai^{8}　buŋ^{6}dʑaŋ^{1}　taŋ^{5}　ŋkwɛ^{1}
摆　中间　凳　画
放在刻画凳中央。

百　分　对　都才
pak^{9}　ven^{6}　toi^{5}　tu^{1}dʑai^{1}
嘴　问　个　都才
开口吩咐那都才，

星　三　抄　都寅
θ^{h}iŋ^{1}　θ^{h}an^{3}　θau^{3}　tu^{1}ʐin^{8}
声　问　个　都寅
出声叮嘱那都寅。

燕　墨　命　都才
ɛn^{5}　mak^{8}　miŋ^{6}　tu^{1}dʑai^{1}
要　墨　命　都才
对照都才生辰书，

高　虽　很　都寅
kau^{1}　θ^{h}ei^{3}　hɯn^{3}　tu^{1}ʐin^{8}
取　书　魂　都寅
对比都寅八字文。

燕　墨　命　花院
ɛn^{5}　mak^{9}　miŋ^{6}　kw^{h}a^{1}ʐɛn^{1}
要　墨　命　姑娘
对照情妹生辰书，

高　虽　很　友能
kau^{1}　θ^{h}ei^{3}　hɯn^{3}　ʐou^{2}nun^{6}
取　书　魂　姑娘
对比情友八字文。

拌　罚　卡　真　虽
pun^{6}　vat^{6}　kat^{9}　θin^{1}　θ^{h}ei^{3}
拿　相　合　选　书
据双方八字选书，

高	**罚**	**风**	**烈**	**墨**
kau^{1}	vat^{6}	fuŋ^{1}	lɛ^{6}	mak^{6}
取	**相**	**配**	**择**	**墨**

按两边生辰择文。

桃	**烈**	**琴**	**烈**	**陇**
dau^{1}	lɛ^{6}	k^{h}in^{3}	lɛ^{6}	ʐoŋ^{2}
道公	**择**	**上**	**择**	**下**

道公反反复复算，

桑	**真**	**背**	**真**	**倒**
θ^{h}aŋ^{1}	θin^{1}	pei^{1}	θin^{1}	tau^{5}
道师	**选**	**去**	**选**	**回**

高师颠来倒去选。

桃	**烈**	**琴**	**高算**
dau^{6}	lɛ^{6}	k^{h}in^{3}	kau^{1}θ^{h}un^{5}
道公	**择**	**完**	**告诉**

道公选完就吩咐，

桑	**真**	**才**	**高志**
θ^{h}aŋ^{1}	θin^{3}	dʑai^{6}	kau^{1}tɕi^{10}
高师	**选**	**完**	**告知**

高师算毕便叮嘱。

高志	**当**	**都才**
kau^{1}tɕi^{10}	taŋ^{5}	tu^{1}dʑai^{1}
告知	**说**	**都才**

算出结果告都才，

高算	**闹**	**都寅**
kau^{1}θ^{h}un^{3}	nou^{1}	tu^{1}ʐin^{8}
告诉	**讲**	**都寅**

拿出答案嘱都寅。

当	**都寅**	**你平**
taŋ^{5}	tu^{1}ʐin^{8}	ni^{8}bun^{1}
说	**都寅**	**这样**

他这样说给都寅，

闹	**都才**	**你代**
nou^{1}	tu^{1}dʑai^{1}	ni^{1}dai^{10}
讲	**都才**	**这样**

他这般讲给都才。

双平	**哎**	**对狼**
θoŋ^{1}biŋ^{1}	ei^{3}	toi^{5}laŋ^{6}
平辈	**哎**	**同伴**

好晚辈哎好侄儿！

比 对狼 哑 高
pi^{3} toi^{5}laŋ^{6} ja^{3} kau^{1}
如果 同伴 要 取
如果情侣要婚配，

荣 双平 哑 燕
z̥oŋ^{2} θoŋ^{3}biŋ^{1} ja^{10} ɛn^{5}
如果 平辈 要 要
倘若伴侣要婚娶。

哑 燕 仪 田 街
ja^{3} ɛŋ^{5} ȵit^{6} dɛn^{8} kai^{3}
要 要 太阳 填 家
要娶新娘走进屋，

哑 高 刀 周 电
ja^{3} kau^{1} dau^{3} θou^{5} tɛn^{5}
要 取 月亮 补 家
要迎媳妇来入门。

仪 你 多 双 虽
ȵit^{6} ni^{3} tɔ^{5} θoŋ^{1} θ^{h}ei^{3}
日 今 碰 两 字
今日恰逢两凶字，

团 你 丁 双 墨
don^{1} ni^{10} tɛn^{1} θoŋ^{3} mak^{6}
月 这 遇 两 墨
本月正遇两煞日。

多 双 墨 唏 亮
tɔ^{5} θoŋ^{1} mak^{6} bou^{1} z̥oŋ^{1}
碰 两 墨 不 好
遇两煞日不吉利，

丁 双 虽 唏 让
tɛn^{1} θoŋ^{3} θ^{h}ei^{3} bou^{1} jeŋ^{6}
遇 两 字 不 好
逢两凶字不吉祥。

燕 仪 能 田 街
ɛn^{5} ȵit^{6} nun^{6} dɛn^{8} kai^{3}
要 太阳 少女 填 家
娶来媳妇进家门，

高 刀 院 周 电
kau^{1} dau^{3} z̥ɛn^{1} θou^{5} tɛn^{5}
取 月亮 少女 补 家
迎来新娘入屋里。

周　电　咘　英　平
θou^{5}　tɛn^{5}　bou^{1}　ɛŋ^{3}　biŋ^{1}
补　家　不　靠　平
来到家里睡不安，

田　街　咘　乃　狼
dɛn^{8}　kai^{3}　bou^{1}　n̥ai^{5}　laŋ^{6}
填　家　不　坐　安
走进家门坐不宁。

仪　你　燕　仪　朗
n̥it^{6}　ni^{3}　ɛn^{5}　n̥it^{6}　ɬaŋ^{1}
日　这　要　日　后
建议日子往后移，

团　你　高　团　那
don^{8}　ni^{10}　kau^{1}　don^{8}　n̥a^{10}
月　这　取　月　前
提议月份往后推。

仪　那　燕　背　初
n̥it^{6}　n̥a^{3}　ɛŋ^{5}　pei^{1}　θɔ^{3}
日　前　要　去　初
推到下月月初后，

团　朗　高　背　十
don^{8}　ɬaŋ^{3}　kau^{1}　pei^{1}　ði^{6}
月　后　取　去　十
移到后月中旬时。

血　十　五　恩　亮
hat^{3}　ði^{6}　ha^{5}　ŋwon^{8}　z̥oŋ^{1}
早　十　五　日　好
十五那天是吉日，

恩　十　六　血　让
ŋwon^{8}　ði^{6}　ʂɔ^{9}　hat^{3}　jeŋ^{6}
日　十　六　早　好
十六那天是良辰。

血　尼　让　千　飞
hat^{3}　ni^{3}　jeŋ^{6}　θɛn^{1}　fai^{3}
早　这　好　千　家
这天日子千家好，

恩　爹　亮　万　姓
ŋwon^{8}　tɛ^{3}　z̥oŋ^{1}　van^{6}　θʰiŋ^{5}
日　那　好　万　姓
那日吉利万姓喜。

皇代　李　该　蕊

ŋkwoŋ^{8}tai^{3}　li^{3}　kai^{1}　n̥ei^{1}

皇帝　还　卖　小孩

皇帝那日也嫁女，

吊厅　李　哈　任

diou^{8}diŋ^{1}　li^{3}　ha^{5}　n̥an^{6}

王族　还　嫁　小孩

王族那天也完婚。

李　哈　任　陇　雷

li^{3}　ha^{5}　n̥an^{6}　z̥oŋ^{8}　ɬoi^{1}

还　嫁　小孩　下　门梯

还嫁女儿出门庭，

李　该　蕊　陇　赚

li^{3}　kai^{1}　n̥ei^{1}　z̥oŋ^{1}　dʑan^{6}

还　卖　小孩　下　晒台

仍嫁闺女出庭院。

卜赛　李　高　刀

bu^{6}θ^{h}ai^{5}　li^{3}　kau^{1}　dau^{1}

官人　还　取　月亮

官人那日迎新娘，

卜章　李　燕　仪

bu^{6}tɕaŋ^{1}　li^{3}　ɛn^{5}　n̥it^{6}

官家　还　要　太阳

官家那天娶媳妇。

燕　仪　赛　田　周

ɛn^{5}　n̥it^{6}　θ^{h}ai^{5}　dɛn^{2}　θ^{h}ou^{1}

要　太阳　官　填　殿

迎娶媳妇进官宅，

高　刀　章　周　院

kau^{1}　dau^{3}　tɕaŋ^{3}　θou^{5}　z̥ɛn^{6}

取　月亮　官　补　院

迎接新娘入宫室。

当　都寅　你平

taŋ^{5}　tu^{1}z̥in^{8}　ni^{8}bun^{1}

说　都寅　这样

这样说给都寅听，

闹　都才　你代

nou^{1}　tu^{1}dʑai^{1}　ni^{1}dai^{10}

讲　都才　这样

如此讲给都才明。

第十节 邀亲朋

Section Ten Inviting Relatives and Friends

［题解］本节唱述都才都寅的亲戚朋友受到都才都寅的婚宴邀请后，抒发内心欢快之情。都才都寅同祖共宗的兄弟姐妹表示亲情骨肉不可分；多路亲戚表示相亲相敬的关系谁都分不开；受邀参加接亲的少男少女，憧憬着那一天远行接亲的情景；正在谈情说爱的青年朋友相约在那一天继续增进感情；埋头劳作的年轻朋友相约抽空赴宴，交谈开心的话题。从这些独白中我们看到，与都才都寅有血缘关系的兄弟姐妹和有姻亲关系的各路亲戚，牢固地传承着亲情至上、手足相连的伦理观。

扫 码 看 视 频

都寅　堆　恩　亮
tu^{1}z̩in^{8}　dei^{3}　ŋwon^{8}　z̩oŋ^{1}
都寅　得　日　好
都寅择得好日子，

都才　堆　血　让
tu^{1}dʑai^{1}　dei^{3}　hat^{9}　jeŋ^{6}
都才　得　早　好
都才选得吉利日。

堆　血　让　倒　朗
dei^{3}　hat^{9}　jeŋ^{6}　tau^{3}　ɬaŋ^{1}
得　早　好　回　后
选得吉日就返家，

堆　恩　亮　倒　那
dei^{3}　ŋwon^{8}　z̩oŋ^{1}　tau^{3}　n̥a^{3}
得　日　好　回　前
择得良辰便回来。

倒　那　乃　丁　岁
tau^{3}　n̥a^{3}　n̥ai^{5}　tɛn^{1}　dʑei^{1}
回　前　坐　适当　时
回家休息些日子，

倒　朗　英　七　扫
tau^{3}　ɬaŋ^{1}　ɛŋ^{3}　ði^{6}　dʑau^{6}
回　后　靠　适当　时
回来停歇些时候。

扫　居　扫　斗　临
dʑau^{6}　kɛ^{3}　dʑau^{6}　tou^{1}　z̩in^{3}
时　松　时　来　临
吉日一天天来临，

岁　懈　岁　斗　劣
dʑei^{8}　ŋkjoi^{1}　dʑei^{1}　tou^{1}　z̩i^{10}
时　解　时　来　近
良辰一日日临近。

血　居　血　斗　临
hat^{9}　kɛ^{3}　hat^{9}　tou^{1}　z̩in^{9}
早　松　早　来　临
过了一早又一早，

恩　懈　恩　斗　劣
ŋwon^{8}　ŋkjoi^{1}　ŋwon^{1}　tou^{1}　z̩i^{10}
日　解　日　来　近
过了一天又一天。

血　让　唏　几　祥

hat^{3}　jeŋ^{6}　bou^{1}　ki^{3}　dʑun^{1}

早　好　不　几　地

离吉日没多少日，

恩　亮　唏　几　扫

ŋwon^{8}　ʐoŋ^{1}　bou^{1}　ki^{3}　dʑau^{6}

日　好　不　几　时

距良辰没多少天。

唏　几　扫　格章

bou^{1}　ki^{3}　dʑau^{6}　kɛ^{9}tɕaŋ^{1}

不　几　时　相距

距离良辰没多长，

唏　几　岁　格筐

bou^{1}　ki^{3}　dʑei^{8}　kɛ^{10}ŋkwaŋ^{1}

不　几　时　相隔

距离吉日没多远。

都寅　如　架　亮

tu^{1}ʐin^{8}　ʐi^{4}　ŋkja^{3}　ʐoŋ^{2}

都寅　心　自　知

都寅已心知肚明，

都才　追　架　让

tu^{1}dʑai^{1}　θei^{1}　ŋkja^{3}　jeŋ^{6}

都才　意　自　懂

都才已胸有成竹。

如　架　让　你平

ʐi^{4}　ŋkja^{3}　jeŋ^{6}　ni^{8}bun^{1}

心　自　懂　这样

自然明白这情况，

追　架　亮　你代

θei^{1}　ŋkja^{3}　ʐoŋ^{8}　ni^{1}dai^{10}

心　自　知　这样

当然知道这状况。

早　仪　扫　祥　爹

tɕau^{3}　ȵit^{6}　dʑau^{6}　dʑun^{1}　tɛ^{1}

早　日　时　地　那

过去的那些岁月，

早　比　祥　扫　年

tɕau^{3}　pi^{1}　dʑun^{1}　dʑau^{6}　nɛn^{6}

早　年　地　时　这

早年的那些日子。

锡 旋岁 强 桥

θi^{9} dʑɛn^{8}θ^{h}ei^{3} ŋkjaŋ^{1} ŋkiu^{1}

单 媒师 行 桥

媒师独自行这桥，

谁 旋梅 站 略

ʑei^{1} dʑɛn^{1}moi^{1} ʑan^{4} lɔ^{6}

独 媒人 走 路

媒人独自走此路。

古 边 略 多 埔

ku^{3} pɛn^{1} lɔ^{6} tɔ^{5} pou^{1}

也 成 路 过 山坡

铺好路到那村寨，

古 荣 桥 多 八

ku^{3} ʑoŋ^{8} ŋkiu^{1} tɔ^{5} pa^{3}

也 成 桥 过 山坡

架好桥达那村屯。

多 血 让 你平

tɔ^{5} hat^{9} jeŋ^{6} ni^{8}bun^{1}

到 早 好 这样

良辰就这样临近，

丁 恩 亮 你代

tɛn^{1} ŋwon^{1} ʑoŋ^{1} ni^{1}dai^{10}

是 日 好 这样

吉日就如此到来。

锡 旋岁 强 桥

θi^{9} dʑɛn^{8}θ^{h}ei^{5} ŋkjaŋ^{8} ŋkiu^{1}

单 媒师 行 桥

媒师曾独行此桥，

谁 旋梅 站 略

ʑei^{1} dʑɛn^{1}moi^{1} ʑan^{4} lɔ^{6}

独 媒人 走 路

媒人也单走此路。

唏 边 例 过 埔

bou^{1} pɛn^{5} lei^{6} kɔ^{5} pou^{1}

不 成 礼 过 山坡

路过村寨不成礼，

唏 荣 茶 过 八

bou^{1} ʑoŋ^{1} ða^{1} kɔ^{5} pa^{5}

不 成 茶 过 山坡

途经村屯不体面。

小比	**姓**	**双拉**		
θ^{h}iou^{1}pi^{2}	θ^{h}iŋ^{5}	θoŋ^{1}z̡a^{1}		
比如	**姓**	**我俩**		

我家都有姓有氏，

来平	**飞**	**来友**		
z̡ai^{8}bun^{1}	fai^{3}	z̡ai^{1}z̡ou^{2}		
比如	**姓**	**我俩**		

我们都有宗有族。

城	**边**	**任**	**末**	**飞**
dʑun^{8}	pɛn^{5}	ɲan^{6}	mot^{6}	fai^{1}
哪	**成**	**小孩**	**没**	**姓**

儿子不是无姓儿，

城	**荣**	**蕊**	**末**	**姓**
dʑun^{8}	z̡oŋ^{1}	ɲei^{1}	mot^{6}	θ^{h}iŋ^{5}
哪	**成**	**小孩**	**没**	**姓**

孩子不是无族子。

任	**末**	**姓**	**六类**	
ɲan^{6}	mot^{6}	θ^{h}iŋ^{5}	z̡u^{8}z̡ei^{1}	
小孩	**没**	**姓**	**怎样**	

儿你没姓又如何，

蕊	**末**	**飞**	**六羊**	
ɲei^{1}	mot^{6}	fai^{1}	z̡u^{1}z̡oŋ^{6}	
小孩	**没**	**姓**	**怎样**	

儿你没氏又怎样。

那	**朵**	**罚**	**咘**	**才**
na^{6}	tɔ^{3}	vat^{8}	bou^{1}	dʑai^{1}
舅	**同**	**胎**	**不**	**完**

即便没同胞舅父，

凹	**朵**	**躺**	**咘**	**琴**
au^{1}	tɔ^{3}	daŋ^{1}	bou^{1}	k^{h}in^{10}
叔	**同**	**胞**	**不**	**完**

即便无同堂叔伯。

那	**章合**	**李**	**才**
na^{6}	tɕaŋ^{1}ŋkjɔ^{6}	li^{3}	dʑai^{1}
舅	**内喉**	**还**	**有**

同堂舅父还安好，

凹	**章冲**	**李**	**琴**
au^{1}	tɕaŋ^{3}θoŋ^{1}	li^{10}	k^{h}in^{3}
叔	**内喉**	**还**	**有**

同堂叔伯还健在。

对 类 乃 滴 天

toi^{5} z̥ei^{1} n̥ai^{5} dit^{10} tɛn^{1}

个 哪 在 接 天

哪位舅父居他乡，

抄 类 英 滴 地

θau^{1} z̥ei^{1} ɛŋ^{3} dit^{10} dei^{6}

个 哪 靠 接 地

哪个叔伯处异地。

墨 狼 配 城 斗

mak^{6} laŋ^{6} poi^{5} dʑun^{8} tou^{1}

墨 来 报 到 门

捎封家信送到家，

虽 平 来 周 当

θ^{h}ei^{1} biŋ^{1} z̥ai^{1} θou^{3} taŋ^{5}

字 去 传 到 中堂

写封家书传进门。

对 类 乃 而推

toi^{5} z̥ei^{1} n̥ai^{5} z̥at^{6}doi^{1}

个 哪 在 村寨

哪位舅父住邻村，

抄 类 英 而陇

θau^{1} z̥ei^{1} ɛŋ^{1} z̥at^{6}z̥oŋ^{6}

位 哪 居 村子

哪个叔伯住近寨。

百 狼 配 城 斗

pak^{9} laŋ^{6} poi^{5} dʑun^{8} tou^{3}

嘴 来 报 到 门

亲自报喜到他家，

星 平 来 周 当

θ^{h}iŋ^{1} biŋ^{1} z̥ai^{1} θou^{5} taŋ^{5}

声 去 传 到 中堂

亲口传信到他门。

多 血 让 祥 爹

tɔ^{3} hat^{9} jeŋ^{6} dʑun^{8} tɛ^{3}

到 早 好 地 那

待到吉利那一天，

丁 恩 亮 扫 年

tɛn^{1} ŋwon^{1} z̥oŋ^{1} dʑau^{6} nɛn^{6}

是 日 好 时 这

等到良辰那一刻。

对　类　变　匠床①

toi^{5}　z̥ei^{1}　pɛn^{5}　dʑan^{6}dʑoŋ^{2}

个　哪　成　女孩

选哪一位小女孩，

抄　类　荣　匠扔

θau^{1}　z̥ei^{1}　z̥oŋ^{1}　dʑan^{6}z̥aŋ^{6}

个　哪　成　女孩

择哪一个小姑娘。

狼　曲　能　亮　梅

laŋ^{6}　ŋkju^{1}　nun^{1}　z̥oŋ^{8}　moi^{1}

来　做　少女　跟　媒

跟着媒人当伴娘，

平　曲　院　的　岁

biŋ^{8}　ŋkju^{6}　z̥ɛn^{8}　di^{5}　θ^{h}ei^{5}

去　做　少女　跟　师

随着媒师当姐妹。

对　类　边　匠平

toi^{5}　z̥ei^{1}　pɛn^{5}　dʑan^{6}biŋ^{2}

个　哪　成　男孩

选哪一位大男孩，

抄　类　荣　匠狼

θau^{1}　z̥ei^{1}　z̥oŋ^{1}　dʑan^{6}laŋ^{6}

个　哪　是　男孩

择哪一个小伙子。

狼　曲　对　亮　梅

laŋ^{6}　ŋkju^{6}　toi^{5}　z̥oŋ^{8}　moi^{1}

去　做　对　跟　媒

跟着媒人当金童，

平　曲　双　的　岁

biŋ^{2}　ŋkju^{6}　θoŋ^{1}　di^{5}　θ^{h}ei^{5}

去　做　双　跟　师

随着媒师当伴童。

① 匠床［dʑan^{6}dʑoŋ^{2}］：原义为“伴娘”，下句“匠扔［dʑan^{6}z̥aŋ^{6}］”同。自古布努瑶选伴娘有一定条件，要选父母双全的未婚姑娘。伴娘的任务是陪新娘从娘家出门到新娘丈夫家，送入洞房并陪新娘在洞房里吃一餐饭后，方离开新娘结束使命。

边比 对 都才

pɛn¹pi² toi⁵ tu¹dʑai¹

比如 个 都才

都才早在那年月，

来平 抄 都寅

ʑai⁸bun¹ θau³ tu¹ʑin⁸

比如 个 都寅

都寅早于那日子。

墨 狼 配 早 虽

mak⁶ laŋ⁶ poi⁵ tɕau¹ θʰei³

墨 来 报 过 家乡

取墨写书报到家，

虽 平 来 过 国

θʰei¹ biŋ¹ ʑai¹ kɔ⁵ kuk⁹

字 去 传 过 家乡

起笔行字送上门。

配 过 国 过 文

poi⁵ kɔ⁵ kuk³ kɔ⁵ ŋkun²

报 过 家乡 过 人

邀同村父老乡亲，

来 早 虽 过 为

ʑai⁸ tɕau¹ θʰei⁵ kɔ⁵ vei⁸

传 过 家乡 过 人

请同屯兄弟姐妹。

对 背 的 都才

toi⁵ bei⁸ di⁵ tu¹dʑai¹

对 我 跟 都才

都才与同屯兄弟，

双 桐 亮 都寅

θoŋ¹ doŋ¹ ʑoŋ¹ tu³ʑin⁸

两 我 跟 都寅

都寅跟同村姐妹。

四 拜① 让 夺丁

θei⁵ pai⁶ jeŋ⁶ dɔ⁶tɛn¹

四 边 好 相同

姐妹历来相尊重，

① 四拜［θei⁵ pai⁶］：概数，此处指都才都寅的堂兄弟姐妹若干家人。下句“三边［θan¹ pɛn³］”同。

三 边 亮 夺敌

θan^{1} pɛn^{3} z̨oŋ^{6} tɔ^{6}di^{6}

三 边 好 相同

兄弟向来互关爱。

背 拉 敌 娄 油

bu^{5} ɬa^{3} dit^{6} ɬou^{3} z̨ou^{2}

手 下 是 酒 油

正如手心同是肉，

冯 岑 丁 娄 糯

veŋ^{8} ŋkin^{1} tɛn^{3} ɬou^{3} nɔ^{6}

手 上 是 酒 肉

恰似手背也是肉。

架 让 色 唏 平

ja^{3} jeŋ^{6} θ^{h}at^{9} bou^{1} pan^{1}

要 懂 放 不 成

彼此之间难分离，

架 亮 只 唏 边

ja^{3} z̨oŋ^{2} θi^{1} bou^{3} pɛn^{5}

要 知 放 不 成

相互之间难舍弃。

相岁 当 你平

θ^{h}iaŋ^{1}θ^{h}ei^{2} taŋ^{5} ni^{8}bun^{1}

他们 说 这样

人们经常这样说，

相临 闹 你代

θ^{h}iaŋ^{1}z̨in^{1} nou^{1} ni^{1}dai^{2}

他们 讲 这样

众人向来如此讲。

色 略 把 略 瑶

θ^{h}at^{9} lɔ^{6} pa^{3} lɔ^{6} jou^{2}

放 路 伯娘 路 婶娘

放弃伯娘婶娘路，

只 桥 凹 桥 那

θi^{1} ŋkiu^{1} au^{3} ŋkiu^{1} na^{6}

放 桥 叔 桥 舅

丢弃叔父舅父桥。

色 略 那 唏 强

θ^{h}at^{9} lɔ^{6} na^{6} bou^{1} ŋkjaŋ^{1}

放 路 舅 不 行

抛舅父路不来往，

只　桥　凹　㖞　站

θi^{1}　ŋkiu^{1}　au^{3}　bou^{1}　ʑan^{4}

放　桥　叔　不　走

弃叔父桥不走动。

色　边　略　飞　灾

θ^{h}at^{9}　pɛn^{5}　lɔ^{6}　fai^{1}　tɕai^{3}

放　成　路　姓　走

此路变成陌生路，

只　荣　桥　姓　广

θi^{1}　ʑoŋ^{6}　ŋkiu^{1}　θ^{h}iŋ^{5}　kuaŋ^{5}

放　成　桥　姓　过

此桥变成生疏桥。

色　略　类　㖞　强

θ^{h}at^{9}　lɔ^{6}　ʑei^{6}　bou^{1}　ŋkjaŋ^{1}

放　路　地　不　行

丢弃种地路不走，

只　桥　那　㖞　站

θi^{1}　ŋkiu^{1}　na^{1}　bou^{1}　ʑan^{4}

放　桥　田　不　走

放弃种田桥不行。

色　边　八　三曲

θ^{h}at^{9}　pɛn^{5}　pa^{5}　θ^{h}an^{1}ŋkju^{1}

放　成　山坡　画眉

变成画眉守荒山，

只　荣　埔　五凤

θi^{1}　ʑoŋ^{1}　pou^{3}　u^{10}voŋ^{6}

放　成　山坡　鹧鸪

变成鹧鸪居荒坡。

八　五凤　唱　星

pa^{3}　u^{10}voŋ^{6}　θoŋ^{1}　θ^{h}iŋ^{3}

山坡　鹧鸪　叫　声

鹧鸪在荒山欢叫，

埔　三曲　唱　喜

pou^{1}　θ^{h}an^{3}ŋkju^{1}　θoŋ^{5}　hi^{5}

山坡　画眉　叫　气

画眉在荒坡和鸣。

对　背　的　都才

toi^{5}　bei^{8}　di^{5}　tu^{1}dʑai^{1}

对　我　跟　都才

都才和我属一家，

双　桐　亮　都寅

θoŋ^{1}　doŋ^{1}　ʐoŋ^{6}　tu^{1}ʐin^{8}

两　我　跟　都寅

都寅与我是一户。

四　拜　让　夺丁

θei^{5}　pai^{8}　jeŋ^{6}　dɔ^{6}tɛn^{1}

四　边　好　相同

大家历来相尊重，

三　边　亮　夺敌

θan^{1}　pɛn^{3}　ʐoŋ^{6}　dɔ^{6}di^{6}

三　边　好　相同

大伙向来互关爱。

架　让　色　咘　平

ja^{3}　jeŋ^{6}　θ^{h}at^{9}　bou^{1}　pan^{1}

要　懂　放　不　成

彼此之间难分离，

架　亮　只　咘　边

ja^{3}　ʐoŋ^{8}　θi^{1}　bou^{3}　pɛn^{5}

要　知　放　不　成

相互之间难舍弃。

多　血　让　都才

tɔ^{5}　hat^{9}　jeŋ^{6}　tu^{1}dʑai^{1}

到　早　好　都才

待到都才吉利日，

丁　恩　亮　都寅

tɛn^{1}　ŋwon^{1}　ʐoŋ^{1}　tu^{1}ʐin^{8}

是　日　好　都寅

等到都寅良辰时。

略　四　对　性　平

lɔ^{6}　θei^{1}　toi^{5}　θ^{h}iŋ^{5}　biŋ^{2}

路　四　对　才　去

大家相约结伴行，

桥　三　双　性　狼

ŋkiu^{2}　θan^{1}　θoŋ^{10}　θ^{h}iŋ^{5}　laŋ^{6}

桥　三　双　才　来

大伙相邀结对来。

略　性　狼　丁　相

lɔ^{6}　θ^{h}iŋ^{5}　laŋ^{6}　dɛn^{1}　θ^{h}iaŋ^{1}

路　才　来　看　相

此路看来才景气，

桥 性 平 丁 样

ŋkiu^{2} θʰiŋ^{5} biŋ^{2} dɛn^{1} z̩uŋ^{6}

桥 才 去 看 样

这桥看来才风光。

狼 丁 羊 祥 亮

laŋ^{1} dɛn^{1} z̩oŋ^{1} dʑun^{8} z̩oŋ^{1}

来 看 样 地 好

去观此时婚喜事，

平 丁 相 扫 让

biŋ^{8} dɛn^{1} θʰiaŋ^{1} dʑau^{6} jeŋ^{6}

去 看 相 时 好

去看此日欢庆场。

多 扫 让 都才

tɔ^{3} dʑau^{6} jeŋ^{6} tu^{1}dʑai^{1}

到 时 好 都才

等到都才吉利日，

丁 祥 亮 都寅

tɛn^{1} dʑun^{6} z̩oŋ^{6} tu^{1}z̩in^{8}

是 地 好 都寅

待到都寅良辰时。

狼 节 电 都才

laŋ^{6} θit^{9} tɛn^{5} tu^{1}dʑai^{1}

来 到 家 都才

大家走进都才门，

平 才 街 都寅

biŋ^{8} dʑai^{1} kai^{3} tu^{1}z̩in^{8}

去 到 家 都寅

大伙走进都寅家。

对 都寅 知算

toi^{5} tu^{1}z̩in^{8} tɕi^{1}θʰun^{3}

个 都寅 商量

都寅一定会安排，

抄 都才 知照

θau^{1} tu^{1}dʑai^{1} tɕi^{3}tɕau^{5}

个 都才 商量

都才肯定会张罗。

知照 扫 爱 顶

tɕi^{1}tɕau^{5} dʑau^{6} ŋai^{6} tin^{1}

商量 做 饭 蜜蜂

张罗煮好蜂蜜饭，

知算　育　爱　多

tɕi^{1}θ^{h}un^{3}　zu^{10}　ŋai^{6}　tɔ^{5}

商量　做　饭　马蜂

安排煮成蜂蛹汤。

扫　爱　多　荣　亮

dʑau^{6}　ŋai^{6}　tɔ^{5}　zoŋ^{8}　zoŋ^{1}

做　饭　马蜂　成　好

等蜂蛹汤煮成后，

育　爱　顶　边　让

zu^{1}　ŋai^{6}　tin^{10}　pɛn^{5}　jeŋ^{6}

做　饭　蜜蜂　成　好

待蜂蜜饭煮好时。

爱　多　节　旋梅

ŋai^{6}　tɔ^{5}　θit^{3}　dʑɛn^{8}moi^{1}

饭　马蜂　给　媒人

请媒人吃蜂蜜饭，

爱　顶　双　旋岁

ŋai^{6}　tin^{1}　θ^{h}oŋ^{3}　dʑɛn^{6}θ^{h}ei^{3}

饭　蜜蜂　给　媒师

让媒师喝蜂蛹汤。

四　七　四　奔舞

θei^{5}　dʑa^{6}　θei^{5}　pun^{5}pju^{2}

四　个　四　飘飞

大家一起来动手，

三　六　三　奔谷

θan^{1}　zu^{1}　θan^{3}　pun^{5}kuk^{9}

三　个　三　飘拂

大伙一同来行动。

奔谷　拌　爱　顶

pun^{5}kuk^{9}　bun^{6}　ŋai^{6}　tin^{10}

飘拂　吃　饭　蜜蜂

迈步去喝蜂蛹汤，

奔舞　修　爱　多

pun^{5}pju^{2}　θ^{h}iou^{10}　ŋai^{6}　tɔ^{5}

飘飞　喝　饭　马蜂

前行去吃蜂蜜饭。

拌　爱　多　琴才

bun^{1}　ŋai^{6}　tɔ^{5}　k^{h}in^{3}dʑai^{2}

吃　饭　马蜂　结束

大家吃完蜂蜜饭，

修	爱	顶	琴夺
θ^{h}iou^{1}	ŋai^{6}	tin^{1}	k^{h}in^{2}dɔ^{6}
喝	饭	蜜蜂	结束

大伙喝了蜂蛹汤。

多	扫	哑	强	桥
tɔ^{5}	dʑau^{6}	ja^{3}	ŋkjaŋ^{8}	ŋkiu^{1}
到	时	要	行	桥

行桥时间就来临，

丁	岁	哑	站	略
tɛn^{1}	dʑei^{1}	ja^{3}	ʑan^{4}	lɔ^{6}
是	时	要	走	路

走路时辰就来到。

锡	旋岁	强	桥
θi^{9}	dʑɛn^{8}θ^{h}ei^{5}	ŋkjaŋ^{8}	ŋkiu^{1}
单	媒师	行	桥

媒师独自行此桥，

谁	旋梅	站	略
ʑei^{1}	dʑɛn^{1}moi^{5}	ʑan^{4}	lɔ^{6}
独	媒人	走	路

媒人单独走此路。

咘	边	例	过	埔
bou^{1}	pɛn^{5}	lei^{6}	kɔ^{5}	pou^{1}
不	成	礼	过	山坡

路过村寨不成礼，

咘	荣	茶	过	八
bou^{1}	ʑoŋ^{1}	ða^{1}	kɔ^{5}	pa^{5}
不	成	茶	过	山坡

途经村屯不体面。

过	八	咘	立很
kɔ^{5}	pa^{5}	bou^{1}	lat^{6}hɯn^{1}
过	山坡	不	热闹

路过村屯不成行，

来	埔	咘	立么
tɬai^{8}	pou^{3}	bou^{1}	lat^{6}mɔ^{9}
过	山坡	不	热闹

途经村寨不成队。

对	都寅	知算
toi^{5}	tu^{1}ʑin^{8}	tɕi^{1}θ^{h}un^{3}
个	都寅	商量

这时都寅又提议，

抄	都才	知照		
θau^{1}	tu^{3}dʑai^{1}	tɕi^{3}tɕau^{5}		
个	都才	商量		

此刻都才再商定。

节	四	对	背	平
θit^{3}	θei^{5}	toi^{5}	bei^{6}	biŋ^{2}
请	四	对	我	去

大伙结对共同走，

双	三	双	桐	狼
θoŋ^{1}	θan^{3}	θoŋ^{3}	doŋ^{1}	laŋ^{6}
请	三	双	我	来

大家结伴跟着行。

陇	赚	周	崖	梅
ʐoŋ^{8}	dʑan^{1}	θou^{3}	ŋkjai^{8}	moi^{1}
下	晒台	补	鞋	媒

跟着媒人脚步走，

陇	雷	田	脚	岁
ʐoŋ^{8}	ɬoi^{3}	dɛn^{1}	ŋkik^{6}	θ^{h}ei^{5}
下	门梯	填	脚	师

随着媒师足迹行。

周	脚	岁	过	埔
θou^{3}	ŋkik^{6}	θ^{h}ei^{5}	kɔ^{5}	pou^{1}
补	脚	师	过	山坡

跟着媒师走村屯，

田	崖	梅	过	八
dɛn^{8}	ŋkjai^{1}	moi^{1}	kɔ^{5}	pa^{5}
填	鞋	媒	过	山坡

随着媒人过村寨。

狼	燕	仪	都才	
laŋ^{6}	ɛn^{5}	ȵit^{6}	tu^{1}dʑai^{1}	
来	要	太阳	都才	

去接都才的新娘，

平	高	刀	都寅	
biŋ^{8}	kau^{1}	dau^{1}	tu^{1}ʐin^{8}	
去	取	月亮	都寅	

去迎都寅的媳妇。

略	四	对	性	平
lɔ^{6}	θei^{5}	toi^{5}	θ^{h}iŋ^{5}	biŋ^{2}
路	四	对	才	去

此路大家走才行，

桥　三　双　性　狼
ŋkiu^{2}　θan^{3}　θoŋ^{3}　θ^{h}iŋ^{5}　laŋ^{6}
桥　三　双　才　来
这桥大伙行才好。

略　性　狼　才　街
lɔ^{6}　θ^{h}iŋ^{5}　laŋ^{6}　dʑai^{6}　kai^{1}
路　才　来　到　家
此路才通到家门，

桥　性　平　节　电
ŋkiu^{2}　θ^{h}iŋ^{5}　biŋ^{2}　θit^{10}　tɛn^{5}
桥　才　去　到　家
此桥才架到堂屋。

狼　节　电　陇相
laŋ^{6}　θit^{9}　tɛn^{5}　loŋ^{2}θ^{h}iaŋ^{3}
来　到　家　父亲
走进都才父亲家，

平　才　街　乜发
biŋ^{2}　dʑai^{1}　kai^{3}　mɛ^{6}fa^{5}
去　到　家　母亲
进入都寅母亲屋。

电　乜发　你平
tɛn^{5}　mɛ^{6}fa^{5}　ni^{8}bun^{1}
家　母亲　这样
母亲家里很温馨，

街　陇相　你代
kai^{1}　loŋ^{1}θ^{h}iaŋ^{3}　ni^{1}dai^{10}
家　父亲　这样
父亲房中很温暖。

来友　性　见　相
ʑai^{8}ʑou^{10}　θ^{h}iŋ^{5}　kjɛn^{5}　θ^{h}iaŋ^{1}
我俩　才　见　脸
你我才有相逢时，

双拉　性　见　那
θoŋ^{1}ʑa^{1}　θ^{h}iŋ^{5}　kjɛn^{5}　n̥a^{3}
我俩　才　见　脸
我俩方有见面日。

见　那　比　你平
kjɛn^{5}　n̥a^{3}　pi^{3}　ni^{8}bun^{1}
见　脸　像　这样
趁着相逢好时机，

见　相　荣　你代

kjɛn^{5}　θʰiaŋ^{1}　z̥oŋ^{1}　ni^{1}dai^{10}

见　面　像　这样

趁着见面好时辰。

滴　乃　漏　咘　才

dit^{10}　n̥ai^{5}　tɬou^{5}　bou^{1}　dʑai^{1}

想　坐　空　不　完

不要空度这佳时，

端　英　为　咘　琴

ton^{1}　ɛŋ^{3}　vei^{1}　bou^{3}　kʰin^{2}

想　靠　空　不　完

莫要闲度此良辰。

百　高志　楼　台

pak^{9}　kau^{1}tɕi^{2}　z̥ou^{6}　dai^{2}

嘴　告知　我们　谈

我们一起来说话，

星　高算　楼　田

θʰiŋ^{1}　kau^{3}θʰun^{3}　z̥ou^{6}　dɛn^{6}

声　告诉　我们　说

我们一起来聊天。

高志　田　洒　祥

kau^{1}tɕi^{2}　dɛn^{6}　θʰa^{10}　dʑun^{1}

告知　说　一　地

我们畅快谈一场，

高算　台　洒　扫

kau^{1}θʰun^{3}　dai^{1}　θʰa^{10}　dʑau^{6}

告诉　谈　一　时

我们舒心聊一阵。

田　洒　扫　丁　相

dɛn^{6}　θʰa^{10}　dʑau^{6}　dɛn^{6}　θʰiaŋ^{1}

说　一　时　看　相

畅谈一阵又怎样？

台　洒　样　丁　羊

dai^{8}　θʰa^{10}　dʑun^{1}　dɛn^{6}　z̥uŋ^{6}

谈　一　场　看　样

畅聊一场又如何？

六　百　狼　六都

z̥u^{8}　pak^{10}　laŋ^{6}　z̥u^{8}du^{1}

不　嘴　来　不知

训练嘴舌又怎样？

六	**星**	**平**	**六豹**	
ʐu8	θʰiŋ3	biŋ1	ʐu1bau5	
不	**声**	**去**	**不知**	

历练口声又如何？

比	**田**	**百**	**咘**	**平**①
pi3	dɛn6	pak3	bou1	biŋ1
如果	**说**	**嘴**	**不**	**去**

若是谈吐口气差，

荣	**台**	**星**	**咘**	**狼**
ʐoŋ8	dai6	θʰiŋ1	bou3	laŋ6
如果	**谈**	**声**	**不**	**来**

要是喉音吐气乏。

百	**咘**	**狼**	**强**	**文**
pak9	bou1	laŋ6	ŋkjan8	ŋkun1
嘴	**不**	**来**	**像**	**人**

话语不如人家甜，

星	**咘**	**平**	**节**	**为**
θʰiŋ1	bou3	biŋ3	θit10	vei8
声	**不**	**去**	**像**	**他人**

喉音不似他人美。

咘	**节**	**为**	**星乖**	
bou1	θit10	vei8	θʰiŋ1kwai3	
不	**像**	**人**	**乖巧**	

声音听来不悦耳，

咘	**才**	**文**	**星类**	
bou1	dʑai1	ŋkun1	θʰiŋ3lei6	
不	**像**	**人**	**乖巧**	

话语听来不动人。

边	**扫**	**年**	**糯**	**花**
pɛn5	dʑau6	nɛn6	nə8	kwʰa3
成	**时**	**这**	**呐**	**花**

阿妹哎正值良时，

荣	**祥**	**爹**	**糯**	**友**
ʐoŋ8	dʑun1	tɛ3	nə1	ʐou2
成	**地**	**那**	**呐**	**友**

阿哥哎正是良机。

① 平［biŋ1］：原义为“去”，下句“狼［laŋ6］”原义为“来”，“来、去”在此处指“和顺、完美”，即谈话音调悦耳、内容动人。

扫	**年**	**乃**	**性**	**才**
dʑau^{6}	nɛn^{6}	n̥ai^{5}	θ^{h}iŋ^{5}	dʑai^{2}
时	**这**	**坐**	**才**	**有**

待到哪时才有空？

祥	**爹**	**英**	**性**	**琴**
dʑun^{1}	tɛ^{1}	ɛŋ^{9}	θ^{h}iŋ	k^{h}in^{3}
地	**那**	**靠**	**才**	**有**

等到哪时才得闲？

扫	**性**	**让**	**英**	**为**
dʑau^{6}	θ^{h}iŋ^{5}	jeŋ^{6}	ɛŋ^{1}	vei^{1}
时	**才**	**好**	**靠**	**空**

此时正是空闲时，

祥	**性**	**亮**	**乃**	**漏**
dʑun^{1}	θ^{h}iŋ^{5}	z̥oŋ^{2}	n̥ai^{5}	tɬou^{5}
地	**才**	**好**	**坐**	**空**

此刻正是闲暇期。

乃	**篓**	**拌**	**算**	**为**
n̥ai^{5}	tɬou^{5}	bun^{6}	dʑon^{8}	vei^{1}
坐	**闲**	**吃**	**话**	**空**

空闲时你我聊天，

英	**为**	**修**	**百**	**漏**
ɛŋ^{1}	vei^{1}	θ^{h}iou^{3}	pak^{10}	tɬou^{5}
靠	**空**	**喝**	**嘴**	**空**

闲暇时你我交流。

拌	**百**	**漏**	**间**	**台**
bun^{1}	pak^{9}	tɬou^{5}	kɛn^{5}	dai^{1}
拿	**嘴**	**空**	**自**	**谈**

诉说甜言和蜜语，

高	**算**	**为**	**间**	**田**
kau^{1}	dʑon^{6}	vei^{1}	kɛn^{3}	dɛn^{6}
取	**话**	**空**	**自**	**说**

倾诉千言与万语。

田	**古**	**节**	**算**	**平**
dɛn^{6}	ku^{3}	θit^{9}	dʑon^{8}	biŋ^{1}
说	**也**	**到**	**话**	**去**

甜言蜜语细细说，

台	**古**	**才**	**百**	**狼**
dai^{8}	ku^{2}	dʑai^{8}	pak^{10}	laŋ^{1}
谈	**也**	**到**	**嘴**	**来**

千言万语慢慢道。

节	**百**	**狼**	**楼**	**台**
θit^{9}	pak^{3}	laŋ^{6}	z̩ou^{6}	dai^{2}
到	**嘴**	**来**	**我们**	**谈**

良言我们说不尽，

才	**算**	**平**	**楼**	**田**
dz̩ai^{2}	dz̩on^{1}	biŋ^{1}	z̩ou^{1}	dɛn^{6}
到	**话**	**去**	**我们**	**说**

好语我们讲不完。

百	**楼**	**狼**	**楼**	**台**
pak^{9}	z̩ou^{6}	laŋ^{6}	z̩ou^{6}	dai^{2}
嘴	**我们**	**来**	**我们**	**谈**

甜言蜜语述不尽，

星	**楼**	**平**	**楼**	**田**
θ^{h}iŋ^{3}	z̩ou^{6}	biŋ^{2}	z̩ou^{6}	dɛn^{6}
声	**我们**	**去**	**我们**	**说**

千言万语道不完。

肃	**背**	**当**	**糯**	**花**
ðu^{6}	bei^{8}	taŋ^{5}	nə^{8}	kw^{h}a^{3}
老实	**我**	**说**	**呢**	**花**

阿妹我是说实话，

顺	**桐**	**闹**	**糯**	**友**
z̩un^{8}	doŋ^{1}	nou^{1}	nə^{1}	z̩ou^{2}
老实	**我**	**讲**	**呢**	**友**

阿哥我是讲真话。

第十一节 缝礼服

Section Eleven Making Wedding Dresses

［题解］本节唱述都才都寅请人给伴娘缝新衣。都才都寅在组建迎娶新娘队伍时，邀请了两位伴娘，但两位伴娘家境贫寒，衣服不合身，打扮不美观。于是，都才都寅安排人到圩场买来布料、针线、彩布、彩带等，请来伯娘、婶娘缝制新衣裳，镶出花线边，绣出黄蚁形，钩出红蚁图，缝出小娃娃，缝成彩边龙骨衣，绣出彩边虎斑衫。两位伴娘穿上缝制的新衣，跟着媒人去迎亲，成为一道亮丽的风景线。

扫码看视频

血 你 背 恶 堂

hat^{3} ni^{6} bei^{6} ɔk^{10} daŋ^{2}

早 这 我 出 中堂

今早我们要出屋，

恩 你 桐 恶 当

ŋwon^{8} ni^{2} doŋ^{8} ɔk^{10} taŋ^{5}

日 这 我 出 中堂

今日我们将出门。

站 对 路 都才

ʑan^{4} toi^{5} lɔ^{6} tu^{1}dʑai^{1}

走 个 路 都才

去走都才婚姻路，

强 扫 桥 都寅

ŋkjaŋ^{8} dʑau^{3} ŋkiu^{1} tu^{1}ʐin^{8}

行 个 桥 都寅

去行都寅姻缘桥。

边比 对 都才

pɛn^{1}pi^{2} toi^{5} tu^{1}dʑai^{1}

比如 个 都才

那个时候的都才，

来平 扫 都寅

ʐai^{8}bun^{1} θau^{3} tu^{1}ʐin^{8}

比如 个 都寅

那段时光的都寅。

对 对 节 琴才

toi^{5} toi^{5} θit^{9} k^{h}in^{3}dʑai^{2}

件 件 做 结束

样样都筹备齐全，

扫 扫 唱 琴夺

θau^{1} θau^{1} θoŋ^{5} k^{h}in^{10}dɔ^{6}

样 样 做 结束

件件都准备妥当。

旋岁 哑 强 桥

dʑɛn^{8}θ^{h}ei^{3} ja^{3} ŋkjaŋ^{6} ŋkiu^{1}

媒师 要 行 桥

媒师即将要行桥，

旋媒 哑 站 略

dʑɛn^{8}moi^{1} ja^{10} ʑan^{4} lɔ^{6}

媒人 要 走 路

媒人即将要走路。

节	**旋岁**	**强**	**桥**
θit^{9}	dʑɛn^{8}θ^{h}ei^{5}	ŋkjaŋ^{8}	ŋkiu^{1}
请	媒师	行	桥

媒师独行婚姻桥，

唱	**旋梅**	**站**	**略**
θoŋ^{1}	dʑɛn^{1}moi^{1}	ʑan^{4}	lɔ^{6}
请	媒人	走	路

媒人单走姻缘路。

多	**八**	**咘**	**立很**
tɔ^{5}	pa^{5}	bou^{1}	lat^{6}hɯn^{1}
过	山坡	不	热闹

路过村屯不成行，

来	**埔**	**咘**	**立么**
tɬai^{8}	pou^{3}	bou^{1}	lat^{6}mɔ^{3}
走	山坡	不	热闹

途经村寨不成队。

咘	**边**	**类**	**高**	**刀**
bou^{1}	pɛn^{5}	lei^{6}	kau^{1}	dau^{1}
不	成	礼	取	月亮

不像迎亲的队伍，

咘	**荣**	**茶**	**燕**	**仪**
bou^{1}	ʐoŋ^{1}	ða^{1}	ɛn^{5}	ȵit^{6}
不	成	茶	要	太阳

不似接嫁的行列。

对	**都寅**	**知算**
toi^{5}	tu^{1}ʐin^{8}	tɕi^{1}θ^{h}un^{3}
个	都寅	商量

都寅与父亲商量，

扫	**都才**	**知照**
θau^{1}	tu^{1}dʑai^{1}	tɕi^{3}tɕau^{5}
个	都才	商量

都才与母亲商议。

知照	**节**	**松**	**院**
tɕi^{3}tɕau^{5}	θit^{9}	θoŋ^{3}	ʐɛn^{1}
商量	请	两	少女

商议请两位少女，

知算	**唱**	**松**	**能**
tɕi^{1}θ^{h}un^{3}	θoŋ^{5}	θoŋ^{3}	nun^{6}
商量	请	两	少女

商量请两个女孩。

节 双 能① 恶 堂

θit^{3} θoŋ^{1} nun^{6} ɔk^{10} daŋ^{2}

请 两 少女 出 中堂

邀请她们当伴娘，

唱 双 院 恶 当

θoŋ^{1} θoŋ^{3} ʐɛn^{1} ɔk^{10} taŋ^{5}

请 两 少女 出 中堂

邀请她们做姐妹。

站 恶 当 亮 梅

ʐan^{4} ɔk^{10} taŋ^{5} ʐoŋ^{8} moi^{1}

走 出 中堂 跟 媒

跟着媒人去迎亲，

强 恶 堂 的 岁

ŋkjaŋ^{2} ɔk^{10} daŋ^{2} di^{5} θ^{h}ei^{5}

行 出 中堂 跟 师

随着媒师去接嫁。

对 双 能 蕊 亚

toi^{5} θoŋ^{1} nun^{6} ɳei^{8} ʐa^{3}

个 两 少女 小孩 穷

两个女孩自小穷，

扫 双 院 任 乎

θau^{1} θoŋ^{3} ʐɛn^{1} ɳan^{6} hu^{3}

个 两 少女 小孩 穷

两位姑娘自幼贫。

乎 吥 楼 唱 躺②

hu^{3} bou^{1} lou^{6} θoŋ^{1} daŋ^{3}

穷 不 衣 穿 身

贫寒没衣衫适身，

亚 吥 翁 节 谷

ʐa^{6} bou^{1} huŋ^{1} θit^{10} k^{h}un^{9}

穷 不 衣 穿 翅

清苦无衣服合体。

① 双能［θoŋ^{1} nun^{6}］：原义为“两个姑娘”，此处特指伴娘、接亲的未婚姑娘，一般由本宗族长相俊俏、父母双全且擅唱山歌的姑娘担任。下句“双院［θoŋ^{3} ʐɛn^{1}］”同。

② 唱躺［θoŋ^{1} daŋ^{3}］：原义为“装扮身体”，下句“节谷［θit^{10} k^{h}un^{9}］”原义为“打扮翅膀”，此处皆指穿衣打扮。

蹬　外　样　陆老①
tun^{3}　vai^{6}　ẓoŋ^{6}　ẓok^{6}ṣau^{1}
穿　坏　像　喜鹊
衣着简陋像鹊毛，

蹬　两　强　略淋②
tun^{3}　ẓiaŋ^{8}　ŋkjan^{1}　ẓok^{6}ẓun^{6}
穿　破　像　斑鸠
穿着破烂似鸠羽。

拜　之　显　拜　好
pai^{6}　tɕi^{1}　hɛn^{3}　pai^{6}　hau^{1}
边　色　褐　边　白
一块黑来一块白，

拜　之　好　拜　显
pai^{6}　tɕi^{1}　hau^{1}　pai^{6}　hɛn^{3}
边　色　白　边　褐
半边白来半边褐。

多　八　咘　立很
tɔ^{5}　pa^{5}　bou^{1}　lat^{6}hɯn^{1}
到　山坡　不　热闹
走过山寨不美观，

来　埔　咘　立么
ɬai^{8}　pou^{1}　bou^{1}　lat^{6}mɔ^{9}
行　山坡　不　热闹
途经村屯不好看。

咘　边　类　高　刀
bou^{1}　pɛn^{3}　lei^{6}　kau^{1}　dau^{1}
不　成　礼　取　月亮
有损于迎婚大礼，

咘　荣　茶　燕　仪
bou^{1}　ẓoŋ^{1}　ða^{1}　ɛn^{5}　ȵit^{6}
不　成　茶　要　太阳
有碍于接娶俗仪。

① 陆老［ẓok^{6}ṣau^{1}］：鸟名，学名不详。该鸟全身羽毛颜色酷似喜鹊，毛色白底黑斑，喜欢在茅屋上的茅隙里垒窝。
② 略淋［ẓok^{6}ẓun^{6}］：鸟名，学名不详。该鸟有类似戴帽的灰色头羽，淡黄尾羽，灰黑身毛。

对　都寅　知算

toi^{5}　tu^{1}ʑin^{8}　tɕi^{1}θ^{h}un^{3}

个　都寅　商量

此时都寅又提议，

扫　都才　知照

θau^{1}　tu^{1}dʑai^{1}　tɕi^{3}tɕau^{5}

个　都才　商量

此刻都才又提出。

知照　拌　朋扫

tɕi^{3}tɕau^{5}　bun^{6}　baŋ^{8}dʑau^{1}

商量　拿　绸布

提出上街买绸布，

知算　高　朋肃

tɕi^{1}θ^{h}un^{1}　kau^{3}　baŋ^{1}θ^{h}u^{9}

商量　取　缎布

提议赶集购缎料。

拌　朋肃　陇　床

bun^{6}　baŋ^{8}θ^{h}u^{9}　ʑoŋ^{8}　θoŋ^{1}

拿　缎布　下　竹席

买回缎料摆床上，

高　朋扫　陇　坪

kau^{1}　baŋ^{1}dʑau^{1}　ʑoŋ^{1}　bin^{5}

取　绸布　下　草席

购回绸布放席上。

色　陇　坪　琴才

θ^{h}at^{9}　ʑoŋ^{8}　bin^{5}　k^{h}in^{3}dʑai^{2}

放　下　草席　结束

将绸缎摆草席上，

只　陇　床　琴夺

θi^{1}　ʑoŋ^{3}　θoŋ^{3}　k^{h}in^{10}dɔ^{6}

放　下　竹席　结束

把绸料放竹席上。

对　都寅　知算

toi^{5}　tu^{1}ʑin^{8}　tɕi^{1}θ^{h}un^{3}

个　都寅　商量

都寅此时又提议，

扫　都才　知照

θau^{1}　tu^{1}dʑai^{1}　tɕi^{3}tɕau^{5}

个　都才　商量

都才此刻又商定。

高志　当　妈瑶

kau^{1}tɕi^{2}　taŋ^{5}　mɛ^{6}jou^{8}

告知　说　婶娘

派人去请来婶娘，

高算　闹　妈把

kau^{1}θʰun^{3}　nou^{1}　mɛ^{6}pa^{3}

告诉　讲　伯娘

差人去邀来伯娘。

当　妈把　冯　乖

taŋ^{5}　mɛ^{6}pa^{3}　veŋ^{8}　kwai^{3}

说　伯娘　手　妙

伯娘有双轻快手，

闹　妈瑶　普　类

nou^{8}　mɛ^{6}jou^{8}　bu^{5}　ʐei^{6}

讲　婶娘　手　灵

婶娘有对灵巧手。

合狼　站　斗　临

ŋkjɔ^{8}laŋ^{1}　ʐan^{4}　tou^{1}　ʐin^{3}

合心　走　来　临

婶娘应邀赶到场，

合豹　强　斗　劣

ŋkjɔ^{6}bau^{3}　ŋkjaŋ^{8}　tou^{3}　ʐi^{10}

合意　行　来　近

伯娘应约来到位。

过　狼　劣　朋扫

kɔ^{5}　laŋ^{6}　ʐi^{10}　baŋ^{8}dʐau^{1}

过　来　近　绸布

走过来看新绸布，

来　平　临　朋肃

tɬai^{8}　biŋ^{1}　ʐi^{3}　baŋ^{1}θʰu^{1}

过　去　临　缎布

用手来摸好缎料。

知照　拌　叫发

tɕi^{3}tɕau^{5}　bun^{1}　ŋkjou^{8}va^{1}

商量　拿　剪刀

招呼大伙找剪刀，

知算　高　叫练

tɕi^{1}θʰun^{3}　kau^{1}　ŋkjou^{1}jeŋ^{6}

商量　取　剪刀

召唤大伙要铁剪。

拌　　叫练　　平　　裁

bun1　ŋkjou8jɛŋ6　biŋ8　dʑai1

拿　　剪刀　　去　　裁

接过剪刀就裁绸，

高　　叫发　　狼　　而

kau1　ŋkjou1va1　laŋ6　ʑɛn6

取　　剪刀　　来　　剪

握上铁剪即裁布。

而　　朋肃　　曲　　翁

ʑɛn6　baŋ8θʰu9　ŋkju6　oŋ1

剪　　缎布　　做　　衣

缎料裁成新衣服，

裁　　朋扫　　曲　　楼

dʑai1　baŋ1dʑau1　ŋkju6　lou6

裁　　绸布　　做　　衣

绸布剪成美衣衫。

而　　曲　　楼　　珍　　绸

ʑɛn6　ŋkju6　lou6　tɕin1　θou1

剪　　做　　衣　　挑　　绸

剪成挑花绸布衣，

裁　　曲　　翁　　珍　　缎

dʑai8　ŋkju6　oŋ1　tɕin1　don6

裁　　做　　衣　　挑　　缎

裁成挑边缎料服。

边比　　对　　卜翁

pɛn1pi1　toi5　bu8oŋ1

比如　　个　　衣服

那时剪出的布料，

来平　　扫　　卜楼

ʑai8bun1　θau3　bu6lou6

比如　　个　　衣衫

那刻裁出的绸缎。

卜楼　　吥　　甲封

bu6lou6　bou1　kat10fuŋ1

衣衫　　不　　夹紧

衣衫还没有缝合，

卜翁　　吥　　甲地

bu8oŋ1　bou1　kat10dei6

衣服　　不　　夹紧

衣服还没有缝连。

唏　甲地　鬼　虽

bou^{1}　kat^{10}dei^{1}　kwi^{5}　θ^{h}ei^{1}

不　夹紧　挑　丝

还未用丝来缝合，

唏　甲封　鬼　秀

bou^{1}　kat^{10}fuŋ^{1}　kwi^{5}　θ^{h}iou^{5}

不　夹紧　挑　线

还没用线来缝连。

对　都寅　知算

toi^{5}　tu^{1}z̩in^{8}　tɕi^{1}θ^{h}un^{3}

个　都寅　商量

都寅当即又布置，

扫　都才　知照

θau^{1}　tu^{1}dʑai^{1}　tɕi^{3}tɕau^{5}

个　都才　商量

都才当下又安排。

知照　拌　美　虽

tɕi^{3}tɕau^{5}　bun^{6}　mei^{1}　θ^{h}ei^{3}

商量　拿　好　丝

派人上街买彩丝，

知算　高　美　代

tɕi^{1}θ^{h}un^{3}　kau^{3}　mei^{1}　dai^{2}

商量　取　好　线

差人赶集购彩线。

拌　美　代　串　针

bun^{6}　mei^{1}　dai^{2}　θon^{3}　tɕin^{1}

拿　好　线　穿　针

买回彩线来穿针，

高　美　虽　串　秀

kau^{1}　mei^{1}　θ^{h}ei^{3}　θon^{3}　θ^{h}iou^{5}

取　好　丝　穿　线

购回彩丝来引线。

知照　散　鬼　虽

tɕi^{3}tɕau^{5}　θ^{h}an^{5}　kwi^{1}　θ^{h}ei^{1}

商量　便　挑　丝

相互吩咐抽彩丝，

知算　青　鬼　秀

tɕi^{3}θ^{h}un^{3}　θ^{h}iŋ^{3}　kwi^{5}　θ^{h}iou^{5}

商量　就　挑　线

相互指点拉彩线。

鬼 秀 扫 卜翁

kwi^{5} θ^{h}iou^{5} dʑau^{6} bu^{6}oŋ^{1}

挑 线 做 衣服

穿针挑线缝衣服，

鬼 虽 扫 卜楼

kwi^{5} θ^{h}ei^{5} dʑau^{6} bu^{6}lou^{6}

挑 丝 做 衣衫

抽丝穿针缝衣衫。

扫 卜楼 甲封

dʑau^{6} bu^{6}lou^{6} kat^{9}fuŋ^{1}

做 衣裳 缝合

挑丝绣成新衣裳，

育 卜翁 甲地

ʑu^{1} bu^{6}oŋ^{1} kat^{10}dei^{6}

做 衣服 夹紧

穿针缝成好衣服。

扫 甲地 鬼 虽

dʑau^{6} kat^{10}dei^{6} kwi^{5} θ^{h}ei^{1}

做 夹紧 挑 丝

袖头挑针细细缝，

育 甲封 鬼 秀

ʑu^{1} kat^{10}fuŋ^{1} kwi^{5} θ^{h}iou^{5}

做 夹紧 挑 线

衣摆穿线密密绣。

卜楼 让 甲封

bu^{6}lou^{6} jeŋ^{6} kat^{10}fuŋ^{1}

衣服 好 夹紧

崭新衣服缝合好，

卜翁 亮 甲地

bu^{6}oŋ^{1} ʑoŋ^{1} kat^{10}dei^{6}

衣衫 好 夹紧

全新衣衫缝连成。

小比 对 卜翁

θ^{h}iou^{3}pi^{2} toi^{5} bu^{6}oŋ^{1}

比如 个 衣服

大家打量新衣服，

来平 扫 卜楼

ʑai^{8}bun^{1} θau^{3} bu^{6}lou^{6}

比如 个 衣衫

众人细看新衣裳。

卜楼　　咘　　小亮

bu^{6}lou^{6}　bou^{1}　θ^{h}iou^{3}z̧oŋ^{1}

衣衫　　不　　漂亮

新衣领口没结彩，

卜翁　　咘　　小让

bu^{6}oŋ^{1}　bou^{1}　θ^{h}iou^{3}jeŋ^{6}

衣服　　不　　美观

新衣袖口未装点。

咘　　小让　　迷丁①

bou^{1}　θ^{h}iou^{3}jeŋ^{6}　mot^{6}diŋ^{1}

不　　美观　　红蚁

没有红蚁爬行图，

咘　　小亮　　迷来

bou^{1}　θ^{h}iou^{10}z̧oŋ^{6}　mot^{6}z̧ai^{6}

不　　漂亮　　爬蚁

没有黄蚁列队形。

四　　拜　　咘　　小亮

θei^{5}　pai^{6}　bou^{1}　θ^{h}iou^{3}z̧oŋ^{6}

四　　边　　不　　漂亮

衣襟古拙不显眼，

三　　边　　咘　　小让

θan^{1}　pɛn^{3}　bou^{1}　θ^{h}iou^{3}jeŋ^{6}

三　　边　　不　　美观

衣衫普通不漂亮。

对　　都寅　　知算

toi^{5}　tu^{1}z̧in^{8}　tɕi^{1}θ^{h}un^{3}

个　　都寅　　商量

都寅此时又提议，

扫　　都才　　知照

θau^{1}　tu^{1}dz̧ai^{1}　tɕi^{3}tɕau^{5}

个　　都才　　商量

都才此刻又商议。

① 迷丁［mot^{6}diŋ^{1}］：原义为“爬行的红蚂蚁”，下句“迷来［mot^{6}z̧ai^{6}］”原义为“爬行的黄蚂蚁”，此处均指蚂蚁图案。布努瑶女装的衣领、衣衩、衣摆处各缝制有几行形似红蚂蚁和黄蚂蚁爬行的图案，寓意女儿出嫁，众人送行。

知照　拌　虽　亮

tɕi^{3}tɕau^{5}　bun^{6}　θ^{h}ei^{1}　ʐoŋ^{1}

商量　拿　丝　好

派人上街买彩丝，

知算　高　线　让

tɕi^{1}θ^{h}un^{3}　kau^{3}　θ^{h}ɛn^{3}　jeŋ^{6}

商量　取　线　好

差人赶集购彩线。

拌　线　让　卜昆①

bun^{6}　θ^{h}ɛn^{5}　jeŋ^{6}　bu^{6}kun^{1}

拿　线　好　客人

走遍商铺择彩线，

高　虽　亮　卜客

kau^{1}　θ^{h}ei^{3}　ʐoŋ^{6}　bu^{8}hɛŋ^{9}

取　丝　好　客人

逛遍店铺选彩丝。

拌　串　秀　琴才

bun^{6}　θon^{3}　θ^{h}iou^{5}　k^{h}in^{3}dʑai^{2}

拿　穿　线　结束

买回彩丝回到家，

高　串　针　琴夺

kau^{1}　θon^{1}　tɕin^{1}　k^{h}in^{10}dɔ^{6}

取　穿　针　结束

购回穿针返回屋。

知照　散　鬼　虽

tɕi^{3}tɕau^{5}　θ^{h}an^{5}　kwi^{5}　θ^{h}ei^{1}

商量　便　挑　丝

相互吩咐抽彩丝，

知算　青　鬼　秀

tɕi^{1}θ^{h}un^{3}　θ^{h}iŋ^{3}　kwi^{5}　θ^{h}iou^{5}

商量　就　挑　线

相互指点拉彩线。

鬼　线　扫　迷丁

kwi^{5}　θ^{h}ɛn^{5}　dʑau^{6}　mot^{6}diŋ^{1}

挑　线　做　红蚁

拉线挑出红蚁图，

① 卜昆［bu^{6}kun^{1}］：原义为“客人”，此处指商贩。下句“卜客［bu^{8}hɛŋ^{9}］”同。

鬼　虽　育　迷来

kwi^{5}　θ^{h}ei^{1}　z̩u^{1}　mot^{6}z̩ai^{6}

挑　丝　做　爬蚁

抽丝缝成黄蚁形。

扫　迷来　甲封

dʑau^{6}　mot^{6}z̩ai^{6}　kat^{10}fuŋ^{3}

做　爬蚁　夹紧

衣领绣出黄蚁图，

育　迷丁　甲地

z̩u^{1}　mot^{6}diŋ^{1}　kat^{10}dei^{6}

做　红蚁　夹紧

衣袂镶成红蚁形。

扫　甲地　卜翁

dʑau^{6}　kat^{10}dei^{6}　bu^{6}oŋ^{1}

做　夹紧　衣服

绣出镶边花衣领，

育　甲封　卜楼

z̩u^{1}　kat^{10}fuŋ^{1}　bu^{6}lou^{6}

做　夹紧　衣衫

挑出钩边彩衣袖。

卜楼　古　小亮

bu^{6}lou^{6}　ku^{3}　θ^{h}iou^{1}z̩oŋ^{1}

衣衫　也　漂亮

衣摆钩边真好看，

卜翁　古　小让

bu^{6}oŋ^{1}　ku^{3}　θ^{h}iou^{1}jeŋ^{6}

衣服　也　美观

衣领镶边真美丽。

古　小让　迷丁

ku^{3}　θ^{h}iou^{1}jeŋ^{6}　mot^{6}diŋ^{1}

也　美观　红蚁

有了红蚁爬行图，

古　小亮　迷来

ku^{3}　θ^{h}iou^{1}z̩oŋ^{1}　mot^{6}z̩ai^{6}

也　漂亮　爬蚁

有了黄蚁列队形。

四　拜　古　小亮

θei^{5}　pai^{6}　ku^{3}　θ^{h}iou^{1}z̩oŋ^{1}

四　边　也　漂亮

衣襟镶边很耀眼，

三　边　古　小让

θan^{1}　pɛn^{1}　ku^{3}　θ^{h}iou^{1}jeŋ^{6}

三　边　也　美观

衣摆钩边真好看。

让　迷来　琴才

jeŋ^{6}　mot^{6}ʑai^{6}　k^{h}in^{3}dʑai^{2}

好　爬蚁　结束

有了黄蚁爬行图，

亮　迷丁　琴夺

ʑoŋ^{1}　mot^{6}diŋ^{1}　k^{h}in^{3}dɔ^{6}

好　红蚁　结束

有了红蚁列队形。

边比　对　卜翁

pɛn^{1}pi^{10}　toi^{5}　bu^{6}oŋ^{1}

比如　个　衣服

大家打量新衣服，

来平　扫　卜楼

ʑai^{8}bun^{1}　θau^{5}　bu^{6}lou^{6}

比如　个　衣衫

众人细看新衣衫。

筐楼　咘　小亮

kw^{h}ɛn^{5}lou^{6}　bou^{1}　θ^{h}iou^{3}ʑoŋ^{6}

直襟　不　漂亮

直襟无图不好看，

把翁　咘　小让

ba^{8}oŋ^{1}　bou^{1}　θ^{h}iou^{3}jeŋ^{6}

斜襟　不　美观

斜襟无形不美观。

咘　小让　劣龙①

bou^{1}　θ^{h}iou^{3}jeŋ^{6}　lik^{6}loŋ^{2}

不　美观　龙仔

没绣小龙腾云图，

① 劣龙［lik^{6}loŋ^{2}］：原义为“龙仔”，下句“劣额［lik^{6}ŋu^{6}］”原义为“虎仔”，此处分别指龙仔的鳞片、虎仔的斑纹。布努瑶先民有龙、虎崇拜，妇女把龙鳞和虎斑图案绣在衣服的斜襟和直襟上，寓意龙神虎王护身。

咘　小亮　劣额

bou^{1}　θ^{h}iou^{3}ʐoŋ^{1}　lik^{6}ŋu^{6}

不　漂亮　虎仔

没绣小虎斑纹形。

边比　对　都才

pɛn^{3}pi^{2}　toi^{5}　tu^{1}dʑai^{1}

比如　个　都才

都才看到那情形，

来平　扫　都寅

ʐai^{8}bun^{1}　θau^{5}　tu^{1}ʐin^{8}

比如　个　都寅

都寅看到那情景。

对　都寅　知算

toi^{5}　tu^{1}ʐin^{8}　tɕi^{1}θ^{h}un^{3}

个　都寅　商量

都寅立即做布置，

扫　都才　知照

θau^{1}　tu^{1}dʑai^{1}　tɕi^{3}tɕau^{5}

个　都才　商量

都才立刻做安排。

知照　拌　让　闷

tɕi^{1}tɕau^{5}　bun^{6}　jeŋ^{8}　mun^{1}

商量　拿　好　彩带

派人上街买彩带，

知算　高　让　非

tɕi^{1}θ^{h}un^{3}　kau^{3}　jeŋ^{6}　fei^{10}

商量　取　好　彩线

差人赶集购花布。

拌　线　让　穿　针

bun^{6}　θ^{h}ɛn^{5}　jeŋ^{6}　θon^{3}　tɕin^{1}

拿　线　好　穿　针

取出彩线来穿针，

高　虽　亮　穿　秀

kau^{3}　θ^{h}ei^{3}　ʐoŋ^{6}　θon^{2}　θ^{h}iou^{5}

取　丝　好　穿　线

拿出彩丝来穿线。

色　妈把　冯　乖

θ^{h}at^{9}　mɛ^{6}pa^{3}　veŋ^{8}　kwai^{1}

放　伯娘　手　妙

伯娘有双轻快手，

只 妈瑶 普 类

θi^{1} mɛ^{6}jou^{2} bu^{4} lei^{6}

放 婶娘 手 灵

婶娘有双灵巧手。

合狼 散 鬼 虽

ŋkjɔ^{8}laŋ^{6} θ^{h}an^{5} kwi^{5} θ^{h}ei^{1}

合心 便 挑 丝

伯娘细心地抽丝，

合豹 青 鬼 秀

ŋkjɔ^{8}bau^{1} θ^{h}iŋ^{3} kwi^{5} θ^{h}iou^{5}

合意 就 挑 线

婶娘小心地引线。

鬼 秀 扫 劣龙

kwi^{5} θ^{h}iou^{5} dʑau^{6} lik^{6}loŋ^{2}

挑 线 做 龙仔

抽丝绣出龙腾图，

鬼 虽 育 劣额

kwi^{5} θ^{h}ei^{5} z̥u^{1} lik^{6}ŋu^{6}

挑 丝 做 虎仔

引线绣出虎斑纹。

扫 劣额 陇 爸

dʑau^{6} lik^{6}ŋu^{6} z̥oŋ^{1} ba^{1}

做 虎仔 下 肩

绣缀小虎斑纹图，

育 劣龙 陇 筐

z̥u^{1} lik^{6}loŋ^{2} z̥oŋ^{1} kw^{h}ɛn^{5}

做 龙仔 下 襟

缝镶小龙腾云形。

扫 陇 筐 卜翁

dʑau^{6} z̥oŋ^{1} kw^{h}ɛn^{5} bu^{6}oŋ^{1}

做 下 襟 衣服

绣成彩边龙骨衣，

育 陇 爸 卜楼

z̥u^{1} loŋ^{1} ba^{1} bu^{6}lou^{6}

做 下 肩 衣衫

绣出彩边虎斑衫。

卜楼 古 小亮

bu^{6}lou^{6} ku^{3} θ^{h}iou^{3}z̥oŋ^{1}

衣衫 也 漂亮

直襟龙图真好看，

卜翁　古　小让

bu^{6}oŋ^{1}　ku^{3}　θ^{h}iou^{1}jeŋ^{6}

衣服　也　美观

斜襟虎斑真美丽。

古　小让　劣龙

ku^{3}　θ^{h}iou^{1}jeŋ^{6}　lik^{6}loŋ^{2}

也　美观　龙仔

龙腾图栩栩如生，

古　小亮　劣额

ku^{3}　θ^{h}iou^{1}z̩oŋ^{1}　lik^{6}ŋu^{6}

也　漂亮　虎仔

虎斑图玲珑剔透。

让　劣额　琴才

jeŋ^{6}　lik^{6}ŋu^{6}　k^{h}in^{3}dʑai^{2}

好　虎仔　结束

精美虎图钩完成，

亮　劣龙　琴夺

z̩oŋ^{6}　lik^{6}loŋ^{2}　k^{h}in^{10}dɔ^{6}

好　龙仔　结束

精细龙图挑完毕。

边比　对　间翁

pɛn^{1}pi^{10}　toi^{5}　kɛn^{1}oŋ^{3}

比如　个　衣袖

大家打量那新衣，

来平　扫　间楼

z̩ai^{8}bun^{1}　θau^{3}　kɛn^{1}lou^{10}

比如　个　衣袖

众人细看那新衫。

间楼　咘　小亮

kɛn^{1}lou^{10}　bou^{1}　θ^{h}iou^{3}z̩oŋ^{1}

衣袖　不　漂亮

衣袂还不够漂亮，

间翁　咘　小让

kɛn^{1}oŋ^{3}　bou^{1}　θ^{h}iou^{3}jeŋ^{6}

衣袖　未　美观

袖口还不够出彩。

对　都寅　知算

toi^{5}　tu^{1}z̩in^{8}　tɕi^{1}θ^{h}un^{3}

个　都寅　商量

都寅当即做布置，

扫　都才　知照
θau^{1}　tu^{1}dʐai^{1}　tɕi^{3}tɕau^{5}
个　都才　商量
都才当下做安排。

知照　拌　间　亮①
tɕi^{3}tɕau^{5}　bun^{6}　kɛn^{1}　ʐoŋ^{1}
商量　拿　袖　好
派人上街买彩布，

知算　高　间　让
tɕi^{1}θ^{h}un^{3}　kau^{1}　kɛn^{3}　jeŋ^{6}
商量　取　袖　好
差人赶集购彩绸。

拌　间　让　卜昆
bun^{6}　kɛn^{3}　jeŋ^{6}　bu^{6}kun^{1}
拿　袖　好　客人
走遍商铺择彩绸，

高　间　亮　卜客
kau^{1}　kɛn^{3}　ʐoŋ^{1}　bu^{6}hɛŋ^{9}
取　袖　好　客人
逛遍店铺选花布。

拌　甲地　间虽
bun^{1}　kat^{9}dei^{6}　kɛn^{1}θ^{h}ei^{3}
拿　夹紧　衣袖
取出花丝缀衣袖，

高　甲封　间线
kau^{1}　kat^{10}fuŋ^{1}　kɛn^{1}θ^{h}ɛn^{5}
取　夹紧　衣袖
拿出花线镶衣袂。

色　妈把　合豹
θ^{h}at^{9}　mɛ^{6}pa^{3}　ŋkjɔ^{8}bau^{1}
让　伯娘　合意
伯娘看了很满意，

只　妈瑶　合狼
θi^{1}　mɛ^{6}jou^{2}　ŋkjɔ^{8}laŋ^{6}
让　婶娘　合心
婶娘瞧了很赞同。

① 间亮［kɛn^{1} ʐoŋ^{1}］：指“衣袖的花边”。下句的“间让［kɛn^{3} jeŋ^{6}］”指“衣袂的彩带”。布努瑶女装的两个袖口上，以绣色彩斑斓的彩带和花边为美。

合狼　散　鬼　虽
ŋkjɔ^{8}laŋ^{6}　θ^{h}an^{5}　kwi^{5}　θ^{h}ei^{1}
合心　便　挑　丝
她们细心来抽针，

合豹　青　鬼　秀
ŋkjɔ^{8}bau^{1}　θ^{h}iŋ^{3}　kwi^{5}　θ^{h}iou^{5}
合意　就　挑　线
她们小心来拉线。

鬼　秀　扫　迷丁
kwi^{5}　θ^{h}iou^{5}　dʑau^{6}　mot^{6}diŋ^{1}
挑　线　做　红蚁
拉线绣出红蚁图，

鬼　虽　育　迷来
kwi^{5}　θ^{h}ei^{1}　z̥u^{3}　mot^{6}z̥ai^{6}
挑　丝　做　爬蚁
抽丝绣出黄蚁形。

扫　甲地　间虽
dʑau^{6}　kat^{9}dei^{6}　kɛn^{1}θ^{h}ei^{3}
做　夹紧　衣袖
挑出镶边花袖口，

育　甲封　间线
z̥u^{1}　kat^{10}fuŋ^{1}　kɛn^{3}θ^{h}ɛn^{5}
做　夹紧　衣袖
缝出钩边彩衣袂。

间线　古　小亮
kɛn^{3}θ^{h}ɛn^{5}　ku^{3}　θ^{h}iou^{1}z̥oŋ^{1}
衣袖　也　漂亮
衣袂钩边真漂亮，

间虽　古　小让
kɛn^{5}θ^{h}ei^{3}　ku^{3}　θ^{h}iou^{3}jeŋ^{6}
衣袖　也　美观
袖口镶边真美丽。

斗　筛楼①　咘　才
dou^{3}　θ^{h}ai^{1}lou^{2}　bou^{1}　dʑai^{1}
从前　衣绳　不　有
先前围裙无彩绳，

① 筛楼［θ^{h}ai^{1}lou^{2}］：原义为“衣服的绳子或带子”，此处指妇女身前穿戴的围裙或月裙的彩绳和彩带。下句“筛翁［θ^{h}ai^{3}oŋ^{3}］”同。

年　筛翁　咘　琴
nɛn^{8}　θ^{h}ai^{3}oŋ^{3}　bou^{1}　k^{h}in^{2}
从前　衣带　不　有
起初月裙无彩带。

对　都寅　知算
toi^{5}　tu^{1}ẓin^{8}　tɕi^{1}θ^{h}un^{3}
个　都寅　商量
都寅当即做布置，

扫　都才　知照
θau^{1}　tu^{1}dʑai^{1}　tɕi^{3}tɕau^{5}
个　都才　商量
都才当下做安排。

知照　拌　梁该
tɕi^{5}tɕau^{5}　bun^{6}　jeŋ^{2}kai^{3}
商量　拿　彩绳
安排取出彩缎带，

知算　高　梁埋
tɕi^{1}θ^{h}un^{3}　kau^{3}　jeŋ^{6}mai^{2}
商量　取　花带
布置拿出彩绸布。

拌　狼　扫　筛翁
bun^{6}　laŋ^{6}　dʑau^{6}　θ^{h}ai^{1}oŋ^{3}
拿　来　做　衣绳
取来彩绳系围裙，

高　平　育　筛楼
kau^{1}　biŋ^{1}　ẓu^{3}　θ^{h}ai^{3}lou^{2}
取　去　做　衣绳
拿来彩带系月裙。

拌　双　任①　相虽
bun^{6}　θoŋ^{1}　ȵan^{6}　θ^{h}iaŋ^{1}θ^{h}ei^{3}
拿　两　小孩　脸面
绣出两个小孩子，

高　双　蕊　相面
kau^{1}　θoŋ^{1}　ȵei^{1}　θ^{h}iaŋ^{3}miɛn^{6}
取　两　小孩　脸面
绣出两个小娃娃。

① 双任［θoŋ^{1} ȵan^{6}］：原义为“两个小孩”，此处指缀有两个娃仔图案的布块。下句“双蕊［θoŋ^{1} ȵei^{1}］”同。古代布努瑶妇女的衣袖袖口绣有两个娃仔图案，寓意多子多福。

拌　甲地　卜翁

bun⁶　kat⁹dei⁶　bu⁶oŋ¹

拿　夹紧　衣服

绣成衣服真好看，

高　甲封　卜楼

kau¹　kat¹⁰fuŋ¹　bu⁶lou⁶

取　夹紧　衣衫

缝成衣衫真漂亮。

第十二节 梳新妆

Section Twelve Dressing up

［题解］本节唱述都才都寅请人帮助两位伴娘梳妆打扮。嫁娶庆典场面，最抢眼的人是新娘和两位伴娘。布努瑶的传统婚俗中，伴娘打扮十分重要，先让两位伴娘漱口洗脸，再给两位伴娘梳头、结辫子、理刘海，最后是戴银质饰品——贴头、手镯、项圈等，将两位伴娘装扮得婀娜多姿，打扮得无比美丽。

扫 码 看 视 频

多　扫　哑　强　桥

tɔ^{5}　dʑau^{6}　ja^{3}　ŋkjaŋ^{8}　ŋkiu^{1}

到　时　要　行　桥

行桥时间即将至，

丁　岁　哑　站　略

tɛn^{1}　dʑei^{1}　ja^{3}　ʐan^{4}　lɔ^{6}

是　时　要　走　路

走路时辰马上到。

旋岁　哑　恶　堂

dʑɛn^{6}θ^{h}ei^{3}　ja^{3}　ɔk^{3}　daŋ^{2}

媒师　要　出　中堂

媒师即将走出堂，

旋梅　哑　恶　当

dʑɛn^{2}moi^{1}　ja^{10}　ɔk^{3}　taŋ^{5}

媒人　要　出　中堂

媒人准备走出门。

对　都寅　知算

toi^{5}　tu^{1}ʐin^{8}　tɕi^{1}θ^{h}un^{3}

个　都寅　商量

都寅他们即吩咐，

扫　都才　知照

θau^{1}　tu^{1}dʐai^{1}　tɕi^{3}tɕau^{5}

个　都才　商量

都才他们便嘱咐。

知照　拌　卜翁

tɕi^{5}tɕau^{5}　bun^{6}　bu^{6}oŋ^{1}

商量　拿　衣服

嘱咐伯娘取新衣，

知算　高　卜楼

tɕi^{5}θ^{h}un^{3}　kau^{3}　bu^{6}lou^{6}

商量　取　衣衫

吩咐婶娘拿衣裳。

拌　卜楼　珍　绸

bun^{6}　bu^{6}lou^{6}　tɕin^{1}　θou^{1}

拿　衣衫　绣　绸

拿来绸绣新衣裳，

高　卜翁　珍　缎

kau^{1}　bu^{6}oŋ^{1}　tɕin^{1}　don^{6}

取　衣服　绣　缎

取来缎绣新衣服。

拌 节 谷 双 院

bun^{6} θit^{9} k^{h}un^{9} θoŋ^{1} ʐɛn^{1}

拿 穿 翅 两 少女

给两位少女打扮，

高 唱 躺 双 能

kau^{1} θoŋ^{3} daŋ^{3} θoŋ^{1} nun^{6}

取 穿 身 两 少女

为两个姑娘梳妆。

节 谷 谷 古 亮

θit^{9} k^{h}un^{9} k^{h}un^{9} ku^{3} ʐoŋ^{6}

穿 翅 翅 也 好

打扮得美丽动人，

唱 躺 躺 古 良

θoŋ^{1} daŋ^{3} daŋ^{1} ku^{3} jeŋ^{6}

穿 身 身 也 好

妆饰得婀娜多姿。

拜那 让 凉该

pai^{6}n̥a^{3} jeŋ^{6} jeŋ^{8}kai^{3}

前面 好 彩带

腰前彩带很飘逸，

拜朗 亮 凉埋

pai^{6}ɬaŋ^{1} ʐoŋ^{1} jeŋ^{1}mai^{2}

后面 好 彩绳

腰后彩绳也缤纷。

多 扫 哑 强 桥

tɔ^{5} dʑau^{6} ja^{3} ŋkjaŋ^{8} ŋkiu^{1}

到 时 要 行 桥

出门迎亲时将至，

丁 岁 哑 站 略

tɛn^{1} dʑei^{1} ja^{3} ʑan^{4} lɔ^{6}

是 时 要 走 路

出堂接嫁时将临。

略 哑 站 如友

lɔ^{6} ja^{3} ʑan^{4} ʐi^{8}ʐou^{1}

路 要 走 匆匆地

走路时间匆匆临，

桥 哑 强 如乙

ŋkiu^{2} ja^{10} ŋkjaŋ^{6} ʐi^{10}ʐi^{6}

桥 要 行 急急地

行桥时辰急急到。

对	**都寅**	**知算**
toi^{5}	tu^{1}ʐin^{8}	tɕi^{1}θʰun^{3}
个	都寅	商量

都寅立即又吩咐，

扫	**都才**	**知照**
θau^{1}	tu^{1}dʐai^{1}	tɕi^{3}tɕau^{5}
个	都才	商量

都才立刻又嘱托。

知照	**节**	**双**	**院**
tɕi^{3}tɕau^{5}	θit^{3}	θoŋ^{1}	ʐɛn^{1}
商量	请	两	少女

嘱托那两位少女，

知算	**唱**	**双**	**能**
tɕi^{3}θʰun^{3}	θoŋ^{3}	θoŋ^{1}	nun^{6}
商量	请	两	少女

吩咐那两个姑娘。

节	**双**	**能**	**恶**	**堂**
θit^{3}	θoŋ^{1}	nun^{6}	ɔk^{3}	daŋ^{2}
请	两	少女	出	中堂

指派两女孩出堂，

唱	**双**	**院**	**恶**	**当**
θoŋ^{1}	θoŋ^{3}	ʐɛn^{1}	ɔk^{3}	taŋ^{5}
请	两	少女	出	中堂

安排两姑娘出门。

站	**恶**	**当**	**亮**	**梅**
ʐan^{4}	ɔk^{3}	taŋ^{5}	ʐoŋ^{8}	moi^{1}
走	出	中堂	跟	媒

跟着媒人走出门，

强	**恶**	**堂**	**的**	**岁**
ŋkjaŋ^{8}	ɔk^{3}	daŋ^{2}	di^{5}	θʰei^{3}
行	出	中堂	跟	师

随着媒师走出堂。

对	**双**	**能**	**知算**
toi^{5}	θoŋ^{1}	nun^{6}	tɕi^{1}θʰun^{3}
个	两	少女	商量

两个少女小声说，

扫	**双**	**院**	**知照**
θau^{1}	θoŋ^{1}	ʐɛn^{1}	tɕi^{3}tɕau^{5}
个	两	少女	商量

两位姑娘轻声讲。

知照	**当**	**你平**
tɕi^{5}tɕau^{5}	taŋ^{5}	ni^{8}bun^{1}
商量	说	这样

她们小声这样说，

知算	**闹**	**你代**
tɕi^{1}θ^{h}un^{3}	nou^{1}	ni^{1}dai^{10}
商量	讲	这样

她们轻声这般讲。

双平	**哎**	**对狼**
θoŋ^{1}biŋ^{1}	ei^{1}	toi^{5}laŋ^{6}
平辈	哎	同伴

好姐妹呀好同伴！

走	**仍**	**样**	**走**	**妹**
tɕou^{3}	nou^{5}	ʐuŋ^{6}	tɕou^{3}	m̥ui^{1}
头	蓬	像	头	麻

我俩头发乱如麻，

那	**外**	**强**	**那**	**鬼**
n̥a^{3}	ŋui^{8}	ŋkjeŋ^{8}	n̥a^{10}	kwi^{3}
脸	污	像	脸	鬼

我俩脸面黑如鬼。

多	**八**	**咘**	**立很**
tɔ^{5}	pa^{5}	bou^{1}	lat^{6}hɯn^{1}
到	山坡	不	热闹

走过山村不光彩，

来	**埔**	**咘**	**立么**
tɬai^{8}	pou^{1}	bou^{1}	lat^{6}mɔ^{9}
来	山坡	不	热闹

路经村寨不美观。

咘	**边**	**类**	**高**	**刀**
bou^{1}	pɛn^{5}	lei^{6}	kau^{1}	dau^{3}
不	成	礼	取	月亮

有损于迎娶习俗，

咘	**荣**	**茶**	**燕**	**仪**
bou^{1}	ʐoŋ^{1}	ða^{1}	ɛn^{5}	ȵit^{6}
不	成	茶	要	太阳

有碍于迎娶大礼。

多	**八**	**样**	**吓利①**
tɔ^{5}	pa^{5}	ẓuŋ^{1}	ẓa^{1}li^{2}
到	**山坡**	**像**	**吓利**

路经山村像野兽，

来	**埔**	**强**	**吓甲**
tɬai^{8}	pou^{3}	ŋkjeŋ^{10}	ẓa^{6}kat^{9}
到	**山坡**	**像**	**吓甲**

走过村寨似走兽。

样	**吓甲**	**番**	**今**
ẓuŋ^{6}	ẓa^{6}kat^{9}	fan^{1}	ŋkin^{1}
像	**吓甲**	**梦**	**夜**

似梦里遇上妖怪，

才	**吓利**	**番**	**岑**
dẓai^{8}	ẓa^{1}li^{2}	fan^{1}	ŋkjun^{6}
像	**吓利**	**梦**	**夜**

像梦中见到鬼神。

番	**岑**	**狼**	**见**	**相**
fan^{1}	ŋkjun^{6}	laŋ^{6}	kjɛn^{5}	θʰiaŋ^{1}
梦	**夜**	**来**	**见**	**脸**

噩梦里遇到鬼神，

番	**今**	**平**	**见**	**面**
fan^{1}	ŋkin^{1}	biŋ^{1}	kjɛn^{5}	mjɛn^{6}
梦	**夜**	**去**	**见**	**面**

噩梦中见着鬼怪。

边比	**对**	**都才**
pɛn^{1}pi^{2}	toi^{5}	tu^{1}dẓai^{1}
比如	**个**	**都才**

那个时候的都才，

来平	**扫**	**都寅**
ẓai^{2}bun^{1}	θau^{3}	tu^{1}ẓin^{8}
比如	**个**	**都寅**

那个时辰的都寅。

① 吓利［ẓa^{1}li^{2}］：布努瑶传说中类似猿的动物，学名不详。据说其头发很长，会说人话，力量很大，常骗人及伤人，而人却不易伤到它。今布努瑶语也称其为“娓撞［vɛ^{1}dẓoŋ^{1}］”“娓苗［vɛ^{1}ȵo^{1}］”。下句“吓甲［ẓa^{6}kat^{9}］”为同一种动物。

对　都寅　知算

toi^{5}　tu^{1}ʐin^{8}　tɕi^{1}θ^{h}un^{3}

个　都寅　商量

都寅又思索片刻，

扫　都才　知照

θau^{1}　tu^{1}dʑai^{1}　tɕi^{3}tɕau^{5}

个　都才　商量

都才再思忖一下。

高志　当　花　双①

kau^{1}tɕi^{10}　taŋ^{5}　kw^{h}a^{1}　θoŋ^{3}

告知　说　花　两

叫来两位堂姐妹，

高算　闹　友　对②

kau^{1}θ^{h}un^{3}　nou^{1}　ʐou^{2}　toi^{5}

告知　讲　友　对

喊来两个表姐妹。

当　友　对　双　院

taŋ^{5}　ʐou^{6}　toi^{5}　θoŋ^{1}　ʐɛn^{1}

说　友　对　两　少女

叫四位表姐堂妹，

闹　花　双　双　能

nou^{2}　kw^{h}a^{1}　θoŋ^{1}　θoŋ^{3}　nun^{6}

讲　花　双　两　少女

喊四位表妹堂姐。

合狼　站　斗　临

ŋkjɔ^{8}laŋ^{6}　ʑan^{4}　tou^{1}　ʐin^{3}

合心　走　来　临

四位一起到跟前，

合豹　强　斗　劣

ŋkjɔ^{8}bau^{1}　ŋkjaŋ^{6}　tou^{1}　ʐi^{10}

合意　行　来　近

四个一同到面前。

站　狼　劣　双　院

ʑan^{4}　laŋ^{6}　ʐi^{10}　θoŋ^{1}　ʐɛn^{1}

走　来　临　两　少女

走到两位少女前，

① 花双［kw^{h}a^{1} θoŋ^{3}］：原义为“一双姑娘”，此处指本宗族的女孩，即堂姐妹。
② 友对［ʐou^{2} toi^{5}］：原义为“一对朋友”，此处指外家女孩，即表姐妹。

强	平	临	双	能
ŋkjan^{8}	biŋ^{1}	z̧in^{3}	θoŋ^{3}	nun^{6}
行	去	到	两	少女

来到两个姑娘边。

淋	通	劣	浪	算
z̧un^{8}	toŋ^{5}	z̧i^{10}	laŋ^{8}	dz̧on^{1}
水	倒	杯	漱	口

竹杯打水请漱口，

虽	平	珍	浪	百
θei^{1}	biŋ^{1}	tɕin^{3}	laŋ^{6}	pak^{9}
水	去	盅	漱	嘴

竹筒舀水让洁牙。

散	浪	百	琴才
θ^{h}an^{5}	laŋ^{6}	pak^{9}	k^{h}in^{3}dz̧ai^{2}
便	漱	嘴	结束

少女洁牙刚结束，

青	浪	算	琴夺
θ^{h}iŋ^{1}	laŋ^{6}	dz̧on^{1}	k^{h}in^{2}dɔ^{6}
就	漱	口	结束

姑娘漱口也完毕。

淋	节	摆	罚	相
z̧un^{8}	θit^{3}	pai^{3}	vat^{6}	θ^{h}iaŋ^{1}
水	装	盆	洗	脸

木盆盛水又洗脸，

虽	唱	用	罚	面
θei^{1}	θoŋ^{3}	joŋ^{6}	vat^{6}	mjɛn^{6}
水	装	盆	洗	面

木桶打水又洁面。

散	罚	面	琴才
θ^{h}an^{5}	vat^{6}	mjɛn^{6}	k^{h}in^{3}dz̧ai^{2}
便	洗	面	结束

少女洁面刚结束，

青	罚	相	琴夺
θ^{h}iŋ^{3}	vat^{6}	θ^{h}iaŋ^{1}	k^{h}in^{2}dɔ^{6}
就	洗	脸	结束

姑娘洗脸也完毕。

知照	散	懈	虽
tɕi^{1}tɕau^{5}	θ^{h}an^{5}	ŋkjoi^{8}	θ^{h}ei^{3}
商量	便	松	绳

又商量要解头绳，

知算　青　居　网

tɕi^{1}θ^{h}un^{3}　θ^{h}iŋ^{3}　kɛ^{10}　vaŋ^{6}

商量　就　解　辫

又商议要松辫子。

散　居　网　双　院

θ^{h}an^{5}　kɛ^{3}　vaŋ^{6}　θoŋ^{1}　z̡ɛn^{1}

便　解　辫　两　少女

少女松开长辫子，

青　懈　虽　双　能

θ^{h}iŋ^{3}　ŋkjoi^{8}　θ^{h}ei^{3}　θoŋ^{3}　nun^{6}

就　松　绳　两　少女

姑娘松开红头绳。

居　网　能　琴才

kɛ^{3}　vaŋ^{6}　nun^{6}　k^{h}in^{3}dʑai^{10}

解　辫　少女　结束

少女解辫刚结束，

懈　虽　院　琴夺

ŋkjoi^{8}　θ^{h}ei^{1}　z̡ɛn^{1}　k^{h}in^{10}dɔ^{6}

松　绳　少女　结束

姑娘松绳才完毕。

知照　拌　而针

tɕi^{5}tɕau^{5}　bun^{6}　z̡ui^{1}tɕin^{3}

商量　拿　梳子

又商量要拿木梳，

知算　高　培内

tɕi^{1}θ^{h}un^{3}　kau^{3}　pei^{3}noi^{6}

商量　取　梳子

又商量要取梳子。

拌　列　线　双　院

bun^{6}　tłɛ^{3}　θ^{h}ɛn^{5}　θoŋ^{1}　z̡ɛn^{1}

拿　梳　线　两　少女

拿来梳子整头发，

高　分　虽　双　能

kau^{1}　pun^{3}　θ^{h}ei^{3}　θoŋ^{1}　nun^{6}

取　梳　丝　两　少女

取来木梳理辫丝。

列　线　能　陇　顺

tłɛ^{3}　θ^{h}ɛn^{5}　nun^{6}　z̡oŋ^{2}　z̡un^{1}

梳　线　少女　下　顺

帮女孩理顺发丝，

分	**虽**	**院**	**陇**	**肃**
pun^{1}	θ^{h}ei^{3}	ʐɛn^{1}	ʐoŋ^{1}	ðu^{6}
梳	丝	少女	下	直

为姑娘梳直头发。

线	**能**	**咘**	**陇**	**顺**
θ^{h}ɛn^{5}	nun^{6}	bou^{1}	ʐoŋ^{1}	ʐun^{1}
线	少女	不	下	顺

女孩发丝没顺垂，

虽	**院**	**咘**	**陇**	**肃**
θ^{h}ei^{1}	ʐɛn^{1}	bou^{3}	ʐoŋ^{1}	ðu^{6}
丝	少女	不	下	直

姑娘头发未顺直。

四	**审**	**咘**	**陇**	**顺**
θei^{5}	θ^{h}un^{3}	bou^{1}	ʐoŋ^{1}	ʐun^{1}
四	根	不	下	顺

这边四根没顺直，

三	**条**	**咘**	**陇**	**肃**
θan^{1}	diou^{3}	bou^{1}	ʐoŋ^{1}	ðu^{6}
三	根	不	下	直

那边三根未顺垂。

四	**审**	**虽**	**支利**
θei^{5}	θ^{h}un^{3}	θei^{5}	tɕi^{9}li^{2}
四	根	四	离乱

头发散乱不像样，

三	**条**	**三**	**支而**
θan^{1}	diou^{3}	θan^{3}	tɕi^{10}ʐi^{6}
三	根	三	翘离

发丝凌乱不像话。

四	**支而**	**到**	**边**
θei^{5}	tɕi^{3}ʐi^{6}	tau^{5}	pɛn^{1}
四	翘离	到	边

四根发丝散四面，

三	**支利**	**到**	**拜**
θan^{1}	tɕi^{3}li^{6}	tau^{10}	pai^{6}
三	离乱	到	边

三根头发翘三方。

边比	**对**	**花**	**双**
pɛn^{1}pi^{2}	toi^{5}	kw^{h}a^{1}	θoŋ^{3}
比如	个	花	双

这时候的堂姐妹，

来平　扫　友　对

z̥ai^{8}bun^{1}　θau^{3}　z̥ou^{1}　toi^{5}

比如　个　友　对

这时刻的表姐妹。

知照　拌　油苗

tɕi^{3}tɕau^{5}　bun^{6}　z̥ou^{2}ȵ̥iou^{1}

商量　拿　发蜡

互相商量找发蜡，

知算　高　油劳

tɕi^{1}θ^{h}un^{3}　kau^{3}　z̥ou^{1}lau^{2}

商量　取　发油

相互商议取发油。

油劳　节　早　比

z̥ou^{8}lau^{10}　θit^{9}　tɕau^{3}　pi^{1}

发油　擦　早　年

取来发油擦头上，

油苗　唱　早　仪

z̥ou^{8}ȵ̥iou^{10}　θoŋ^{1}　tɕau^{3}　ȵ̥it^{6}

发蜡　擦　早　日

找来发蜡涂发端。

培内　列　亮朗

pei^{3}noi^{6}　tɬɛ^{3}　z̥oŋ^{2}ɬaŋ^{1}

梳子　梳　跟后

再用梳子理顺垂，

而针　分　的那

z̥ui^{1}tɕin^{3}　pun^{3}　di^{5}n̥a^{3}

梳子　梳　跟前

再拿木梳梳顺直。

线　能　古　陇　顺

θ^{h}ɛn^{5}　nun^{6}　ku^{3}　z̥oŋ^{2}　z̥un^{1}

线　少女　也　下　顺

女孩头发梳整齐，

虽　院　古　陇　肃

θ^{h}ei^{5}　z̥ɛn^{6}　ku^{10}　z̥oŋ^{2}　ðu^{6}

丝　少女　也　下　直

姑娘发丝理顺直。

四　审　古　陇　顺

θei^{5}　θ^{h}un^{3}　ku^{3}　z̥oŋ^{2}　z̥un^{1}

四　根　也　下　顺

四根顺垂齐拢合，

三　条　古　陇　肃

θan^{1}　diou^{3}　ku^{10}　zo̜ŋ^{2}　ðu^{6}

三　根　也　下　直

三根顺直同聚齐。

多　扫　良　柏　虽

tɔ^{5}　dʑau^{6}　jeŋ^{6}　bə^{8}　θ^{h}ei^{3}

到　时　好　编　丝

等到适宜编辫子，

丁　岁　亮　柏　线

tɛn^{3}　dʑei^{1}　zo̜ŋ^{1}　bə^{1}　θ^{h}ɛn^{5}

是　时　好　编　线

待到可以结辫子。

扫　良　亚　柏　虽

dʑau^{6}　jeŋ^{6}　ja^{3}　bə^{8}　θ^{h}ei^{3}

时　好　要　编　丝

正是编辫好时机，

祥　亮　亚　柏　线

dʑun^{6}　zo̜ŋ^{1}　ja^{3}　bə^{1}　θ^{h}ɛn^{3}

时　好　要　结　线

正值结发好时刻。

对　友　对　知算

toi^{5}　zo̜u^{6}　toi^{5}　tɕi^{1}θ^{h}un^{3}

个　友　对　商量

表姐表妹同商量，

扫　花　双　知照

θau^{1}　kw^{h}a^{3}　θoŋ^{3}　tɕi^{3}tɕau^{5}

个　花　双　商量

堂姐堂妹共商议。

知照　拌　单虽

tɕi^{3}tɕau^{5}　bun^{6}　tan^{1}θ^{h}ei^{3}

商量　拿　彩绳

互相商量拿彩绳，

知算　高　单线

tɕi^{1}θ^{h}un^{3}　kau^{3}　tan^{3}θ^{h}ɛn^{5}

商量　取　彩线

相互商议取彩线。

拌　狼　让　柏　虽

bun^{6}　laŋ^{6}　jeŋ^{6}　bə^{8}　θ^{h}ei^{3}

拿　来　好　编　丝

拿彩绳来编入发，

高 平 亮 柏 线

kau^{1} biŋ^{1} ʐoŋ^{1} bə^{1} θ^{h}ɛn^{5}

取 去 好 编 线

取彩线来结入辫。

散 柏 线 琴才

θ^{h}an^{3} bə^{8} θ^{h}ɛn^{5} k^{h}in^{3}dʑai^{2}

便 编 线 结束

少女辫子编成了，

青 柏 虽 琴夺

θ^{h}iŋ^{1} bə^{1} θ^{h}ei^{3} k^{h}in^{2}dɔ^{6}

就 编 丝 结束

姑娘头发编好了。

边比 对 苗 院

pɛn^{1}pi^{2} toi^{5} ȵiou^{8} ʐɛn^{1}

比如 个 刘海 少女

当时姑娘那刘海，

来平 扫 苗 能

ʐai^{8}bun^{1} θau^{3} ȵiou^{1} nun^{6}

比如 个 刘海 少女

当时少女那额发。

苗 能 咘 奔舞

ȵiou^{1} nun^{6} bou^{1} pun^{5}pju^{2}

刘海 少女 不 飘飞

少女额发不飘逸，

苗 院 咘 奔谷

ȵiou^{1} ʐɛn^{1} bou^{1} pun^{5}kuk^{3}

刘海 少女 不 飘拂

姑娘刘海不整齐。

咘 奔谷 倒 边

bou^{1} pun^{5}kuk^{3} tau^{3} pɛn^{1}

不 飘拂 回 边

额发不向外飘逸，

咘 奔舞 倒 拜

bou^{1} pun^{5}pju^{2} tau^{3} pai^{6}

不 飘飞 回 边

刘海不向前飘动。

边比 对 花 双

pɛn^{1}pi^{2} toi^{5} kw^{h}a^{1} θoŋ^{3}

比如 个 花 两

此时两位堂姐妹，

来平 扫 友 对

ʐai^{8}bun^{1} θau^{5} ʐou^{2} toi^{5}

比如 个 友 对

此刻两个表姐妹。

知照 拌 务 来①

tɕi^{3}tɕau^{5} bun^{6} mu^{8} ʐai^{1}

商量 拿 羽毛 斑纹

互相商量取羽扇，

知算 高 务 醒

tɕi^{1}θ^{h}un^{3} kau^{3} mu^{1} tɬun^{2}

商量 取 羽毛 鹰

相互商议拿羽翼。

拌 务 醒 奔舞

bun^{6} mu^{8} tɬun^{10} pun^{3}pju^{10}

拿 羽毛 鹰 飘飞

拿出羽翼来扇动，

高 务 来 奔谷

kau^{1} mu^{1} ʐai^{1} pun^{5}kuk^{3}

取 羽毛 斑纹 飘拂

取出羽扇来扇柔。

列 苗 能 陇 顺

tɬɛ^{3} ȵiou^{8} nun^{1} ʐoŋ^{1} ʐun^{1}

梳 刘海 少女 下 顺

边扇边把刘海梳，

分 苗 院 陇 肃

pun^{1} ȵiou^{1} ʐɛn^{1} ʐoŋ^{1} ðu^{6}

梳 刘海 少女 下 直

边扇边将额发理。

苗 能 古 奔舞

ȵiou^{8} nun^{6} ku^{3} pun^{5}pju^{10}

刘海 少女 也 飘飞

额发这时飘起来，

苗 院 古 奔谷

ȵiou^{8} ʐɛn^{1} ku^{10} pun^{1}kuk^{9}

刘海 少女 也 飘拂

刘海此刻荡开去。

① 务来[mu^{8} ʐai^{1}]：原义为“山鹰的斑纹羽毛”，此处指“斑纹羽扇”，是古代瑶族用的一种扇子。下句“务醒[mu^{1} tɬun^{2}]”同。

奔谷　浪　到　边
pun^{5}kuk^{9}　jeŋ^{6}　tau^{5}　pɛn^{1}
飘拂　好　到　边
刘海又向外荡开，

奔舞　亮　到　拜
pun^{5}pju^{10}　ʐoŋ^{1}　tau^{5}　pai^{6}
飘飞　好　到　边
额发又向前飘逸。

让　到　拜　琴才
jeŋ^{6}　tau^{5}　pai^{6}　kʰin^{3}dʑai^{2}
好　到　边　结束
梳理头发已完工，

亮　到　边　琴夺
ʐoŋ^{8}　tau^{5}　pɛn^{1}　kʰin^{2}dɔ^{6}
好　到　边　结束
编结辫子也结束。

边比　对　琴苗
pɛn^{1}pi^{10}　toi^{5}　ŋkin^{8}ɲiou^{1}
比如　个　刘海
那时刘海很亮丽，

来平　扫　琴网
ʐai^{8}bun^{1}　θau^{3}　ŋkin^{1}vaŋ^{6}
比如　个　额发
那天额发很飘逸。

琴网　咘　小亮
ŋkin^{8}vaŋ^{6}　bou^{1}　θʰiou^{3}ʐoŋ^{1}
额发　不　漂亮
光梳额发不漂亮，

琴苗　咘　小让
ŋkin^{8}ɲiou^{1}　bou^{1}　θʰiou^{3}jeŋ^{6}
刘海　不　美观
仅修刘海不美丽。

边比　对　花　双
pɛn^{1}pi^{1}　toi^{5}　kwʰa^{1}　θoŋ^{3}
比如　个　花　两
当时两个堂姐妹，

来平　扫　友　对
ʐai^{8}bun^{1}　θun^{3}　ʐou^{2}　toi^{5}
比如　个　友　对
那时两位表姐妹。

知照	**拌**	**银化①**
tɕi^{3}tɕau^{5}	bun^{6}	ŋan^{8}va^{1}
商量	**拿**	**银贴**

互相商量拿银簪，

知算	**高**	**银匙**
tɕi^{1}θ^{h}un^{3}	kau^{3}	ŋan^{8}ðit^{6}
商量	**取**	**银饰**

相互商议取头饰。

拌	**银匙**	**唱**	**亮**
bun^{1}	ŋan^{8}ðit^{6}	θoŋ^{1}	z̥oŋ^{1}
拿	**银贴**	**装**	**好**

银簪插在额发上，

高	**银化**	**节**	**良**
kau^{1}	ŋan^{8}va^{1}	θit^{10}	jeŋ^{6}
取	**银饰**	**装**	**好**

头饰缚于辫根上。

拌	**务**	**岁**	**扔**	**耳**
bun^{6}	mu^{8}	θ^{h}oi^{5}	z̥an^{6}	z̥ɯ^{1}
拿	**那**	**耳环**	**挂**	**耳**

耳环挂在耳垂上，

高	**务**	**串**	**百**	**九**
kau^{1}	mu^{1}	θan^{3}	pak^{10}	kjou^{3}
取	**那**	**银牌**	**插**	**头**

银牌插在发顶上。

拌	**务**	**权**	**穿**	**坚**
bun^{6}	mu^{8}	ŋkjon^{1}	θon^{1}	kɛn^{3}
拿	**那**	**手镯**	**穿**	**手**

手镯套在手腕上，

高	**务**	**吞**	**海**	**爸**
kau^{1}	mu^{1}	dʑun^{1}	hoi^{2}	ba^{5}
取	**那**	**项圈**	**挂**	**肩**

项圈套在脖颈上。

① 银化［ŋan^{8}va^{1}］：原义为“银制的贴头”，下句“银匙［ŋan^{8}ðit^{6}］”原义为“银制的头饰”。布努瑶妇女的头饰包括贴头和插品。贴头是在一块约四指宽、一尺二长的厚布块上缀上若干小巧玲珑的银饰品，将之套在额头上，以彩绳固定系在脑后。插品是插于发间的银制长条银牌，银牌上铸有各种精美图案，并缀有各种精细的银珠等。

坚　十二　权　手

kɛn^{1}　ði^{6}ŋei^{6}　ŋkjon^{8}　θɛn^{10}

手　十二　手镯　在

手镯十二套手上，

爸　十三　吞　权

ba^{5}　ði^{6}θan^{1}　dʑun^{3}　ŋkjon^{2}

肩　十三　项圈　驻

项圈十三套颈上。

琴　九　四　把利

ŋkin^{8}　kjou^{5}　θei^{5}　pa^{3}li^{8}

上　头　四　饰品

四件饰品装头上，

拉　蹬　三　琴腾

ɬa^{3}　tin^{1}　θan^{3}　ŋkjun^{1}dun^{6}

下　脚　三　彩品

三色彩绣镶脚边。

百　美　样　浪　海

pak^{3}　m̥ei^{3}　ʑuŋ^{6}　jeŋ^{8}　hoi^{1}

口　美　样　像　花瓣

嘴唇朱红似花瓣，

好　号　才　浪　道

heu^{1}　hau^{2}　dʑai^{8}　jeŋ^{1}　dau^{6}

牙　白　样　像　豆腐

牙齿洁白如豆腐。

拉　蹬　袜　海　龙

ɬa^{3}　tin^{1}　mat^{6}　hoi^{3}　loŋ^{8}

下　脚　袜　绕　龙

袜子绣有龙腾图，

琴　蹬　崖　海　爸

ŋkin^{8}　tin^{1}　ŋkjai^{8}　hoi^{3}　ba^{5}

上　脚　鞋　绕　蝴蝶

鞋子绣上双飞蝶。

蹬　足　美　劣顶

tin^{1}　θu^{2}　m̥ei^{3}　lik^{6}tin^{2}

脚　趾　美　蜜蜂蛹

脚趾美似嫩蜂蛹，

蹬　冯　好　劣多

tin^{1}　veŋ^{1}　hau^{3}　lik^{6}tɔ^{5}

脚　手　白　马蜂蛹

手指白如马蜂蛹。

美	**比**	**熟**	**旁**	**飞**
m̥ei^{3}	pi^{3}	ðuk^{6}	baŋ^{8}	fai^{1}
美	**像**	**玉**	**旁**	**河**

洁白如河里美玉，

好	**才**	**银**	**恶**	**么**
hau^{1}	dʑai^{1}	ŋan^{1}	ɔk^{10}	m̥ɔ^{5}
白	**似**	**银**	**出**	**新**

净白似炉中银水。

蹬	**昏**	**桶**	**样**	**双**
tin^{1}	ŋkwin^{3}	toŋ^{5}	z̥uŋ^{6}	θ^{h}oŋ^{1}
脚	**裙**	**翻**	**像**	**箱**

围裙飘荡如风筒，

蹬	**拍**	**闷**	**比**	**用**
tin^{1}	bɯ^{1}	mun^{1}	pi^{2}	çoŋ^{3}
脚	**衣**	**圆**	**似**	**伞**

襟裾圆滚似展伞。

桶	**比**	**用**	**谷南**
toŋ^{5}	pi^{3}	çoŋ^{3}	kuk^{3}nan^{2}
翻	**似**	**伞**	**旋转**

圆滚像伞自旋转，

闷	**样**	**双**	**谷内**
mun^{8}	z̥uŋ^{1}	θ^{h}oŋ^{1}	kuk^{10}nei^{6}
圆	**像**	**箱**	**旋转**

飘荡似风自转动。

多	**八**	**样**	**乃**	**章**
tɔ^{5}	pa^{5}	z̥oŋ^{6}	nai^{8}	tɕaŋ^{1}
到	**山坡**	**像**	**妻**	**仙女**

出门如下凡仙女，

来	**埔**	**才**	**乃**	**晒**
tɬai^{8}	pou^{1}	dʑai^{6}	nai^{8}	θ^{h}ai^{5}
过	**山坡**	**似**	**妻**	**淑女**

外出像窈窕淑女。

多	**八**	**千**	**花**	**莉**
tɔ^{5}	pa^{3}	θɛn^{5}	kw^{h}a^{1}	lei^{1}
到	**山坡**	**占**	**花**	**李**

似含苞待放李花，

来	**埔**	**务**	**花**	**晒**
tɬai^{8}	pou^{3}	mu^{1}	kw^{h}a^{3}	θ^{h}ai^{5}
过	**山坡**	**胜**	**花**	**桃**

如芬芳吐艳桃花。

千	**花**	**晒**	**推**	**刀**
θɛn^{5}	kw^{h}a^{1}	θ^{h}ai^{5}	dei^{1}	dau^{1}
占	**花**	**桃**	**中**	**月亮**

似桃花绽放月宫，

务	**花**	**莉**	**推**	**仪**
mu^{8}	kw^{h}a^{1}	lei^{1}	dei^{1}	ȵit^{6}
胜	**花**	**李**	**中**	**太阳**

如李花芬芳日殿。

多	**八**	**良**	**立很**
tɔ^{3}	pa^{3}	jeŋ^{6}	lat^{6}hɯn^{1}
到	**山坡**	**好**	**热闹**

出门上路很美观，

来	**埔**	**亮**	**立么**
tɬai^{8}	pou^{3}	z̥oŋ^{6}	lat^{6}mɔ^{3}
过	**山坡**	**好**	**热闹**

走村进寨很漂亮。

边平	**例**	**高**	**刀**
pɛn^{5}bun^{8}	lei^{10}	kau^{1}	dau^{3}
成为	**礼**	**取**	**月亮**

可谓接新好风景，

荣平	**茶**	**燕**	**仪**
z̥oŋ^{8}bun^{1}	ða^{1}	ɛn^{5}	ȵit^{6}
成为	**茶**	**要**	**太阳**

真是迎婚美春色。

狼	**燕**	**仪**	**都才**
laŋ^{6}	ɛn^{5}	ȵit^{6}	tu^{1}dʑai^{1}
来	**要**	**太阳**	**都才**

正合都才接新娘，

平	**高**	**刀**	**都寅**
biŋ^{8}	kau^{1}	dau^{3}	tu^{1}z̥in^{8}
去	**取**	**月亮**	**都寅**

真配都寅迎媳妇。

到	**那**	**电**	**都才**
tau^{5}	n̥a^{3}	tɛn^{5}	tu^{1}dʑai^{1}
回	**前**	**家**	**都才**

接来新娘返回家，

到	**朗**	**该**	**都寅**
tau^{5}	ɬaŋ^{1}	kai^{3}	tu^{1}z̥in^{8}
回	**后**	**家**	**都寅**

接到媳妇返回屋。

周　　朋筐　　都才

θou^{5}　bun^{6}ŋkoŋ^{6}　tu^{1}dʑai^{1}

到　　中间　　都才

媳妇接到都才屋，

田　　朋章　　都寅

dɛn^{8}　buŋ^{6}dʑaŋ^{1}　tu^{1}ʑin^{8}

到　　中间　　都寅

新娘迎回都寅家。

曲　　数　　交　　朋章

ŋkju^{6}　θ^{h}ou^{1}　kjou^{5}　buŋ^{6}dʑaŋ^{1}

做　　柱　　老　　中间

迎来新娘当顶梁，

曲　　数　　劳　　朋筐

ŋkju^{6}　θ^{h}ou^{1}　lau^{10}　buŋ^{6}ŋkoŋ^{6}

做　　柱　　大　　中间

接回媳妇做大柱。

曲　　桐　　当　　都才

ŋkju^{6}　doŋ^{6}　taŋ^{5}　tu^{1}dʑai^{1}

做　　框　　中堂　　都才

迎来新娘做户主，

曲　　桐　　斗①　　都寅

ŋkju^{6}　doŋ^{6}　tou^{1}　tu^{1}ʑin^{8}

做　　框　　门　　都寅

接回媳妇长门面。

乃　　根　　足　　来　　妨

n̥ai^{5}　ken^{1}　θ^{h}u^{4}　ʑai^{8}　vaŋ^{1}

坐　　掌管　　烛　　祭　　鬼

还要保管祭祖蜡，

英　　根　　青　　培　　神

ɛŋ^{1}　ken^{1}　θ^{h}in^{3}　poi^{5}　bun^{6}

靠　　掌管　　香　　拜　　神

还要掌管拜神香。

培　　神　　画　　都才

poi^{5}　bun^{6}　ŋkwɛ^{6}　tu^{1}dʑai^{1}

拜　　神　　祖宗　　都才

常拜家中老祖宗，

① 桐斗［doŋ^{6} tou^{1}］：原义为“门框、门面”，此处指让新娘长住家中，掌管家庭事务。

来	**妨**	**仙**	**都寅**	
ʐai^{2}	vaŋ^{1}	θʰɛn^{1}	tu^{1}ʐin^{8}	
祭	鬼	神仙	都寅	

常供家中诸神仙。

万	**代**	**乃**	**咘**	**乱**①
van^{6}	dai^{6}	n̥ai^{5}	bou^{1}	ʐun^{1}
万	代	坐	不	动

万代当家不动摇，

千	**年**	**英**	**咘**	**节**
θɛn^{3}	nɛn^{6}	ɛŋ^{3}	bou^{1}	θit^{10}
千	年	靠	不	摇

千年做主不变心。

乃②	**咘**	**节**	**还**	**岁**
n̥ai^{5}	bou^{1}	θit^{10}	ŋkwan^{8}	dʑei^{1}
坐	不	摇	万	时

万代安居不动摇，

英	**咘**	**信**	**培**	**扫**
ɛŋ^{1}	bou^{3}	θʰin^{1}	poi^{5}	dʑau^{6}
靠	不	动	千	时

千年乐业不变心。

万	**代**	**咘**	**信**	**床**③
van^{6}	dai^{6}	bou^{1}	ðin^{1}	dʑoŋ^{1}
万	代	不	拆	床

永远不拆酣睡床，

千	**年**	**咘**	**节**	**当**
θɛn^{3}	nɛn^{6}	bou^{1}	θit^{10}	taŋ^{5}
千	年	不	拆	凳

永世不毁安坐凳。

咘	**节**	**当**	**多**	**埔**
bou^{1}	θit^{10}	taŋ^{5}	tɔ^{5}	pou^{1}
不	拆	凳	到	山坡

不拆板凳丢荒坡，

---

① 咘乱［bou^{1} ʐun^{1}］：原义为“不动”，下句“咘节［bou^{1} θit^{10}］”原义为“不摇”，此处皆引申为“不变心”。

② 乃［n̥ai^{5}］：原义为“坐”，下句“英［ɛŋ^{1}］”原义为“靠”，此处均指长住夫家。

③ 咘信床［bou^{1} ðin^{1} dʑoŋ^{1}］：原义为“不拆床”，下句“咘节当［bou^{1} θit^{10} taŋ^{5}］”原义为“不拆凳”，此处皆引申为“不毁这个家”。

咘 信 床 多 八

bou^{1} ðin^{1} dʑoŋ^{1} tɔ^{5} pa^{5}

不 拆 床 到 山坡

不毁床铺弃荒野。

咘 节 当 梅叫

bou^{1} θit^{10} taŋ^{5} mei^{6}kjou^{1}

不 拆 凳 芦苇

不拆板凳丢苇丛，

咘 信 床 梅爱

bou^{1} ðin^{1} dʑoŋ^{1} mei^{6}ŋai^{6}

不 拆 床 艾草

不毁床铺弃草间。

乃 十 消 梅林

n̥ai^{5} ði^{6} ðiou^{6} mei^{6}ʐin^{8}

坐 十 世 铁树

稳坐十世如铁树，

英 十 岁 梅练

ɛŋ^{5} ði^{6} dʑei^{8} mei^{6}ðɛn^{6}

靠 十 代 苦楝树

安居十代似楝木。

乃 多 而 梅辛

n̥ai^{5} tɔ^{3} ʐat^{6} mei^{6}θ^{h}in^{1}

坐 扎 根 樟树

稳如樟树深扎根，

英 多 床 梅锡

ɛŋ^{5} tɔ^{3} dʑoŋ^{8} mei^{6}θ^{h}it^{9}

靠 扎 根 蚬木

安似蚬木叶繁茂。

友 星类 乃 三

ʐou^{6} θ^{h}iŋ^{3}lei^{6} nai^{6} θ^{h}an^{6}

友 乖巧 随便 问

朋友哎你随便问，

花 星乖 乃 分

kw^{h}a^{1} θ^{h}iŋ^{3}kwai^{3} nai^{6} ven^{6}

花 乖巧 随便 问

姑娘哎你随意考。

号 劣 分 麻 花

hau^{1} ʐi^{9} ven^{6} ma^{8} kw^{h}a^{1}

讲 小 问 什么 花

你还想问些什么？

叫	**嫩**	**三**	**麻**	**友**
kjou^{1}	nun^{1}	θ^{h}an^{3}	ma^{8}	z̜ou^{2}
说	**细**	**问**	**什么**	**友**

你还想说些什么?

肃	**背**	**当**	**糯**	**花**
ðu^{6}	bei^{6}	taŋ^{5}	nə^{8}	kw^{h}a^{1}
老实	**我**	**说**	**呐**	**花**

姑娘我是说实话,

顺	**桐**	**闹**	**糯**	**友**
z̜un^{8}	doŋ^{1}	nou^{1}	nə^{1}	z̜ou^{2}
老实	**我**	**讲**	**呐**	**友**

朋友我是讲真话。

第十三节　备礼担

Section Thirteen　Loading up with Betrothal Gifts

［题解］本节唱述长辈亲戚们帮助都才都寅准备礼担的过程。都才都寅的叔伯们砍来楠竹做成抬大猪的杠子，取家用扁担来把其他彩礼装成担子。随后，又砍来吊丝竹破篾，用来绑扎大肥猪礼担，还砍小木头来做扁担两头的钉扣。大小礼担组装完毕，叔伯们祝福都才都寅接亲顺利。

扫 码 看 视 频

哈	**你**	**背**①	**恶**	**堂**
hat^{9}	ni^{6}	bei^{6}	ɔk^{10}	daŋ^{2}
早	今	我	出	中堂

今早我迈出中堂，

恩	**你**	**桐**	**恶**	**当**
ŋwon^{8}	ni^{6}	doŋ^{8}	ɔk^{10}	taŋ^{5}
日	今	我	出	中堂

今日我走出门口。

站	**对**	**路**	**都才**
ʑan^{4}	toi^{5}	lɔ^{6}	tu^{1}dʑai^{1}
走	个	路	都才

去走都才姻缘路，

强	**扫**	**桥**	**都寅**
ŋkjaŋ^{8}	θau^{3}	ŋkiu^{10}	tu^{1}ʑin^{8}
行	个	桥	都寅

去行都寅婚姻桥。

对	**都寅**	**知算**
toi^{5}	tu^{1}ʑin^{8}	tɕi^{1}θ^{h}un^{3}
个	都寅	商量

都寅他事前考虑，

扫	**都才**	**知照**
θau^{1}	tu^{1}dʑai^{1}	tɕi^{3}tɕau^{5}
个	都才	商量

都才他事先思忖。

知照	**节**	**娅桐**②
tɕi^{5}tɕau^{5}	θit^{9}	ʑa^{6}doŋ^{1}
商量	请	姻婆

思忖请人当姻婆，

知算	**唱**	**娅姣**
tɕi^{1}θ^{h}un^{3}	θoŋ^{3}	ʑa^{6}kjou^{5}
商量	请	姻娘

考虑邀人做姻娘。

① 背［bei^{6}］：原义为“我”，此处指“媒人”。下句“桐［doŋ^{8}］”同。
② 娅桐［ʑa^{6}doŋ^{1}］：原义为“姻婆、姻娘”。指接亲队伍中的牵头人，一般由本宗族德高望重、语言表达能力好、社会活动能力强、品行端正、夫妻和睦的妇女担任。下句“娅姣［ʑa^{6}kjou^{5}］”同。

知照　　节　　双　　院

tɕi^{1}tɕau^{5}　θit^{9}　θoŋ^{1}　zɛn^{1}

商量　　请　　两　　少女

思忖请两位少女，

知算　　唱　　双　　能

tɕi^{1}θ^{h}un^{3}　θoŋ^{3}　θoŋ^{1}　nun^{6}

商量　　请　　两　　少女

考虑请两位姑娘。

双　　能　　的　　工虽①

θoŋ^{3}　nun^{6}　di^{5}　koŋ^{1}θ^{h}ei^{3}

两　　少女　　跟　　伴童

两位姑娘和伴童，

双　　院　　亮　　工军

θoŋ^{3}　zɛn^{1}　zoŋ^{6}　koŋ^{3}kin^{5}

两　　少女　　跟　　金童

两位玉女和金童。

对　　对　　节　　琴才

toi^{5}　toi^{5}　θit^{9}　k^{h}in^{3}dzai^{2}

个　　个　　请　　结束

迎亲人员齐到位，

扫　　扫　　唱　　琴夺

θau^{1}　θau^{1}　θoŋ^{10}　k^{h}in^{3}dɔ^{6}

个　　个　　请　　结束

接亲队伍全到齐。

浪　　百　　可　　浪　　才

laŋ^{6}　pak^{9}　ku^{10}　laŋ^{6}　dzai^{2}

漱　　嘴　　也　　漱　　完

大家都要漱好口，

浪　　算　　可　　浪　　今

laŋ^{6}　dzon^{1}　ku^{10}　laŋ^{6}　k^{h}in^{10}

漱　　口　　也　　漱　　完

众人都要洁好牙。

罚　　面　　可　　罚　　才

vat^{6}　mjɛn^{6}　ku^{3}　vat^{6}　dzai^{2}

洗　　脸　　也　　洗　　完

一同都来洗好脸，

---

① 工虽［koŋ^{1}θ^{h}ei^{3}］：伴童、金童，指迎亲队伍中12岁以下、父母健在的乖巧少男，下句“工军［koŋ^{3}kin^{5}］”同。

罚　相　可　罚　今

vat^{6}　θ^{h}iaŋ^{1}　ku^{3}　vat^{6}　k^{h}in^{10}

洗　脸　也　洗　完

一起都来擦好面。

居　网　可　居　才

kɛ^{3}　vaŋ^{6}　ku^{3}　kɛ^{3}　dʑai^{2}

解　辫　也　解　完

梳好头来整好辫，

𢵧　虽　可　𢵧　今

ŋkjoi^{2}　θ^{h}ei^{3}　ku^{2}　ŋkjoi^{2}　k^{h}in^{10}

松　绳　也　松　完

理好辫来梳好头。

节　谷　可　节　才

θit^{9}　k^{h}un^{9}　ku^{3}　θit^{9}　dʑai^{2}

装　翅　也　装　完

相约穿好新衣服，

唱　躺　可　唱　今

θoŋ^{1}　daŋ^{3}　ku^{9}　θoŋ^{1}　k^{h}in^{10}

装　身　也　装　完

相助整好新装扮。

节　让　可　节　才

θit^{9}　jeŋ^{6}　ku^{9}　θit^{9}　dʑai^{2}

装　容　也　装　完

修眉梳发美容颜，

唱　亮　可　唱　今

θoŋ^{1}　z̥oŋ^{1}　ku^{9}　θoŋ^{1}　k^{h}in^{10}

装　样　也　装　完

穿银戴镯整身段。

拥　先　可　节　才

ɕoŋ^{3}　θ^{h}ɛn^{5}　ku^{3}　θit^{9}　dʑai^{2}

伞　线　也　拿　完

摆出布伞拜神台，

拥　虽　可　唱　今

ɕoŋ^{3}　θ^{h}ei^{1}　ku^{3}　θoŋ^{5}　k^{h}in^{10}

伞　丝　也　拿　完

摆放婚伞敬祖宗。

左先　可　节　才

tɕok^{3}θ^{h}ɛn^{5}　ku^{9}　θit^{9}　dʑai^{2}

斗笠　也　拿　完

道公挂起保航帽，

左虽	**可**	**唱**	**今**	
tɕok^{3}θ^{h}ei^{1}	ku^{9}	θoŋ^{1}	k^{h}in^{10}	
草帽	**也**	**拿**	**完**	

道公背上护路笠。

粮	**二**	**可**	**节**	**才**
jeŋ^{2}	ŋei^{6}	ku^{9}	θit^{9}	dʑai^{2}
样	**二**	**也**	**拿**	**完**

一样两样样样齐，

粮	**三**	**可**	**唱**	**今**
jeŋ^{8}	θan^{1}	ku^{9}	θoŋ^{1}	k^{h}in^{10}
样	**三**	**也**	**拿**	**完**

三件四件件件全。

对	**对**	**节**	**推**	**才**
toi^{5}	toi^{5}	θit^{9}	dei^{3}	dʑai^{2}
件	**件**	**拿**	**得**	**完**

样样件件准备全，

扫	**扫**	**唱**	**推**	**今**
θau^{1}	θau^{1}	θoŋ^{10}	dei^{3}	k^{h}in^{10}
样	**样**	**拿**	**得**	**完**

件件样样筹备当。

扫	**让**	**多**	**如友**	
dʑau^{6}	jeŋ^{6}	tɔ^{5}	ʑi^{10}ʑou^{1}	
时	**好**	**到**	**匆匆地**	

出门吉时将来临，

祥	**亮**	**丁**	**如乙**	
dʑun^{8}	ʑoŋ^{1}	tɛn^{3}	ʑi^{1}ʑi^{10}	
时	**好**	**到**	**急急地**	

迎亲良辰将来到。

早	**路**	**仪**	**代**	**崖**
tɕau^{3}	lɔ^{6}	ɲit^{6}	tai^{3}	ŋkjai^{8}
头	**路**	**叫唤**	**底**	**鞋**

路口期盼鞋快踏，

早	**桥**	**秀**	**代**	**奇**
tɕau^{3}	ŋkiu^{8}	ðiou^{1}	tai^{3}	ŋkik^{10}
头	**桥**	**叫唤**	**底**	**脚**

桥头期待脚快跨。

仪	**代**	**奇**	**迁媒**	
ɲit^{6}	tai^{3}	ŋkik^{10}	dʑɛn^{8}moi^{1}	
叫唤	**底**	**脚**	**媒人**	

期待媒人脚快踏，

秀　代　崖　迁岁

ðiou^{8} tai^{3} ŋkjai^{8} dʑɛn^{1}θ^{h}ei^{3}

叫呼　底　鞋　媒师

期盼媒师鞋快跨。

路　哑　站　如友

lɔ^{6} ja^{3} ʑan^{4} ʐi^{8}ʐou^{1}

路　要　走　匆匆地

盼接嫁队伍快走，

桥　哑　强　如乙

ŋkiu^{8} ja^{3} ŋkjaŋ^{8} ʐi^{1}ʐi^{6}

桥　要　行　急急地

望迎亲人员快行。

四　拉　哑　平　育

θei^{5} ʂat^{10} ja^{3} biŋ^{8} ʐu^{1}

四　挑　要　去　做

米饭酒肉装四担，

三　缓　哑　狼　扫

θan^{1} ŋkjon^{1} ja^{3} laŋ^{6} dʑau^{6}

三　担　要　来　做

坛罐鸡猪备三担。

哑　狼　节　恶　堂

ja^{3} laŋ^{6} θit^{9} ɔk^{10} daŋ^{2}

要　来　装　出　中堂

装备停当才出堂，

哑　平　唱　恶　当

ja^{3} biŋ^{2} θoŋ^{1} ɔk^{10} taŋ^{5}

要　去　装　出　中堂

准备齐全才出门。

燕　狼　当　都才

ɛn^{5} laŋ^{6} taŋ^{5} tu^{1}dʑai^{1}

要　来　中堂　都才

装担齐全在中堂，

高　平　斗　都寅

kau^{1} biŋ^{1} tou^{3} tu^{1}ʐin^{8}

取　去　门　都寅

装担完备于门口。

扫　咘　扫　达　缓

ðau^{1} bou^{1} ðau^{3} da^{1} ŋkjon^{1}

扁担　不　扁担　装　担

没有扁担来连挑，

寒　唏　寒　达　拉

ŋkjan^{8}　bou^{3}　ŋkjan^{6}　da^{1}　ʂat^{10}

扁担　不　扁担　装　挑

没有扁担来串抬。

狼　达　拉　星茂

laŋ^{6}　da^{1}　ʂat^{10}　θ^{h}iŋ^{1}mou^{3}

来　装　挑　肉猪

没有担杠来抬猪，

平　达　缓　星界

biŋ^{2}　da^{1}　ŋkjon^{1}　θ^{h}iŋ^{3}kai^{5}

去　装　担　肉鸡

没有扁担来挑鸡。

扫　达　拉　叫虽

ðau^{8}　da^{1}　ʂat^{10}　ŋkjau^{6}θ^{h}ei^{5}

扁担　装　挑　小米

没有扁担挑小米，

寒　达　缓　叫净

ŋkjan^{8}　da^{1}　ŋkjon^{1}　ŋkjau^{10}ðiŋ^{6}

扁担　装　担　稻谷

没有扁担挑大米。

扫　达　拉　娄京

ðau^{1}　da^{1}　ʂat^{10}　ɬou^{3}kiŋ^{1}

扁担　装　挑　酒坛

没有扁担挑酒罐，

寒　达　缓　娄卡

ŋkjan^{8}　da^{1}　ŋkjon^{1}　ɬou^{10}ka^{5}

扁担　装　担　酒罐

没有扁担抬酒坛。

扫　达　拉　叫冯

ðau^{1}　da^{1}　ʂat^{10}　ŋkjau^{6}veŋ^{8}

扁担　装　挑　彩色饭

没有扁担挑彩饭，

寒　达　缓　叫普

ŋkjan^{8}　da^{1}　ŋkjon^{1}　ŋkjau^{10}bu^{3}

扁担　装　担　糯米饭

没有扁担挑糯米。

多　八　的　旋梅

tɔ^{3}　pa^{5}　di^{5}　dʑɛn^{8}moi^{1}

到　山坡　跟　媒人

跟媒人走姻缘路，

来　埔　亮　旋岁

tłai^{8} pou^{3} ʐoŋ^{1} dʑɛn^{1}θ^{h}ei^{3}

过　山坡　跟　媒师

随媒师行迎亲桥。

多　八　咘　荣　芒

tɔ^{3} pa^{3} bou^{1} ʐoŋ^{1} ma^{1}

到　山坡　不　成　模

途经村庄不成行，

来　埔　咘　边　样

tłai^{8} pou^{3} bou^{1} pɛn^{5} ʐoŋ^{6}

过　山坡　不　成　样

走过村寨不成队。

咘　边　礼　高　刀

bou^{1} pɛn^{5} lei^{6} kau^{1} dau^{3}

不　成　礼　取　月亮

有损于迎娶大礼，

咘　荣　茶　燕　仪

bou^{1} ʐoŋ^{1} ða^{1} ɛn^{5} ȵit^{6}

不　成　茶　要　太阳

有碍于接亲习俗。

三花　哎　四友

θan^{1}kw^{h}a^{3} ei^{3} θei^{5}ʐou^{6}

姑娘　哎　朋友

好姑娘哎好朋友！

边比　对　三　凹

pɛn^{1}pi^{2} toi^{5} θan^{1} au^{3}

比如　个　三　叔

当时叔伯们商量，

来平　扫　四　那

ʐai^{8}bun^{1} θau^{3} θei^{5} na^{6}

比如　个　四　舅

当时舅父们商议。

对　四　那　都才

toi^{5} θei^{5} na^{6} tu^{1}dʐai^{1}

个　四　舅　都才

都才的几个舅父，

扫　三　凹　都寅

θau^{3} θan^{1} au^{3} tu^{1}ʐin^{8}

个　三　叔　都寅

都寅的几位叔伯。

四　那　四　合豹

θei^{5}　na^{6}　θei^{5}　ŋkjɔ^{8}bau^{1}

四　舅　四　合意

舅父们想到一处，

三　凹　三　合狼

θan^{1}　au^{3}　θan^{1}　ŋkjɔ^{8}laŋ^{6}

三　叔　三　合心

叔伯们想到一起。

知照　燕　把弯

tɕi^{1}tɕau^{3}　ɛn^{5}　pa^{3}kw^{h}an^{1}

商量　要　斧头

商量完毕拿斧头，

知算　高　把对

tɕi^{3}θ^{h}un^{5}　kau^{1}　pa^{3}toi^{5}

商量　取　镰刀

商议结束取镰刀。

燕　把对　陇　雷

ɛn^{5}　pa^{3}toi^{5}　zoŋ^{8}　ɬoi^{1}

要　镰刀　下　门梯

提起镰刀下门梯，

高　把弯　陇　赚

kau^{5}　pa^{10}kw^{h}an^{1}　zoŋ^{8}　dʑan^{1}

取　斧头　下　晒台

拿起斧头下晒台。

站　陇　赚　都才

ʑan^{4}　zoŋ^{8}　dʑan^{1}　tu^{1}dʑai^{1}

走　下　晒台　都才

走下都才的晒台，

强　陇　雷　都寅

ŋkjaŋ^{8}　zoŋ^{8}　ɬoi^{1}　tu^{1}zin^{8}

行　下　门梯　都寅

走下都寅的门梯。

过　狼　八　扔排

kɔ^{5}　laŋ^{6}　pa^{5}　zaŋ^{8}bai^{1}

过　来　山坡　楠竹

走到村旁楠竹坡，

强　平　埔　扔独

ŋkjaŋ^{8}　biŋ^{1}　pou^{3}　zaŋ^{6}dok^{10}

行　去　山坡　刺竹

行到村边刺竹林。

乃 拉 枝 扔排

n̥ai^{5} ɬa^{3} tɕi^{5} z̧aŋ^{8}bai^{1}

坐 下 枝叶 楠竹

坐在楠竹丛下面，

英 拉 枯 扔独

ɛŋ^{1} ɬa^{2} ku^{1} z̧aŋ^{6}dok^{10}

靠 下 主干 刺竹

站在刺竹丛下方。

燕 间先 当 相

ɛn^{5} kɛn^{1}θ^{h}ɛn^{5} taŋ^{1} θ^{h}iaŋ^{3}

拿 衣袖 挡 脸

举起衣袖向上仰，

高 间虽 临 面

kau^{1} kɛn^{1}θ^{h}ei^{3} z̧en^{6} mjɛn^{6}

拿 衣袖 遮 面

抬起手臂向上望。

弯 面 过 平 真

ŋkwɛn^{6} mjɛn^{6} kɔ^{5} biŋ^{8} θin^{1}

挡 面 过 去 选

凝视整丛竹子选，

来 相 过 狼 列

z̧ai^{8} θ^{h}iaŋ^{3} kɔ^{5} laŋ^{6} lɛ^{6}

遮 脸 过 来 择

凝望整片竹林挑。

面 列 今 列 陇

mjɛn^{1} lɛ^{6} k^{h}in^{3} lɛ^{6} z̧oŋ^{2}

面 择 上 择 下

用心瞄上又瞄下，

相 真 背 真 到

θ^{h}iaŋ^{3} θin^{3} pei^{3} θin^{3} tau^{5}

脸 选 去 选 回

细心挑来又选去。

列 角 背 多 再

lɛ^{6} kɔk^{9} pei^{3} tɔ^{6} pjai^{1}

择 根 去 到 尾

从竹根望到竹尾，

真 再 背 多 记

θin^{1} pjai^{3} pei^{3} tɔ^{6} ki^{5}

选 尾 去 到 末

从竹梢瞄到竹根。

辛	**类**	**今**	**娘台**
θ^{h}un^{3}	z̥ei^{6}	k^{h}in^{3}	niaŋ^{8}dai^{1}
根	**哪**	**有**	**笋虫**

哪根受过笋虫害，

条	**类**	**才**	**娘光**
diou^{1}	z̥ei^{6}	dʑai^{1}	niaŋ^{8}kwaŋ^{5}
棵	**哪**	**有**	**竹象**

哪棵挨过笋虫咬。

今	**娘光**	**滴**	**再**
k^{h}in^{3}	niaŋ^{8}kwaŋ^{5}	tit^{9}	pjai^{1}
有	**竹象**	**叮**	**梢**

哪根虫蛀断了梢，

才	**娘台**	**滴**	**类**
dʑai^{8}	niaŋ^{1}dai^{1}	tit^{9}	lei^{6}
有	**笋虫**	**叮**	**尾**

哪棵虫害没了尾。

色	**辛**	**年**	**咘**	**高**
θ^{h}at^{9}	θ^{h}un^{3}	nɛn^{6}	bou^{1}	kau^{10}
放	**根**	**这**	**不**	**取**

没尾那根不能要，

只	**条**	**爹**	**咘**	**燕**
θi^{1}	diou^{1}	tɛ^{1}	bou^{1}	ɛn^{5}
放	**棵**	**那**	**不**	**要**

没梢那棵不能选。

辛	**类**	**肃**	**让**	**天**
θ^{h}un^{3}	z̥ei^{6}	z̥u^{6}	z̥ɛn^{8}	tɛn^{1}
根	**哪**	**直**	**接**	**天**

要选笔直顶天竹，

条	**类**	**顺**	**让**	**地**
diou^{6}	z̥ei^{6}	z̥un^{6}	z̥ɛn^{8}	dei^{6}
棵	**哪**	**顺**	**接**	**地**

要用挺直立地木。

占	**辛**	**年**	**倒**	**朗**
θɛn^{5}	θ^{h}un^{3}	nɛn^{6}	tau^{3}	ɬaŋ^{1}
砍	**根**	**这**	**回**	**后**

选好那根砍回来，

务	**条**	**爹**	**倒**	**那**
mu^{8}	diou^{1}	tɛ^{3}	tau^{3}	n̥a^{3}
伐	**棵**	**那**	**回**	**前**

看好那棵砍回家。

占 倒 那 曲 寒

θɛn^{5} tau^{3} n̥a^{3} ŋkju^{6} ŋkjan^{2}

砍 回 前 做 扁担

砍竹回来造抬杠，

务 倒 朗 曲 扫

mu^{8} tau^{3} ɬaŋ^{1} ŋkju^{6} ðau^{6}

伐 回 后 做 扁担

砍竹回家制扁担。

狼 曲 扫 达 缓

ɬaŋ^{6} ŋkju^{6} ðau^{6} da^{1} ŋkjon^{1}

来 做 扁担 装 担

修成扁担来挑礼，

平 曲 寒 达 拉

biŋ^{8} ŋkju^{6} ŋkjan^{8} da^{1} s̡at^{10}

去 做 扁担 装 挑

制成抬杠来抬猪。

狼 达 拉 星茂

laŋ^{6} da^{1} s̡at^{10} θ^{h}iŋ^{1}mou^{3}

来 装 挑 肉猪

制成抬杠抬肥猪，

平 达 缓 星界

biŋ^{2} da^{3} ŋkjon^{1} θ^{h}iŋ^{3}kai^{5}

去 装 担 肉鸡

修成扁担挑大礼。

里 四 拉 叫虽

li^{3} θei^{5} s̡at^{10} ŋkjau^{6}θ^{h}ei^{1}

剩 四 挑 小米

剩四担没扁担扛，

里 三 缓 叫净

li^{3} θan^{1} ŋkjon^{1} ŋkjau^{10}ðiŋ^{6}

剩 三 担 稻谷

余三担无扁担挑。

对 四 那 都才

toi^{5} θei^{5} na^{6} tu^{1}dʑai^{1}

个 四 舅 都才

都才的几位叔伯，

扫 三 凹 都寅

θau^{1} θan^{3} au^{3} tu^{1}ʑin^{8}

个 三 叔 都寅

都寅的几个舅父。

知照　燕　务　寒

tɕi^{5}tɕau^{5}　ɛn^{5}　mu^{8}　ŋkjan^{1}

商量　要　那　扁担

共商加扁担的话，

知算　高　务　扫

tɕi^{1}θ^{h}un^{3}　kau^{3}　mu^{1}　ðau^{2}

商量　取　那　扁担

同议添扁担的事。

燕　务　扫　祥　年

ɛn^{5}　mu^{8}　ðau^{10}　dʑun^{8}　nɛn^{1}

要　那　扁担　地　从前

找来旧日扁担挑，

高　务　寒　扫　斗

kau^{1}　mu^{1}　ŋkjan^{1}　dʑau^{6}　dou^{3}

取　那　扁担　时　从前

寻来平时扁担扛。

狼　达　拉　叫虽

laŋ^{6}　da^{1}　ʂat^{10}　ŋkjau^{6}θ^{h}ei^{1}

来　装　挑　小米

才把小米连成担，

平　达　缓　叫净

biŋ^{8}　da^{1}　ŋkjon^{1}　ŋkjau^{10}ðiŋ^{6}

去　装　担　稻谷

方将大米串成担。

狼　达　拉　娄京

laŋ^{6}　da^{1}　ʂat^{10}　ɬou^{3}kiŋ^{1}

来　装　挑　酒坛

成双酒罐穿成担，

平　达　缓　娄卡

biŋ^{2}　da^{1}　ŋkjon^{1}　ɬou^{10}ka^{5}

去　装　担　酒罐

成对酒坛扎成担。

狼　达　拉　叫冯

laŋ^{6}　da^{1}　ʂat^{10}　ŋkjau^{6}veŋ^{2}

来　装　挑　彩色饭

五色米饭结成担，

平　达　缓　叫普

biŋ^{8}　da^{1}　ŋkjon^{1}　ŋkjau^{1}bu^{4}

去　装　担　糯米饭

五彩糯米合成担。

散	达	拉	堆	才
θʰan5	da1	ṣat10	dei3	dẓai2
便	装	挑	得	完

装好礼担列成队，

青	达	缓	堆	今
θʰiŋ1	da1	ŋkjon1	dei10	kʰin3
就	装	担	得	完

备好礼担排成行。

多	扫	对	三	双
tɔ6	dẓau6	toi5	θan1	θoŋ3
到	时	个	三	双

此刻他们这几位，

丁	岁	扫	四	对
tɛn1	dẓei1	θau3	θei5	toi5
是	时	个	四	对

这时他们这几人。

燕	四	拉	多	旁
ɛn3	θei5	ṣat10	tɔ6	baŋ10
拿	四	挑	到	肩

试提礼担上肩膀，

高	三	缓	多	巴
kau1	θan3	ŋkjon1	tɔ6	ba4
取	三	担	到	肩

试举担子上双肩。

拉	晡	图	多	寒
ṣat9	bou1	du6	tɔ6	ŋkjan8
挑	不	贴	到	扁担

彩礼不附扁担端，

缓	晡	千	多	扫
ŋkjon8	bou1	θɛn1	tɔ6	ðau6
担	不	粘	到	扁担

聘礼不依担子头。

对	四	那	都才
toi5	θei1	na6	tu1dẓai1
个	四	舅	都才

都才的几位叔伯，

扫	三	凹	都寅
θau1	θan1	au3	tu1ẓin8
个	三	叔	都寅

都寅的几个舅父。

知照	燕	旁	亮
tɕi^{1}tɕau^{5}	ɛn^{5}	baŋ^{8}	z̧oŋ^{1}
商量	要	柴刀	好

共商量拿来锋刀，

知算	高	劣	让
tɕi^{1}θ^{h}un^{3}	kau^{3}	şik^{3}	jeŋ^{6}
商量	取	砍刀	好

同商议取来利镰。

燕	劣	让	陇	雷
ɛn^{5}	şik^{3}	jeŋ^{6}	z̧oŋ^{8}	ɬoi^{1}
要	砍刀	好	下	门梯

提起锋刀下门梯，

高	旁	亮	陇	赚
kau^{1}	baŋ^{1}	z̧oŋ^{1}	z̧oŋ^{1}	dz̧an^{6}
取	柴刀	好	下	晒台

拿起利镰下晒台。

狼	陇	赚	都才
laŋ^{6}	z̧oŋ^{8}	dz̧an^{6}	tu^{1}dz̧ai^{1}
来	下	晒台	都才

走下都才的晒台，

平	陇	雷	都寅
biŋ^{8}	z̧oŋ^{1}	ɬoi^{3}	tu^{1}z̧in^{8}
去	下	门梯	都寅

迈下都寅的门梯。

狼	多	八	扔油
laŋ^{6}	tɔ^{5}	pa^{5}	z̧aŋ^{8}z̧ou^{1}
来	到	山坡	吊尾竹

到村旁吊尾竹坡，

平	多	埔	扔纳
biŋ^{8}	tɔ^{5}	pou^{1}	z̧aŋ^{1}na^{6}
去	到	山坡	吊丝竹

到村边吊丝竹林。

乃	拉	枝	相	真
n̥ai^{5}	ɬa^{3}	tɕi^{5}	θ^{h}iaŋ^{1}	θin^{3}
坐	下	枝叶	脸	选

坐在竹枝丛下瞄，

英	拉	枯	面	列
ɛŋ^{1}	ɬa^{3}	ku^{1}	mjɛn^{6}	lɛ^{6}
靠	下	主干	面	择

站在竹丛旁边选。

面	列	今	列	陇
mjɛn^{6}	lɛ^{6}	k^{h}in^{3}	lɛ^{6}	z̥oŋ^{2}
面	择	上	择	下

用心瞄上又瞄下，

相	真	背	真	倒
θ^{h}iaŋ^{1}	θin^{3}	pei^{3}	θin^{3}	tau^{5}
脸	选	去	选	回

细心挑来又选去。

辛	类	肃	让	天
θ^{h}un^{3}	z̥ei^{6}	z̥u^{6}	z̥ɛn^{8}	tɛn^{3}
根	哪	直	接	天

要用笔直顶天竹，

条	类	顺	让	地
diou^{1}	z̥ei^{6}	z̥un^{1}	z̥ɛn^{1}	dei^{6}
棵	哪	顺	接	地

要选挺直立地木。

占	辛	年	倒	朗
θɛn^{5}	θ^{h}un^{3}	nɛn^{6}	tau^{3}	łaŋ^{1}
砍	根	这	回	后

选好那根砍回来，

务	条	爹	倒	那
mu^{8}	diou^{1}	tɛ^{3}	tau^{3}	n̥a^{3}
伐	棵	那	回	前

看好那根砍回家。

燕	劣	让	平	分
ɛn^{1}	s̥ik^{9}	jeŋ^{6}	biŋ^{8}	pun^{1}
要	柴刀	好	去	劈

拿起锋刀掰竹子，

高	旁	亮	狼	者
kau^{1}	baŋ^{1}	z̥oŋ^{1}	laŋ^{6}	tłɛ^{3}
取	砍刀	好	来	破

提起利镰修竹竿。

者	扔纳	曲	三
tłɛ^{3}	z̥aŋ^{8}na^{6}	ŋkju^{1}	θan^{1}
破	吊丝竹	做	三

吊丝竹分成三片，

崩	扔油	曲	四
pun^{1}	z̥aŋ^{1}z̥ou^{1}	ŋkju^{1}	θei^{3}
劈	吊尾竹	做	四

吊尾竹削作四条。

对　四　那　知算

toi^{5} θei^{5} na^{6} tɕi^{1}θ^{h}un^{3}

个　四　舅　商量

几位舅父再商量，

扫　三　凹　知照

θau^{1} θan^{3} au^{3} tɕi^{3}tɕau^{5}

个　三　叔　商量

几个叔伯又议定。

为　知照　疗　高

vei^{6} tɕi^{3}tɕau^{5} ʂui^{1} kau^{3}

人　商量　削　片

商量砍竹剥成片，

文　知算　疗　独

ŋkun^{8} tɕi^{3}θ^{h}un^{3} ʂui^{1} tuk^{9}

人　商量　破　篾

商议破竹削成篾。

色　独　二　咘　高

θ^{h}at^{9} tuk^{9} ŋei^{6} bou^{1} kau^{3}

放　篾　二　不　取

二层黄篾要丢弃，

只　独　三　咘　燕

θi^{1} tuk^{9} θan^{1} bou^{1} ɛn^{5}

放　篾　三　不　要

三层内篾不能取。

知照　燕　独　宁

tɕi^{1} tɕau^{5} ɛn^{5} tuk^{9} n̥eŋ^{1}

商量　要　篾　皮

只取头层好篾青，

知算　高　独　那

tɕi^{1}θ^{h}un^{3} kau^{1} tuk^{9} n̥a^{3}

商量　取　篾　前

单要头层靓篾青。

燕　独　那　平　现

ɛn^{5} tuk^{9} n̥a^{3} biŋ^{8} hɛn^{1}

要　篾　前　去　扎

要拿篾青扎大担，

高　独　宁　狼　甲

kau^{5} tuk^{9} n̥eŋ^{1} laŋ^{6} ŋkjat^{6}

取　篾　皮　来　绑

要用篾青绑礼担。

狼 甲 拉 星茂

laŋ^{6} ŋkjat^{6} ʂat^{9} θʰiŋ^{1}m̥ou^{1}

来 绑 挑 肉猪

绑牢肥猪大礼担，

平 现 缓 星界

biŋ^{2} hɛn^{3} ŋkjon^{6} θʰiŋ^{3}kai^{5}

去 扎 担 肉鸡

扎紧肉鸡大礼担。

里 四 拉 叫虽

li^{3} θei^{1} ʂat^{10} ŋkjau^{6}θʰei^{1}

剩 四 挑 小米

还剩下四担小米，

里 三 缓 叫净

li^{3} θan^{1} ŋkjon^{1} ŋkjau^{10}ðiŋ^{6}

剩 三 担 稻谷

还余下三担大米。

对 四 那 都才

toi^{5} θei^{5} na^{6} tu^{1}dʑai^{1}

个 四 舅 都才

都才的几位叔伯，

扫 三 凹 都寅

θau^{1} θan^{3} au^{5} tu^{1}ʐin^{8}

个 三 叔 都寅

都寅的几个舅父。

知照 燕 滂 亮

tɕi^{3}tɕau^{5} ɛn^{5} baŋ^{8} ʐoŋ^{1}

商量 要 砍刀 好

共商量拿来锋刀，

知算 高 劣 让

tɕi^{1}θʰun^{3} kau^{1} ʂik^{9} jeŋ^{6}

商量 取 柴刀 好

同商议取来利镰。

拌 劣 让 陇 雷

bun^{6} ʂik^{9} jeŋ^{6} ʐoŋ^{1} ɬoi^{1}

拿 柴刀 好 下 门梯

提起锋刀下门梯，

高 滂 亮 陇 赚

kau^{1} baŋ^{8} ʐoŋ^{1} ʐoŋ^{1} dʑan^{6}

取 砍刀 好 下 晒台

拿起利镰下晒台。

站　陇　赚　都才

ʑan^{4}　ʐoŋ^{1}　dʑan^{6}　tu^{1}dʑai^{1}

走　下　晒台　都才

走下都才的晒台，

强　陇　雷　都寅

ŋkjaŋ^{8}　ʐoŋ^{1}　ɬoi^{1}　tu^{1}ʐin^{8}

行　下　门梯　都寅

走下都寅的门梯。

过　狼八　代丁

kɔ^{5}　laŋ^{6}pa^{5}　dai^{6}tɛn^{1}

过　周围　屋檐

走过房前屋后寻，

来　平埔　代降

tɬai^{8}　biŋ^{1}pou^{3}　dai^{6}ŋkjoŋ^{6}

行　周边　屋檐

绕着村头巷尾找。

占　梅　劣　代丁

θɛn^{5}　mei^{6}　ʐɛŋ^{6}　dai^{6}tɛn^{1}

砍　木　小　屋檐

找到房前屋后树，

务　高　嫩　代降

mu^{8}　kau^{3}　nun^{1}　dai^{8}ŋkjoŋ^{6}

伐　树　细　屋檐

寻来村头巷尾枝。

占　狼　扫　丁　寒

θɛn^{1}　laŋ^{6}　dʑau^{6}　tɛn^{1}　ŋkjan^{1}

砍　来　做　钉　扁担

加工扁担两头钉，

务　平　育　丁　扫

mu^{8}　biŋ^{1}　ʐu^{3}　tɛn^{1}　ðau^{2}

伐　去　做　钉　扁担

细做扁担两端扣。

扫　丁　扫　小亮

dʑau^{6}　tɛn^{1}　ðau^{2}　θ^{h}iou^{1}ʐoŋ^{1}

做　钉　扁担　漂亮

两头钉扣加工好，

育　丁　寒　小让

ʐu^{6}　tɛn^{1}　ŋkjan^{6}　θ^{h}iou^{3}jeŋ^{6}

做　钉　扁担　美观

两端钉扣细做成。

燕	**狼**	**百**	**周**	**寒**
εn^{5}	laŋ^{6}	pak^{9}	θou^{5}	ŋkjan^{2}
要	**来**	**插**	**到**	**扁担**

插上扁担两头钉，

高	**平**	**丁**	**周**	**扫**
kau^{1}	biŋ^{1}	tεn^{3}	θou^{5}	ðau^{6}
取	**去**	**钉**	**到**	**扁担**

装好扁担两端扣。

百	**周**	**扫**	三	**缓**
pak^{9}	θou^{5}	ðau^{6}	θan^{1}	ŋkjon^{1}
插	**到**	**扁担**	三	**担**

三担礼担插好钉，

丁	**周**	**寒**	**四**	**拉**
tεn^{1}	θou^{5}	ŋkjan^{2}	θei^{1}	ṣat^{10}
钉	**到**	**扁担**	**四**	**挑**

四担礼担装好扣。

三花	**哎**	**四友**
θan^{1}kw^{h}a^{3}	ei^{1}	θei^{5}ẓou^{6}
姑娘	**哎**	**朋友**

好姑娘哎好朋友！

达	**拉**	**可**	**达**	**才**
da^{6}	ẓat^{10}	ku^{3}	da^{1}	dẓai^{6}
装	**挑**	**也**	**装**	**完**

彩礼装担样样全，

达	**缓**	**可**	**达**	**今**
da^{6}	ŋkjon^{1}	ku^{3}	da^{6}	k^{h}in^{10}
装	**担**	**也**	**装**	**完**

聘礼装担件件齐。

坚	**甲**	**可**	**坚**	**才**
kεn^{5}	ŋkjat^{6}	ku^{3}	kεn^{5}	dẓai^{2}
紧	**绑**	**也**	**紧**	**完**

扎稳扣紧等出行，

坚	**现**	**可**	**坚**	**今**
kεn^{1}	hεn^{3}	ku^{3}	kεn^{1}	k^{h}in^{10}
紧	**扎**	**也**	**紧**	**完**

绑固钉牢待上路。

多	**扫**	**对**	三	**双**
tɔ^{5}	dẓau^{6}	toi^{5}	θan^{1}	θoŋ^{3}
到	**时**	**个**	三	**双**

到时他们三四对，

丁	**岁**	**扫**	**四**	**对**
tɛn^{1}	dʑei^{1}	θau^{3}	θei^{5}	toi^{5}
是	**时**	**个**	**四**	**对**

是时他们四五人。

燕	**四**	**拉**	**都才**
ɛn^{5}	θei^{1}	ṣat^{10}	tu^{1}dʑai^{1}
要	**四**	**挑**	**都才**

抬起礼物即出行，

高	**三**	**缓**	**都寅**
kau^{1}	θan^{1}	ŋkjon^{1}	tu^{1}ẓin^{8}
取	**三**	**担**	**都寅**

挑起礼品便上路。

燕	**狼**	**八**	**亮**	**梅**
ɛn^{1}	laŋ^{6}	pa^{5}	ẓoŋ^{8}	moi^{1}
拿	**来**	**山坡**	**跟**	**媒人**

随着媒人走山路，

高	**平**	**埔**	**的**	**岁**
kau^{1}	biŋ^{1}	pou^{3}	di^{5}	θ^{h}ei^{4}
取	**去**	**山坡**	**跟**	**师**

跟着媒师行坡道。

狼	**多**	**八**	**千**	**飞**
laŋ^{6}	tɔ^{5}	pa^{5}	θɛn^{1}	fai^{1}
来	**到**	**山坡**	**千**	**姓**

途经千山与万水，

平	**多**	**埔**	**万**	**姓**
biŋ^{8}	tɔ^{5}	pou^{1}	van^{6}	θ^{h}iŋ^{5}
去	**到**	**山坡**	**万**	**姓**

路过千家与万姓。

色	**万**	**姓**	**定**	**相**
θ^{h}at^{9}	van^{6}	θ^{h}iŋ^{5}	dɛn^{6}	θ^{h}iaŋ^{1}
放	**万**	**姓**	**看**	**相**

万水千山齐欢腾，

只	**千**	**飞**	**定**	**样**
θi^{1}	θɛn^{3}	fai^{3}	dɛn^{6}	ẓuŋ^{6}
放	**千**	**姓**	**看**	**样**

千家万姓共喝彩。

为	**定**	**样**	**为**	**来**
vei^{6}	dɛn^{6}	ẓuŋ^{6}	vei^{6}	ẓai^{2}
人	**看**	**样**	**人**	**传**

人人喝彩齐传扬，

文	**定**	**相**	**文**	**培**
ŋkun^{8}	dɛn^{6}	θ^{h}iaŋ^{1}	ŋkun^{8}	poi^{5}
人	**看**	**相**	**人**	**报**

个个赞美共狂欢。

培	**肃**	**内**	**都才**
poi^{5}	ðu^{6}	noi^{6}	tu^{1}dʑai^{1}
报	**誉**	**小**	**都才**

都才美名传四海，

来	**名**	**英**	**都寅**
ʑai^{8}	miŋ^{1}	ɛŋ^{3}	tu^{1}ʑin^{8}
传	**名**	**小**	**都寅**

都寅美誉响四方。

倒	**那**	**电**	**都才**
tau^{5}	n̥a^{3}	tɛn^{5}	tu^{1}dʑai^{1}
回	**前**	**家**	**都才**

美名传遍都才村，

倒	**朗**	**街**	**都寅**
tau^{5}	ɬaŋ^{10}	kai^{3}	tu^{1}ʑin^{8}
回	**后**	**家**	**都寅**

美誉响彻都寅寨。

肃	**背**	**当**	**糯**	**花**
ðu^{6}	bei^{6}	taŋ^{5}	nə^{8}	kw^{h}a^{1}
老实	**我**	**说**	**呐**	**花**

姑娘我是说实话，

顺	**桐**	**闹**	**糯**	**友**
ʑun^{8}	doŋ^{1}	nou^{1}	nə^{2}	zou^{6}
老实	**我**	**讲**	**呐**	**友**

朋友我是讲真话。

第十四节　祭祖宗

Section Fourteen　Worshipping Ancestors

［题解］本节唱述都才都寅请道师到家操办法事，祝愿接亲队伍平安顺利。布努瑶民间信仰中将自己的祖先列为地位最高的家神。因此，男方家在迎亲之前，要请道师来家里打卦，恭请“仙父神母”到祭桌边，让家神护佑迎亲队伍，阻止一切灾祸邪秽侵扰，确保嫁娶过程一切平安。

扫码看视频

三花　哎　四友

θan^{1}kw^{h}a^{3}　ei^{1}　θei^{5}ʐou^{6}

姑娘　哎　朋友

好姑娘哎好朋友!

哈　你　背　恶　堂

hat^{9}　ni^{3}　bei^{6}　ɔk^{10}　daŋ^{2}

早　这　我　出　中堂

今早我迈出中堂,

恩　你　桐　恶　当

ŋwon^{8}　ni^{10}　doŋ^{8}　ɔk^{10}　taŋ^{5}

日　这　我　出　中堂

今日我走出门口。

站　对　略　都才

ʐan^{4}　toi^{5}　lɔ^{6}　tu^{1}dʐai^{1}

走　个　路　都才

去走都才姻缘路,

强　扫　桥　都寅

ŋkjaŋ^{8}　θau^{3}　ŋkiu^{6}　tu^{1}ʐin^{8}

行　个　桥　都寅

去行都寅婚姻桥。

略　都寅　唱　为

lɔ^{6}　tu^{1}ʐin^{8}　θoŋ^{1}　vei^{1}

路　都寅　建　空

不是白走都寅路,

桥　都才　节　漏

ŋkiu^{2}　tu^{1}dʐai^{1}　θit^{10}　tɬou^{5}

桥　都才　建　空

不是空行都才桥。

略　节　漏　六类

lɔ^{6}　θit^{10}　tɬou^{5}　ʐu^{8}ʐei^{1}

路　修　空　怎样

此路不是白修成,

桥　唱　为　六羊

ŋkiu^{2}　θoŋ^{3}　vei^{1}　ʐu^{1}ʐuŋ^{6}

桥　修　空　怎样

此桥不属空架通。

略　都寅　才　名

lɔ^{6}　tu^{1}ʐin^{8}　dʐai^{8}　miŋ^{1}

路　都寅　有　名

都寅此路名声美,

桥 都才 今 肃

ŋkiu^{8} tu^{1}dʑai^{1} k^{h}in^{10} ðu^{6}

桥 都才 有 誉

都才这桥名誉扬。

略 节 写 过 埔

lɔ^{6} θit^{9} θ^{h}ɛ^{3} kɔ^{5} pou^{1}

路 建 规 过 山坡

遵循古规铺成路，

桥 唱 利 过 八

ŋkiu^{2} θoŋ^{3} li^{1} kɔ^{5} pa^{5}

桥 建 例 过 山坡

遵守旧例架通桥。

略 节 肃 过 旁

lɔ^{6} θit^{9} ðu^{6} kɔ^{5} boŋ^{2}

路 建 誉 过 地盘

此路美名传天下，

桥 唱 名 过 地

ŋkiu^{2} θoŋ^{3} miŋ^{1} kɔ^{5} dei^{6}

桥 建 名 过 地方

这桥美誉满人间。

狼 过 地 千 飞

laŋ^{6} kɔ^{5} dei^{6} θɛn^{1} fai^{3}

来 过 地方 千 姓

美名传遍千万户，

平 过 旁 万 姓

biŋ^{2} kɔ^{5} boŋ^{2} van^{6} θ^{h}iŋ^{5}

去 过 地盘 万 姓

美誉传颂千万姓。

四 拉 狼 恶 堂

θei^{5} ʂat^{9} laŋ^{6} ɔk^{10} daŋ^{2}

四 挑 来 出 中堂

四担彩礼挑出堂，

三 缓 平 恶 当

θan^{1} ŋkjon^{1} biŋ^{1} ɔk^{10} taŋ^{5}

三 担 去 出 中堂

三担聘礼抬出门。

拉 狼 漏 咘 才

ʂat^{9} laŋ^{6} tɬou^{3} bou^{1} dʑai^{1}

挑 来 空 不 成

礼物不能没防护，

缓 平 为 咘 今

ŋkjon^{1} biŋ^{1} vei^{1} bou^{1} k^{h}in^{10}

担 去 空 不 成

礼品不该无保护。

对 咘 对 坚贤

toi^{5} bou^{1} toi^{5} kɛn^{5}hɛn^{3}

个 不 个 防备

要有个防护措施，

扫 咘 扫 坚架

θau^{1} bou^{1} θau^{1} kɛn^{1}ŋkja^{6}

个 不 个 防守

要有个保护举措。

对 咘 对 定吊①

toi^{5} bou^{1} toi^{5} diŋ^{6}diou^{2}

个 不 个 协调

要有个古规遵循，

扫 咘 扫 定正

θau^{1} bou^{1} θau^{1} diŋ^{6}θiŋ^{5}

个 不 个 调解

要有个先例遵守。

四 拉 狼 多 埔

θei^{1} ṣat^{9} laŋ^{6} tɔ^{5} pou^{1}

四 挑 来 过 山坡

四担礼物走坡道，

三 缓 平 多 八

θan^{1} ŋkjon^{1} biŋ^{1} tɔ^{5} pa^{5}

三 担 去 过 山坡

三担礼品行山路。

狼 里 色 虽坤

laŋ^{6} li^{3} θ^{h}at^{9} θ^{h}ei^{1}kun^{9}

来 还 犯 太阴

路上会犯太阴星，

平 里 标 太岁

biŋ^{1} li^{3} pjau^{1} dai^{6}θ^{h}ei^{5}

去 还 犯 太岁

途中会触太岁神。

① 定吊［diŋ^{6}diou^{2}］：原义为“协调、调解”，此处指“古规、古矩”。下句“定正［diŋ^{6}θiŋ^{5}］”同。

狼	**里**	**色**	**桥刀**
laŋ^{6}	li^{3}	θ^{h}at^{9}	ŋkiu^{2}dau^{1}
来	**还**	**犯**	**月老**

走路会逆月老意，

平	**里**	**标**	**略仪**
biŋ^{1}	li^{3}	pjau^{1}	lɔ^{6}ȵit^{6}
去	**还**	**犯**	**日神**

行桥会违日神愿。

里	**罚卡**	**防宏**①
li^{3}	vat^{6}kat^{9}	vaŋ^{8}huŋ^{1}
还	**相逢**	**大鬼**

路上会碰凶残鬼，

里	**罚丰**	**佛老**
li^{3}	vat^{6}fuŋ^{1}	bun^{6}lau^{6}
还	**相碰**	**大神**

途中会撞恶煞星。

里	**罚卡**	**防**	**平**
li^{3}	vat^{6}kat^{9}	vaŋ^{8}	biŋ^{1}
还	**相逢**	**鬼**	**去**

路上会碰短命鬼，

里	**罚丰**	**防**	**狼**
li^{3}	vat^{6}fuŋ^{1}	vaŋ^{8}	laŋ^{6}
还	**相碰**	**鬼**	**来**

途中会遇伤人妖。

对	**都寅**	**知算**
toi^{5}	tu^{1}ʑin^{8}	tɕi^{1}θ^{h}un^{3}
个	**都寅**	**商量**

那个都寅他招呼，

扫	**都才**	**知照**
θau^{1}	tu^{1}dʑai^{1}	tɕi^{3}tɕau^{5}
个	**都才**	**商量**

那个都才他召唤。

高志	**当**	**桑灵**
kau^{1}tɕi^{2}	taŋ^{5}	θ^{h}aŋ^{1}liŋ^{1}
告知	**说**	**高师**

招呼那带队高师，

① 防宏［vaŋ^{8}huŋ^{1}］：原义为“大鬼”，下句“佛老［bun^{6}lau^{6}］”原义为“大神”，此处泛指凶神恶煞。

高算	**闹**	**道结**	
kau^{1}θ^{h}un^3	nou^1	dau^{6}kɛ^5	
告诉	**讲**	**老道**	

召唤那领队道公。

过	**狼**	**劣**	**床**	**油**①
kɔ^5	laŋ^6	z̦i^{10}	dʑoŋ^2	z̦ou^1
过	**来**	**近**	**桌**	**油**

道公站在供桌边，

来	**平**	**临**	**当**	**糯**
tɬai^8	biŋ^1	z̦in^3	taŋ^5	nɔ^6
过	**去**	**临**	**凳**	**肉**

高师坐在祭台前。

道结	**散**	**打**	**么**
dau^{6}kɛ^5	θ^{h}an^5	ta^3	mɔ^1
老道	**便**	**念**	**巫**

拿起卦板念巫咒，

桑灵	**青**	**打**	**告**
θ^{h}aŋ^{1}liŋ^1	θ^{h}iŋ^1	ta^3	kau^5
高师	**就**	**做**	**祷告**

放下卦木诵祷词。

打	**告**	**当**	**防龙**②
ta^3	kau^5	taŋ^5	vaŋ^{8}loŋ^1
做	**祷告**	**说**	**仙父**

巫咒请来了仙父，

打	**么**	**闹**	**佛妈**
ta^3	mɔ^1	nou^1	bun^{6}mɛ^6
念	**巫**	**讲**	**神母**

祷词邀到了神母。

过	**狼**	**乃**	**亮**	**缓**
kɔ^5	laŋ^6	ṇai^5	z̦oŋ^2	ŋkjon^1
过	**来**	**坐**	**跟**	**担**

下凡安坐礼担旁，

① 床油［dʑoŋ^2 z̦ou^1］：原义为“摆油的桌子”，此处指祭桌供台。下句“当糯［taŋ^5 nɔ^6］”同。
② 防龙［vaŋ^{8}loŋ^1］：原义为“已逝的祖父”，此处指“仙父”。下句“佛妈［bun^{6}mɛ^6］”原义为“已逝的祖母”，此处指“神母”。

来　平　英　的　拉

tɬai^{2}　biŋ^{1}　ɛŋ^{3}　di^{5}　ʂat^{10}

过　去　靠　跟　挑

下界降临礼担边。

狼　的　拉　过　埔

laŋ^{6}　di^{5}　ʂat^{10}　kɔ^{5}　pou^{1}

来　跟　挑　过　山坡

保佑礼担出远门，

平　亮　缓　过　八

biŋ^{2}　ʐoŋ^{1}　ŋkjon^{1}　kɔ^{5}　pa^{5}

去　跟　担　过　山坡

护佑礼担行远路。

狼　的　拉　定吊①

laŋ^{6}　di^{5}　ʂat^{10}　diŋ^{6}diou^{2}

来　跟　挑　协调

充当礼队顶天柱，

平　亮　缓　定正

biŋ^{2}　ʐoŋ^{10}　ŋkjon^{1}　diŋ^{6}θiŋ^{5}

去　跟　担　调解

担任礼队护卫神。

缩　四　拉　平　顺

θʰu^{9}　θei^{5}　ʂat^{9}　biŋ^{8}　ʐun^{1}

护　四　挑　去　顺

保佑礼队走得顺，

包　三　缓　狼　肃

pau^{1}　θan^{3}　ŋkjon^{1}　laŋ^{6}　ðu^{6}

保　三　担　来　直

护佑礼队行得稳。

咘　罚卡　防　芒

bou^{1}　vat^{6}kat^{9}　vaŋ^{8}　maŋ^{1}

不　相逢　鬼　什么

确保路上不逢鬼，

咘　罚丰　防　羊

bou^{1}　vat^{6}fuŋ^{1}　vaŋ^{1}　ʐoŋ^{6}

不　相碰　鬼　什么

确保途中不碰怪。

① 定吊［diŋ^{6}diou^{2}］：原义为“协调、调解”，此处指“顶天柱”。下句“定正［diŋ^{6}θiŋ^{5}］”同。

道结 散 打 么
dau^{6}kɛ^{5} θ^{h}an^{1} ta^{3} mɔ^{1}
老道 便 念 巫
道公打卦再念咒，

桑灵 青 打 告
θ^{h}aŋ^{1}liŋ^{1} θ^{h}iŋ^{3} ta^{3} kau^{1}
高师 就 做 祷告
高师敲板又诵词。

打 告 让 三 番
ta^{3} kau^{5} jeŋ^{6} θan^{1} fan^{3}
做 祷告 好 三 次
打卦念咒连三番，

打 么 亮 四 扫
ta^{3} mɔ^{10} ȥoŋ^{1} θei^{5} dȥau^{6}
念 巫 好 四 回
敲板诵词再四回。

让 四 扫 虫才
jeŋ^{6} θei^{5} dȥau^{6} dȥoŋ^{8}dȥai^{1}
好 四 回 一样
四回卦象全吉利，

亮 三 番 虫旬
ȥoŋ^{8} θan^{3} fan^{3} dȥoŋ^{1}dȥun^{6}
好 三 次 一样
三番板相都吉祥。

道结 性 海 算
dau^{1}kɛ^{5} θ^{h}iŋ^{5} hai^{1} dȥon^{1}
老道 才 开 口
道公大声念巫咒，

桑灵 性 普 百
θ^{h}aŋ^{1}liŋ^{1} θ^{h}iŋ^{5} pu^{3} pak^{9}
高师 才 开 嘴
高师高声诵祷词。

普 百 当 你平
pu^{3} pak^{9} taŋ^{5} ni^{8}bun^{1}
开 嘴 说 这样
他念巫咒这样说，

海 算 闹 你代
hai^{5} dȥon^{1} nou^{1} ni^{1}dai^{2}
开 口 讲 这样
他诵祷词这般讲。

防龙　哎　佛妈

vaŋ^{8}loŋ^{1}　ei^{3}　bun^{6}mɛ^{6}

仙父　哎　神母

仙父哎神母!

佛妈　乃　达类

bun^{6}mɛ^{6}　n̥ai^{5}　da^{8}z̡ei^{1}

神母　坐　哪里

神母要降临何处?

防龙　英　达羊

vaŋ^{8}loŋ^{1}　ɛŋ^{3}　da^{1}z̡oŋ^{6}

仙父　靠　哪里

仙父要莅临何方?

乃　搜　结　朋章

n̥ai^{5}　θ^{h}ou^{1}　kɛ^{5}　buŋ^{6}dʑaŋ^{1}

坐　堂　老　中间

降临祖屋神堂上,

英　搜　老　朋篁

ɛŋ^{1}　θ^{h}ou^{3}　lau^{2}　buŋ^{6}ŋkoŋ^{6}

靠　堂　大　中间

莅临族房神龛中。

乃　朋篁　可　平

n̥ai^{5}　buŋ^{6}ŋkoŋ^{6}　ku^{3}　biŋ^{1}

坐　中间　也　去

降临神堂请到席,

英　朋章　可　狼

ɛŋ^{1}　buŋ^{6}dʑaŋ^{1}　ku^{3}　laŋ^{6}

靠　中间　也　来

莅临神龛请入位。

乃　背　八　埔　义

n̥ai^{5}　pei^{1}　pa^{5}　pou^{1}　ȵou^{1}

坐　去　山　坡　牛

别在放牛场闲逛,

英　背　埔　八　马

ɛŋ^{1}　pei^{3}　pou^{3}　pa^{5}　ma^{6}

靠　去　坡　山　马

莫到牧马地游玩。

乃　八　马　个叫

n̥ai^{5}　pa^{5}　ma^{6}　kok^{3}kjou^{3}

坐　山坡　马　云香竹

别去云香竹间逛,

英　埔　义　个艾
εŋ^{1}　pou^{3}　ȵou^{6}　kok^{3}ŋai^{6}
靠　坡　牛　艾草
莫依艾草丛里玩。

乃　达羊　可　平
n̥ai^{5}　da^{8}z̧oŋ^{6}　ku^{3}　biŋ^{1}
坐　哪里　也　去
降临何方请到席，

英　达类　可　狼
εŋ^{1}　da^{6}z̧ei^{1}　ku^{3}　laŋ^{6}
靠　哪里　也　来
莅临何处请入位。

乃　背　地①　朔桑
n̥ai^{5}　pei^{1}　dei^{6}　θ^{h}ɔk^{10}θ^{h}aŋ^{1}
坐　去　地方　高峻
别在高山上逗留，

英　背　旁　朔强
εŋ^{1}　pei^{3}　boŋ^{1}　θ^{h}ɔk^{10}ŋkjeŋ^{6}
靠　去　地盘　陡峭
别到深谷里闲游。

乃　朔强　可　平
n̥ai^{5}　θ^{h}ɔk^{10}ŋkjeŋ^{6}　ku^{3}　biŋ^{1}
坐　陡峭　也　去
莅临深谷请归位，

英　朔桑　可　狼
εŋ^{1}　θ^{h}ɔk^{10}θ^{h}aŋ^{1}　ku^{3}　laŋ^{6}
靠　高峻　也　来
降临高山请到席。

节玉　狼　流利
tɕi^{9}z̧i^{5}　laŋ^{6}　z̧iou^{8} z̧i^{1}
专心　来　快速
专心呼唤齐到位，

唱追　平　流力
θoŋ^{1}θei^{3}　biŋ^{1}　z̧iou^{1}z̧i^{6}
专意　去　迅速
诚意呼喊快入席。

① 地［dei^{6}］：原义为“地方、地盘”，此处引申为祖地、家乡、家园。下句“旁［boŋ^{1}］”同。

过	**狼**	**乃**	**早**	**床**
kɔ^{5}	laŋ^{6}	n̥ai^{5}	dʑau^{5}	dʑoŋ^{2}
过	**来**	**坐**	**餐**	**桌**

汇集礼担供桌边，

来	**平**	**英**	**早**	**当**
tɬai^{8}	biŋ^{1}	ɛŋ^{3}	dʑau^{5}	taŋ^{5}
过	**去**	**靠**	**餐**	**凳**

聚集彩礼祭台上。

道结	**当**	**你平**
dau^{6}kɛ^{5}	taŋ^{5}	ni^{8}bun^{1}
老道	**说**	**这样**

道公念咒这样说，

桑灵	**斗**	**你代**
θʰaŋ^{5}liŋ^{1}	nou^{1}	ni^{1}dai^{2}
高师	**讲**	**这样**

高师诵词这般讲。

防龙	**哎**	**佛妈**
vaŋ^{8}loŋ^{1}	ei^{1}	bun^{6}mɛ^{6}
仙父	**哎**	**神母**

仙父哎神母！

佛妈	**乃**	**达类**
bun^{6}mɛ^{6}	n̥ai^{5}	da^{8}ʐei^{1}
神母	**坐**	**哪里**

神母要莅临何处？

防龙	**英**	**达羊**
vaŋ^{8}loŋ^{1}	ɛŋ^{3}	da^{1}ʐoŋ^{6}
鬼父	**靠**	**哪里**

仙父要降临何方？

当	**糯**	**八**	**临**	**床**
taŋ^{5}	nɔ^{6}	bɛn^{6}	ʐun^{1}	dʑoŋ^{1}
凳	**肉**	**摆**	**满**	**桌**

供桌上摆满酒肉，

床	**油**	**摆**	**临**	**当**
dʑoŋ^{8}	ʐou^{1}	bai^{10}	ʐin^{1}	taŋ^{5}
桌	**油**	**摆**	**满**	**凳**

祭台上摆满饭菜。

娄卡	**配**	**早**	**床**
ɬou^{3}ka^{5}	poi^{5}	tɕau^{3}	dʑoŋ^{2}
酒罐	**报**	**餐**	**桌**

美酒已报祭几次，

娄京	来	早	当
łou^{3}kiŋ^{1}	z̥ai^{1}	tɕau^{2}	taŋ^{5}
酒坛	传	餐	凳

琼浆已拜祭几回。

青坚	配	换七
tsʰiŋ^{1}kɛn^{5}	poi^{5}	hoi^{5}ði^{2}
香火	报	馥郁

馥郁香火点几根，

青油	来	换才
tsʰiŋ^{1}z̥ou^{1}	z̥ai^{1}	hoi^{5}dz̥ai^{6}
香烛	传	芳香

芳香烛火燃几支。

当	糯	十	二	高
taŋ^{5}	nɔ^{6}	ði^{6}	ŋei^{6}	kau^{5}
凳	肉	十	二	盘

十二盘肉供桌上，

床	油	十	三	地
dz̥oŋ^{8}	z̥ou^{1}	ði^{6}	θan^{6}	dei^{6}
桌	油	十	三	碟

十三碟肉祭台上。

界	糯	架	疗针
kai^{5}	nɔ^{6}	ŋkja^{2}	z̥ui^{1}tɕin^{1}
块	肉	像	梳子

供上梳子般香肉，

界	油	架	背内
kai^{5}	z̥ou^{2}	ŋkja^{1}	pei^{3}noi^{6}
块	油	像	梳子

祭上巴掌大肉块。

几	娄	架	定虽
ki^{3}	lou^{10}	ŋkja^{2}	diŋ^{1}θʰei^{1}
几	酒	像	水窟

供上水窟似酒碗，

几	京	架	定淋
ki^{3}	kiŋ^{1}	ŋkja^{1}	diŋ^{6}z̥at^{6}
几	酒	像	水缸

祭上水缸般酒筒。

猫风	节	咘	来
miau^{5}voŋ^{6}	θit^{3}	bou^{1}	tłai^{1}
花猫	跳	不	去

供桌花猫跃不过，

猫针	**唱**	**咘**	**过**	
miau^{3}tɕin^{1}	θoŋ^{1}	bou^{3}	kɔ^{5}	
斑猫	**跳**	**不**	**过**	

祭台斑猫跨不过。

节	**咘**	**过**	**床**	**油**
θit^{9}	bou^{1}	kɔ^{5}	dʑoŋ^{2}	ʑou^{1}
跳	**不**	**过**	**桌**	**油**

满桌肉菜难跨过，

唱	**咘**	**过**	**当**	**糯**
θoŋ^{1}	bou^{1}	kɔ^{5}	taŋ^{5}	nɔ^{6}
跳	**不**	**过**	**凳**	**肉**

满台酒肉难跃过。

防	**羊**	**姓**	**六**	**平**
vaŋ^{8}	ʑoŋ^{1}	dʑan^{8}	dei^{10}	biŋ^{8}
鬼	**什么**	**能**	**先**	**去**

是哪位仙父先临？

防	**芒**	**姓**	**六**	**狼**
vaŋ^{8}	maŋ^{1}	dʑan^{8}	dei^{10}	laŋ^{6}
鬼	**什么**	**能**	**先**	**来**

是哪位神母先到？

过	**狼**	**拌**	**早**	**比**
kɔ^{5}	laŋ^{6}	bun^{6}	tɕau^{5}	pi^{1}
过	**来**	**吃**	**头**	**年**

最先到来先吃肉，

来	**平**	**修**	**早**	**仪**
tɬai^{8}	biŋ^{1}	θ^{h}iou^{3}	tɕau^{10}	ȵit^{6}
过	**去**	**喝**	**头**	**日**

最先降临先饮酒。

佛妈	**乃**	**达类**
bun^{6}mɛ^{6}	n̥ai^{5}	da^{8}ʑei^{1}
神母	**坐**	**哪里**

神母要莅临何处？

防龙	**英**	**达羊**
vaŋ^{8}loŋ^{1}	ɛŋ^{5}	da^{1}ʑoŋ^{6}
仙父	**靠**	**哪里**

仙父要降临何方？

佛妈	**过**	**平**	**修**
bun^{6}mɛ^{6}	kɔ^{5}	biŋ^{1}	θ^{h}iou^{1}
神母	**过**	**去**	**喝**

请神母都过去喝，

防龙　　过　　狼　　拌

vaŋ^{8}loŋ^{1}　kɔ^{5}　laŋ^{6}　bun^{6}

仙父　　过　　来　　吃

请仙父也过来吃。

节玉　狼　　早　　比

tɕi^{9}zi̢^{5}　laŋ^{6}　tɕau^{3}　pi^{1}

专心　来　　早　　年

专心行在最前头，

唱追　　平　　早　　仪

θoŋ^{1}θei^{3}　biŋ^{1}　tɕau^{2}　ȵit^{6}

专意　　去　　早　　日

诚意走在最前边。

过　　狼　　拌　　早　　比

kɔ^{5}　laŋ^{6}　bun^{6}　tɕau^{3}　pi^{1}

过　　来　　吃　　早　　年

招呼众仙一起用，

来　　平　　修　　早　　仪

tɬai^{8}　biŋ^{1}　θ^{h}iou^{3}　tɕau^{2}　ȵit^{6}

过　　去　　喝　　早　　日

呼唤众神一同享。

道结　　当　　防龙

dau^{6}kɛ^{5}　taŋ^{5}　vaŋ^{8}loŋ^{1}

老道　　说　　仙父

道公对仙父念咒，

桑灵　　闹　　佛妈

θ^{h}aŋ^{1}liŋ^{1}　nou^{1}　bun^{6}mɛ^{6}

高师　　讲　　神母

高师对神母诵词。

当　　佛妈　　你平

taŋ^{5}　bun^{6}mɛ^{6}　ni^{8}bun^{1}

说　　神母　　这样

对着神母这样说，

闹　　防龙　　你代

nou^{8}　vaŋ^{1}loŋ^{1}　ni^{6}dai^{10}

讲　　仙父　　这样

对着仙父这般讲。

当　　糯　　你　　咘　　为

taŋ^{5}　nɔ^{6}　ni^{3}　bou^{1}　vei^{1}

凳　　肉　　这　　不　　空

满桌供肉不白摆，

床	**油**	**你**	**咘**	**漏**
dʑoŋ^{2}	z̢ou^{1}	ni^{10}	bou^{1}	tɬou^{5}
桌	油	这	不	空

满台祭酒不空设。

当	**糯**	**你**	**才**	**名**
taŋ^{5}	nɔ^{6}	ni^{3}	dʑai^{2}	miŋ^{1}
凳	肉	这	有	名

这桌肉是讲名分，

床	**油**	**你**	**今**	**肃**
dʑoŋ^{2}	z̢ou^{1}	ni^{10}	k^{h}in^{3}	ðu^{6}
桌	油	这	有	誉

这台酒是讲名气。

色	**佛妈**	**架**	**修**
θ^{h}at^{9}	bun^{6}mɛ^{6}	ŋkja^{3}	θ^{h}iou^{1}
让	神母	自	喝

请神母来随意用，

只	**防龙**	**架**	**拌**
θ^{h}i^{1}	vaŋ^{1}loŋ^{1}	ŋkja^{2}	bun^{6}
让	仙父	自	吃

邀仙父来随意饮。

架	**拌**	**咘**	**堆**	**包**
ŋkja^{3}	bun^{6}	bou^{1}	dei^{10}	pau^{1}
自	吃	不	得	保

用好餐后护礼队，

架	**修**	**咘**	**堆**	**缩**
ŋkja^{2}	θ^{h}iou^{1}	bou^{1}	dei^{10}	θ^{h}u^{9}
自	喝	不	得	护

享好福后保礼队。

咘	**堆**	**缩**	**琴才**
bou^{1}	dei^{10}	θ^{h}u^{9}	k^{h}in^{3}dʑai^{2}
不	得	护	结束

护礼队安全上路，

咘	**堆**	**包**	**琴夺**
bou^{1}	dei^{10}	pau^{1}	k^{h}in^{10}dɔ^{6}
不	得	保	结束

保礼队平安返程。

佛画	**乃**	**达类**
bun^{6}ŋkwɛ^{6}	n̥ai^{5}	da^{8}z̢ei^{1}
神母	坐	哪里

神母要莅临何处？

防仙	**英**	**达羊**
vaŋ^{8}θ^{h}εn^{3}	εŋ^{3}	da^{8}ʐoŋ^{6}
仙父	靠	哪里

仙父要降临何方？

佛灶	**乃**	**达类**
bun^{6}θau^{5}	n̥ai^{5}	da^{8}ʐei^{1}
神灶	坐	哪里

灶神爷降临何处？

防飞	**英**	**达羊**
vaŋ^{8}vi^{1}	εŋ^{3}	da^{8}ʐoŋ^{6}
鬼火	靠	哪里

火神爷莅临何方？

佛	**的**	**佛**	**多很**①
bun^{6}	di^{4}	bun^{6}	tɔ^{5}hat^{6}
神	跟	神	相知

你们神与神相通，

防	**亮**	**防**	**多见**
vaŋ^{8}	ʐoŋ^{1}	vaŋ^{8}	tɔ^{5}kjεn^{5}
鬼	跟	鬼	相见

你们仙与仙会意。

佛妈	**过**	**平**	**秀**
bun^{6}mε^{6}	kɔ^{5}	biŋ^{8}	ðiou^{1}
神母	过	去	叫唤

请神母您去召唤，

防龙	**过**	**背**	**仪**
vaŋ^{8}loŋ^{1}	kɔ^{5}	pei^{1}	ȵit^{6}
仙父	过	去	叫唤

请仙父您去招呼。

仪	**万**	**佛**	**唱追**
ȵit^{6}	van^{6}	bun^{6}	θoŋ^{1}θei^{3}
叫唤	万	神	专意

召唤万神同一心，

秀	**千**	**防**	**节玉**
ðiou^{8}	θεn^{3}	vaŋ^{6}	tɕi^{9}ʐi^{4}
叫唤	千	鬼	专心

招呼千仙同一意。

① 多很［tɔ^{5}hat^{6}］：原义为“相知”，下句“多见［tɔ^{5}kjεn^{5}］”原义为“相见”，此处皆引申为“相通、会意”。

节玉　　狼　　流利

tɕi^{9}zi̯^{4}　　laŋ^{6}　　zi̯ou^{8}zi̯^{1}

专心　　来　　快速

赶紧一同走过来，

唱追　　平　　流力

θoŋ^{1}θei^{5}　　biŋ^{1}　　zi̯ou^{1}zi̯^{6}

专意　　去　　迅速

赶快一起走过去。

过　　狼　　乃　　床　　油

kɔ^{5}　　laŋ^{6}　　n̥ai^{5}　　dʑoŋ^{8}　　zou^{1}

过　　来　　坐　　桌　　油

一同坐到肉桌边，

来　　平　　英　　当　　糯

tɬai^{8}　　biŋ^{1}　　ɛŋ^{3}　　taŋ^{5}　　nɔ^{6}

过　　去　　靠　　凳　　肉

一起坐到酒台旁。

佛　　把　　当①　　可　　平

bun^{6}　　pak^{3}　　taŋ^{5}　　ku^{3}　　biŋ^{2}

神　　口　　堂　　也　　去

请中堂神来上座，

防　　把　　斗　　可　　狼

vaŋ^{8}　　pak^{3}　　tou^{1}　　ku^{3}　　laŋ^{6}

鬼　　口　　门　　也　　来

请门户神来安享。

佛　　代　　降②　　可　　平

bun^{6}　　dai^{6}　　ŋkjon^{6}　　ku^{3}　　biŋ^{2}

神　　中　　堂　　也　　去

请屋前神也上座，

防　　代　　丁　　可　　狼

vaŋ^{8}　　dai^{6}　　tiaŋ^{1}　　ku^{3}　　laŋ^{6}

鬼　　屋　　后　　也　　来

请房后神也安享。

① 佛把当［bun^{6} pak^{3} taŋ^{5}］：原义为“中堂神”，即“户神”。下句“防把斗［vaŋ^{8} pak^{3} tou^{1}］”原义为“门鬼”，两者均为布努瑶民间信仰中把守屋主门户的神，属于家神。

② 佛代降［bun^{6} dai^{6} ŋkjon^{6}］：原义为“屋前神”，下句“防代丁［vaŋ^{8} dai^{6} tiaŋ^{1}］”原义为“屋后神”，两者均为布努瑶民间信仰中把守屋主房前屋后的神，属于家神。

佛　八　内　早　桥

bun^{6}　pa^{5}　noi^{6}　tɕau^{3}　ŋkiu^{2}

神　山坡　平　头　桥

停在桥头的众神，

防　埔　朗　早　略

vaŋ^{8}　pou^{3}　tɬaŋ^{1}　tɕau^{3}　lɔ^{6}

鬼　山坡　陡　头　路

等在路口的众仙。

节玉　狼　流利

tɕi^{9}z̩i^{4}　laŋ^{6}　z̩iou^{8}z̩i^{1}

专心　来　快速

赶紧一同走过来，

唱追　平　流力

θoŋ^{1}θei^{3}　biŋ^{1}　z̩iou^{8}z̩i^{6}

专意　去　迅速

赶快一起走过去。

过　狼　乃　床　油

kɔ^{5}　laŋ^{6}　n̥ai^{5}　dz̩oŋ^{8}　z̩ou^{1}

过　来　坐　桌　油

赶来跟众神同桌，

来　平　英　当　糯

tɬai^{8}　biŋ^{1}　ɛŋ^{5}　taŋ^{5}　nɔ^{6}

过　去　靠　凳　肉

快去与众仙共席。

盎肃　拌　娄　油

aŋ^{5}ðu^{6}　bun^{6}　ɬou^{3}　z̩ou^{2}

高兴　吃　酒　油

高高兴兴地享受，

疗顺　修　娄　糯

z̩iou^{1}z̩un^{1}　θʰiou^{3}　ɬou^{3}　nɔ^{6}

愉快　喝　酒　肉

痛痛快快地享用。

拌　一　扫　咘　才

bun^{6}　i^{3}　dz̩au^{6}　bou^{1}　dz̩ai^{1}

吃　一　回　不　完

享受一回不尽兴，

修　一　番　咘　今

θʰiou^{1}　i^{9}　fan^{1}　bou^{1}　kʰin^{10}

喝　一　次　不　完

享用一番未尽情。

谢	仪	拌	三	番
θ^{h}ε^{1}	ȵit^{6}	bun^{6}	θan^{1}	fan^{3}
相	叫唤	吃	三	次

相召享用三四番，

谢	秀	修	四	扫
θ^{h}ε^{1}	ðiou^{1}	θ^{h}iou^{3}	θei^{5}	dʑau^{6}
相	叫唤	喝	四	回

相唤享用四五回。

盎肃	拌	三	番
aŋ^{5}ðu^{6}	bun^{6}	θan^{1}	fan^{3}
高兴	吃	三	次

欢天喜地享三番，

疗顺	修	四	扫
ʑiou^{1}ʑun^{1}	θ^{h}iou^{3}	θei^{5}	dʑau^{6}
愉快	喝	四	回

酣畅淋漓用四回。

道结	当	你平
dau^{6} kε^{5}	taŋ^{5}	ni^{8}bun^{1}
老道	说	这样

道公念咒这样说，

桑灵	闹	你代
θ^{h}aŋ^{1}liŋ^{1}	nou^{1}	ni^{1}dai^{10}
高师	讲	这样

高师诵词这般讲。

防龙	哎	佛妈
vaŋ^{8}loŋ^{1}	ei^{3}	bun^{6}mε^{6}
仙父	哎	神母

仙父哎神母！

防仙	哎	佛画
vaŋ^{8}θ^{h}εn^{3}	ei^{1}	bun^{6}ŋkwε^{6}
仙父	哎	神母

仙父哎神母！

防公①	哎	佛下
vaŋ^{8}koŋ^{3}	ei^{1}	bun^{6}ʑa^{6}
鬼公	哎	神婆

神公哎仙婆！

① 防公[vaŋ^{8}koŋ^{3}]：原义为“鬼公”，同句的“佛下[bun^{6}ʑa^{6}]”原义为“神婆”，在布努瑶民间信仰中，他们是祖宗神中的一对夫妇，即始祖神。

防飞	**哎**	**佛灶**	
vaŋ^{8}vi^{3}	ei^{1}	bun^{6}θau^{5}	
鬼火	哎	神灶	

火仙哎灶神！

当	**糯**	**拌**	**三**	**番**
taŋ^{5}	nɔ^{6}	bun^{6}	θan^{1}	fan^{3}
凳	肉	吃	三	次

一台好菜享三番，

床	**油**	**修**	**四**	**扫**
dʐoŋ^{8}	ʐou^{1}	θ^{h}iou^{3}	θei^{5}	dʐau^{6}
桌	油	喝	四	回

一桌好酒用四回。

拌	**四**	**扫**	**七肃**
bun^{6}	θei^{5}	dʐau^{6}	ði^{6}ðu^{8}
吃	四	回	热闹

享受四回热闹酣，

修	**三**	**番**	**七才**
θ^{h}iou^{1}	θan^{1}	fan^{3}	ði^{6}dʐai^{6}
喝	三	次	热闹

享用三番欢喜畅。

百	**道结**	**咘**	**平**
pak^{10}	dau^{6}kɛ^{5}	bou^{1}	biŋ^{1}
嘴	老道	不	去

道公念咒未尽兴，

星	**桑灵**	**咘**	**狼**
θ^{h}iŋ^{1}	θ^{h}aŋ^{3}liŋ^{1}	bou^{3}	laŋ^{6}
声	高师	不	来

高师诵词未尽情。

百	**咘**	**田**	**咘**	**才**
pak^{9}	bou^{1}	dɛn^{6}	bou^{1}	dʐai^{1}
嘴	不	说	不	完

甜言蜜语念不尽，

星	**咘**	**台**	**咘**	**今**
θ^{h}in^{1}	bou^{3}	dai^{6}	bou^{3}	k^{h}in^{10}
声	不	谈	不	完

千言万语诵不完。

百	**哑**	**田**	**姓**	**才**
pak^{9}	ja^{3}	dɛn^{6}	θ^{h}iŋ^{5}	dʐai^{2}
嘴	要	说	才	完

念咒就是这么多，

星 哑 台 姓 今

θ^{h}iŋ^{1} ja^{3} dai^{2} θ^{h}iŋ^{5} k^{h}in^{3}

声 要 谈 才 完

诵词就是这般长。

早 仪 扫 祥 爹

tɕau^{3} ȵit^{6} dʑau^{6} dʑun^{6} tɛ^{1}

早 日 时 地 那

过去的那些岁月，

早 比 祥 扫 年

tɕau^{3} pi^{1} dʑun^{6} dʑau^{6} nɛn^{6}

早 年 地 时 这

早年的那些日子。

佛妈 里 曲 文

bun^{6}mɛ^{6} li^{3} ŋkju^{6} ŋkun^{2}

神母 还 做 人

神母她仍然在世，

防龙 里 曲 为

vaŋ^{8}loŋ^{1} li^{3} ŋkju^{6} vei^{6}

仙父 还 做 人

仙父他依旧活着。

里 曲 为 拉 天

li^{3} ŋkju^{6} vei^{6} ɬa^{3} tɛn^{1}

还 做 人 下 天

当时他们在世时，

里 曲 文 拉 地

li^{3} ŋkju^{6} ŋkun^{2} ɬa^{3} dei^{6}

还 做 人 下 地

当年他们活着时。

四 扫 古 谢 英

θei^{5} dʑau^{6} ku^{3} θ^{h}ɛn^{1} ɛŋ^{1}

四 时 也 相 靠

时时刻刻相依靠，

三 岁 古 谢 朋

θan^{1} dʑei^{1} ku^{3} θ^{h}ɛn^{1} baŋ^{6}

三 时 也 相 依

日日月月相陪伴。

朋 乜发 青 翁

baŋ^{6} mɛ^{6}fa^{5} ts^{h}iŋ^{1} oŋ^{3}

依 母亲 就 管

靠母亲孜孜哺育，

英	**陇相**	**散**	**勿**
ɛŋ^{1}	loŋ^{1}θ^{h}iaŋ^{3}	θ^{h}an^{5}	u^{5}
靠	**父亲**	**便**	**管**

靠父亲谆谆教导。

乜发①	**古**	**六**	**育**
mɛ^{6}fa^{5}	ku^{3}	ʐu^{8}	ʐu^{1}
母亲	**也**	**会**	**做**

母亲也慈心呵护，

陇相	**古**	**六**	**扫**
loŋ^{8}θ^{h}iaŋ^{3}	ku^{3}	ʐu^{8}	dʑau^{6}
父亲	**也**	**会**	**做**

父亲也精心教导。

古	**六**	**扫**	**祥**	**亮**
ku^{3}	ʐu^{8}	dʑau^{6}	dʑun^{8}	ʐoŋ^{1}
也	**会**	**做**	**地**	**好**

也为你们择吉日，

古	**六**	**育**	**扫**	**让**
ku^{3}	ʐu^{8}	ʐu^{1}	dʑau^{6}	jeŋ^{6}
也	**会**	**做**	**时**	**好**

也为你俩选良辰。

扫	**扫**	**让**	**高**	**刀**②
dʑau^{6}	dʑau^{6}	jeŋ^{6}	kau^{1}	dau^{3}
做	**时**	**好**	**取**	**月亮**

择吉时娶好新娘，

育	**祥**	**亮**	**燕**	**仪**
ʐu^{1}	dʑun^{8}	ʐoŋ^{1}	ɛn^{5}	ȵit^{6}
做	**地**	**好**	**要**	**太阳**

选吉日娶美媳妇。

燕	**仪**	**能**	**田**	**街**
ɛn^{5}	ȵit^{6}	nun^{6}	dɛn^{8}	kai^{1}
要	**太阳**	**少女**	**填**	**家**

娶好新娘进家院，

① 乜发［mɛ^{6}fa^{5}］：原义是“母亲”，下句“陇相［loŋ^{8}θ^{h}iaŋ^{3}］”原义是“父亲”，此处指祖父祖母的父母，即屋主的曾祖父母。
② 高刀［kau^{1} dau^{3}］：原义是“娶月亮”，下句“燕仪［ɛn^{5} ȵit^{6}］”原义是“娶太阳”，此处指祖母嫁给祖父，祖父迎娶祖母。

高　刀　院　走　电

kau^{1} dau^{3} ʐɯŋ^{1} θou^{5} tɛn^{5}

取　月亮　少女　到　家

娶美媳妇入门庭。

狼　走　电　丰荣

laŋ^{6} θou^{5} tɛn^{5} fuŋ^{1}ʐoŋ^{1}

来　到　家　丰盛

进门成家家荣华，

平　育　街　丰狼

biŋ^{8} ʐu^{1} kai^{3} fuŋ^{10}laŋ^{6}

去　到　家　丰盛

入院立业业兴旺。

防龙　哎　佛妈

vaŋ^{8}loŋ^{1} ei^{1} bun^{6}mɛ^{6}

仙父　哎　神母

仙父哎神母！

佛妈　命　咘　灾

bun^{6}mɛ^{6} miŋ^{6} bou^{1} tɕai^{1}

神母　命　不　长

神母为人生有限，

防龙　很　咘　广

vaŋ^{8}loŋ^{8} hɯn^{3} bou^{3} kuaŋ^{5}

仙父　魂　不　久

仙父处世命有时。

命　咘　广　修　旁

miŋ^{6} bou^{1} kuaŋ^{5} θ^{h}iou^{1} boŋ^{1}

命　不　久　比　天

人生有时不比天，

很　咘　灾　伴　地

hɯn^{1} bou^{3} tɕai^{3} bun^{6} dei^{6}

魂　不　长　如　地

人命有限不如地。

广　列　地　吊庭

kuaŋ^{5} lɛ^{6} dei^{6} diou^{8}diŋ^{1}

久　择　地　阎王

选好大路跟阎王，

灾　真　旁　王代

tɕai^{1} θin^{3} boŋ^{6} ŋkwoŋ^{1}tai^{5}

长　选　天　玉帝

选好大道随玉帝。

咘　散　谷　架　飞①

bou^{1}　θ^{h}an^{5}　k^{h}un^{9}　ŋkja^{3}　fi^{1}

不　动　身　自　飞

不动身体能自飞，

咘　青　躺　架　发

bou^{1}　ts^{h}iŋ^{1}　daŋ^{1}　ŋkja^{3}　fa^{5}

不　动　身　自　变

不动身子会自化。

咘　散　咘　来　枯

bou^{1}　θ^{h}an^{3}　bou^{1}　tɬai^{1}　ku^{3}

不　动　不　过　身

不飞不化不由身，

咘　青　咘　过　枝

bou^{1}　ts^{h}iŋ^{3}　bou^{1}　kɔ^{5}　tɕi^{5}

不　动　不　过　肢

不化不飞不由体。

乜发　过　背　旁

mɛ^{6}fa^{5}　kɔ^{5}　pei^{1}　boŋ^{1}

母亲　过　去　天

神母飞开本世天，

陇相　来　背　地

loŋ^{8}θ^{h}iaŋ^{3}　tɬai^{1}　pei^{3}　dei^{6}

父亲　过　去　地

仙父化离今生地。

过　背　地　立很

kɔ^{5}　pei^{1}　dei^{6}　lat^{6}hɯn^{1}

过　去　地　热闹

飞开本世去他方，

来　背　旁　立么

tɬai^{8}　pei^{3}　boŋ^{1}　lat^{6}mɔ^{9}

过　去　天　热闹

化离今生到新处。

① 谷架飞［k^{h}un^{9} ŋkja^{3} fi^{1}］：原义是“身体自己能飞行”，下句“躺架发［daŋ^{1} ŋkja^{3} fa^{5}］”原义为“身体与泥土融化为一体”。布努瑶民间信仰认为，人死了以后，其灵魂脱离了躯体，在躯体以外的空间自由飞行，而躯体留在原地不动，慢慢地与泥土融为一体。

燕	**面**	**特**	**南三**	
ɛn^{5}	mjɛn^{6}	dat^{9}	nan^{6}θan^{1}	
要	**面**	**贴**	**泥土**	

以颜容化为尘土，

高	**相**	**田**	**南刀**	
kau^{1}	θʰiaŋ^{3}	dɛn^{6}	nan^{6}dau^{6}	
取	**脸**	**粘**	**泥巴**	

以脸相化作黄泥。

乜	**燕**	**赚**	**乜**	**平**
mɛ^{6}	ɛn^{5}	dʑan^{6}	mɛ^{6}	biŋ^{2}
母	**要**	**晒台**	**母**	**去**

神母背对晒台去，

陇	**高**	**雷**	**陇**	**狼**
loŋ^{2}	kau^{3}	ɬoi^{3}	loŋ^{1}	laŋ^{6}
父	**取**	**门梯**	**父**	**来**

仙父顺着门梯离。

代	**奇**	**达**	**桥**	**刀**
tai^{3}	ŋkik^{6}	da^{6}	ŋkiu^{8}	dau^{1}
底	**脚**	**踏**	**桥**	**月亮**

鞋底踏上月亮桥，

代	**崖**	**田**	**路**	**仪**
tai^{3}	ŋkjai^{8}	dɛn^{1}	lɔ^{6}	ȵit^{6}
底	**鞋**	**踩**	**路**	**太阳**

脚板踩上太阳路。

站	**狼**	**达**	**谷难**	
ʑan^{4}	laŋ^{6}	da^{6}	kʰuk^{10}nan^{8}	
走	**来**	**踏**	**滚动**	

随太阳翻腾飞升，

强	**平**	**田**	**谷内**	
ŋkjaŋ^{8}	biŋ^{1}	dɛn^{1}	kʰuk^{10}noi^{6}	
行	**去**	**踩**	**转动**	

跟月亮滚动飞扬。

乜	**狼**	**乜**	**很**	**亮**
mɛ^{6}	laŋ^{6}	mɛ^{6}	hen^{1}	ʑoŋ^{1}
母	**来**	**母**	**见**	**好**

神母越走越见美，

陇	**平**	**陇**	**见**	**让**
loŋ^{8}	biŋ^{1}	loŋ^{1}	kjɛn^{5}	jeŋ^{6}
父	**去**	**父**	**见**	**好**

仙父越飞越见妙。

乜	**见**	**让**	**论**	**亚**
mɛ^{6}	kjɛn^{5}	jeŋ^{6}	lun^{8}	z̢a^{1}
母	见	好	忘	穷

神母见美忘了穷，

陇	**很**	**亮**	**断**	**虎**
loŋ^{2}	hen^{3}	z̢oŋ^{1}	dun^{6}	hu^{3}
父	见	好	忘	穷

仙父见妙忘了贫。

乜	**断**	**虎**	**拉**	**天**
mɛ^{6}	dun^{6}	hu^{3}	ɬa^{3}	tɛn^{1}
母	忘	穷	下	天

神母忘掉天下贫，

陇	**论**	**亚**	**拉**	**地**
loŋ^{8}	lun^{1}	z̢a^{1}	ɬa^{2}	dei^{6}
父	忘	穷	下	地

仙父忘掉地上穷。

里	**蹬线**	**亮朗**
li^{3}	tin^{1}θ^{h}ɛn^{5}	z̢oŋ^{8}ɬaŋ^{1}
还	脚趾	跟后

今把儿女留身后，

里	**蹬虽**	**的那**
li^{3}	tin^{1}θ^{h}ei^{3}	di^{5}n̥a^{3}
还	脚趾	跟前

现把子孙留后头。

边平	**秀**	**架**	**亚**
pɛn^{5}bun^{2}	diou^{6}	ŋkja^{8}	z̢a^{1}
成为	代	孤儿	穷

成为今世孤苦儿，

荣平	**岁**	**架**	**虎**
z̢oŋ^{8}bun^{1}	dʑei^{1}	ŋkja^{8}	hu^{3}
成为	代	孤儿	穷

成为这辈苦难女。

架	**虎**	**咘**	**乱**	**最**
ŋkja^{6}	hu^{3}	bou^{1}	jun^{6}	tɕui^{1}
孤儿	穷	不	乱	死

贫苦孤儿不易死，

架	**亚**	**咘**	**乱**	**过**
ŋkja^{2}	z̢a^{1}	bou^{1}	jun^{6}	kɔ^{5}
孤儿	穷	不	乱	夭

穷难孤女不易亡。

唏　乱　过　性　为
bou^{1}　jun^{6}　kɔ^{5}　z̧eŋ^{8}　vei^{1}
不　乱　天　得　空
不易白白地夭折，

唏　乱　最　性　漏
bou^{1}　jun^{6}　tɕui^{1}　z̧eŋ^{8}　tɬou^{5}
不　乱　死　得　空
不会白白地死亡。

蹬地　里　才　相
tin^{3}dei^{6}　li^{3}　dʑai^{8}　θ^{h}iaŋ^{1}
大地　还　有　脸
大地仍然有耳朵，

蹬闷　里　今　面
tin^{1}m̥un^{3}　li^{2}　k^{h}in^{3}　mjɛn^{6}
天空　还　有　面
苍天依旧有眼睛。

里　今　面　定　相
li^{3}　k^{h}in^{3}　mjɛn^{6}　dɛn^{6}　θ^{h}iaŋ^{1}
还　有　面　看　脸
依旧有眼看众生，

里　才　相　定　羊
li^{3}　dʑai^{2}　θ^{h}iaŋ^{3}　dɛn^{6}　ʐɔŋ^{6}
还　有　脸　看　样
仍然有耳听众人。

拉　地　里　英　平
ɬa^{3}　dei^{6}　li^{3}　ɛŋ^{1}　biŋ^{1}
下　地　还　靠　平
大地依旧还安稳，

拉　天　里　乃　狼
ɬa^{3}　tɛn^{1}　li^{2}　n̥ai^{5}　laŋ^{6}
下　天　还　坐　安
天下仍然还太平。

梅　肃　唏　乱　国
mei^{8}　ðu^{6}　bou^{1}　jun^{6}　kɔ^{2}
木　直　不　乱　拱
笔直大树不乱弯，

高　顺　唏　乱　勾
kau^{1}　ʐun^{1}　bou^{1}　jun^{6}　kou^{1}
树　顺　不　乱　弯
挺直竹子不乱曲。

梅　勾　咘　乱　顺
mei^{8}　kou^{1}　bou^{3}　jun^{6}　z̧un^{2}
木　弯　不　乱　顺
弯曲树木不易挺，

高　国　咘　乱　肃
kau^{1}　kɔ^{1}　bou^{3}　jun^{6}　ðu^{6}
树　拱　不　乱　直
拱曲修竹不乱直。

梅　肃　丑　肃　才
mei^{8}　ðu^{6}　θu^{2}　ðu^{6}　dz̧ai^{2}
木　直　总　直　完
笔直大树总笔直，

高　顺　丑　顺　今
kau^{1}　z̧un^{1}　θu^{10}　z̧un^{8}　k^{h}in^{10}
树　顺　总　顺　完
挺直修竹总挺直。

梅　勾　丑　勾　才
mei^{8}　kou^{1}　θu^{3}　kou^{1}　dz̧ai^{1}
木　弯　总　弯　完
弯曲树木总弯曲，

高　国　丑　国　今
kau^{1}　kɔ^{8}　θu^{10}　kɔ^{8}　k^{h}in^{10}
树　拱　总　拱　完
拱曲修竹总拱曲。

蹬线　乃　亮朗
tin^{1}θ^{h}ɛn^{5}　n̥ai^{5}　z̧oŋ^{8}ɬaŋ^{1}
脚趾　坐　跟后
今生儿女当后世，

蹬虽　英　的那
tin^{1}θ^{h}ei^{3}　ɛŋ^{3}　di^{5}n̥a^{3}
脚趾　靠　跟前
今世子孙为后代。

秀　狼　咘　来　为
diou^{6}　laŋ^{6}　bou^{1}　tɬai^{1}　vei^{1}
代　来　不　过　空
来世不能空悲逝，

岁　平　咘　过　漏
dz̧ei^{10}　biŋ^{1}　bou^{3}　kɔ^{5}　tɬou^{5}
代　去　不　过　空
现世不可虚度活。

秀 亮 可 六 育
diou^{6} jeŋ^{6} ku^{3} z̥u^{8} z̥u^{1}
代 好 也 会 做
时运佳时会办事，

岁 让 可 六 扫
dʑei^{10} z̥oŋ^{6} ku^{3} z̥u^{8} dʑau^{10}
代 好 也 会 做
时运好时会做人。

可 六 扫 祥 亮
ku^{3} z̥u^{8} dʑau^{6} dʑun^{8} z̥oŋ^{1}
也 会 做 地 好
办事也会择良辰，

可 六 育 扫 让
ku^{3} z̥u^{8} z̥u^{1} dʑau^{6} jeŋ^{6}
也 会 做 时 好
做事也会选吉时。

扫 扫 让 高 刀
dʑau^{6} dʑau^{6} jeŋ^{6} kau^{1} dau^{3}
做 时 好 取 月亮
选好吉时娶媳妇，

育 祥 亮 燕 仪
z̥u^{1} dʑun^{1} z̥oŋ^{1} ɛn^{5} ɲit^{6}
做 地 好 要 太阳
择好良辰接新娘。

防龙 哎 佛妈
vaŋ^{8}loŋ^{8} ei^{5} bun^{6}mɛ^{6}
仙父 哎 神母
仙父呀神母！

唏 居 扫 十 三
bou^{1} ki^{3} dʑau^{6} ði^{6} θan^{1}
不 几 时 十 三
没多久就到十三，

唏 居 祥 十 二
bou^{1} ki^{3} dʑun^{1} ði^{6} ŋei^{6}
不 几 地 十 二
没几日就到十二。

扫 让 让 斗 临
dʑau^{6} jeŋ^{6} jeŋ^{6} tou^{5} z̥in^{3}
时 好 好 来 临
良辰佳运将来临，

祥	**亮**	**亮**	**斗**	**劣**
dʑun^{8}	z̡oŋ^{1}	z̡oŋ^{1}	tou^{3}	z̡i^{10}
地	好	好	来	近

吉日好时已逼近。

四	**拉**	**哑**	**恶**	**堂**
θei^{5}	z̡at^{9}	ja^{3}	ɔk^{10}	daŋ^{2}
四	挑	要	出	中堂

四担礼物将出堂，

三	**缓**	**哑**	**恶**	**当**
θan^{3}	ŋkjon^{1}	ja^{3}	ɔk^{10}	taŋ^{5}
三	担	要	出	中堂

三担礼品要出门。

哑	**狼**	**当**	**亮**	**梅**
ja^{3}	laŋ^{6}	taŋ^{5}	z̡oŋ^{8}	moi^{1}
要	来	中堂	跟	媒

要跟媒人出中堂，

哑	**平**	**斗**	**的**	**岁**
ja^{3}	biŋ^{2}	tou^{3}	di^{5}	θ^{h}ei^{5}
要	去	门	跟	师

要随媒师出大门。

羊	**类**	**咘**	**六**	**英**
z̡oŋ^{6}	z̡ei^{6}	bou^{3}	z̡u^{1}	ɛŋ^{3}
样	什么	不	会	靠

礼担无法依靠谁，

羊	**芒**	**咘**	**六**	**朋**
z̡oŋ^{6}	maŋ^{2}	bou^{3}	z̡u^{1}	baŋ^{10}
样	什么	不	会	依

彩礼不能依托谁。

咘	**六**	**朋**	**达类**
bou^{1}	z̡u^{1}	baŋ^{2}	da^{8}z̡ei^{1}
不	会	依	哪里

依托哪个都不行，

咘	**六**	**英**	**达羊**
bou^{1}	z̡u^{1}	ɛŋ^{3}	da^{1}z̡oŋ^{6}
不	会	靠	哪里

依靠哪个都不好。

节玉	**朋**	**防龙**
tɕi^{9}z̡i^{4}	baŋ^{6}	vaŋ^{8}loŋ^{1}
专心	依	仙父

唯一可依靠仙父，

唱追 英 佛妈
θoŋ^{1}θei^{3} εŋ^{3} bun^{6}mε^{6}
专意 靠 神母
唯独可寄托神母。

四 扫 可 咘 只
θei^{5} dʑau^{6} ku^{3} bou^{1} θi^{3}
四 时 也 不 放
一年四季不放弃，

三 岁 可 咘 色
θan^{1} dʑei^{1} ku^{3} bou^{1} θ^{h}at^{10}
三 时 也 不 放
时时刻刻不遗弃。

可 咘 色 防龙
ku^{3} bou^{1} θ^{h}at^{10} vaŋ^{8}loŋ^{1}
也 不 放 仙父
不会放弃了仙父，

可 咘 只 佛妈
ku^{3} bou^{1} θi^{3} bun^{6}mε^{6}
也 不 放 神母
不会遗弃了神母。

色 佛妈 来 为
θ^{h}at^{10} bun^{6}mε^{6} tɬai^{8} vei^{1}
放 神母 过 空
不是白招神母降，

只 防龙 过 漏
θi^{1} vaŋ^{1}loŋ^{1} kɔ^{5} tɬou^{5}
放 仙父 过 空
不会空唤仙父临。

秀 羊 可 小 才
ðiou^{8} ʐoŋ^{6} ku^{3} θ^{h}iou^{1} dʑai^{1}
叫唤 阵 也 是 有
招来就得敬仙父，

仪 祥 可 小 今
ȵit^{8} dʑun^{1} ku^{10} θ^{h}iou^{1} k^{h}in^{10}
叫唤 地 也 是 有
呼到就会奉神母。

可 小 今 床 油
ku^{3} θ^{h}iou^{3} k^{h}in^{2} dʑoŋ^{8} ʐou^{1}
也 是 有 桌 油
备有一台酒肉敬，

可	**小**	**才**	**当**	**糯**
ku^{3}	θ^{h}iou^{1}	dʑai^{1}	taŋ^{5}	nɔ^{6}
也	**是**	**有**	**凳**	**肉**

设有一桌酒菜供。

当	**糯**	**八**	**临**	**床**
taŋ^{5}	nɔ^{6}	bɛn^{6}	ʐin^{1}	dʑoŋ^{1}
凳	**肉**	**摆**	**满**	**桌**

台上摆满酒和肉，

床	**油**	**排**	**临**	**当**
dʑoŋ^{8}	ʐou^{1}	bai^{1}	ʐin^{3}	taŋ^{5}
桌	**油**	**摆**	**满**	**凳**

桌上摆满酒和菜。

配	**佛妈**	**早**	**比**
poi^{5}	bun^{6}mɛ^{1}	tɕau^{3}	pi^{1}
拜	**神母**	**早**	**年**

首先祭祀神母享，

来	**防龙**	**早**	**仪**
ʐai^{8}	vaŋ^{1}loŋ^{1}	tɕau^{3}	ȵit^{6}
传	**仙父**	**早**	**日**

首先奉送仙父用。

仪	**万**	**佛**	**才**	**修**
ȵit^{6}	van^{6}	bun^{6}	dʑai^{6}	θ^{h}iou^{1}
叫唤	**万**	**神**	**同**	**喝**

招呼万仙一同享，

秀	**千**	**防**	**才**	**拌**
ðiou^{8}	θɛn^{3}	vaŋ^{1}	dʑai^{6}	bun^{6}
叫唤	**千**	**鬼**	**同**	**吃**

召唤万仙一起饮。

才	**拌**	**姓**	**才**	**包**
dʑai^{6}	bun^{6}	θ^{h}iŋ^{5}	dʑai^{6}	pau^{1}
同	**吃**	**才**	**同**	**保**

众仙同享共保佑，

才	**修**	**姓**	**才**	**缩**
dʑai^{6}	θ^{h}iou^{1}	θ^{h}iŋ^{5}	dʑai^{6}	θ^{h}u^{9}
同	**喝**	**才**	**同**	**护**

众神同饮共护佑。

防龙	**哎**	**佛妈**
vaŋ^{8}loŋ^{1}	ei^{3}	bun^{6}mɛ^{6}
仙父	**哎**	**神母**

仙父呀神母！

防仙	**哎**	**佛画**
vaŋ^{8}θ^{h}ɛn^{3}	ei^{1}	bun^{6}ŋkwɛ^{6}
仙父	**哎**	**神母**

祖父呀祖母！

防公	**哎**	**佛吓**
vaŋ^{8}koŋ^{3}	ei^{1}	bun^{6}ʑa^{6}
鬼公	**哎**	**神婆**

堂祖呀堂母！

防飞	**哎**	**佛灶**
vaŋ^{8}vi^{1}	ei^{1}	bun^{6}θau^{3}
鬼火	**哎**	**神灶**

火神呀灶神！

拌	**今**	**该**	**曲**	**防**
bun^{6}	k^{h}in^{3}	kai^{1}	ŋkju^{6}	vaŋ^{2}
吃	**完**	**别**	**做**	**鬼**

吃饱莫做恶阴鬼，

修	**才**	**该**	**曲**	**佛**
θ^{h}iou^{1}	dʑai^{1}	kai^{1}	ŋkju^{6}	bun^{6}
喝	**完**	**别**	**做**	**神**

喝足莫当凶阴煞。

该	**曲**	**佛**	**立很**
kai^{3}	ŋkju^{6}	bun^{6}	lat^{6}hɯn^{1}
别	**做**	**神**	**热闹**

莫做阴府之凶煞，

该	**曲**	**防**	**立么**
kai^{3}	ŋkju^{6}	vaŋ^{2}	lat^{6}mɔ^{3}
别	**做**	**鬼**	**热闹**

莫当阴间之恶鬼。

拌	**今**	**该**	**平**	**灾**
bun^{6}	k^{h}in^{3}	kai^{1}	biŋ^{1}	tɕai^{3}
吃	**完**	**别**	**去**	**远**

众仙吃饱别走远，

修	**才**	**该**	**狼**	**广**
θ^{h}iou^{1}	dʑai^{1}	kai^{3}	laŋ^{6}	kuaŋ^{5}
喝	**完**	**别**	**来**	**宽**

众神喝足别逛远。

该	**狼**	**广**	**过**	**埔**
kai^{3}	laŋ^{6}	kuaŋ^{5}	kɔ^{3}	pou^{1}
别	**来**	**宽**	**过**	**山坡**

不要过来逛荒坡，

该　平　灾　过　八
kai^{1}　biŋ^{1}　tɕai^{3}　kɔ^{5}　pa^{5}
别　去　远　过　山坡
不要过去游野岭。

拌　今　过　背　英
bun^{6}　k^{h}in^{3}　kɔ^{5}　pei^{1}　ɛŋ^{1}
吃　完　过　去　靠
吃饱请去坐一坐，

修　才　过　狼　乃
θ^{h}iou^{1}　dʑai^{5}　kɔ^{5}　laŋ^{6}　n̥ai^{5}
喝　完　过　来　坐
喝足请来歇一歇。

过　狼　乃　亮　缓
kɔ^{5}　laŋ^{6}　n̥ai^{5}　ʐoŋ^{8}　ŋkjon^{1}
过　来　坐　跟　担
请到礼担旁坐坐，

来　平　英　的　拉
tɬai^{8}　biŋ^{1}　ɛŋ^{3}　di^{5}　ʐat^{10}
过　去　靠　跟　挑
请到彩礼边歇歇。

扫　让　多　如友
dʑau^{6}　jeŋ^{6}　tɔ^{5}　ʐi^{8}ʐou^{1}
时　好　到　匆匆地
吉时好日即将到，

祥　亮　丁　如乙
dʑun^{8}　ʐoŋ^{1}　tɛn^{3}　ʐi^{1}ʐi^{6}
地　好　到　急急地
良辰佳运即将临。

四　七　燕　三　缓
θei^{5}　dʑat^{6}　ɛn^{5}　θan^{1}　ŋkjon^{1}
四　舟　要　三　担
四仙一同护三担，

三　六　高　四　拉
θan^{1}　ʐu^{1}　kau^{3}　θei^{5}　ʐat^{10}
三　船　取　四　挑
三神一起保四担。

燕　四　拉　多　埔
ɛn^{3}　θei^{1}　ʐat^{10}　tɔ^{3}　pou^{1}
要　四　挑　到　山坡
保佑四担走过村，

高 三 缓 多 八

kau^{1} θan^{3} ŋkjon^{5} tɔ^{5} pa^{3}

取 三 担 到 山坡

护佑三担行过寨。

佛妈 哑 曲 旗①

bun^{6}mɛ^{6} ja^{3} ŋkju^{6} ŋki^{2}

神母 要 做 旗

神母你充当幡旗，

防龙 哑 曲 用

vaŋ^{8}loŋ^{1} ja^{10} ŋkju^{6} ɕoŋ^{3}

仙父 要 做 伞

仙父你充当布伞。

哑 曲 用 当 刀

ja^{3} ŋkju^{6} ɕoŋ^{3} taŋ^{5} dau^{1}

要 做 伞 挡 月亮

充当布伞遮月光，

哑 曲 旗 当 仪

ja^{3} ŋkju^{6} ŋki^{2} taŋ^{5} ȵit^{6}

要 做 旗 挡 太阳

充当幡旗挡阳光。

曲 左线 当 很

ŋkju^{6} tɕɔk^{3}θ^{h}ɛn^{5} taŋ^{1} hɯn^{1}

做 斗笠 挡 水

充当布笠挡雨水，

曲 左虽 当 淋

ŋkju^{6} tɕɔk^{3}θ^{h}ei^{1} taŋ^{1} ʐun^{6}

做 草帽 挡 水

充当竹笠遮冰雹。

哑 曲 雪 间 贤

ja^{3} ŋkju^{6} θɛ^{6} kɛ^{1} hɛn^{3}

要 做 墙 隔 防

当作墙壁堵劫鬼，

哑 曲 城 间 甲

ja^{3} ŋkju^{6} ðun^{8} kɛ^{1} ŋkja^{6}

要 做 城 隔 卫

作为城墙拦盗妖。

① 曲旗［ŋkju^{6} ŋki^{2}］：原义为“充当幡旗”，下句“曲用［ŋkju^{6} ɕoŋ^{3}］”原义为“充当布伞”，此处指走在队伍前面的领头人和带队人。

缩	四	拉	你平
$\theta^{h}u^{9}$	θei^{5}	ʐat^{9}	ni^{8}bun^{1}
护	四	挑	这样

这样护佑四担礼，

包	三	缓	你代
pau^{1}	θan^{3}	ŋkjon^{1}	ni^{1}dai^{10}
保	三	担	这样

这般保佑三担物。

缩	四	拉	平	顺
$\theta^{h}u^{9}$	θei^{5}	ʐat^{9}	biŋ^{8}	ʐun^{1}
护	四	挑	去	顺

保佑四担行得顺，

包	三	缓	狼	肃
pau^{1}	θan^{3}	ŋkjon^{1}	laŋ^{6}	ðu^{6}
保	三	担	来	直

护佑三担走得畅。

狼	咘	色	桥	刀
laŋ^{6}	bou^{1}	$\theta^{h}at^{9}$	ŋkiu^{8}	dau^{1}
来	不	犯	桥	月亮

人不误碰月线桥，

平	咘	标	路	仪
biŋ^{8}	bou^{1}	pjau^{3}	lɔ^{6}	ȵit^{6}
去	不	犯	路	太阳

物不乱触日线路。

狼	咘	匙	虽坤
laŋ^{6}	bou^{1}	ði^{6}	$\theta^{h}ei^{1}kun^{3}$
来	不	逢	太阴神

一路不犯太阴神，

平	咘	丁	太岁
biŋ^{8}	bou^{1}	tɛn^{3}	$dai^{6}\theta^{h}ei^{5}$
去	不	接	太岁

沿途不犯太岁神。

咘	罚卡	防宏
bou^{1}	vat^{6}kat^{9}	vaŋ^{8}huŋ^{1}
不	相遇	大鬼

路上不遇大凶鬼，

咘	罚丰	佛老
bou^{1}	vat^{6}fuŋ^{1}	bun^{6}lau^{6}
不	相逢	大神

途中不逢老恶煞。

咘	**罚卡**	**防**	**平**
bou^{1}	vat^{6}kat^{9}	vaŋ^{8}	biŋ^{8}
不	**相遇**	**鬼**	**去**

一路不遇短命鬼，

咘	**罚丰**	**防**	**狼**
bou^{1}	vat^{6}fuŋ^{1}	vaŋ^{1}	laŋ^{6}
不	**相逢**	**鬼**	**来**

沿途不逢伤人妖。

咘	**见**	**那**	**七**	**虫**
bou^{1}	kjɛn^{5}	n̥a^{3}	ði^{6}	ðoŋ^{2}
不	**见**	**脸**	**虹**	**站**

路上不见彩虹立，

咘	**很**	**相**	**七**	**丧**
bou^{1}	hen^{3}	θ^{h}iaŋ^{3}	ði^{6}	ðaŋ^{6}
不	**见**	**脸**	**虹**	**爬**

途中不见彩虹起。

咘	**罚卡**	**防双**①
bou^{1}	vat^{6}kat^{9}	vaŋ^{8}θoŋ^{1}
不	**相遇**	**伤鬼**

一路不遇伤人鬼，

咘	**罚丰**	**防贼**
bou^{1}	vat^{6}fuŋ^{1}	vaŋ^{1}dʑak^{6}
不	**相逢**	**红鬼**

沿途不逢青红鬼。

劣额	**咘**	**堆**	**平**
lik^{6}ŋu^{6}	bou^{1}	dei^{10}	biŋ^{8}
虎仔	**不**	**得**	**去**

不会遇上虎窜路，

劣龙	**咘**	**堆**	**狼**
lik^{6}loŋ^{2}	bou^{1}	dei^{10}	laŋ^{6}
龙仔	**不**	**得**	**去**

不会碰到蟒跨道。

咘	**堆**	**狼**	**显**	**桥**
bou^{1}	dei^{10}	laŋ^{6}	hɛn^{1}	ŋkiu^{1}
不	**得**	**来**	**守**	**桥**

蟒蛇不得守桥头，

① 防双[vaŋ^{8}θoŋ^{1}]：原义为“伤鬼”。下句“防贼[vaŋ^{1}dʑak^{6}]”原义为“红鬼”，此处均指专司非正常死亡的鬼神。

咘　堆　平　架　路
bou^{1}　dei^{10}　biŋ^{2}　ŋkja^{6}　lɔ^{6}
不　得　去　挡　路
青蛇不得挡路口。

轮　狼　咘　堆　包
ʐun^{8}　laŋ^{6}　bou^{1}　dei^{2}　pau^{1}
风　大　不　得　抛
山野不得刮大风，

轮　只　咘　堆　笔
ʐun^{8}　ði^{1}　bou^{1}　dei^{2}　pat^{10}
风　小　不　得　扫
平地不能起小风。

咘　堆　笔　用虽
bou^{1}　dei^{10}　pat^{10}　ɕoŋ^{3}θ^{h}ei^{1}
不　得　扫　丝伞
不得翻卷绸布伞，

咘　堆　包　用线
bou^{1}　dei^{10}　pau^{1}　ɕoŋ^{10}θ^{h}ɛn^{5}
不　得　抛　线伞
不得刮破粗布伞。

笔　用线　倒　天
pat^{10}　ɕoŋ^{3}θ^{h}ɛn^{5}　tau^{3}　tɛn^{1}
扫　线伞　回　天
不吹伞口朝天翻，

包　用虽　倒　地
pau^{1}　ɕoŋ^{10}θ^{h}ei^{1}　tau^{3}　dei^{6}
抛　丝伞　回　地
不刮伞面往回缩。

背　埋　咘　堆　信
bei^{1}　mei^{10}　bou^{1}　dei^{1}　ðin^{8}
叶　芦苇　不　得　掉
不让苇叶掉下来，

背　高　咘　堆　节
bei^{1}　kau^{1}　bou^{1}　dei^{10}　θit^{9}
叶　芦苇　不　得　落
不让苇叶飘落去。

咘　堆　节　对　相
bou^{1}　dei^{1}　θit^{9}　toi^{5}　θ^{h}iaŋ^{1}
不　得　落　对　脸
苇叶不得当面落，

咘 堆 信 对 面

bou^{1} dei^{1} ðin^{8} toi^{5} mjɛn^{6}

不 得 掉 对 面

苇叶不得眼前掉。

临 占 咘 堆 信

ʐin^{1} θɛn^{5} bou^{1} dei^{1} ðin^{8}

石 紧 不 得 掉

稳固石头不得崩，

临 软 咘 堆 节

ʐin^{1} ŋkjon^{1} bou^{1} dei^{1} θit^{9}

石 松 不 得 落

松动石块不得塌。

咘 堆 节 对 相

bou^{1} dei^{10} θit^{9} toi^{5} θ^{h}iaŋ^{1}

不 得 落 对 脸

稳石不得当面塌，

咘 堆 信 对 面

bou^{1} dei^{1} ðin^{8} toi^{5} mjɛn^{6}

不 得 掉 对 面

松石不得面前崩。

缩 四 拉 平 顺

θ^{h}u^{9} θei^{1} ʐat^{9} biŋ^{8} ʐun^{1}

护 四 挑 去 顺

保佑四担行得顺，

包 三 缓 狼 肃

pau^{1} θan^{1} ŋkjon^{1} laŋ^{6} ðu^{6}

保 三 担 来 直

护佑三担走得畅。

缩 数 周 边 桐①

θ^{h}u^{3} ðu^{6} θou^{5} pɛn^{1} doŋ^{1}

护 直 到 边 姻

保佑礼队到姻家，

包 顺 田 拜 姣

pau^{1} ʐun^{1} dɛn^{1} pai^{6} kjou^{5}

保 顺 到 边 亲

护佑礼队抵亲家。

① 边桐［pɛn^{1} doŋ^{1}］：原义为“姻亲那一边，亲家那一方”，此处指都才都寅未婚妻的娘家。下句“拜姣［pai^{6} kjou^{5}］”同。

走　拜　姣　玉　爹
θou^{5}　pai^{6}　kjou^{5}　ði^{8}　tɛ^{1}
到　边　亲　在　那
抵达姻家那幢屋，

田　边　桐　玉　年
dɛn^{8}　pɛn^{1}　doŋ^{1}　ði^{1}　nɛn^{6}
到　边　姻　在　这
到达亲家那间房。

四　拉　过　平　英
θei^{5}　z̥at^{9}　kɔ^{5}　biŋ^{8}　ɛŋ^{1}
四　挑　过　去　靠
四担彩礼顺利到，

三　缓　过　狼　乃
θan^{1}　ŋkjon^{1}　kɔ^{5}　laŋ^{6}　n̥ai^{5}
三　担　过　来　坐
三担礼品安全抵。

佛妈　过　背　英
bun^{6}mɛ^{6}　kɔ^{5}　pei^{10}　ɛŋ^{1}
神母　过　去　靠
神母你要过去歇，

防龙　过　狼　乃
vaŋ^{8}loŋ^{6}　kɔ^{5}　laŋ^{6}　n̥ai^{5}
仙父　过　来　坐
仙父你要过来坐。

过　狼　乃　亮　缓
kɔ^{5}　laŋ^{6}　n̥ai^{3}　z̥oŋ^{8}　ŋkjon^{1}
过　来　坐　跟　担
请到礼担旁坐坐，

来　平　英　的　拉
tɬai^{8}　biŋ^{1}　ɛŋ^{3}　di^{5}　z̥at^{9}
过　去　靠　跟　挑
请到彩礼边歇歇。

乃　的　拉　间　显
n̥ai^{5}　di^{5}　z̥at^{9}　kɛn^{1}　hɛn^{3}
坐　跟　挑　隔　防
歇在彩礼旁防守，

英　亮　缓　间　架
ɛŋ^{1}　z̥oŋ^{1}　ŋkjon^{1}　kɛn^{3}　ŋkja^{6}
靠　跟　担　隔　挡
坐在礼担边守护。

狼　定正　番　今

laŋ^{6}　diŋ^{6}θiŋ^{5}　fan^{1}　ŋkin^{1}

来　协调　一　夜

来当一夜顶天柱，

平　定吊　番　岑

biŋ^{8}　diŋ^{6}diou^{2}　fan^{3}　ŋkjun^{6}

去　调解　一　晚

去做一晚标尺杆。

多　哈　乱　恩　朗

tɔ^{5}　hat^{10}　z̥on^{6}　ŋwon^{8}　ɬaŋ^{1}

到　早　亮　日　后

直到次日拂晓时，

丁　恩　外　哈　那

tɛn^{1}　ŋwon^{1}　ŋkwai^{1}　hat^{10}　n̥a^{3}

到　日　晚　早　前

直至明早天亮时。

扫　让　多　如友

dʑau^{6}　jeŋ^{6}　tɔ^{5}　z̥i^{8}z̥ou^{1}

时　好　到　匆匆地

吉时好日即将到，

祥　亮　丁　如乙

dʑun^{8}　z̥oŋ^{1}　tɛn^{3}　z̥i^{1}z̥i^{6}

地　好　到　急急地

良辰吉日即将临。

拜　姣　者　赖松

pai^{6}　kjou^{5}　tɬɛ^{3}　ɬai^{1}z̥oŋ^{1}

边　姻　让　女儿

会让我们的儿媳，

边　桐　分　倍内

pɛn^{1}　doŋ^{1}　pun^{3}　bei^{3}noi^{6}

边　姻　给　女儿

会让我们的媳妇。

者　倍内　陇　雷

tɬɛ^{3}　bei^{1}noi^{8}　z̥oŋ^{1}　ɬoi^{1}

让　女儿　下　门梯

让媳妇走下门梯，

分　赖松　陇　赚

pun^{1}　ɬai^{3}z̥oŋ^{1}　z̥oŋ^{1}　dʑan^{6}

给　女儿　下　晒台

让儿媳走下晒台。

走	**代**	**奇**	**旋梅**
θou^{1}	tai^{3}	ŋkik^{6}	dʑɛn^{8}moi^{1}
补	底	脚	媒人

跟着媒人脚步走，

田	**代**	**崖**	**旋岁**
dɛn^{8}	tai^{10}	ŋkjai^{8}	dʑɛn^{1}θ^{h}ei^{5}
填	底	鞋	媒师

随着媒师足迹行。

走	**间先**	**下桐**
θou^{5}	kɛn^{1}θ^{h}ɛn^{5}	z̡a^{6}doŋ^{1}
补	衣袖	姻婆

牵着姻婆衣袖走，

田	**间虽**	**下姣**
dɛn^{8}	kɛn^{3}θ^{h}ei^{3}	z̡a^{6}kjou^{5}
填	衣袖	姻娘

绊着姻娘衣袂行。

走	**再**	**娄**	**双**	**院**
θou^{3}	pjai^{1}	lou^{2}	θoŋ^{1}	z̡ɛn^{1}
补	尾	衣	两	少女

随着伴娘衣摆走，

田	**再**	**翁**	**双**	**能**
dɛn^{2}	pjai^{3}	oŋ^{3}	θoŋ^{3}	nun^{6}
填	尾	衣	两	少女

陪着伴娘裙边行。

旋岁	**的**	**下桐**
dʑɛn^{8}θ^{h}ei^{5}	di^{1}	z̡a^{6}doŋ^{1}
媒师	跟	姻婆

媒师和两位姻婆，

旋梅	**亮**	**下姣**
dʑɛn^{8}moi^{1}	z̡oŋ^{1}	z̡a^{6}kjou^{5}
媒人	跟	姻娘

媒人和两位姻娘。

下姣	**的**	**双**	**院**
z̡a^{6}kjou^{5}	di^{5}	θoŋ^{1}	z̡ɛn^{1}
姻娘	跟	两	少女

姻娘和两位伴女，

下桐	**亮**	**双**	**能**
z̡a^{6}doŋ^{1}	z̡oŋ^{1}	θoŋ^{3}	nun^{6}
姻婆	跟	两	少女

姻婆和两个伴娘。

燕　狼　八　倒　朗
εn^{5}　laŋ^{6}　pa^{5}　tau^{3}　ɬaŋ^{1}
要　来　山坡　回　后
接新娘返回家乡，

高　平　埔　倒　那
kau^{1}　biŋ^{1}　pou^{3}　tau^{1}　n̥a^{3}
取　去　坡　回　前
迎媳妇回到村庄。

佛妈　哑　包　顺
bun^{6}mε^{6}　ja^{3}　pau^{1}　ʐun^{1}
神母　要　保　顺
神母要保佑顺行，

防龙　哑　缩　肃
vaŋ^{8}loŋ^{1}　ja^{10}　θ^{h}u^{3}　ðu^{6}
仙父　要　护　直
仙父要护佑畅通。

哑　缩　肃　倒　朗
ja^{3}　θ^{h}u^{3}　ðu^{6}　tau^{3}　ɬaŋ^{1}
要　护　直　回　后
保佑礼队顺畅回，

哑　包　顺　倒　那
ja^{3}　pau^{1}　ʐun^{1}　tau^{3}　n̥a^{3}
要　保　顺　回　前
护佑接亲顺利归。

多　八　羊　交　工
tɔ^{5}　pa^{3}　ʐuŋ^{1}　kjou^{1}　koŋ^{1}
到　山坡　像　射　弩
走过山路像飞箭，

来　埔　强　交　那
tɬai^{8}　pou^{3}　ŋkjeŋ^{1}　kjou^{1}　n̥a^{10}
到　山坡　像　射　箭
行过坡道似箭飞。

龙　地　羊　埔　平
ʐoŋ^{8}　dei^{6}　ʐuŋ^{6}　pou^{1}　biŋ^{1}
下　地方　像　山坡　平
走过山地像平坡，

陇　旁　强　八　狼
ʐoŋ^{8}　boŋ^{1}　ŋkjeŋ^{1}　pa^{5}　laŋ^{6}
下　地盘　像　山坡　安
行过丘陵似平地。

狼 走 电 都才
laŋ^{6} θou^{3} tɛn^{5} tu^{1}dʑai^{1}
来 补 家 都才
一直走到都才家，

平 田 街 都寅
biŋ^{2} dɛn^{1} kai^{3} tu^{3}z̩in^{8}
去 填 家 都寅
一路走进都寅屋。

配 朋傹 都才
poi^{5} buŋ^{6}ŋkoŋ^{6} tu^{1}dʑai^{1}
报 中间 都才
到都才中堂报喜，

来 朋章 都寅
z̩ai^{8} buŋ^{1}dʑaŋ^{1} tu^{1}z̩in^{8}
传 中间 都寅
到都寅堂屋报信。

居 对 居 英 平
ki^{1} toi^{5} ki^{1} ɛŋ^{3} biŋ^{1}
各 个 各 靠 平
个个都安全归来，

居 扫 居 乃 狼
ki^{1} θau^{3} ki^{3} n̥ai^{5} laŋ^{6}
各 个 各 坐 安
人人都平安返回。

甲追 为 英 埔
kat^{9}θei^{3} vei^{8} ɛŋ^{1} pou^{3}
他们 人 靠 山坡
村里村外乡亲们，

相临 文 乃 八
θ^{h}iaŋ^{1}z̩in^{1} ŋkun^{1} n̥ai^{5} pa^{5}
他们 人 坐 山坡
寨上寨下父老们。

甲追 为 姓 来
kat^{9}θei^{3} vei^{6} θ^{h}iŋ^{5} z̩ai^{2}
他们 人 才 传
大家争着传喜报，

相临 文 姓 配
θ^{h}iaŋ^{1}z̩in^{1} ŋkun^{1} θ^{h}iŋ^{5} poi^{5}
他们 人 才 报
众人抢着送喜信。

为　姓　配　过　天

vei^{6}　θ^{h}iŋ^{5}　poi^{5}　kɔ^{5}　tɛn^{1}

人　才　报　过　天

喜报传播满天飞，

文　姓　来　过　地

ŋkun^{8}　θ^{h}iŋ^{5}　ʐai^{8}　kɔ^{5}　dei^{6}

人　才　传　过　地

喜信传送遍地扬。

对　佛妈　都才

toi^{5}　bun^{6}mɛ^{6}　tu^{1}dʑai^{1}

个　神母　都才

夸都才这个神母，

扫　防龙　都寅

θau^{1}　vaŋ^{1}loŋ^{1}　tu^{1}ʐin^{8}

个　仙父　都寅

赞都寅这位仙父。

六　拌　姓　六　包

ʐu^{8}　bun^{6}　θ^{h}iŋ^{5}　ʐu^{8}　pau^{1}

会　吃　才　会　保

神母吃饱能护佑，

六　修　姓　六　肃

ʐu^{8}　θ^{h}iou^{3}　θ^{h}iŋ^{5}　ʐu^{8}　θ^{h}u^{9}

会　喝　才　会　护

仙父喝足能保佑。

六　望　走　恩　朗

ʐu^{8}　moŋ^{2}　θou^{3}　ŋwon^{8}　łaŋ^{3}

会　想　补　日　后

能为子孙当护伞，

六　疑　田　哈　那

ʐu^{8}　ŋei^{1}　dɛn^{1}　hat^{10}　n̥a^{3}

会　想　填　早　前

能为儿女做主柱。

佛妈　姓　才　名

bun^{1}mɛ^{1}　θ^{h}iŋ^{5}　dʑai^{8}　miŋ^{1}

神母　才　有　名

神母你才有名气，

防龙　姓　今　肃

vaŋ^{8}loŋ^{1}　θ^{h}iŋ^{5}　k^{h}in^{3}　ðu^{6}

仙父　才　有　誉

仙父你才有名望。

姓　滴　拌　青油

θ^{h}iŋ^{5}　dit^{10}　bun^{6}　θ^{h}iŋ^{1}ẓou^{1}

才　想　吃　香油

仙父吸香烛美味，

姓　滴　修　青间

θ^{h}iŋ^{5}　dit^{10}　θ^{h}iou^{1}　θ^{h}iŋ^{3}kɛn^{5}

才　想　喝　香烟

神母闻香火轻烟。

拌　青间　番　今

bun^{6}　θ^{h}iŋ^{1}kɛn^{5}　fan^{1}　ŋkin^{1}

吃　香烟　一　晚

闻足一夜香烟火，

修　青油　番　岑

θ^{h}iou^{1}　θ^{h}iŋ^{3}ẓou^{1}　fan^{1}　ŋkjun^{6}

喝　香油　一　夜

吸足一晚香烛烟。

拌　娄卡　番　圩

bun^{6}　ɬau^{3}ka^{5}　fan^{1}　hei^{1}

吃　酒罐　一　圩

饱尝一夜好酒肉，

修　娄京　番　普

θ^{h}iou^{1}　ɬau^{3}kiŋ^{1}　fan^{1}　bu^{5}

喝　酒坛　一　集

饱饮一晚美酒菜。

三花　哎　四友

θan^{1}kw^{h}a^{3}　ei^{3}　θei^{5}ẓou^{6}

姑娘　哎　朋友

好姑娘哎好朋友！

四　拉　哑　恶　堂

θei^{5}　ẓat^{10}　ja^{3}　ɔk^{10}　daŋ^{2}

四　挑　要　出　中堂

四担礼物要出堂，

三　缓　哑　恶　当

θan^{1}　ŋkjon^{1}　ja^{3}　ɔk^{10}　taŋ^{5}

三　担　要　出　中堂

三担礼品要出门。

哑　狼　当　都才

ja^{3}　laŋ^{6}　taŋ^{5}　tu^{1}dẓai^{1}

要　来　中堂　都才

要走出都才中堂，

哑　平　斗　都寅
ja^{3}　biŋ^{1}　tou^{3}　tu^{1}ȥin^{8}
要　去　门　都寅
要迈出都寅门口。

道结　浪　定吊
dau^{6}kɛ^{5}　laŋ^{6}　diŋ^{6}diou^{8}
老道　来　协调
请道公来协调妥，

桑灵　平　定正
θ^{h}aŋ^{1}liŋ^{1}　biŋ^{1}　diŋ^{6}θiŋ^{5}
高师　去　调解
邀高师来协商好。

定正　当　千　防
diŋ^{6}θiŋ^{5}　taŋ^{5}　θɛn^{1}　vaŋ^{1}
调解　说　千　鬼
念咒同千神协商，

定吊　闹　万　佛
diŋ^{6}diou^{2}　nou^{1}　van^{6}　bun^{6}
协调　讲　万　神
诵词与万仙协调。

当　万　佛　你平
taŋ^{5}　van^{6}　bun^{6}　ni^{8}bun^{1}
说　万　神　这样
与万仙念这番咒，

闹　千　防　你代
nou^{2}　θɛn^{3}　vaŋ^{6}　ni^{1}dai^{2}
讲　千　鬼　这样
同千神诵这些词。

友　星类　乃　三
ȥou^{1}　θ^{h}iŋ^{3}lei^{6}　nai^{6}　θ^{h}an^{1}
友　乖巧　试　问
朋友还想问什么？

花　星乖　乃　分
kw^{h}a^{1}　θ^{h}iŋ^{3}kwai^{5}　nai^{6}　ven^{6}
花　乖巧　试　问
姑娘还想问哪些？

号　劣　分　麻　花
hau^{1}　ȥi^{9}　ven^{6}　ma^{8}　kw^{h}a^{1}
讲　小　问　什么　花
姑娘你就细声说，

叫	**嫩**	**三**	**麻**	**友**
kjou^{1}	nun^{1}	θ^{h}an^{3}	ma^{8}	z̡ou^{2}
叫	细	问	什么	友

朋友你就轻声讲。

肃	**背**	**当**	**糯**	**花**
ðu^{6}	bei^{6}	taŋ^{5}	nə^{8}	kw^{h}a^{1}
老实	我	说	呐	花

姑娘我是说实话，

顺	**桐**	**闹**	**糯**	**友**
z̡un^{8}	doŋ^{1}	nou^{1}	nə^{8}	z̡ou^{2}
老实	我	讲	呐	友

朋友我是讲真话。

第十五节　写家书

Section Fifteen　Writing a Letter Home

［题解］本节唱述都才都寅托媒人带给新娘一封家信。布努瑶有哭嫁的习俗，哭嫁表达女儿对父母的感恩之情和不舍情怀。哭嫁的内容以女儿与父母之间的情感为主。这封信是通过“报晓公鸡”念给众人听，唱述女儿从小到大协助父母下地劳动、上山打柴、赶圩购物，全力分担父母生产生活的负担，在父母患病时悉心照料。在出嫁前，女儿请求父母为即将嫁人的自己煮送行饭。吃过送行饭，女儿就要跟随媒人前往都才都寅家，与都才都寅成家立业。

扫　码　看　视　频

哈	**你**	**背**	**恶**	**堂**
hat^{10}	ni^{3}	bei^{6}	ɔk^{10}	daŋ^{2}
早	今	我	出	中堂

今日我迈出中堂，

恩	**你**	**桐**	**恶**	**当**
ŋwon^{8}	ni^{10}	doŋ^{8}	ɔk^{10}	taŋ^{5}
日	今	我	出	中堂

今天我走出家门。

站	**对**	**路**	**都才**
ʑan^{4}	toi^{5}	lɔ^{6}	tu^{1}dʑai^{1}
走	个	路	都才

走都才的姻缘路，

强	**扫**	**桥**	**都寅**
ŋkjaŋ^{8}	θau^{3}	ŋkiu^{6}	tu^{3}ʑin^{8}
行	个	桥	都寅

行都寅的婚姻桥。

对	**都寅**	**知算**
toi^{5}	tu^{1}ʑin^{8}	tɕi^{1}θ^{h}un^{3}
个	都寅	商量

都寅几经思忖后，

扫	**都才**	**知照**
θau^{1}	tu^{3}dʑai^{1}	tɕi^{3}tɕau^{5}
个	都才	商量

都才几番思考后。

知照	**节**	**封**	**虽**
tɕi^{3}tɕau^{5}	θit^{9}	fuŋ^{1}	θ^{h}ei^{3}
商量	给	封	书

思忖写一封家书，

知算	**唱**	**封**	**信**
tɕi^{1}θ^{h}un^{5}	θoŋ^{3}	fuŋ^{3}	θ^{h}in^{5}
商量	给	封	信

思考写一封家信。

封	**信**	**节**	**多**	**冯**
fuŋ^{1}	θ^{h}in^{5}	θit^{9}	tɔ^{5}	veŋ^{2}
封	信	给	到	手

家书递到了手中，

封	**虽**	**唱**	**多**	**普**
fuŋ^{1}	θ^{h}ei^{5}	θoŋ^{1}	tɔ^{5}	bu^{5}
封	书	给	到	手

家信交到了手里。

节	**多**	**普**	**旋梅**
θit^{9}	tɔ^{3}	bu^{5}	dʐɛn^{8}moi^{1}
给	到	手	媒人

交到了媒人手里，

唱	**多**	**冯**	**旋岁**
θoŋ^{1}	tɔ^{3}	veŋ^{8}	dʐɛn^{1}θ^{h}ei^{3}
给	到	手	媒师

递到了媒师手中。

节	**下姣**	**下桐**
θit^{9}	ʐa^{6}kjou^{5}	ʐa^{6}doŋ^{1}
给	姻娘	姻婆

配备有姻婆姻娘，

唱	**双**	**院**	**双**	**能**
θoŋ^{1}	θoŋ^{3}	ʐɛn^{1}	θoŋ^{3}	nun^{6}
给	两	少女	两	少女

指定有伴娘玉女。

节	**公虽**	**公军**
θit^{9}	koŋ^{1}θ^{h}ei^{3}	koŋ^{3}kin^{5}
给	伴童	金童

配备有伴童金童，

唱	**三**	**双**	**四**	**对**
θoŋ^{5}	θan^{1}	θoŋ^{3}	θei^{5}	toi^{5}
给	三	双	四	对

指定有三童四友。

站	**对**	**路**	**都才**
ʐan^{4}	toi^{5}	lɔ^{6}	tu^{1}dʐai^{1}
走	个	路	都才

同行都才姻缘路，

强	**扫**	**桥**	**都寅**
ŋkjaŋ^{8}	θau^{3}	ŋkiu^{6}	tu^{3}ʐin^{6}
行	个	桥	都寅

共走都寅婚姻桥。

狼	**当**	**甲**	**高**	**今**
laŋ^{6}	taŋ^{3}	kat^{9}	kau^{1}	ŋkin^{1}
来	畅	谈	取	夜

到亲家畅谈一晚，

平	**当**	**祥**	**燕**	**岑**
biŋ^{2}	taŋ^{3}	dʐun^{8}	ɛn^{5}	ŋkjun^{6}
去	畅	聊	要	晚

到姻家细聊一宿。

燕	番	岑	亮	龙
ɛn^{5}	fan^{1}	ŋkjun^{6}	ʐoŋ^{8}	loŋ^{1}
要	一	夜	跟	父

跟父亲畅谈一晚，

高	番	今	的	乜
kau^{1}	fan^{3}	ŋkin^{1}	di^{5}	mɛ^{6}
取	一	晚	跟	母

与母亲细聊一宿。

三花	哎	四友
θan^{1}kw^{h}a^{3}	ei^{1}	θei^{5}ʐou^{6}
姑娘	哎	朋友

好姑娘哎好朋友！

旋岁	狼	当	祥
dʑɛn^{8}θ^{h}ei^{3}	laŋ^{6}	taŋ^{3}	dʑun^{8}
媒师	来	畅	聊

媒师来细聊一晚，

旋梅	平	当	甲
dʑɛn^{8}moi^{1}	biŋ^{8}	taŋ^{3}	kat^{9}
媒人	去	畅	谈

媒人来畅谈一宿。

狼	当	甲	高	今
laŋ^{6}	taŋ^{3}	kat^{9}	kau^{1}	ŋkin^{1}
来	畅	谈	取	夜

到亲家畅谈一晚，

平	当	祥	燕	岑
biŋ^{8}	taŋ^{3}	dʑun^{8}	ɛn^{5}	ŋkjun^{6}
去	畅	谈	要	晚

到姻家细聊一宿。

燕	番	岑	亮	陇
ɛn^{5}	fan^{1}	ŋkjun^{6}	ʐoŋ^{8}	loŋ^{1}
要	一	晚	跟	父

跟父亲畅谈一晚，

高	番	今	的	乜
kau^{1}	fan^{3}	ŋkin^{1}	di^{5}	mɛ^{6}
取	一	夜	跟	母

与母亲细聊一宿。

狼	定正	番	今
laŋ^{1}	diŋ^{1}θiŋ^{3}	fan^{1}	ŋkin^{1}
来	调解	一	夜

畅谈婚事过良宵，

平　定吊　番　岑

biŋ^{8}　diŋ^{6}diou^{8}　fan^{3}　ŋkjun^{6}

去　协调　一　晚

细聊婚宴度良夜。

恋　星类　亮　陇

jɛn^{1}　θ^{h}iŋ^{3}lei^{6}　ʐoŋ^{8}　loŋ^{1}

谈　乖巧　跟　父

跟家父诉说衷情，

洒　星乖　的　乜

θ^{h}a^{1}　θ^{h}iŋ^{3}kwai^{3}　di^{5}　mɛ^{6}

讲　乖巧　跟　母

与家母倾诉衷肠。

乃　爹　百　该虽

n̥ai^{5}　tɛ^{5}　pak^{9}　kai^{1}θ^{h}ei^{3}

坐　等　嘴　公鸡

诉说衷情等鸡叫，

英　根　算　该线

ɛŋ^{1}　kan^{3}　dʑon^{1}　kai^{3}θ^{h}ɛn^{5}

靠　待　口　母鸡

倾诉衷肠待鸡啼。

当　甲　古　当　才

taŋ^{3}　kat^{9}　ku^{3}　taŋ^{3}　dʑai^{2}

留　住　也　留　完

诉说衷情仍未尽，

当　祥　古　当　今

taŋ^{3}　dʑun^{8}　ku^{3}　taŋ^{3}　k^{h}in^{3}

留　住　也　留　完

倾诉衷肠尚未完。

燕　岑　古　燕　才

ɛn^{5}　ŋkjun^{6}　ku^{3}　ɛn^{5}　dʑai^{2}

要　晚　也　要　完

诉说整夜仍未尽，

高　今　古　高　今

kau^{1}　ŋkin^{1}　ku^{3}　kau^{1}　k^{h}in^{10}

取　夜　也　取　完

倾诉整晚尚未完。

定正　古　定　才

diŋ^{6}θiŋ^{5}　ku^{3}　diŋ^{6}　dʑai^{2}

调解　也　谈　完

畅谈也畅谈过了，

定吊	**古**	**定**	**今**	
diŋ^{6}diou^{2}	ku^{3}	diŋ^{6}	k^{h}in^{3}	
协调	**也**	**聊**	**完**	

细聊也细聊过了。

恋	**星类**	**亮**	**陇①**
jɛn^{1}	θ^{h}iŋ^{3}lei^{6}	ʑoŋ^{8}	loŋ^{1}
谈	**乖巧**	**跟**	**父**

跟家父诉说衷情，

洒	**星乖**	**的**	**乜**
θ^{h}a^{1}	θ^{h}iŋ^{3}kwai^{3}	di^{5}	mɛ^{6}
讲	**乖巧**	**跟**	**母**

与家母倾诉衷肠。

恋	**百**	**古**	**恋**	**才**
jɛn^{6}	pak^{9}	ku^{3}	jɛn^{6}	dʑai^{2}
谈	**嘴**	**也**	**谈**	**完**

开口交流已讲完，

洒	**星**	**古**	**洒**	**今**
θ^{h}a^{1}	θ^{h}iŋ^{3}	ku^{3}	θ^{h}a^{1}	k^{h}in^{3}
讲	**声**	**也**	**讲**	**完**

放歌诉情已唱尽。

曲	**昂**	**可**	**曲**	**才**
ŋkju^{6}	aŋ^{5}	ku^{3}	ŋkju^{6}	dʑai^{2}
做	**兴**	**也**	**做**	**完**

开口交流已尽情，

曲	**笑**	**古**	**曲**	**今**
ŋkju^{6}	ʑiou^{1}	ku^{3}	ŋkju^{6}	k^{h}in^{3}
做	**笑**	**也**	**做**	**完**

放歌诉情已尽兴。

乃	**爹**	**百**	**该虽**
n̥ai^{5}	tɛ^{5}	pak^{9}	kai^{1}θ^{h}ei^{3}
坐	**等**	**嘴**	**公鸡**

诉说衷情等鸡叫，

英	**根**	**算**	**该线**
ɛŋ^{1}	kan^{9}	dʑon^{1}	kai^{3}θ^{h}ɛn^{5}
靠	**待**	**口**	**母鸡**

倾诉衷肠待鸡啼。

① 陇［loŋ^{1}］：原义为“父亲”，下句“乜［mɛ^{6}］”原义为“母亲”，此处指新娘的父母。

番	**岑**	**让**	**正**	**天**
fan^{1}	ŋkjun^{6}	jeŋ^{1}	θiŋ^{3}	tɛn^{1}
一	**晚**	**光**	**正**	**天**

正是夜半三更天，

番	**今**	**亮**	**正**	**地**
fan^{1}	ŋkin^{1}	z̡oŋ^{6}	θiŋ^{3}	dei^{6}
一	**夜**	**亮**	**正**	**地**

正值夜后五更时。

该	**蹬地**	**陇**	**秀**
kai^{1}	tin^{3}dei^{6}	z̡oŋ^{1}	ðiou^{1}
鸡	**大地**	**下**	**叫唤**

家鸡正在地上呼，

该	**蹬闷**	**陇**	**仪**
kai^{1}	tin^{3}m̥un^{3}	z̡oŋ^{1}	ȵit^{6}
鸡	**天空**	**下**	**叫唤**

仙鸡正在云中唤。

该	**佛**	**仪**	**该**	**兰**
kai^{1}	bun^{6}	ȵit^{6}	kai^{1}	z̡an^{1}
鸡	**神**	**叫唤**	**鸡**	**家**

仙鸡呼唤着家鸡，

该	**周**	**秀**	**该**	**否**
kai^{1}	θou^{3}	ðiou^{1}	kai^{3}	fou^{10}
鸡	**官**	**叫唤**	**鸡**	**府**

官鸡呼应着府鸡。

仪	**该线**	**定**	**岁**
ȵit^{6}	kai^{1}θ^{h}ɛn^{5}	diŋ^{6}	dʑei^{2}
叫唤	**母鸡**	**定**	**时**

相互呼应报时辰，

秀	**该虽**	**配**	**扫**
ðiou^{8}	kai^{1}θ^{h}ei^{1}	poi^{5}	dʑau^{6}
叫唤	**公鸡**	**报**	**时**

互相呼唤报时间。

该	**配**	**扫**	**算**	**年**
kai^{5}	poi^{5}	dʑau^{6}	dʑon^{8}	nɛn^{1}
鸡	**报**	**时**	**口**	**从前**

公鸡报时头一鸣，

该	**京**	**岁**	**百**	**斗**
kai^{1}	kiŋ^{3}	dʑei^{1}	pak^{10}	dou^{3}
鸡	**惊**	**时**	**嘴**	**开始**

仙鸡报时第一声。

配 百 斗 咘 伦

poi^{5} pak^{9} dou^{3} bou^{1} lun^{1}

报 嘴 从前 不 绝

第一声清脆绵长，

京 算 年 咘 断

kiŋ^{1} dʑon^{1} nɛn^{1} bou^{3} dun^{6}

惊 口 从前 不 断

头一鸣悠扬延绵。

百 高志 陇相

pak^{9} kau^{1}tɕi^{2} loŋ^{8}θ^{h}iaŋ^{3}

嘴 告知 父亲

第一声提醒家父，

星 高算 乜发

θ^{h}iŋ^{1} kau^{1}θ^{h}un^{3} mɛ^{6}fa^{5}

声 告诉 母亲

头一鸣督促家母。

当 乜发 你平

taŋ^{5} mɛ^{6}fa^{5} ni^{8}bun^{1}

说 母亲 这样

这样讲给母亲听，

闹 陇相 你代

nou^{1} loŋ^{6}θ^{h}iaŋ^{1} ni^{1}dai^{10}

讲 父亲 这样

如此说给父亲闻。

陇相 哎 乜发

loŋ^{8}θ^{h}iaŋ^{3} ei^{3} mɛ^{6}fa^{5}

父亲 哎 母亲

好父亲哎好母亲！

内 咘 占 咘 信

nei^{6} bou^{1} θɛn^{5} bou^{1} ðin^{1}

蛋 不 打 不 破

鸡蛋不打不会破，

难 咘 务 咘 节

nan^{8} bou^{3} mu^{1} bou^{1} θit^{10}

蛋 不 敲 不 裂

蛋壳不敲不会裂。

百 咘 当 咘 才

pak^{3} bou^{1} taŋ^{5} bou^{1} dʑai^{1}

嘴 不 说 不 完

嘴巴不说话不甜，

星　哊　闹　哊　今
θ^{h}iŋ^{1}　bou^{3}　nou^{1}　bou^{3}　k^{h}in^{10}
声　不　讲　不　完
嘴皮不讲话不甘。

哈　你　背　恶　堂
hat^{9}　ni^{3}　bei^{6}　ɔk^{10}　daŋ^{2}
早　今　我　出　中堂
今早我迈出中堂，

恩　你　桐　恶　当
ŋwon^{8}　ni^{10}　doŋ^{10}　ɔk^{10}　taŋ^{5}
日　今　我　出　中堂
今晨我走出家门。

站　对　路　都才
ʐan^{4}　toi^{5}　lɔ^{6}　tu^{1}dʐai^{1}
走　个　路　都才
走都才的姻缘路，

强　扫　桥　都寅
ŋkjaŋ^{8}　θau^{1}　ŋkiu^{1}　tu^{3}ʐin^{8}
行　个　桥　都寅
行都寅的婚姻桥。

背　七比　临　软
bei^{6}　ði^{2}pi^{10}　ʐin^{1}　ŋkjon^{1}
我　好像　石　松
我好比一块浮石，

桐　如荣　临　占①
doŋ^{8}　ʐi^{1}ʐoŋ^{1}　ʐin^{1}　θɛn^{5}
我　好像　石　紧
我好似一块松石。

七　临　千　多　寛
ði^{8}　ʐin^{3}　θɛn^{5}　tɔ^{3}　kw^{h}ɛn^{1}
像　石　紧　到　岸
好似河岸上浮石，

七　临　软　多　强
ði^{8}　ʐin^{3}　ŋkjon^{1}　tɔ^{3}　ŋkjun^{6}
像　石　松　到　高
好比河堤上松石。

① 临占［ʐin^{1}　θɛn^{5}］：原义为“稳固的石头”，这里指松动的石头。

扫	**让**	**多**	**祥**	**类**
dʑau^{6}	jeŋ^{6}	tɔ^{5}	dʑun^{8}	ʑei^{1}
时	好	到	地	什么

哪一天是好日子？

祥	**亮**	**丁**	**扫**	**羊**
dʑun^{8}	ʑoŋ^{1}	tɛn^{3}	dʑau^{6}	ʑoŋ^{6}
地	好	到	时	什么

哪一日是吉利日？

乃	**多**	**强**	**育**	**六**
n̥ai^{5}	tɔ^{5}	ŋkjun^{6}	ʑu^{1}	ʑu^{1}
坐	到	高	做	船

我在河堤造木船，

英	**多**	**宽**	**扫**	**七**
ɛŋ^{5}	tɔ^{5}	kw^{h}ɛn^{1}	dʑau^{6}	dʑat^{6}
靠	到	岸	做	舟

我在岸上造木舟。

扫	**七**	**狼**	**多**	**恩**
dʑau^{6}	dʑat^{6}	laŋ^{6}	tɔ^{5}	en^{1}
做	舟	来	到	地

划动木舟到对岸，

育	**六**	**平**	**多**	**文**
ʑu^{6}	ʑu^{1}	biŋ^{1}	tɔ^{5}	ŋkun^{6}
做	船	去	到	底

行驶木船到码头。

六	**狼**	**咘**	**六**	**亥**
ʑu^{8}	laŋ^{6}	bou^{1}	ʑu^{1}	ŋkjon^{1}
船	来	不	会	回

木船驶去不空回，

六	**平**	**咘**	**六**	**结**
ʑu^{8}	biŋ^{1}	bou^{3}	ʑu^{1}	kɛ^{10}
船	去	不	会	返

木舟划去不空返。

咘	**六**	**结**	**倒**	**朗**
bou^{1}	ʑu^{1}	kɛ^{10}	tau^{3}	ɬaŋ^{1}
不	会	返	回	后

船尾不当船头用，

咘	**六**	**亥**	**倒**	**那**
bou^{1}	ʑu^{1}	ŋkjon^{1}	tau^{3}	n̥a^{3}
不	会	回	回	前

船头不当船尾驶。

陇相	**哎**	**乜发**
loŋ^{8}θ^{h}iaŋ^{3}	ei^{3}	mɛ^{6}fa^{5}
父亲	**哎**	**母亲**

好父亲哎好母亲！

背	**狼**	**咘**	**平**	**为**
bei^{6}	laŋ^{6}	bou^{1}	biŋ^{1}	vei^{1}
我	**来**	**不**	**去**	**空**

我不是空手过来，

桐	**平**	**咘**	**狼**	**漏**
doŋ^{8}	biŋ^{1}	bou^{3}	laŋ^{6}	tɬou^{5}
我	**去**	**不**	**来**	**空**

我不会空手回去。

背	**狼**	**燕**	**叫**	**瓶**
bei^{6}	laŋ^{6}	ɛn^{5}	ŋkjau^{1}	mpiaŋ^{2}
我	**来**	**要**	**饭**	**罐**

我是来拿小饭罐，

桐	**平**	**高**	**叫**	**罐**
doŋ^{8}	biŋ^{1}	kau^{3}	ŋkjau^{10}	kun^{5}
我	**去**	**取**	**饭**	**罐**

我是来取小瓦罐。

燕	**叫**	**罐**	**陇相**
ɛn^{5}	ŋkjau^{6}	kun^{5}	loŋ^{8}θ^{h}iaŋ^{1}
要	**饭**	**罐**	**父亲**

要父亲的小瓦罐，

高	**叫**	**瓶**	**乜发**
kau^{1}	ŋkjau^{6}	mpiaŋ^{2}	mɛ^{6}fa^{5}
取	**饭**	**罐**	**母亲**

取母亲的小饭罐。

七比	**对**	**卜叫**①
ði^{6}pi^{9}	toi^{5}	bu^{6}kjou^{1}
好像	**个**	**神偷**

我好比妙手神偷，

① 卜叫［bu^{6}kjou^{1}］：原义为“小偷”，下句“卜贼［bu^{6}dʑak^{6}］”原义为“毛贼”，此处的“小偷”“毛贼”是自嘲，一是表现该女子性格豪爽，二是暗示该女子要从家里拿走一些东西做嫁妆。

七荣 扫 卜贼

ði^{6}ẓoŋ^{1} θau^{3} bu^{6}dẓak^{6}

好像 个 毛贼

我犹如奇招盗侠。

燕 临 千 务 街①

ɛn^{5} ẓin^{1} θɛn^{5} mu^{8} kai^{3}

要 石 紧 打 家

拿起石头打房子，

高 临 软 千 电

kau^{1} ẓin^{1} ŋkjon^{1} θɛn^{5} tɛn^{5}

取 石 松 打 家

捡起卵石砸房屋。

咘 敌 七 古 六

bou^{1} di^{6} dẓat^{6} ku^{3} ẓu^{2}

不 中 舟 也 船

打不中舟打中船，

咘 丁 扫 古 样

bou^{1} tɛn^{3} θau^{3} ku^{3} ẓuŋ^{6}

不 对 样 也 样

掷不中这也中那。

边比 对 花院

pɛn^{1}pi^{10} toi^{5} kw^{h}a^{1}ẓɛn^{1}

比如 个 姑娘

好比这家美姑娘，

来平 扫 友能

ẓai^{8}bun^{1} θau^{3} ẓou^{2}nun^{6}

比如 个 姑娘

犹如这屋好闺女。

对 友能 陇相

toi^{5} ẓou^{6}nun^{6} loŋ^{8}θ^{h}iaŋ^{1}

个 姑娘 父亲

是父亲眼中千金，

扫 花院 乜发

θau^{1} kw^{h}a^{3}ẓɛn^{1} mɛ^{6}fa^{5}

个 姑娘 母亲

是母亲掌上明珠。

① 务街［mu^{8} kai^{3}］：原义为“打房屋”，下句“千电［θɛn^{5} tɛn^{5}］”同。这是古代布努瑶女子出嫁前做的一项游戏，石头扔向房子，若砸中房子，即以房子做嫁妆。

乃 的 乜 青 亚

n̥ai^{5} di^{5} mɛ^{6} θ^{h}iŋ^{1} z̡a^{3}

坐 跟 母 做 穷

跟母亲历尽千辛，

英 亮 陇 散 虎

ɛŋ^{5} z̡oŋ^{1} loŋ^{1} θ^{h}an^{5} hu^{3}

靠 跟 父 做 穷

与父亲历尽万苦。

哈 类 对 陇相

hat^{9} z̡ei^{6} toi^{5} loŋ^{8}θ^{h}iaŋ^{3}

早 哪 个 父亲

哪一天她的父亲，

恩 类 扫 乜发

ŋwon^{8} z̡ei^{6} θau^{10} mɛ^{6}fa^{5}

日 哪 个 母亲

哪一日她的母亲。

乜发 咘 堆 平

mɛ^{6}fa^{5} bou^{1} dei^{3} biŋ^{8}

母亲 不 得 去

母亲因事走不开，

陇相 咘 堆 狼

loŋ^{8}θ^{h}iaŋ^{3} bou^{1} dei^{10} laŋ^{6}

父亲 不 得 来

父亲有事去不了。

咘 堆 狼 唱 青

bou^{1} dei^{10} laŋ^{6} θoŋ^{1} θ^{h}iŋ^{3}

不 得 来 给 做

不得下田去做工，

咘 堆 平 唱 散

bou^{1} dei^{10} biŋ^{8} θoŋ^{3} θ^{h}an^{5}

不 得 去 给 做

不能下地去干活。

散 七 类 多 田

θ^{h}an^{5} ði^{6} z̡ei^{6} tɔ^{3} dɛn^{2}

便 做 地 相 全

下地去把农活干，

青 七 那 多 邓

θ^{h}iŋ^{5} ði^{6} na^{2} tɔ^{3} tun^{1}

就 做 田 相 满

下田去把秧苗播。

友能	**古**	**六**	**平**
ʐou^{6}nun^{6}	ku^{3}	ʐu^{8}	biŋ^{8}
姑娘	也	会	去

姑娘会自觉做好，

花院	**古**	**六**	**狼**
kw^{h}a^{1}ʐɛn^{1}	ku^{3}	ʐu^{8}	laŋ^{6}
姑娘	也	会	来

闺女能主动干完。

狼	**类**	**谷**①	**陇相**
laŋ^{6}	lei^{6}	k^{h}un^{9}	loŋ^{8}θ^{h}iaŋ^{3}
来	替	翅	父亲

顶替她父亲做好，

平	**当**	**躺**	**乜发**
biŋ^{8}	taŋ^{1}	daŋ^{3}	mɛ^{6}fa^{5}
去	替	身	母亲

代替她母亲干完。

散	**七**	**类**	**多**	**田**
θ^{h}an^{5}	ði^{6}	ʐei^{6}	tɔ^{3}	dɛn^{2}
便	做	地	相	全

把地里农活干完，

青	**七**	**那**	**多**	**邓**
θ^{h}iŋ^{1}	ði^{6}	na^{2}	tɔ^{5}	tun^{1}
就	做	田	相	满

将田中农事管好。

色	**乜发**	**丰荣**
θ^{h}at^{9}	mɛ^{6}fa^{5}	fuŋ^{1}ʐoŋ^{1}
让	母亲	满意

干活让母亲高兴，

只	**陇相**	**丰狼**
θi^{1}	loŋ^{1}θ^{h}iaŋ^{3}	fuŋ^{3}laŋ^{6}
让	父亲	满意

管事让父亲满意。

丰狼	**的**	**花院**
fuŋ^{1}laŋ^{6}	di^{5}	kw^{h}a^{1}ʐɛn^{1}
满意	跟	姑娘

母亲高兴女懂事，

① 类谷［lei^{6} k^{h}un^{9}］：原义为“接替双臂”，下句“当躺［taŋ^{1} daŋ^{3}］”原义为“代替身体”，这两词在此处皆引申为“代替”。

丰荣　亮　友能
fuŋ^{1}z̜oŋ^{1}　z̜oŋ^{1}　z̜ou^{2}nun^{6}
满意　跟　姑娘
父亲满意女勤快。

哈　类　对　陇相
hat^{3}　z̜ei^{6}　toi^{5}　loŋ^{8}θ^{h}iaŋ^{1}
早　哪　个　父亲
哪一天她的父亲，

恩　类　扫　乜发
ŋwon^{8}　z̜ei^{6}　θau^{3}　mɛ^{6}fa^{5}
日　哪　个　母亲
哪一日她的母亲。

乜发　咘　堆　平
mɛ^{6}fa^{5}　bou^{1}　dei^{10}　biŋ^{8}
母亲　不　得　去
母亲因事走不开，

陇相　咘　堆　狼
loŋ^{8}θ^{h}iaŋ^{3}　bou^{1}　dei^{10}　laŋ^{6}
父亲　不　得　来
父亲有事去不了。

咘　堆　狼　高　扫
bou^{1}　dei^{10}　laŋ^{6}　kau^{1}　θau^{3}
不　得　来　取　东西
不得出门买东西，

咘　堆　平　燕　对
bou^{1}　dei^{10}　biŋ^{8}　ɛn^{5}　toi^{5}
不　得　去　要　东西
不能出外购物件。

狼　燕　对　儿高
laŋ^{6}　ɛn^{5}　toi^{5}　ki^{1}kau^{3}
来　要　个　蒿草
不能出门割蒿草，

平　高　扫　儿埋
biŋ^{8}　kau^{1}　θau^{3}　ki^{3}mai^{2}
去　要　个　木柴
不得出外砍柴火。

对　友能　陇相
toi^{5}　z̜ou^{6}nun^{6}　loŋ^{8}θ^{h}iaŋ^{1}
个　姑娘　父亲
父亲眼中的千金，

扫	**花院**	**乜发**
θau^{1}	kw^{h}a^{3}z̥ɛn^{10}	mɛ^{6}fa^{5}
个	姑娘	母亲

母亲掌上的明珠。

古	**狼**	**燕**	**儿高**
ku^{3}	laŋ^{6}	ɛn^{5}	ki^{1}kau^{3}
也	来	要	蒿草

姑娘出门割蒿草，

古	**平**	**高**	**儿埋**
ku^{3}	biŋ^{8}	kau^{3}	ki^{3}mai^{10}
也	去	要	木柴

闺女出外砍柴火。

燕	**儿埋**	**平**	**绥**
ɛn^{5}	ki^{1}mai^{10}	pan^{8}	ŋkjon^{1}
要	木柴	成	担

姑娘砍柴火成担，

高	**儿高**	**边**	**拉**
kau^{1}	ki^{3}kau^{3}	pɛn^{5}	ṣat^{9}
取	蒿草	成	挑

闺女割蒿草成担。

燕	**倒**	**那**	**街**	**陇**
ɛn^{5}	tau^{3}	n̥a^{3}	kai^{1}	loŋ^{1}
要	回	前	家	父

柴火挑回父亲房，

高	**倒**	**朗**	**电**	**乜**
kau^{1}	tau^{3}	ɬaŋ^{1}	tɛn^{5}	mɛ^{6}
取	回	后	家	母

蒿草背回母亲屋。

色	**乜发**	**丰荣**
θ^{h}at^{9}	mɛ^{6}fa^{5}	fuŋ^{1}z̥oŋ^{1}
让	母亲	满意

干活让母亲高兴，

只	**陇相**	**丰狼**
θi^{1}	loŋ^{6}θ^{h}iaŋ^{3}	fuŋ^{3}laŋ^{6}
让	父亲	满意

管事让父亲满意。

丰狼	**的**	**花院**
fuŋ^{1}laŋ^{6}	di^{5}	kw^{h}a^{1}z̥ɛn^{1}
满意	跟	姑娘

母亲高兴女懂事，

丰荣　亮　友能
fuŋ^{1}ẓoŋ^{6}　ẓoŋ^{6}　ẓou^{2}nun^{6}
满意　跟　姑娘
父亲满意女勤快。

哈　类　对　陇相
hat^{9}　ẓei^{6}　toi^{5}　loŋ^{8}θ^{h}iaŋ^{1}
早　哪　个　父亲
哪个早上她父亲，

恩　类　扫　乜发
ŋwon^{8}　ẓei^{6}　θau^{3}　mɛ^{6}fa^{5}
日　哪　个　母亲
哪个早晨她母亲。

乜发　边　兵相
mɛ^{6}fa^{5}　pɛn^{5}　mpiaŋ^{8}θ^{h}iaŋ^{1}
母亲　成　病重
母亲身患了恶疾，

陇相　荣　兵纳
loŋ^{8}θ^{h}iaŋ^{1}　ẓoŋ^{1}　mpiaŋ^{1}ṇak^{9}
父亲　成　病重
父亲身得了重病。

咘　堆　拌　早　床
bou^{1}　dei^{10}　bun^{6}　tɕau^{3}　dʑoŋ^{2}
不　得　吃　早　桌
咽不下粗粮早粥，

咘　堆　修　早　当
bou^{1}　dei^{10}　θ^{h}iou^{1}　tɕau^{3}　taŋ^{5}
不　得　喝　早　凳
喝不下野菜早汤。

对　乜发　花院
toi^{5}　mɛ^{6}fa^{5}　kw^{h}a^{1}ẓɛn^{1}
个　母亲　姑娘
母亲的掌上明珠，

扫　陇相　友能
θau^{1}　loŋ^{1}θ^{h}iaŋ^{3}　ẓou^{6}nun^{6}
个　父亲　姑娘
父亲的宠爱千金。

古　堆　狼　番　圩
ku^{3}　dei^{3}　laŋ^{6}　fan^{1}　hei^{3}
也　得　来　一　圩
单独赶几番圩场，

古 堆 平 番 普

ku^{3} dei^{3} biŋ^{2} fan^{1} bu^{5}

也 得 去 一 集

独自赶几回集市。

狼 番 普 高 扫

laŋ^{6} fan^{1} bu^{5} kau^{1} θau^{3}

来 一 集 取 东西

独赶集市买食品，

平 番 圩 燕 对

biŋ^{2} fan^{1} hei^{3} ɛn^{5} toi^{5}

去 一 圩 要 东西

单上圩场购食物。

狼 燕 对 叫虽

laŋ^{6} ɛn^{5} toi^{5} ŋkjau^{6}θ^{h}ei^{1}

来 要 个 小米

独赶集市买小米，

平 高 扫 叫净

biŋ^{8} kau^{1} θau^{3} ŋkjau^{6}ðiŋ^{6}

去 取 个 稻谷

单上圩场购大米。

狼 燕 对 娄油

laŋ^{6} ɛn^{6} toi^{5} ɬou^{3}z̧ou^{2}

来 要 个 酒油

独赶集市买猪肉，

平 高 扫 娄糯

biŋ^{2} kau^{3} θau^{3} ɬou^{10}nɔ^{6}

去 取 个 酒肉

单上圩场购瘦肉。

倒 那 扫 早 床

tau^{1} n̥a^{3} dʑau^{6} tɕau^{10} dʑoŋ^{2}

回 前 做 早 桌

买回小米熬早粥，

倒 朗 育 早 当

tau^{3} ɬaŋ^{1} z̧u^{1} tɕau^{10} taŋ^{5}

回 后 做 早 凳

购回瘦肉煲早汤。

色 乜发 平 修

θ^{h}at^{9} mɛ^{6}fa^{5} biŋ^{2} θ^{h}iou^{1}

让 母亲 去 喝

熬早粥给母亲吃，

只	陇相	狼	拌
θi^{1}	loŋ^{1}θ^{h}iaŋ^{3}	laŋ^{6}	bun^{6}
让	父亲	来	吃

煲早汤给父亲喝。

乜发	李	丰荣
mɛ^{6}fa^{5}	li^{3}	fuŋ^{1}z̩oŋ^{1}
母亲	还	满意

母亲感到很幸福，

陇相	李	丰狼
loŋ^{8}θ^{h}iaŋ^{3}	li^{3}	fuŋ^{1}laŋ^{6}
父亲	还	满意

父亲感到很高兴。

丰狼	的	花院
fuŋ^{1}laŋ^{6}	di^{5}	kw^{h}a^{1}z̩ɛn^{1}
满意	跟	姑娘

高兴因女儿照顾，

丰荣	亮	友能
fuŋ^{1}z̩oŋ^{1}	z̩oŋ^{1}	z̩ou^{10}nun^{6}
满意	跟	姑娘

幸福因女儿关照。

陇相	哎	乜发
loŋ^{8}θ^{h}iaŋ^{3}	ei^{3}	mɛ^{6}fa^{5}
父亲	哎	母亲

好父亲哎好母亲！

比	乜发	李	端
pi^{3}	mɛ^{6}fa^{5}	li^{3}	ton^{1}
如果	母亲	还	想

如果母亲还想到，

荣	陇相	李	滴
z̩oŋ^{2}	loŋ^{1}θ^{h}iaŋ^{3}	li^{3}	dit^{9}
如果	父亲	还	想

倘若父亲还念及。

滴	走	拉	花院
dit^{10}	θou^{3}	z̩a^{6}	kw^{h}a^{1}z̩ɛn^{1}
想	到	辛苦	姑娘

念及女儿的辛劳，

端	姓	两	友能
ton^{1}	dz̩un^{1}	z̩iaŋ^{1}	z̩ou^{10}nun^{6}
想	到	辛苦	姑娘

想到闺女的艰辛。

乜	**电**	**虎**	**古**	**才**
mɛ^{6}	tɛn^{5}	hu^{3}	ku^{3}	dʑai^{2}
母	家	穷	也	有

即使母家贫也罢，

陇	**街**	**亚**	**古**	**今**
loŋ^{2}	kai^{3}	ʐa^{3}	ku^{3}	k^{h}in^{3}
父	家	穷	也	有

哪怕父家穷也好。

电	**虎**	**古**	**李**	**才**
tɛn^{5}	hu^{3}	ku^{3}	li^{3}	dʑai^{2}
家	穷	也	还	有

家贫也还剩把米，

街	**亚**	**古**	**李**	**今**
kai^{1}	ʐa^{3}	ku^{10}	li^{1}	k^{h}in^{3}
家	穷	也	还	有

家穷也还余斗谷。

今	**洒**	**半**	**叫虽**
k^{h}in^{3}	θ^{h}a^{3}	pun^{5}	ŋkjau^{6}θ^{h}ei^{1}
有	够	半	小米

也还余有半筒米，

才	**洒**	**斤**	**叫净**
dʑai^{2}	θ^{h}a^{3}	ken^{1}	ŋkjau^{10}ðiŋ^{6}
有	够	斤	稻谷

也还剩有半斗谷。

脚	**些乙**	**迫**	**飞**
ŋkik^{3}	θ^{h}ɛ^{1}ʐi^{10}	bɛ^{6}	vi^{2}
脚	迅速	旁	火

盼您移步近火炉，

蹬	**些友**	**迫**	**造**
tin^{1}	θ^{h}ɛ^{3}ʐou^{6}	bɛ^{6}	θau^{5}
鞋	迅速	旁	灶

望您挪脚往火灶。

扫	**飞**	**发**	**亮**	**街**
dʑau^{6}	vi^{1}	fa^{5}	ʐoŋ^{6}	kai^{1}
做	火	苗	亮	家

点燃柴火照房屋，

育	**飞**	**否**	**亮**	**电**
ʐu^{6}	vi^{1}	fou^{3}	ʐoŋ^{6}	tɛn^{5}
做	火	灰	亮	家

烧旺炉灶亮屋宇。

扫　亮　电　陇相

dʑau^{6}　z̩oŋ^{6}　tɛn^{5}　loŋ^{8}θ^{h}iaŋ^{3}

做　亮　家　父亲

照亮父亲这房屋，

育　亮　街　乜发

z̩u^{1}　z̩oŋ^{6}　kai^{1}　mɛ^{6}fa^{3}

做　亮　家　母亲

照明母亲这屋宇。

淋　通　劣　浪　算

z̩un^{8}　toŋ^{5}　z̩ik^{9}　laŋ^{8}　dʑon^{1}

水　到　盅　漱　口

用盅装水来漱口，

虽　通　针　浪　百

θei^{1}　toŋ^{1}　tɕin^{1}　laŋ^{6}　pak^{9}

水　到　杯　漱　嘴

用杯盛水来洁牙。

淋　节　摆　发　相

z̩un^{8}　θit^{9}　pai^{3}　vat^{6}　θ^{h}iaŋ^{1}

水　到　盘　洗　脸

拿盆盛水来洗脸，

虽　唱　用　发　面

θei^{1}　θoŋ^{3}　jun^{1}　vat^{6}　mjɛn^{6}

水　到　盆　洗　面

用桶装水来洗面。

合狼　扫　爱　更

ŋkjɔ^{8}laŋ^{6}　dʑau^{6}　ŋai^{8}　kiaŋ^{3}

专心　做　饭　清晨

诚心诚意做早饭，

合豹　育　爱　早

ŋkjɔ^{8}bau^{3}　z̩u^{3}　ŋai^{6}　z̩on^{6}

专意　做　饭　早晨

真心实意煮早餐。

扫　爱　乱　花院

dʑau^{6}　ŋai^{8}　z̩on^{6}　kw^{h}a^{1}z̩ɛn^{1}

做　饭　清晨　姑娘

煮早餐给待嫁女，

育　爱　更　友能

z̩u^{1}　ŋai^{1}　kiaŋ^{3}　z̩ou^{2}nun^{6}

做　饭　清晨　姑娘

做早饭给将婚女。

多	扫	色	花院
tɔ^{5}	dʑau^{6}	θ^{h}at^{9}	kw^{h}a^{1}z̩ɛn^{1}
到	时	让	姑娘

按时让女儿用餐，

丁	岁	只	友能
tɛn^{1}	dʑei^{1}	θi^{9}	z̩ou^{2}nun^{6}
是	时	让	姑娘

准时给闺女吃饭。

色	友能	堆	修
θ^{h}at^{9}	z̩ou^{2}nun^{6}	dei^{3}	θ^{h}iou^{1}
让	姑娘	得	喝

让女儿丰享一顿，

只	花院	堆	拌
θi^{1}	kw^{h}a^{1}z̩ɛn^{1}	dei^{3}	bun^{6}
让	姑娘	得	吃

给闺女美食一餐。

扫	让	多	如友
dʑau^{6}	jeŋ^{6}	tɔ^{5}	z̩i^{8}z̩ou^{1}
时	好	到	匆匆地

出嫁吉时即将到，

祥	亮	丁	如乙
dʑun^{8}	z̩oŋ^{1}	tɛn^{3}	z̩i^{1}z̩i^{6}
时	好	到	急急地

出嫁良辰就要来。

者	陇	赚	陇相
tɬɛ^{3}	z̩oŋ^{1}	dʑan^{6}	loŋ^{8}θ^{h}iaŋ^{3}
让	下	晒台	父亲

好让女儿下晒台，

分	陇	雷	乜发
pan^{1}	z̩oŋ^{1}	ɬoi^{3}	mɛ^{6}fa^{5}
让	下	门梯	母亲

好让闺女下门梯。

走	歹	奇	旋梅
θou^{5}	tai^{3}	ŋkik^{6}	dʑɛn^{8}moi^{1}
补	底	脚	媒人

跟着媒人脚步走，

田	歹	崖	旋岁
dɛn^{8}	tai^{10}	ŋkjai^{8}	dʑɛn^{1}θ^{h}ei^{3}
填	底	鞋	媒师

随着媒师足迹行。

走　间先　下桐

θou^{3}　kɛn^{1}θ^{h}ɛn^{3}　z̥a^{6}doŋ^{1}

补　衣袖　姻婆

跟着姻婆衣袖走，

田　间虽　下姣

dɛn^{8}　kɛn^{1}θ^{h}ei^{3}　z̥a^{6}kjou^{5}

填　衣袖　姻娘

随着姻娘衣袂行。

走　再娄　双　院

θou^{3}　pjai^{1}lou^{2}　θoŋ^{1}　z̥ɛn^{1}

补　衣摆　两　少女

跟着伴娘衣摆走，

田　再翁　双　能

dɛn^{2}　pjai^{3}oŋ^{3}　θoŋ^{1}　nun^{6}

填　衣摆　两　少女

随着伴娘裙边行。

散　倒　那　都才

θ^{h}an^{5}　tau^{3}　n̥a^{3}　tu^{1}dz̥ai^{1}

便　回　前　都才

起身走向都才村，

青　倒　朗　都寅

θ^{h}iŋ^{1}　tau^{3}　ɬaŋ^{3}　tu^{1}z̥in^{8}

就　回　后　都寅

迈步前往都寅寨。

狼　扫　电　扫　兰

laŋ^{6}　dz̥au^{6}　tɛn^{5}　dz̥au^{6}　z̥an^{2}

来　做　家　做　家

跟都才建房造屋，

平　育　街　扫　电

biŋ^{8}　z̥u^{3}　kai^{3}　dz̥au^{6}　tɛn^{5}

去　做　家　做　家

和都寅成家立业。

散　扫　电　丰荣

θ^{h}an^{5}　dz̥au^{6}　tɛn^{5}　fuŋ^{1}z̥oŋ^{1}

便　做　家　丰盛

成家定丰衣足食，

青　育　街　丰狼

ts^{h}iŋ^{1}　z̥u^{3}　kai^{3}　fuŋ^{3}laŋ^{6}

就　做　家　丰盛

立业就兴旺发达。

电	**丰狼**	**恩**	**朗**
tɛn^{5}	fuŋ^{1}laŋ^{6}	ŋwon^{8}	ɬaŋ^{1}
家	丰盛	日	后

日后享荣华富贵，

街	**丰荣**	**哈**	**那**
kai^{1}	fuŋ^{3}z̥oŋ^{1}	hat^{10}	n̥a^{3}
家	丰盛	早	前

将来会欣欣向荣。

封	**信**	**当**	**你平**
fuŋ^{1}	θ^{h}in^{5}	taŋ^{5}	ni^{8}bun^{1}
封	信	说	这样

这封家信这样说，

封	**虽**	**闹**	**你代**
fuŋ^{1}	θ^{h}ei^{3}	nou^{1}	ni^{1}dai^{10}
封	书	讲	这样

这封家书这般讲。

友	**星类**	**乃**	**三**
z̥ou^{6}	θ^{h}iŋ^{1}lei^{6}	nai^{5}	θ^{h}an^{1}
友	乖巧	试	问

朋友还要问什么？

花	**星乖**	**乃**	**分**
kw^{h}a^{1}	θ^{h}iŋ^{3}kwai^{3}	nai^{6}	ven^{6}
花	乖巧	试	问

姑娘还想问哪些？

号	**劣**	**分**	**麻**	**花**
hau^{5}	z̥i^{9}	ven^{6}	ma^{8}	kw^{h}a^{1}
声	小	问	什么	花

姑娘你就细心说，

叫	**嫩**	**三**	**麻**	**友**
kjou^{1}	nun^{1}	θ^{h}an^{3}	ma^{8}	z̥ou^{2}
叫	细	问	什么	友

朋友你就轻声讲。

肃	**背**	**当**	**糯**	**花**
ðu^{6}	bei^{6}	taŋ^{5}	nə^{8}	kw^{h}a^{3}
老实	我	说	呐	花

姑娘我是说实话，

顺	**桐**	**闹**	**糯**	**友**
z̥un^{8}	doŋ^{1}	nou^{1}	nə^{8}	z̥ou^{2}
老实	我	讲	呐	友

朋友我是讲真话。

《瑶族婚俗古歌都才都寅》汉译

序　歌

此时我讲恋爱史，此刻我说旧情事。
我想说那好姑娘，我想讲那旧情友。
好姑娘哎好情友！
正是这般好时节，正像这样好时光。
我来讲我这朋友，我要说我这同伴。
今早我坐书桌旁，今天我坐墨椅上。
坐在墨椅观天象，靠着书桌看地理。
坐靠太阳同光辉，坐依月亮共光影。
跟着月亮光影来，随着太阳光辉到。
即使行路无人识，就算过桥无人知。
即使没有书信请，就算没有信函邀。
来到姑娘父家里，去到情友娘家中。
来到娘家共相逢，去到父家同相聚。
好姑娘哎好情友！
正如这般好时节，正像这样好时光。
即使不是好场合，就算不是好时机。
正值良辰又怎样？正是吉日又如何？
正遇丰年又怎样？正是旺月又如何？
谁不企望念旧情？谁不缱绻忆往事？
谁不愿走恋人路？谁不盼行情人桥？
盼走邻村恋人路，盼行邻寨情人桥。
去到邻村识姑娘，行至邻寨交情友。
来交情友多俊美，去识姑娘多乖巧。
好姑娘哎好情友！
正是这般好时节，正像这样好时光。
此时正是闲暇期，此刻正是赋闲时。
正是千家闲暇期，正是万姓赋闲时。
万姓情友忘了桥，千家姑娘断了路。
断了情友相恋路，忘了姑娘连心桥。
好久不走恋人路，许久不去连心桥。
许久不走一次路，好久未行一回桥。
走一次路会怎样？行一回桥又如何？
去谈恋爱会怎样？来对情歌又如何？
再来闲谈会怎样？又去闲聊又如何？
好姑娘哎好情友！
正是这般好时节，正像这样好时光。
正是这样闲暇期，恰好这般赋闲时。
哪个像我这朋友？哪位似我这同伴？
我们好比那月亮，我们就像那太阳。
就像太阳初升起，好比月亮方露面。
不管何日与何时，不论何年与何月。
太阳万代放光辉，月亮千年洒银光。
月光铺洒满天空，阳光照射遍大地。
阳光遍地无穷尽，月光盈天无限期。
阳光照射遍地亮，月光闪耀角落明。
阳光照亮千座桥，月光洒满万条路。
照耀天下万条路，照亮大地千座桥。
照耀人间结情路，照亮天下连心桥。
照耀小伙结情路，照亮姑娘连心桥。
好姑娘哎好情友！
正如今晚好时光，正像今夜好时辰。
哪个像我这朋友？哪位似我这同伴？
我们好比那太阳，我们就像那月亮。
成对才走这条路，成双才过这座桥。
铺路来到这座房，架桥行到这间屋。

铺路来到妹父家，架桥行到妹娘家。
这样行到妹娘家，这样来到妹父家。
你我两边才相逢，你我双方才相识。
相逢见面这样好，相聚认识如此美。
哪个能像我同伴？哪位能比我朋友？
情哥心中恋情妹，情妹心里爱情哥。
姑娘我是说实话，情友我是讲真话。

第一节　寻情友

相传在那古时候，传说在那远古时。
古时有个叫都才，远古有个叫都寅。
当初都寅尚年幼，当时都才还年少。
站立只到大人颏，坐下方齐大人膝。
坐下刚齐父膝盖，站立只到母下巴。
穿鞋小如茅草叶，穿袜细如茅草根。
两颗牙齿刚长出，两只手臂刚长大。
两只手臂刚会动，一双手掌刚会张。
学会穿鞋走村寨，学会穿袜逛村屯。
逛到村屯识姑娘，走到村寨交情友。
母亲送给古书籍，父亲教给古书信。
教给成捆古书信，送给成沓古书籍。
成沓书籍送到手，成捆书信学入心。
教会都才记心中，教懂都寅刻脑里。
好让都寅寻姑娘，好让都才结女友。
寻访姑娘快过万，探问女友要成千。
万村情友皆寻访，千寨姑娘都探问。
恋过他村李果女，迷过别寨桃花妹。
选遍全国万家女，筛尽京城万府妹。
都才远行择女友，都寅上京选姑娘。
上万女友都看过，论千姑娘都选完。
万个女友不中意，千位姑娘不合心。
不合都才心中情，不合都寅心中意。
都寅收脚往回走，都才收心把家回。
回到家乡歇歇气，进到家门静静心。
都寅说出苦心话，都才道出烦心事。
便把心事告父亲，又把苦话告母亲。
对着母亲这样说，向着父亲这般讲。
好父亲哎好母亲！
当年还小那时候，当初年少那时期。
那时身高只到颏，那时坐下刚齐膝。
坐下刚齐父膝盖，站立只到母下巴。
穿鞋小如茅草叶，穿袜细似茅草根。
两颗牙齿刚长出，两只手臂刚长大。
两只手臂刚会动，一双手掌刚会张。
教我穿鞋走村寨，教我穿袜逛村屯。
母亲还教古书籍，父亲还教古书信
教全成捆古书信，教会成沓古书籍。
成沓书籍学到手，成捆书信学入心。
学入都才我心中，学进都寅我脑里。
你们让我走山村，你们让我逛村屯。
逛到村屯识姑娘，走到村寨交情友。
我到远方择女友，我上京城选姑娘。
筛尽京城万府妹，选遍全国万家女。
万个女友都寻遍，千位姑娘都找完。
万个女友不中意，千位姑娘不合心。
女友不合我的心，姑娘不中我的意。

第二节　去捕鸟

都寅心里自清楚，都才心中自明白。
想起幼年那时候，忆起童年那时期。

都才带着众男孩，都寅领着众男孩。
带着男孩扎鸟桥，领着男孩结鸟套。
提着鸟套出厅堂，拎着鸟桥出大门。
走到远方的山岭，行到远处的山坡。
鸟桥安在山林里，鸟套挂到草丛中。
把鸟套悬挂停当，将鸟桥安扎就绪。
众男孩一起商量，众男孩一同商议。
商议如何把身藏，商量怎样把身躲。
众人藏好鸟不出，众人躲罢鸟未来。
众男孩又来商量，众男孩又再商议。
商量如何学鸟叫，商议怎样吹鸟哨。
学成鸟音迷媒鸟，吹响哨声引师鸟。
迷惑媒鸟叫出声，引诱师鸟鸣出音。
鸟鸣声响传不远，鸟叫声音传不广。
未引一只画眉来，未诱一只鹧鸪到。
没有鹧鸪走过来，没有画眉飞过去。
画眉不展翅靠近，鹧鸪不动脚前来。
不来靠近那鸟桥，不去接近那鸟套。
众男孩一同商量，众男孩一起商议。
商议拆掉原鸟桥，商量解除原鸟套。
提着鸟套回家去，带着鸟桥往家走。
回到家里歇歇气，进到屋里养养神。
大家一起再商量，大伙一起再商议。
共同商议敲鸡蛋，一起商量破鸡蛋。
众男孩敲开鸡蛋，众男孩取出蛋液。
取来蛋黄拌小米，取来蛋液搅稻谷。
让媒鸟吃个干净，让师鸟吃个精光。
众男孩又来商议，众男孩又来商量。
决定再次安鸟桥，决议重新装鸟套。
拿着鸟桥重上坡，带着鸟套重上岭。
来到村旁那山坡，去到村边那山岭。
村边山坡安鸟桥，村旁山岭装鸟套。
把鸟套安装稳妥，将鸟桥搭设停当。
众男孩再次商量，众男孩再次商议。
商量怎么躲藏好，商议如何隐蔽好。
他们立即隐藏好，他们马上躲藏毕。
他们学起了鸟叫，他们吹响了鸟哨。
哨声吸引了媒鸟，叫声引诱着师鸟。
引诱师鸟亮开嗓，吸引媒鸟发出声。
鸟声清脆传得远，鸟音婉转传得广。
当时坡上那媒鸟，当天岭上那师鸟。
师鸟被骗开了嗓，媒鸟受惑开了喉。
鸟声清脆传得远，鸟声婉转传得广。
当时有只野画眉，当天有只野鹧鸪。
鹧鸪听到媒鸟声，画眉听见师鸟音。
听到媒鸟响亮音，听见师鸟婉转声。
师鸟叫声清又脆，媒鸟叫声婉且转。
当时那只野画眉，当天那只野鹧鸪。
那只鹧鸪动了脚，那只画眉展了翅。
展翅翩翩来靠近，动脚怯怯到跟前。
越飞越近那鸟桥，越走越近那鸟套。
那只鹧鸪想不到，那只画眉料不及。
鹧鸪被绊便闪脚，画眉被套就跌倒。
身子被鸟套套上，两脚被鸟桥绊住。
男孩们相互招呼，男孩们互相催促。
相互招呼抓画眉，互相催促取鹧鸪。
取到鹧鸪便返程，抓到画眉就下山。

第三节　传婚规

从前这样好时光，过去这般好时节。
当年古寨土坡上，旧时古村石山旁。
在古村石山两边，在古寨土坡两旁。
地上长满李树苗，路边长满桃树秧。

正值桃花盛开时，恰是李花吐蕾时。
岸上桃花映船头，堤边李花衬木舟。
轻舟映衬江岸花，木船点缀河边桃。
魅力青春常留驻，婀娜丰姿永留存。
就像旭日初升起，又似满月洒流波。
远客到来会招呼，贵宾上门能接待。
舅父到来会招呼，叔伯进门能请茶。
会给客人点烟丝，会请贵宾抽烟筒。
待人接物好中意，操持家务很合心。
姑娘正好合我心，姑娘正好如我意。
我看中意不放手，我知合心不放弃。
不许别人踏此门，不让他人踩此堂。
不许别人划此船，不让他人撑此舟。
不许别人走此路，不让他人行此桥。
今生我绝对要去，今世我必然要来。
即使赤手也要恋，哪怕空手也要谈。
恋到并蒂连理枝，谈成比翼双飞鸟。
都寅把事说出口，都才把话讲出来。
把事讲给父亲听，把话讲给母亲懂。
他这般讲给母亲，他这样告知父亲。
母亲心里才知道，父亲心中方明白。
知道都才有恋人，明白都寅有情人。
知道儿子有恋人，明白儿子爱姑娘。
知道姑娘在哪村，明白姑娘住哪屯。
知道那村有姑娘，明白那寨有姑娘。
母亲回答儿子话，父亲回复儿子说。
告知都才些常理，告诉都寅些世俗。
这样说出给都寅，如此道出给都才。
好儿子呀亲宝贝！亲儿子呦好宝贝！
如果儿有了恋人，若是儿有了情人。
如有情人在那村，若有恋人在那屯。
结情不要空手去，恋爱不能空手来。
空谈不能成鸾凤，空恋不会做鸳鸯。
谈情要像众人样，恋爱要似他人状。
俗话就是这样说，俗语便是这般讲。
鸟空腹死变什么？鼠空肚亡成什么？
鸟空腹死易变鬼，鼠空肚亡常成妖。
出嫁无彩礼无名，迎亲没婚礼无誉。
当时父亲这样讲，那时母亲这样说。
告诉都才这常理，告知都寅这礼俗。
这样说给都寅听，这般讲给都才懂。
现在我们家姓氏，如今我们家宗族。
儿子不是没宗姓，孩子不是无姓氏。
不是没姓氏之子，不属无宗姓之儿。
哪怕无血缘舅父，就算没同胞叔伯。
同堂舅父还健在，同宗叔伯尚安好。
俗话就是这样说，俗语便是这般讲。
水牛身死角不断，黄牛尸腐角不烂。
我们家族有规矩，我们祖宗有古例。
锯木不能离墨线，刨板不能离墨迹。
走亲戚要沿祖路，办婚事要顺祖桥。
为人做事遵前辈，做事为人听老话。
穿鞋撑伞办婚事，穿袜打伞行婚礼。
办婚事要备公鸡，行婚礼要筹母鸡。
办婚事要备肥猪，行婚礼要筹肉鸡。
撑伞跨进人家门，打伞步入对方堂。
步入对方家中堂，跨进他人家门槛。
要问人家是否愿，要问人家是否嫁。
人家同意嫁女否？对方愿意嫁人不？
人家同意嫁之时，对方愿意嫁之际。
是时我们才有名，那时别人才赞誉。

第四节　请媒人

在那久远的时代，在那古老的时候。
祖先已创下规例，前辈已定立规矩。
规矩很早已创立，规例很久就设定。
绣线放在床头边，绣针扎在房墙上。
布袜放在桌子上，布鞋放在凳子下。
木屐放在门口边，旧鞋放在中堂里。
木屐仍然好如故，旧鞋依旧新如初。
木屐老底好如初，旧鞋老底美如故。
旧耙挂在篱笆上，旧犁摆在园子边。
列祖列宗相传承，列祖列宗互继承。
一代竹子四代笋，一代树木四代根。
规矩之路代代传，规例之桥世世承。
刨板不能离墨迹，办事要遵老祖路。
设礼要遵老祖规，办事要循老祖例。
喜宴要遵前辈路，婚事要循老人路。
我们办事按规例，我们婚事照规矩。
婚事穿鞋也撑伞，婚礼打伞又穿袜。
办婚事要备公鸡，行婚礼要筹母鸡。
办婚事要备肥猪，行婚礼要筹肉鸡。
撑伞跨进对方门，打伞步入人家堂。
要问对方是否愿，要问人家是否嫁。
人家同意嫁女否？对方愿意嫁人不？
人家同意嫁之时，对方愿意嫁之际。
是时我们才有名，那时别人才赞誉。
母亲道出这规矩，父亲说出这规例。
当时的这个都才，当年的这个都寅。
听完心里才明白，听完心中方清楚。
心中清楚这道理，心里明白这句话。
起初先有那天空，开始先有这大地。
接着才有那泥土，随后才有这泥巴。
舅父如天先转告，舅舅如地先转达。
让他来到都才家，请他来到都寅屋。
来和都寅共商量，来和都才同商议。
都才同议煮早饭，都寅共商煮早餐。
先给舅父吃饱饭，先让舅舅喝饱粥。
当时的这个都才，当天的这个都寅。
有话要告知舅父，有事要告诉舅舅。
他对舅父这样说，他对舅舅如此讲。
好舅父哎好舅舅！
请舅这番来我家，请舅如此到我屋。
诚心拜告舅父知，诚意拜求舅舅帮。
邀请舅父当媒人，恳求舅舅做媒师。
报答舅父养育恩，答谢舅舅抚育情。
当年的这个舅父，当时的这个舅舅。
舅父心中也乐意，舅舅心里也愿意。
穿鞋撑伞办婚事，穿袜撑伞行婚礼。
乐意做主操彩礼，情愿做主办礼担。
办婚事要备公鸡，行婚礼要筹母鸡。
办婚事要备肥猪，行婚礼要筹肉鸡。
当时都寅自思量，当下都才自盘算。
自己思量取小米，自己盘算拿大米。
取出大米和陈酒，拿出小米和老酒。
装担去报亲家恩，挑礼去还亲人情。
都才要去娶娘子，都寅要去接妻子。
姑娘我是说实话，朋友我是讲真话。

第五节　通姻路

这个都寅在考虑，这个都才在思索。
如何开通过坡路，如何架通过山桥。
此桥要有人来架，此路要有人去修。

都寅脑中沉思着，都才心里思索着。
自古以来先有天，很久以前就有地。
之后才会有泥巴，然后才会有泥土。
都才邀请舅父来，都寅邀约舅舅到。
都才邀请叔伯来，都寅邀约舅舅到。
来到都才家这里，去到都寅屋那边。
这个都寅再商议，这位都才又商量。
商讨宰只老公鸡，商议杀只大母鸡。
杀母鸡以祭祖宗，宰公鸡以供家仙。
都才祭祀完祖宗，都寅供奉完家仙。
商量去拿来菜刀，商议去取来砍刀。
拿来砍刀把鸡分，取来菜刀把鸡切。
把鸡切成三四块，将鸡分成两三片。
切好鸡肉盛入碗，分好鸡肉装进盘。
鸡肉装进盘结束，鸡肉盛入碗完毕。
捧碗鸡肉摆中堂，端盘鸡肉搁神台。
放在神台正前方，摆在神桌正中央。
都才央请舅父来，都寅邀请舅舅到。
央请娘家叔伯来，央求娘家舅舅到。
舅父坐到神台边，舅舅坐到神台旁。
这个都寅又商量，这个都才又商议。
商议拿出陈酒坛，商量取出老酒罐。
都才拿出酒来筛，都寅取出酒来斟。
喝了一筒舀一筒，干了一罐舀一罐。
拿酒来添共畅饮，取酒来加同酣歌。
早饭同食刚合适，早酒共饮正当时。
众人畅饮刚红脸，大伙酣歌方尽兴。
当天的这个都才，当时的这个都寅。
都寅便开始叙说，都才便开始讲话。
要将话说给叔伯，要把话讲给舅舅。
他对舅舅这样说，他对叔伯这么讲。
我的叔伯呀舅舅！
今邀舅舅来这里，今约叔伯到这儿。
侄儿有事请叔伯，外甥有事求舅舅。
请舅舅牵线搭桥，邀叔伯穿针引线。
去筑我的婚姻路，来架我的爱恋桥。
就说这条婚姻路，就讲这座连心桥。
不是一般兄弟路，并非普通姐妹桥。
这路是新郎之路，此桥是新娘之桥。
是新娘出嫁之路，是新郎迎亲之桥。
心知此路不很远，心知此桥不很长。
此路尽头在村里，此桥彼端在寨中。
那年的这个都才，那时的这个都寅。
都才说给叔伯听，都寅讲与舅舅知。
刚和舅舅说完话，方与叔伯讲完事。
太阳正好照峰顶，月亮正好露山头。
太阳就要落西山，月亮已经挂半空。
黎明晨曦将来临，白天光明就来到。
出门行桥吉时到，出行走路良辰达。
这个都寅又思量，这个都才再盘算。
思量要拿出钱串，打算要取出钱贯。
钱贯吊在舅父脖，钱串挂在舅舅肩。
拿来酒壶挎上脖，取来酒筒挂在肩。
布伞递到舅父手，油伞交到舅舅掌。
烟斗递到舅父手，烟丝递到舅舅掌。
牛轭已架牛脖上，钱串已塞衣袖里。
不走此身无法脱，不行此事无法过。
已到媒人动身时，已是媒师出门时。
媒师受托自高兴，媒人受嘱也热情。
媒人热情出中堂，媒师高兴出房屋。
媒人走出都才房，媒师走出都寅堂。
媒人迈步出中堂，媒师跨步出家门。
抬脚稳步下楼梯，踏步稳当下晒台。
走到山丘旁桥头，行至土坡边路口。
走完山路便上桥，行尽小桥即走道。
两人衣袖打衣袖，两人衣摆拍衣摆。

他们边走边踏脚，他们边行边踏足。
走过山路闹哄哄，行过坡道喜洋洋。
走过山中那座寨，行过坡间这个村。
走过山村的桥头，行过坡寨的路口。
走过村落四座桥，行过坡寨三条道。
不光走村又串寨，不单爬坡又过坎。
还要走过连天山，还要行过接地谷。
行过高山下之桥，走过峡谷边之路。
行过四座石壁桥，走完三段陡坡路。
行过山连山桥头，走过坡连坡路口。
不光要走云端山，不单要走坡底谷。
还要走过悬崖道，还要行过崎岖路。
还要行过山间桥，还要走过险崖路。
悬崖险道用石垫，高低路面挖土铺。
挖来皇土铺平路，搬来皇石垫稳道。
路平心中甜如糖，桥稳心里甘似蔗。
路走千趟心甜蜜，桥行万遍意陶然。

第六节　送聘礼

媒师走上去歇息，媒人走过来休息。
坐在廊檐下休息，坐在晒台上歇息。
坐在情妹晒台歇，靠在女友廊檐憩。
没见有人走出堂，不见有人走出门。
当时的那个阿妹，那天的那位阿妹。
阿妹真是好姑娘，阿妹真是好女子。
两脚相争走出堂，两腿互抢步出门。
出门见到两媒人，出堂看到两媒师。
阿妹心里不知道，阿妹心中不知晓。
阿妹误认为宾客，阿妹错认为来宾。
两脚互抢往后退，两腿相争向后走。
急急回屋告父亲，快快回房告母亲。
她对母亲这样说，她对父亲这般讲。
好阿爸哎好阿妈！
此时天色这样晚，此刻夜色如此黑。
暮色匆匆将来到，夜色急急便降临。
怎么还有两来宾？为何还有对客人？
这对客人去哪里？这两来宾往哪去？
当下正坐廊下憩，此刻正靠台上歇。
正靠晒台拉家常，正坐廊檐在闲谈。
阿妹说给父亲听，阿妹讲给母亲知。
这般说给母亲知，如此讲给父亲听。
母亲没有回孩子，父亲没有答女儿。
母亲没有回问题，父亲没有答问话。
母亲当时很和蔼，父亲那时很和气。
父亲高兴走出堂，母亲热情迈出门。
两脚相争往晒台，两腿互抢出廊檐。
父亲看到两媒人，母亲见到两媒师。
父亲问候两媒人，母亲招呼两媒师。
父亲这样问媒师，母亲如此问媒人。
好兄弟哎好朋友！
今天已是这时间，今日已到这时刻。
此时傍晚匆匆近，此刻暮色急急来。
兄弟你们到哪去？朋友你们从哪来？
为何坐我家廊檐？怎么靠我家晒台？
坐在晒台干什么？靠在廊檐做什么？
当时那两个媒人，那时这两位媒师。
他们当时这样说，他们那时如此讲。
人不伶俐不做媒，人不聪明不当师。
不做媒师不行桥，不当媒人不走路。
人要机灵才做媒，人要乖巧方为师。
做得媒师把桥行，当得媒人把路走。
当时那两个媒人，当下这两位媒师。
把事情说给父亲，把实情讲给母亲。

这样说给母亲知，如此讲给父亲听。
我的表叔啊表舅！
今早我们要赶圩，今天我们要赶集。
去赶远方的圩场，去赶远地的集市。
已是现在这时辰，已到此刻这时候。
天色已经这么黑，夜色早就这样暗。
看来走不到圩场，估计到不了集市。
表舅你家在桥头，表叔你屋居路口。
很想借你家寄宿，好想借你屋投宿。
只想投宿过一晚，只求寄宿过一夜。
投宿一晚至明日，寄宿一夜到天明。
待到明早天一亮，等到明日日一出。
到时天亮像今早，是时天晴似今晨。
我们将接着赶路，我们会继续行桥。
我的表叔呀表舅！
我们要去赶圩场，我们要去赶集市。
我们不是空手来，我们不是赤手往。
我们身上带钱串，我们衣兜装钱贯。
我们付银钱乘船，我们付佣金行舟。
此时情势是这样，现在事情是这般。
我们不熟悉此地，我们不了解这里。
不知此地平安否，不懂这里安全否。
没住不知安全否，没宿不懂平安否。
或许今晚有劫匪，也许夜间有盗贼。
各家心里各清楚，各户心底各明白。
表舅若心中理解，表叔若心里有意。
诚心帮我保钱串，诚意替我藏钱贯。
拿走我俩这钱贯，取走我俩这钱串。
带去放进你寝室，拿去放入你卧室。
放进柜底封好扣，放入箱底关紧锁。
用把老锁锁好柜，用根老钉钉住箱。
等到凌晨天一亮，待到明早晚一些。
我俩上路自来拿，我俩过桥自来取。
我俩几时要上路，我俩何时要行桥。
明日再向你提示，明朝再向你提醒。
再把钱贯拿到手，再把钱串取到掌。
钱贯到手我才去，钱串到掌我才走。
媒师便是这么说，媒人就是这样讲。
这样讲给姨父听，如此说给姨母知。
说给情妹母亲知，讲给女友父亲听。
说给他们这些话，讲给他们这些事。
姨母听了更热心，姨父听了也热情。
热心拿钱串去藏，热情取钱贯去锁。
接了媒人的钱贯，收了媒师的钱串。
拿进屋里的寝室，带到房中的卧房。
放进柜底再扣好，存入箱底再锁好。
再用铁锁锁牢柜，又拿铜钉钉固箱。

第七节 说亲事

媒师已借住三晚，媒人已借宿四夜。
两人借宿了四夜，两人留宿了三天。
大家聊天话投机，大伙交流话投缘。
一语实有四言甘，一言确含三句甜。
四句不离平安愿，三句不脱和睦心。
双方共同话和睦，两边一起谈平安。
双方话题很投机，两边聊天很投缘。
畅谈一宿兴正高，阔论一夜意正浓。
夜半月亮挂中天，夜深月光照大地。
凡间公鸡开始啼，天上公鸡开始叫。
神鸡呼唤凡间鸡，京鸡呼唤官府鸡。
呼叫家鸡正合时，呼唤凡鸡正当时。
呼到天光蒙蒙亮，唤至月色渐渐暗。
家鸡报时第一声，凡鸡报晓头一遍。

头遍鸡鸣声未停，远近相呼声不断。
媒师说出心里话，媒人道出心中事。
他们说给姨父听，他们讲给姨母知。
说给姨母这样知，讲给姨父这般听。
我的表叔哎表舅！
说到我们这两个，讲到我们这两人。
我俩都有房子居，我俩都有屋子住。
我这双腿四十斤，我这双脚三十斤。
四十斤腿不出户，三十斤脚不离门。
在家歇腿不自夸，居屋翘脚不展翅。
不展翅膀装大鹏，不夸自己有地位。
劈木做筶当道师，破竹为卦当道公。
做道请神神不灵，做法求事事不成。
当年家乡有人家，那时故乡有亲戚。
他们远道来相求，人家远路来相请。
他们来请心迫切，他们来求心着急。
此路我们俩才行，此桥我们俩才走。
我俩不是来讨债，我俩不是来逞凶。
不对表叔你逞凶，不向表舅你讨债。
我俩专门来架桥，我俩专程来铺路。
路铺宽畅心欢喜，桥架平坦心惬意。
路走千趟心甘甜，桥行万遍心甜蜜。
堂前摆酒又设宴，屋内设宴又摆酒。
说给姨母这般知，讲给姨父如此听。
这个姑娘的母亲，那位女友的父亲。
心中琢磨才想起，脑中思忖才想到。
女孩父母共商量，姑娘父母同商议。
两脚急急走出堂，两腿匆匆跨出门。
两脚急急走下梯，两腿匆匆走下台。
跑去问女儿叔婶，登门问女孩舅娘。
拜访屯里的舅父，询问村里的叔父。
诸位叔父呀舅舅！
此时事情是这样，今天情况是这般。
当下有位老人家，时下有个老伯伯。
我们越聊越投机，我们越讲越合拍。
人家请人来提亲，他们派人来订婚。
当下姻缘路这样，眼前婚姻桥如此。
女儿许他成不成？姑娘配他行不行？
那个姑娘的母亲，那位女友的父亲。
如此问女友舅父，这般询姑娘叔伯。
女友舅父即回答，姑娘叔伯便回话。
叔伯回话这样说，舅父回复这般讲。
这话我不能开口，那事我不能决定。
常听别人这样说，常见人家如此讲。
各家的狗各家管，各人的犬各人卖。
你家有酒我可喝，你家有肉我可吃。
我看不透这事情，我弄不懂这情况。
当今的那个王族，当代的那个皇帝。
皇帝也把女儿配，王族也把女儿嫁。
他把女儿嫁给狗，他将女儿配给犬。
我们山村这么穷，我们村庄这样贫。
难道要嫁给官爷？岂非要嫁到官家？
有时也可这么成，有时也可如此嫁。
当年姑娘的叔父，当时女友的舅娘。
这样回答给母亲，这般回复给父亲。
母亲心里才知道，父亲心中才明白。
母亲立即往回走，父亲立马返回家。
返回家里做早饭，走回家里煮早餐。
将早餐煮熟之后，把早饭做好以后。
盛给媒师慢慢吃，端给媒人慢慢喝。
夫妻两人同商量，夫妇两个共商议。
如何对媒人答话，怎么向媒师回复。
这样给媒师答话，这般向媒人回复。
两位朋友呀同伴！
你俩这样住下去，你们如此住下来。
我们不知怎么做，我们不懂如何办。

建议你俩先回家，提议你们先回去。
回去先等段时间，回家先待些日子。
我们在家听回答，我们在家等回应。
我等回应一阵子，我听回答一会儿。
此去四天是圩日，此后三天是集日。
我们若见女开口，我们若闻女回应。
听到闺女的回答，得到女儿的回应。
消息送达你们家，消息传到你们屋。
等到何时得佳音，待到何日得佳讯。
到时你俩再过来，届时你们再提亲。
母亲是如此叮嘱，父亲是这样交代。
两媒师吃过早饭，二媒人喝完早酒。
早饭吃饱好回程，早酒喝足好动身。
两位媒师便告辞，二位媒人就返程。
女儿母亲留在家，姑娘父亲回到屋。
留在家中再考虑，回到屋中又权衡。
此路是否没障碍，这桥是否没阻碍。
闺女母亲便商量，女儿父亲就商议。
拿出媒人的钱贯，取出媒师的钱串。
随着客人赶圩场，跟着宾客走集市。
上集市买包小米，去圩场买包大米。
上集市买瓶好酒，去圩场买坛佳酿。
上集市买斤菜油，去圩场买斤猪肉。
买酒肉回父亲家，购米菜送母亲屋。
母亲心里即清楚，父亲心中就明白。
明白这样的古规，清楚如此的古训。
古代首先有天空，古时首先有大地。
然后才会有泥土，随后才会有泥巴。
我女儿犹如韭菜，我姑娘好比芥菜。
犹如园中的芥菜，好比圃里的韭菜。
芥菜分出多枝丫，韭菜长有多枝叶。
女儿有伯娘婶娘，姑娘有叔父伯父。
得请他们来屋里，要邀他们到家中。
告诉我们家舅父，告知我们家舅舅。
来到父亲家这里，去到母亲屋这边。
母亲煮好蜂蜜饭，父亲熬好蜂蛹汤。
将蜂蜜饭烹煮好，把蜂蛹汤操办齐。
端给各位亲戚吃，摆给诸位宾客喝。
太阳就要落西山，月亮已经挂天空。
亲戚个个要离桌，亲友人人要离凳。
要离开父亲酒凳，要离开母亲酒桌。
当下的那个舅父，当时的那个舅舅。
舅父此时动了嘴，舅舅此刻开了口。
请把此话传媒人，请把此语告媒师。
这样传话给媒师，如此转达给媒人。
两位朋友呀同伴！
此话不说已有名，这事不讲已有誉。
这名誉不是空谈，这声誉不是泛论。
这声誉比牛贵重，这名誉比马价高。
比马价还多千串，比牛价还多万贯。
就说我们那亲家，就讲我们那亲戚。
他们同是一村寨，他们共属一村庄。
要跟我结为亲家，欲与我成为亲戚。
要成父亲育子女，要成母亲育小孩。
成为我们下一代，变成我们下一辈。
到好日子那时候，逢吉祥日那一天。
双方商量砍楠竹，两边商议伐刺竹。
砍来刺竹扎成梯，伐来楠竹搭晒台。
晒台搭到餐桌旁，梯子架到餐凳边。
一直摆到凳这儿，一路摆到桌这里。
那时我才知心诚，届时我才懂情真。
哪根竹被笋虫咬，哪根竹被笋虫吃。
丢到一边不能要，扔到一旁不可取。
舅父他是这样说，舅舅他是如此讲。
两位媒师便辞别，二位媒人就返程。
起程走向都才家，动身前往都寅屋。

回到都才的家乡，回到都寅的家园。
走进都才的家中，走进都寅的屋子。
传达音信给都寅，转述情况给都才。
就说现时这情况，就讲现时这情景。
路已成为你的路，桥已成为你的桥。
舟已成为你的舟，船已成为你的船。
此话不说已有名，这事不讲已有誉。
这名誉不是空谈，这声誉不是泛论。
这声誉比牛贵重，这名誉比马价高。
高过马价上千串，重过牛价上万贯。
不知能否结成对，不懂能否配成双。
不知有无能力娶，不晓有无本事接。
有钱才可配成对，有财方能结成双。
才可娶人家女儿，才能迎他人姑娘。
没钱就只能放弃，无财就只好分开。
媒师就是这样说，媒人便是如此讲。
媒人对都寅说完，媒师跟都才讲毕。
两位媒师即回家，二位媒人便回屋。

第八节　筹婚金

都寅跟在媒人后，都才靠在媒师旁。
都寅劳作很勤快，都才干活较勤勉。
每天耕种于山坡，每日劳作于山野。
辛勤劳作逢旱年，拼命干活遇灾季。
粮种下地无收成，秧插遍野没收获。
粮食收回不盈仓，稻谷收回不满库。
米少喂鸡鸡不长，粮缺养猪猪不肥。
养鸡难养成肉鸡，养猪难养成肥猪。
分分角角在山坡，角角分分在山地。
四分四角在圩场，三元三角在集市。
婚钱还在圩场上，礼金还在集市中。
收集分角不足块，积累银钱不够贯。
不足一分存箱柜，不够一元储家中。
都寅只好延婚事，都才只能推婚期。
延长婚事到现在，推迟婚期至今年。
如同今年这岁月，正是现在这年景。
也许都才命运好，或许都寅八字合。
命运注定他婚事，八字安排他婚期。
命运注定能怎样？八字安排又如何？
每天耕种在坡上，整天劳累在山野。
勤勉劳作遇好雨，勤劳苦干逢好年。
粮种落地有收获，谷种下田有收成。
粮食收回铺满仓，稻谷收获囤满库。
粮米养鸡鸡也长，稻谷喂猪猪也大。
粮食喂鸡肥又大，稻谷喂猪出肥膘。
分分角角在山坡，角角分分在山地。
四分四角来自圩，三元三角出于集。
婚钱出在圩集上，礼金来自圩集中。
分毫收集能成元，银钱积累可成贯。
聚成钱贯存于箱，拴成钱串储于家。
婚礼样样都筹齐，礼金件件均备全。

第九节　择吉日

当年的那个都才，当时的那个都寅。
把思路说给父亲，将想法讲给母亲。
他对母亲这样说，他对父亲这般讲。
好父亲哎好母亲！
往年的这个时候，去年的这个时间。
我们已去选吉书，我们已去择吉文。
带着吉文走进村，拿着吉书踏入屯。

恋人似月心牵挂，情人似火心牵绊。
牵绊人家的女儿，牵挂别人的闺女。
牵绊之后弃或娶，牵挂之后离或婚。
牵绊之后真当娶，牵挂之后确成婚。
正值今年好年份，正是这般好年景。
事事称心又如意，样样筹备俱齐全。
要不我们娶媳妇，要么我们迎新娘。
迎回新娘到我家，娶来媳妇进我门。
当时的那个都才，当下的那个都寅。
说主张给父亲听，讲想法给母亲听。
他对母亲这样说，他对父亲这样讲。
母亲立即回答道，父亲立刻回复说。
他俩是这样回话，他俩是如此回答。
我的儿呀我的孩！
我儿说的这主张，我儿讲的这想法。
你想娶媳妇进家，你要迎新娘到屋。
当下情况是这样，时下状况是如此。
姑娘八字没到手，女方八字未拿到。
我们又能做什么？我们还能做哪样？
姑娘八字在她家，女方八字存她屋。
八字在她干妈那，八字在她寄娘那。
寄娘已收藏多年，干妈已保管许久。
八字好坏还不懂，命运好坏还不知。
不知哪天是吉日，不懂哪日是良辰。
父亲和都寅商量，母亲与都才商议。
商量邀请媒人来，商议约请媒师到。
邀媒人到都才家，请媒师到都寅屋。
到都寅屋来商议，到都才家来商量。
商量用袋装小米，商议拿兜装大米。
装好大米和肥肉，备好小米和瘦肉。
装好瘦肉和陈酒，备好肥肉和佳酿。
递到媒人的手里，送到媒师的手中。
拜托媒师去行桥，拜托媒人去走路。
媒人来到亲家门，媒师走进亲家屋。
媒人说明白来意，媒师讲清楚来由。
取得姑娘生辰书，拿到女方八字文。
起程返回都才家，迈步前往都寅屋。
生辰书籍拿到手，八字文书握在手。
递到都才的手上，送到都寅的手中。
都寅与父亲商量，都才和母亲商议。
拿生辰书越山坡，带八字文翻山坳。
翻山越岭找高师，跋山涉水寻道公。
来到高师家门口，走进道公厅堂里。
把来由说给高师，将来意讲给道公。
他对道公这样说，他对高师这般讲。
我的叔哎我的舅！
我是为家事而来，我是为私事而到。
是来请你择日子，是来求你选吉日。
请据八字选好日，请凭生辰择吉日。
择吉日给我婚娶，选好日给我婚配。
我要娶媳回屋里，我要接妻到家中。
他这样说给道公，他这般讲给高师。
道公真诚接待他，高师热心迎接他。
道公认真查古籍，高师仔细翻书卷。
翻开王族古书籍，细查皇帝古书卷。
查皇帝成船书卷，阅王族满舟书籍。
书籍摆在凳中央，书本放在桌中间。
摆在雕花桌中间，放在刻画凳中央。
开口吩咐那都才，出声叮嘱那都寅。
对照都才生辰书，对比都寅八字文。
对照情妹生辰书，对比情友八字文。
据双方八字选书，按两边生辰择文。
道公反反复复算，高师颠来倒去选。
道公选完就吩咐，高师算毕便叮嘱。
算出结果告都才，拿出答案嘱都寅。
他这样说给都寅，他这般讲给都才。

好晚辈哎好侄儿!
如果情侣要婚配，倘若伴侣要婚娶。
要娶新娘走进屋，要迎媳妇来入门。
今日恰逢两凶字，本月正遇两煞日。
遇两煞日不吉利，逢两凶字不吉祥。
娶来媳妇进家门，迎来新娘入屋里。
来到家里睡不安，走进家门坐不宁。
建议日子往后移，提议月份往后推。
推到下月月初后，移到后月中旬时。
十五那天是吉日，十六那天是良辰。
这天日子千家好，那日吉利万姓喜。
皇帝那日也嫁女，王族那天也完婚。
还嫁女儿出门庭，仍嫁闺女出庭院。
官人那日迎新娘，官家那天娶媳妇。
迎娶媳妇进官宅，迎接新娘入宫室。
这样说给都寅听，如此讲给都才明。

第十节　邀亲朋

都寅择得好日子，都才选得吉利日。
选得吉日就返家，择得良辰便回来。
回家休息些日子，回来停歇些时候。
吉日一天天来临，良辰一日日临近。
过了一早又一早，过了一天又一天。
离吉日没多少日，距良辰没多少天。
距离良辰没多长，距离吉日没多远。
都寅已心知肚明，都才已胸有成竹。
自然明白这情况，当然知道这状况。
过去的那些岁月，早年的那些日子。
媒师独自行这桥，媒人独自走此路。
铺好路到那村寨，架好桥达那村屯。
良辰就这样临近，吉日就如此到来。
媒师曾独行此桥，媒人也单走此路。
路过村寨不成礼，途经村屯不体面。
我家都有姓有氏，我们都有宗有族。
儿子不是无姓儿，孩子不是无族子。
儿你没姓又如何，儿你没氏又怎样。
即使没同胞舅父，即便无同堂叔伯。
同堂舅父还安好，同堂叔伯还健在。
哪位舅父居他乡，哪个叔伯处异地。
捎封家信送到家，写封家书传进门。
哪位舅父住邻村，哪个叔伯住近寨。
亲自报喜到他家，亲口传信到他门。
待到吉利那一天，等到良辰那一刻。
选哪一位小女孩，择哪一个小姑娘。
跟着媒人当伴娘，随着媒师当姐妹。
选哪一位大男孩，择哪一个小伙子。
跟着媒人当金童，随着媒师当伴童。
都才早在那年月，都寅早于那日子。
取墨写书报到家，起笔行字送上门。
邀同村父老乡亲，请同屯兄弟姐妹。
都才与同屯兄弟，都寅跟同村姐妹。
姐妹历来相尊重，兄弟向来互关爱。
正如手心同是肉，恰似手背也是肉。
彼此之间难分离，相互之间难舍弃。
人们经常这样说，众人向来如此讲。
放弃伯娘婶娘路，丢弃叔父舅父桥。
抛舅父路不来往，弃叔父桥不走动。
此路变成陌生路，此桥变成生疏桥。
丢弃种地路不走，放弃种田桥不行。
变成画眉守荒山，变成鹧鸪居荒坡。
鹧鸪在荒山欢叫，画眉在荒坡和鸣。
都才和我属一家，都寅与我是一户。
大家历来相尊重，大伙向来互关爱。

彼此之间难分离，相互之间难舍弃。
待到都才吉利日，等到都寅良辰时。
大家相约结伴行，大伙相邀结对来。
此路看来才景气，这桥看来才风光。
去观此时婚喜事，去看此日欢庆场。
等到都才吉利日，待到都寅良辰时。
大家走进都才门，大伙走进都寅家。
都寅一定会安排，都才肯定会张罗。
张罗煮好蜂蜜饭，安排煮成蜂蛹汤。
等蜂蛹汤煮成后，待蜂蜜饭煮好时。
请媒人吃蜂蜜饭，让媒师喝蜂蛹汤。
大家一起来动手，大伙一同来行动。
迈步去喝蜂蛹汤，前行去吃蜂蜜饭。
大家吃完蜂蜜饭，大伙喝了蜂蛹汤。
行桥时间就来临，走路时辰就来到。
媒师独自行此桥，媒人单独走此路。
路过村寨不成礼，途经村屯不体面。
路过村屯不成行，途经村寨不成队。
这时都寅又提议，此刻都才再商定。
大伙结对共同走，大家结伴跟着行。
跟着媒人脚步走，随着媒师足迹行。
跟着媒师走村屯，随着媒人过村寨。
去接都才的新娘，去迎都寅的媳妇。
此路大家走才行，这桥大伙行才好。
此路才通到家门，此桥才架到堂屋。
走进都才父亲家，进入都寅母亲屋。
母亲家里很温馨，父亲房中很温暖。
你我才有相逢时，我俩方有见面日。
趁着相逢好时机，趁着见面好时辰。
不要空度这佳时，莫要闲度此良辰。
我们一起来说话，我们一起来聊天。
我们畅快谈一场，我们舒心聊一阵。
畅谈一阵又怎样？畅聊一场又如何？
训练嘴舌又怎样？历练口声又如何？
若是谈吐口气差，要是喉音吐气乏。
话语不如人家甜，喉音不似他人美。
声音听来不悦耳，话语听来不动人。
阿妹哎正值良时，阿哥哎正是良机。
待到哪时才有空？等到哪时才得闲？
此时正是空闲时，此刻正是闲暇期。
空闲时你我聊天，闲暇时你我交流。
诉说甜言和蜜语，倾诉千言与万语。
甜言蜜语细细说，千言万语慢慢道。
良言我们说不尽，好语我们讲不完。
甜言蜜语述不尽，千言万语道不完。
阿妹我是说实话，阿哥我是讲真话。

第十一节　缝礼服

今早我们要出屋，今日我们将出门。
去走都才婚姻路，去行都寅姻缘桥。
那个时候的都才，那段时光的都寅。
样样都筹备齐全，件件都准备妥当。
媒师即将要行桥，媒人即将要走路。
媒师独行婚姻桥，媒人单走姻缘路。
路过村屯不成行，途经村寨不成队。
不像迎亲的队伍，不似接嫁的行列。
都寅与父亲商量，都才与母亲商议。
商议请两位少女，商量请两个女孩。
邀请她们当伴娘，邀请她们做姐妹。
跟着媒人去迎亲，随着媒师去接嫁。
两个女孩自小穷，两位姑娘自幼贫。
贫寒没衣衫适身，清苦无衣服合体。
衣着简陋像鹊毛，穿着破烂似鸠羽。

一块黑来一块白，半边白来半边褐。
走过山寨不美观，途经村屯不好看。
有损于迎婚大礼，有碍于接娶俗仪。
此时都寅又提议，此刻都才又提出。
提出上街买绸布，提议赶集购缎料。
买回缎料摆床上，购回绸布放席上。
将绸缎摆草席上，把绸料放竹席上。
都寅此时又提议，都才此刻又商定。
派人去请来婶娘，差人去邀来伯娘。
伯娘有双轻快手，婶娘有对灵巧手。
婶娘应邀赶到场，伯娘应约来到位。
走过来看新绸布，用手来摸好缎料。
招呼大伙找剪刀，召唤大伙要铁剪。
接过剪刀就裁绸，握上铁剪即裁布。
缎料裁成新衣服，绸布剪成美衣衫。
剪成挑花绸布衣，裁成挑边缎料服。
那时剪出的布料，那刻裁出的绸缎。
衣衫还没有缝合，衣服还没有缝连。
还未用丝来缝合，还没用线来缝连。
都寅当即又布置，都才当下又安排。
派人上街买彩丝，差人赶集购彩线。
买回彩线来穿针，购回彩丝来引线。
相互吩咐抽彩丝，相互指点拉彩线。
穿针挑线缝衣服，抽丝穿针缝衣衫。
挑丝绣成新衣裳，穿针缝成好衣服。
袖头挑针细细缝，衣摆穿线密密绣。
崭新衣服缝合好，全新衣衫缝连成。
大家打量新衣服，众人细看新衣裳。
新衣领口没结彩，新衣袖口未装点。
没有红蚁爬行图，没有黄蚁列队形。
衣襟古拙不显眼，衣衫普通不漂亮。
都寅此时又提议，都才此刻又商议。
派人上街买彩丝，差人赶集购彩线。
走遍商铺择彩线，逛遍店铺选彩丝。
买回彩丝回到家，购回穿针返回屋。
相互吩咐抽彩丝，相互指点拉彩线。
拉线挑出红蚁图，抽丝缝成黄蚁形。
衣领绣出黄蚁图，衣袂镶成红蚁形。
绣出镶边花衣领，挑出钩边彩衣袖。
衣摆钩边真好看，衣领镶边真美丽。
有了红蚁爬行图，有了黄蚁列队形。
衣襟镶边很耀眼，衣摆钩边真好看。
有了黄蚁爬行图，有了红蚁列队形。
大家打量新衣服，众人细看新衣衫。
直襟无图不好看，斜襟无形不美观。
没绣小龙腾云图，没绣小虎斑纹形。
都才看到那情形，都才看到那情景。
都寅立即做布置，都才立刻做安排。
派人上街买彩带，差人赶集购花布。
取出彩线来穿针，拿出彩丝来穿线。
伯娘有双轻快手，婶娘有双灵巧手。
伯娘细心地抽丝，婶娘小心地引线。
抽丝绣出龙腾图，引线绣出虎斑纹。
绣缀小虎斑纹图，缝镶小龙腾云形。
绣成彩边龙骨衣，绣出彩边虎斑衫。
直襟龙图真好看，斜襟虎斑真美丽。
龙腾图栩栩如生，虎斑图玲珑剔透。
精美虎图钩完成，精细龙图挑完毕。
大家打量那新衣，众人细看那新衫。
衣袂还不够漂亮，袖口还不够出彩。
都寅当即做布置，都才当下做安排。
派人上街买彩布，差人赶集购彩绸。
走遍商铺择彩绸，逛遍店铺选花布。
取出花丝缀衣袖，拿出花线镶衣袂。
伯娘看了很满意，婶娘瞧了很赞同。
她们细心来抽针，她俩小心来拉线。

拉线绣出红蚁图，抽丝绣出黄蚁形。
挑出镶边花袖口，缝出钩边彩衣袂。
衣袂钩边真漂亮，袖口镶边真美丽。
先前围裙无彩绳，起初月裙无彩带。
都寅当即做布置，都才当下做安排。
安排取出彩缎带，布置拿出彩绸布。
取来彩绳系围裙，拿来彩带系月裙。
绣出两个小孩子，绣出两个小娃娃。
绣成衣服真好看，缝成衣衫真漂亮。

第十二节　梳新妆

行桥时间即将至，走路时辰马上到。
媒师即将走出堂，媒人准备走出门。
都寅他们即吩咐，都才他们便嘱咐。
嘱咐伯娘取新衣，吩咐婶娘拿衣裳。
拿来绸绣新衣裳，取来缎绣新衣服。
给两位少女打扮，为两个姑娘梳妆。
打扮得美丽动人，妆饰得婀娜多姿。
腰前彩带很飘逸，腰后彩绳也缤纷。
出门迎亲时将至，出堂接嫁时将临。
走路时间匆匆临，行桥时辰急急到。
都寅立即又吩咐，都才立刻又嘱托。
嘱托那两位少女，吩咐那两个姑娘。
指派两女孩出堂，安排两姑娘出门。
跟着媒人走出门，随着媒师走出堂。
两个少女小声说，两位姑娘轻声讲。
她们小声这样说，她们轻声这般讲。
好姐妹呀好同伴！
我俩头发乱如麻，我俩脸面黑如鬼。
走过山村不光彩，路经村寨不美观。
有损于迎娶习俗，有碍于迎娶大礼。
路经山村像野兽，走过村寨似走兽。
似梦里遇上妖怪，像梦中见到鬼神。
噩梦里遇到鬼神，噩梦中见着鬼怪。
那个时候的都才，那个时辰的都寅。
都寅又思索片刻，都才再思忖一下。
叫来两位堂姐妹，喊来两个表姐妹。
叫四位表姐堂妹，喊四位表妹堂姐。
四位一起到跟前，四个一同到面前。
走到两位少女前，来到两个姑娘边。
竹杯打水请漱口，竹筒舀水让洁牙。
少女洁牙刚结束，姑娘漱口也完毕。
木盆盛水又洗脸，木桶打水又洁面。
少女洁面刚结束，姑娘洗脸也完毕。
又商量要解头绳，又商议要松辫子。
少女松开长辫子，姑娘松开红头绳。
少女解辫刚结束，姑娘松绳才完毕。
又商量要拿木梳，又商量要取梳子。
拿来梳子整头发，取来木梳理辫丝。
帮女孩理顺发丝，为姑娘梳直头发。
女孩发丝没顺垂，姑娘头发未顺直。
这边四根没顺直，那边三根未顺垂。
头发散乱不像样，发丝凌乱不像话。
四根发丝散四面，三根头发翘三方。
这时候的堂姐妹，这时刻的表姐妹。
互相商量找发蜡，相互商议取发油。
取来发油擦头上，找来发蜡涂发端。
再用梳子理顺垂，再拿木梳梳顺直。
女孩头发梳整齐，姑娘发丝理顺直。
四根顺垂齐拢合，三根顺直同聚齐。
等到适宜编辫子，待到可以结辫子。
正是编辫好时机，正值结发好时刻。
表姐表妹同商量，堂姐堂妹共商议。

互相商量拿彩绳，相互商议取彩线。
拿彩绳来编入发，取彩线来结入辫。
少女辫子编成了，姑娘头发编好了。
当时姑娘那刘海，当时少女那额发。
少女额发不飘逸，姑娘刘海不整齐。
额发不向外飘逸，刘海不向前飘动。
此时两位堂姐妹，此刻两个表姐妹。
互相商量取羽扇，相互商议拿羽翼。
拿出羽翼来扇动，取出羽扇来扇柔。
边扇边把刘海梳，边扇边将额发理。
额发这时飘起来，刘海此刻荡开去。
刘海又向外荡开，额发又向前飘逸。
梳理头发已完工，编结辫子也结束。
那时刘海很亮丽，那天额发很飘逸。
光梳额发不漂亮，仅修刘海不美丽。
当时两个堂姐妹，那时两位表姐妹。
互相商量拿银簪，相互商议取头饰。
银簪插在额发上，头饰缚于辫根上。
耳环挂在耳垂上，银牌插在发顶上。
手镯套在手腕上，项圈套在脖颈上。
手镯十二套手上，项圈十三套颈上。
四件饰品装头上，三色彩绣镶脚边。
嘴唇朱红似花瓣，牙齿洁白如豆腐。
袜子绣有龙腾图，鞋子绣上双飞蝶。
脚趾美似嫩蜂蛹，手指白如马蜂蛹。
洁白如河里美玉，净白似炉中银水。
围裙飘荡如风筒，襟裾圆滚似展伞。
圆滚像伞自旋转，飘荡似风自转动。
出门如下凡仙女，外出像窈窕淑女。
似含苞待放李花，如芬芳吐艳桃花。
似桃花绽放月宫，如李花芬芳日殿。
出门上路很美观，走村进寨很漂亮。
可谓接新好风景，真是迎婚美春色。
正合都才接新娘，真配都寅迎媳妇。
接来新娘返回家，接到媳妇返回屋。
媳妇接到都才屋，新娘迎回都寅家。
迎来新娘当顶梁，接回媳妇做大柱。
迎来新娘做户主，接回媳妇长门面。
还要保管祭祖蜡，还要掌管拜神香。
常拜家中老祖宗，常供家中诸神仙。
万代当家不动摇，千年做主不变心。
万代安居不动摇，千年乐业不变心。
永远不拆酣睡床，永世不毁安坐凳。
不拆板凳丢荒坡，不毁床铺弃荒野。
不拆板凳丢苇丛，不毁床铺弃草间。
稳坐十世如铁树，安居十代似楝木。
稳如樟树深扎根，安似蚬木叶繁茂。
朋友哎你随便问，姑娘哎你随意考。
你还想问些什么？你还想说些什么？
姑娘我是说实话，朋友我是讲真话。

第十三节　备礼担

今早我迈出中堂，今日我走出门口。
去走都才姻缘路，去行都寅婚姻桥。
都寅他事前考虑，都才他事先思忖。
思忖请人当姻婆，考虑邀人做姻娘。
思忖请两位少女，考虑请两位姑娘。
两位姑娘和伴童，两位玉女和金童。
迎亲人员齐到位，接亲队伍全到齐。
大家都要漱好口，众人都要洁好牙。
一同都来洗好脸，一起都来擦好面。
梳好头来整好辫，理好辫来梳好头。
相约穿好新衣服，相助整好新装扮。

修眉梳发美容颜，穿银戴镯整身段。
摆出布伞拜神台，摆放婚伞敬祖宗。
道公挂起保航帽，道公背上护路笠。
一样两样样样齐，三件四件件件全。
样样件件准备全，件件样样筹备当。
出门吉时将来临，迎亲良辰将来到。
路口期盼鞋快踏，桥头期待脚快跨。
期待媒人脚快踏，期盼媒师鞋快跨。
盼接嫁队伍快走，望迎亲人员快行。
米饭酒肉装四担，坛罐鸡猪备三担。
装备停当才出堂，准备齐全才出门。
装担齐全在中堂，装担完备于门口。
没有扁担来连挑，没有扁担来串抬。
没有担杠来抬猪，没有扁担来挑鸡。
没有扁担挑小米，没有扁担挑大米。
没有扁担挑酒罐，没有扁担抬酒坛。
没有扁担挑彩饭，没有扁担挑糯米。
跟媒人走姻缘路，随媒师行迎亲桥。
途经村庄不成行，走过村寨不成队。
有损于迎娶大礼，有碍于接亲习俗。
好姑娘哎好朋友！
当时叔伯们商量，当时舅父们商议。
都才的几个舅父，都寅的几位叔伯。
舅父们想到一处，叔伯们想到一起。
商量完毕拿斧头，商议结束取镰刀。
提起镰刀下门梯，拿起斧头下晒台。
走下都才的晒台，走下都寅的门梯。
走到村旁楠竹坡，行到村边刺竹林。
坐在楠竹丛下面，站在刺竹丛下方。
举起衣袖向上仰，抬起手臂向上望。
凝视整丛竹子选，凝望整片竹林挑。
用心瞄上又瞄下，细心挑来又选去。
从竹根望到竹尾，从竹梢瞄到竹根。
哪根受过笋虫害，哪棵挨过笋虫咬。
哪根虫蛀断了梢，哪棵虫害没了尾。
没尾那根不能要，没梢那棵不能选。
要选笔直顶天竹，要用挺直立地木。
选好那根砍回来，看好那棵砍回家。
砍竹回来造抬杠，砍竹回家制扁担。
修成扁担来挑礼，制成抬杠来抬猪。
制成抬杠抬肥猪，修成扁担挑大礼。
剩四担没扁担扛，余三担无扁担挑。
都才的几位叔伯，都寅的几个舅父。
共商加扁担的话，同议添扁担的事。
找来旧日扁担挑，寻来平时扁担扛。
才把小米连成担，方将大米串成担。
成双酒罐穿成担，成对酒坛扎成担。
五色米饭结成担，五彩糯米合成担。
装好礼担列成队，备好礼担排成行。
此刻他们这几位，这时他们这几人。
试提礼担上肩膀，试举担子上双肩。
彩礼不附扁担端，聘礼不依担子头。
都才的几位叔伯，都寅的几个舅父。
共商量拿来锋刀，同商议取来利镰。
提起锋刀下门梯，拿起利镰下晒台。
走下都才的晒台，迈下都寅的门梯。
到村旁吊尾竹坡，到村边吊丝竹林。
坐在竹枝丛下瞄，站在竹丛旁边选。
用心瞄上又瞄下，细心挑来又选去。
要用笔直顶天竹，要选挺直立地木。
选好那根砍回来，用好那根砍回家。
拿起锋刀掰竹子，提起利镰修竹竿。
吊丝竹分成三片，吊尾竹削作四条。
几位舅父再商量，几个叔伯又议定。
商量砍竹剥成片，商议破竹削成篾。
二层黄篾要丢弃，三层内篾不能取。

只取头层好篾青，单要头层靓篾青。
要拿篾青扎大担，要用篾青绑礼担。
绑牢肥猪大礼担，扎紧肉鸡大礼担。
还剩下四担小米，还余下三担大米。
都才的几位叔伯，都寅的几个舅父。
共商量拿来锋刀，同商议取来利镰。
提起锋刀下门梯，拿起利镰下晒台。
走下都才的晒台，走下都寅的门梯。
走过房前屋后寻，绕着村头巷尾找。
找到房前屋后树，寻来村头巷尾枝。
加工扁担两头钉，细做扁担两端扣。
两头钉扣加工好，两端钉扣细做成。
插上扁担两头钉，装好扁担两端扣。
三担礼担插好钉，四担礼担装好扣。
好姑娘哎好朋友！
彩礼装担样样全，聘礼装担件件齐。
扎稳扣紧等出行，绑固钉牢待上路。
到时他们三四对，是时他们四五人。
抬起礼物即出行，挑起礼品便上路。
随着媒人走山路，跟着媒师行坡道。
途经千山与万水，路过千家与万姓。
万水千山齐欢腾，千家万姓共喝彩。
人人喝彩齐传扬，个个赞美共狂欢。
都才美名传四海，都寅美誉响四方。
美名传遍都才村，美誉响彻都寅寨。
姑娘我是说实话，朋友我是讲真话。

第十四节　祭祖宗

好姑娘哎好朋友！
今早我迈出中堂，今日我走出门口。
去走都才姻缘路，去行都寅婚姻桥。
不是白走都寅路，不是空行都才桥。
此路不是白修成，此桥不属空架通。
都寅此路名声美，都才这桥名誉扬。
遵循古规铺成路，遵守旧例架通桥。
此路美名传天下，这桥美誉满人间。
美名传遍千万户，美誉传颂千万姓。
四担彩礼挑出堂，三担聘礼抬出门。
礼物不能没防护，礼品不该无保护。
要有个防护措施，要有个保护举措。
要有个古规遵循，要有个先例遵守。
四担礼物走坡道，三担礼品行山路。
路上会犯太阴星，途中会触太岁神。
走路会逆月老意，行桥会违日神愿。
路上会碰凶残鬼，途中会撞恶煞星。
路上会碰短命鬼，途中会遇伤人妖。
那个都寅他招呼，那个都才他召唤。
招呼那带队高师，召唤那领队道公。
道公站在供桌边，高师坐在祭台前。
拿起卦板念巫咒，放下卦木诵祷词。
巫咒请来了仙父，祷词邀到了神母。
下凡安坐礼担旁，下界降临礼担边。
保佑礼担出远门，护佑礼担行远路。
充当礼队顶天柱，担任礼队护卫神。
保佑礼队走得顺，护佑礼队行得稳。
确保路上不逢鬼，确保途中不碰怪。
道公打卦再念咒，高师敲板又诵词。
打卦念咒连三番，敲板诵词再四回。
四回卦象全吉利，三番板相都吉祥。
道公大声念巫咒，高师高声诵祷词。
他念巫咒这样说，他诵祷词这般讲。
仙父哎神母！
神母要降临何处？仙父要莅临何方？

降临祖屋神堂上，莅临族房神龛中。
降临神堂请到席，莅临神龛请入位。
别在放牛场闲逛，莫到牧马地游玩。
别去云香竹间逛，莫依艾草丛里玩。
降临何方请到席，莅临何处请入位。
别在高山上逗留，别到深谷里闲游。
莅临深谷请归位，降临高山请到席。
专心呼唤齐到位，诚意呼喊快入席。
汇集礼担供桌边，聚集彩礼祭台上。
道公念咒这样说，高师诵词这般讲。
仙父哎神母！
神母要莅临何处？仙父要降临何方？
供桌上摆满酒肉，祭台上摆满饭菜。
美酒已报祭几次，琼浆已拜祭几回。
馥郁香火点几根，芳香烛火燃几支。
十二盘肉供桌上，十三碟肉祭台上。
供上梳子般香肉，祭上巴掌大肉块。
供上水窟似酒碗，祭上水缸般酒筒。
供桌花猫跃不过，祭台斑猫跨不过。
满桌肉菜难跨过，满台酒肉难跃过。
是哪位仙父先临？是哪位神母先到？
最先到来先吃肉，最先降临先饮酒。
神母要莅临何处？仙父要降临何方？
请神母都过去喝，请仙父也过来吃。
专心行在最前头，诚意走在最前边。
招呼众仙一起用，呼唤众神一同享。
道公对仙父念咒，高师对神母诵词。
对着神母这样说，对着仙父这般讲。
满桌供肉不白摆，满台祭酒不空设。
这桌肉是讲名分，这台酒是讲名气。
请神母来随意用，邀仙父来随意饮。
用好餐后护礼队，享好福后保礼队。
护礼队安全上路，保礼队平安返程。
神母要莅临何处？仙父要降临何方？
灶神爷降临何处？火神爷莅临何方？
你们神与神相通，你们仙与仙会意。
请神母您去召唤，请仙父您去招呼。
召唤万神同一心，招呼千仙同一意。
赶紧一同走过来，赶快一起走过去。
一同坐到肉桌边，一起坐到酒台旁。
请中堂神来上座，请门户神来安享。
请屋前神也上座，请房后神也安享。
停在桥头的众神，等在路口的众仙。
赶紧一同走过来，赶快一起走过去。
赶来跟众神同桌，快去与众仙共席。
高高兴兴地享受，痛痛快快地享用。
享受一回不尽兴，享用一番未尽情。
相召享用三四番，相唤享用四五回。
欢天喜地享三番，酣畅淋漓用四回。
道公念咒这样说，高师诵词这般讲。
仙父哎神母！仙父哎神母！
神公哎仙婆！火仙哎灶神！
一台好菜享三番，一桌好酒用四回。
享受四回热闹酣，享用三番欢喜畅。
道公念咒未尽兴，高师诵词未尽情。
甜言蜜语念不尽，千言万语诵不完。
念咒就是这么多，诵词就是这般长。
过去的那些岁月，早年的那些日子。
神母她仍然在世，仙父他依旧活着。
当时他们在世时，当年他们活着时。
时时刻刻相依靠，日日月月相陪伴。
靠母亲孜孜哺育，靠父亲谆谆教导。
母亲也慈心呵护，父亲也精心教导。
也为你们择吉日，也为你俩选良辰。
择吉时娶好新娘，选吉日娶美媳妇。
娶好新娘进家院，娶美媳妇入门庭。

进门成家家荣华，入院立业业兴旺。
仙父哎神母！
神母为人生有限，仙父处世命有时。
人生有时不比天，人命有限不如地。
选好大路跟阎王，选好大道随玉帝。
不动身体能自飞，不动身子会自化。
不飞不化不由身，不化不飞不由体。
神母飞开本世天，仙父化离今生地。
飞开本世去他方，化离今生到新处。
以颜容化为尘土，以脸相化作黄泥。
神母背对晒台去，仙父顺着门梯离。
鞋底踏上月亮桥，脚板踩上太阳路。
随太阳翻腾飞升，跟月亮滚动飞扬。
神母越走越见美，仙父越飞越见妙。
神母见美忘了穷，仙父见妙忘了贫。
神母忘掉天下贫，仙父忘掉地上穷。
今把儿女留身后，现把子孙留后头。
成为今世孤苦儿，成为这辈苦难女。
贫苦孤儿不易死，穷难孤女不易亡。
不易白白地夭折，不会白白地死亡。
大地仍然有耳朵，苍天依旧有眼睛。
依旧有眼看众生，仍然有耳听众人。
大地依旧还安稳，天下仍然还太平。
笔直大树不乱弯，挺直竹子不乱曲。
弯曲树木不易挺，拱曲修竹不乱直。
笔直大树总笔直，挺直修竹总挺直。
弯曲树木总弯曲，拱曲修竹总拱曲。
今生儿女当后世，今世子孙为后代。
来世不能空悲逝，现世不可虚度活。
时运佳时会办事，时运好时会做人。
办事也会择良辰，做事也会选吉时。
选好吉时娶媳妇，择好良辰接新娘。
仙父呀神母！
没多久就到十三，没几日就到十二。
良辰佳运将来临，吉日好时已逼近。
四担礼物将出堂，三担礼品要出门。
要跟媒人出中堂，要随媒师出大门。
礼担无法依靠谁，彩礼不能依托谁。
依托哪个都不行，依靠哪个都不好。
唯一可依靠仙父，唯独可寄托神母。
一年四季不放弃，时时刻刻不遗弃。
不会放弃了仙父，不会遗弃了神母。
不是白招神母降，不会空唤仙父临。
招来就得敬仙父，呼到就会奉神母。
备有一台酒肉敬，设有一桌酒菜供。
台上摆满酒和肉，桌上摆满酒和菜。
首先祭祀神母享，首先奉送仙父用。
招呼万仙一同享，召唤万仙一起饮。
众仙同享共保佑，众神同饮共护佑。
仙父呀神母！祖父呀祖母！
堂祖呀堂母！火神呀灶神！
吃饱莫做恶阴鬼，喝足莫当凶阴煞。
莫做阴府之凶煞，莫当阴间之恶鬼。
众仙吃饱别走远，众神喝足别逛远。
不要过来逛荒坡，不要过去游野岭。
吃饱请去坐一坐，喝足请来歇一歇。
请到礼担旁坐坐，请到彩礼边歇歇。
吉时好日即将到，良辰佳运即将临。
四仙一同护三担，三神一起保四担。
保佑四担走过村，护佑三担行过寨。
神母你充当幡旗，仙父你充当布伞。
充当布伞遮月光，充当幡旗挡阳光。
充当布笠挡雨水，充当竹笠遮冰雹。
当作墙壁堵劫鬼，作为城墙拦盗妖。
这样护佑四担礼，这般保佑三担物。
保佑四担行得顺，护佑三担走得畅。

人不误碰月线桥，物不乱触日线路。
一路不犯太阴神，沿途不犯太岁神。
路上不遇大凶鬼，途中不逢老恶煞。
一路不遇短命鬼，沿途不逢伤人妖。
路上不见彩虹立，途中不见彩虹起。
一路不遇伤人鬼，沿途不逢青红鬼。
不会遇上虎窜路，不会碰到蟒跨道。
蟒蛇不得守桥头，青蛇不得挡路口。
山野不得刮大风，平地不能起小风。
不得翻卷绸布伞，不得刮破粗布伞。
不吹伞口朝天翻，不刮伞面往回缩。
不让苇叶掉下来，不让苇叶飘落去。
苇叶不得当面落，苇叶不得眼前掉。
稳固石头不得崩，松动石块不得塌。
稳石不得当面塌，松石不得面前崩。
保佑四担行得顺，护佑三担走得畅。
保佑礼队到姻家，护佑礼队抵亲家。
抵达姻家那幢屋，到达亲家那间房。
四担彩礼顺利到，三担礼品安全抵。
神母你要过去歇，仙父你要过来坐。
请到礼担旁坐坐，请到彩礼边歇歇。
歇在彩礼旁防守，坐在礼担边守护。
来当一夜顶天柱，去做一晚标尺杆。
直到次日拂晓时，直至明早天亮时。
吉时好日即将到，良辰吉日即将临。
会让我们的儿媳，会让我们的媳妇。
让媳妇走下门梯，让儿媳走下晒台。
跟着媒人脚步走，随着媒师足迹行。
牵着姻婆衣袖走，绊着姻娘衣袂行。
随着伴娘衣摆走，陪着伴娘裙边行。
媒师和两位姻婆，媒人和两位姻娘。
姻娘和两位伴女，姻婆和两个伴娘。
接新娘返回家乡，迎媳妇回到村庄。

神母要保佑顺行，仙父要护佑畅通。
保佑礼队顺畅回，护佑接亲顺利归。
走过山路像飞箭，行过坡道似箭飞。
走过山地像平坡，行过丘陵似平地。
一直走到都才家，一路走进都寅屋。
到都才中堂报喜，到都寅堂屋报信。
个个都安全归来，人人都平安返回。
村里村外乡亲们，寨上寨下父老们。
大家争着传喜报，众人抢着送喜信。
喜报传播满天飞，喜信传送遍地扬。
夸都才这个神母，赞都寅这位仙父。
神母吃饱能护佑，仙父喝足能保佑。
能为子孙当护伞，能为儿女做主柱。
神母你才有名气，仙父你才有名望。
仙父吸香烛美味，神母闻香火轻烟。
闻足一夜香烟火，吸足一晚香烛烟。
饱尝一夜好酒肉，饱饮一晚美酒菜。
好姑娘哎好朋友！
四担礼物要出堂，三担礼品要出门。
要走出都才中堂，要迈出都寅门口。
请道公来协调妥，邀高师来协商好。
念咒同千神协商，诵词与万仙协调。
与万仙念这番咒，同千神诵这些词。
朋友还想问什么？姑娘还想问哪些？
姑娘你就细声说，朋友你就轻声讲。
姑娘我是说实话，朋友我是讲真话。

第十五节　写家书

今日我迈出中堂，今天我走出家门。
走都才的姻缘路，行都寅的婚姻桥。

都寅几经思忖后，都才几番思考后。
思忖写一封家书，思考写一封家信。
家书递到了手中，家信交到了手里。
交到了媒人手里，递到了媒师手中。
配备有姻婆姻娘，指定有伴娘玉女。
配备有伴童金童，指定有三童四友。
同行都才姻缘路，共走都寅婚姻桥。
到亲家畅谈一晚，到姻家细聊一宿。
跟父亲畅谈一晚，与母亲细聊一宿。
好姑娘哎好朋友！
媒师来细聊一晚，媒人来畅谈一宿。
到亲家畅谈一晚，到姻家细聊一宿。
跟父亲畅谈一晚，与母亲细聊一宿。
畅谈婚事过良宵，细聊婚宴度良夜。
跟家父诉说衷情，与家母倾诉衷肠。
诉说衷情等鸡叫，倾诉衷肠待鸡啼。
诉说衷情仍未尽，倾诉衷肠尚未完。
诉说整夜仍未尽，倾诉整晚尚未完。
畅谈也畅谈过了，细聊也细聊过了。
跟家父诉说衷情，与家母倾诉衷肠。
开口交流已讲完，放歌诉情已唱尽。
开口交流已尽情，放歌诉情已尽兴。
诉说衷情等鸡叫，倾诉衷肠待鸡啼。
正是夜半三更天，正值夜后五更时。
家鸡正在地上呼，仙鸡正在云中唤。
仙鸡呼唤着家鸡，官鸡呼应着府鸡。
相互呼应报时辰，互相呼唤报时间。
公鸡报时头一鸣，仙鸡报时第一声。
第一声清脆绵长，头一鸣悠扬延绵。
第一声提醒家父，头一鸣督促家母。
这样讲给母亲听，如此说给父亲闻。
好父亲哎好母亲！
鸡蛋不打不会破，蛋壳不敲不会裂。
嘴巴不说话不甜，嘴皮不讲话不甘。
今早我迈出中堂，今晨我走出家门。
走都才的姻缘路，行都寅的婚姻桥。
我好比一块浮石，我好似一块松石。
好似河岸上浮石，好比河堤上松石。
哪一天是好日子？哪一日是吉利日？
我在河堤造木船，我在岸上造木舟。
划动木舟到对岸，行驶木船到码头。
木船驶去不空回，木舟划去不空返。
船尾不当船头用，船头不当船尾驶。
好父亲哎好母亲！
我不是空手过来，我不会空手回去。
我是来拿小饭罐，我是来取小瓦罐。
要父亲的小瓦罐，取母亲的小饭罐。
我好比妙手神偷，我犹如奇招盗侠。
拿起石头打房子，捡起卵石砸房屋。
打不中舟打中船，掷不中这也中那。
好比这家美姑娘，犹如这屋好闺女。
是父亲眼中千金，是母亲掌上明珠。
跟母亲历尽千辛，与父亲历尽万苦。
哪一天她的父亲，哪一日她的母亲。
母亲因事走不开，父亲有事去不了。
不得下田去做工，不能下地去干活。
下地去把农活干，下田去把秧苗播。
姑娘会自觉做好，闺女能主动干完。
顶替她父亲做好，代替她母亲干完。
把地里农活干完，将田中农事管好。
干活让母亲高兴，管事让父亲满意。
母亲高兴女懂事，父亲满意女勤快。
哪一天她的父亲，哪一日她的母亲。
母亲因事走不开，父亲有事去不了。
不得出门买东西，不能出外购物件。
不能出门割蒿草，不得出外砍柴火。

父亲眼中的千金，母亲掌上的明珠。
姑娘出门割蒿草，闺女出外砍柴火。
姑娘砍柴火成担，闺女割蒿草成担。
柴火挑回父亲房，蒿草背回母亲屋。
干活让母亲高兴，管事让父亲满意。
母亲高兴女懂事，父亲满意女勤快。
哪个早上她父亲，哪个早晨她母亲。
母亲身患了恶疾，父亲身得了重病。
咽不下粗粮早粥，喝不下野菜早汤。
母亲的掌上明珠，父亲的宠爱千金。
单独赶几番圩场，独自赶几回集市。
独赶集市买食品，单上圩场购食物。
独赶集市买小米，单上圩场购大米。
独赶集市买猪肉，单上圩场购瘦肉。
买回小米熬早粥，购回瘦肉煲早汤。
熬早粥给母亲吃，煲早汤给父亲喝。
母亲感到很幸福，父亲感到很高兴。
高兴因女儿照顾，幸福因女儿关照。
好父亲哎好母亲！
如果母亲还想到，倘若父亲还念及。
念及女儿的辛劳，想到闺女的艰辛。
即使母家贫也罢，哪怕父家穷也好。
家贫也还剩把米，家穷也还余斗谷。
也还余有半筒米，也还剩有半斗谷。
盼您移步近火炉，望您挪脚往火灶。
点燃柴火照房屋，烧旺炉灶亮屋宇。
照亮父亲这房屋，照明母亲这屋宇。
用盅装水来漱口，用杯盛水来洁牙。
拿盆盛水来洗脸，用桶装水来洗面。
诚心诚意做早饭，真心实意煮早餐。
煮早餐给待嫁女，做早饭给将婚女。
按时让女儿用餐，准时给闺女吃饭。
让女儿丰享一顿，给闺女美食一餐。
出嫁吉时即将到，出嫁良辰就要来。
好让女儿下晒台，好让闺女下门梯。
跟着媒人脚步走，随着媒师足迹行。
跟着姻婆衣袖走，随着姻娘衣袂行。
跟着伴娘衣摆走，随着伴娘裙边行。
起身走向都才村，迈步前往都寅寨。
跟都才建房造屋，和都寅成家立业。
成家定丰衣足食，立业就兴旺发达。
日后享荣华富贵，将来会欣欣向荣。
这封家信这样说，这封家书这般讲。
朋友还要问什么？姑娘还想问哪些？
姑娘你就细心说，朋友你就轻声讲。
姑娘我是说实话，朋友我是讲真话。

《瑶族婚俗古歌都才都寅》英译

English Version of *An Ancient Song of the Yao's Wedding Customs Featuring Ducaiduyin*

Preface Song

I will tell my love story, I will tell my romantic story.
I want to talk about the good girl, I want to talk about the girl friend.
The good girl, the girl friend!
Just like this good season, just like this good time.
I want to talk about my friend, I want to talk about my companion.
I sit beside the desk this morning, I sit on the Mo chair① today.
Sitting on the Mo chair to observe the sky, sitting against the desk to observe the land.
Sitting by the sun with the sunshine, sitting against the moon with the shadow.
Following the shadow of the moon to come, following the sunshine of the sun to come.
Even if no one calls me on the way, even if no one knows me on the bridge.
Even if no letter invites me, even if no message invites me.
I come to the home of the girl's father, I get to the home of the friend's mother.
Getting together at her mother's house, meeting her at her father's house.
Oh good girl, oh good friend!
Just like this wonderful season, just like this amazing time.
Even if it is not a good occasion, even if it is not a good time.
What if it is an auspicious day? What if it is a propitious time?
What if it is a harvesting year? What if it is a busy month?
Everyone recalls the old time, everyone retrospects the past time.
Hoping to fall in love, expecting to fall in love.
Expecting to have a date with a girl in the neighbouring village, expecting to fall in love with a girl in the near village.
Going to meet girls in the nearby village, making friends in the neighboring village.
Making friends with handsome boys, making the acquaintance of pretty girls.
Oh good girl, oh girl friend!
Just like this great season, just like this nice time.
It is time for a rest, it is time for leisure.
Thousands of families are in leisure, thousands of households are in ease.

① Mo chair, it refers to the the chair that unmarried young people often sit on.

Many unmarried guys are in leisure, numerous unmarried girls are in ease.
The guys are not dating, the girls are not courting.
Having not been connected with love so long, having not been connected with romance so long.
They are not connected with romance so long, they are not connected with love so long.
What about a journey to love? What about a trip to romance?
What about starting a relationship? How about singing antiphonal songs?
How about going to have a chitchat? What about going to do some chatting?
Oh good girl, oh good friend!
Just like this fantastic season, just like this stunning time.
Just in the leisure time, just on the leisure occasion.
Who is like my friend? Which one is like my companion?
We are like the moon, we are like the sun.
Just like the rising sun, just like the rising moon.
No matter any day and anytime, no matter any year and any month.
The sun shines bright for generations, the moon shines bright for thousands of years.
The moonlight scatters all over the sky, the sunshine shines all over the land.
Shining all over the land forever, spreading all over the sky forever.
The sunlight shines everywhere, the moonlight shines every corner.
Thousands of bridges are lit up by the sunlight, thousands of roads are covered by the moonlight.
Shining thousands of roads in the world, lighting up thousands of bridges on the earth.
Shining on the roads connecting lovers in the world, lighting up the bridges linking lovers in the world.
Shining on the road to love for young men, lighting up the bridge to love for young girls.
Oh good girl, oh good friend!
Just like the good time tonight, just like the fine time tonight.
Which one is like my friend? Which one is like my companion?
We are like the sun, we are like the moon.
Only lovers walk on the road, only lovers go across the bridge.
Pave the road to the house, build the bridge to the house.
To the house of the girl's father, to the house of the girl's mother.
Reach her mother's house in this way, get to her father's home in this way.
You and I meet the first time, both sides meet the first time.
It is so nice to meet each other, it is so good to get together.
Which one is better than my girl? Which one is better than my friend?
I am attached to her, she is keen on me.
I'm telling the truth, girl! I'm telling the truth, friend!

Section One　Looking for the Ideal

It is said that in the ancient times, it is said that in the early period.
There is a young man called Ducai, there is a young man named Duyin.

When Duyin is still young, when Ducai is still young.
He is as tall as an adult's jaw when standing up, he is as tall as an adult's knees when sitting down.
Reaching his father's knees sitting down, getting to his mother's chin standing up.
His feet are as small as thatch leaves wearing shoes, his feet are as thin as thatch roots wearing socks.
His teeth are going to teethe, his arms are just able to move.
He is able to move his arms, he is able to open his palms.
He learns to wear shoes to hang around villages, he learns to wear socks to hang around villages.
Hanging around villages to meet girls, wandering about villages to make friends.
His mother teaches him customs, his father teaches him regulations.
He learns all the regulations, he learns all the customs.
He learns a lot of knowledge, he acquires a lot of know-how.
Ducai keeps them in mind, Duyin bears them in mind.
It is good for him to find girl friends, it is good for him to make girl friends.
He has looked for thousands of girls, he has sought for thousands of friends.
Looking for the ideal girls in many villages, searching for the ideal girls in many villages.
He has crush on a girl in other village, he fancies with a girl in other village.
He has selected the girls from families all over the Yao country①, he has chosen the girls from families② in the central village③.
Ducai goes far away to choose a mate, Duyin goes to central village to select a mate.
Though he has selected, though he has chosen.
No one is to his ideal, no one is to his satisfaction.
No girl is to Ducai's ideal, no girl is to Duyin's satisfaction.
He has to go back home, he has to return home.
He returns home to have a rest, he returns home to take a break.
Duyin pours out his bother, Ducai confides his troubles.
He pours out his bother to father, he pours out his woes to mother.
Telling his mother like this, telling his father like this.
Oh good dad, oh good mum!
When I am little, when I am in my youth.
I am as tall as an adult's jaw when standing up, I am as tall as an adult's knees when sitting down.
Reaching to father's knees sitting down, getting to mother's jaw standing up.
My feet are as small as thatch leaves wearing shoes, my feet are as thin as thatch roots wearing socks.
My teeth are just teethed, my arms are just being strong.
My arms just begin to wield, my palms just start to stretch.
You teach me to wear shoes to hang around villages, you teach me to wear socks to wander about villages.
Mother teaches me customs, father teaches me regulations.
I learn all the regulations, I learn all the customs.
I learn a lot of knowledge, I acquire a lot of know-how.

---

① Yao country, here it refers to the concentrated place of the ethnic group people of Yao.

② The place where the chief of ethnic region of Yao lives.

③ Central village, the place where the officials of ethnic region of Yao live.

Becoming my own knowledge, becoming my own know-how.
You let me hang around villages, you let me wander about villages.
Hanging around villages to meet girls, wandering about villages to make friends.
I go far away to choose a mate, I go to central village to select my wife.
Choosing the girls from families all over the central village, selecting the girls from families all over the country.
Looking for thousands of girls, searching for thousands of friends.
But no one is to my ideal, but no one is to my satisfaction.
No girl is to my ideal, no girl is to my satisfaction.

Section Two　Going to Hunt Birds

It is clear in Duyin's mind, it is clear in Ducai's mind.
Reminding his childhood, remembering his childhood.
Ducai leads the boys in the village, Duyin takes the boys in the village.
To make bird bridge, to make bird cover.
They carry the bird cover out, they carry the bird bridge out.
Going to the mountain afar, going to the hillside afar.
Installing the bird bridge in the forest, hanging the bird cover in the grass.
After hanging the bird cover, after installing the bird bridge.
The boys discuss, the boys consult.
Discussing how to hide themselves, discussing how to have themselves hidden.
No bird comes out when they are in well hidden, no bird comes out when they have themselves hidden.
The boys discuss again, the boys consult again.
Discussing how to imitate the sound of birds, consulting how to blow the bird whistle.
They learn the bird's voice to incite decoy, they blow the whistle to attract the decoy.
Bewitching the decoy to make a sound, attracting the decoy to make a sound.
The song can't reach far away, the call can't spread far away.
No thrush is bewildered, no partridge is attracted.
No partridge comes over, no thrush flies over.
No thrush flies near, no partridge comes forward.
No bird comes near to the bird bridge, no bird gets close to the bird cover.
The boys make a discussion, the boys make a consultation.
Consulting to remove the previous bird bridge, discussing to remove the previous bird cover.
They carry the bird cover back home, they take the bird bridge back home.
Having a rest at home, taking a rest at home.
They discuss again, they consult again.
Consulting to crack eggs, discussing to open eggs.
The boys crack the eggs open, the boys take out the liquid.
Mixing egg yolk with millet, stirring egg liquid with rice.
To attract the decoy to eat them all, to let the decoy have them all.

The boys discuss it again, the boys talk over again.
Deciding to install the bird bridge again, deciding to install the bird cover again.
They take the bird bridge to the slope again, they take the bird cover to the mountain again.
Going to the hillside nearby, walking to the mountain ridge nearby.
To install the bird bridge on the hillside, to hang the bird cover on the ridge.
After installing the bird bridge securely, after hanging the bird cover properly.
They cast about for ways again, they come up with ideas again.
Discussing how to hide themselves well, consulting how to hide themselves well.
They hide securely at once, they hide properly at once.
They imitate the bird's sound, they blow the bird whistle.
The whistle attracts the decoy, the song incites the decoy.
Inciting the decoy to make a sound, attracting the decoy to make a sound.
Its sound is lovely to reach far away, its voice is graceful to spread far away.
Then the decoy on the slope, then the decoy on the ridge.
Incited to make a sound, bewildered to make a sound.
Its sound is clear and melodious to reach far away, its voice is graceful and pleasant to spread far away.
At that time, at that moment.
The partridge hears the voice of the decoy, the thrush hears the sound of the decoy.
Hearing the loud sound of the decoy, hearing the graceful voice of the decoy.
The song of the decoy is favorable, the song of the decoy is pleasurable.
The wild thrush at that time, the wild partridge on that occasion.
The partridge moves its feet, the thrush spreads its wings.
Spreading wings to approach forwards, moving feet to come forwards.
Flying closer over the bird bridge, walking closer to the bird cover.
Out of the partridge's expectation, out of the thrush's intention.
The partridge is stumbled, the thrush is caught.
Its body is caught by the bird cover, its feet are stumbled by the bird bridge.
The boys notify each other, the boys urge each other.
Notifying to catch the thrush, urging to catch the partridge.
Return home after catching the partridge, go downhill after catching the thrush.

Section Three　Teaching Wedding Customs

The good time in the past, the nice time in the past.
There are ancient villages on the soil slope, there are ancient villages in the stone mountain.
On both sides of the village in the mountain, beside the soil slope in the village.
Plum tree seedlings are grown on the land, peach tree seedlings are grown on the sides.
It is the time of peaches blossoming, it is the moment of plums budding.
Peach blossoms set off the bow of the boat on the bank, plum blossoms set off the wooden boat on the bank.
Canoes set off the flowers on the river bank, wooden boats embellish the peaches by the river.

The charm of youth never grows old, the graceful appearance will remain still.
Like the rising sun, like the full moon.
She greets visitors from afar when they arrive, she treats honored guests when they come.
Greeting uncle warmly when he arrives, treating uncle with tea when he visits.
Inviting guests to smoke cigarette, inviting guests to smoke pipe.
Treating guests well in a good manner, managing household affairs in a good manner.
She is to my ideal, she is to my satisfaction.
I will not give up what I like, I will not give up what I fancy.
No one else is allowed to step into her door, no one else is allowed to step into her hall.
The ship is not allowed to be rowed, the boat is not allowed to be rowed.
The girl is doomed to me, this girl belongs to me.
I will try my best to marry her, I will make efforts to marry her.
Being with her though I come with nothing, being with her though now I have nothing.
We will be in love as a devoted couple, we will be in love as a pair of lovebirds.
Duyin talks about that, Ducai speaks out that.
Telling that to his father, telling that to his mother.
He tells his mother what he feels, he tells his father what he thinks.
Then his mother knows, then his father knows.
Knowing Ducai has a lover, knowing Duyin has a beloved.
Knowing his son has a lover, knowing his son loves a girl.
Knowing the village where the girl is, knowing the village where the girl lives.
Knowing the girl is in that village, learning about the girl is in that village.
His mother answers him, his father replies him.
Telling Ducai the regulations, telling Duyin the customs.
Telling Duyin like this, telling Ducai like this.
Oh, my dear! Oh, my son!
If you have a sweetheart, if you have a lover.
If your lover lives in that village, if your sweetheart lives in that village.
Do not go without anything if you miss her, do not go without anything if you love her.
Don't court fruitlessly, don't court unconventionally.
Fall in love like other people do, be in love like ordinary people do.
As the saying goes, the saying goes like this.
What will a bird dying with empty stomach become? What will a rat dying with empty stomach become?
The bird dying with empty stomach is easy to become a ghost, the rat dying with empty stomach tends to become a demon.
A marriage without betrothal gifts will be discredited, a marriage without wedding will be dishonourable.
His father says that at that time, his mother says so at that time.
Telling Ducai the regulations, telling Duyin the customs.
Telling Duyin like this, telling Ducai like this.
Our family now, our clan now.
Have a family name, have a surname.
We have a family name, we have a clan name.

Even if you have no blood-related uncle, even if you have no sib uncle.
The uncles in the clan are alive and in good health, the uncles in the clan are safe and sound.
As the saying goes, the saying goes like this.
The horns of buffalo remain though dead, the horns of cattle remain though rotten.
Our family has the regulations, our ancestors have the customs.
A carpenter's line marker is a must when sawing wood, the ink mark is a must when planing planks.
Call on relatives in line with the ancestors' customs, arrange marriage in terms of ancestors' customs.
Behave oneself in line with the predecessors' customs, handle affairs in line with the customs.
Wear shoes and hold an umbrella when holding wedding, wear socks and hold an umbrella when holding wedding.
Prepare cocks for wedding, prepare hens for wedding.
Prepare big pigs for wedding, prepare chicken for wedding.
Go into her home with an open umbrella, walk into her house with an open umbrella.
Walk into the central room of her house, step into the door of her house.
Ask if her family agree to the marriage, ask if they are willing to the marriage.
Ask if they are willing to marry their daughter, ask if they agree to marry their daughter.
When they agree to, when they are willing to.
Then we will have good reputation, then we will get people's praise.

Section Four Inviting Matchmakers

In the ancient times, in the early days.
The ancestors make regulations, the predecessors make customs.
The customs have been set for a long time, the regulations have been set for a long time.
The embroidery thread should be placed at the head of the bed, the embroidery needles should be tied on the wall of the room.
The cloth socks should be put on the table, the cloth shoes should be put under the stool.
The clogs should be put by the door, the old shoes should be put in the hall.
The clogs would be as good as before, the old shoes would be as new as before.
The soles of clogs would remain good, the soles of old shoes would remain new.
The old rake should be hung on the top of fence, the old plough should be put on the side of garden.
Generations of ancestors pass on the customs, generations of ancestors inherit the regulations.
One generation of bamboo has four generations of shoots, one generation of trees has four generations of roots.
The customs are passed down from generation to generation, the regulations are inherited from generation to generation.
Marriage should be arranged in line with the ancestor's customs, affair should be handled in line with the ancestor's regulations.
Ceremony should be held following the ancestor's regulations, affair should be handled following the ancestor's customs.
Wedding banquet should be set in line with customs, marriage should be arranged in terms of regulations.

We work in terms of the regulations, we get married in line with the customs.
Wear shoes and hold an umbrella when holding wedding, wear socks and hold an umbrella when holding wedding.
Prepare cocks for wedding, prepare hens for wedding.
Prepare big pigs for wedding, prepare chicken for wedding.
Go into her home with an open umbrella, walk into her house with an open umbrella.
Ask if they agree to, ask if they are willing to.
Do they agree to marry their daughter? Are they willing to marry their daughter?
When they agree to, when they are willing to.
Then we are within reason, then we will be praised.
His mother says the customs, his father says the regulations.
From that year, from that day.
Duyin is clear in his mind after hearing, Ducai understands the customs after hearing.
He knows about the customs clearly, he understands the regulations clearly.
There comes the sky at first, there comes the land at first.
Then there comes the soil, then there comes the mud.
Telling his uncle first because he is like the heaven, conveying to his uncle because he is like the land.
Inviting him to Ducai's house, inviting him to Duyin's house.
To discuss with Duyin, to consult with Ducai.
Ducai decides to cook breakfast, Duyin decides to make breakfast.
Offering a big meal for uncle, offering enough porridge for uncle.
In that year, on that day.
Ducai has something to tell his uncle, Duyin has something to say to his uncle.
He says to his uncle, he tells his uncle.
Oh my uncle, oh good uncle!
I invite you to my home, I invite you to my house.
I invite you with soul and heart, I ask for help with my whole heart.
Inviting you to be my matchmaker, inviting you to be my go-between.
To repay your kindness of cultivating me, to acknowledge your kindness of cultivating me.
In that year, on that day.
The uncle is willing to, the uncle is ready to.
Wear shoes and hold an umbrella when holding wedding, wear socks and hold an umbrella when holding wedding.
The uncle is willing to manage his marriage, the uncle is willing to prepare gifts.
Prepare chicken for wedding, prepare hens for wedding.
Prepare fat pigs for wedding, prepare chicken for wedding.
Duyin makes his own decision at that time, Ducai makes up his mind at that time.
He takes out the millet, he takes out the rice.
Taking out the rice and mellow wine, taking out the millet and mellow wine.
Gifting them to requite the relatives by marriage, gifting them to show thankfulness to the in-laws.
To marry his wife, to pick up his wife.
Girl, I am telling the truth; friend, I am telling the truth.

Section Five Going to Make a Proposal

Duyin makes consideration, Ducai thinks over.
How to propose to the girl? How to make a proposal to the girl?
A matchmaker is a must, a go-between is a must.
Duyin thinks carefully, Ducai thinks carefully.
There is heaven first since ancient times, there is earth a long time ago.
Then there is mud, then there is soil.
Ducai invites uncles to come, Duyin invites uncles to visit.
He invites uncles, he greets uncles.
To come to his house, to get to his house.
Duyin makes further deliberation, Ducai makes further discussion.
He kills an old cock, he kills an old hen.
Killing a hen to offer sacrifices to ancestors, killing a cock to offer sacrifices to family gods.
After Ducai offers sacrifices to ancestors, after Duyin offers sacrifices to family gods.
He goes to get the kitchen knife, he goes to get the kitchen machete.
Cutting the chicken with machete, cutting the chicken with knife.
Cutting the chicken into three or four chunks, dividing the chicken into two or three pieces.
Putting the chicken into a bowl, putting the chicken into a plate.
After putting the chicken into the plate, after putting the chicken into the bowl.
He holds the bowl of chicken to the central hall, he places the plate of chicken in the sacrificial altar.
Putting it in the front of the sacrificial altar, putting it in the middle of the sacrificial altar.
Ducai asks his uncles, Duyin begs his uncles.
Pleading uncles at mother's side to come, inviting uncles at mother's branch to come.
His uncles sit beside the altar, his uncles sit by the altar.
Duyin has a discussion, Ducai has a consultation.
To take out the mellow wine jar, to take out the old wine jar.
Ducai takes out the wine to pour, Duyin takes out the liquor to pour.
Adding a pot of wine one after another, taking a pot of wine one after another.
Adding wine to drink together, pouring wine to drink together.
They have breakfast till it is enough, they have wine till it is appropriate.
Everyone's face turns red, everyonc does enjoy themselves.
On that day, at that time.
Duyin begins to speak, Ducai begins to say.
Speaking to his uncles, saying to his uncles.
He says this to his uncles, he tells this to his uncles.
My uncles, my uncles!
I invite you to come here today, I ask you to come here today.
I invite you to come, I ask you to come.

To be my matchmakers, to be my go-betweens.
To build my road of life, to build my bridge of love.
This road to marriage, this bridge to heart.
It is not an ordinary road of making male friends, it is not an ordinary bridge of making female friends.
It is the road of bridegroom, it is the bridge of bride.
It is the road for the bride to get married, it is the bridge for the bridegroom to pick up the bride.
The distance of the road is not very far, the distance of the bridge is not very long.
The end of the road is the village, the end of the bridge is the village.
In that year, on that day.
Ducai tells his uncles about that, Duyin says it to his uncles.
Till the end of the talk, until the end of the conversation.
The sun is shining on the top of the hill, the moon is appearing from the top of the hill.
The sun is about to set, the moon is in the sky.
The first ray of the dawn is to approach, the first ray of the new day is to come.
It is the auspicious time to take off, it is the great time to start off.
After thinking again, after considering again.
Ducai takes out strings of money, Duyin takes out strings of coins.
Taking money to hang around uncles' necks, taking money to hang on uncles' shoulders.
Taking bottles of wine to hang around their necks, taking bottles of wine to hang on their shoulders.
Passing cloth umbrella to uncles, giving oiled paper umbrella to uncles.
Passing tobacco pipe to uncles, delivering cut tobacco to uncles.
The yoke has been tied to the neck of the cattle, the strings of money have been stuffed into the sleeves.
The uncles can't refuse his request, his uncles can't reject his request.
It is the good time for matchmakers to take off, it is the auspicious time for the matchmakers to start off.
The matchmakers are very happy, the matchmakers are very enthusiastic.
They walk out of the central hall enthusiastically, they go out of the main room happily.
Going out of Ducai's house, walking out of Duyin's house.
The matchmakers stride out of the hall, the matchmakers step out of the house.
Stepping steadily down the door ladder, walking steadily down the flat roof.
Walking through the bridgehead by the massif, going across the intersection by the slope.
Getting on the bridge after walking on the road, walking on the road after going across the bridge.
Their sleeves swing around the sleeves, their hems swing around the hems.
They walk step by step, they go step by step.
Walking on the roads clamorously, passing by the ramps joyfully.
Walking through the village in the mountain, passing by the village between the slopes.
Walking through the bridgehead of the village, passing by the crossing of the village.
Going across four bridges of the village, passing by three paths of the village.
Not only walking through the villages, not only passing by the soil slope and pits.
But also walking through the high mountains, but also going across the valley bottom.
Going across the bridge under mountain, walking on the road beside canyon.
Walking through four stonewall bridges, passing by three steep slopes.
Going across the bridgehead between two mountains, walking across the intersection between two slopes.

Not only walking through the high mountain, not only passing by the valley bottom.
But also walking through the cliff paths, but also walking through the rugged paths.
But also going across the bridges between mountains, but also passing by the dangerous roads on cliffs.
They pad the rough and dangerous road with stones, they pave the surface of rugged road with soils.
Paving the road with soils, stabilizing the road with stones.
The leveling road makes them happy, the stabilizing bridge makes them joyful.
It is sweet to walk through the road thousands of times, it is sweet to go across the bridge thousands of times.

Section Six Giving Gifts

The matchmakers go to have a rest, the matchmakers go to take a break.
Sitting under the veranda, sitting on the flat roof.
Taking a break on the flat roof of the girl's house, having a rest under the veranda of that girl's house.
No one comes out of the room, no one goes out of the door.
The girl at that time, the girl on that day.
What a good girl! What a nice girl!
She walks out of the hall in a rush, she goes out of the door in a hurry.
Seeing two matchmakers outside the door, seeing two matchmakers outside the hall.
She doesn't know what is going on, she doesn't know what is happening.
She mistakenly thinks they are guests, she mistakenly considers they are guests.
Stepping back in a hurry, walking backward in a hurry.
She goes back to tell her father hurriedly, she goes back to tell her mother hurriedly.
She says to her mother, she says to her father.
Oh dad, oh mum!
It is so late at the moment, it is so dark at the moment.
The night is approaching in a hurry, the night is coming in a rush.
Why are there two guests? Why are there still two guests?
Where are the guests going? Where are the visitors going?
They are taking a break under the veranda, they are having a rest on the balcony.
Chatting on the balcony, chatting under the eaves.
She tells her father that, she tells her mother that.
She says that to her mother, she tells it to her father.
Her mother doesn't reply her, her father doesn't reply her.
Her mother doesn't answer her questions, her father doesn't answer her questions.
Her mother then is very amiable, her father then is very kind.
Her father walks out of the room happily, her mother goes out of the door enthusiastically.
Going to the flat roof in a hurry, walking out of the veranda in a rush.
He sees the matchmakers, she sees the matchmakers.
Saying hello to them, calling on them.
Her father asks them, her mother asks them.

Oh brothers, oh friends!
It is the time now, it is the moment now.
The evening is approaching in a rush, the dusk is coming in a hurry.
Brothers, where are you going? Friends, where are you from?
Why do you sit under the veranda? Why do you lean on the flat roof?
What's that for? What's going on?
The matchmakers reply then, the matchmakers answer then.
They say this at that time, they tell this at that moment.
One will not be a matchmaker if he is not clever enough, one will not be a matchmaker if he is not smart enough.
Being unable to be matchmaker, being incapable to be matchmaker.
Quick-witted guy could be a matchmaker, wise guy could be a matchmaker.
To act as a matchmaker, to be a go-between.
The matchmakers at that time, the matchmakers at that moment.
They tell that to the father, they tell that to the mother.
They say this to the mother, they say this to the father.
My uncles, oh, my uncles!
We are going to the fair this morning, we are going to the market today.
Going to the fair far away, going to the market far away.
It is the time now, it is the moment now.
The day has been so dark, the night has been so dark.
It seems that we can't attend the fair now, it seems that we can't get to the market now.
Your house is at the bridgehead, your house is at the intersection.
We would like to lodge with you, we would like to put up at your house.
Only lodging for one night, just putting up for one night.
Staying for one night till tomorrow, staying overnight till tomorrow.
Till the dawn tomorrow morning, till the sunrise tomorrow morning.
When it is as bright as this morning, when it is as fine as this morning.
We will resume our journey, we will continue our journey.
My uncles, oh, my uncles!
We are going to the fair, we are going to the market.
We don't come without anything, we don't go without anything.
We carry strings of money, we carry gold in pockets.
We pay when taking boat, we pay when getting on boat.
It is the situation we face now, it is the situation we encounter now.
We are unacquainted with this place, we are unfamiliar with this place.
We don't know whether it's safe or not, we don't know whether it's secure or not.
We don't know if it's safe without place to keep our money, we don't know if it's safe without place to hide our money.
Maybe there will be robbers tonight, maybe there will be thieves at night.
Each family here knows about each other, each family here knows through each other.
If you agree to, if you are willing to.
To safeguard my money sincerely, to keep my money earnestly.

Please put our money, please take our money.
Into your bedroom, into your bedchamber.
Locking them up at the bottom of the cabinet, locking them up at the bottom of the box.
Locking them up with old lock, nailing them up with old nail.
Till the dawn tomorrow morning, till late tomorrow morning.
We will get them back when we want to leave, we will take them back when we are to leave.
The time we set off, the time we start off.
We will give you a hint, we will give you a reminder.
Then you return the money to us, then you give the money back to us.
We will set off, we will start off.
The matchmakers say that to her uncle, the matchmakers tell that to her uncle.
Telling that to her uncle, saying so to her aunt.
Telling to the girl's mother, saying to the girl's father.
Saying these things, telling these things.
Her aunt accepts that enthusiastically, the uncle accepts that ardently.
Taking the money to hide, bringing the money to lock.
They receive the money from the matchmakers, they get the money from the matchmakers.
Taking them to the bedroom, bringing them to the bedroom.
Locking them up at the bottom of the cabinet, locking them up at the bottom of the box.
Locking the money with an iron lock, hiding the money with a copper nail.

Section Seven　Matchmaking

The matchmakers stay for three nights, the matchmakers stay for four nights.
Having been staying for four nights, having been staying for three days.
The two sides talk back and forth, the two sides talk on and on.
They talk happily with each other, they talk pleasantly with each other.
Their talk is all about peace, their talk is all about harmony.
They talk about harmony together, they talk about peace together.
They have agreeable chat, they have congenial talk.
Having a nice talk till late night, having a nice talk till midnight.
The moon hangs in the sky at night, the moon shines in the middle of the sky.
The cocks begin to crow, the cocks start to crow.
The cocks crow in succession, the cocks crow successively.
The cocks keep crowing, the cocks go on crowing.
Crowing till the glimmer light shows, crowing till the moonlight darkens.
The cocks herald the break of a day, the cocks announce the arrival of the dawn.
The first crow is continuous, the first sound is incessant.
The matchmakers tell their intention, the matchmakers tell their purpose.
They say to the uncle, they say to the aunt.

They tell the aunt this, they tell the uncle this.
My uncles, oh, my uncles!
Speaking of us, referring to us.
We both have houses to live in, we both have houses to stay at.
My legs are forty jin①, my feet are thirty jin.
My legs are too heavy, my feet are too large.
I work on farm all day long, I do farming all day long.
Not brag myself as a roc, not boast about my position.
Splitting firewood to make divination as wizard②, chopping firewood to make divination as wizard.
The divination and the Gods invited are not efficacious, the magic arts played are not effective.
There are family members in hometown, there are relatives in hometown.
They ask us for help, they ask us for assistance.
They beg us urgently, they ask us anxiously.
Thus we start the journey, thus we take the journey.
We aren't to do bad things, we aren't to do wicked things.
We won't do harm to you, we won't hurt you.
We come as matchmakers to build a bridge, we act as matchmakers to build a road.
Building a wide and sweet road, building a flat and sweet bridge.
Our hearts are sweet to walk on the road thousands of times, our hearts are sweet to go across the bridge thousands of times.
To set the wedding banquet in the house, to give the wedding banquet in the house.
They say these things to the girl's aunt, they say these things to the girl's uncle.
The girl's mother, the girl's father.
Realizing when thinking it about, realizing when thinking it through.
The parents of the girl discuss, the parents of the girl consult.
They walk out of the hall in a rush, they step out of the door in a hurry.
Walking down the ladders in a rush, stepping down the stairs in a hurry.
To ask their daughter's uncle and aunt, to call on their daughter's uncle and aunt.
They ask the uncle in the village, they consult the uncle in the village.
Her uncles, oh, her uncles!
Here is the thing, here is what's happening.
There is an old man now, there is an old uncle now.
The more we talk, the better we get along; the more we say, the better we get along.
He is sent to make a proposal, he is assigned to make a proposal.
Here is a proposal, here is an engagement.
Is it suitable for our daughter to marry him? Is it suitable for our girl to marry him?
The girl's mother, the girl's father.
Asking the uncles of the girl like that, inquiring the uncles of the girl like that.
The uncles of the girl answer, the uncles of the girl reply.

---

① Jin, a unit of weight. One jin equals to half a kilogram.

② Wizard, the people who play the magic arts.

The uncles talk like this, the uncles say like this.
I can't say that, I can't decide that.
We often hear people say that, we often hear people say so.
One keeps his own dog, one sells his own dog.
I can drink the wine you make, I can eat the meat you cook.
I can't handle it, I can't decide it.
The royal family today, the contemporary emperor.
The emperor also marries his daughter, the royal family also marries the daughter.
He marries his daughter to the Dog-man[①], he matches his daughter to the Dog-man.
Our village is so poor, our village is that poor.
Do you want to marry her to an official? Do you want to marry her to an official family?
Maybe the man is proper for her to marry, maybe the man is reliable for her to marry.
In that year, at that time.
The uncle of the girl answers the mother like that, the aunt of the girl replies to the father like that.
Then the mother gets it, then the father knows it.
The mother goes back immediately, the father goes home immediately.
Returning home to make breakfast, going back home to cook breakfast.
The breakfast is cooked, the breakfast is ready.
They serve it to the matchmakers, they offer it to the matchmakers.
The couple discuss together, the couple consult together.
Discussing how to reply to the matchmakers, consulting how to talk with the matchmakers.
They say this to the matchmakers, they tell this to the matchmakers.
Two peers, oh, two companions!
If you two go on staying at our home like this, if you two go on living in our home like this.
We don't know how to react, we don't know what to do.
How about you two going back? How about you two returning home?
Going back to wait for some time, going home to stay for some days.
We will think it over, we will think it through.
After we think it over, after we think it through.
A fair is held four days later, a market is opened three days later.
If my daughter agrees, if my daughter consents.
If my girl agrees, if my girl consents.
We will send the news to you, we will send the message to you.
Till the message is conveyed to you, till the news is passed to you.
Then you two come back, then you two make a proposal.
The mother admonishes like that, the father tells like that.
The matchmakers have breakfast, the matchmakers drink wine.

---

① Dog-man refers to King Pan. This sentence refers to the legend of Panhu of the Yao. It is said that in ancient times, when King Gao came to invade, the King Ping recruited talents, promising that whoever could cut off King Gao's head would marry the princess. The Dragon Dog—Panhu took his orders, crossed the sea, bit off the head of King Gao and offered it to King Ping. Eventually, King Ping fulfilled his promise and married the Third Princess to the Dragon Dog. After then, the Dog turned into a man, and was sent to Kuaiji Mountain to be a king, known as King Pan.

After having breakfast, after drinking wine.
The matchmakers are to get away, the matchmakers are to start off.
The daughter's mother stays at home, the daughter's father goes back to room.
Thinking it over at home, thinking it through at home.
If there is no obstacle to the marriage, if there is no barrier to the marriage.
The daughter consults with her mother, the daughter discusses with her father.
To take out the money of the matchmakers, to fetch out the money of the matchmakers.
Going to the fair with the guests, going to the market with the guests.
Going to buy millet in the market, going to buy rice at the fair.
Going to buy a bottle of good wine, going to buy a jar of mellow wine.
Going to buy one jin of vegetable oil, going to buy one jin of pork.
Taking wine and meat to the father's home, taking rice and vegetables to the mother's home.
Then the mother is clear in her mind, then the father is clear in his mind.
Understanding such ancient customs, understanding such ancient regulations.
There comes the heaven in ancient times at first, there comes the earth in ancient times at first.
Then comes the soil, then comes the mud.
My daughter is like a leek, my girl is like a mustard.
Like a mustard in the garden, like a leek in the garden.
Mustard grows with branches, leek grows with leaves.
My daughter has aunts, my girl has uncles.
They should be invited to our home, they should be invited to our house.
Telling our uncles, asking our uncles.
To come to the father's home, to come to the mother's house.
The mother cooks honey rice, the father cooks honey bee pupa soup.
The honey rice is ready, the bee pupa soup is done.
Being served to the relatives, being served to the guests.
The sun is about to set, the moon is in the sky.
The relatives are about to get out of the table, the relatives are about to get out of the stool.
To leave the father's wine stool, to leave the mother's wine table.
An uncle at present, an uncle at that time.
He starts to say, he begins to say.
Sending the message to the matchmakers, sending the news to the matchmakers.
Sending the message to the matchmakers in this way, sending the news to the matchmakers in this way.
Two peers, oh, two companions!
The proposal has been spread outside, the proposal has become well-known outside.
The reputation is not empty talk, the reputation is not idle talk.
The reputation is higher than the price of the cattle, the reputation is higher than the price of the horse.
Thousands of strings of money higher than the price of the horse, thousands of strings of money higher than the price of the cattle.
Talking about our in-laws by marriage, talking about our relatives by marriage.
They are in the same village, they live in the same village.
They want to be our in-laws, they want to be our relatives.

To be a father to raise children, to be a mother to raise children.
To be our younger generation, to be our next generation.
When it comes to the good day, when it comes to the auspicious day.
Both sides discuss to cut Nanzhu①, both sides consult to cut Cizhu②.
Cutting bamboo to make a ladder, cutting bamboo to build a balcony.
To extend the table, to add the bench.
Putting the bench all the way up here, putting the table all the way to here.
Only then can I know their sincerity, only then can I know their true feelings.
The bamboo bitten by insects, the bamboo eaten by insects.
Should be discarded, should be abandoned.
That is what the uncle says, that is what the uncle tells.
The matchmakers say goodbye and go back, the matchmakers say goodbye and return.
They set out to Ducai's village, they start out to Duyin's village.
Going back to Duyin's village, returning to Ducai's village.
They come to Duyin's home, they enter Ducai's house.
Conveying the message to Duyin, sending the message to Ducai.
Talking about the situation at present, talking about the state at present.
The girl agrees to marry you, the girl consents to marry you.
Her family agrees to the marriage, her family consents to the marriage.
The arrangement has been spread outside, the arrangement has become well-known outside.
The reputation is not empty talk, the reputation is not idle talk.
The reputation is higher than the price of the cattle, the reputation is higher than the price of the horse.
Thousands of strings of money higher than the price of the horse, thousands of strings of money higher than the price of the cattle.
I don't know if you two would get married, I don't know if you two would be a couple.
I don't know if you have the ability to get married, I don't know if you are capable to get married.
You two can make a pair if you have money, you two can become a couple if you have money.
Only then can you marry the girl, only then can you marry that girl.
You would give up if you don't have money, you would separate if you don't have money.
That is what the matchmakers say, that is what the matchmakers tell.
After talking to Duyin, after saying to Ducai.
They go back home, they return to their home.

Section Eight Preparing Funds for Wedding

Duyin follows the suggestions of the matchmakers, Ducai follows the advice of the matchmakers.
Duyin works very hard, Ducai works so hard.

---

① Nanzhu, it is phyllostachys pubescens, a temperate species of giant timber bamboo native to China and naturalized elsewhere.

② Cizhu, it is bambusa sinospinosa, an adaptable species of bamboo in mostly flat areas and hilly land.

He works on the hillside every day, he works in the field every day.
But it happens to be dry season, but it happens to be disastrous season.
The grain can't be harvested, the seedlings can't be harvested.
The storehouse is not filled with cereals, the storehouse is not full of paddy.
The rice is too little to feed chickens, the cereals are too few to feed pigs.
The chickens dont't grow big, the pigs don't grow fat.
Making some fen① on the slope, making some jiao② on the hillside.
Some fen is made at the fair, some yuan③ is made in the market.
The wedding fund is to be made at the fair, the cash gift is to be made in the market.
The wedding fund is not enough, the cash gift is not enough.
Less than one fen to store in the cabinet, less than one yuan to store at home.
Duyin has to postpone the marriage, Ducai has to delay the marriage.
The marriage has been delayed to this month, the marriage has been postponed to this year.
As this year, as the time.
Perhaps Ducai is in good fate, maybe Duyin is in good luck.
The fate has decided his marriage, the eight characters④ have arranged his marriage.
The fate is written, the eight characters are arranged.
He works hard on the slope every day, he works hard in the field all days.
It happens to be rainy season, it happens to be rainy days.
The crops harvested in the field, the grains harvested on the farm.
The warehouse is full of grain, the storehouse is full of paddy.
The rice is enough to feed chickens to grow, the paddy is enough to feed pigs to grow.
The chickens are fat and big, the pigs are big and fat.
It's in good harvest on the slope, it's in good harvest on the hillside.
Little money is made at the fair, little cash is earned in the market.
The wedding fund is at the fair, the cash gift is in the market.
The accumulation of fen has become yuan, the accumulation of silver yuan has become a string.
They can be stored in container, they can be stored at home.
Everything is prepared for the wedding, cash gifts are prepared for the wedding.

Section Nine Choosing an Auspicious Day

In that year, at that time.
Ducai tells his father what he thinks, Duyin tells his mother what he thinks.
He says to his mother, he says to his father.

---

① Fen, a very small unit of money. Ten fen equals to one jiao.

② Jiao, a chinese monetary unit. Ten jiao equals to one yuan.

③ Yuan, the basic unit of money in China.

④ Eight characters, records of one's birthday.

Dad, oh, mum!
The time in last year, the time in last year.
We choose the book of good luck, we choose the book of good fortune.
Bringing the book of good luck into the village, taking the book of good fortune into the village.
She is like the moon that I concern about, she is like the fire that I am attached to.
She is in my heart, she is in my mind.
To abandon or marry her, to leave or marry her.
I do want to get married, I do want to marry her.
It is a good year now, it is a harvest year now.
Everything is satisfied, everything is prepared.
How about marrying the daughter-in-law? What about picking up the bride back?
Marry the bride back to our home, pick up the wife back to our home.
At that time, at that moment.
Ducai speaks to his father, Duyin tells his mother.
He says that to his mother, he says that to his father.
His mother replies immediately, his father replies immediately.
They answer in this way, they reply in this way.
My kid, oh, my son!
My son says that, my boy says so.
You want to marry the wife, you want to pick up the bride.
The situation currently, the situation nowadays.
We don't get the eight characters of the girl, we don't have the eight characters of the girl.
What can we do? How can we do?
The girl's eight characters are in her house, the girl's eight characters are in her home.
Her eight characters are kept by her godmother[①], her eight characters are left with her godmother.
Her godmother has collected it for many years, her godmother has kept it for a long time.
Whether her characters are good or bad remains unknown, whether her fate is good or not remains unknown.
We don't know which day is auspicious, we don't know which day is good.
The father and Duyin discuss together, the mother and Ducai consult together.
Discussing to invite a matchmaker, consulting to invite a go-between.
The matchmaker comes to Ducai's house, the go-between arrives at Duyin's house.
Consulting with Duyin, discussing with Ducai.
To pack up a bag of millet, to pack up a bag of rice.
They pack the rice and fat meat up, they prepare the millet and lean meat.
Packing up lean meat and mellow wine, preparing fat meat and vintage wine.
Passing them to the matchmaker, giving them to the matchmaker.
They invite the matchmaker to go to the girl's house, they let the matchmaker go to the girl's home.
When the matchmaker comes to the house of the in-laws, when the matchmaker enters the house of the in-laws.
He makes the purpose clear, he makes the intention clear.
After getting the girl's birthday book, after getting the girl's eight characters' text.

---

① Yao people entrust their children's destiny to one godmother to protect and bless the children.

He goes back to Ducai's home, he returns to Duyin's house.
With the birthday book in his hands, with the eight characters' text in his hands.
He passes it to Ducai, he delivers it to Duyin.
Duyin discusses with his father, Ducai consults with his mother.
Tramping over hills with the birthday book, tramping over dales with the eight characters' text.
Ducai crosses over mountains after mountains to find a Taoist priest, Duyin goes across rivers and mountains to find a Taoist priest.
He comes to the house of the Taoist priest, he enters the house of the Taoist priest.
Telling his intention, telling his purpose.
He says to the Taoist priest, he tells to the Taoist priest.
My uncle, oh, my uncle!
I am here for family business, I am here for personal business.
I am here to ask you to choose a good day, I am here to ask you to choose an auspicious day.
Choosing a good day in terms of the eight characters, choosing a lucky day in line with birthday.
Choosing a good day for me to get married, choosing a nice day for me to get married.
I want to pick up my wife back to my home, I want to pick up the bride back to my home.
He says that to the Taoist priest, he tells that to the Taoist priest.
The Taoist priest greets him genuinely, the Taoist priest meets him sincerely.
The Taoist priest consults the old books carefully, the Taoist priest reads the old books seriously.
Opening the old books of the royal family, reading the old books of the emperor.
Checking the books of the emperor, reading the articles of the royal family.
Have been put in the middle of the stool, have been put in the middle of the table.
The books are put in the middle of the carving table, the books are put in the center of the carving stool.
The Taoist priest tells Ducai, the Taoist priest urges Duyin.
He contrasts Ducai's eight characters' text, he compares Duyin's eight characters' text.
Contrasting the birthday book of the fiancée, comparing the eight characters' text of the fiancée.
Choosing the books with the lovers' eight characters, choosing the articles with the partners' birthdays.
The Taoist priest calculates over and over again, the Taoist priest deliberates over and over again.
After choosing, after deliberating.
The Taoist priest tells the results to Ducai, the Taoist priest tells the answers to Duyin.
He says this to Duyin, he says this to Ducai.
My nephew, oh, my nephew!
If you two want to get married, if you two want to be married.
If you want to marry the bride, if you want to pick the bride back.
It happens to occur two evil characters today, it happens to occur two demonic days this month.
It is not auspicious, it is not good.
If you marry the wife, if you pick up the bride.
She won't sleep tight, she won't live peacefully.
I suggest you delay the day afterward, I suggest you postpone the day to next month.
Delaying to the late beginning of next month, postponing to the middle of next month.
The fifteenth day of lunar month is a good day, the sixteenth of lunar month is an auspicious day.
Thousands of families will see goodness on that day, thousands of families will witness goodness on that day.

The emperor also marries his daughter on that day, the royal family also marries the daughter on that day.
He sends his daughter to get married out of court, he walks his daughter to get married down to the courtyard.
The officials also pick up the bride on that day, the officials also fetch the bride on that day.
Escorting the bride back to the official residence, picking up the bride into the palace.
The Taoist priest says that to Duyin, the Taoist priest says so to Ducai.

Section Ten Inviting Relatives and Friends

Duyin selects a good day, Ducai selects a lucky day.
Then he goes back home, then he returns to his home.
Going home to have a rest, coming back to take a rest.
The good day is approaching, the good day is coming.
One morning after another morning, one day after another day.
The good day approaches, the good time approaches.
The day is approaching, the day is coming.
Duyin is clear, Ducai is ready.
He understands the situation, he knows the circumstance.
The days in the past, the days of the yore.
The matchmakers go across the bridge alone, the matchmakers walk along the road by themselves.
Paving the road reaching to that village, building the bridge linking to that village.
The good day approaches, the good day draws near.
The matchmakers go across the bridge alone, the matchmakers walk along the road by themselves.
It is not polite when passing by the villages, it is not decent when passing through the villages.
Our family has a name, our family has a pedigree.
We have a family name, we have a clan name.
What if you don't have a family name? What if you don't belong to a clan?
Even if there is no sib uncle, even though there is no blood-related uncle.
The maternal uncles are well, the paternal uncles are alive.
None of them lives far away from home, none of them lives distantly from home.
Take a letter home to his house, deliver a letter home to his house.
Which one lives in the neighboring village? Which one lives in the nearby village?
Report the good news to them in person, tell the news to them on his own.
Till the good day, till the good time.
Which young girl should we choose? Which little girl should we select?
To follow the matchmakers as a bridesmaid, to follow the matchmakers as a flower girl.
Which young boy should we choose? Which young boy should we select?
To follow the matchmakers as a pageboy, to follow the matchmakers as a flower boy.
Early in that year, early on that day.
Ducai writes a letter home and sends it to uncle, Duyin writes a letter home and gives it to uncle.
Inviting fellow family members, inviting brothers and sisters.

Ducai and his cousin brothers, Duyin and his cousin sisters.
They have been respecting each other, they have been caring for each other.
Each one is of equal importance to another, each one is of equal value to another.
They can't separate with each other, they can't walk out on each other.
It is known that, it is spoken that.
Give up contacting with aunts, abandon contacting with uncles.
Not contact with uncles, not associate with uncles.
The relatives will become strange, the kinsfolk will become strange.
Abandon going in for farming, give up doing farm work.
Become a thrush to guard the barren mountain, become a partridge to live on the barren slope.
The partridge warbles on the barren mountain, the thrush chirps on the barren slope.
Ducai and I belong to the same family, Duyin and I are of one family.
We have always respected each other, we have always cared for each other.
We can't separate with each other, we can't walk out on each other.
When the lucky day of Ducai arrives, when the good day of Duyin arrives.
Everyone will come together, everybody will go together.
Then the road will be harmonious, then the bridge will be joyous.
To attend the wedding, to enjoy the wedding.
When it comes to the lucky day of Ducai, when it comes to the good day of Duyin.
Everyone will walk into his house, everybody will go into his house.
Duyin will make arrangements, Ducai will make appointments.
To cook honey rice, to cook bee pupa soup.
After the soup is cooked, after the rice is cooked.
Invite the matchmakers to enjoy the rice, invite the matchmakers to drink the soup.
They will have it together, they will drink it together.
Take time to enjoy bee pupa soup, take time to eat honey rice.
After eating the rice, after drinking the soup.
It's time to set off, it's time to start off.
The matchmakers will go across the bridge alone, the matchmakers will walk along the road alone.
It is not polite to pass by villages, it is not decent to pass through villages.
When filing disorderly, when proceeding irregularly.
Duyin proposes again at this time, Ducai decides again at this moment.
Everyone should go in pairs, everyone should go in company.
Following the steps of the matchmakers, following the footsteps of the matchmakers.
Following the matchmakers to traverse the villages, following the matchmakers to pass the villages.
To pick up the bride of Ducai, to welcome the wife of Duyin.
It's better when everyone paves this way in union, it's better when everybody crosses this bridge together.
Only in this way can the road get to the door of the bride, only in this way can the bridge reach the house of the bride.
Enter the house of Ducai's father, enter the room of Duyin's mother.
His mother's home is cozy, his father's room is warm.
Then we get a chance to meet each other, then we have an opportunity to meet each other.

While it's the good opportunity to greet, while it's the good opportunity to reunite.
Don't ruin time, don't waste time.
Let's have a chat, let's have a talk.
Let's have a carefree chat, let's have a comfortable talk.
How about talking for a while? What about having a talk?
What about making a small talk? How about coming for a chat?
If you are not a talker, if you are with a bad tone.
If the utterance is not as sweet as others, if the guttural sound is not as sweet as others.
If the voice is not pleasant, if the utterance is not appealing.
Darling, it is the good time now; sweetheart, it is the good opportunity now.
When will you be free? When will you be in leisure?
It is the leisure time, it is the idle time.
It's better for you and me to chat in the spare time, it's better for you and me to talk in leisure time.
To say fine-sounding words, to say innumerable sweet words.
Endless the sweet talk is, endless the innumerable talk is.
We can't help saying, we can't stop talking.
Sweet words are said infatuatedly, innumerable words are talked keenly.
Darling, I am talking about the truth; sweetheart, I am telling the truth.

Section Eleven Making Wedding Dresses

We are about to set off today, we are about to go out today.
To pick up Ducai's bride, to visit Duyin's relatives in-laws.
In that year, at that time.
Ducai gets everything prepared, Duyin gets everything completed.
The matchmakers will go across the bridge, the matchmakers will walk along the road.
They will go alone, they will walk alone.
If the formation is disordered, if the formation is irregular.
It is not like the team of picking up the bride, it is not like the line of picking up the bride.
Duyin proposes then, Ducai decides then.
Proposing to invite two girls, deciding to invite two girls.
To act as the bridesmaids, to serve as the bridesmaids.
To follow the matchmakers, to go with the matchmakers.
The families of the two girls are poor, the families of the two girls are not rich.
They have no fitted clothes, they have no well-fitting clothes.
Their clothes are shabby as the magpie's feathers, their clothes are tattered as the cooer's feathers.
Chequering with black and white, chequering with brown and white.
It is not decent to walk through the village like this, it is not graceful to pass by the village like this.
It affects the formality of marriage, it obstructs the wedding ceremony.
Duyin comes up with ideas at this time, Ducai casts about ways at this time.

He proposes to buy silk at the fair, he proposes to buy satin in the market.
To buy the satin material and put it on the bed, to buy the silk cloth and put it on the mat.
To unfold the silk on the grass mat, to flatten the satin on the bamboo mat.
Duyin proposes again at this time, Ducai decides at the moment.
Sending someone to invite the aunts, asking someone to invite the aunts.
The aunts have clever hands, the aunts have skillful hands.
The aunts go to Ducai's house, the aunts arrive at Duyin's home.
They look at the silk, they touch the satin.
Asking someone to look for scissors, calling someone to get iron scissors.
They take the scissors to cut the silk immediately, they hold the iron scissors to cut the cloth at once.
Cutting satin to make clothes, cutting silk to make clothes.
Making the flower-embroidered silk clothes, making the flower-embroidered satin clothes.
The cloth at that time, the silk at that time.
The fabric has not been seamed, the cloth has not been seamed.
Has not been sewn with silk, has not been sewn with thread.
Duyin makes an arrangement at that time, Ducai makes a plan at that time.
He asks someone to buy colored silks in the market, he sends someone to buy colored threads at the fair.
Buying the colored threads to thread the needle, buying the colored silks to thread the needle.
The aunts command each other to draw colored silks, the aunts help each other to draw colored lines.
Drawing silk to sew the fabric, threading needles to sew the satin.
Drawing silk to make new clothes, seaming cloth to make new garments.
The sleeves are nicely seamed, the hems are tightly knitted.
The brand-new clothes are seamed, the fresh-new garments are seamed.
Everyone looks at the new garments, everyone looks at the new clothes.
The new dresses have no colored collar, the new clothes have no decorated sleeves.
It lacks the embroidery of red ants crawling, it lacks the figure of yellow ants formation.
The front pieces are simple and unsightly, the clothes are ordinary and not pretty.
Duyin makes a proposal again at this time, Ducai makes a decision at this moment.
He asks someone to buy colored silks in the market, he asks someone to buy colored threads at the fair.
Choosing colored threads from shop to shop, selecting colored threads from shop to shop.
The aunts get the colored silks back, the aunts get the threads back.
Commanding each other to draw the colored silks, helping each other to draw the colored threads.
Drawing silks to embroider the figures of red ants, drawing threads to embroider the figures of yellow ants formation.
The figures of yellow ants are embroidered on the collars, the figures of red ants formation are embroidered on the sleeves.
The colored collars are embroidered, the colored sleeves are embroidered.
The embroidered hems look pretty, the embroidered collars look pretty.
Because of the figures of red ants crawling, due to the figures of yellow ants formation.
The embroidered front pieces look glaring, the embroidered hems look pretty.
Because of the figures of yellow ants crawling, because of the figures of red ants formation.
Everyone looks at the new clothes, everyone stares at the new clothes.

The straight lapel without figure is unsightly, the side lapel without figure is unaesthetic.
For the totem of little dragon is not embroidered, for the stripes of little tiger are not embroidered.
In that situation, under that circumstance.
Duyin makes an arrangement at once, Ducai makes an assignment immediately.
Asking someone to buy colored ribbons in the market, assigning someone to buy cotton prints at the fair.
The aunts thread the needle with colorful threads, the aunts thread the needle with colorful yarns.
The aunts have skillful hands, the aunts have clever hands.
They draw the needles patiently, they draw the threads carefully.
Drawing needles to embroider the figure of little dragon totem, drawing threads to embroider the stripes of little tiger.
Drawing the spots of little tiger, seaming the figures of little dragon.
Embroidering the clothes with colored dragon figures, embroidering the clothes with colored tiger stripes.
The figures of dragon look pretty, the figures of tiger look pretty.
The little dragons are vivid and lifelike, the little tigers are dainty and exquisite.
When the figures are embroidered, when the figures are threaded.
Everyone looks at the new garment, everyone looks at the new clothes.
The sleeves are not nicely made, the cuffs are not nicely colored.
Duyin makes an arrangement immediately, Ducai makes an assignment at once.
He asks someone to buy colored cloth in the market, he assigns someone to buy colored silk at the fair.
Choosing colored silks from shop to shop, selecting cotton prints from shop to shop.
Take out to stitch filigrees, take out to purfle threads.
The aunts are satisfied after seeing these, the aunts are contented after seeing these.
They draw the needle patiently, they draw the threads carefully.
To embroider the figure of red ants, to embroider the formation of yellow ants.
Embroidering the lace cuffs, embroidering the colored sleeves.
The embroidered sleeves look pretty now, the embroidered cuffs look pretty now.
As the aprons have no color laces, as the moon skirts① have no ribbons.
Duyin makes another arrangement immediately, Ducai makes another assignment at once.
Arranging to take out the colored ribbons, arranging to take out the colored silks.
The colored silk is tied at the corner of the aprons, the colored ribbon is tied at the edge of the moon skirts.
The aunts draw two dolls, the aunts embroider two dolls.
The embroidered clothes look good, the sewed garments are graceful.

Section Twelve　Dressing up

The day of picking up the bride is coming, the time of picking up the bride is approaching.
The matchmakers are about to walk out of the hall, the matchmakers are ready to go out of the door.
Duyin orders immediately, Ducai calls at once.

① Moon skirt, a garment of colored cloth that is tied around the waist as decoration.

Asking aunts to get the new clothes, asking aunts to take the pretty clothes.
To get the new silken clothes, to take the satin embroidered clothes.
To dress up for the two girls, to make up for the two girls.
Making them beautiful and charming, making them pretty and gorgeous.
The colored belts in front of the waist are graceful, the colored laces behind the waist are colorful.
The time to set off is upcoming, the time to pick up the bride is forthcoming.
The time of walking along the road is upcoming, the time of walking across the bridge is forthcoming.
Duyin enjoins again, Ducai tells again.
He tells the two girls, he commands the two girls.
Commanding them to go out of the hall, arranging them to go out of the door.
To follow the matchmakers, to go with the matchmakers.
Two young girls say softly, two young girls whisper quietly.
They say in this way, they whisper in this way.
My sisters, oh, my companions!
Our hair is messy, our faces are dirty.
It's disgraceful to walk through the village like that, it's inglorious to walk through the village like that.
It affects the wedding ceremony, it obstructs the wedding formality.
It's like demons passing by villages, it's like ghosts dropping by villages.
It's like the demons in a dream, it's like the ghosts in a dream.
Meeting demons in the night dream, seeing ghosts in the nightmare.
At that time, at that moment.
Duyin thinks over for a moment, Ducai contemplates once again.
Calling for his two paternal cousin sisters, asking for his two maternal cousin sisters.
Calling four cousin sisters, asking four cousin sisters.
To come over together, to come up together.
They walk to the two girls, they walk towards the two girls.
Serve two girls to rinse their mouths with the water in the bamboo cups, serve two girls to brush their teeth with the water in the bamboo tubes.
After brushing their teeth, after rinsing their mouths.
They wash their faces with the water in the wooden basins, they wash their faces with the water in the wooden buckets.
After washing their faces, after cleaning their faces.
They discuss to have the girls' ponytails untied, they discuss to have the girls' braids loosen.
They loosen the girls' braids, they untie the girls' ponytails.
After untying their braids, after loosening their ponytails.
They take the wooden comb, they hold the wooden comb.
They do up the girls' hair, they help comb the girls' hair.
Straightening their hair up, straightening the hair up.
Their hair is not straight, their hair is not smooth.
With some hair this way, with some hair that way.
Their hair is not nicely combed, their hair is not nicely done.
Some scatter in different directions, some tilt in various directions.

At this time, at this moment.
The two cousins discuss to find pomade, the cousins negotiate to get hair wax.
Putting the pomade on the hair, wearing the hair wax on the hair.
Then comb two girls' hair, then straighten two girls' hair.
The girls' hair is neat, the girls' hair is straight.
Their hair is in one direction, their hair is in the same direction.
It is time to braid hair, it is time to plait hair.
Let us braid hair, let us plait hair.
The cousins discuss with each other, the cousins consult with each other.
Reminding to take the colored strings, urging to take the colored threads.
To braid the colored strings into the hair, to plait the colored threads into the hair.
The two girls' hair has been braided, the two girls' hair has been tied.
The bangs of the two girls, the fringes of the two girls.
Their fringes are not silky, their bangs are not neat.
Their bangs do not flutter outward, the fringes do not flutter forward.
At that time, at that moment.
The two cousins call to take the feather fans, the two cousins urge to get the feather fans.
Taking out to fan, getting them to fan.
To comb the bangs while fanning, to trim the fringes while fanning.
Then the fringes start to float, then the bangs begin to swing.
The bangs are swung out, the fringes are floated forward.
Their hair is nicely combed, their hair is nicely braided.
The bangs are very pretty at that time, the fringes are very soft on that day.
The pretty fringes are not enough, the silky bangs are not enough.
At that time, at that moment.
The cousins ask to take the silver hairpins, the cousins urge to get the headdresses.
The silver hairpins are worn on their bangs, the headdresses are tied to their braids.
The silver earrings are hung on the earlobes, the silver plates are inserted on the topknot of the hair.
The bracelets are worn on the wrists, the silver necklaces are worn on the necks.
Twelve bracelets are worn on the arms, thirteen necklaces are worn on the necks.
With four ornaments on their heads, with tricolor embroidery on their legs.
Their lips are redder than petals, their teeth are whiter than tofu.
The dragon totem figures are embroidered on the socks, the love-butterflies figures are embroidered on the shoes.
Their toes are as tender as bee pupae, their fingers are as white as hornet pupae.
They are as white as the jade from the river, they are as white as the silver from the furnace.
The aprons float like rotating windpipes, the trains roll like opening umbrellas.
The trains roll like the opening umbrellas, the aprons float like the rotating windpipes.
They look like the fairies descending to the world when going out, they look like gentle and pretty ladies when going out.
They are like plum blossoms in bud, they are like peach blossoms in fragrance.

Like the peach flowers in the Moon Palace[1], like the plum flowers in the Sun Palace.
It is beautiful when going out on the road, it is beautiful when walking into the village.
What nice scenery! What pretty scenery!
It is to Ducai's intention, it is to Duyin's thought.
To welcome the bride back home, to take his wife back home.
To receive her to Ducai's house, to pick her up to Duyin's house.
To be the pillar of his family, to be the backbone of his family.
To be the head of household, to be the hostess of the family.
Keeping the candles for worshiping ancestors, taking charge of the incenses for worshiping gods.
Worshiping family gods frequently, serving family immortals frequently.
To be the master from generation to generation, to be the hostess from generation to generation.
Living in peace for all ages, living in contentment for thousands of years.
Never tear down the beds, never destroy the stools.
Never tear down the stools and throw them into the waste slopes, never destroy the beds and leave them in the wilderness.
Never tear down the stools and throw them into the reeds, never destroy the beds and leave them in the grass.
Keep this for ten generations like sago cycas[2], keep this for ten generations like chinaberry[3].
Steady like camphor tree, lush like corbicula tree.
Friend, you can ask casually; girl, you are free to test me.
What else do you want to ask? What else do you want to say?
Girl, I'm telling the truth; friend, I'm telling the truth.

Section Thirteen　Loading up with Betrothal Gifts

I step out of the hall this morning, I walk out of the door today.
Taking along the marriage road of Ducai, walking across the wedding bridge of Duyin.
Duyin thinks about it in advance, Ducai thinks over it in advance.
Inviting someone to be female matchmakers, inviting someone to be bridesmaids.
Inviting two girls, asking two girls.
Two young girls and pageboys, two jade girls and golden boys[4].
All the wedding attendants are here, all the wedding teams are here.
Everyone rinses mouth, everyone brushes teeth.
All wash their faces, all wipe their faces.

---

① Moon Palace, a palace where the fairy Chang'e lives in China's ancient myths.

② Sago cycas, a kind of plant and it bursts with vitality. Here it is used to indicate that the marriage will be stable and steady after the bride enters Duyin's family.

③ Chinaberry, a kind of tree and its implication is the same as sago cycas.

④ Jade girls and golden boys, the young girls and young boys following the Jade Emperor to serve him in ancient Taoist myths. Here they generally refer to children.

Combing hair and neatening braid, neatening braid and combing hair.
Helping each other wear new clothes, helping each other tidy new clothes.
Trim eyebrows, comb hair and beautify features; wear silver, wear bracelet and preen themselves.
Putting out the cloth umbrella to worship gods, putting out the wedding umbrella to worship ancestors.
The Taoist priest hangs the protective hat, the Taoist priest puts on the bamboo hat.
All things are prepared, all things are completed.
Everything is well prepared, everything is properly prepared.
The good time to go out is to come, the good time to fetch the bride is to come.
Ducai expects to start off quickly at the end of the road, Duyin expects to set out quickly at the end of the bridge.
Hoping the matchmakers start off quickly, expecting the matchmakers to set out quickly.
Hoping the wedding team walk fast, expecting the picking procession to stride fast.
The rice, wine and meat are carried in four loads; the jars, chickens and pigs are carried in three loads.
The team goes out of the central hall only when everything is prepared, the team goes out of the door only when everything is prepared.
The gifts are loaded in the central hall, the things are loaded at the door.
No poles to carry, no poles to shoulder.
No poles to carry pigs, no poles to carry chickens.
No poles to carry millet, no poles to carry rice.
No poles to carry wine jars, no poles to carry wine pots.
No poles to carry colored rice, no poles to carry glutinous rice.
To follow the matchmakers to take the road of marriage, to follow the matchmakers to go across the bridge of marriage.
The formations are disordered passing by the village, the formations are irregular passing by the cottages.
It affects the formality of marriage, it obstructs the wedding ceremony.
My good girl, oh, my good friend!
The uncles discuss at that time, the uncles consult at that time.
Ducai's uncles, Duyin's uncles.
They have the same ideas, they bear the same ideas.
They pick up the axe, they take the sickle.
Lifting the sickle down the door ladder, taking the axe down to the balcony.
Stepping down the terrace of Ducai's house, walking down the stairs of Duyin's house.
They go to the Nanzhu slope beside the village, they walk to the Cizhu forest beside the village.
Sitting under the Nanzhu bamboos, standing under the Cizhu bamboos.
Raising their sleeves and looking up, lifting their arms and looking up.
They gaze at the whole cluster of bamboo, they gaze at the whole bamboo forest.
Aiming up and down carefully, choosing the bamboos carefully.
From the root to the tail, from the tip to the root.
Which bamboo is bitten by curculonids? Which bamboo is damaged by curculonids?
Which bamboo is broken at the tip due to insects? Which bamboo lacks of tail because of insects?
The one without tail should be thrown, the one without tip should be discarded.
They choose the bamboo straight to the sky, they choose the bamboo upright on the land.
Taking the one back after selecting, carrying the one back after choosing.

To build shoulder poles at home, to make shoulder poles at home.
Using them to carry presents, making them to carry pigs.
Making them to carry pigs, using them to carry presents.
But no more shoulder poles to carry the remanent loads, but no more shoulder poles to carry the residual loads.
Ducai's uncles, Duyin's uncles.
Discussing to add shoulder poles, consulting to increase shoulder poles.
Add the old shoulder poles, use the previous shoulder poles.
Then the millet is strung into loads, then the rice is strung into loads.
A pair of wine jars are packed into one load, a pair of wine jars are tied into a load.
The five-colored rice is packed into a load, the colorful glutinous rice is carried under a load.
Loads of gifts form a team, loads of presents form a line.
Some of them at that time, several of them at the moment.
Try to lift the gifts on their shoulders, try to carry the poles on their shoulders.
The loads are not attached to the ends of the poles, the ends of poles do not slide to the heads of the loads.
Ducai's uncles, Duyin's uncles.
Discuss to pick up the knife, negotiate to carry the sickle.
They lift the knife down to the door ladder, they take the sickle down to the balcony.
Stepping down the balcony of Ducai's house, stepping down the stairs of Duyin's house.
Going to the bamboo slope beside the village, walking to the bamboo forest nearby the village.
They sit under the bamboo forest to see, they stand beside the bamboo forest to choose.
Glancing up and down carefully, selecting the bamboos carefully.
To select the bamboo straight to sky, to choose the bamboo vertical on land.
They carry the bamboos back after selecting, they take the bamboos home after choosing.
Picking up knife to break the bamboos, carrying sickle to trim the bamboo stems.
The bamboo is divided into three pieces, its tail is cut into four pieces.
The uncles discuss again, the uncles decide again.
To peel the bamboos into pieces after cutting, to cut the bamboos into layers after trimming.
The second layer of yellow bamboo strips should be thrown, the third layer of the bamboo strips should not be taken.
Only use the first layer of the cuticle of bamboo stems, only use the first layer of the cuticle of beautiful bamboo stems.
To tie the loads with the cuticles, to fasten the loads with the cuticles.
Tie up the loads of fat pigs tightly, fasten the loads of pork tightly.
The remaining four poles of millet are not loaded, the remaining three loads of rice are not loaded.
Ducai's uncles, Duyin's uncles.
Discuss to take the knives, negotiate to take the sickles.
Walking down the door ladder with the knives, walking to the balcony with the sickles.
Stepping down the balcony of Ducai's house, stepping down the stairs of Duyin's house.
They walk around the house, they search through the village.
Finding out the trees in front of and behind the houses, finding out the branches at the end of the village.
To process into two nails on the shoulder poles, to make into buckles on the carrying poles.
The nails and buckles are nicely processed, the nails and buckles are carefully made.

They install the two nails of the shoulder poles firmly, they press the two buckles of the carrying poles firmly.
The loads of gifts are inserted with nails, the poles of gifts are pressed with buckles.
My good girl, oh, my good friend!
All kinds of gifts are packed with the carrying poles, all kinds of presents are packed with the shoulder poles.
Waiting to go after tying up and buckling up firmly, waiting to leave after tying up and nailing down firmly.
Three or four couples at that time, four or five people at that moment.
Set off as soon as they uplift the loads, start off as soon as they pole the gifts.
Following the matchmakers to walk on the mountain roads, following the matchmakers to walk on the ramps.
Passing by numerous mountains and rivers, passing through many households.
The rivers and mountains are in jubilation, numerous families are in celebration.
Everyone cheers to spread the happiness, everyone praises to share the happiness.
Ducai's reputation spreads all over the village, Duyin enjoys a good reputation everywhere.
His reputation spreads all over the village, his reputation resounds through the village.
Girl, I'm telling the truth; friend, I'm telling the truth.

Section Fourteen Worshipping Ancestors

My darling, oh, my friend!
I step out of the central hall this morning, I set off from the door today.
Taking the road of Ducai's marriage, walking across the bridge of Duyin's marriage.
It is not in vain to walk this way, it is not in vain to cross this bridge.
This road is not built in vain, this bridge is not built in vain.
Duyin's marriage enjoys a good reputation, Ducai's marriage has a good reputation.
His marriage is in line with the customs, his marriage is in accordance with the regulations.
The marriage is famous all over the village, the marriage is known in the whole village.
The reputation spreads to numerous families, the reputation spreads to thousands of households.
Four loads of gifts are carried out of the hall, three loads of gifts are carried out of the door.
The gifts should be guarded, the generous presents should be protected.
With a protective measure, with a protective procedure.
Protected by the old customs, guarded with the old regulations.
Four loads of gifts are carried on the ramps, three poles of gifts are picked on the paths.
Never offend the Tai Yin① on the way, don't incur the Tai Sui② on the way.
Don't go against the wishes of the Moon Lord③ when walking on the road, never disobey the wishes of the Sun

① Tai Yin, one of the twelve Taoist generals in China.

② Tai Sui, is also called Sui Yin. It is a virtual star in astronomy and astrology of ancient Chinese people, which is opposite to Jupiter. Later, it evolved into a sacred belief. In addition, a piece of flesh will appear under the corresponding direction where Tai Sui runs, which is the embodiment of Tai Sui star. If the earth is moved here, Tai Sui will be disturbed. Therefore, Chinese people say "we can't move the earth on Tai Sui's head".

③ Moon Lord, a god in charge of the marriage in folk legend of Chinese, and it is an immortal in heaven.

God[①] when going across the bridge.
Never provoke the ferocious ghosts on the way, never incur the malefic ghosts on the way.
Guard against the short-lived ghosts on the way, take precautions against the evil demons on the way.
Duyin calls, Ducai summons.
Calling the Taoist priest, summoning the Taoist priest.
The Taoist priest stands beside the sacrificial altar, the Taoist priest sits in front of the sacrificial altar.
Taking up the divination board to chant mantras, putting down the divination wood to say prayers.
The forefather god is invited through mantras, the foremother goddess is invited by prayers.
Descending to the world nearby the gifts, coming down to the world beside the loads.
To protect the loads of gifts to be safe on the way, to guard the loads of presents on the journey.
They would act as the pillars of the ceremonial team, they would act as the guards of the wedding team.
Protecting the team to go safely, guarding the team to go smoothly.
Making sure no ghosts on the way, making certain no monsters on the way.
The Taoist priest practices divination and chants mantras, the Taoist priest strikes board and says prayers.
Practicing divination and chanting mantras in three rounds, striking board and saying prayers in four times.
Four times of divination are all auspicious, three rounds of board are all propitious.
The Taoist priest chants the mantras loudly, the Taoist priest chants the prayers loudly.
He chants mantras like this, he says prayers like this.
Forefather god, oh, foremother goddess!
Where does the foremother goddess descend to? Where does the forefather god come down to?
Please come to the shrine of ancestral house, please visit the shrine of ancestral house.
Please be seated when coming to the shrine, please take your seat when coming to the shrine.
Don't hang out on the cattle field, don't hang out in the horse ranch.
Don't play around the bamboo forest, don't make fun in the wormwood grass.
Please take your seat wherever you are, please all be seated wherever you are.
Don't hang out on the mountain, don't knock around in the deep valley.
Please take your seat, please be well seated.
Please be in place after being called heartily, please be seated after being called sincerely.
Gathering beside the altar with the loads of gifts, gathering on the altar with the wedding gifts.
The Taoist priest chants the mantras like this, the Taoist priest says the prayers like this.
Forefather god, oh, foremother goddess!
Where does the foremother goddess descend to? Where does the forefather god come down to?
The sacrificial altar is full of wine and meat, the sacrificial altar is full of food and dishes.
Good wine is used to worship for several times, mellow wine is used to worship for several times.
A few fragrant incenses are lit up, a few fragrant candles are lit up.
Twelve dishes of meat are provided on the altar, thirteen dishes of meat are offered on the altar.
The delicious meat is offered, the big meat is provided.
The wine bowls are like grottoes, the wine cylinders are like water tanks.
A cat can't jump over the sacrificial table, a tabby can't stride over the altar.
It can't stride over a table full of meat and vegetables, it can't jump over a table of wine and meat.

---

① Sun God, a god that personifies the sun or is otherwise associated with the sun.

Which forefather god will be the first to arrive? Which foremother goddess will be the first to reach?
To come to eat meat first, to come to drink wine first.
Where does the foremother goddess descend to? Where does the forefather god arrive at?
Inviting the foremother goddess to come to drink, inviting the forefather god to come to eat.
To walk to the headmost concentratedly, to walk to the headmost sincerely.
Calling all gods to share, telling all goddesses to enjoy.
The Taoist priest chants mantras to the forefather god, the Taoist priest says prayers to the foremother goddess.
Saying to the foremother goddess like this, talking to the forefather god like this.
The meat on the altar is not in vain, the wine on the altar is not in vain.
The meat is about fame, the wine is about reputation.
Foremother goddess, please enjoy the meal; forefather god, please enjoy the wine.
Then protect the team, then guard the team.
Guard the safety of the team on the way, ensure the safety of the team on returning.
Where does foremother goddess descend to? Where does forefather god arrive at?
Where does Kitchen God descend to? Where does God of Fire come?
You gods are acquainted with each other, you immortals sense each other.
Foremother goddess, please call for them; forefather god, please appeal for them.
Calling them to be with the same mind, calling them to be with the same intention.
To come over quickly with one heart, to walk up soon with one mind.
Sit at the altar with meat together, sit by the altar with wine together.
God of Hall, please take the seat; God of Door, please enjoy the food.
God of Front House, please be seated; God of Back House, please enjoy the food.
All gods at the end of the bridge, all goddesses at the end of the road.
Come over quickly with others, walk up soon together.
Come to take a seat with the other gods, come to have a seat with the other immortals.
Enjoy the meal happily, enjoy the meal joyfully.
If one meal is not enough to enjoy yourselves, if one meal is not adequate to satisfy yourselves.
Please enjoy three or four times, please enjoy four or five rounds.
In three times happily, in four times joyfully.
The Taoist priest chants mantras like this, the Taoist priest says prayers like this.
Forefather god, oh, foremother goddess! Forefather god, oh, foremother goddess!
God, oh, goddess! God of Fire, oh, Kitchen God!
Enjoy the meal for three times, enjoy the wine for four times.
Enjoy it four times happily, share it three times joyfully.
The Taoist priest doesn't enjoy chanting mantras to the full, the Taoist priest doesn't enjoy saying prayers to the full.
Sweet words are endless, good words are endless.
So many the mantras are, so long the prayers are.
The days in the past, those days in the yore.
The foremother goddess was still alive, the forefather god was still alive.
At the time when they were alive, at the time when they were in the world.
They depended on each other all the time, they accompanied each other days and months.

They are nurtured by their mother, they are instructed by their father.
Their mother cares about them benignantly, their father instructs them carefully.
They will also select a good day for you, they will also choose a good time for you.
Choosing a good time to marry a good bride, selecting a good day to marry a good daughter-in-law.
Marrying a good bride, marrying a beautiful daughter-in-law.
The family will become prosperous when the good bride joins, the property will become thriving when the good daughter-in-law comes.
Forefather god, oh, foremother goddness!
The life of foremother has an end, the life of forefather is limited.
Human life does not last forever, people's life does not last forever.
Someone chooses a way to follow the King of Hell[1], someone chooses a way with the Jade Emperor[2].
The body can fly over without moving, the body can incarnate itself without moving.
The body will not depend on itself, the body will not rely on itself.
The foremother passes away, the forefather passes away.
To live in the new world, to reincarnate into new life.
The appearance turns into dust, the appearance turns into loess.
The foremother turns her back to the balcony, the forefather turns his back to the stairs.
Stepping on the Moon Bridge, stepping on the Sun Road.
Tossing and rising with the sun, rolling and flying with the moon.
The further she goes, the more beautiful scene she will see; the higher he flies, the more marvelous world he will see.
She forgets poverty when seeing the beautiful scene, he forgets poverty when seeing the marvelous world.
Forgetting how poor the world is in her lifetime, forgetting how hard the world is in his lifetime.
They leave their children behind, they leave their descendants behind.
To become miserable orphan girls in this world, to become poor orphan boys in this world.
Poor orphans are not easy to die, pathetic orphans are not easy to die.
Not easy to die in vain, not easy to pass away in vain.
The earth has ears, the sky has eyes.
To see all living beings, to listen to living beings.
The earth is still stable, the world is in peace.
Straight trees do not bend, straight bamboos do not bend.
The curving trees will not be straight easily, the curving bamboos will not turn straight easily.
The erect trees will always be straight, the erect bamboos will always be straight.
Bending trees keep bending, bending bamboos remain curving.
The children today are the future generations, the descendants present are the later generations.
Should not live in misery in the next world, should not live in vain in this life.
Good fortune makes affairs accomplished, good luck makes people accomplished.
Choose a good time when handling affairs, select a lucky day when handling affairs.

① King of Hell, in Chinese mythology, the King of Hell is the god of death, the ruler of Diyu hell and the judge of the underworld which passes judgment on all the dead.

② Jade Emperor, is the actual leader of the celestial realm in Taoism and one of the highest gods.

Choose a good time to marry a girl, choose a good time to pick up the bride.
Forefather god, oh, foremother goddess!
The thirteenth day of lunar month is around the corner, the twelfth day of lunar month is around the corner.
The good time is coming, the good day is coming.
Four loads of gifts will come out of the hall, three loads of gifts will go out of the house.
Following the matchmakers to go out of the central hall, following the matchmakers to get out of the door.
The loads cannot rely on anyone, the loads cannot depend on anyone.
No one is proper to be relied on, no one is good to be depended on.
Only the family forefather god is dependable, only the family foremother goddess is dependable.
We will never give up, we will never abandon.
Never give up the family forefather god, never abandon the family foremother goddess.
We do not call the foremother goddess in vain, we do not call the forefather god in vain.
We respect forefather god when you come, we serve foremother goddess when you come.
Prepare a table of wine and meat, set a table of wine and dishes.
The table is full of wine and meat, the table is full of wine and dishes.
Serving the foremother goddess first, serving the forefather god first.
Invite the immortals to eat together, ask the immortals to drink together.
The immortals eat and bless together, the gods drink and bless together.
Forefather god, oh, foremother goddess! Forefather, oh, foremother!
Forefathers, oh, foremothers! God of Fire, oh, Kitchen God!
Never be evil ghost when having enough food, never be atrocious spirit when having enough drinks.
Never be the evil spirit of the netherworld, never be the evil ghost of the underworld.
Don't go far away if you have eaten to your satisfaction, don't walk far away if you have drunk to your satisfaction.
Don't hang out on the wild slopes, don't wander about on the wild mountains.
Please take a seat when you eat your fill, please have a rest when you drink your fill.
Please take a seat by the ceremonial loads, please have a rest by the ceremonial poles.
The good time is coming, the lucky time is coming.
Four immortals protect three loads together, three gods protect four poles together.
Protecting the four poles to walk through the village, protecting the three loads to pass by the village.
Foremother goddess, you act as a flag; forefather god, you act as an umbrella.
Keeping off the moonlight as an umbrella, keeping out the sun as a flag.
Keeping off the rain as a cloth hat, keeping out the hail as a bamboo hat.
Blocking the robber ghost as a wall, holding back the robber demon as a wall.
Protecting four poles of gifts in this way, protecting three loads of gifts in this way.
Blessing four poles of gifts smoothly, protecting three loads of gifts safely.
People are not allowed to touch the moon line bridge mistakenly, objects are not allowed to touch the sun line disorderly.
Don't violate the Tai Yin all the way, don't violate the Tai Sui on the way.
Don't meet atrocious ghost on the way, don't meet ferocious ghost on the way.
Don't encounter short-lived ghost along the way, don't encounter evil demon on the way.
No rainbow on the road, no rainbow on the way.
Never encounter evil ghost on the way, never meet terrible ghost along the way.

Never run into a tiger on the way, never run into a python on the way.
Boas are not allowed to stay on the bridge, green snakes are not allowed to stand in the way.
There should be no strong wind in the mountains, there should be no breeze on the flat land.
Never turn over the silk umbrella, never scratch the coarse umbrella.
Do not blow the umbrella-mouth up, do not scrape the umbrella-face back.
Do not blow the reed leaves off, do not scrape the reed leaves down.
The reed leaves should not fall in front of the team, the reed leaves should not fall in front of the team.
The stable stones shall not collapse, the loose stones shall not collapse.
The stable stones shall not collapse in front of the team, the loose stones shall not collapse in front of the team.
Protect the four loads to go smoothly, bless the three loads to go smoothly.
Bless the team to reach the in-laws smoothly, protect the team to arrive at the in-laws smoothly.
Arrive at the house of the in-laws, arrive at the hall of the in-laws.
When the four loads of gifts arrive smoothly, when the three loads of presents arrive safely.
Foremother goddess should come to have a rest, forefather god should come to take a break.
Please take a seat beside the loads of gifts, please have a rest beside the poles of presents.
Having a rest beside the gifts to protect them, taking a rest beside the presents to protect them.
To protect them for one night, to protect them for a night.
Until the dawn of next day, until the dawn of next morning.
The good day is coming, the good time is coming.
The daughter-in-law, the bride.
Step down the door ladders to get married, walk down the veranda to get married.
To follow the steps of the matchmakers, to follow the footsteps of the matchmakers.
Following the female matchmakers to walk, following the female matchmakers to go.
Walking with the bridesmaids, going with the bridesmaids.
The matchmakers and the two female matchmakers, the matchmakers and the two women matchmakers.
The two female matchmakers and the two bridesmaids, the two women matchmakers and the two bridesmaids.
Pick up the bride back to the village, welcome the bride back to the village.
Foremother goddess should protect the journey, forefather god should bless the journey.
Protecting the team to return smoothly, blessing the team to return safely.
They walk down the mountain roads like a flying arrow, they walk down the ramps like a flying arrow.
Walking through the mountains like on a flat slope, walking through the hills like on a flat land.
Straight to Ducai's house, straight to Duyin's house.
The good news is announced to Ducai's house, the good news is reported to Duyin's house.
Everyone comes back safely, everyone returns safely.
The fellow villagers in and out of the village, the fellow townsmen in and out of the village.
Scramble to pass the good news, rush to transmit the good news.
The good news spread all over the village, the good news transmitted all over the village.
Speaking highly of the foremother goddess of Ducai's family, speaking well of the forefather god of Duyin's family.
The foremother can protect if she eats her fill, the forefather can bless if he drinks his fill.
Being the protective umbrellas for their descendants, being the backbones for their children.
Then foremother goddess would get a good reputation, then forefather god would have a good reputation.

The forefather god inhales the incense, the foremother goddess inhales the incense.
Inhaling a full night, inhaling a whole night.
Enjoying the good wine and meat for a night, enjoying the good wine and dishes for a night.
Good girl, oh, good friend!
Four loads of gifts are carried out of the hall, three loads of gifts are carried out of the door.
Out of the central hall of Ducai's house, out of the door of Duyin's house.
The Taoist priest is invited to reconcile, the Taoist priest is invited to mediate.
Chanting mantras to mediate with thousands of gods, saying prayers to reconcile with thousands of immortals.
Chanting mantras to the immortals, saying prayers to the gods.
Friend, what else do you want to ask? Girl, what else do you want to ask?
Girl, you can say it in a low voice; friend, you can say it in a low voice.
Girl, I'm telling the truth; friend, I'm telling the truth.

Section Fifteen　Writing a Letter Home

I step out of the hall today, I set off from the door today.
Walking on the marriage road of Ducai, crossing the marriage bridge of Duyin.
After thinking several times, after considering several times.
Duyin writes a letter home, Ducai writes a letter home.
A letter home arrives, a letter home reaches.
It is passed to the matchmakers, it is handed over to the matchmakers.
Female matchmakers are designated, bridesmaids are appointed.
Some pageboys are designated, some pageboys are appointed.
To walk along Ducai's marriage road together, to go across Duyin's marriage bridge together.
Going to the home of the in-laws to have a talk all night, walking to the home of the in-laws to discuss for a night.
Talking with his father-in-law pleasantly all night, talking with his mother-in-law carefreely all night.
My dear girl, oh, my good friend!
The matchmakers come to have a chat for a night, the matchmakers go to have a talk for a night.
Going to the in-laws' house for a night, coming to the in-laws' house for a night.
Talking with his father-in-law, talking with his mother-in-law.
Talking about the marriage for a night, talking about the wedding for a night.
Pouring out his heart to father sincerely, pouring out his heart to mother genuinely.
Having a talk and waiting for the cock to crow, revealing innermost feelings and waiting for the cock to crow.
Their talking is not yet to be finished, their talking is not yet to be completed.
The whole night's talking is not yet to be finished, the whole night's talking is not yet to be completed.
They have a free talk, they have a detailed talk.
Pouring out his heart to father, pouring out his heart to mother.
They take turns talking, they take turns singing.
Enjoying themselves talking to the full, enjoying themselves singing to the full.
Having a talk and waiting for the cock to crow, revealing innermost feelings and waiting for the cock to crow.

It is the time of midnight, it is the time of dawn.
The cocks are crowing, the cocks are calling.
The fairy chicken calls for the domestic chicken, the official chicken calls for the family chicken.
Calling for each other to report the time, calling for each other to tell the time.
The cocks make the first sound, the cocks send the first sound.
The first sound is crisp and long, the first sound is rising and melodious.
The first sound reminds the father, the first sound urges the mother.
Telling to mother like this, telling to father like this.
Dear dad, oh, dear mum!
An egg will not break if it is not beaten, its shell will not crack if it is not knocked.
The words will not be sweet if not speaking, the words will not be pleasant if not talking.
I will step out of the hall this morning, I will set off from the door this morning.
To marry with Ducai, to marry with Duyin.
I'm like a floating stone, I'm like a loose stone.
Like a floating stone on the river bank, like a loose stone on the river bank.
Which day is a good day? Which day is a lucky day?
When I build boats on the bank of the river, when I make boats on the bank of the river.
Paddling the boat to the opposite bank, driving the boat to the dock.
The wooden boat won't go back without anything, the wooden boat won't return without anything.
The stern should not be used as the bow, the bow should not be used as the stern.
Dear dad, oh, dear mum!
I'm not coming here with nothing, I will not come back with nothing.
I'm here to take the rice can, I'm here to get the pot.
To take dad's pot, to pick mum's can.
I'm like a skilled thief, I'm like a masterful thief.
Picking up stones to hit the house, picking up pebbles to hit the house.
Either hit a boat or a ship, either hit this or that.
Like the beautiful girl in this family, like the pretty girl in this family.
She is the beloved in father's eyes, she is an apple of mother's eyes.
Having been undergoing hardships with mother, having been suffering difficulties with father.
That day, her father; that day, her mother.
Being unable to work, being unable to labor.
Being unable to work in the field, being unable to labor on the farm.
To do the farm work, to plant the seedlings.
She consciously does it well, she consciously finishes it.
Doing it for her father, doing it for her mother.
Finishing the farm work in the field, managing the farm work in the field.
It makes her mother happy, it makes her father satisfied.
The mother is happy that the daughter is so sensible, the father is satisfied that the daughter is so diligent.
That day, her father; that day, her mother.
Being tied up, being otherwise engaged.
Being unable to go shopping, being unable to do some shopping.

Being unable to cut wormwood, being unable to cut firewood.
The beloved daughter of her father, the beloved daughter of her mother.
Goes to cut the wormwood, goes to cut the firewood.
She cuts a pole of firewood, she cuts a load of wormwood.
Carrying it back to her father's house, bearing it back to her mother's house.
It makes her mother happy, it makes her father satisfied.
The mother is happy that her daughter is so sensible, the father is satisfied that his daughter is so diligent.
That morning, her father; one morning, her mother.
Her mother is badly ill, her father is severely ill.
Being unable to swallow coarse grain porridge, being unable to drink wild vegetable soup.
The beloved daughter, the darling daughter.
She goes to the fair several times alone, she goes to the market several times alone.
Going to buy food in the market, going to buy food at the fair.
Going to buy millet, going to buy rice.
Going to buy some fat meat, going to buy some lean meat.
She rushes back home to cook porridge, she rushes back home to cook soup.
Cooking breakfast for her mother, making breakfast for her father.
Thus mother feels happy, thus father feels happy.
Due to the care of the daughter, because of the care of the daughter.
Dear dad, oh, dear mum!
If mother can still think of it, if father can still remember it.
Thinking of daughter's hardship, remembering daughter's toughness.
Even if the family is poor, even if the family is impoverished.
There are still a few handfuls of rice left, there are still several hodfuls[①] of grain remaining.
Half tube of milled rice left, half hodful of grain left.
Please step closer to the stove, please pave way to the stove.
Burn the firewood to light up the house, burn the stove to light up the house.
Light up father's house, light up mother's house.
Rinse mouth with the water in a cup, brush teeth with the water in a cup.
Wash face with the water in a wooden basin, wash face with the water in a wooden barrel.
Make breakfast whole-heartedly, cook breakfast whole-heartedly.
Cook breakfast for the daughter to be married, make breakfast for the girl to be married.
Let her eat on time, make her eat on time.
Let her have a good meal, let her have a delicious meal.
The time for marriage is coming, the time for marriage is approaching.
It's better for her to step down the balcony, it's better for her to go down the stairs.
Follow the steps of the matchmakers, follow the footsteps of the matchmakers.
Follow the sleeves of women matchmakers, follow the cuffs of female matchmakers.
Follow the hems of bridesmaids, follow the skirts of bridesmaids.
Set off for Ducai's village, leave for Duyin's village.

---

① Hodful, a measure for grain.

To get married and build up houses with Ducai, to form family and start career with Duyin.
The family would be prosperous, the business would be flourishing.
To be rich and prosperous in the future, to be thriving and prosperous in the future.
Here is the letter home, here are the words of letter home.
Friend, what else do you want to ask? Girl, what else do you want to ask?
Girl, you can say carefully; friend, you can tell softly.
Girl, I'm telling the truth; friend, I'm telling the truth.

后记

《瑶族婚俗古歌都才都寅译注》一书从搜集、整理到付梓，前后历时12年之久。

从2008年5月起，《瑶族婚俗古歌都才都寅译注》项目组成员采取走访、拍照、录像、录音等形式，深入广西壮族自治区百色市田东县多个瑶寨开展瑶族婚俗古歌的搜集工作。截至2011年6月，在3年多的时间里，项目组共召开8次座谈会，拜访韦日景、谢妙刀、谭志昌、黄妙达、谭美高、谢妙目、阮国生、谭妙福、韦妈先、韦美月、阮妙恩、韦美高、班妈章等十几位老歌师、歌手，组织8场瑶族婚俗古歌现场演唱活动，录制并整理成11张光碟，搜集到手抄本3本。

项目组在搜集瑶族婚俗古歌之时，也同步推进古歌的翻译、整理工作。从2008年6月到2014年5月，项目组成员韦日景、韦生发、韦安谋、蓝永红、蓝绿江等通力合作，克服重重困难，前后耗时近6年，终于完成了《瑶族婚俗古歌都才都寅译注》的“四对照”翻译、整理工作（“四对照”由第一行土俗字、第二行国际音标、第三行汉文直译、第四行汉文意译四部分构成）。

2014年6月20日上午，广西壮族自治区少数民族古籍工作办公室（现广西壮族自治区少数民族古籍保护研究中心前身，以下简称“广西古籍中心”）在田东县召开《瑶族婚俗古歌都才都寅译注》专家审稿会，广西古籍中心主任韦如柱、科员李珊珊，田东县政法委副书记韦良成，田东县民族事务局（现田东县民族宗教事务局）局长苏建新、副局长韦生发，田东县作登瑶族乡党委副书记、乡人大主席韦桂标，田东县人大常委会办公室秘书韦文勇，田东县科技局工勤员何连江，田东县作登瑶族乡作登中心小学教师班志雄，田东县作登瑶族乡大板希望学校教师蓝绿江，田东县作登瑶族乡陇祥村小学教师韦安谋，都安瑶族自治县文联退休干部蓝永红，都安瑶族自治县电信局退休干部蓝绍益共13人参加了会议。参会人员认真审阅书稿，审核16节的土俗字、国际音标、汉文直译、汉文意译、注释、题解等内容，并针对初稿存在的问题提出了宝贵的修改意见和建议。

2014年7月至10月，项目组针对专家在审稿会中提出的修改意见和建议，对《瑶族婚俗古歌都才都寅译注》书稿进行第一次大修改，于同年11月17日将修改稿交到广西古籍中心，由广西古籍中心组织专家再次审读书稿。

2015年7月28日下午，项目组根据广西古籍中心反馈的专家审读意见，召开《瑶族婚俗古歌都才都寅译注》修改部署会，项目组成员在会议上对书稿中的翻译句式、用词等方面的修改原则交换意见，明确分工任务，由蓝永红负责写序和核对国际音标，由韦生发负责核对土俗字、汉文直译、汉文意译、注解等内容的修改，以及提供序言所需相关资料。

2015年8月3日至2016年9月16日，经过一年多时间的努力，项目组成员完成了全书土俗字、国际音标、汉文直译和汉文意译四个部分的校核以及序、后记等内容的修改工作，将修改稿交给广西古籍中心。

《瑶族婚俗古歌都才都寅译注》一书的完成，是项目组成员克服重重困难、冲破道道难关，齐心协力、辛勤劳动的结果。本书由广西古籍中心统筹协调，纳入项目规划，制定项目体例和整理方法，并督促推进各项工作进度。在项目开展过程中，各成员既有分工，又精诚合作，韦日景、韦生发、韦安谋、蓝永红、蓝绿江负责瑶族婚俗古歌的搜集及译注，其间得到田东县政协副主席兰文举、田东县政法委副书记韦良成、田东县人大常委会办公室秘书韦文勇、田东县作登瑶族乡作登中心小学教师班志雄、田东县作登瑶族乡坡圩村小学教师韦生金等人的支持与帮助，为项目实施创造了很多有利条件。此外，为申报国家出版基金项目，广西师范大学政治与公共管理学院覃琮副教授在原序言的基础上做了改写，并梳理有关译文和注释，大大提升了书稿的质量和学术含量。同时，广西教育出版社高度重视该项目，积极联系专家为该项目把脉推介，终于使该项目成功入选2020年度国家出版基金资助项目。

为践行民族文献从群众中来，又服务于群众的理念，让图书更好地为民族文化传承助力，广西教育出版社结合韦生发所提供的相关影像资料，制作了内容翔实的古歌演唱视频，实现了古歌演唱视频的在线点播，并采用二维码技术，将视频与纸质图书进行关联，增强图书的阅读体验，拓展图书的传播渠道，打造出一部纸质出版与数字出版相互依托、融合呈现的民族文化产品。

全书的录入工作由韦仕泽、韦春秀两人完成，兰吉壮、阮秀来、黄琴、兰建杰、颜凤凰、谭秋盈等为项目开展提供诸多方便，在此一并表示衷心感谢！

由于项目组经验不足，水平有限，本书难免存在纰漏和不当之处，恳请读者批评指正。

2020年4月10日